rororo

rororo

Laura Barnett wurde 1982 in London geboren, wo sie zusammen mit ihrem Ehemann lebt. Sie hat Spanisch, Italienisch und Journalismus in Cambridge und London studiert. Ihr erster Roman, «Drei mal wir», war in England das erfolgreichste literarische Debüt 2015 und ein Nummer-1-Bestseller. «Ein Leben aus leuchtenden Tagen» ist ihr zweiter Roman.

«Ein ungewöhnlich hellsichtiges Porträt.»
(Sunday Times)

«Barnett stellt ein weiteres Mal unter Beweis, dass sie die Kunst des Geschichtenerzählens beherrscht.»
(The Independent)

«Dieses Buch ist voller Weisheit und Wohlklang.»
(The Guardian)

LAURA BARNETT

EIN LEBEN AUS LEUCHTENDEN TAGEN

ROMAN

Aus dem Englischen
von Barbara Ostrop

Rowohlt Taschenbuch Verlag

Die Originalausgabe erschien 2017 unter dem
Titel «Greatest Hits» bei Weidenfeld & Nicolson,
The Orion Publishing Group, London.

Veröffentlicht im Rowohlt Taschenbuch Verlag,
Hamburg, Juli 2019

Redaktion Johanna Schwering
Umschlaggestaltung FAVORITBÜRO München
Umschlagabbildung Holly Wilmeth / Getty Images
Satz Warnock Pro bei Dörlemann Satz, Lemförde
Druck und Bindung CPI books GmbH, Leck, Germany
ISBN 978 3 499 27323 0

Natürlich für Andy

Jeder Song ist ein Leben.
Diese Songs sind die Erinnerungen.

STEVIE NICKS

Man singt nicht, um sich besser zu fühlen.
Man singt, um das Leben zu verstehen.

AUGUST WILSON,
Ma Rainey's Black Bottom

Also war's gar kein Misserfolg!, es würde alles
in Ordnung kommen – mit ihrer Gesellschaft.
Es hatte angefangen. Es war in Gang gekommen.
Doch noch stand es auf der Kippe.

VIRGINIA WOOLF,
Mrs. Dalloway

08:00 UHR

Der Tag hat langsam und sanft begonnen, tastet sich vorsichtig herauf. Der Morgen ist noch voller Dunstschleier, schmale Nebelbänder ziehen sich zum blassblauen Himmel hinauf. Die tiefstehende Sonne verspricht schon einen warmen Tag, sorgt aber vorläufig nur für lange, dunkle Schatten.

In Cass Wheelers Garten, den eine hohe Trockensteinmauer gegen die Tunbridge Road abgrenzt, sind zwei schlanke Füchse mit ihren schmalen Raubtiergesichtern aus ihrer Höhle hinter dem Schuppen herausgekommen und haben sich auf einem sonnenbeschienenen Rasenfleck zusammengerollt. Vor der schmalen Sackgasse, die zu Cass' Haus führt, bleibt ein Mann, der erst seit kurzem im Dorf wohnt, beim Spaziergang mit seinem Hund einen Moment lang stehen. Das Schild mit dem Namen des Hauses, Home Farm, ist von dichten Efeuranken beinahe verdeckt. Kurz schimmert eine unbestimmte Erinnerung in dem Mann auf. Dann geht er weiter und versenkt sich wieder in die stets wechselnden Sorgen des Augenblicks, von seinem Hund wie von einem Schatten gefolgt.

Cass hat nichts von alldem mitbekommen. Sie hat ihren Wecker überhört und sich nur widerstrebend aus dem Schlaf gelöst, ist noch im verschwommenen Bild eines Traums gefangen. Irgendein Saal – nicht besonders groß, vielleicht eine Schulaula. Glänzendes Parkett und der Geruch von Kreide. Schwarze Kunststoffstühle, zu erwartungsvollen Reihen aufgestellt. Vom metronomartigen Ticken einer Wanduhr gleichmäßig zerteilte Stille. Das beklemmende Gefühl, dass sie eigentlich anderswo sein müsste, etwas anderes tun, aber sie weiß nicht, wo und was es ist.

Wieder klingelt der Wecker. Sie schlägt die Augen auf und verabschiedet sich von dem geisterhaften Bild des Saals. Hier ist ihr Schlafzimmer, hier steht ihre Frisierkommode, und hier spürt sie die Wärme ihres Katers Otis, der sich mit sanftem Druck gähnend zu ihren Füßen rekelt. Hier fühlt sie das kühle Kopfkissen an ihrer Wange. Es ist noch nicht lange her, da ruhte dort morgens Larrys Kopf, und wenn er aufwachte, drehte er sich um und zog sie an sich. Sie gab sich dann entzückt der Fremdheit seines schlanken Körpers hin, seinen warmen Händen, nachdem sie so viele Jahre allein geschlafen hatte, allein aufgewacht war.

Sie denkt: *Wo ist Larry?*

Sie denkt: *Chicago.*

Sie denkt: *Ich könnte den Tag heute doch canceln, oder? Einfach liegen bleiben. Mir die Bettdecke über den Kopf ziehen und schlafen.*

Und dann denkt sie: *Nein. Du hast schon viel zu viel geschlafen. Heute ist der Tag, an dem du wieder aufwachst.*

Unten in der Küche kocht sie sich Kaffee. Macht sich einen Toast. Dann steht sie kauend am Fenster – noch immer hat sie die Stimme ihrer Mutter im Ohr: «Setz dich jetzt *endlich* hin, man könnt ja meinen, du wärst im Stall geboren» – und beobachtet zwei Füchse auf dem Rasen, die mit ihren schwarzen Nasen und den langen Schwänzen in einem schwachen Sonnenstrahl dösen. Einer von ihnen hebt den Kopf und begegnet ihrem Blick. Schaut gleichmütig aus dunklen Pupillen. Es liegt etwas eigenartig Menschliches in seinem Blick, denkt Cass. Sie wendet sich ab und trinkt ihren Kaffee. Als sie sich wieder umdreht, sind beide Füchse verschwunden.

Kim hat einen Zettel auf die Küchentheke gelegt, sie muss ihn geschrieben haben, als Cass schon im Bett war. Kim war zum Abendessen geblieben und hatte Lasagne gemacht. *Wie oft habe ich ihre Lasagne schon gegessen*, denkt Cass, *und trotzdem werde ich ihrer niemals überdrüssig.* Wobei: An einem der schlimmsten Tage hat Cass eine Auflaufform mit Lasagne aus dem Kühlschrank geholt und den Geruch so widerlich gefunden, diese schleimige, schwabbelige Pampe, dass sie ihn plötzlich nicht mehr ertrug. Sie hat die Schale fallen und die ganze Sauerei samt Scherben liegen lassen. Kim wischte später alles einfach nur kommentarlos auf. Heute können sie darüber lachen – so wie gestern Abend, als Kim zwei Teller mit der dampfend heißen Speise auf den Esszimmertisch gestellt hat.

«Die zerdepperst du aber nicht, oder, Cass?», hat sie gefragt, und Cass hat ihnen beiden ein Glas Wein eingeschenkt und mal wieder gespürt, wie lieb und teuer ihr Kim ist: diese Frau, die so viel gesehen hat und nie davor zurückgeschreckt ist. Die Cass' Anblick auch dann noch ertrug, als er Cass selbst unerträglich geworden war.

Hoffentlich hast du gut geschlafen, hat Kim geschrieben. *Ich bin so gegen drei zurück. Falls du mich brauchst, ich hab mein Handy an. Callum ruft um zehn wegen des Masters an – er versucht es übers Festnetz im Studio. Die Caterer kommen um fünf, aber um die kümmere ich mich. Ansonsten hast du deine Ruhe. Genieße es, Cass, okay? Lass dir Zeit. Alles Liebe, Kim.*

Lass dir Zeit. *Take your time.* Das ist doch ein Song, oder? Cass meint beinahe, ihn zu hören, als käme er aus einem leise klingenden Radio. Ein tiefer, wabernder Akkord und eine Männerstimme. *Take your time, girl, it's only you and me.* Wer hat das noch mal gesungen? Ivors eindringlicher Tenor ist es jedenfalls nicht. Sie schließt die Augen. Die Antwort drückt sich in einem abgelegenen, verschatteten Winkel ihres Gehirns herum. So ist es inzwischen häufig: Die bunten Farbfotos im Gedächtnis verblassen zu Sepiabraun, und sie muss die Erinnerungen mühsam hervorlocken. *Take your time, girl.* Verdammt, sie kann es nicht greifen.

Cass knallt ihren Becher auf die Anrichte, und kalter Kaffee schwappt über. Otis, der am Fenster sitzt und sich methodisch putzt, wirft ihr einen geringschätzigen Blick zu.

Vergiss es, denkt Cass. *Wahrscheinlich war der Song sowieso nicht gut.*

Als sie sich in ihrem Schlafzimmer anzieht, ist die Antwort mit einem Mal da.

Ein schmuddeliger Pub, die Wände gespickt mit Zierplaketten, an den Tischen finster dreinblickende Männer über Biergläsern. Ein Sänger mit Gitarre, blasses, schmales Gesicht, lange Locken. Dicht neben Cass Ivors Körper. Und dann seine Stimme an ihrem Ohr: *Wir sind als Nächste dran, Cassie. Schön ruhig bleiben.*

Aber sie war furchtbar aufgeregt gewesen und hatte gespürt, wie die Angst mit jedem Schluck Alster ihre Kehle hinunterschwappte. Wenn der Song von dem Typen doch nur ewig dauern würde! *Take your time, girl,* hatte er gesungen, und am liebsten hätte sie gesagt: *Nein, lass du dir Zeit – spiel einfach immer weiter und hör niemals auf.* Aber er hatte aufgehört, und da hatte Ivor ihr die Hand auf die Schulter gelegt, und sie hatte nach ihrer Gitarre gegriffen. Die Gäste, die Tische und die Wände mit den Zierplaketten, alles wirkte verzerrt und schien sich im Kreis zu drehen, und Cass wäre am liebsten davongelaufen. Aber Ivor hatte sie sanft vorwärtsgeschoben, und der Dicke mit dem schwarzen Kinnbart hatte sein Bier abgestellt und war auf die Bühne getreten.

«Leute: Ivor Tait und Cass Wheeler», hatte er verkündet, und dann hatte es kein Zurück mehr gegeben.

Was hatten sie an jenem Abend gespielt? Sie erinnert sich nicht mehr. Wahrscheinlich *Scarborough Fair.* Oder vielleicht auch irgendwas von Joan Baez, falls sie sich besonders mutig gefühlt hatte. Am Ende hatte sich ihre Angst jedenfalls in Luft aufgelöst, wie fast immer, wenn sie sich auf den Hocker setzte und die Wölbung der Gitarre auf dem Knie spürte. Und Ivor an ihrer Seite, seine Stimme verwoben mit ihrer eigenen.

Cass schlüpft in ihre Schuhe. *Mein Gott, was habe ich ihn geliebt,* denkt sie.

Sie zieht die Vorhänge auf, um den Morgen hereinzulassen. Auf der anderen Seite des Gartens reflektieren die gestuften Glas- und Betonflächen des Studiodachs das Sonnenlicht und werfen längliche Muster auf den Rasen. Sie hat das Studio selbst entworfen und maßstabsgetreu auf Millimeterpapier gezeichnet. Bei der Durchsicht dieser Pläne hatte der Architekt Cass über den schwarzen Rahmen seiner Brille hinweg gemustert und «beeindruckend» gesagt.

Anna – damals zehn Jahre alt, mit zu weit auseinanderstehenden Vorderzähnen und zerzaustem Haar, die Knie unter den abgeschnittenen Jeans so mager, dass die Knochen knubbelig herausstanden – hatte gesagt: «Toll, Mum. Das sieht aus wie das Raumschiff Enterprise.»

Cass bleibt einen Augenblick am Fenster stehen, eine Hand haltsuchend auf die Frisierkommode gelegt. Unten auf dem Rasen kommt einer der Füchse hinter dem Schuppen hervor und hebt die Schnauze witternd in die Luft.

Cass denkt: *Jetzt bin ich so weit.*

Im Studio ist es kühl und ruhig, nur das stete elektronische Summen der Monitorlautsprecher stört die Stille. Callum und Gav haben den Aufnahmeraum ordentlich hinterlassen: aufgerollte Kabel und zusammengelegte Mikrophonständer. Weder Bierflaschen noch Aschenbecher stehen herum – aber die sind hier ohnehin kaum mehr zu sehen. Nicht einmal Gav trinkt viel. Sein einziges Laster besteht darin, sich im Laufe jeder Session durch ein Päckchen Golden Virginia Light zu qualmen. Cass hat in den letzten Monaten den Anblick seiner Silhouette hinter der Schiebetür zur Terrasse liebgewonnen, die Hand um die dünne, selbstgedrehte Zigarette gewölbt.

Die Computer im Regieraum stehen stumm da, das Mischpult schläft. Daneben liegt ein Zettel auf der Arbeitsplatte, Notizen in Callums eckiger, kindlicher Handschrift. *When Morning Comes – Cello im Übergang zum Refrain 3 dB lauter. Gethsemane – Coda leiser wiederholen, dann ausfaden. Javier: LEISER.*

Cass lächelt. Er ist tüchtig, dieser Callum: sorgfältig, behält alles im Blick. Alan hatte ihn ihr für die neue CD vorgeschlagen: Callum Sutherland habe selbst schon so einigen Dämonen in die Augen gesehen.

«Dämonen?», hatte sie gefragt und bei der Vorstellung gelächelt. Sie sah teuflisch grinsende Unholde mit peitschenden Schwänzen.

«Na ja.» Alan hatte zurückgelächelt. «Du weißt schon, was ich meine.»

Ja, Cass hatte genau gewusst, was er meinte. Und als Alan ihn zum Abendessen mitbrachte, konnte sie es sofort sehen. Callum war achtunddreißig und auf eine verwegene Art gut aussehend. Er war mit drei Grammys sowie einem glänzend neuen Producer of the Year Award ausgezeichnet worden.

Seine letzte Produktion war für ein amerikanisches Pop-Starlet gewesen – oder wie auch immer man die heute nannte. Auf dem Cover der CD war sie in einem hautengen weißen Catsuit abgebildet. Bei diesem Anblick war es Cass nicht gelungen, ihren Abscheu zu verbergen.

«Ich weiß, was du denkst», sagte Callum. «Aber sie hat mehr drauf, als du meinst. Sie weiß, was sie will, und sie zieht ihr Ding durch. Und du hättest mal ihre Stimme hören sollen, bevor ich mit ihr im Studio war.»

Cass inhalierte den Rauch ihrer Zigarette. «Wenigstens bist du ehrlich.»

«Immer», gab er zurück. «Das hab ich auf die harte Tour gelernt.»

Beim Kaffee hatte sie Callum zu ihrer nächsten Bandprobe eingeladen. Und ein paar Tage später hatte sie zu Alan gesagt, dass Callum vielleicht wirklich der Mann sei, den sie suche. Ein Mensch, der sie selbst feinfühlig behandeln würde und ihre neuen Songs erst recht.

«Okay», hatte Alan geantwortet und mit betonter Lässigkeit das Handy aus der Hosentasche geholt. Heutzutage war er wie mit diesem Ding verwachsen – er sagte, er könne sich überhaupt nicht mehr vorstellen, wie er es früher, ohne

Handy, jemals geschafft habe, irgendjemanden oder irgendetwas zu managen. Und doch war man so lange Zeit wunderbar ohne dieses ganze Zeugs ausgekommen. Briefe, Telegramme und Ferngespräche, LPs, Hitparaden und junge Menschen, die vor Schallplattenläden Schlange standen. Heute lebten die Leute in einer anderen Welt. Wie hatte Callum noch mal Cass' eigene Zeit genannt? *Eine analoge Welt.* Dahin gehörte sie. Sie hatte keinen Schimmer, warum diese glänzende, neue Welt irgendetwas mit ihr und ihrer Musik anfangen können sollte.

Als sie zusah, wie Alans dicke, schwielige Finger mit unverhoffter Anmut über das Display des Smartphones tanzten, spürte sie, wie diese Angst wieder in ihr aufstieg und an Macht gewann: Was, wenn keiner sie mehr brauchte, wenn sie völlig überflüssig geworden war? Wenn ihre neuen Songs, die so leise und schüchtern in ihr aufgestiegen waren, dieses unerwartete, kostbare Geschenk, im derben, rücksichtslosen Lärm der Jugend einfach untergehen würden?

Sie hatte nichts davon laut ausgesprochen, doch Alan hatte sie angeschaut und war ihrem Blick begegnet.

«Du musst das nicht machen, Cass», sagte er leise. «Keiner zwingt dich. Die Greatest Hits und auch die neuen Songs – das eilt doch alles nicht. Und wenn du nicht willst, lässt du es komplett bleiben. Es liegt ganz bei dir.»

Sie hatte seinen Blick festgehalten, eine Sekunde lang, zwei und noch eine dritte.

«Nein», hatte sie dann gesagt. «Ich möchte das machen. Ich brauche es, Alan.»

In der Tür des Regieraums bleibt Cass einen Augenblick stehen. Alan und Kim haben alles für sie vorbereitet: der Stapel

Schallplatten auf dem Tisch, die Mineralwasser-Flaschen ordentlich aufgereiht im Kühlschrank und die sauberen Becher, die zum Anwärmen auf der Kaffeemaschine stehen. Auf den Schallplatten entdeckt Cass noch einen Zettel von Kim. *Viel Spaß. Wie gesagt, lass dir Zeit. Alles Liebe.*

Daneben liegt ein quadratischer weißer Umschlag. Cass öffnet die Lasche mit dem Finger und holt eine Hochglanzkarte mit dem Foto einer Skulptur von Henry Moore heraus. Zwei sitzende Frauen. Neben einer von ihnen steht ein kleines Kind, das die Hand auf den Oberschenkel der Mutter gelegt hat. Innen eine Nachricht in Larrys übergroßer, kantiger Handschrift: *Finde heute einen Weg, ihr zu verzeihen. Vielleicht findest du dann einen Weg, dir selbst zu verzeihen.*

Er muss die Karte bei Kim zurückgelassen oder sie aus Chicago geschickt haben. Cass steht mit der Nachricht in der Hand reglos da und ruft sich Larrys Gesicht vor Augen. Er war der Erste, dem sie von der Idee erzählt hatte, die allmählich in ihrem Kopf herangereift und schließlich zu einem festen Entschluss geworden war. Sie trage sich mit dem Gedanken, parallel zu dem neuen Material ein Greatest-Hits-Album zu veröffentlichen, erzählte sie ihm. Nicht die offensichtlichen Erfolge – so eine Platte hatte ihr Label längst herausgegeben. Vielmehr die Werke, die ihr selbst am meisten bedeuteten. Lieder, die den Bogen ihres Lebens nachzeichneten.

Sie hatten nach dem Essen nebeneinander auf der Couch im Wohnzimmer gesessen und gemeinsam eine Flasche Pinot Noir getrunken. Es war ein Abend im Oktober gewesen, und sie hatten die Lampen noch nicht eingeschaltet: Die Farben verflüchtigten sich mit jeder Minute stärker, und die Schatten wurden dunkler, aber sie waren beide so vertieft in das

Gesicht des anderen gewesen, dass sie es gar nicht bemerkt hatten.

Sie hatte Larry von der Idee erzählt, all ihre Songs an einem einzigen Tag anzuhören und dann die Auswahl zu treffen. Die Schlichtheit dieses Plans gefiel ihr. Kein Theater, nichts Feierliches, einfach nur ein begrenzter Zeitraum, der dem Akt des Zuhörens gewidmet sein würde. Und am Abend eine Party. Sie hatte alte Freunde, Musiker, Journalisten eingeladen – Weggefährten, denen sie die neuen Songs vorstellen wollte, so wie sie auch sich selbst nach so vielen Jahren des Rückzugs wieder neu vorstellen musste.

Sie hatte Larry gesagt, sie wolle das, wolle das alles, und trotzdem habe sie auch Angst davor. Angst vor dem, was sie aus der Vergangenheit heraushören würde: aus diesen Songs, mit deren Klängen sie so zuversichtlich ihr Verständnis all dessen in Form gefasst hatte, das sich letztlich als nicht verständlich erwies. Sie hatte Angst davor, dem Pfad zu folgen, der sie mit Sicherheit zu all dem führen würde, was geschehen war. Zu allem, was sie gewonnen, und zu allem, was sie verloren hatte.

Larry hatte die ganze Zeit aufmerksam und stumm zugehört. Als er spürte, dass sie alles gesagt hatte, hatte er sein Glas geleert, sich vorgebeugt und sie in den Arm genommen. Sie hatten einander gehalten, zwei einsame, alte Menschen, die sich in der Dunkelheit fest umarmten. Und Cass hatte begriffen, dass das die einzige Antwort war, die sie gebraucht hatte.

Und nun, an diesem klaren, frischen Aprilmorgen, legt Cass Larrys Karte vor dem LP-Stapel auf den Tisch. Sie nimmt die oberste Schallplatte herunter, legt sie auf den Plattenteller und macht sich bereit zum Zuhören.

TRACK ONE

Common Ground

By Cass Wheeler
From the album *The State She's In*

It was early morning when she left
And the city under a grey sky was still sleeping
A note left on the table lying flat
Held the secrets she'd been keeping

We have no common ground, my love
We have no common ground
So I am leaving with the dawn, my love
And I never will be found

Oooooooooooooooooooooo

Crossing that dirty green London common
As the sky turned from grey to blue
A suitcase, a long distance airfare
And a life to start living new

We have no common ground, my love
We have no common ground
So I am leaving with the dawn, my love
And I never will be found

Oooooooooooooooooooooo

RELEASED September 1971

RECORDED June 1971 at Union Studios, London NW10

GENRE Folk rock

LABEL Phoenix

WRITER(S) Cass Wheeler

PRODUCER(S) Martin Hartford

ENGINEER(S) Sean O'Malley

Sie wurde als Maria Cassandra Wheeler im hinteren Schlafzimmer des Pfarrhauses geboren, das am Rand eines kleinen Parks stand, gegenüber der hohen weißen Kuppel der Kirche, zu der es gehörte.

Es war April 1950. Während der drei furchtbaren Tage, in denen sie in den Wehen lag, betrachtete Margaret, die Mutter des Babys, die Blüten, unter denen die Zweige des Apfelbaums vor dem Fenster sich bogen, und betete um Erlösung von diesen Qualen. Doch als ihr Wunsch endlich in Erfüllung ging, war der Preis dafür hoch: Da lag ein kleines, hässliches Geschöpf mit feuchtem Kopf. Es hatte rote Flecken und verzog das Gesicht.

«Ihre Tochter», sagte die Hebamme und legte Margaret das warme Bündel in die Arme.

«Sie ist wunderschön», sagte Margaret, aber das dachte sie keineswegs. Sie schloss die Augen. *All diese Qualen für das da.*

Francis, der Pfarrer, nahm seiner Frau das Neugeborene aus den matten Armen.

«Cassandra», sagte er leise. So hatte seine Mutter geheißen, und er hätte diesen Namen gerne an seine Tochter weitergegeben, doch ein christlicher Taufname erschien ihm passender. Das wurde zweifellos von der Gemeinde erwartet. Einige ihrer weiblichen Mitglieder waren jetzt gerade unten, kochten Tee und taten all die rätselhaften Dinge, die bei solchen Anlässen Frauensache waren. Lebhafte, geschäftige Frauen und Mütter, ein ganzer lärmender, plappernder Schwarm mit Hüten auf dem Kopf. Vor drei Tagen, als Margarets Prüfung begonnen hatte, hatten sie darauf bestanden, dass er sich in sein Arbeitszimmer zurückzog.

«Sie brauchen sich nicht die geringsten Sorgen zu machen, Reverend», hatten sie wie aus einem Munde gesagt. Aber wie könnte er sich keine Sorgen machen? In sein Zimmer verbannt, tigerte er zwischen den Wänden hin und her, während die Schreie seiner Frau durch den dicken Teppichboden zu ihm heraufdrangen.

Jetzt aber war sie da: seine Tochter. Gesund und wohlbehalten – auch wenn er ihre Gesichtsfarbe ein wenig beunruhigend fand. Das Baby bewegte sich und schlug die Augen auf.

Hallo, Kleines, sagte er lautlos, und er spürte etwas, worauf er nicht wirklich vorbereitet gewesen war: zunächst natürlich Liebe – heftiger und instinktiver als seine Liebe für Margaret, obgleich auch die ihre eigene, ganz besondere Würze hatte. Und klarer und konzentrierter als seine Liebe zu Gott. Aber da war auch Angst. Die entsetzliche Furcht, dass er allein nicht stark genug sein würde, dieses Kind zu beschützen.

«Ich lege die Kleine jetzt schlafen, Reverend», sagte die Hebamme, und Francis blickte überrascht zu ihr auf. Einen Augenblick lang hatte er ganz vergessen, dass sie da war. «Ihre Frau muss sich jetzt ausruhen.»

«Natürlich.» Er übergab ihr seine Tochter, und obgleich das Gewicht des Kindes so leicht gewesen war, kamen ihm seine Arme plötzlich überflüssig vor. «Ich gehe hinunter. Es sind Frauen da ...» Er verlor den Faden, da ihm nicht recht klar war, wieso deren Anwesenheit erforderlich war. «Falls Margaret irgendetwas braucht.»

«Jawohl, Reverend.» Die Hebamme wandte sich bereits ab. «Wir schaffen das schon, nicht wahr, kleine Maria?»

Cassandra, dachte er, seiner Gemeinde einen Augenblick lang untreu, und verließ das Schlafzimmer. *Sie heißt Cassandra.* Und dann ging Francis wieder in sein Arbeitszimmer hinunter, wo eine noch unfertige Predigt auf ihn wartete.

Maria wuchs rasch heran. Mit sechs Monaten krabbelte sie und mit zehn zog sie sich überall hoch und stand dann auf unsicheren Beinchen da.

Der Schlaf war ihr verhasst – sie widersetzte sich allen Bettgehzeiten und fand in dem Maße, wie ihre motorischen Fähigkeiten es zuließen, immer einfallsreichere Mittel, aus ihrem Bettchen zu entkommen und ihre Mutter zum Aufstehen zu zwingen. Margaret – halb wahnsinnig vor Erschöpfung und ihrer geheimen Qual – verlor zunehmend die Geduld mit ihrer Tochter. Sie ließ vor der Kinderzimmertür einen Riegel anbringen und legte ihn vor, sobald sie das Kind zu Bett gebracht hatte.

«Geh nicht hin, Francis», sagte Margaret, wenn sie nachts von dem weinenden Kind geweckt wurden, das mit seinen winzigen Fäustchen an die verschlossene Tür hämmerte. «Das wächst sich aus.»

Meistens vergrub Francis den Kopf tiefer in den Kissen und folgte ihrem Wunsch. Aber in den frühen Morgenstunden ertrug er es manchmal nicht länger, und dann schlich er aus dem Schlafzimmer über den Flur. Wenn er die Tür öffnete, stand seine Tochter heiser und erschöpft da, die Wangen nass von Tränen. Dann nahm er sie auf den Arm wie damals an jenem ersten Aprilmorgen, ging vor dem Fenster, dessen Vorhang zugezogen war, mit ihr auf und ab und erzählte ihr die Geschichten, die er dumpf aus seiner eigenen Kindheit in Erinnerung hatte. Mogli im Dschungel mit dem Panther Baghira oder Tom, der Schornsteinfeger, der in den Fluss fiel und von da an bei den Ottern im Schilf lebte.

Maria beruhigte sich jedes Mal und sah ihn an. Diese Minuten in der Nacht – sein eigenes, leises Flüstern, die aufmerksamen Augen seiner Tochter und ihre winzigen Händchen, die sich wie die Knospen einer eigenartigen, exotischen Pflanze öffneten und schlossen – wurden Francis so kostbar, dass er manchmal selbst dann zu ihr ging, wenn sie gar nicht weinte.

Auch tagsüber konnte Maria nicht still sitzen. Ihre frisch gewaschenen Kleidchen waren nach wenigen Stunden schmutzig, voller Grasflecken (nur zu gerne wälzte sie sich auf der Rasenfläche vor der Kirche herum) oder mit ausgespucktem Essen verkleckert. Wenn man sie in der Kirche sich selbst überließ, rannte sie im Kirchenschiff herum, warf die bestickten Kniekissen auf den Boden und lallte den lauten, unartikulierten Gesang ohne Wörter, der sie seit dem Alter von elf Monaten überallhin begleitete.

«Sie ist die reinste Wilde, Francis», sagte Margaret. «Sie bringt mich zur Verzweiflung.»

Und so war es. Auch die Damen aus der Kirchengemeinde äußerten ihre Sorge und schickten fast jeden Morgen eine Abordnung zum Pfarrhaus, die darauf bestand, sich ein paar Stunden um Maria zu kümmern, «damit die arme Margaret sich einmal ausruhen kann».

Unter der Obhut der Gemeindedamen war Maria wie ausgewechselt. Die meisten von ihnen waren selbst Mütter und selbstbewusste, tüchtige Hausfrauen. Ganz anders als Margaret, deren lang gehegte Sorge, ihr könne ein entscheidender Bestandteil des Mutterinstinkts fehlen, sich mit jedem Tag mehr bestätigte. Wenn diese Frauen sich um Maria kümmerten, saß sie still und in ein Spiel versunken da: ein Abakus, eine Puppe, eine Kiste voll Bauklötze. Manchmal brachten die Frauen auch ihre eigenen Kinder mit, und dann spielten sie zusammen – Maria und der andere Knirps, der an diesem Tag gerade dabei war.

«Sehen Sie», sagten die Frauen dann. «Mit ihr ist alles in Ordnung. Sie braucht einfach nur andere Kinder zur Gesellschaft. Wenn sie vielleicht ein Brüderchen oder ein Schwesterchen bekäme ...»

Aber die Ankündigung einer zweiten Schwangerschaft blieb aus. Insgeheim hegten die Damen den Verdacht, dass es auch niemals dazu kommen würde. Es gab Gerüchte, dass es in der Ehe des Reverends nicht gut lief und dass er und Margaret getrennte Betten hatten. Das stimmte nicht – das freie Schlafzimmer wurde nicht benutzt und blieb Gästen vorbehalten, aber selbst der kleinen Maria (die ein solches Wissen natürlich noch nicht in Worte kleiden konnte) war klar, dass das Glück in dieser Ehe fehlte. Und auch Margaret selbst entzog sich: Die Mutter schien vor ihrer Tochter zurückzuschrecken und überhaupt kein Interesse an ihr zu haben. Und so ergriff Maria die Initiative, um dieses Interesse zu wecken – forderte es auf die einzige Weise ein, die ihr zur Verfügung stand.

Als Mrs. Harrison eines Morgens mit einer frischen Tasse Tee aus der Küche des Pfarrhauses zurückkehrte, musste sie feststellen, dass ihr Sohn Daniel, den sie gerade erst zum Spielen neben Maria gesetzt hatte, aus Leibeskräften brüllte. Auf seiner Wange zeichnete sich ein roter Fleck ab, der unverkennbar zeigte, dass Maria ihn gebissen hatte. Das war zu viel: Mrs. Harrison rief die Pfarrersfrau aus dem Schlafzimmer. (Margaret schlief dort nicht, sie lag einfach nur still da, sah zu, wie die Schatten über die Decke wanderten, und fragte sich, wie viel länger sie dieses Leben überhaupt noch ertragen könnte. *Es muss doch irgendwo noch etwas anderes für mich geben*, dachte sie. *Etwas Besseres.*)

Unten angekommen, stellte Margaret ihre Tochter zur Rede. «Hast du Daniel gebissen, Maria?»

Das Kind stand wie erstarrt da, den Blick auf seine Mutter gerichtet, die dunklen, reuigen Augen weit aufgerissen, voller Fragen, für die sie noch keine Worte hatte: *Warum spielst du nie mit mir? Warum fasst du mich nie an? Was ist verkehrt mit mir? Was mache ich falsch?*

Margaret trat vor und verpasste ihr mit der rechten Hand eine kräftige Ohrfeige.

«Du bist ein böses kleines Fräulein», sagte sie. «Und ich wünschte, ich hätte dich nie geboren.»

Im Zimmer herrschte einen Augenblick Stille – das Mädchen, auf dessen Haut sich bereits ein greller roter Fleck ausbreitete, riss erschrocken den Mund auf. Daniel reckte verwirrt die Arme nach seiner Mutter, die vollkommen verstummt war. Dann heulte Maria los, Daniel schloss sich an, und Margaret machte auf dem Absatz kehrt, rannte nach oben und schlug die Tür krachend hinter sich zu.

Als Francis später von der Abendandacht nach Hause kam, fragte er seine Frau, was mit dem Gesicht ihrer Tochter geschehen war.

«Ich habe sie geschlagen, Francis», antwortete Margaret. «Soll ich dir vielleicht etwas anderes vorspielen?»

Die Lage schien sich zu verbessern, als Maria in die Schule kam. Es gefiel ihr dort, und jeden Morgen trippelte sie widerspruchslos zu dem imposanten viktorianischen Gebäude mit den hohen, schmalen Fenstern davon, in dem immer der Geruch von Bohnerwachs und der Dunst von gekochten Karotten hing.

Sie hatte eine Lehrerin namens Miss Meller, die jung, blass und nervös war und mit einer leisen, melodischen Stimme sprach. Als einmal die Flaggen der Länder der Welt auf dem Unterrichtsplan standen, erzählte Miss Meller der Klasse, dass sie nicht in England geboren war, sondern in einem weit entfernten Land namens Polen.

Die Kinder dachten darüber nach.

«Warum sind Sie dann hier?», fragte ein Junge. Er hieß Stephen Dewes. Maria fand ihn doof und langweilig. Er trug immer einen ordentlich gebügelten Blazer, und einmal hatte er in die Erzählstunde eine Stabheuschrecke mitgebracht. *Ein ganz schön blödes Haustier,* hatte Maria gedacht. *Wenn ich ein Haustier haben dürfte, wäre es ein Tiger.*

«Der Krieg», antwortete Miss Meller, und dabei sah sie so unglücklich aus, dass selbst Stephen Dewes – dessen Onkel, wie so viele, im Krieg geblieben war – klug genug war, nicht weiter nachzuhaken.

Fortan war Maria von Miss Meller fasziniert. Von ihren rot geränderten Nasenlöchern (sie schien stets erkältet zu sein) und von den feinen Fäden, die aus den Ärmeln ihrer Strickjacke heraushingen. Miss Meller trug das Haar in einem Knoten, der den Tag immer oben auf dem Kopf begann und dann langsam, der Schwerkraft gehorchend, nach unten wanderte, bis er zu Beginn des Nachmittagsunterrichts auf dem Kragen auflag. Sie mochte «Kunst» – sie sprach das Wort stets mit großartiger Emphase aus – und gab den Kindern große Bogen dicken, rauen Papiers, auf die sie ihre Familie, ihr Haustier oder Ereignisse aus den Ferien malen sollten.

Maria malte Tiger, Fähren nach Frankreich und eine lächelnde Phalanx von Brüdern und Schwestern.

«Aber du hast doch gar keine Geschwister», sagte Irene. Sie war sechs und hatte drei Brüder und einen Hamster namens Hammy. Sie war Marias beste Freundin.

«Egal», antwortete Maria. «Es muss ja nicht wahr sein.»

«Sie ist sehr kreativ», berichtete Miss Meller Margaret in der Elternsprechstunde. «Aber sagen Sie – neigt sie dazu, Dinge zu erfinden?»

Zu Hause packte Margaret Maria an diesem Abend am Handgelenk und führte sie vor den Spiegel in der Eingangsdiele.

«Siehst du dieses Gesicht, Maria?», fragte sie. «Das ist das Gesicht einer Lügnerin. Einer ungezogenen, kleinen Lügnerin. Lass dich von mir nie wieder bei einer Lüge erwischen.»

Die Hand der Mutter lag wie eine Klaue um Marias Arm. Maria begann zu weinen, und der Spiegel warf ihr unglücklich verzerrtes Gesicht zu ihr zurück: schmutzig blondes Haar und braune Augen, die unter dem ungleichmäßig geschnittenen Pony in Wasser schwammen. Als die Mutter sie losließ, floh sie nach oben ins Bett. Dort grub sie sich unter der Bettdecke ein Nest und weinte, bis keine Tränen mehr kamen. Danach holte sie ihren Malblock hervor und zeichnete ein Flugzeug, das mit den Flügelspitzen einem blauen Band Himmel und einem riesigen, lachenden Sonnenball entgegenstrebte.

Von da an zog Maria es vor, ihre Geschichten für sich zu behalten.

Irene lebte in einem Haus auf der anderen Seite des kleinen Parks. Es war bescheidener als das Pfarrhaus und besaß nur ein einziges Obergeschoss. Zwei von Irenes Brüdern teilten sich ein Kinderzimmer, und Irene und ihr dritter Bruder – Max, neun Jahre alt und immer matschverschmiert – schliefen in einem Stockbett. Ihr Vater arbeitete in einem Büro, und ihre Mutter war hübsch und freundlich. Wenn sie ihnen nachmittags eine Teemahlzeit herrichtete, setzte sie die beiden Mädchen auf die Anrichte und fragte sie, was heute in der Schule dran gewesen sei.

«Rechnen», antworteten sie dann oder «Rechtschreibung». Dann fragte Irenes Mutter gerne einmal, welches Fach ihnen das liebste sei. Irene antwortete immer: «Lesen», und Maria unabänderlich: «Kunst.»

Irenes Mutter besaß ein Klavier. Es stand im Wohnzimmer, das gelb gestrichen und nie wirklich aufgeräumt war. Bevor Irenes Vater am Abend nach Hause kam, durften die Mädchen sich manchmal aufs Sofa setzen, und dann spielte Irenes Mutter ihnen etwas vor.

Maria liebte dieses Zimmer: Sie liebte die Farbe der Wände, die ihr so vorkam, als hätte man das Sonnenlicht eingefangen und festgehalten. Sie liebte das etwas Unordentliche, das daher kam, dass Spielsachen auch einmal liegenbleiben durften. Und den braunen Kaminvorleger, der so dick und weich war wie ein Bärenfell und auf dem Irene und sie sich manchmal herumwälzen durften wie auf einem Flecken warmem Gras.

Mehr als alles Übrige aber liebte sie es, das Klavier von Irenes Mutter zu hören. Es klang ganz anders als das verstaubte Instrument, das der Kirchenorganist Mr. Raynsford in der Sakristei stehen hatte, und auch ganz anders als der Stutzflügel, auf dem die alte Mrs. Farley das Schulsingen begleitete. Irenes Mutter spielte keine Kirchenlieder, wie Maria sie kannte. Irenes Mutter spielte Musik ohne Worte. Musik, die aufstieg, dem Himmel entgegen, und dann zu nichts verklang. Musik, die wie von selbst aus ihren Fingern zu strömen schien, wenn diese über die Tasten glitten.

Wenn ihre Mutter spielte, wurde Irene oft unruhig. Sie zappelte auf dem Sofa herum oder beugte sich zu Maria hinüber und flüsterte ihr ins Ohr: «Komm, gehen wir nach oben und spielen mit Hammy.»

Aber Maria schüttelte den Kopf. «Nein, ich höre zu.»

Wenn Irenes Mutter geendet hatte, blieb sie manchmal noch ein paar Augenblicke mit geneigtem Kopf sitzen, an den kühlen Holzkörper des Klaviers gelehnt. Dann hätte Maria sie am liebsten gebeten, noch etwas zu spielen. Aber Irene wollte ein Eis, oder einer ihrer Brüder erschien in der Tür, und dann erhob sich Irenes Mutter vom Klavier und klappte den Deckel zu. Maria blieb mit einem eigenartigen Gefühl des Verlusts zurück, das zu begreifen sie noch zu klein war.

Eines Nachmittags wartete Maria auf Irene, die losgelaufen war, um die Puppen aus ihrem Kinderzimmer zu holen. (Sie besaß vier. Jede hatte eine andere Frisur und andere Kleider, und normalerweise erlaubte Irene Maria, mit der zweithübschesten von ihnen zu spielen, einem blauäugigen Blondschopf namens Sylvia.) Maria stand im Flur und betrachtete das Klavier durch die offene Tür des Wohnzimmers.

Plötzlich, ohne dass sie auch nur begriff, wie es dazu kam,

trat sie ins Zimmer, klappte den Klavierdeckel auf und legte ihre kleine Hand gespreizt auf das kühle Elfenbein der Tasten.

Zunächst drückte sie sie aus Angst, dass man es hören könnte, nicht herunter – die Kinder durften das Klavier nicht anfassen und auch nicht allein ins Wohnzimmer gehen. Aber plötzlich schienen ihre Finger sich wie von selbst zu bewegen, und aus dem Bauch des Instruments drang ein verworrener Klangfetzen.

Maria sprang zurück. Irene, die mit den Puppen hereinlief, japste erschreckt: «Was machst du da?»

Und dann kam auch Irenes Mutter. Sie ging zum Klavier und klappte sanft den Holzdeckel zu.

Maria war zurückgetreten und wartete auf Schelte, aber Irenes Mutter beugte sich zu ihr hinunter und ergriff ihre Hand. «Ich hatte dich gebeten, das Klavier nicht anzufassen, Maria. Aber ich sehe, dass es dich zu ihm hinzieht. Möchtest du, dass ich dir das Spielen beibringe? Bei Irene und den Jungs habe ich es versucht, aber alle fanden es langweilig und haben aufgegeben.» Zu Irene gewandt, fügte sie hinzu: «Nicht wahr, mein Schatz?»

Irene zuckte mit den Schultern und machte ein verdrossenes Gesicht.

«Möchtest du das gerne, Maria?», fragte Irenes Mutter erneut. Sie hielt noch immer ihre Hand. Maria nickte, und in diesem Augenblick war sie von einer so reinen und innigen Liebe zu Irenes Mutter erfüllt, dass sie wünschte, sie könnte immer und ewig in dem gelben Zimmer bleiben, die warme Hand dieser Frau in ihrer.

«Dann müssen wir deine Mutter um Erlaubnis bitten, wenn sie dich abholen kommt», sagte Irenes Mutter, und Maria sank der Mut. Gewiss würde ihre Mutter nein sagen.

Und tatsächlich, als Margaret um sechs Uhr kam – sie begrüßte ihre Tochter kaum und wartete in der Eingangsdiele ungeduldig darauf, dass sie gehen konnten –, versuchte sie genau das.

«Also, das ist sehr nett von Ihnen, Mrs. Lewis», sagte Margaret. «Aber ich denke, mit Ihren vielen Kindern haben Sie genug anderes zu tun, oder?»

Maria schlug das Herz bis zum Hals.

«Oh, sicher, da ist immer viel los», antwortete Irenes Mutter leichthin. «Und ich kann nicht versprechen, dass ich aus Maria die nächste Myra Hess mache. Aber ich werde ihr ein paar Tonleitern beibringen. Falls es ihr Spaß macht, könnten Sie ja später vielleicht darüber nachdenken, ihr eine richtige Lehrerin zu suchen?»

Margaret lächelte müde. «Nun, wie gesagt, das ist sehr nett von Ihnen. Danke für das Angebot, falls Sie sich wirklich sicher sind, dass Sie die Zeit dafür aufbringen können.»

Als Margaret sie an diesem Abend zu Bett gebracht hatte, stellte Maria sich vor, nicht ihre eigene Mutter ginge über den Teppich davon und machte die Tür hinter sich zu, sondern Irenes Mutter: die Frau mit dem süßen Duft und der kühlen Haut, die wie eine Schleppe die leisen, perlenden Töne des Klaviers hinter sich herzog.

Maria beobachtete ihren Vater gern in der Kirche. Er kam ihr dort wie ein ganz anderer Mensch vor als der, der er zu Hause war, wo er mit Pantoffeln an den Füßen dasaß, die Lesebrille auf der Nase, und sich in den *Daily Telegraph* vertiefte. Im Gesicht hatte er den freundlich verwunderten Ausdruck, den er immer aufsetzte, wenn ihre Mutter in der Küche herumpolterte und -klirrte oder wenn sie in unnachgiebiges

Schweigen verfiel und stundenlang reglos hinter der geschlossenen Schlafzimmertür ruhte.

Die Atmosphäre im Pfarrhaus wechselte mit Margarets unvorhersehbaren Stimmungen. Es gab auch Wochen, in denen sie jeden Morgen mit einer Melodie auf den Lippen erwachte und schwungvoll und tüchtig herumwirbelte. Dann pflügte sie sich durch Tage, die von Terminen und Pflichten bestimmt waren: das Treffen der Blumenschmuck-Gruppe, die Betgruppe der Frauen und die Versammlung des Kirchengemeinderats. In dem von den mütterlichen Stimmungsschwankungen dominierten Pfarrhaus wirkte Marias Vater verschwommen und nicht recht fassbar: ein stiller Mensch, der seine Frau beobachtete, wie man ein Tier im Auge behält, dessen Reaktionen man nie mit Sicherheit vorhersehen kann.

In der Kirche aber war Francis ganz anders. Hier wirkte er viel größer. An Sonntagen trug er ein weißes Chorhemd über der schwarzen Soutane und dazu eine weiße Stola mit goldenen Enden – er hatte Maria die korrekten Bezeichnungen beigebracht und ihr die Gewänder gezeigt, die gestärkt und mit festgestecktem Kragen in der Sakristei hingen. Sie beobachtete ihn, wie er durchs Kirchenschiff einzog, den Kopf zum Altar hin erhoben, über dem das große Nordfenster bunte Lichtsplitter auf die Gemeinde herabregnen ließ, und dann spürte sie Stolz in ihrer Brust.

Wenn er von der Kanzel sprach, war seine Baritonstimme klar und voll, und die Gläubigen blickten lauschend zu ihm auf. Maria, die mit den anderen Kindern aus Mrs. Harrisons Sonntagsschule in die Kirche geführt worden war, stand dann neben dem Bogenportal zur Kapelle, beobachtete ihren Vater und war überzeugt, dass er ganz allein zu ihr sprach.

Bewusst konnte sie sich nicht an die Nächte erinnern, in

denen Francis sie als brüllendes Bündel mit rot geweintem Gesicht aus dem Bettchen gehoben hatte und mit ihr auf und ab gegangen war und ihr Geschichten erzählt hatte, die sie noch nicht verstand. Aber er las ihr immer noch gerne vor, selbst jetzt, da sie schon acht Jahre alt war und sich mit Begeisterung stundenlang selbst in Bücher vertiefte. Doch das Vorlesen war eine besondere Zeit, die nur Maria gehörte: Nach dem Nachmittagstee und den Hausaufgaben rief Francis sie zu sich in sein Arbeitszimmer, machte die Tür hinter ihnen zu und nahm das jeweilige Buch, das gerade dran war, aus dem Regal. Es waren Bücher für Erwachsene: *Große Erwartungen* von Charles Dickens, *Die neununddreißig Stufen* von John Buchan oder *Die Pilgerreise* von John Bunyan. Er las ihr vor, bis Maria fast die Augen zufielen und ihr Kopf gegen seine Brust sank, obgleich sie sich nach Kräften bemühte, sich nicht dem Sog des Schlafs zu ergeben.

Manchmal machte Margaret die Tür auf, blieb darin stehen und beobachtete sie.

«Ich verstehe nicht, warum du dir die Mühe machst, Francis», sagte sie dann. «Für diese Bücher ist sie doch noch viel zu klein. Sie versteht kein einziges Wort.»

Natürlich verstehe ich das, hätte Maria am liebsten gerufen, doch ihr Vater sagte nur milde: «Es bereitet mir ebenso viel Vergnügen wie dem Kind, Margaret. Lass uns nur.»

Einmal während einer dieser Vorlesestunden wagte Maria, ihrem Vater in dem kurzen Moment des Schweigens, der beim Umblättern einer Seite entstand, eine Frage zu stellen: «Warum mag Mummy mich nicht?»

Francis blickte auf sie hinunter, die Augen ehrlich und klar.

«Was für eine Frage, Cassandra», sagte er (er verwendete manchmal ihren zweiten Vornamen, wenn sie allein waren, und Maria betrachtete das als eine Art Privatcode). «Sie ist deine Mutter. Natürlich mag sie dich. Sie liebt dich. Aber sie empfindet die Dinge tiefer als die meisten Menschen. Ihre Haut ist … dünner. Sie ist nicht so stark wie andere, und so müssen wir für sie stark sein. Verstehst du das?»

Maria verstand es nicht, nickte aber und sagte nichts dazu, damit ihr Vater ihr weiter vorlesen konnte. Als er das tat, kuschelte sie sich an seine Brust und genoss die bedächtige Melodie seiner Stimme: ihre beruhigenden Kadenzen und ihr wohlklingendes Auf und Ab.

Auf Margarets Frisierkommode stand ein Foto in einem versilberten Rahmen. Im Lauf ihrer Kindheit sah Maria es nur einige wenige Male, nämlich immer dann, wenn ihre Mutter ihr ausnahmsweise erlaubte, sich auf den Rand des Ehebetts zu setzen – es war noch ungemacht, und auf den Kopfkissen waren die Abdrücke zu sehen, die die Schlafenden hinterlassen hatten –, während sie mit Gesichtscreme, Puderquaste und Parfüm hantierte.

Diese Augenblicke waren so selten und besonders, dass Maria sie mit einer ungewöhnlichen Intensität wahrnahm. Jeder ihrer Sinne schien wacher als sonst, geschärft. Die süßliche, blumige Duftwolke und das vom Spiegel mit seinen beiden Flügeln dreifach reflektierte Gesicht ihrer Mutter. Auch das gerahmte Foto grub sich unauslöschlich in ihr Gedächtnis ein. Eine schlanke, lächelnde Frau mit makelloser Haut in einem knielangen Baumwollkleid; weder sonderlich schön noch ungewöhnlich bezaubernd, aber mit großer Sorgfalt zurechtgemacht – das Haar säuberlich in ordentliche Dauerwellen gelegt und die Beine in glänzenden Feinstrumpfhosen. Margaret Lyall als Neunzehnjährige im Garten des elterlichen

Hauses in Colchester im Liegestuhl, und links von ihr der Schatten eines Männerkopfes.

Jahrzehnte später fand Maria – oder besser gesagt Cass, wie sie inzwischen hieß – das Foto bei den Papieren ihres Vaters wieder und rätselte, wer diesen geisterhaften, körperlosen Schatten wohl geworfen haben mochte. Cass' Vater? Ihr Großvater? Oder ein früherer Liebster Margarets, dem diese zugunsten des neuen Geistlichen Francis Wheeler den Laufpass gegeben hatte, obgleich dieser fast zwanzig Jahre älter war als sie?

Denn als Cass das Foto fand, wusste sie über die gescheiterte Ehe ihrer Eltern weit mehr, als sie als Kind geahnt hatte. Zu jenem Zeitpunkt war sie zweiunddreißig und konnte die beiden deutlich vor sich sehen. Margaret Lyall, das gewöhnliche Vorstadtmädchen, dem das Interesse des älteren Mannes, kein Geringerer als der Herr Pfarrer, den Kopf verdreht hatte. Zu ihm konnte sie aus der Kirchenbank aufblicken und sah sein schlichtes, nicht sonderlich attraktives Gesicht durch die zweifache Magie von Autorität und Überzeugung Größe erlangen. Francis Wheeler hatte sich nach einem nicht vom Glück begünstigten Jahrzehnt in London für die Priesterwürde entschieden und hielt nun Ausschau nach einer Frau, mit der zusammen er in einer Gemeinde, einem Zuhause und einer eigenen Familie Wurzeln schlagen könnte. Darauf folgten der Umzug des Paares nach London, die aufdämmernde Erkenntnis, wie schlecht sie tatsächlich zueinander passten, und schließlich das allmähliche Einsetzen von Margarets finsteren Launen, ihren Wutanfällen und ihrer Mattigkeit.

Das Leiden erhielt niemals einen Namen – zumindest nicht, wenn das Kind dabei war. Und so blieb Maria der Annahme überlassen, sie selbst sei die Ursache des Unglücks ihrer Mutter.

In jenen kostbaren Morgenstunden, in denen sie allein bei ihrer Mutter hinter der geschlossenen Tür des elterlichen Schlafzimmers sitzen durfte, machte Maria keinen Mucks und konzentrierte sich so sehr darauf, sich nicht zu rühren, dass ihr noch eine ganze Weile hinterher Arme und Beine weh taten. Es kam ihr so vor, als würde die Mutter sich mit jedem Tupfer der Puderquaste und jedem Tröpfchen Parfüm verwandeln – zurück in die junge Frau auf dem Foto: entspannt, unbelastet und frei.

In dem Jahr, als Maria neun wurde, vergingen ganze Monate, in denen Margaret sich nicht ins Bett zurückzog. Sie war wieder eifrig tätig, hatte sich in einen Strudel von Aktivitäten geworfen: Sitzungen und Gruppen, Kochen, Wäsche und Kirchenbasare. Und dann noch andere, persönliche Verpflichtungen, deren Gegenstand sie ihrer Tochter nicht enthüllte und die sie für immer längere Zeitspannen vom Pfarrhaus wegführten.

Mehrmals war bei Marias Heimkehr von der Schule niemand zu Hause. Sie war gezwungen, die verkehrsreiche Straße zur Kirche zu überqueren und ihren Vater oder Sam Cooper, den Hausmeister, zu suchen, damit sie ihr die Tür aufschlossen.

Nach dem dritten Mal gab Margaret ihrer Tochter einen Haustürschlüssel, festgebunden an einer langen Schnur.

«Sei ein liebes Kind», sagte sie und küsste Maria auf die Wange. «Du kannst dir doch nach der Schule selbst aufschließen, oder?»

Tatsächlich hatte Maria nichts gegen diese Nachmittagsstunden einzuwenden, in denen sie allein in der kühlen Küche saß und dicke Scheiben Weißbrot mit Butter und Erdbeermarmelade bestrich. Wenn ihre Mutter nicht da war, war es angenehm still im Haus, es gab keine Spannungen. Manchmal, wenn Margaret nicht rechtzeitig vor der Abendandacht zurückkam, bereiteten Maria und Francis eine improvisierte Mahlzeit zu – weichgekochte Eier mit Toaststreifen oder Schinken, Salat und Dressing. Das aßen sie dann am Küchentisch, als gäbe es etwas zu feiern – wie bei einem Picknick oder an einem Ferientag.

Wenn Margaret bei Marias Heimkehr von der Schule doch zu Hause war, war die Stimmung der Mutter heiter und sogar liebevoll.

«Nicht so schlimm», sagte sie, als Maria ihr ängstlich den Tintenfleck am Ärmel ihrer neuen Strickjacke zeigte. «Ich war in deinem Alter auch schrecklich schusselig.»

An einem anderen Nachmittag fand sie Maria in ein Buch vertieft im Wohnzimmer, blieb kurz in der Tür stehen und beobachtete sie. Als Maria befangen aufblickte, auf eine kritische Bemerkung gefasst, sah sie, dass die Mutter sie anlächelte.

«Meine kleine Leseratte», sagte sie.

Und an einem strahlend sonnigen Samstag im Spätherbst kündigte Margaret beim Frühstück an, dass sie mit Maria einen Einkaufsbummel machen würde.

«Nur wir beiden Damen», sagte sie. «Wird das nicht schön?»

Francis, der vom *Daily Telegraph* aufblickte, fing Marias Blick auf und lächelte. «Was für eine reizende Idee, Margaret.»

Und es war wirklich schön. Sie nahmen den Bus, dessen Haltestelle auf der anderen Seite des kleinen Parks lag, stiegen vor dem großen Kaufhaus aus und öffneten die schwere Tür mit den Messinggriffen zu einer von Menschen wimmelnden, hell erleuchteten Halle. Für Maria kaufte Margaret zwei Kleider, einen Rock, einen Pullover und ein Paar marineblaue Spangenschuhe aus Lackleder. Für sich selbst einen Revlon-Lippenstift in einem milchigen Rosa namens Raspberry Icing, zwei Blusen und geheimnisvolle Unterwäsche, die mit weißem Seidenpapier verhüllt war.

Dann gingen sie ins Café, und es gab Limonade und Milchwecken mit Zuckerguss. Maria baumelte mit den Beinen, schaute sich nach den anderen Mädchen um, die ebenfalls mit ihren Müttern da saßen, und hatte endlich das Gefühl, dass sie etwas richtig gemacht hatte.

Hinterher sah Maria auf der Damentoilette zu, wie ihre Mutter den neuen Lippenstift auftrug und ihn sorgfältig mit Toilettenpapier abtupfte. Dann wich sie mit dem Kopf vom Spiegel zurück und musterte ihren Anblick mit einem zufriedenen Lächeln.

Wenig später organisierte Margaret im Gemeindesaal eine Feier zu Marias zehntem Geburtstag.

Maria, Irene und weitere Schulfreundinnen – Mädchen, deren Namen Cass später vollständig entfallen waren – bastelten Papiergirlanden, während Margaret und die anderen Mütter ihnen Biskuittörtchen hinstellten, Sandwiches belegten und Orangensaft einschenkten. Mr. Raynsfords Klavier wurde aus der Sakristei hereingetragen, und die Kinder spielten Reise nach Jerusalem oder Der wandernde Hut. Als sie genug hatten, bat Margaret – mit vor Eifer geröteten Wangen und Raspberry-Icing-Lippenstift – um Ruhe und verkündete, das Geburtstagskind werde jetzt allen etwas vorspielen.

Maria hatte geübt. Als sie zum Klavier ging, fiel ihr Blick auf Irenes Mutter, und ihr Herz schlug schneller. Die ersten zaghaften Versuche am Klavier, die sie bei Irene im Wohnzimmer unternommen hatte, lagen inzwischen einige Jahre zurück. Sie hatten damals nicht weit geführt: Jedes Mal, wenn Irenes Mutter sich mit Maria hinsetzen wollte, um ihr die wichtigsten Tonleitern beizubringen, tauchte Irene schmollend auf und quengelte herum, oder einer ihrer Brüder stürmte mit irgendeiner Jungsbitte aus dem Garten herein. Und so hatte man eine andere Lehrerin für Maria gefunden: Mrs. Dewson, eine schnurrbärtige ältere Dame aus der Gemeinde, die in einem Haus wohnte, das ein paar Straßen hinter dem kleinen Park lag und nach Moder und nassem Hund roch. Außerdem hatte Maria die Erlaubnis erhalten, einmal täglich auf Mr. Raynsfords Klavier zu üben. Obgleich ihre ungeschickten Finger sich auf den schlüpfrigen, tückischen Tasten noch immer häufig verirrten, waren diese Stunden in der Sakristei und in Mrs. Dewsons Wohnzimmer Maria kostbar. Beim Üben hatte sie das Spiel von Irenes Mutter im Ohr, und es war auch das Gesicht von Irenes Mutter, das dann vor ihrem inneren Auge erschien.

Am Tag ihrer Geburtstagsfeier spielte Maria Bach: das Präludium und die Fuge in C-Dur aus dem *Wohltemperierten Klavier.* Als sie den Titel zum ersten Mal auf dem Notenblatt las, das Mrs. Dewson ihr gab, stellte Maria sich einen freundlichen Deutschen mit rötlicher Gesichtsfarbe vor – einen Wirt, der seine Gäste über Zapfhähne aus glänzendem Messing hinweg anlächelt. *Ein Mann mit einem wohltemperierten Charakter.* Und das Präludium schien tatsächlich einen wohltuenden Einfluss auf ihre Stimmung zu haben: Nachdem sie mehrere Wochen mit Noten und Akkorden gekämpft hatte, stellte Maria fest, dass sie es spielen konnte, wenn schon nicht gut, so wenigstens flüssig. Die aufsteigenden und abfallenden Arpeggios folgten ihr durch den Tag, und in den süßen, vom Bewusstsein nicht kontrollierten Momenten zwischen Schlaf und Traum klangen sie unwillkürlich in ihr auf.

Bei der Geburtstagsfeier spielte sie das Stück beinahe auswendig und schaute nur ein einziges Mal auf das Notenblatt, das auf dem Ständer lehnte. Als sie geendet hatte, kam ihr die Stille im Saal ohrenbetäubend vor. Dann ertönte Klatschen, sie hörte das anerkennende Plappern der anderen Kinder, und gleich darauf legten sich die Arme ihrer Mutter um sie. «Sehr gut, Maria. Wirklich ausgezeichnet. Alles Gute zum Geburtstag, mein gescheites Mädchen.»

Sie spürte die Berührung ihrer Mutter noch lange, nachdem Margaret sie losgelassen hatte. Als Maria sich zu Irene und ihren anderen Freundinnen gesellte und mit ihnen zur Musik der Schallplatte tanzte, die jemand – vermutlich Margaret – aufgelegt hatte, stieg ein heftiges Gefühl von Glück in ihr auf. Es stimmte also, dachte sie: Diese andere Mutter, die zornige Mutter mit dem harten Gesicht, war verschwunden, und an ihrer Stelle würde von nun an diese viel freundlichere, hübschere Frau mit ihnen zusammenleben.

Als Maria zwei Wochen später an einem Samstagmorgen nach unten kam, traf sie dort Mrs. Harrison und Mrs. O'Reilly an, die Frühstück zubereiteten.

«Dein Vater ist krank», sagte Mrs. Harrison.

Maria starrte sie an. «Wo ist Mummy?», fragte sie, und die beiden Frauen wechselten rasch einen verstohlenen Blick.

«Sie ist ein paar Tage in Urlaub gefahren», antwortete

Mrs. O'Reilly. «Du brauchst dir keine Sorgen zu machen, mein Schatz.»

Sie stellte einen Teller mit Rührei auf den Tisch. Maria schaute auf die glibberige Masse – sie hasste Rührei – und fragte: «Warum sind Daddy und ich nicht mitgefahren?»

Die Antwort war ein kurzes, angespanntes Schweigen.

«Iss jetzt, Kind», sagte Mrs. Harrison dann. «Sonst wird dein Frühstück kalt.»

Maria aß so viel, wie sie herunterwürgen konnte. Bei jedem Bissen stellte sie sich ihre Mutter vor, wie sie bei ihrer Geburtstagsfeier gewesen war: Strahlend und lebhaft war sie mit den Kuchen- und Sandwichplatten im Saal umhergegangen. Wo mochte sie hingefahren sein, und warum hatte sie ihre Familie zurückgelassen? Sie würde ihren Vater fragen, natürlich – er würde es wissen.

Sie schob den Teller weg und fragte: «Wo ist Daddy?»

Mrs. Harrison legte ihr die Hand auf die Schulter. «Frag nicht so viel, Maria. Dein Vater muss sich ausruhen. Du kannst später zu ihm.»

Während dieses langen, eigenartigen Tages blieb Maria oben in ihrem Zimmer und lauschte auf die Geräusche im Haus. Das Auf und Zu der Haustür, Schritte auf der Treppe, das Geflüster von Frauen im Flur. Sie versuchte, zu malen, zu lesen oder mit dem neuen Spiel weiterzumachen, das Irene und sie sich ausgedacht hatten: Marias neue Sindy-Puppe hatte sich mit Irenes Puppe zerstritten, und nun versuchte sie, die Freundin durch eine Flut von leidenschaftlichen Entschuldigungsbriefen zurückzugewinnen. Doch Maria konnte sich nicht konzentrieren. In ihrem Kopf lief ein Film ab. Sie sah vor sich, wie ihre Mutter ihre Kleider und Strickjacken in einen Koffer packte und allein durch den kleinen Park davonging, während Maria und ihr Vater schliefen. Und dann stellte sie sich ihren Vater vor, wie er, in ein geheimnisvolles Leiden gehüllt, hinter der verschlossenen Tür im Bett lag.

Am Nachmittag ertrug sie es nicht länger. Sie schlüpfte aus ihrem Zimmer, stieg zum ersten Stock hinunter und blieb vor dem Elternschlafzimmer stehen. Dort legte sie das Ohr an die Tür und hörte einen leisen, unartikulierten, bebenden Ton. War ihr Vater verletzt? Hatte er Schmerzen? Sollte sie zu ihm hineingehen? Sie legte die Hand auf die Messingklinke und wollte sie gerade herunterdrücken, als Mrs. O'Reilly im Treppenhaus auftauchte.

«Was machst du denn, mein Schatz?», fragte sie leise. «Wir haben dir doch gesagt, dass dein Vater sich ausruhen muss. Hast du vielleicht eine Freundin, bei der du gerne übernachten würdest?»

Als Irenes Mutter sie abholen kam, unterhielt sie sich eine Weile mit den Gemeindedamen in der Küche. Maria wartete draußen, aber die Frauen hatten die Tür nicht richtig geschlossen, und Gesprächsfetzen drangen durch den Spalt heraus. *Eine furchtbare Sache. Keine von uns hat das Geringste geahnt. Sie ist einfach heute Morgen auf und davon. Ein Brief auf dem Tisch. Der Reverend ist außer sich.*

Irenes Mutter kam als Erste heraus. Sie sah, dass Maria an der Tür stand, schalt sie aber nicht. Vielmehr ging sie in die Hocke und nahm Maria in den Arm. «Komm, Liebes. Irene freut sich riesig, dass du bei uns übernachtest. Max schläft bei seinen Brüdern im Zimmer. Wir machen ein Fest.»

Und sie hielt Wort. Zum Nachmittagstee gab es Fish and Chips – die echten aus dem Imbiss, die noch in ihrer fettigen Zeitungstüte steckten – und einen englischen Pudding. Alles war so aufregend – so wunderbar außergewöhnlich –, dass es

Maria eine Zeitlang gelang, die eigenartigen, beunruhigenden Ereignisse zu Hause zu vergessen.

Nach dem Tee machten sie ein Spiel, bei dem jeder den Namen einer berühmten Person auf einen Zettel schrieb und ihn einem Mitspieler an die Stirn klebte, der dann raten musste, was dort stand. Maria hatte ihre Prominente schnell heraus – Elizabeth Taylor –, aber Irenes Mutter brauchte eine Ewigkeit für ihr eigenes Rätsel, irgendeinen Mann namens Charlie Parker. Als sie endlich richtig tippte, tat sie so, als sei sie verärgert.

«Den hast bestimmt du dir ausgedacht, Tony», sagte sie und küsste Irenes Vater auf die Lippen. In diesem Augenblick fiel Maria ihr eigener Vater ein, der ganz allein im Pfarrhaus lag und diesen schrecklichen Ton von sich gab. Sie fragte sich erneut, wo ihre Mutter hingegangen war, und fühlte sich von einem Schwindel ergriffen, als stünde sie auf einem sehr hohen Gebäude und schaute ganz, ganz tief nach unten.

«Ich glaube, meine Mutter ist weggegangen», flüsterte Maria in die Dunkelheit hinein, als Irene und sie übereinander im Stockbett lagen.

«Wohin?»

«Das weiß ich nicht.»

«Gehst du auch weg?»

«Ich weiß nicht.»

Irene schwieg einen Augenblick. «Andernfalls könntest du sonst ja vielleicht bei uns leben. Aber dann wäre dein Vater wohl einsam.»

Am Morgen wachte Maria früh auf und zog sich an, während Irene noch schlief. Sie nahm an, dass Irenes Mutter sie jetzt nach Hause bringen würde, damit sie sich für die Sonntagsschule umziehen könnte. Doch als sie hinunterging, war noch keiner auf. Sie saß eine Weile still in der Küche und sah zu, wie der Zeiger der Uhr unendlich langsam vorwärtskroch.

Um Viertel vor acht kam Irenes Mutter in die Küche. Ihr langes Haar hing lose über den Morgenmantel herab. «Du bist früh auf, Liebes», sagte sie. «Heute ist keine Kirche, weißt du. Ich mach dir was zu essen, und dann werden wir ein bisschen miteinander reden.»

Während der Rest der Familie noch schlief, bestrich Irenes Mutter Maria ein Toastbrot mit Erdbeermarmelade und teilte ihr mit, dass Margaret beschlossen hätte, wegzugehen und an einem anderen Ort zu leben.

Maria starrte die Wand an. Sie hatte das Gefühl, dass sich eine Leere in einem tiefen Teil ihrer selbst auftat: ein Abgrund, eine Kluft, an deren Rand sie ganz leicht den Halt verlieren und abstürzen könnte. Sie schluckte. Mit unsicherer Stimme fragte sie: «Was bedeutet das? Werden Daddy und ich auch dorthin gehen und dort leben?»

«Nein, Maria, Liebes.» Die Stimme von Irenes Mutter war leise und sanft. Im grauen Morgenlicht wirkte ihr Gesicht sehr jung – so jung wie das der Frau auf dem Foto, das auf Margarets Frisierkommode stand. Sie langte über den Tisch nach Marias Hand: Ihre Finger waren warm, weich, und dort, wo sie über Nacht ihre Ringe ausgezogen hatte, hatte die Haut zwei hellere Streifen. «Zumindest vorläufig werdet du und dein Vater wohl in London bleiben.»

Monate später fand Cass – damals noch Maria – kurz vor ihrem Aufbruch nach Atterley einen Brief auf dem Schreibtisch ihres Vaters.

Sie hätte eigentlich nicht hineingehen dürfen – wenn ihr Vater nicht dort war, war ihr der Zutritt zu seinem Arbeitszimmer verboten. Aber Mrs. Souter, die neue Putzfrau, hatte nach dem Abstauben und Wischen die Tür offen stehen lassen, während sie in den Garten hinaustrat, um eine Zigarette zu rauchen.

Lieber Francis, stand in dem Brief, *Len Steadman und ich lieben uns. Mein Glück hat mich selbst überrascht. Ich teile mit ihm die Überzeugung, dass ich zu einer anderen Art von Leben fähig sein könnte.*

Wir ziehen nach Kanada, stand da. *Nach Toronto. Len hat dort eine Schwester.*

Und weiter: *Francis, es gibt kein Band mehr zwischen uns. Keine Gemeinsamkeiten. Ich habe mir alle Mühe gegeben, euch zu lieben – euch beide –, aber ich hatte nie das Gefühl, dass einer von euch mich wirklich geliebt hätte. Und Maria wird ohne mich wohl besser dran sein. Ich weiß, dass ich ihr keine gute Mutter war, obwohl ich es versucht habe. Bitte glaub mir, dass ich es versucht habe.*

Ich habe auch Lily geschrieben, stand dann noch in dem Brief. *Du kannst dir denken, wie schwierig das für mich war, und ich hoffe, dass du ihre Hilfe annehmen wirst.*

Ich werde versuchen, mir Gottes Vergebung zu verdienen, hieß es weiter. *Aber ich wage nicht, um deine zu bitten.*

Maria war noch nicht ganz mit Lesen fertig, als sie Mrs. Souter in den Flur treten hörte. Sie legte den Brief dorthin zurück, wo sie ihn gefunden hatte, und sah ihn niemals wieder.

09:45 UHR

Im Regieraum dreht die Schallplatte sich langsamer, und die Nadel schwenkt zu ihrer Ruhestellung zurück.

Common Ground. Nicht der erste Song, den Cass geschrieben hat – davor hatte sie schon viele andere inspiriert zu Papier gebracht. Aber alle waren zu einer blassen Imitation der Klänge in ihrem Kopf verhallt. *Common Ground* hingegen war der erste Song gewesen, den sie wirklich gelungen fand.

Sie erinnert sich genau, wo sie war, als sie ihn schrieb: in ihrem Zimmer in Atterley, wo Joan Baez und The Animals von ihren Postern wachsam auf sie herabblickten, während sie selbst von Zeit zu Zeit zu dem großen, gerahmten Foto aufschaute, das über dem Ofen hing.

Aufgenommen hatte es ihre Tante Lily. Es zeigte eine Frau – Lily hatte Cass ihren Namen genannt, aber er war ihr schnell wieder entfallen, und so hatte sie diese Person in aller Stille «Cassandra» getauft, nach ihrem eigenen, besonderen Namen. Die Frau stand an eine Backsteinwand gelehnt, das Gesicht in scharfe Blöcke aus Licht und Schatten unterteilt wie eine Schauspielerin aus einem Schwarz-Weiß-Film. Vielleicht Marlene Dietrich: Lily und John waren mit Cass nach Brighton gefahren, um *Der blaue Engel* zu sehen, und die scharfen Hell-Dunkel-Kontraste von Dietrichs Gesicht, die gezupften und mit einem Stift nachgezeichneten Augenbrauen, die Schatten unter den Wangenknochen und die schmalen, geschminkten Lippen, die keinen Widerspruch zu dulden schienen, waren Cass noch lange nach dem Ende des Films im Gedächtnis haften geblieben.

Als Cass *Common Ground* zum zweiten Mal sang und spielte, hatte sie zu dieser Cassandra aufgeblickt, der Unbekannten auf dem Foto: Sie war nicht die Dietrich, aber ihr durch das strenge Gesicht und den kompromisslosen Blick doch ähnlich. *Hier bin ich*, schien sie zu sagen, *und du musst mich so nehmen, wie ich bin.*

Und dann hatte Cass an ihre Mutter in Kanada gedacht. Sich gefragt, wie es kam, dass Margaret so plötzlich die Kraft gefunden hatte, sich aus dem Rahmen ihres Lebens zu lösen wie ein Zeitungsartikel, den jemand aus dem Blatt reißt. Und in diesem Moment – sie hat es jetzt ganz deutlich in Erinnerung – hatte sie ihre Mutter für diese radikale Entscheidung beinahe bewundert, für diesen Mut, ihr Leben noch einmal von vorn zu beginnen.

Otis macht sich an der Tür bemerkbar. Sein zierliches, feines Gesicht ist ein Inbild flehenden Bittens, und er hat sich auf die Hinterbeine gestellt, um mit den Vorderpfoten gegen die Scheibe zu tatzen.

Cass muss unwillkürlich lächeln. «Okay. Ich komm ja schon.»

Als sie ihm öffnet, bleibt der Kater einen Augenblick lang reglos in der Tür stehen, als wäre er sich jetzt, da er sein Ziel erreicht hat, nicht mehr sicher, ob es wirklich das war, was er wollte. Cass kniet sich hin und krault ihn beinahe grob am

Kopf, so wie er es gerne mag. Er krümmt wohlig den Rücken und verzieht die Augen zu Schlitzen.

Wie winzig er war, als sie ihn zusammen mit seinen vier Geschwistern in der Garage auf einem Stapel Teppichreste gefunden hat. Blind waren sie, noch feucht von der Geburt, und stießen jämmerliche, dünne Schreie aus. Die Mutter war von der Geburt erschöpft. Sie hatte kaum die Kraft gefunden, bei Cass' Annäherung kurz aufzublicken und rau und protestierend zu maunzen, bevor sie wieder in Schlaf sank.

Cass hatte den Wurf ins Haus geholt, eine Kiste mit einer Decke ausgelegt, der Mutter eine Schale mit Wasser hingestellt und im Dorfladen Katzenfutter besorgt. Sie hatte Sally Jarvis gefragt, wem die Katze gehörte – die Ladenbesitzerin schien schließlich jeden im Umkreis von zehn Meilen zu kennen. «Ach», hatte diese geantwortet, «das ist Fred Hills Katze, von der Dearlove Farm. Aber er wird nicht gerade begeistert sein, wenn du ihm die Rasselbande bringst. Wahrscheinlich ersäuft er sie einfach.»

Vielleicht hatte Sally nur einen Scherz gemacht, aber Cass nahm sie beim Wort. Als die Kätzchen einen Monat später gar nicht mehr mager und fremdartig aussahen, hatte sie einen Zettel geschrieben und an die Frontscheibe des Ladens gehängt: *Kleine Kätzchen, nur in gute Hände abzugeben.*

Otis war als Letzter zurückgeblieben. Er war nicht der Kümmerling des Wurfs – dieses winzige, zappelnde Fellbündel war als eines der ersten ausgewählt worden. Aber mit seinem zu großen Kopf und der eigenartigen, unregelmäßigen Fellzeichnung war Otis eindeutig das am wenigsten einnehmende Kätzchen von allen. Er war komplett schwarz, bis auf vier rötlich braune Flecken im Gesicht und am Bauch. Es sah aus, als hätte dort jemand Farbe verkleckert. Cass hatte ihn betrachtet, wie er allein auf der Decke lag, mit der sie die Kiste ausgepolstert hatte – die Mutterkatze war einige Tage zuvor ohne viel Aufhebens verschwunden, nachdem die Jungen entwöhnt waren. Obwohl Cass gar nicht vorgehabt hatte, eines der Kätzchen zu behalten, war ihr plötzlich klargeworden, dass sie den kleinen Kater nicht abgeben wollte.

Das Tier hatte ihren Blick erwidert, einen müden, resignierten Ausdruck in den Augen. Im Geist hatte Cass einen bekannten Refrain gehört, gesungen von einer Stimme, die von der Sonne und einem harten Leben rau geworden war. Kein eigener Song, nicht das Knospen einer entstehenden Melodie, die Gehör einforderte. Aber immerhin etwas.

«Otis», sagte sie laut. «Ich werde dich Otis nennen.» Und das Kätzchen hatte ungerührt gegähnt, sich gereckt und den Kopf wieder auf die kleinen Tatzen gelegt.

Jetzt entzieht der Kater sich ihrem Streicheln und streunt hinaus auf die Terrasse mit dem schmiedeeisernen Tisch, der Holzbank und den Töpfen mit Lorbeer, Thymian und Rosmarin, die von der Morgensonne umschmeichelt werden. Cass tritt hinter dem Kater aus dem kühlen Schatten in einen Streifen Sonne und schließt die Augen.

Stille, oder zumindest etwas Ähnliches. Ein paar entfernte Vogelstimmen. Das leise Vorbeituckern eines Autos. Weiter weg der Nachhall eines Flugzeugs. Das sind die Geräusche, die für Cass so viele Jahre lang eine eigene Art von Musik gebildet haben. Die einzige Art, die in ihrem Kopf richtig klang, die dort nicht als dissonanter, ohrenbetäubender Lärm schepperte und schrillte.

Eigentlich hätte er Grauen in ihr auslösen müssen, dieser Verlust der Musik. Diese klaffende Lücke, diese Leere in ihr, wo sich früher Freude, Trauer oder Angst in hörbare Töne verwandelt hatten. Wie sie davor die Stille gehasst hatte. Sie hatte jeden Raum mit Musik ausgefüllt, mit ihrer eigenen und der von anderen. In dem Schweigen, das wie ein Schock auf den letzten Ton eines Songs gefolgt war, hatte sie gespürt, wie sie von einer stimmlosen Furcht überspült wurde. Und sie war sofort aufgestanden und hatte die Schallplatte umgedreht, eine andere CD eingelegt oder den Radiosender gewechselt.

Als Anna klein war, hat Cass sie mit Musik umgeben: Sie hängte ein Windspiel über ihr Kinderbett, das bei jedem Luftzug klingelte. Sie spielte auf ihrer Martin-Gitarre für sie und setzte sie auf den Steinway-Flügel. Dort klopfte dann Anna mit den kleinen Beinchen einen holpernden Rhythmus, während Cass' Hände über die Tasten glitten. Kein Wunder, dass ihre Tochter nachts so oft aufgewacht war und Cass – niemals Ivor – aus dem Bett geholt hatte. Das Kind war nicht an Stille gewöhnt. In ihren kleinen Ohren hatte sich, wie in einer Muschelschale, der Widerhall der Musik gefangen: das Flirren der Gitarrensaiten, der Rhythmus des Schlagzeugs und die hohe Singstimme ihrer Mutter.

Ja, der Verlust der Musik war ganz plötzlich über Cass gekommen. Sie hatten gerade mit der Arbeit an einem neuen Album begonnen. Hunter Forbes wollte es produzieren, ein Mann aus Nashville, der bereits mit Mark Knopfler und Black Francis zusammengearbeitet hatte und bereit war, für die Sessions nach England zu kommen. Auch Musiker waren verpflichtet worden, da Cass' eigene Band sich vor einer Ewigkeit in alle Winde zerstreut hatte. Und dann mussten die Beteiligten die Arbeit von heute auf morgen abbrechen. Das Label war außer sich gewesen. Und selbst Kim hatte sich Sorgen gemacht – richtige Sorgen.

«Bist du sicher, Cass?», hatte sie gefragt. «Bist du dir wirklich sicher, dass du das willst?»

Doch Cass war sich sicher gewesen. Sie hatte Alan angewiesen, Hunter und den Musikern den Verdienstausfall zu ersetzen und ihr Studio zuzusperren. Kim hatte sie gebeten, alle Schallplatten, CDs und Kassetten wegzuschaffen – ihre eigenen, die von Ivor und all die anderen, die sich im Lauf der vielen Jahre angesammelt hatten.

Dann war sie mit der Stille allein geblieben – und zum ersten Mal hatte sie verstanden, dass das gar keine echte Stille war, sondern eine ganz eigene, unter die Haut gehende, vielschichtige Klangsymphonie. Und dass dies – vorerst und vielleicht für immer – das Einzige war, was zu hören sie noch ertrug.

Um zehn Uhr klingelt das Telefon. Das muss Callum sein, der sich wegen des Masters meldet. Die neuen Songs, lang erwartet, auf Hochglanz poliert und endlich bereit, in die Welt entlassen zu werden.

Sie hebt den Hörer im Pausenraum ab. «Callum?»

«Was denn – kannst du hellsehen?» Er klingt belustigt. Sie stellt sich vor, wie sein träges Lächeln seine Lippen kräuselt. Er wird wohl am Schreibtisch seines Studios sitzen. Es ist größer als ihres, und er hatte vorgeschlagen, sich dort zu den Sessions zu treffen, aber Alan hatte das geschickt abgewendet. «Cass würde die neuen Songs wirklich gerne zu Hause aufnehmen», hatte er gesagt. «Aus Gründen, die du bestimmt nachvollziehen kannst. Hier fühlt sie sich wohl.»

Jetzt steht Cass mit dem Hörer in der Hand da und lacht. «Das hat man mir schon öfter nachgesagt. Aber nein, Callum, ich kann nicht hellsehen. Kim hat deinen Anruf angekündigt.»

«Die gute alte Kim.» Eigenartig, wie viel ausgeprägter sein schottischer Akzent am Telefon klingt. Man hört am gerollten R und an der Satzmelodie, dass er von einer der Inseln stammt. Er ist auf der Isle of Mull geboren, in Tobermory. Vielleicht ist auch das ein Grund, warum sie so schnell mit Callum warmgeworden ist: Er erinnert sie an das Haus am Kiesstrand, in dem sie und Anna so viele Wochen verbracht haben.

«Also», sagt Callum, «ich habe das Master zurückbekommen.»

«Wie ist es geworden?» Diese eigenartige Beklommenheit, die ihr selbst nach all dieser Zeit noch die Kehle zuschnürt. *Kann man das Ergebnis überhaupt gebrauchen? Haben diese Songs, die wir geschaffen haben, irgendeine Ähnlichkeit mit der Musik, die in meinem Kopf erklingt?*

«Großartig. Wirklich gut.»

Ihre Kehle weitet sich. Sie setzt sich auf eines der Sofas: abgenutztes braunes Leder. Kim hat es von einem Trödler in Canterbury.

«Über die Studiomonitore klingen die Songs phantastisch», fährt Callum fort. «Und auf dem MacBook sind sie auch verdammt gut. Ich hör sie mir nachher noch über die Anlage im Auto und auf dem Handy an. Schließlich sind das die Geräte, die die Kids verwenden.»

«Kids.» Cass lächelt. «Ich kann mir nicht vorstellen, dass die diese Songs wollen.»

«Na, du würdest staunen. Auf Twitter ist schon die Hölle los.»

«Ach, herrje. Simon hat eine Agentur beauftragt, sich um das alles zu kümmern.»

«Ist doch richtig so», sagt Callum. «Die Welt hat sich geändert, Cass. Es ist nicht mehr so wie früher.»

Sie erwidert nichts und stellt sich vor, wie Callum vorgebeugt in dem großen, ledernen Studiosessel sitzt und nach seinen Zigaretten greift.

«Und, wie läuft es so?», fragt er. «Das Plattenhören?»

«Ganz okay. Ich hab eigentlich gerade erst angefangen.»

«Oh, tut mir leid. Ich wollte dich nicht stören. Kim hat gesagt, ich kann dich ruhig anrufen.»

«Ja, es ist gut, dass du dich meldest.» Cass führt die Hand an die Stirn, wo sie den Druck ihrer Müdigkeit fühlt. Sie hat nicht gut geschlafen – in der Nacht ist sie immer wieder aufgewacht und hat nach Larry getastet. «Doch, ich bin froh, dass du anrufst. Ich bin einfach nur ... etwas müde. Und es ist eigenartig, so in die Vergangenheit zurückzuhorchen.»

«Ja, das kann ich mir vorstellen.»

Sie hört, wie er leise Rauch ausstößt. Vielleicht würde Rauchen sie beruhigen. Sie denkt sehnsüchtig an den kleinen Tabakvorrat, den sie in der alten Metalldose ihres Vaters aufbewahrt, in der obersten Schublade ihres Nachttischs. Eigentlich hat sie das Rauchen schon vor Jahren aufgegeben, zusammen mit so vielen anderen Dingen, aber es gibt Zeiten, in denen sie sich nach nichts mehr sehnt als nach diesem ersten, köstlichen Zug.

«Selbst mir fällt es schwer, mir meine eigenen alten Aufnahmen anzuhören», setzt Callum hinzu. «Dabei habe ich die Songs nicht einmal selbst geschrieben. Für dich muss es doppelt merkwürdig sein.»

Sie lässt einen Atemzug verstreichen. «Ja, es ist merkwürdig. Aber auch gut. Als würde ich mir selbst wiederbegegnen. Oder zumindest der Frau, die ich einmal war.»

«Vielleicht könntest du ja ein paar Sätze dazu fürs Booklet schreiben.»

«Ja, vielleicht.» Sie spürt, dass sie sich innerlich zurückzieht. Er hat recht: Sie will eigentlich nicht gestört werden, nicht einmal von ihm und nicht einmal aus diesem Anlass. «Ich muss jetzt, Callum. Danke für deinen Anruf. Komm doch ein bisschen früher, okay? Gegen fünf. Dann kann ich einmal kurz reinhören, bevor die anderen alle kommen.»

«Mach ich, Cass. Bis dann. Und genieß das heute, okay? In deiner Musik steckt so viel, worauf du stolz sein kannst.»

Callums Stimme klingt noch in ihrem Kopf nach, als sie über den Rasen läuft, um im Haus ihren Tabak zu holen und einen Blick aufs Handy zu werfen. Sie hat es oben im Schlafzimmer gelassen, damit sie nicht abgelenkt wird. In Chicago ist es erst halb fünf Uhr morgens, aber absurderweise hofft sie trotzdem, dass eine Nachricht von Larry gekommen sein könnte. Ein paar Worte, die ihr sagen, dass sie vielleicht noch eine Chance haben.

Auf Twitter ist die Hölle los, hat Callum gesagt. *Die Welt hat sich geändert.*

Ja, in der Tat. Simon hatte darauf bestanden, dass Cass – oder zumindest eine sorgfältig redigierte Version ihrer selbst – auf Twitter aktiv werden sollte. Den PR-Manager hatte das Label Cass geschickt, sobald die Pläne für die *Greatest Hits* spruchreif waren. Er ist ein schlanker, sportlicher Mann Ende vierzig mit kurzem, grau meliertem Haar und einem gut geschnittenen, wettergegerbten Gesicht. Als sie ihn an ihrer Tür begrüßte, hatte Cass eine plötzliche Zuneigung zu ihm empfunden und ihn wie den guten Freund umarmt, der er einmal gewesen war.

«Du siehst gut aus, Simon. Richtig gut.»

«Du auch, Cass. Ich wollte es erst gar nicht glauben, als

ich von deiner Retrospektive und dem neuen Material gehört habe. Das ist eine großartige Nachricht. Wir mussten viel zu lange ohne dich auskommen.»

Sie hatte ihm ein Bier angeboten, aber wie sich herausstellte, hatte Simon dem Alkohol abgeschworen. Diese Tatsache konnte Cass anfangs nur mühsam mit so manchem Bild zusammenbringen, das ihr von ihm in Erinnerung geblieben war. Stockbesoffen hatte er bei einem Event Champagner in die Gosse gekotzt. Nun also tranken sie einen Kaffee nach dem anderen, und er berichtete ihr von dem Interesse, das ihre Entscheidung, in die Musikwelt zurückzukehren, anscheinend bereits ausgelöst hatte.

«Artikel im *New Musical Express*, im *Rolling Stone* und im *Guardian*», erzählte er. «Und dann noch in den ganzen Blogs. Dabei haben wir es noch nicht einmal offiziell angekündigt.»

«Wie ist es denn dann in Umlauf gekommen?»

Er zuckte mit den Schultern. «Irgendjemand im Label muss geplappert haben. Wir versuchen, den Übeltäter zu finden, aber heutzutage ist das so, als wollte man einen Steppenbrand eindämmen: Keiner unter dreißig denkt auch nur einen Augenblick nach, bevor er alles und jedes in den sozialen Netzwerken postet. Es nervt total, aber eigentlich spielt es uns in die Hände. Die Hauptsache ist schließlich, dass die Leute drauf aufmerksam werden. Und sie sind ganz aus dem Häuschen.»

«Soziale Netzwerke» – ein Konzept, das Cass nur langsam und aus der Ferne kennenlernte. In den letzten Jahren, als ihre Welt ganz allmählich ihren Grauschleier wieder abgelegt hatte, Cass ihren Blick wieder weitete und mehr wahrnahm als nur sich selbst, das Haus und das kleine Grundstück, auf dem sie sich so sorgfältig verbarrikadiert hatte, hatte sie Artikel darüber gelesen. Sie hatte auch Kim gebeten, ihr die Profile zu zeigen, die sie auf Instagram, Twitter und Facebook pflegte.

Da war ein winziges Foto einer entspannten, lächelnden Kim. Und dann – Kim hatte auf der Facebook-Seite langsam nach unten gescrollt – folgten die Nachrichten der Fans. Hunderte von ihnen. *Liebe Kim, ich weiß, dass große Kunst Zeit braucht, aber kannst du Cass bitte sagen, sie soll sich doch endlich mal beeilen? Kim, ich habe gehört, Cass kommt vielleicht mit neuen Songs zurück. Stimmt das?? Kim, ich lebe in Tokio und ich LIEBE Cass Wheeler. Sag mir bitte, ist mit ihr alles in Ordnung?* Kim hatte ihr auch noch ein anderes Profil namens «Cass Wheeler Fan Club – inoffiziell» gezeigt. Dort war ein Foto einer unglaublich jungen Cass zu sehen, langhaarig und mit vor dem Mikrophon geöffnetem Mund. Cass hatte es blinzelnd gemustert und in ihrer Erinnerung gegraben, wo es wohl aufgenommen worden war, war aber nicht fündig geworden.

«Schau hier», sagte Kim und deutete auf eine fett gedruckte Zahl. «Siebentausend Mitglieder, und alle fragen sich, wo du bleibst. Alle warten nur auf dein Comeback.»

Das hatte auch Simon bestätigt. «Die Fans sind da, Cass. Alle wollen wissen, was du planst – und warum du so lange von der Bildfläche verschwunden warst.» Als er das sagte, spülte wieder ein Schwall Angst über Cass hinweg. Wie sollte sie es diesen Leuten erklären, wenn sie es noch nicht einmal selbst richtig begriffen hatte?

Als sie jetzt die Tür zum Studio aufstößt, denkt sie: *Ich habe doch einmal an das alles geglaubt, oder? An die Zukunft und den Erfolg. Die Energie. Das Vertrauen. Es muss doch einen Weg geben, wieder daran zu glauben.*

TRACK TWO

Architect

By Cass Wheeler
From the album *Snapshots*

I was an architect
I changed my name
With just a pencil and a line
I'm going to knock it down
Build it back up from the ground

Oh, a pencil and a line
So beautiful and fine
Just a pencil, a pencil and a line

My windows open like a smile
I paint my walls teeth bright white
And then I rest a while
Rest a while I rest a while

Like a pencil and a line
A pencil, a pencil
Oh, a pencil and a line
So beautiful and fine
Just a pencil, a pencil and a line

Just a pencil, pencil

A blank page
A flag on a ship
A sail full of wind and
A blueprint print print print

Oh, a pencil and a line
So beautiful and fine
Just a pencil, a pencil and a line

Oh, a pencil and a line
So beautiful and fine
Just a pencil, a pencil and a line

RELEASED October 1988
RECORDED August 1988 at Hightop Studios, New York City
GENRE Folk rock / synthpop / soft rock
LABEL Lieberman Records
WRITER(S) Cass Wheeler
PRODUCER(S) David Reiss
ENGINEER(S) Todd Wallis / Leon Brown

Als Cass Atterley zum ersten Mal sah, war es beinahe dunkel.

Sie hatte den größten Teil der Fahrt verschlafen. Sie waren nach dem Mittagessen vom Pfarrhaus aufgebrochen, und Sam Cooper hatte Tante Lily geholfen, das Gepäck im Kofferraum zu verstauen. Cass' Vater war nicht heruntergekommen, um ihnen nachzuwinken, aber Cass war am Vormittag zu ihm ins Arbeitszimmer gegangen und hatte ihn auf die Wange geküsst. Er hatte ihre Hand lange gehalten und gesagt: «Es ist nur für ein paar Wochen, Cassandra. Dann bin ich wieder kreuzfidel.»

Das Verschwinden ihrer Mutter lag inzwischen ein Vierteljahr zurück – drei Monate war es her, dass alles sich geändert hatte. Die ersten Tage hatte Cass geglaubt, was Irenes Mutter ihr mitgeteilt hatte, könne unmöglich wahr sein. Bestimmt würde Margaret zurückkehren, und wenn Cass dann am Nachmittag von der Schule nach Hause käme, wäre sie da und würde sich gerade einen Tee kochen oder vielleicht schweigend im Bett liegen. Aber sie kehrte nicht zurück, und Cass' Vater nahm zwar seine beruflichen Pflichten wieder auf, aber Cass konnte sehen, dass er sich nicht richtig erholt hatte. Es war, als wäre ein Licht in ihm erloschen. Er sprach nie von dem, was vorgefallen war, und äußerte sich mit keinem Wort darüber, warum Margaret fortgegangen war, ohne ihrer Tochter eine Nachricht zu hinterlassen. Oder warum sie sich noch immer nicht gemeldet hatte. Kein Brief, keine Postkarte, kein Anruf.

Als sie losfuhren, langte Tante Lily über die Mittelkonsole und drückte ihre Hand. «Du musst müde sein, Herzchen. Willst du nicht ein bisschen schlafen?»

Cass fielen beinahe sofort die Augen zu. Als Nächstes hörte sie ihre Tante sagen: «Maria, wir sind da.»

Als sie die Lider öffnete, erblickte sie schwarzen Backstein, halb von dichtem Efeu überwachsen, und eine graue Katze, deren Augen einen Moment lang gelb aufleuchteten, bevor sie in die Dunkelheit davonschlüpfte.

«Daddy nennt mich Cassandra», sagte sie. Plötzlich kam es ihr wichtig vor, dass Lily das wusste. Als wäre es das Eine und Einzige, das sie noch mit ihrem Vater verband.

«Sehr gut.» Tante Lily, die noch hinter dem Steuer saß, drehte sich zu ihr um. «Dann werden John und ich dich auch so nennen, wenn du das möchtest. Aber nur unter einer Bedingung.»

Cass blinzelte. «Welche denn?»

«Dass du mich Lily nennst. Bei ‹Tante Lily› fühle ich mich uralt. Und so alt bin ich doch gar nicht, oder?»

Cass musterte das Gesicht ihrer Tante. Sie hatte eine lange Hakennase wie Francis und dunkelbraune Augen wie Cass selbst. Das schwarze Haar war über der hohen Stirn zu einem kurzen Pony geschnitten, sodass man mehrere Zentimeter helle Haut sah, die im Dämmerlicht fast zu leuchten schienen.

«Ich weiß nicht», sagte Cass. «Du siehst eigentlich ziemlich alt aus.»

Da öffnete Lily den roten Lippenstiftmund und sagte lachend: «Du und ich, wir werden uns prima verstehen, Cassandra.»

Am nächsten Morgen sah Cass, dass die Mauern Atterleys aus rotem Backstein bestanden und nicht aus schwarzem. Es hatte einen ungewöhnlichen Grundriss. Nach dem Frühstück verbrachte sie eine ganze Weile damit, durch den Garten zu gehen und das Haus von allen Seiten zu inspizieren. Es war größer als das Pfarrhaus – wesentlich größer – und hatte mehrere Flügel, die in eigenartig unregelmäßigen Winkeln zueinander verliefen. Ihre Dächer hatten tief herabgezogene Traufen, was dem Gebäude etwas Untersetztes und Abweisendes verlieh. Auch die Fenster waren eigenartig: Manche hatten eine ganz normale Form und Größe, andere dagegen waren schmal und lang gezogen wie Schießscharten oder klein und rund wie Bullaugen.

«Was meinst du?», fragte Lily. Sie war mit einem gefüllten Teebecher aus Emaille aus der Küche gekommen und trug ein lose fallendes grünes Kleid und ein gelbes Kopftuch, wie Mrs. Souter es immer beim Putzen umgebunden hatte. «Gefällt dir das Haus?»

Cass nickte. «Es ist wie eine Burg. Oder ein Haus in einem Traum.»

Lily strahlte sie an. «Haargenau, Cass – darf ich dich so nennen? Das rutscht leichter über die Lippen als ‹Cassandra›.»

Cass nickte erneut, und Lily trank einen Schluck Tee. «Ja, es ist ein merkwürdiges altes Gemäuer. Aber wir lieben es. Ganz besonders John. Es ist natürlich auch ursprünglich sein Haus. Sein Großvater hat es gebaut. Dieser pseudomittelalterliche Arts-and-Craft-Charme und die Lust an handwerklicher Raffinesse. John kann gar nicht genug davon bekommen.»

Cass, die erst zehn war, hatte keine Ahnung, wovon ihre Tante überhaupt redete, und erwiderte daher nichts. Onkel John war bisher nur ein Name für sie. Und ein Foto, das vor dem Zimmer, in das Lily sie am Vorabend geführt hatte, im Flur an der Wand hing: ein Mann im Profil, der sich mit aufgekrempelten Ärmeln über eine schräg nach oben geneigte Tischplatte beugte, einen Stift in der rechten Hand.

«Das Foto ist von mir», hatte Lily gesagt, als sie sah, dass Cass' Blick darauf fiel. «Ich habe es aufgenommen, als ich ihn erst ganz kurz kannte. War er nicht unglaublich gut aussehend? Das ist er natürlich immer noch. Er kommt heute Abend zurück. Normalerweise hätte er mich nach London begleitet, um dich abzuholen. Aber er sitzt leider in Norwich bei einem Kunden fest.»

Lily sprach schnell und ohne sich irgendeine Mühe zu machen, etwas zu erklären oder zu vereinfachen. Es war, als hätte sie gar nicht bemerkt, dass Cass noch ein Kind war und so gut wie nichts über ihren Onkel und ihre Tante wusste. Nichts über ihre Berufe, ihre Geschichte oder ihre ungewöhnliche Lebensweise. Cass hatte Lily bisher erst ein einziges Mal getroffen, und das war vor Jahren gewesen, noch bevor sie in die Schule gekommen war. Von dem Besuch erinnerte sie sich nur noch an das farbenfrohe Kleid ihrer Tante, an ihr köstliches Parfüm, und dass man sie selbst kurz nach Tante Lilys Eintreffen zum Spielen nach oben geschickt hatte. Sie glaubte nicht, dass John dabei gewesen war. Vage meinte sie auch zu erinnern, dass der Besuch vorzeitig abgebrochen worden war und dass man sie nicht gerufen hatte, um die Tante zu verabschieden. Sie meinte, dem von keinem Hut bedeckten dunklen Haar der Tante nachgesehen zu haben, als diese rasch über den Gartenweg zu ihrem Auto davongegangen war. Sicher war sie sich allerdings nicht.

Danach war Tante Lily kaum je wieder erwähnt worden – gewiss nicht von Margaret, die ungehalten das Gesicht verzog, wenn ein unvorsichtiger Besucher zufällig das Gespräch auf ihre Schwägerin brachte. In den Vorlesestunden mit Francis hatte dieser Cass gelegentlich einmal von seiner Schwester erzählt – sie sei Fotografin, hatte er gesagt. Cass hatte dabei an den Mann gedacht, der einmal jährlich in die Schule kam, die Kinder in soldatischen Reihen aufstellte und dann mit seiner Kamera unter einer Schutzhülle verschwand. Ihre Tante war für sie eine konturlose, unbestimmte Gestalt geblieben, an die Cass nur selten gedacht hatte. Bis vor vierzehn Tagen, als Mrs. Harrison sie beim Nachmittagstee darüber informierte, dass sie den Sommer bei ihrer Tante und ihrem Onkel in Sussex verbringen würde.

Cass öffnete den Mund, um zu sagen, dass sie eigentlich lieber bei ihrem Vater im Pfarrhaus bleiben würde; sie und Irene hätten schon eine Menge Pläne für die Ferien geschmiedet – zu denen insbesondere der Bau eines Indianerzelts unter dem Apfelbaum in Irenes Garten gehörte. Für solche Gelegenheiten hatte Irenes Mutter immer ein paar alte Betttücher im Schrank. Und auch wenn Cass das niemals laut zugegeben hätte, hoffte ein kleiner Teil ihrer selbst doch auch immer noch auf ein Zeichen ihrer Mutter: ein Brief, ein Anruf oder sogar (ja, es ließ sich nicht abstreiten, dass sie sich das vorstellte) eine reuevoll zurückkehrende Margaret. Die sanfte, liebevolle Mutter. Die Mutter, die die Geburtstagsfeier für sie ausgerichtet hatte, und nicht die Frau, die sie wütend am Arm gepackt und einmal so heftig geschlagen hatte, dass ein roter

Abdruck im Gesicht zurückgeblieben war. Die liebevolle Mutter würde den Koffer hinstellen und sie in die Arme schließen. Diese Mutter würde sagen: «Mein Liebling. Wie konnte ich dich nur verlassen?»

Aber das erste Wort war noch nicht richtig heraus, da wurde Cass schon von Mrs. Harrison unterbrochen. «Keine Widerrede, Maria. Du bist jetzt ein braves Mädchen, besuchst deine liebe Tante und verlebst ein paar schöne Wochen.»

Onkel John traf gerade rechtzeitig zum Abendessen ein. Er war ein großer, stämmiger Mann mit einer wilden, sandblonden Haarmähne. Als er Lily aus der Küche in den Flur treten sah, liefen seine Wangen rosig an. Er sah aus wie ein Bauer, fand Cass, die, plötzlich schüchtern geworden, im Eingang stehen blieb und zusah, wie die beiden sich umarmten. Aber sie wusste auch nicht, wie ein Architekt aussah.

Als John und Lily sich endlich losließen, schaute John zu seiner Nichte hinüber und lächelte so breit von Ohr zu Ohr wie die Grinsekatze in Cass' illustrierter Ausgabe von *Alice im Wunderland.*

«Maria!», sagte er und trat rasch über den gefliesten Boden zu ihr. «Da bist du ja.»

«Cass», sagte Lily, während er sich zu Cass hinunterbeugte und ihr die Hände auf die Schultern legte. «Wir sollen sie Cass nennen.»

Johns Lächeln wurde sogar noch breiter. «Aber natürlich, das machen wir. Ein wunderbarer Name. Viel interessanter als Maria.»

Er sah Cass direkt in die Augen. Die seinen waren blau, blassblau wie das Wedgwood-Service, das Margaret im Esszimmerschrank des Pfarrhauses aufbewahrte und selten benutzte. Plötzlich kam Cass der Gedanke, dass das Porzellan immer noch dort stehen musste, zusammen mit Hunderten anderen Dingen, die ihre Mutter zurückgelassen hatte.

«Ich freue mich sehr, dich kennenzulernen, Cass», sagte John. Als Cass seinen Blick erwiderte und in sein offenes Gesicht mit den rosa Wangen und dem fröhlichen Lächeln sah, merkte sie, dass er sich tatsächlich freute. Sie spürte, wie eine innere Anspannung von ihr wich, und das war mit einer beinahe körperlichen Empfindung verbunden, als hätte sie lange den Atem angehalten und schöpfte nun wieder Luft.

In diesem Sommer wechselten Cass und Irene Briefe – viele Briefe, die sie in einer sorgfältigen, gerundeten Schreibschrift verfassten (ihre letzte Lehrerin, Miss Doyle, hatte großen Wert auf eine vorzeigbare Handschrift gelegt). Irene schrieb auf rosa Karten, die mit einem nicht unangenehmen Hauch von Hammys Käfig imprägniert waren. Cass schrieb auf einem wunderbar dicken, unlinierten, cremefarbenen Briefpapier (sie musste die Linien selbst mit einem Bleistift ziehen). Darüber prangte in dicken Lettern der Briefkopf: «John Wiseman, Architekt».

Gestern haben wir das Indianerzelt gebaut, schrieb Irene. *Max hat eines der Laken an einem Ast zerrissen, und jetzt ist ein Loch im Dach. Wir wollten im Zelt schlafen, aber es ist so kalt geworden, dass Mum uns reingeholt und uns heißen Kakao gekocht hat. Du fehlst mir, Maria.*

Meine Tante Lily macht Fotos, schrieb Cass. *Gestern hat sie mir ihre Dunkelkammer gezeigt. Die ist gar nicht richtig dunkel, weil ein komisches rotes Licht darin leuchtet, in dem die Haut blau aussieht. Es riecht darin auch komisch, wegen der Chemikalien. Sie hat das Fotopapier in eine flache Schale gelegt, und dann haben wir zugeschaut, wie es sich verändert hat. Nach ein paar Minuten war Lilys Foto darauf zu sehen (sie will nicht, dass ich sie Tante Lily nenne). Es war wie Zauberei, Irene. Oder als würde man einen Geist sehen. Du fehlst mir auch.*

PS: Lily und John nennen mich jetzt Cass, und das gefällt mir. Kannst du mich bitte auch so nennen?

Okay, mach ich, antwortete Irene. *Aber ich sehe nicht ein, warum du deinen Namen ändern darfst und ich nicht. Nenn mich also bitte von jetzt an nicht mehr Irene. Sondern George, wie in* Fünf Freunde.

Irenes Alias blieb nicht hängen: Ein paar Tage später unterzeichnete sie ihre Briefe wieder mit ihrem Taufnamen. Cass dagegen beharrte eisern auf Cass.

Cass sah und erlebte in diesem Sommer vieles, wovon sie Irene nicht berichtete – und wenn sie es doch versuchte, dann verloren die Erinnerungen durch die Beschreibung an Glanz und verwandelten sich in einen trüben Abklatsch der Bilder, die sie im Kopf hatte.

Da war die Party, die Lily und John einmal abends gegeben hatten: Der Garten hatte von Gästen gewimmelt, und durchs geöffnete Fenster war der Jazz hereingeweht, den ihr Onkel auf dem Plattenspieler auflegte. Duke Ellington, Miles Davis und John Coltrane: John hatte Cass die Platten in den vergangenen Wochen vorgespielt, immer ein Album pro Abend. Nach dem Abendessen hatten sie zu dritt auf der Terrasse gesessen, und Cass' übliche Bettgehzeit war anscheinend vergessen gewesen. Am Abend der Party war der Mond klar und voll über Atterley aufgegangen, und Cass hatte sich über die Fensterbank nach draußen gebeugt und den plaudernden, tanzenden und trinkenden Gästen zugeschaut. Schließlich war sie ins Bett geschlüpft und beim Klang der einsamen Klage eines Solo-Saxophons eingeschlafen.

Dann der Tag, als Lily mit ihr nach Brighton gefahren war: die hohen weißen Häuser, die Möwen und die Dame, die mit ihrem weißen Pudel in einem engen roten Kleid über den Kai schritt. Lily kaufte Eiswaffeln, und sie setzten sich am Meer auf eine Bank und beobachteten, wie Männer auf Motorrädern in ihren schwarzen Lederjacken wie ein Schwarm lärmender Krähen über die Straße flitzten. Lily hatte ihre Kamera dabei: eine Nikon F mit vier Einstellrädchen oben, die unter Lilys Fingern surrten und klickten. Sie steckte in einem Etui aus dickem schwarzem Leder. Lily hob die Kamera so oft vors Gesicht, dass sie Cass allmählich wie ein Teil ihrer Tante vorkam: ein drittes Auge, das sich öffnete und schloss wie bei einem sonderbaren Phantasiegeschöpf.

Während sie ihr Eis aßen, legte Lily die Kamera weg und redete so mit Cass, wie sie es immer tat. Als wären sie gleichaltrig. Cass hatte gelernt, diese Gespräche zu lieben. Zu genießen, wie die Worte spontan aus Lilys scharlachrotem Mund strömten und wie die Tante sich zu ihr vorbeugte und ihr Gesicht fixierte, als könnte sie sie dadurch dazu bringen, sie besser zu verstehen. Wenn Cass sie aber nicht verstand – und das war oft der Fall, schließlich war sie erst zehn –, gab sie sich alle Mühe, es sich nicht anmerken zu lassen. Wie an jenem Tag auf dem Kai, als Lily mit ganz untypischer Bitterkeit sagte: «Deine Mutter konnte mich nicht ausstehen – aber das weißt du bestimmt. Sie konnte mir niemals verzeihen, dass John verheiratet war, als er und ich uns kennenlernten. Verheiratet *war* – inzwischen ist er mit mir verheiratet. Auch wenn wir kein Papier brauchten, um es uns zu beweisen. Aber wir haben es uns trotzdem besorgt. Uns angepasst.» Sie seufzte.

«Die hochheilige Margaret Wheeler. Die Frau des Pfarrers. Eigentlich witzig, wie jetzt alles gekommen ist.» Dann fiel Lily plötzlich ein, mit wem sie sprach, und sie sah Cass an, die sich auf ihre Eiswaffel konzentrierte. «Na ja, eigentlich gar nicht witzig, Herzchen. Du vermisst sie bestimmt sehr. Und Francis ist daran zerbrochen.»

Francis ist daran zerbrochen. Cass stellte sich vor, ihr Vater läge wie ein Porzellanfigürchen in Scherben auf dem Teppich im Empfangszimmer. Sie leckte weiter an ihrem Eis, das rasch schmolz und in die Waffel hineintropfte.

«Ich vermisse meine Mutter nicht», log sie. «Sie hat mich nie gemocht. Und Daddy mochte sie auch nicht. Ich bin froh, dass sie weg ist.»

Lily tastete in ihrer Rocktasche nach der Zigarettenpackung, ohne den Blick von ihrer Nichte zu wenden.

«Natürlich hat sie dich gemocht, mein Herz», sagte sie. «Und ich bin mir sicher, dass sie dich auf ihre Art auch sehr geliebt hat.»

Ende August schrieb Cass an Irene: *Ich komme nächste Woche nach Hause. Bald fängt ja die Schule wieder an.*

Das Wetter war noch immer warm und freundlich. Während der letzten Tage in Atterley saß sie, mit einem von Lilys hohen Gläsern voll süßem Pfefferminztee versorgt, unter dem breiten Holzsonnenschirm und zeichnete. (Als John einmal ihr aus London mitgebrachtes Skizzenbuch gesehen hatte, war er kurz darauf mit einem Packen feinem Zeichenpapier nach Hause gekommen.)

Sie zeichnete das Haus, oder zumindest Teile davon: das Rippengestell des Schirms über ihr, den Efeu, der seine Ranken über die Backsteinwände streckte, und die runden, bullaugenähnlichen Fenster, die den Flur im ersten Stock säumten. Sie zeichnete den grauen Kater, der Louis hieß, wie Louis Armstrong, und in den letzten Wochen die Gewohnheit angenommen hatte, sich am Fuß ihres Bettes zusammenzurollen und dort bis zum Morgen zu schlafen. Oft weckte er sie ganz sanft, indem er sein weiches, kitzliges Gesicht an ihr Kinn schmiegte. Sie würde Louis vermissen, dachte Cass. Sie würde Lily und John vermissen. Und sie würde dieses Haus vermissen, wo Musik gespielt wurde und die Leute das sagten, was sie dachten. Hier hängte niemand ein Schloss vor irgendwelche Türen, und es erinnerte auch nicht alles an Cass' Mutter, deren Züge vor Cass' innerem Auge allmählich verblassten.

Am letzten Ferientag half Lily Cass, ihren Koffer zu packen, und trug ihn zum Auto. Auf der Heimfahrt stellte sie das Radio an, und sie sangen die Songs von Lonnie Donegan, Elvis Presley und Ricky Valance mit, während die Hecken und Felder der Landschaft in die hohen Mauern und staubigen Bürgersteige Londons übergingen.

Vor dem Pfarrhaus stellte Lily das Radio aus.

«Komm uns besuchen, wann immer du willst», sagte sie. «Jederzeit. Ruf einfach an, dann hole ich dich sofort ab. Und deinen Vater auch, wenn er sich überreden lässt.»

Cass erwiderte nichts. Irgendetwas drückte in ihrer Brust und machte sie eng.

«Also dann.» Lilys Stimme klang gespielt fröhlich. «Dann bringen wir dich mal nach Hause.»

Die Eingangsdiele im Pfarrhaus war kühl und düster, und außer dem zweigeteilten Ticken der Standuhr ihres Großvaters war nichts zu hören.

«Ich habe Ihnen den Nachmittagstee im Empfangszimmer zubereitet», sagte Mrs. Souter.

Lily dankte ihr und legte ihren Sommermantel ab. Sie gingen ins Empfangszimmer, und Cass blickte sich um und fragte sich, wie es kam, dass sie sich in ihrem eigenen Zuhause wie ein Gast fühlte. Als ihr Vater müde und von Kummer gezeichnet in den Raum trat – auch wenn er lächelte, als er sie erblickte, und sie umarmte –, begriff sie, dass ein Teil ihrer selbst in Atterley mit seinen roten Backsteinmauern und der tiefen Dachtraufe zurückgeblieben war, wo die Musik bei Einbruch der Dunkelheit leise durchs Treppenhaus zu ihrem Zimmer hinaufwehte.

Cass' neuer Name wurde nicht akzeptiert. Nicht im Pfarrhaus, wo Mrs. Souter jeden Tag zum Kochen und Putzen kam und Cass nachmittags ihre Teemahlzeit hinstellte.

Sie holte Cass jetzt auch von der Schule ab. Cass war davon ausgegangen, dass sie mit Irene heimgehen würde – als ihre Mutter noch da war, durfte sie das fast immer. Doch jetzt wartete Mrs. Souter in ihrem dicken Lodenmantel auf sie, das krause Haar unter dem hässlichen Kopftuch verborgen.

«Das reicht jetzt mit diesem Unsinn», sagte Mrs. Souter einige Tage nach Cass' Rückkehr von Atterley, als diese sich weigerte, auf «Maria» zu reagieren. «Auf Maria bist du getauft, und das wird dein Name bleiben.»

Oh, wie Cass Mrs. Souter mit ihren Frostbeulen an den Händen und ihrem Geruch nach Bleiche und Karbolseife hasste. Und wie sie es hasste, wenn Mrs. Harrison mit ihrem schmalen, runzligen Gesicht und den weißen Handschuhen sie mit dieser Mischung aus Mitleid und Resignation betrachtete.

«Du armes Ding», sagte Mrs. Harrison häufig. «Du armes, kleines, mutterloses Ding.»

Cass wurde dann wütend und hätte am liebsten geschrien: «Ich bin überhaupt nicht arm! Ich war ihr doch immer völlig egal. Ich möchte sie niemals wiedersehen!» Später kam es ihr wie ein Wunder vor, dass sie tatsächlich immer still geblieben war.

Wie früher liebte Cass Irene und auch Irenes Mutter und die tatterige alte Mrs. Dewson, bei der sie weiter Klavierunterricht nahm – inzwischen für sie die glücklichste Stunde in der Woche. Und sie liebte natürlich auch ihren Vater; aber die Empfindung, die Cass zum ersten Mal überkommen hatte, als sie bei ihrer Rückkehr aus Atterley mit ihm und ihrer Tante Lily im Empfangszimmer saß, wurde in den nächsten Jahren immer stärker: das entmutigende Gefühl, dabei zusehen zu müssen, wie ihr Vater langsam vor ihren Augen dahinschwand wie eine Bleistiftzeichnung, die ausradiert wird. Sonntags stand Francis nicht mehr hochgewachsen und stolz am Altar. Er war jetzt ein schwächlicher, in sich zusammengesunkener Mann, ein Schatten seines früheren Selbst (Cass hörte diesen Ausdruck viele Male aus dem Mund der Gemeindedamen). Seine Stimme dröhnte nicht länger gebietend von der Kanzel: Sie nahm Anlauf und versagte dann. Die Gläubigen langweilten sich und rutschten unruhig in den Bänken herum. Einige beschlossen sogar, die Kommunion lieber anderswo zu feiern. In dem Jahr, als Cass zwölf wurde, war sie schon daran gewöhnt, die Kirchenbänke halb leer zu sehen.

Auch daheim blieb Francis distanziert und in sich gekehrt. Er las ihr nichts mehr vor – vielleicht war sie dafür inzwischen zu alt, aber sie sehnte sich noch immer nach diesen Stunden in seinem Arbeitszimmer, nach dem Buch in seiner Hand und dem einschläfernden Auf und Ab seiner Stimme. Tatsächlich sehnte sie sich einfach nach ihm selbst – nach seiner Nähe, nach ihrer alten Vertrautheit und dem Trost, den ihr das Wissen verschafft hätte, dass zumindest er sie liebte. Einen Trost, den auch sie ihm hätte zurückgeben können. Margaret hatte sie schließlich beide im Stich gelassen, oder etwa nicht? Warum also konnte er sich nicht angesichts des gemeinsamen Verlusts seiner Tochter zuwenden und sie an sich ziehen?

Abends und an den langen Samstagnachmittagen nahm sie die Gewohnheit an, ihrem Vater aus einem Zimmer ins nächste zu folgen – aus der Küche, wo sie beinahe schweigend das Abendessen verzehrten, das Mrs. Souter ihnen hingestellt hatte, ins Wohnzimmer, wo Francis sich mit dem *Daily Telegraph* und einem Becher Tee für eine halbe Stunde hinsetzte. Cass ließ sich dann mit einem Buch ihm gegenüber im Sessel ihrer Mutter nieder und blickte von Zeit zu Zeit zu ihrem Vater hoch. Nach einer Weile erwiderte er ihren Blick und sagte sanft und freundlich: «Cassandra, hast du nichts Besseres zu tun? Vielleicht die Hausaufgaben? Ich möchte wirklich nicht, dass du dich langweilst.»

Wie oft stand sie ganz dicht davor, die Worte auszusprechen, die sich in ihrer Kehle ballten. *Warum hat sie uns verlassen? Warum hast du nicht versucht, sie daran zu hindern? Warum hat sie mich zurückgelassen? Was sollen wir jetzt tun?* Aber jedes Mal schreckte sie davor zurück – Angst ergriff sie, ihr Vater könnte unter dem Gewicht dieser Worte zusammenbrechen, und dann wäre es ihre Schuld. *Dein Vater ist daran zerbrochen,* hatte Lily gesagt. Cass betrachtete ihn nun als einen Menschen, der Schutz brauchte, und so schluckte sie alles herunter. Wenn er sie weggeschickt hatte, verkroch sie sich in ihrem Zimmer, und gleich darauf hörte sie, wie die Tür seines Arbeitszimmers zufiel.

Er verbrachte einen großen Teil seiner Zeit in diesem Zimmer, aber Cass begriff nicht recht, was er dort tat – vermutlich schrieb er seine Predigten, so wie früher. Doch wenn er in der Kirche vor die Gemeinde trat, wirkten seine Gedanken, die einmal so glänzend und klar gewesen waren, wie ein wirres Durcheinander. Und wenn sie an die Tür seines Arbeitszimmers pochte – manchmal musste sie zwei oder drei Mal klopfen, bevor er reagierte –, stellte sie oft fest, dass er einfach stumm hinter seinem Schreibtisch saß und ins Leere starrte.

Von Margaret war noch immer keine Nachricht gekommen, abgesehen von dem Brief, den Cass damals auf dem Schreibtisch ihres Vaters gefunden hatte, und Cass bezweifelte, dass sie je wieder von ihr hören würde. Aber Lily rief jede zweite Woche an und schrieb Cass Briefe, meistens mit einem Foto darin: Louis bei einem Nickerchen in der Sonne, die silhouettenartige Fassade von Atterley oder eine blauweiße Porzellanschüssel auf dem Küchentisch, in die das Sonnenlicht zu fließen schien wie Honig. Cass liebte diese Fotos und reihte sie auf dem Kaminsims ihres Kinderzimmers auf.

Sie fuhr immer wieder zu Besuch nach Sussex. Die erste Weihnacht ohne Margaret, diesmal zusammen mit ihrem Vater, dessen Anwesenheit in Atterley so irritierend wirkte wie die eines Romanhelden, der plötzlich in der falschen Geschichte auftaucht. Und im Sommer darauf, allerdings nur für eine Woche, da John und Lily den Rest des Augusts mit Freunden in Südfrankreich verbrachten.

Jedes Mal, wenn sie Atterley erblickte – die hohen Backsteinmauern und die eigenartigen Fenster –, überkam Cass dieselbe Erregung, das Gefühl, dass es hier Licht, Farben und Geräusche gab, während daheim im Pfarrhaus nur Trauer, Schatten und Schweigen herrschten.

An ihrem dreizehnten Geburtstag erhielt Cass ein Päckchen aus Kanada.

Es war schon Abend, als sie es aufmachte. Irenes Mutter hatte einen Geburtstagstee für Cass ausgerichtet, bei Irene zu Hause, mit Häppchen und Kuchen, während *Please Please Me* von den Beatles – Irenes Geschenk – in einer Endlosschleife im vorderen Wohnzimmer lief.

Als Cass nach Hause ins Pfarrhaus kam, stellte sie fest, dass dort ebenfalls eine Teemahlzeit zubereitet worden war. Würstchen im Teigmantel, Chips und eine Biskuittorte mit dreizehn silbernen Kerzen.

«Danke», sagte Cass, die sich fragte, wie sie um Himmels willen noch einen Bissen herunterbekommen sollte. «Aber ich war bei Irene zum Tee.»

«Na ja.» Francis stand in der Tür, in der Hand ein in blaues Papier verpacktes Geschenk. «Vielleicht schaffst du ja doch noch einen kleinen Happen.»

Sie lächelte. Es war so viel mehr, als sie erwartet hatte, und sie würde ihn nicht enttäuschen. «Natürlich, Dad. Es sieht großartig aus.»

Sie schnitt ein Stück Kuchen für sich selbst und eines für ihren Vater ab. Dann packte sie ihr Geschenk aus: eine schöne Ausgabe von *Große Erwartungen* mit einem Einband in grünem Prägeleder. Innen hatte Francis auf die mit Ornamenten geschmückte Titelseite geschrieben: *Für meine Tochter Cassandra zum dreizehnten Geburtstag. Dein dich liebender Vater.*

«Ich weiß, wie sehr du es mochtest, als ich es dir vorgelesen habe», sagte Francis.

«Ja, sehr, Dad.» Cass wog das Buch einen Augenblick in der Hand und spürte sein Gewicht. «Es ist wirklich schön. Danke.»

Er verschwand kurz in der Diele und kehrte mit einem weiteren Päckchen zurück. «Das ist heute ebenfalls für dich eingetroffen.»

Das Päckchen hatte ungefähr die Größe und Form einer Schuhschachtel. Und genau das fand Cass darin vor, als sie es aufmachte und das braune Packpapier mit den ausländischen Briefmarken und der ausladenden Handschrift ihrer Mutter darauf wegwarf: eine dunkelblaue Schuhschachtel, auf deren Deckel in goldenen Buchstaben das Wort «Eaton's» prangte. Darin eingepackt waren ein Fläschchen mit Parfüm, ein kleiner Krug Ahornsirup, ein Skizzenbuch, dessen Einband die kanadische Fahne zierte, und ein weißer Umschlag. Dem Umschlag entnahm Cass ein Foto, das in einer Faltkarte steckte. Es zeigte ihre Mutter und Len Steadman – Cass hätte ihn nicht erkannt, hätte er Margaret nicht den Arm umgelegt. Sie saßen auf einer Bank, die auf einer breiten, weiß gestrichenen Veranda stand. In den Armen ihrer Mutter lag ein kleines, in eine Decke eingeschlagenes Bündel, aus dem winzige Händchen hervorschauten.

Cass drehte das Foto um. Auf die Rückseite hatte Margaret geschrieben: *Dein Schwesterchen Josephine. Sie sieht genauso aus wie du bei deiner Geburt.* Darunter hatte sie mit einem anderen Stift wenige Worte hinzugesetzt. *Es tut mir leid, Maria. Wirklich.*

Cass stellte sich ihre Mutter vor, wie sie die rosa geschminkten Lippen zusammenpresste, als sie im letzten Moment beschloss, diese Botschaft hinzuzusetzen – eine so winzige, unzulängliche Entschuldigung –, und stellte fest, dass sie sich ihre Gesichtszüge nicht mehr genau vor Augen rufen konnte.

Sie steckte das Foto in den Umschlag zurück und legte ihn neben das Parfüm, den Ahornsirup und das Skizzenbuch in die Schachtel. Dann sagte sie ruhig und deutlich zu ihrem Vater: «Ich will nichts davon, Dad. Bitte wirf es weg.»

Danach veränderte sich etwas in Cass; etwas in ihr schien sich zu verhärten. Selbst jetzt, Jahrzehnte später, erinnert sie sich noch klar und deutlich daran: an ein neues Gefühl von Distanz. Sie sah sich selbst wie einen Geist durch ihr Leben gehen, ungerührt und unberührbar.

Sie reagierte nicht mehr auf den Namen Maria. Sie ignorierte Mrs. Souter, Mrs. Harrison und ihre Lehrerinnen (sie ging seit zwei Jahren auf die Oberschule für Mädchen), bis diese klein beigaben und den Namen verwendeten, den Cass sich wünschte.

Sie zupfte den Rock ihrer Schuluniform hoch, indem sie das, was ihr an Stoff zu viel schien, oben unter dem Bund zusammenraffte. Auf der Schultoilette übte sie mit einem Kajalstift – ein dick aufgetragener Lidstrich und an den äußeren Augenwinkeln ein Schlenker nach oben. Sie lernte das Rauchen und machte sich nicht mehr die Mühe, im Unterricht aufzupassen. Sie perfektionierte einen Ausdruck schläfriger Gleichgültigkeit, als wären ihre Lehrerinnen nicht interessanter als eine Bande kläffender Köter.

Nur im Kunstunterricht gab sie sich noch Mühe. Ihr Kunstlehrer Mr. Evans – ein sanftmütiger, ziemlich nachlässig gekleideter Mann Anfang dreißig, in den mehrere Schülerinnen verknallt waren – sagte, sie habe «echtes Potenzial», und wider Willen hungerte sie weiter nach seinem Lob.

Sie nahm immer noch Klavierstunden bei Mrs. Dewson und gab auch den Schulchor nicht auf. Aber sie stellte sich jetzt nach ganz hinten und verdrehte die Augen, wenn die Chorleiterin neue Noten austeilte. Natürlich wieder ein Kirchenlied – Cass fand die Lieder ihrer Kindheit nicht mehr tröstlich – oder irgendein plumpes Arrangement eines dreißig Jahre alten Big-Band-Evergreens. *Chattanooga Choo Choo. Blue Moon. Tea for Two.* Wie langweilig das alles war – wie abgenudelt. Ganz anders als die Songs, die sie inzwischen in ihrem Zimmer im Radio hörte, wenn ihr Vater zu Bett gegangen war. Bob Dylan. The Beatles. The Kingsmen. Diese Musik – ihr Beat, ihre Kraft, ihr wilder, wütender Aufschrei – schien das Einzige zu sein, was überhaupt irgendwelche Gefühle in ihr auslösen konnte.

1964, als sie vierzehn wurde, verbrachte Cass immer weniger Zeit mit Irene. Eine Clique von wilden Mädchen aus dem Jahrgang über ihr lud sie ein, sich ihnen in der Mittagspause anzuschließen, wenn sie zum Rauchen zur Bushaltestelle an der Ostseite des Parks gingen. Ihre Anführerin war ein schlankes, mandeläugiges Mädchen namens Julia Adams, die Model werden wollte und von der das Gerücht ging, sie hätte *Es* schon getan.

Durch Julia lernte Cass Kevin Dowd kennen. Er trug einen grünen Anorak mit pelzverbrämter Kapuze und Hush Puppies. An seinem Motorroller hatte er sechzehn Seitenspiegel angebracht, acht auf jeder Seite, und wenn Cass hinten mitfuhr, sah sie sechzehn zerstückelte Spiegelbilder ihrer selbst, mit langem blondem Haar, das hinter ihr herwehte.

Kevin war achtzehn und ging nicht mehr zur Schule. Daher sah er nicht ein, warum Cass weiter hingehen sollte. Er verachtete die Rock-Bands, für die Cass sich zunehmend erwärmte, und nahm sie mit in Rhythm-and-Blues-Clubs, wo sie aus seiner Hand kleine, runde Tabletten bekam, die er «Purple Hearts» nannte. Sie ließ sie wie Sorbet auf der Zunge zergehen.

Manchmal holte Kevin sie mit seinem Roller von der Schule ab, und dann spürte sie, wie die anderen Mädchen sie anstarrten, wenn sie hinter ihm auf den Soziussitz stieg und die Arme um seine Brust schlang. Sie fuhren zum Knutschen irgendwo hin – Kevin lebte noch bei seiner Mutter, und Cass hatten bestimmt nicht die Absicht, ihn mit ins Pfarrhaus zu nehmen. Sie küssten sich, und Cass ließ zu, dass er die Hände unter die Bluse ihrer Schuluniform schob, und spürte dann, wie sie über ihre Haut glitten und ihre Wärme verbreiteten.

War sie scharf auf ihn? Sie wusste es nicht recht; sie konnte ihre Gefühle ja an nichts messen, oder höchstens an den atemlosen Berichten von sexuellen Abenteuern, die Julia und ihre Clique einander zuflüsterten. Cass war nicht so dumm, sie nicht als zum größten Teil erfunden zu erkennen. Aber sie wusste, dass Kevin scharf auf sie war – dass er sie sogar liebte, obgleich er das noch nicht eingestanden hatte. Das Wissen um sein Begehren war jedoch aufregend und wunderbar, sie wollte es immer wieder erfahren und bewahrte es als ein kostbares Geheimnis, das ihr und nur ihr gehörte.

Als sie eines Tages im April mit dem Roller mitten in den kleinen Park gefahren waren und dort ineinander verschlungen an einem Baum lehnten, schaute Kevin zur Kirche ihres Vaters, die sich weiß und stattlich über dem Rasen erhob, und sagte: «Lass uns reingehen.»

Cass schüttelte den Kopf. «Das geht nicht.»

Kevins Mund schmeckte nach Kaugummi und Zigaretten. Er umfing ihren Nacken mit der Hand und sagte: «Komm schon.»

Vielleicht war es das Tablettchen, das Kevin ihr eine Stunde zuvor auf die Zunge gelegt hatte. Cass verstand niemals so richtig, was sonst sie dazu gebracht haben könnte, sich wieder hinter Kevin auf den Roller zu schwingen, abzusteigen, als er ihn vor der Kirche quietschend zum Stehen brachte, und dann das schwere Holzportal der Kirche aufzustoßen.

Drinnen war es kühl und still. Die frischen Blumen, das glänzende Holz und die feinen Staubflocken, die in den Lichtscherben der Buntglasfenster tanzten, waren genau so, wie Cass sie immer gekannt hatte. Eine schreckliche Traurigkeit stieg plötzlich in ihr auf und drohte überzufließen.

«Komm, weiter», sagte Kevin. Er versuchte gar nicht erst, seine Stimme zu dämpfen, und sie hallte unter dem hohen Deckengewölbe laut nach. Dann zog er sie an der Hand durchs Kirchenschiff zum Altar mit dem weiß gestärkten Altartuch, das Cass oft unter den Händen ihrer Mutter gesehen hatte, wenn die es in der Sakristei bügelte. Inzwischen machte das wohl eine andere Frau.

Und dort, direkt vor dem Altar, zog Kevin sie plötzlich heftig an sich und presste seinen Mund auf ihren. Dort, vor dem Altar, wanderte seine Hand an ihrem nackten Oberschenkel aufwärts. Und genau dort wurden sie auch wenige Minuten später von Mrs. Harrison entdeckt, und dann war der Teufel los.

Als Lily Cass ein paar Wochen darauf abholte, sagte sie: «Du hast ja ganz schön für Wirbel gesorgt, Herzchen.»

Sie trug ihren roten Lippenstift und dazu marineblaue Capri-Hosen und ein blau-weiß gestreiftes Top. Sie lehnte in der Tür und betrachtete Cass mit einem Ausdruck, der halb verärgert und halb belustigt wirkte. In diesem Moment liebte Cass ihre Tante und spürte, wie sich diese Liebe mit ihrem ganzen Gewicht um ihre Schultern legte. Sie sagte aber nur: «Stimmt.»

Lily beugte sich vor und nahm Cass' Hand in die ihre. «Also. Ich würde nicht sagen, dass ich nicht ziemlich verblüfft war. Ich meine, was hast du dir nur dabei gedacht?»

Die Hand ihrer Tante war weich und warm, ihre Nägel glatt und scharlachrot lackiert.

«Wohl gar nichts», antwortete Cass. «Ich wollte einfach nur etwas fühlen. Etwas Echtes.»

Lily seufzte. «Viel zu echt, fürchte ich. Lass mich jetzt kurz mit Francis reden, und dann helfe ich dir, deine Sachen ins Auto zu laden.»

Cass wartete in ihrem Zimmer, während ihre Tante und ihr Vater sich unten unterhielten. Sie hatte alles, was sie besaß – ihre Bücher, Kleider, Skizzenbücher, ihr Radio und ihre Schallplattensammlung –, in zwei uralte Schrankkoffer gepackt, die Sam Cooper vom Speicher heruntergeschleppt hatte.

Sie saß auf dem Bett, das nicht mehr bezogen war, blickte auf die kahlen Regalbretter und die leere Kommode und hatte plötzlich eine Melodie im Ohr, so deutlich, als säße jemand neben ihr und sänge ihr hinein. Ein hoher, reiner Ton, schlicht und natürlich wie das Holz einer Kirchenbank. Vielleicht etwas von Paul oder John oder Mick, das sie gestern Abend im Radio gehört hatte. Oder die Klänge stammten von einer der Bands, zu deren Songs sie mit Kevin in den Clubs getanzt hatte. Howlin' Wolf. Georgie Fame. Booker T. and the M. G.'s.

Sie schloss die Augen und lauschte darauf. Nein. Diese Melodie war anders. Es war ihre eigene. Sie hatte keinen Text. Noch nicht. Aber Cass hatte das verwirrende Gefühl, sie müsste nur gut genug hinhören, dann würden auch Worte hinzukommen.

Aber es blieb keine Zeit zum Zuhören, zumindest vorläufig

nicht. Ihr Vater rief sie nach unten. Lily verkrümelte sich taktvoll, während Cass in seinem Arbeitszimmer vor ihm stand. So hatte sie in den letzten Wochen viele Male dort gestanden und seine Standpauken entgegengenommen. Ihr Vater war wütend gewesen, natürlich, und sie hatte seinen Zorn verstanden und ihn als etwas akzeptiert, was sie verdient hatte. Wenn sie schweigend vor ihm stand, bedrückt und mit niedergeschlagenen Augen, kam ihr manchmal der Gedanke, dass er jetzt wenigstens etwas fühlte. Jetzt gab es wenigstens Worte zwischen ihnen, selbst wenn es nicht die Worte waren, nach denen sie sich gesehnt hatte.

Aber beim Abschied war Francis nicht mehr wütend. Er stand von seinem Schreibtisch auf, ging um ihn herum zu ihr und schloss sie in die Arme. «Es tut mir schrecklich leid, Cassandra», sagte er in ihr Haar. «Mein Mädchen. Das alles ist natürlich meine Schuld. Alles. Aber mit Lily und John bist du besser dran. Das weiß ich.»

«Du wirst mir fehlen, Dad», antwortete Cass so leise, dass sie in dem langen Schweigen, das darauf folgte, das Gefühl bekam, er hätte es gar nicht gehört.

Aber dann sagte er: «Du wirst mir auch fehlen. Mehr, als du jemals ahnen wirst.»

Als sie zurücktrat, sah sie, dass sein Gesicht tränennass war. Sie wischte die Wange ihres Vaters mit der Hand ab und sagte: «Es wird gut, Dad. Du wirst schon sehen.»

Als sie losgefahren waren, steckte Lily sich eine Zigarette an und reichte sie Cass.

«Wenn du schon mit Rauchen anfängst», sagte sie, «kannst du es auch richtig machen. Schau her, dann kannst du was lernen.»

Sie holte die nächste Zigarette aus dem Päckchen, zündete sie an und sog den Rauch tief ein. Dann sah Cass einen Rauchring nach dem anderen zwischen den Lippen ihrer Tante hervorschweben. Die Ringe hingen ein Weilchen in der Luft, stiegen langsam auf und lösten sich am Wagendach auf.

In Atterley wurden sie von John in der Küche empfangen. Dort stand er zwischen Töpfen, Gewürzgläsern und Mehl- und Butterpäckchen. Louis lag zusammengerollt auf der Fensterbank und leckte sich die Pfoten.

«Das Abendessen ist fast fertig», sagte John, ging zu Cass und gab ihr einen Kuss auf beide Wangen. «Wahrscheinlich sollten wir dir die Leviten lesen, aber davon hast du wohl mehr als genug gehabt. Jedenfalls hoffe ich, dass das hier ein Neuanfang für dich wird.»

Cass lächelte. «Das riecht lecker. Was kochst du denn?»

Nach dem Essen hievte John die Schrankkoffer hinten aus dem Auto und schleppte sie die Treppe zum Gästezimmer hinauf.

Cass stieß die Tür auf. Dahinter lag das Zimmer, das ihr bereits vertraut war und das sie schon fast als das ihre betrachtete: die weißen Wände, die grün karierten Vorhänge und die Holzdielen, auf denen ein dicker weißer Teppichläufer lag. Über dem Ofen hing ein neues Bild: ein großes Schwarz-Weiß-Foto einer Frau, die mit erhobenem Kinn neben einer Staffelei stand.

«Oh», sagte Cass. «Hast du das aufgenommen, Lily?»

«Ja. Die Frau ist eine Künstlerin. Dinah Frith. Irgendwie hat sie mich an dich erinnert. Sie ist ein bisschen so, wie du vielleicht einmal sein könntest. Aber schau dich noch einmal genau um, Cass. Was siehst du sonst noch?»

Also schaute Cass sich weiter um, und da sah sie sie auf dem

Bett liegen. Mit langem Hals und geschwungenem Bauch. Im Licht der Lampe glänzte das Holz wie Sirup.

«Wir wissen, wie sehr dir das Klavier fehlen wird», sagte John. «Da dachten wir, die hier könnte ein guter Ersatz werden.»

Cass ging zum Bett. Die Gitarre war schwerer als erwartet. Sie nahm sie in die Hände, ließ die Finger über die dicken Stahlsaiten gleiten und hörte zur Antwort ein leises, vibrierendes Summen.

«Etwas Kreativeres als ein Mod mit Motorroller, wie gut er bestimmt auch ausgesehen hat», sagte Lily.

Cass nahm die Gitarre jetzt richtig, den Hals in die linke Hand und die rechte auf den Schallkörper. Im Geist hörte sie dieselbe Melodie, die in ihrem Kinderzimmer im Pfarrhaus plötzlich in ihrem Ohr erklungen war.

«Du musst sie natürlich nicht spielen», sagte John und räusperte sich. «Wenn du nicht willst.»

Da blickte sie zu ihm auf. Zu beiden, zu ihrer Tante und ihrem Onkel, die sie ganz genau beobachteten und ihr dieses Geschenk anboten, das zweifellos viel mehr war, als sie verdient hatte.

«Natürlich will ich», antwortete Cass.

11:00 UHR

Als die Schallplatte abgelaufen ist, bleibt Cass noch kurz sitzen, die Augen geschlossen.

Sie hat Larrys Stimme im Ohr, so wie er vor zwei Wochen, unmittelbar vor seinem Aufbruch, mit ihr gesprochen hat – das Gesicht starr, der Tonfall hart, ihr unvertraut, weil er so wütend war. *Natürlich weiß ich, was du durchgemacht hast, Cass. Aber glaubst du etwa, du bist der einzige Mensch auf der Welt, der je gelitten hat? Der je einen Fehler gemacht hat?*

Ihre Selbstreflexivität, diese verfluchte Neigung, eher in sich hineinzuschauen als nach außen in die Welt: Sie hat ihr alles gegeben und alles genommen.

Sie erinnert sich an ein Interview aus ihren frühen Jahren. Eine schummrige Kneipe, sie weiß nicht mehr, wo. Der junge Journalist – kaum älter als sie selbst – trug eine Donkeyjacke aus Wildleder und hatte ein rundes Bubengesicht. Don Collins. Weil er mit ihr geflirtet hatte, beobachtete Ivor das Interview mit Argusaugen.

«Cass», hatte Don plötzlich gefragt. «Warum sind deine Songs eigentlich so autobiographisch? Ich meine, die Welt ist ein einziges Chaos – Vietnam, Bürgerrechtsbewegung, Irland. Andere Sänger reagieren darauf, nehmen eine Haltung dazu ein. Du aber schreibst nur über dein eigenes Leben. Über dich selbst.» Er hatte sich zu ihr vorgebeugt und mit einem fast entschuldigenden Lächeln hinzugefügt: «Ist das nicht ein bisschen, na ja, kurzsichtig? Sollen wir wirklich deine netten, kleinen Mittelschichtsongs hören, während dort draußen so viel wichtigere Probleme nach unserer Aufmerksamkeit schreien?»

Da war Ivor aufgestanden und hatte sich mit geballten Fäusten über ihn gebeugt: «Hör mal, Bubi. Das reicht jetzt.»

Don Collins hatte von Ivor zu Cass geblickt und noch breiter gelächelt. Die provozierende Absicht war offensichtlich, er hatte mit einem Stock nach dem Tiger im Käfig gestoßen.

Aber Cass hatte einfach nur das Lächeln dieses Milchgesichts in der Wildlederjacke erwidert und ruhiger, als sie sich fühlte, geantwortet: «Schon gut, Ivor. Lass mich die Frage beantworten.»

Mit einem protestierenden Schnauben hatte Ivor sich wieder hingesetzt. Und Cass hatte langsam und mit leiser Stimme erklärt: «Ich weiß nicht, ob die Welt meine Songs braucht oder nicht. Das habe ich auch nicht zu entscheiden, finde ich. Vielleicht sollte ich ja tatsächlich über Politik oder wichtige Visionen schreiben. Aber weißt du, ich greife einfach nach meiner Gitarre oder setze mich ans Klavier, und das, was dabei herauskommt, sind eben diese Songs. Wenn die Leute sie hören wollen, und so ist es ja anscheinend, dann ist das wunderbar. Aber im Grunde schreibe ich sie wohl für mich selbst. Ich mache meine Songs, um meinen eigenen Erfahrungen, meinem eigenen Leben etwas mehr Sinn zu geben.»

Der Journalist blickte von seinem Notizbuch auf. «Und?»

«Und was?»

«Und ist dir das gelungen?»

Sie lachte. «Nein, bis jetzt noch nicht. Aber ich habe ja auch gerade erst angefangen.»

Cass erhebt sich vom Sofa und schiebt die Terrassentür auf.

Die kalte Luft tut ihr gut. Sie geht über den Rasen und hält nach Otis Ausschau. Zwischen den Hortensien, die noch nackt und kahl sind und gerade erst die ersten Knospen treiben, sieht sie etwas schwarz und rötlich braun aufblitzen. Sie ruft ihn, doch der Kater reagiert nicht.

Hinter der Rasenfläche steht Home Farm mit seinem quadratischen Grundriss fest und solide da. Die milchige Sonne wirft ihr blasses Licht auf die regelmäßigen Reihen weiß gerahmter Fenster, die über zweihundert Jahre alt sind. Die Mauern des Hauses bestehen aus rotem Backstein, und links klettert ein Blauregen die Fassade hinauf. Als Cass das Haus zum ersten Mal sah, erinnerte der rote Stein sie sofort an Atterley. Allerdings war dieses Haus hier wesentlich kleiner, und auch wesentlich kleiner als irgendeines der anderen Häuser, die man Kim, Anna und ihr selbst vorher gezeigt hatte. Außerdem war es im Vergleich miserabel ausgestattet. Die Räume waren zwar groß und hell, mussten aber dringend neu tapeziert werden, und in die Küche hatte seit den fünfziger Jahren keiner mehr investiert. Teppich, Kacheln und Küchenschränke waren in allen möglichen Braun- und Grauschattierungen schmuddelig verfärbt, und rund um die Herdplatten waren dicke, schwarze Schmutzringe eingebrannt.

Aber Cass war Anna, die damals erst acht und noch nicht wirklich darüber aufgeklärt war, dass ihr Vater nicht mit einziehen würde, in den Garten gefolgt. Sie hatte sich genau dorthin gestellt, wo sie auch jetzt steht, und das Haus auf sich wirken lassen – damals sah es ziemlich desolat aus, die Backsteine hatten Macken oder waren stellenweise gerissen, und von den Fenstersimsen blätterte der Putz ab. Trotzdem hatte es ihr gefallen, und so wie Jahre zuvor in Atterley hatte sie das Gefühl gehabt, die harte Anspannung tief in ihrem Inneren könnte sich an diesem Ort ein wenig lösen.

Zu Kims größter Überraschung hatte Cass der Maklerin an Ort und Stelle erklärt, sie werde das Haus nehmen. Und trotz allem, was später hier geschehen ist – trotz allem, wofür Home Farm inzwischen steht –, hat sie diese Entscheidung nie bereut.

Oben im Schlafzimmer zieht Cass ihre Laufklamotten an: Leggings, Laufschuhe und ein weites, atmungsaktives Top. Sie will den Wind auf ihrem Gesicht spüren und wahrnehmen, wie sich ihre Konzentration auf das Atmen und den langsamen Trommelschlag ihrer Füße auf dem Boden reduziert.

Mit dem Laufen anzufangen, hatte Kim ihr damals vorgeschlagen. Kim dreht seit Jahren jeden Morgen in ihrem Lycra-Outfit ihre Runde und besitzt den gestreckten, geschmeidigen Körper, der das beweist – andererseits ist Kim immer von Natur aus schlank gewesen, selbst wenn sie monatelang auf Tournee waren und sich nur von Hamburgern, Brathähnchen und Champagner ernährt haben.

Kim hatte das Thema Sport kurz nach Cass' zweiter Entlassung aus der Klinik angesprochen.

«Wer weiß», hatte sie gesagt. Sie saßen in der Küche, tranken Kaffee und aßen Kims selbstgebackenen Ingwerkuchen. «Vielleicht tut es dir gut, ein bisschen an der frischen Luft zu sein.»

Cass war skeptisch gewesen – und es war ihr, offen gestanden, auch peinlich. Sie wusste, dass sie zugenommen hatte –

zwölf Kilo, hatte die Ärztin ihr am Morgen ihrer Entlassung aus der Klinik gesagt.

«Aber Sie können etwas dagegen tun», hatte sie ermunternd hinzugefügt. Sie war jung, so wie alle, und hatte makellose, hellbraune Haut und geglättetes schwarzes Haar. «Gesundes Essen und viel Bewegung.»

Sie haben leicht reden, hätte Cass sie beinahe angeblafft. *Sie müssen sich ja nicht hinterher in der Regenbogenpresse abartig hässliche Fotos von sich selbst angucken, nur weil Sie mal Turnschuhe angezogen haben, oder?*

Damals mit Kim in der Küche hatte sie sich ihr Foto vorgestellt: über eine halbe Seite, schweißnass und mit verzerrtem Gesicht. «Star lässt sich nach Monaten blicken: Fettpolster schwabbeln beim Trimmen.»

Aber Kim hat es doch geschafft, sie zu überreden. Anfangs ist sie mitgekommen und hat sie langsam an das Training herangeführt – zwei Minuten Gehen, zwei Minuten Traben. So hatten sie auf dem Grundstück von Home Farm eine langsame Runde gedreht: vom Haus über den Rasen zum Studio, von dort zur alten Scheune. Entlang der Mauer, die den «Park» und das kümmerliche Wäldchen einschloss, das die dauergewellte Maklerin damals so frech zum «Arboretum» aufgewertet hatte. Und dann am Küchengarten vorbei zurück zum Haus, wo Cass sich endlich mit puterrotem Gesicht keuchend auf den Wohnzimmerteppich hatte werfen dürfen.

Nach einigen Monaten war es jedoch besser gegangen, und sie hatten sich durchs Dorf auf die Straße hinausgewagt, die zum Höhenkamm des *Weald* hinaufführt.

Natürlich hatten die Fotos nicht auf sich warten lassen – das Gesicht in besorgte Falten gelegt, hat Sally Jarvis die Zeitungen auf der Ladentheke ausgebreitet. Aber inzwischen schert Cass sich nicht mehr darum. Denn nun liebt sie ihre Laufrunde, weil dann das aufgeregte Geplapper in ihrem Kopf endlich innehält und für eine Weile verstummt.

Je höher sie hinaufkommt, desto breiter entfaltet sich das Panorama unter ihr: das Tal, das sich langsam zum silbrigen Faden des Flusses hinabsenkt. Die dunklen Baumdickichte, die Bänder der Hecken und über ihnen der von feinem Dunst verschleierte Himmel.

Sie ist jetzt täglich allein unterwegs, trotz Alans Sorge um ihre Sicherheit. Cass hat sich im Lauf der vielen Jahre daran gewöhnt, dass manche Fans extrem zudringlich oder sogar gestört sind und sich unvorhersehbar verhalten. Da war der Armee-Veteran, der auf dem Rasen vor Rothermere ein ums andere Mal sein Zelt aufgebaut hat, obwohl er wieder und wieder von der Polizei weggetragen wurde. Dann diese Drohbriefe, die Alan und das Sicherheitsteam ihr hatten verheimlichen wollen, bis sie wie eine besorgte Mutter darauf bestanden hatte, dass man sie fortlaufend informierte.

Nach ihrem Rückzug aus der Öffentlichkeit ist dergleichen allmählich abgeklungen. Vor ein paar Jahren aber ist eine Frau morgens in Home Farm eingebrochen, hat sich ein Käsebrot gemacht, ist dann nach oben gegangen und mit einem Messer über mehrere Kleider in Cass' begehbarem Kleiderschrank hergefallen. Cass war damals Gott sei Dank bei Johnny in London; Alan kam wegen ein paar Unterlagen zufällig ins Haus und traf die Frau dabei an, wie sie mit dem Messer in der Hand ein bodenlanges grünes Kleid zerschlitzte, das Cass seit dem Ende der siebziger Jahre nicht mehr getragen hatte.

Alan hatte dann eine neue Alarmanlage installieren lassen und einen Wächter für das Haus engagiert. Doch ein paar Monate später hatte Cass darauf bestanden, dass sie nicht länger wie eine Gefangene leben wollte, und der Wächter war entlassen worden (die Alarmanlage war allerdings geblieben). Auf ihrem Recht, unbewacht laufen zu gehen, hat Cass ähnlich energisch beharrt.

«Wer interessiert sich schon für eine fette, alte Frau, die in ihren verschwitzten Turnschuhen durch die Gegend keucht», hat sie zu Alan gesagt. «Mir ist das inzwischen egal. Wirklich, völlig egal.»

Alan hat protestierend den Mund geöffnet, dann aber in ihr Lachen eingestimmt. Er wusste ohnehin, dass Widerstand zwecklos war.

Als sie jetzt am rechten Straßenrand, unmittelbar neben der grasigen Böschung und dem Schirm der hohen Bäume, den Hügel hinauftrabt, breitet der *Weald* seine grüngoldenen Farben vor ihr aus – und Cass denkt an Larry.

Er hatte in den vergangenen Monaten die Gewohnheit angenommen, sie auf ihrer Joggingrunde zu begleiten. Dabei hatte er wie ein Kavalier alter Schule darauf bestanden, vor ihr herzulaufen, zum Schutz vor entgegenkommenden Fahrzeugen (oder vielleicht auch vor neugierigen Kameralinsen).

Sie hatte sich daran gewöhnt, sein federndes Auf und Ab ein paar Schritte vor sich zu beobachten. Die Laufshorts gaben den Blick auf seine langen, mageren Beine frei, und seine Arme schwangen vor und zurück wie der Mechanismus einer exakt kalibrierten Maschine. Er lief anmutig, und das hatte Cass überrascht, denn Anmut wäre gewiss nicht das erste Wort, das einem beim Versuch, Larry zu beschreiben, in den Sinn käme. Er ist einen Meter dreiundneunzig groß, und in Verbindung mit seiner weißen Haarmähne haben seine grob gehauenen Gesichtszüge Cass bei ihrer ersten Begegnung eigenartigerweise an Abraham Lincoln erinnert. Die hohe, Einfühlsamkeit verratende Stirn, derselbe direkte, ausdrucksstarke Blick.

Larry und sie haben sich im Mai 2014 in Washington, D. C., kennengelernt. Cass war hinübergeflogen, um zusammen mit Alan und Kim einem Konzert beizuwohnen, das ihr zu Ehren in der Library of Congress gegeben wurde. Die Veranstalter hatten die Hoffnung geäußert, dass Cass selbst auf die Bühne treten würde, aber da hatte sie die rote Linie gezogen. Seit beinahe einem Jahrzehnt hatte sie jetzt zum ersten Mal wieder eine Einladung aus Übersee angenommen, und als der Flughafen von Dulles unter ihr auftauchte, wurde sie von einem Gefühl der Hochstimmung erfasst. Sie war so oft und so lange in Amerika gereist. Und plötzlich hatte sie gespürt, wie sehr sie das Land vermisst hatte. Die staubigen Freeways. Und die Kneipen, die Hinterzimmer, deren Boden mit einer Schicht Sägespäne bedeckt war, um verschüttetes Bier aufzusaugen. Dort hatten sie immer gewartet, Ivor, sie selbst und die anderen, bis es Zeit war, hinauszutreten und sich dem unbekannten Publikum zu stellen. Sie dachte an die menschenleeren Prärien, die sich endlos vor dem Fenster des Tourbusses ausgebreitet hatten, wenn sie morgens zu früh aufgewacht war, den Vorhang aufgezogen und sich gefragt hatte, wohin es wohl als Nächstes ging.

Das Konzert in der Library of Congress strapazierte sie dann allerdings sehr. Erst als Cass in ihrem Abendkleid in der ersten Reihe saß, begriff sie, wie verstörend und schmerzlich es sein würde, ihre Songs zu hören, wenn andere Musiker sie interpretierten. Und dann hatte die alte Angst Cass immer stärker überwältigt – ihre Kehle schnürte sich zu, und die bekannten akustischen Verschiebungen setzten ein. Die Musik wurde verwaschen, überlaut und löste das gefährliche Klingeln in ihren Ohren aus. Sie hatte starr auf ihrem Stuhl gesessen und seine samtenen Armlehnen fest umklammert.

Kim, die neben ihr saß, hatte ihre Hand ergriffen, sich zu ihr hinübergebeugt und geflüstert: «Alles in Ordnung?»

Cass hatte verunsichert genickt. Und dann hatte sich ihre Anspannung nahezu unvermittelt gelöst, die Lautstärke der Töne war zur Normalität zurückgekehrt, und sie hatte ansatzweise gespürt, dass sie vielleicht endlich fähig sein würde, ihre Songs als das zu hören, was sie waren: Aufzeichnungen aus ihrer Vergangenheit. Tagebucheinträge. Nichts, was sie fürchten oder wovor sie sich verstecken müsste – einfach nur ihr Leben, wie sie es Tag für Tag gelebt hatte, ohne die Konsequenzen ihrer Entscheidungen im Voraus zu kennen.

Denn wer könnte mit einem solchen Wissen leben?, hatte sie gedacht. Wie sie da in ihrem festlichen blauen Kleid saß, hatte Cass mit einem Mal gespürt, dass die Bürde ihrer Schuldgefühle vielleicht ein wenig leichter werden könnte, dass sie etwas von der Last abwerfen könnte, und sei es auch nur ein winziger Bruchteil.

Beim Sekt-Empfang war sie dann ziemlich angetrunken gewesen. Und dort, ein wenig abseits der anderen, hat sie ihn zum ersten Mal gesehen.

Er trug ein weißes Shirt und eine Leinenhose, beides ein wenig zerknittert. Als er ihren Blick auffing, hatte er lächelnd das Glas erhoben, und sie war zu ihm getreten, ohne selbst recht zu wissen, warum.

«Ganz schön bombastisch, nicht wahr?», fragte er. Sie folgte seinem Blick zu dem hohen Deckengewölbe. Ein Überschwang an cremeweißem Marmor und Blattgold im Stil der Neorenaissance. In der Mitte sechs große Fenster aus blauem Glas. «Ein grandioses Denkmal des schlechten Geschmacks.»

«Ach, ich weiß nicht. Das Oberlicht finde ich eigentlich schön. Wenn Sie schlechten Geschmack sehen wollen, dann kommen Sie doch mal in den Buckingham Palace.»

«Tja», sagte der Mann und sah an sich hinunter. «Ich hatte wohl meine Einladung verlegt.» Er reichte ihr die Hand und lächelte erneut. Cass sah, dass Kim sie von der anderen Seite der Eingangshalle beobachtete. «Larry Alderson.»

Der Name kam ihr unbestimmt bekannt vor. Sein Handschlag war fest, sogar energisch, und aus irgendeinem Grund gefiel ihr das.

«Cass Wheeler», sagte sie.

«Natürlich», antwortete Larry. «Ich weiß.»

Als Cass jetzt verschwitzt und nach Luft schnappend am Eingang der schmalen, geschwungenen Zufahrt zu Home Farm stehen bleibt, denkt sie daran, wie distanziert Larry vor zwei Wochen – unmittelbar vor seinem Abschied – war. Seine leuchtend blauen Augen schauten alles an, nur nicht sie.

«Ich hatte wohl eine andere Vorstellung davon, wie sich das alles entwickeln würde, Cass», sagte er endlich, als das Taxi schon in der gekiesten Zufahrt stand. «Ich bin schon ein alter Kerl, aber ich kann nicht behaupten, dass es nicht weh tut.»

Sie hatte die Arme um ihn werfen und ihm sagen wollen, dass es ihr leidtue, dass sie noch einmal von vorn beginnen wolle. Dass sie sich mehr bemühen werde als je zuvor in ihrem Leben. Aber die Angst war zu groß gewesen.

Sie hatte wie festgewachsen auf der Couch gesessen und auf das dumpfe Zuschlagen der Haustür gewartet. Und erst danach hatte sie es sich gestattet zu weinen.

TRACK THREE

Living Free

By Cass Wheeler
From the album *Songs From the Music Hall*

I met a man who said he was living free
Nothing before him but the open road
He said ‹Why don't you just leave it all
And come with me?
Who only knows, who only knows
Where it will lead?
Just leave it all behind
Give me the sad old world, I'll set it free

You know it looks different when you're living free
The sun rises higher in the deep wide sky
The wind it gets stronger, and the air so sweet
Oh, who only knows, who only knows
Where it will lead?
Just leave it all behind
Give me the sad old world, I'll set it free.›

And so I followed him and I tried living free
Who could believe that open road was mine?
The wind it grew stronger and yes, the air was sweet

Who only knows, who only knows
Who we can be?
Let's leave it all behind
Give me the sad old world, I'll set it free

Living free

RELEASED September 1973

RECORDED July 1973 at Château d'Anjou Studios, France

GENRE Folk rock / soft rock / pop

LABEL Phoenix Records

WRITER(S) Ivor Tait / Cass Wheeler

PRODUCER(S) Martin Hartford

ENGINEER(S) Luc Giraud

Cass kam es später so vor, als hätte ihr Leben erst mit dem Umzug nach Atterley richtig begonnen.

Natürlich vermisste sie ihren Vater. Er besuchte sie, sooft er konnte, und sie fuhr einmal im Monat am Wochenende zu ihm. Aber so treulos es ihr auch vorkam, sie begann, diese Wochenenden in London zu fürchten. Sie durfte sich nicht mit Freundinnen oder Freunden treffen, und Francis hatte normalerweise damit zu tun, die Sonntagsmesse vorzubereiten. Die Stunden und Minuten schleppten sich dahin, und es war ihr beinahe unerträglich, die Hinweise auf die Einsamkeit ihres Vaters zu sehen: der einzelne Eierbecher im Abtropfgitter oder die Unordnung, in die das Pfarrhaus trotz aller Bemühungen Mrs. Souters und der Gemeindedamen allmählich versank. Sie begann, sich Ausreden auszudenken, warum sie nicht zu Besuch kommen könne: Sie hätte zu viele Hausaufgaben auf, sie hätte das Gefühl, es wäre besser für sie, sich ganz auf Atterley einzulassen und dort einzuleben.

Dort verging die Zeit wie im Flug. Irgendwas war immer los, irgendwas immer im Gang: Johns neuestes Bauprojekt oder Lilys letzter Auftrag von einer Zeitschrift. Beide wachten früh auf und wirkten stets munter und lebendig. Erst abends kehrte Ruhe ein. Dann saßen sie nach dem Essen mit einem

Glas Cognac vor dem großen offenen Kamin, hörten Platten und tauschten sich über den Tag und seine Ereignisse aus. Eine Freundin, die zu kämpfen hatte. Ein Kunde, der sich als schwierig erwies. Die Bürgerrechtsbewegung in den USA, über deren Fortschritte das Fernsehen informierte. Irgendwann verstummten Lily und John dann, sein Arm locker um ihre Schultern, ihr Kopf an seiner Brust.

Auch Cass suchte abends meistens die Gesellschaft der beiden, saß dann mit dem dösenden Louis auf dem Schoß da und nippte einen Cognac, der mit ein paar Tropfen Wasser für sie genießbar gemacht worden war. (Das Eingeständnis, dass sie lieber eine Tasse Tee getrunken hätte, kam ihr kindisch vor.)

Sie mochte den Anblick, wie ihre Tante und ihr Onkel aneinandergeschmiegt auf der Couch saßen. Sie fühlten sich so unübersehbar wohl miteinander und waren sich der Zuneigung des anderen so sicher. Ihr kam der Gedanke, dass sie nie einen Kuss zwischen ihren Eltern beobachtet hatte, abgesehen von jenen gelegentlichen trockenen Küsschen, wenn die Höflichkeit sie zwingend erforderte. Und sie war dankbar dafür, dass Lily und John sie nicht wie ein Kind behandelten: Sie schlossen sie immer mit ins Gespräch ein, fragten sie nach ihrer Meinung zu Politik, Kunst oder Kultur und ermutigten ihre stammelnden Versuche, darauf Antwort zu geben.

Dort, in diesem Wohnzimmer in Atterley, erahnte Cass zum ersten Mal die Möglichkeit eines anderen Lebens. Eines Lebens, in dem sie dem langen Schatten der Flucht ihrer Mutter und des Rückzugs ihres Vaters entkommen könnte. Sie behielt dieses Gefühl als einen kostbaren Schatz für sich und lauschte weiter dem wunderschönen Lied der beiden

Stimmen, die sich mit den Jazzrhythmen vermischten, die John auflegte.

Lily hatte einen anderen Musikgeschmack als John. An einem Samstagnachmittag nicht lange nach Cass' Ankunft nahm ihre Tante sie beiseite und zeigte ihr ihre eigene Plattensammlung. Joan Baez, Shirley Collins, Ewan MacColl und Peggy Seeger.

Die Fotos der Plattenhüllen zeigten eindringlich dreinschauende junge Frauen mit Gitarren und Banjos in den Händen und einen Mann mit einem dichten Bart, der eine Hand ans Ohr hielt. Cass konnte sich das Lachen nicht verkneifen, und Lily lachte mit, sagte aber: «Hör es dir erst mal an, Cass.»

Und so hatten sie sich mit einer Kanne Pfefferminztee vor den Kamin gesetzt und zugehört. Die Frauenstimmen waren hoch, warm und ungekünstelt. Sie sangen von jungen Mädchen, Schiffswracks und grausamen Herren. Cass schloss die Augen und hatte das eigenartige Gefühl, eine Zeitreise zu machen und Menschen zu beobachten, wie sie einmal gelebt hatten.

«Dein Großvater hat Banjo gespielt, weißt du», erzählte Lily. «Er hat es auch deinem Dad beigebracht. Der war ziemlich gut.»

Cass konnte es sich nicht vorstellen. Schon vor dem Verschwinden ihrer Mutter hatte ihr Vater nur Kirchenlieder und klassische Musik gehört. Vivaldi, Mozart oder, wenn seine Gefühle einmal mit ihm durchgingen, Beethoven. Sie glaubte nicht, dass er jetzt noch Platten von Beethoven auflegte.

«Warum hat er aufgehört?», fragte sie, und Lily antwortete: «Ich denke, deine Mutter hat sich nicht besonders viel aus Musik gemacht.»

Margaret: mit rot geränderten Augen und nach unten verzogenen Mundwinkeln, das halb verwehte, blumige Parfüm. Das Bild ihrer Mutter wurde in Cass' Erinnerung zunehmend verschwommen, und doch war sie immer da, ein schwacher Umriss am Rande ihres Bewusstseins. Genau wie die Fragen, die Cass noch immer nicht laut auszusprechen wagte. *Wie lange hatte sie ihr Verschwinden schon geplant? Warum hat sie mich nicht mitgenommen? Warum war ich es ihr nicht wert, meinetwegen zu bleiben?*

In London hatte sie das Gefühl gehabt, von der Anstrengung zu ersticken, diese Fragen herunterzuschlucken. Statt ihnen Raum zu geben, hatte sie sich in ihren Zorn geflüchtet oder im Wechsel dazu eine kühle Distanziertheit empfunden – als wäre nichts, was sie tat und was ihr geschah, wirklich echt. Jetzt begriff sie allmählich, was für ein verrücktes Gefühlskarussell das war. Aber sie war ja auch die Tochter ihrer Mutter, und dieser Gedanke hinterließ einen bitteren Nachgeschmack auf ihrer Zunge.

Laut sagte Cass: «Ich glaube nicht, dass meine Mutter sich aus überhaupt irgendwas etwas macht. Außer aus sich selbst.»

Lily, die beim Plattenspieler stand, setzte die Nadel neu auf. Das statische Knistern und Zischen, gefolgt von einem Arpeggio, das wie ein Schwarm Vögel von den Saiten einer Gitarre aufflog.

«Natürlich bist du wütend, Cass», sagte Lily und sah sie an. «Und du hast jedes Recht dazu. Ich bin selber ganz schön zornig auf Margaret. Aber nichts ist jemals so einfach, wie es scheint, insbesondere wenn es um eine Ehe geht. Eines Tages wirst du das selbst verstehen.»

Cass fühlte sich plötzlich verletzlich, als wäre etwas in ihr zum Zerreißen gespannt. Sie schloss die Augen und lauschte auf die Stimme der Sängerin. Dieser hohe, drängende Sopran, der von einer Mutter sang, einem silbernen Dolch und einer Braut.

«Joan Baez», sagte Lily. «Ist sie nicht toll?»

«Ja», antwortete Cass. «Wirklich.»

Oben in ihrem Zimmer nahm Cass an diesem Abend ihre Gitarre, setzte sich damit hin, umfasste den Hals mit der Linken und ließ die Finger in einer stummen Nachahmung der Musik, die sie gehört hatte, über die Bünde tanzen.

Sie hatte sich das Baez-Album zweimal angehört und die Hülle studiert, als könnte sie dort irgendwelche verborgenen Hinweise finden. Die blutrote Schrift und das geisterhafte Weiß der exotisch wirkenden Sängerin auf dem körnigen Foto. Die überbelichteten Gesichtszüge waren nicht zu erkennen, der Mund halb geöffnet, die Gitarre saß weit oben vor der Brust.

Die Songtitel, die von Gewalt und fernen Ländern erzählten: «Silver Dagger», «Mary Hamilton», «Donna, Donna». Cass hatte sie wieder und wieder gelesen und in sich aufgesaugt. Sie hatte sich den Gedanken gestattet, wenn sie es nur wirklich wollte, würden die Songs irgendwie in einer mühelosen Bewegung aus ihrer Erinnerung in ein fließendes Spiel ihrer Hände übergehen. Aber Cass' Finger blieben so ungeschickt, als wären sie Zimmermannshämmer, und die Töne, die aus dem Bauch des Instruments aufstiegen, ergaben nichts als einen tiefen, unmelodischen Klangsalat.

Sie dachte an das Klavier von Irenes Mutter zurück, an das misstönende Geklimper, das sie damals vor Jahren erzeugt hatte, als die Tasten einfach nur namenlose Stäbe aus Ebenholz und Elfenbein gewesen waren. Als sie nun erneut mit einem Instrument dasaß, das sie nicht spielen konnte, spürte sie trotz ihrer Enttäuschung über ihr Ungeschick, dass das hier, die Gitarre auf dem Schoß, im Kern genau richtig war. Sie hatte das noch unerklärliche Gefühl, dieses Instrument mit seinen unergründlichen Geheimnissen gehöre zu ihr.

Julia Adams schickte eine Postkarte: *London ist todlangweilig ohne dich, Cass. Ich kann noch immer nicht glauben, dass sie dich in die Pampa verfrachtet haben. Gestern hat mich Stan auf seiner Lambretta mit nach Margate genommen. Ich hatte meinen neuen blauen Bikini an. Kevin schickt dir tausend Küsse.* Neben das Wort «Küsse» hatte sie ein dickes Herz gezeichnet, das von einem Pfeil durchbohrt war.

Cass hatte nicht erwartet, noch einmal von Julia zu hören. Schon zu Beginn ihrer Freundschaft hatte Cass die Verbindung nicht als dauerhaft betrachtet. Und im Lauf der Monate hatte sie den Umgang mit Julia zunehmend als schwierig empfunden. Diese Karte kam Cass so vor, als wäre sie gar nicht an sie selbst gerichtet – sondern an eine Person, die Cass in London zurückgelassen hatte, bei Kevin, seinem Motorroller und den pinken Pillen, die sich auf ihrer Zunge auflösten.

Von Kevin hatte sie dagegen erwartet, dass er ihr schreiben würde – und in ihren wildesten Phantasien hatte sie sich sogar vorgestellt, er würde mit dem Roller von London nach Atterley kommen. Sein Schweigen tönte ihr zunächst laut in den Ohren. Doch Cass schrieb ihm ebenso wenig und unternahm während der Wochenenden bei ihrem Vater auch nie den Versuch, aus dem Pfarrhaus zu entschlüpfen und ihn zu besuchen. Als die Wochen dann vergingen und die Besuche in London seltener wurden, merkte sie, dass Kevin ihr inzwischen kaum noch mehr bedeutete als die angenehme Erinnerung seiner Lippen auf ihren, seines Körpers an ihrem. Das allmählich verblassende Vergnügen dieser Erinnerungen war ohnehin durch den peinlichen Nachhall des Moments, in dem Mrs. Harrison sie in der Kirche entdeckt hatte, halb verdorben, und Cass konnte sich noch immer nicht erklären, welcher Teufel sie damals geritten hatte.

Also zog sie es vor, Kevin zu vergessen. Dasselbe Schicksal ereilte Julia Adams, und, was Cass weniger leichtfiel, Irene, die Cass wirklich vermisste. Aber sie sah einfach keine Möglichkeit, über die Monate und die Distanz hinweg an eine Zeit anzuknüpfen, bevor sie selbst die alte Freundschaft so beiläufig und gedankenlos verworfen hatte.

In den ersten Monaten in Atterley war Cass daher ziemlich einsam, und es gab Augenblicke, in denen ihr von dieser Erkenntnis schwindelte. Zum Beispiel, wenn sie morgens aufwachte und ganz kurz nicht wusste, wo sie sich befand. Oder wenn sie nach einem Wochenende in London zurückkehrte und ihr Zorn auf ihre Eltern, auf diese erbärmlichen, kaputten Menschen, als die sie sie inzwischen sah, so heftig in ihr hochkochte, dass sie während der Heimfahrt ihre Wut nach außen richtete und damit unwillkürlich auf Lily zielte.

Anfangs wehrte ihre Tante sich nicht – sie hielt den Blick nach vorn auf die Straße gerichtet und wartete mit aufeinandergepressten Lippen geduldig darauf, dass Cass' schlechte Laune verflog. Aber Lilys Schweigen war nichts als Öl im Feuer. Cass' Stimme wurde vor Boshaftigkeit schrill. Sie wusste kaum noch, was sie sagte, und wollte nur noch provozieren. *Warum wollt ihr mich überhaupt bei euch haben? Warum macht ihr euch die Mühe? Ihr habt euch doch jahrelang nicht um mich geschert. Ihr macht das nur, weil ihr ein schlechtes Gewissen habt. Weil ihr keine eigenen Kinder habt.*

Aber du kannst nicht einfach daherkommen und so tun, als wärst du meine Mutter. Du bist nicht meine Mutter. Meine Mutter ist am anderen Ende der Welt. Sie hat mich immer gehasst, und ich hasse sie, und Dad hasse ich auch.

Da endlich erreichte sie eine Reaktion. Lily riss das Steuer zur Seite, und sie kamen mit einem Ruck am Rand der Straße zu stehen. «Das *reicht* jetzt», schrie sie.

Cass öffnete die Beifahrertür und stieg aus. «Dann geh ich eben zu Fuß nach Hause. Auch wenn ich kein Zuhause habe, wo ich hingehen könnte.»

Ein paar Augenblicke benommenen Schweigens. Nur das Summen der Motorkühlung, die nachlief. Und dazu das raue Krächzen von über dem Feld kreisenden Krähen.

Cass wandte sich vom Wagen ab und atmete den dumpfen Geruch von Gras und warmer Erde ein. Dann begann sie, mit bebenden Schultern zu weinen. Lily legte die Arme um sie und sagte in ihren Nacken: «Nein, Cass. Nicht so. Das ist nicht der richtige Weg.»

Im Lauf der Monate erkannte Cass immer klarer, dass Lily recht hatte. Wenn sie wollte, konnte sie sich der Umklammerung des elterlichen und des eigenen Unglücks entziehen.

Sie war ja gar nicht allein. Sie hatte ihre Tante und ihren Onkel, und da waren die Partys, die die beiden schmissen, und die Freunde, die zu Besuch kamen. Und Cass hatte das Zeichnen. Oft saß sie am Spätnachmittag auf der Terrasse und skizzierte alles, was ihr vor die Augen kam. Einen Krug mit Wasser, auf dessen Rand ein runder Zitronenschnitz wie ein Scheibchen Sonne saß. Den auf einem Kissen zusammengerollten Louis. Oder Lily, wie sie mit einer weiß gefassten

Sonnenbrille vor den Augen lang ausgestreckt auf einer Holzliege ruhte.

Wichtiger aber noch, Cass hatte ihre Gitarre. Oben in ihrem Zimmer übte sie stundenlang, und die Saiten gruben schmerzhafte Rillen in ihre Fingerspitzen, die sich allmählich in Schwielen verwandelten, dann aber so geschmeidig wurden, dass sie mit dem Holz und Stahl der Gitarre zu verschmelzen schienen.

Aus jenen ersten Monaten ist das Cass' klarste Erinnerung. Die lichte Helligkeit des weiß gestrichenen Zimmers; Lilys Foto der Künstlerin, die von dem Platz über dem Ofen mit energischem Blick zu Cass hinunterschaute. Und ihre Gitarre. Die Entschlossenheit, mit der sie ihre Finger dazu zwang, ihre Unbeholfenheit abzulegen und eine fließende Geschicklichkeit zu erlangen. Diese Leichtigkeit wurde ihr einziges Ziel, es brachte Cass morgens zum Aufstehen und war das Letzte, woran sie abends dachte, wenn sie zum Schlafen die Augen schloss.

Ende August unternahmen sie eine Reise nach Brüssel. John wollte eine neu errichtete Wohnsiedlung besichtigen, und Lily und Cass begleiteten ihn.

Sie stiegen in einem kleinen, düsteren, nicht von Spinnweben freien Hotel ab, das in einer Gasse in der Nähe des Grand-Place lag. Abends tranken sie Bier (Cass bekam ein Alster), das erstaunlicherweise mit Tellern voll Käsewürfeln serviert wurde, bestreut mit einem wunderbar würzigen Salz. Sie besuchten das Siedlungsprojekt mit seinen Häusern aus Holz und weiß gestrichenen Backsteinmauern, deren Dächer sich in einem steilen Winkel erhoben.

«Ist das nicht wunderschön?», fragte John, während Lilys

Kamera surrte und klickte. Tage später zeigte sie Cass in der Dunkelkammer die Fotos mit ihren Strukturen, Kontrasten und Schattensplittern, und da erst sah Cass die Schönheit der Architektur und begriff sie. Doch als sie in der heißen Mittagssonne von Brüssel stand, nickte sie nur lächelnd und dachte zum zwanzigsten Mal an diesem Tag, wie sehr sie sich danach sehnte, wieder in Atterley zu sein, wo in ihrem Zimmer ihre Gitarre auf sie wartete.

Und dann, ganz plötzlich, war es September, und die Schule begann.

Cass hatte das Gebäude bereits im Juni einmal gesehen, und damals hatte die Direktorin – eine freundliche, junge Frau, die in ihrem hellblauen Seersucker-Kostüm recht schick aussah – sie durch ihre Katzenaugenbrille gemustert und lächelnd gesagt: «Nun, junge Dame, du bist nächstes Schuljahr hier willkommen. Deine Zeugnisse waren bis vor kurzem ausgezeichnet. Bestimmt wirst du uns keinen Ärger machen, oder?»

Ganz anders als ihre ehemalige Schule in London, die mit ihren hohen viktorianischen Türmchen und düster verschatteten Nischen genug Ecken und Winkel bot, in die man sich mit einem Päckchen gestohlener Zigaretten zurückziehen konnte, war dies hier ein Neubau. Die niedrigen, breiten Gebäudequader waren mit großen Fenstern ausgestattet, die frisch geputzt strahlten, als die Mädchen am ersten Schultag zur morgendlichen Schulversammlung zusammenkamen.

Cass stand zufällig neben einem hochgewachsenen Mädchen mit freundlichem, sommersprossigem Gesicht.

«Linda Saunders», flüsterte das Mädchen, als sie ihr Buch mit den Kirchenliedern aufschlugen. «Magst du die Beatles?»

Cass nickte. «Ja», flüsterte sie zurück. «Aber ich mag auch die Stones. Ich kann ‹Carol› auf der Gitarre spielen.»

«Echt?» Linda riss beeindruckt die Augen auf. Gleich darauf beugte sich, den Finger an die Lippen gelegt, ein hübsches blondes Mädchen vor, auf dessen Blazerkragen deutlich sichtbar ein glänzend rotes Abzeichen mit dem Wort «Klassensprecherin» prangte. Linda begegnete Cass' Blick und unterdrückte ein Kichern. Dann begann man zu singen – *Dear Lord and Father of Mankind* –, und alles war so vertraut und doch so anders, dass Cass spürte, von nun an würde es gut laufen.

Im Frühjahr 1967, als Cass siebzehn war, trug sie ihr Haar lang bis zur Hüfte, und normalerweise ließ sie es zu einem Rapunzel-Zopf geflochten über die linke Schulter fallen. Nach vielen gescheiterten Versuchen vor dem Badezimmerspiegel hatte sie gelernt, sich die Lippen rot zu schminken.

Sie hatte mit der zehnten Klasse zehn Fächer abgeschlossen – sechs davon mit Bestnote – und wählte jetzt Musik, Englisch und Kunst als Leistungskurse. Später wollte sie sich an einer Kunsthochschule bewerben.

«Es sollte wirklich auch ein gesellschaftswissenschaftliches Fach darunter sein», hatte ihr Tutor gesagt, als Cass ihm ihre Entscheidung mitteilte. «Geschichte oder Geographie. Du beschneidest sonst deine Optionen.»

Aber Lily hatte den Kopf geschüttelt und ihrer Nichte geraten, nicht auf ihn zu hören. «Entscheide dich für die Fächer, die du wirklich liebst, Cass. Die Kunsthochschulen werden sich keinen Deut darum scheren, ob du Geschichte, Geographie oder Astrophysik belegt hast, solange du nur gut bist. Und du *bist* gut.»

Cass sprach inzwischen ein passables Französisch – zumindest hatte es für eine gestelzte Unterhaltung mit den beiden französischen Jungs gereicht, zu denen Linda und sie sich während des Schüleraustauschs mit Amiens abends immer hinausgeschlichen hatten. Sie hatte vier Shakespeare-Stücke komplett gelesen und dazu noch mehrere seiner Sonette. Außerdem einen Stapel Romane von Thomas Hardy, George Eliot und Graham Greene sowie, dem Rat ihrer Tante folgend, *Bonjour Tristesse* von Françoise Sagan (in Übersetzung. Ganz so weit reichte ihr Französisch auch wieder nicht). Und sie hatte inzwischen einen Freund, Stephen Lomax, der im Jungengymnasium die zwölfte Klasse besuchte und das blasse, schwindsüchtige Aussehen eines romantischen Dichters hatte.

Sie hatten sich im Sommer beim Zelten im Chanctonbury Ring kennengelernt. Linda und Cass verbrachten damals viel Zeit mit Lindas großem Bruder James, da dieser Auto fuhr (den Wagen seiner Eltern) und den besten Zugang zu den anderen Jungs des Gymnasiums bot. James hatte gehört, dass es in Chanctonbury spuken solle – vielleicht geisterte dort sogar der Teufel persönlich herum –, und er hatte es sich in den Kopf gesetzt, dort eine Nacht zu verbringen. Linda und Cass hatten sich alle Mühe gegeben, ihre Bedenken zu verbergen, und waren bereit gewesen, ihn zu begleiten, vorausgesetzt, er brachte seine bestaussehenden Freunde mit. Zu diesen gehörte Stephen Lomax. Er hatte schwarze Augen, sein langes braunes Haar hing sogar ein wenig über den Jackenkragen hinab, und Cass musste zugeben, dass James Wort gehalten hatte.

Stephen hatte sie bei Sonnenaufgang geküsst, nach einer Nacht, die damit begonnen hatte, dass die Jungs sieben Mal gegen den Uhrzeigersinn um den Kreis hoher Birken herumrannten. So versuchten sie, den Teufel zu beschwören. Luzifer hatte keine Reaktion gezeigt. Aber eine Stunde nachdem sie sich hingelegt hatten – der Mond stand inzwischen hoch und voll am Himmel, und sein Licht sickerte durch die dicht verwobenen Zweige –, waren sie von mehreren schrillen Schreien geweckt worden, zu denen sich keiner von ihnen bekannte. Bei den unheimlichen, durch Mark und Bein gehenden Tönen hatte Cass eine Gänsehaut überlaufen, und Stephen hatte die allgemeine Hysterie genutzt und war im Schlafsack zu ihr hinübergerutscht. Er hatte mit geübten Fingern einen Joint gedreht und ihn ihr angeboten. Als er sie Stunden später im kühlen, bläulichen Frühmorgenlicht umarmte, hatte Cass beim Küssen das Gras in seinem und ihrem Atem geschmeckt.

Stephen interessierte sich für Naturwissenschaften – er hatte in vier aufeinanderfolgenden Jahren den Schulpreis für Biologie gewonnen und wollte später in die Biomedizin gehen. Außerdem liebte er Musik – er war ein Fan der Byrds, Pink Floyds und einer neuen Band aus San Francisco namens Jefferson Airplane, deren importierte Debüt-LP er durch seine Beziehungen zu einem Plattenhändler in Brighton ergattern konnte. Nach der Schule wollte er sich in Stanford bewerben und in die kalifornische Szene eintauchen.

Stephens Eltern sahen das kritisch – sie begriffen nicht, was um Himmels willen an Oxford oder Cambridge verkehrt sein sollte –, aber Lily und John hielten seine Pläne für ausgesprochen vernünftig.

«Dort drüben spielt die Musik, Stephen», sagte John. «Also kannst du auch hingehen und dabei sein.»

«Deine Tante und dein Onkel sind klasse», sagte Stephen später, als sie auf Cass' schmalem Bett lagen. (Lily und John hatten auch nichts dagegen, dass die beiden stundenlang allein oben waren, solange sie sich nur ‹verantwortungsvoll› verhielten, wie Lily es ausdrückte. ‹Es ist mir schließlich lieber›, hatte sie hinzugesetzt, als sie zum ersten Mal über das Thema sprachen, ‹dass du mit ihm zusammen hier bist als Gott weiß wo. Aber sag es um Himmels willen nicht deinem Vater.›)

«Ja, das sind sie», antwortete Cass, schmiegte ihre Hüfte an seine und strich mit der Hand über seinen schmalen Rücken, wo sie den scharfen Grat seiner Wirbelsäule unter den Fingern spürte.

Von Linda, Lily und John abgesehen, war Stephen der Einzige, für den Cass Gitarre spielte.

Noch immer übte sie stundenlang, und ihre langen Finger glitten nun geschmeidig über Bünde und Saiten. Außerdem verfasste sie inzwischen auch eigene Songs – Songs, die so ungefragt und unaufhaltbar aus ihr herauszuströmen schienen, dass sie gerade noch Zeit hatte, nach Hause zu eilen, sich ihre Gitarre zu schnappen und die Melodien, die sie in ihrem Kopf hörte, an ihre Hände weiterzugeben.

Sie wusste, dass die meisten dieser Songs nicht gut waren – sie blieben jämmerliche Sturzgeburten, die, einen Tag nachdem sie sich begeistert in ihnen verloren hatte, schon ihren Glanz einbüßten, sodass sie sich von ihnen abwandte. Aber einige wenige – höchstens drei oder vier – nahm sie anders wahr. Da gab es Momente, in denen Text und Musik einander genau zu entsprechen schienen und Hand in Hand um einen Gedanken kreisten, den Cass erst richtig verstand, wenn sie mit dem Song fertig war. Spielte sie ihn sich dann vor, erkannte sie ihn wieder und dachte: *Ja, so. Genau das wollte ich ausdrücken.*

Aber Cass empfand das Spielen immer noch als etwas Privates. Es war irgendwie zu intim, um es anderen Augen und Ohren preiszugeben. Sie trat niemals in ihrer Schule auf – oder nur bei den Musikprüfungen, die sie auf dem ältlichen Klavier in der Aula ablegte. Und dann noch manchmal bei Partys, zu denen sie mit Linda, Stephen und ihrer Clique ging, wenn irgendwann eine akustische Gitarre auftauchte und man zusammen «Hey, Mr. Tambourine Man» oder «Blowin' in the Wind» sang.

Aber für Lily und John spielte Cass, wenn sie in der richtigen Stimmung war. Für Linda manchmal ebenso. Und nun also auch für Stephen. Er betrachtete sie beim Spielen, und ein leises Lächeln, fast als wäre er high, zog ihm die Mundwinkel hoch.

«Das ist wirklich etwas Besonderes, Cass», sagte er oft, wenn die Akkorde verklangen. «Du solltest deine Songs aufnehmen. Ich könnte sie meiner Connection in Brighton vorspielen. Der kennt einfach jeden. Er könnte sie an ein Label schicken.»

Doch dann schüttelte Cass immer den Kopf. «Oh Gott, nein, Stephen. Ich hab schon Lampenfieber, wenn ich nur dir was vorspiele. Vor anderen Leuten, das wäre der Horror.»

Stephen war gut zu ihr: zärtlich, rücksichtsvoll und behutsam. Vor allem auch an jenem Wochenende im vorigen Herbst, als Lily sie beide nach unten rief, eine Kanne Pfefferminztee kochte und Cass mitteilte, sie habe schlechte Nachrichten für sie. Letzten Sonntag hätte ihr Vater versäumt, die Messe zu halten. Hinterher hätte er darauf beharrt, er habe einfach nur den Tag verwechselt, gedacht, es sei Samstag – so ein Fehler könne doch jedem mal passieren. Doch das überzeugte den Bischof nicht. So etwas war nämlich nicht zum ersten Mal geschehen, und er hatte Beschwerden erhalten über wirre Predigten und häufige Verspätungen. Insgesamt, so hatte ein Kommunionhelfer es ausgedrückt, wirke Reverend Wheeler so, als sei er *geistig abwesend*. Und so war man zu der Entscheidung gelangt, es sei für alle Beteiligten – für die Gemeinde, die immer spärlicher zu den Gottesdiensten erschien, und für Francis selbst – vermutlich das Beste, wenn er in Frühpension ginge.

Francis würde in eine Wohnung in Worthing ziehen, erklärte Lily Cass. Eine hübsche, kleine Wohnanlage in Kirchenbesitz, wo ein Verwalter alles im Auge behielt. Gar nicht weit vom Meer. «Ich werde auch dafür sorgen, dass Francis zum Arzt geht», fuhr Lily fort. «Du weißt ja selbst, dass dein Vater schon eine Weile nicht ganz er selbst ist, aber das hier kommt mir anders vor. Schlimmer. Warten wir ab, was der Arzt sagt, aber ich mache mir Sorgen, Cass, und du bist alt genug, um Bescheid zu wissen.»

Cass nickte, Stephens Hand in ihrer. Oben in ihrem Zimmer warf sie sich schluchzend aufs Bett. Sie weinte um ihren Vater – seiner Demütigung wegen, all dessen wegen, was er und sie selbst verloren hatten, und aus Angst vor dem, was ihm noch bevorstehen mochte. Stephen zog ihre Hand auf seinen Schoß, streichelte ihr Haar und sagte: «Nicht weinen, Cass. Nicht weinen. Ich bin doch da. Ich werde immer da sein.»

Und so hatte sich bei Cass im Frühjahr ihres siebzehnten Geburtstags das Gefühl eingeschlichen, sie könnte sich durchaus in Stephen Lomax verlieben. Doch dann, als das

Frühjahr in den Sommer überging, marschierte eines Abends Ivor Tait in den Garten von Atterley, und Cass begriff, dass sie noch gar nichts über die Liebe wusste.

Es begann mit einem Mann namens Jonah Hills, der eines Nachmittags unangekündigt in Atterley aufkreuzte. Über seiner rechten Schulter hing ein Rucksack, und über seiner linken eine Gitarre. Sie hatte einen langen Hals, und eine Stahlplatte verdeckte das Schallloch. Weiter oben lugten zwei mit einem Drahtgitter verschlossene, runde Metallöffnungen wie ein blindes Augenpaar aus dem Korpus.

Es war halb fünf. John und Lily waren bei der Arbeit, und Cass war gerade erst von der Schule nach Hause gekommen. Stephen hatte sie gefahren. Er besaß inzwischen ein eigenes Auto, einen zerbeulten Vauxhall Cresta, bei dem Pannen zum Alltag gehörten. Stephen hatte mit hereinkommen wollen, doch Cass hatte noch Hausaufgaben auf – einen Aufsatz über *Piers Plowman*, der bereits einige Tage überfällig war –, und sie ahnte schwach, dass sich ein Song ankündigte, so wie es manchmal geschah.

Sie hatte sich gerade ein Glas Limonade eingeschenkt – es war einer der ersten warmen Spätnachmittage des Jahres –, saß auf der Terrasse und dachte über den noch formlosen, von keiner Melodie begleiteten Song nach, als der Mann auftauchte: eine bedrohliche Gestalt, bärtig und alt. Er kam über die Einfahrt auf sie zu.

Cass stand auf und bemühte sich, nicht erschreckt zu wirken. Als er sich näherte, sah sie, dass der Mann nicht so alt war, wie es den Anschein gehabt hatte. In seinem dunklen Bart waren keinerlei Spuren von Grau, und die Rinnen in seinem Gesicht, die sie für Falten gehalten hatte, stammten tatsächlich von Dreck. Er blieb mit ein paar Schritten Abstand stehen, ließ seinen schweren Rucksack auf den Boden fallen und lächelte.

«Hey, du», sagte er. Er war Amerikaner und sprach mit einem schleppenden, verwaschenen Akzent. «John und Lily, wohnen die hier?»

Cass entspannte sich ein wenig. Wenn dieser Mann John und Lily kannte, war er vermutlich nicht hier, um sie auszurauben. «Ja, das ist ihr Haus.»

Der Mann nickte, noch immer lächelnd, und nahm die Gitarre von der Schulter. «Mein Rücken ist am Arsch», sagte er. «Ich bin die ganze Strecke von Brighton zu Fuß gelatscht.»

Sie starrte das Instrument mit seiner stählernen Abdeckung an. Seine Saiten hatten mehr Abstand zum Griffbrett als ihre Gitarre.

«Ein ziemlicher Marsch», sagte sie.

Er folgte ihrem Blick. «Du spielst auch?»

Nach einem Augenblick des Zögerns nickte sie.

«Also, Missy, dann würd ich mich jetzt gern mal waschen», sagte er. «Und wie wär's danach mit einer kleinen Jam-Session?»

Oben im Badezimmer ließ sie heißes Wasser in die Wanne und gab etwas von Lilys Badesalz hinzu (wann hatte der Kerl wohl zum letzten Mal ein Bad gesehen?). Dann fiel ihr auf, dass sie noch nicht einmal daran gedacht hatte, ihn nach seinem Namen zu fragen.

Sie spähte durch ein kleines Fenster auf die vordere Terrasse hinunter. Er saß dort, wo sie ihn zurückgelassen hatte, und zog gerade einen ledernen Tabaksbeutel aus seiner Jackentasche. Eigentlich wirkte er ziemlich harmlos – aber trotzdem stieg sie zu Johns Arbeitszimmer im Dachgeschoss hinauf, fand die Nummer seines Londoner Büros auf einem Briefkopf und drehte die Wählscheibe des Telefons. Johns Sekretärin June nahm ab und sagte, er sei den ganzen Nachmittag auf einer Baustelle. Cass kehrte ins Bad zurück und fragte sich mit einem erneuten Blick aus dem Fenster, was sie jetzt tun sollte. Und da sah sie Lilys kleines Auto, das in die Zufahrt einbog.

An diesem Abend bereitete Lily eines der kräftig gewürzten, duftenden Eintopfgerichte zu, die sie Tagine nannte, und alle setzten sich im Schein von ein paar Kerzen, die im Garten brannten, zum Essen auf die Terrasse. Cass erfuhr, dass Jonah Hills aus einer Stadt namens Clarksdale, Mississippi, stammte. Er hatte einen guten Teil der Ersparnisse seiner verstorbenen Eltern für eine Schiffsreise nach England ausgegeben, und jetzt tingelte er seit einem Jahr durch Londoner Bars und Clubs. In einem dieser Clubs hatte er vor einigen Monaten Lily und John kennengelernt, und sie hatten ihn eingeladen, sie jederzeit in Atterley zu besuchen.

Als Jonah gebadet hatte, eines von Johns Hemden trug und seine schwarzen Locken nach dem Waschen trocknen ließ, war er auf eine lässige, wettergegerbte Art gut aussehend, die Cass ungewöhnlich schüchtern machte. Sie sagte beim Essen kaum ein Wort, trank hin und wieder einen Schluck Rotwein und gab sich alle Mühe, sich nicht dabei ertappen zu lassen, dass sie ihn ansah.

Nach dem Dinner drehte John einen Joint, und Jonah griff nach seinem Instrument. Er lockte einen metallischen, jaulenden Gitarrensound daraus hervor, dessen tiefe Vibrationen aus dem Klangkörper herausschallten, und seine Stimme schwang sich darüber so hoch auf und stürzte so tief ab, dass Cass jedes Mal eine Gänsehaut überlief. Als er geendet hatte, brachte sie noch immer kein Wort heraus. Dann sagte Jonah: «Okay, und jetzt bist du dran, Missy.»

Und so spielte sie für ihn, mutig gemacht durch den Wein und das verschwommene Licht der Kerzen. Als Erstes: «The Trees They Do Grow High», das sie sehr mochte. Sie hatte es in eine neue Tonart transponiert – und in ihren Ohren klang sie noch düsterer und verstörender als die Version, die sie von Lilys Joan-Baez-LP kannte. Und dann ging sie, ohne auf Applaus zu warten, der nur ihr Lampenfieber verstärkt hätte, sofort zu dem Song über, den sie im Vorjahr gemacht hatte und auf den sie insgeheim am stolzesten war. «Common Ground».

Als ihr kleiner Auftritt vorbei war, saß Cass mit geschlossenen Augen da und wagte nicht, sie zu öffnen. Es folgte ein Moment der Stille und dann ein Durcheinander von begeisterten Zurufen. Als sie sich einen Blick auf Jonah gestattete, sah sie, dass er sie breit anlächelte, die leicht gelblichen Zähne gebleckt.

«Oh Mann!», sagte er und nahm den Joint von Lily entgegen. «Als wäre sie höchstpersönlich da. Miss Joan Baez.»

Cass blickte lächelnd auf ihre Hände hinab. Jonah beugte sich zu ihr vor, die Spitze des Joints beschrieb im Schummerlicht eine glühende Bahn durch die Luft. «Jetzt mal ehrlich, Cass, kein Quatsch. Du musst raus auf die Bühne. Die Leute müssen dich hören. Sie werden verrückt nach dir sein.»

«Das sagen wir ihr auch immer», warf Lily ein. «Aber sie hält sich zurück, weißt du. Sie spielt nicht so gern in der Öffentlichkeit.»

Jonah starrte Cass noch immer an, die dunklen Augen hatten im Kerzenlicht einen wilden Blick. «Das geht massenhaft Leuten so», sagte er. «Du musst einen Weg da durch finden – oder jemanden, der die Angst mit dir teilt.» Er zog kräftig an dem Joint und reichte ihn Lily zurück. «Ich kenne da einen großartigen Musiker, der eine Partnerin sucht. Er braucht eine Stimme, die zu seiner passt. Von der Klangfarbe und so. Ladet ihn doch mal ein. Dann trifft er die Missy hier und kann selbst schauen, was er von der Idee hält. Und was *sie* davon hält.»

Cass blickte von ihrer Tante zu ihrem Onkel, und ihr Puls ging schneller.

«Warum nicht?», antwortete Lily. «Wir schmeißen nächsten Freitag die erste Sommerparty. Bleib doch bis dahin hier, Jonah, und frag ihn, ob er auch kommen möchte. Wie heißt er denn? Haben wir vielleicht schon von ihm gehört?»

«Sein Name ist Ivor Tait», sagte Jonah. «Und wenn ihr noch nicht von ihm gehört habt, dann wird sich das verdammt bald ändern.»

TRACK FOUR

I Wrote You a Love Song

By Cass Wheeler
From the album *My Loving Heart*

I wrote you a love song
But I forgot all the words
And the tune I heard in my head
Sounded like all the others I've heard

So I started again
And wondered how I could tell you
That life looks so different
Now I'm under your spell
I need to tell you
How deep and far I fell

There's just something about you
And I don't know what it is
Your face in the morning
And the taste of your kiss

And the shape that your body
Leaves in our unmade bed
Your hand in my hand
And your voice in my head
The look in your eyes

Says it's better left unsaid
Ahh ahh ahh ahh
Ahhh ahh ahhh ahhh

So this is the love song
It's simple, I know
Cast your spell on me, darling
And don't let me go
Don't let me go
Don't let me go
Don't let me go

RELEASED March 1976
RECORDED November 1975 at Harmony Studios, Los Angeles
GENRE Folk rock / soft rock / pop
LABEL Phoenix Records
WRITER(S) Ivor Tait and Cass Wheeler
PRODUCER(S) Bob Wright
ENGINEER(S) Bill Freeman / Isaiah Jones

Ivor Tait mit zweiundzwanzig. Ein Mann mit langem, beinahe schwarzem Haar, das ihm bis zu den Schultern herabfällt und auf die Frauen, die ihn bewundern – und davon gibt es bereits viele –, unglaublich reizvoll wirkt, wenn es beim Gitarrespielen sein Gesicht halb verdeckt.

Ein Mann, der in seinen braunen Wildlederstiefeln über einen Meter achtzig aufragt. Seine Augen sind grünbraun und werden von eindrucksvollen, aristokratischen Brauen überwölbt. Unter seinen klar definierten Wangenknochen sammeln sich tiefe Schatten, was ihm ein ziemlich ausgemergeltes, skeletthaftes Aussehen verleiht, insbesondere wenn er müde oder high ist oder beides.

Ein Mann mit einer so leisen Stimme, dass man sich im Gespräch mit ihm oft vorbeugen muss, um ihn verstehen zu können. Die Musik, die er den Saiten seiner Gitarre entlockt, spricht von einer ganz besonderen Sensibilität, Intensität und Zärtlichkeit. In seinem tiefsten Kern aber gibt es eine Leere, eine unantastbare Abwesenheit, einen Abgrund. Er weiß es und hat Angst davor.

Ein Mann, der seit vier Jahren kein Wort mit seinen Eltern gewechselt hat. Seit dem Tag, an dem er nach London aufgebrochen ist und die Tür jenes Hauses hinter sich zugeschlagen hat, in dem die unerträglichen Spannungen ihn fast erstickt haben. Das Haus, in dem der väterliche Zorn laut über allem dröhnte. Die weißen Knöchel der geballten Faust und die keuchenden, stimmlosen Schreie seiner Mutter, die durch die Wände des Reihenhauses nach draußen wehen.

Ivor Tait, ein Mann, der eines Freitagnachmittags um zwei auf die Straße getreten und zum Bahnhof gegangen ist, bewaffnet mit zwei Koffern und der Martin D-28 Dreadnought, für die er anderthalb Jahre lang jeden Abend im White Hart gekellnert hat. Seine Mutter Susan hat ihm ein Jahr lang jede Woche geschrieben, auf ihrem blau linierten, eleganten Briefpapier, und ist in ihrem besten Sonntagskleid zu seinem Wohnheim gekommen, um ihn zu besuchen. Ivor hat einen Freund gebeten, ihr zu sagen, dass er nicht da ist. Dann hat er am Fenster gesessen und der Weggehenden nachgeschaut. Etwas später ist er umgezogen und hat die Uni angewiesen, seine Adresse nicht weiterzugeben.

Ivor Tait dort in London-Bloomsbury, ein Mann, der *The Freewheelin' Bob Dylan* zum ersten Mal an einem kalten, nassen, stürmischen Mittwoch gehört hat, als er eigentlich Chaucer lesen sollte und stattdessen von diesem schmächtigen Mann in die Straßen Greenwich Villages versetzt wurde. Dylan, nur vier Jahre älter als Ivor – eigentlich ein großer Bruder, dessen Stimme, grob und rau wie Stiefelleder, schreit wie eine Sirene.

Was hat Cass von diesem Abend im Mai, der inzwischen fast fünfzig Jahre zurückliegt, noch in Erinnerung?

Das Kleid, das sie trug – aus einem steifen, weißen Baumwollstoff mit Paisley-Druck. Der Saum war so kurz, dass sie Linda in die Umkleidekabine rief, um zu schauen, ob ihre Unterwäsche hervorblitzte. (Jawohl, entschied Linda, jedenfalls wenn Cass sich bückte, hinsetzte oder die Beine übereinanderschlug. Also würde sie den Abend stehend verbringen müssen.)

Cass erinnert sich auch an ihr Haar – es fiel lang und gerade über den Rücken hinunter – und an die dicken Lidstriche, die sie mit Kajal um ihre Augen malte.

Und an das Lagerfeuer, das John und Jonah ganz hinten im Garten entzündeten, wo der Rasen zum Flussufer hin abfiel. Die Flammen stiegen rot, golden und blau in den Himmel auf, während die Abenddämmerung alles in Schatten tauchte.

Dann waren da die beiden Joints, die sie mit Stephen, Linda und James am Lagerfeuer geraucht hatte. Eine traurige Schläfrigkeit hatte sie überkommen, und ihre Gedanken waren zu ihrem Vater in seiner kleinen Wohnung in Worthing gewandert. Es konnte doch nicht richtig sein, dass sie sich hier mit anderen Menschen amüsierte, während er einsam und hoffnungslos dort hockte und nur noch Gott hatte, um ihn zu trösten.

Plötzlich verstummte der Plattenspieler. Ein junger Mann trat mit einer Gitarre in der Hand auf die Terrasse und scharte ein kleines Publikum um sich. Hand in Hand mit Stephen machte sie sich dorthin auf den Weg, und dann tauchte Jonah hinter ihr auf und flüsterte ihr ins Ohr: «Das, Missy, ist Ivor Tait.»

Sie lauschte – so wie alle lauschten –, als der Mann auf der Terrasse mit einer leisen Stimme, für die man die Ohren spitzen musste, sagte: «Dieser Song heißt: ‹Living Free›.»

Dann spielte er los, und Cass beobachtete, wie seine Finger über Saiten und Bünde tanzten, spürte die tiefe, wogende Wärme seiner Stimme und hatte für einen verrückten, berauschenden Moment das Gefühl, er hätte tief in ihren Kopf gegriffen und einen Song herausgeholt, der dort schon die ganze Zeit formlos und ungestaltet nur auf den Augenblick wartete, geboren zu werden.

Als Ivor aufsah und ihrem Blick begegnete, entdeckte sie in seinen Augen etwas, was sie noch nie zuvor gesehen hatte – ein Wiedererkennen, ein unausgesprochenes Wissen über sie selbst, das sie für sich noch nicht vollständig erworben hatte. Und da ließ sie Stephens Hand los und ging über den Rasen zur Terrasse.

Als Ivors Song geendet hatte, blickte er erneut zu ihr auf und näherte sich ihr. Sie beobachtete, wie lässig und anmutig er sich bewegte, als er auf die zukam.

«Ich hab gehört, du spielst auch.»

Im Garten war es inzwischen dunkel. Sein vom Licht des Küchenfensters umrissenes Gesicht war in Schatten getaucht.

«Stimmt», antwortete sie.

Sein Blick war offen und gleichmütig. Sie hatte das beunruhigende Gefühl, dass er sie taxierte. Sie starrte ihm entgegen, ohne mit der Wimper zu zucken. Er nickte mit dem Kinn in Richtung Terrasse und sagte: «Dann lass doch mal hören.»

Vielleicht lag es am Gras, das sie am Feuer geraucht hatte, oder daran, dass ihr sonst keine befriedigende Reaktion einfiel. Oder vielleicht hatte sie in diesem Unbekannten eine Herausforderung gespürt, der sie sich gewachsen zeigen wollte. Sie konnte später nicht recht entscheiden, was sie dazu bewogen hatte, in ihr Zimmer hinaufzugehen, sich ihre Gitarre zu schnappen und damit auf die Terrasse zurückzukehren.

Das kleine Publikum, das Ivor um sich geschart hatte, hatte sich bereits zerstreut. Einige Leute standen herum, andere saßen im Schneidersitz auf Kissen – darunter Linda, Stephen und James mit einem weiteren Joint –, während Jonahs Finger über die straffen Stahlsaiten glitten und seine Stimme die rauen, knarzenden Blues-Melodien in die Weite von Sussex schickte.

Nach dem Ende des Songs blieb Jonah noch einen Augenblick mit geschlossenen Augen stehen. Als er sie aufschlug, erblickte er Cass und ihre Gitarre. «Und nun, verehrtes Publikum: Miss Cassandra Wheeler!»

In diesem Augenblick hätte sie fast der Mut verlassen. Sie schüttelte den Kopf und wollte die Flucht ergreifen, doch Lily legte ihr die Hand auf den Rücken, und auf der anderen Seite der Terrasse sah Cass, dass Stephen sie mit einem strahlenden Lächeln ermutigte.

«Nur zu, Herzchen», sagte Lily, und da trat Cass vor.

Doch nicht Lily, Stephen oder Linda hatte sie vor Augen, als sie in den Kreis der Zuhörer trat, sich den Gitarrenriemen überwarf und spürte, wie das Gewicht sich auf ihre Schulter legte. Vielmehr sah sie den hochgewachsenen, langmähnigen Mann an, der so wunderbar gespielt hatte und der sie jetzt mit demselben taxierenden Blick maß wie vorhin. Ihr erster Akkord war eine selbstbewusste Antwort auf dieses Forschen, doch als ihr Song die Flügel spreizte und sich aufschwang, vergaß sie den Mann und alle um sich herum. Sie war allein mit ihrer Gitarre und der Musik, die oben in ihrem Zimmer in ihrem Kopf entstanden war. Und die, das verstand Cass jetzt zum ersten Mal, nur in dem Moment wirklich existierte, in dem sie geteilt wurde. So wie jetzt, da die Leute, die sie kannte – und viele, die sie nicht kannte –, sich ihr zugewandt hatten und sie beobachteten, ihr lauschten und ihre Melodien in sich aufsaugten.

Sie spielte vier Songs hintereinander weg, ohne auch nur eine Pause zum Atemschöpfen zu machen. Als der letzte Akkord verklang, brach das Publikum in Applaus aus. Stephen stand vom Boden auf, küsste sie auf den Mund und bemächtigte sich wieder ihrer Hand. Ivor dagegen hielt Abstand, und obgleich Cass den Rest des Abends keinen Versuch unternahm, sich ihm zu nähern, war sie sich seiner Gegenwart doch unausgesetzt bewusst. Als sendete er auf einer Funkfrequenz, die sie erst seit gerade eben empfangen konnte. Und dann, Stunden später – es war inzwischen drei Uhr früh, und die Gäste brachen allmählich auf –, stand Ivor plötzlich in der Diele neben ihr und legte ihr die Hand auf den Arm.

«Du bist gut, weißt du», sagte er. «Wirklich gut.»

«Danke.» Sie blickte auf seine Hand hinunter.

«Ich bin schon ein paar Jahre in der Branche unterwegs. Kenne eine Menge Sängerinnen. Du hast was, Cass.»

Ihr Name klang anders, wenn er ihn sagte: wie der Name einer Frau, nicht eines Mädchens. Draußen im Garten hatte sein Gesicht hart und kantig gewirkt – sogar streng, gewiss nicht freundlich –, aber jetzt war sein Ausdruck milder. Sein Haar war zerzaust, als wäre er gerade erst aufgestanden, und an seinem rechten Augenwinkel entdeckte Cass eine winzige Narbe, kaum breiter und länger als die Kante einer Penny-Münze. Er hielt sich, wie ihr jetzt auffiel, ein wenig krumm – so wie ein Mann, der sich ein bisschen zu groß fühlt –, und im matten Licht der Eingangsdiele hatte seine Haut einen kränklich bleichen Ton. Trotzdem erkannte sie plötzlich glasklar, dass sie noch nie einen so schönen Menschen gesehen hatte.

«Du auch», antwortete sie.

«Wie alt bist du – sechzehn?»

«Siebzehn», sagte sie ungehalten.

Ivor nickte, nahm die Hand von ihrem Arm und legte sie, durchaus sanft, auf ihr Gesicht, als kartierte er die Rundung ihrer Wange. Und dann war er mit einem Mal genauso plötzlich verschwunden, wie er aufgetaucht war.

Am Wochenende darauf kam er mit Jonah wieder. Es war Sonntag, kurz vor Mittag. Cass stand mit Lily in der Küche und schälte Kartoffeln, als ein weißer Morris Minor ruckelnd in die Zufahrt einbog. Der Wagen war sogar noch älter und dreckiger als Stephens Vauxhall, seine Karosserie war von Rost und Schmutz genarbt.

«Wer ist das denn?», fragte Lily und ging zur Tür, um es herauszufinden.

Cass verfolgte, wie die beiden Männer aus dem Auto stiegen. Als sie den Fahrer erkannte, der sich mit seinen langen Beinen aus dem Wagen wand, zog sie die Schürze aus, strich sich das Haar glatt und prüfte ihr Spiegelbild in der Fensterscheibe.

Natürlich blieben die beiden zum Mittagessen. In Atterley waren so oft unerwartete Besucher zu Gast, dass Lily fast immer zu viel kochte. John erzählte von dem Haus, das er für einen Geschäftsmann in Middlesbrough entwarf – ein hässliches, pseudoklassizistisches Monstrum mit einem Säulenvorbau und einer Garage mit fünf Stellplätzen.

«Ich habe ihm etwas Moderneres vorgeschlagen», sagte John. «Oder zumindest etwas Geschmackvolleres. Aber er bleibt stur.»

Jonah beschrieb das Haus, in dem er in Mississippi aufgewachsen war: zweigeschossig und im Kolonialstil, mit einer großen Holzterrasse vorn, auf der die Familie an Sommerabenden saß und Eistee trank.

Cass dachte an die Faltkarten, die ihre Mutter ihr zu Weihnachten und zum Geburtstag noch immer aus Toronto schickte und in denen Fotos steckten. Ein hohes, breites Haus mit einer weißen Veranda und zwei Fenstergauben im grauen Dach. Ihre Mutter und Len Steadman lächelten auf jedem Foto, ausnahmslos, und ihre Halbschwester Josephine wurde größer – das tapsige Kleinkind im dicken Schneeanzug war zu einem zahnlückigen Mädchen im gelben Kleid herangewachsen, das genauso aussah wie Cass früher einmal. In diesem Punkt konnte sie Margaret nicht widersprechen – die Ähnlichkeit war frappierend –, und sie betrachtete die Fotos immer eine ganze Weile, von einer eigenartigen, unangenehmen Mischung aus Neid und Faszination erfüllt.

Mit Ausnahme der ersten Karte hob Cass alle Briefe und Fotos in einer Schachtel auf, die unter ihrem Bett stand, aber sie konnte sich noch immer nicht überwinden, eine Antwort zu formulieren.

«Und was ist mit dir, Ivor?», fragte Lily. Sie waren mit dem Essen fertig und saßen mit ihren Kaffeebechern vor dem offenen Kamin. «Wo bist denn du aufgewachsen?»

Ivor starrte in seinen Becher. Er saß auf dem Boden. Cass hockte einen Meter weiter neben ihrem Onkel auf der Couch und war sich jedes Zentimeters, der zwischen Ivors Bein und ihrem lag, genau bewusst. Beim Essen hatte sie sich größte Mühe gegeben, an ihm vorbeizuschauen, und er hatte sie ebenso wenig angesehen. Aber sie wusste, dass er ihretwegen da war, und dieses Wissen war wie ein köstliches Geheimnis, das nur sie beide teilten (später gestand sie sich allerdings ein, dass es für jedermann vollkommen offensichtlich gewesen sein musste, warum er gekommen war).

«Lohnt sich nicht, darüber zu reden», antwortete Ivor, und

Lily rutschte ein wenig auf ihrem Platz zurück und sagte: «Ich verstehe.»

Später nahmen sie ihre Gitarren und begannen zu spielen. Zunächst zu dritt – Jonah, Ivor und Cass. Nach einer Weile ging Jonah mit Lily und John in den Garten. Cass blieb mit Ivor allein im Wohnzimmer zurück, wo der Tanz der Finger und das An- und Abschwellen des Gesangs eine ganz eigene Bedeutung erlangten. Seine ungewöhnliche Gitarrenstimmung (Cass war gefesselt), ihr Fingerpicking (so hatte er es noch nie gehört), seine hagere, über die Gitarre gebeugte Gestalt (sie konnte den Blick nicht abwenden) und der Schleier ihres hellen Haars, der ihr beim Singen über das Auge fiel (er hätte gerne hineingegriffen und ihr Gesicht an seins gezogen).

«He», sagte John, als das Spiel endlich verstummte. Cass schrak zusammen. Sie hatte gar nicht gemerkt, dass die anderen zurückgekommen waren. «Ihr seid unglaublich gut, wenn ihr zusammen spielt.»

«Ja», echote Lily. «Unglaublich.»

Cass blickte zu ihrer Tante auf und stellte fest, dass sie Ivor mit einem Gesichtsausdruck betrachtete, der zwar nicht unbedingt finster war, aber auch definitiv nicht freundlich.

In diesem Sommer entwickelten die Wochen eine eigene Struktur. Samstagmorgens kam Ivor immer mit dem Auto von London heraus und blieb bis sonntagabends. John überließ den beiden übers Wochenende sein Arbeitszimmer, und das Dachstudio mit den großen Oberlichtern, der schräg gekippten Zeichenplatte und den Büchern über William Morris, Charles Rennie Mackintosh und Le Corbusier wurde ihr Musikzimmer.

Zunächst arbeiteten sie an Ivors Songs. Es gab Dutzende

davon, manche nicht mehr als Fragmente – eine einsame Melodie, ein Text, für den er noch keine Akkorde gefunden hatte. Andere wie «Living Free» waren beinahe fertig – Cass trug einen Teil des Refrains, die zweite Stimme und ein Akkordpattern bei, an dem sie schon eine Weile arbeitete, transponiert in eine neue Tonart.

Ivor kritzelte seine Ideen und Songtexte immer in ein zerfleddertes schwarzes Spiralheft, das er ständig bei sich trug. Während er eines Sonntagmorgens im Bad war, nahm Cass das Heft aus seiner Jackentasche und blätterte die schmuddeligen Seiten durch. Sie fand Kritzeleien, Durchgestrichenes und auf einer Seite die Zeichnung einer langhaarigen Frau mit vollen Lippen, die gerade dabei war, sich abzuwenden. *Ursula*, hatte Ivor daruntergeschrieben.

Der Name mit seinen langen Vokalen und dem zischenden Konsonanten kreiste Cass den ganzen restlichen Vormittag durch den Kopf, und schließlich ertrug sie es nicht länger.

«Wer ist Ursula?», fragte sie.

Ivor schaute zu ihr auf. Er stimmte gerade seine Gitarre, und obwohl er Cass ansah, schien sein Blick von fern zu kommen und nicht ihr zu gelten. «Eine Frau, die ich mal kannte.» Er fragte nicht, woher Cass von dem Namen wusste, und wandte sich wieder seiner Gitarre zu. «Du hast doch selbst einen Macker, oder?»

Stephen mit seinen ehrgeizigen Plänen, seinem blassen Poetengesicht und seiner Liebeserklärung: Ein paar Tage nach der Party in Atterley hatte er sie Cass gemacht, und sie hatte nicht gewusst, wie sie reagieren sollte. Sie hatte an Ivor gedacht, daran, wie warm sich seine Hand angefühlt hatte, als sie auf ihrer Wange lag, und war voller Schuldgefühle gewesen. Sie hatte Stephen nicht anlügen wollen, aber grausam wollte sie auch nicht sein. Daher hatte sie geantwortet, sie möge ihn wirklich sehr. Stephen war verletzt, und das lag noch immer zwischen ihnen wie eine Sprengmine, die jederzeit hochgehen konnte. Sie mied ihn und schob andere Verpflichtungen vor, wenn er sie anrief oder zu Besuch kam. Sie sei unglaublich mit ihrer Musik beschäftigt, sagte sie, und das stimmte – sie war unglaublich mit ihrer Musik beschäftigt und dachte dabei unausgesetzt an Ivor. Es fiel ihr zunehmend schwerer, beides voneinander zu trennen.

«Ich weiß nicht», sagte sie jetzt zu Ivor, und sie hoffte, dass ihre Stimme beiläufig und abgeklärt klang. «Wahrscheinlich ist das vorbei.»

Ivor blickte nicht zu ihr auf, aber seine Hände, die eben noch an den Stimmwirbeln gedreht hatten, lagen jetzt still. Dann sagte er: «Fangen wir noch mal ganz oben an.»

Die entspannte Haltung, die Lily an den Tag gelegt hatte, als Cass ihr Zimmer mit Stephen teilte, erstreckte sich nicht auf Ivor: Als er zum ersten Mal ohne Jonah nach Atterley kam und übers Wochenende blieb, richtete Lily das Gästezimmer für ihn her, und so behielt sie es bei.

Die langen, gemeinsamen Tage im Musikzimmer waren für Cass mit einer fast elektrischen Spannung aufgeladen, der sich anscheinend auch Ivor nicht entziehen konnte. Aber seit seiner Geste bei der Party hatte er nicht versucht, sie zu berühren, und sie hatte ihrerseits keine Annäherung gewagt. Dann kam ein Sonntag im Juli, an dem im Dachstudio eine Bruthitze herrschte. Sie hatten alle Oberlichter geöffnet, aber trotzdem war die Luft drückend warm und schwül, und ihre Gesichter klebten von Schweiß. Sie spielten «Common Ground» von Anfang bis Ende durch, und dann legte Ivor seine Gitarre weg, trat zu ihr, nahm ihr die Gitarre vom Schoß und zog sie hoch.

Jetzt war er kaum noch einen Fingerbreit von ihr entfernt. Sie spürte die Wärme, die von seinem Körper ausging, legte ihm die Hand um den Nacken und zog sein Gesicht zu ihrem herunter.

Dort, wo kein Platz mehr zwischen ihnen war, sagte er: «Ich kann nicht aufhören, an dich zu denken, Cass. Es macht mich wahnsinnig.»

Sie wollte ihm zustimmen, aber ihre Worte wurden von seinem Kuss erstickt.

In dieser Nacht schlief Ivor nicht im Gästezimmer. Am Morgen wachten sie früh auf. Trotzdem war es schon hell und warm, und die karierten Vorhänge warfen ein mosaikartiges Muster auf den Holzboden. Sie lagen zusammen auf Cass' Bett, nackte Haut an nackter Haut. Ihr Ohr war an seine Brust gedrückt, und sie horchte dem langsamen, steten Rhythmus seines Herzens nach. Ihr kam der Gedanke, dass das hier – der Liebesakt und die gelassene, ruhige Nähe ihrer Körper – in seinem innersten Kern ebenfalls Musik war. Es war, als spielten sie einen Song, den sie bereits kannten: eine sowohl vertraute als auch fremde Melodie, bei der ihre Stimmen sich vereinigt emporschwangen.

Mittags ging er. Er hatte einen Job, musste mit einem Freund zusammen ein Haus streichen, und am Abend darauf hatte er einen Gig in Milton Keynes.

«Ich wünschte, ich könnte mitkommen», sagte Cass, und Ivor legte die Lippen an ihr Ohr und flüsterte: «Ich auch.»

Nach dem Essen stieg John an diesem Abend mit einem Cognac in sein Arbeitszimmer hinauf, und Lily bereitete Pfefferminztee zu. Es war ein wunderschöner Abend: golden und still. Die Terrassenfliesen hatten die Wärme des Tages gespeichert, und irgendwo in einem Baum gurrte eine Ringeltaube.

«Sei vorsichtig, Cass», sagte Lily nach einer Weile.

Sie brauchte nicht auszusprechen, was sie meinte. Cass spannte sich an. «Du magst ihn nicht?»

Lily stellte ihren Becher weg und wandte sich ihrer Nichte zu. «Ich weiß nicht recht. Aber das spielt eigentlich keine Rolle, oder?»

«Nein.» Cass spürte die Hitze des Zorns in sich aufwallen wie damals, als Lilys Wagen mit einem Ruck am Straßenrand zu stehen gekommen war. Der Geruch von warmem Gras und Abgas, und die Tränen, die ihr salzig über die Wangen geströmt waren. «Ich bin kein Kind mehr, Lily.»

Ihre Tante schwieg einen Augenblick. Dann sagte sie: «Das stimmt, du bist kein Kind mehr. Und ich hoffe, du weißt es zu schätzen, dass ich mich immer bemüht habe, dich nicht wie eines zu behandeln.»

«Und was machst du gerade?»

Lily schloss seufzend die Augen. «Ich weiß es nicht. Aber du liegst mir am Herzen, Cass, wie es dir geht, ist mir wichtig. Und darum versuche ich jetzt vermutlich, dir zu sagen, dass ... Ich meine, Ivor ist ...»

Sie verstummte, und Cass stieß ins Zögern ihrer Tante hinein. «*Was* ist er, Lily? Was willst du mir sagen?»

Wieder ein Schweigen, diesmal noch länger. Cass betrachtete das Profil ihrer Tante – die lange Nase und die dunklen Ponyfransen. Sie liebte sie und hasste sie, und der Zorn auf ihrer Zunge schmeckte bitter.

Als Lily erneut das Wort ergriff, war ihre Stimme leise und gelassen. «Weißt du, ich klinge wie deine Großmutter. Als ich

John kennenlernte, hat sie mir genau dieselbe Predigt gehalten. Und habe ich auf sie gehört? Nein, natürlich nicht.» Sie sah Cass an. «Ich mag Stephen. Ich mag ihn sehr, und wichtiger noch, ich weiß, dass du ihn auch magst. Ivor ... der ist natürlich ein ganz anderer Mann, er ist aufregend und sieht sehr gut aus. Und er ist ein großartiger Musiker. Ich weiß, dass du nicht siehst, was mir ins Auge springt, wenn ich ihn anschaue – seine Ruhelosigkeit und seine Selbstbezogenheit. Ich verstehe das, Cass, aber ich wäre dir keine gute Freundin – oder ich wäre keine Tante –, wenn ich nicht versuchen würde, dich davor zu warnen.»

Cass' Herz hämmerte. «Ich dachte, du wärest auf meiner Seite, Lily.»

Lily griff über den Tisch nach ihrer Hand. «Das bin ich ...»

«Nein.» Cass riss ihre Hand weg. «Nicht, wenn du so etwas über Ivor sagst. Und nicht, wenn du Stephen da so reinziehst. Ich habe ihm nichts versprochen. Ich wusste doch nicht, dass es so kommen würde.»

«Aber wie würdest du dich fühlen», fragte Lily mit derselben leisen Stimme, «wenn er dasselbe mit dir machte?»

«Wie ich mich fühlen würde?» Cass sprang auf. «Warum fragen wir denn nicht mal Johns Exfrau, wie *sie* sich gefühlt hat, als er mit dir durchgebrannt ist? Du bist so eine Heuchlerin, Lily.»

Sie ertrug den Anblick ihrer Tante keinen Augenblick länger. Sie stellte ihren Becher auf den Tisch und rannte aus dem Garten in ihr Zimmer, in das Zimmer, das ohne ihn so leer wirkte: ohne Ivors schlanken, kühlen Körper neben ihr auf dem schmalen Bett. Ohne seinen warmen Atem an ihrem Hals, jetzt, da sie in einen unruhigen, überhitzten Schlaf fiel.

Und obgleich Cass am nächsten Morgen schamrot war

über das, was sie Lily an den Kopf geworfen hatte, obgleich sie lammfromm und reuig zum Frühstückstisch kam, wo man ihr verzieh, hatte sie den Rat ihrer Tante bereits sorgfältig und absichtsvoll verdrängt. Erst Jahre später erinnerte sie sich wieder an das, was Lily in jener Nacht gesagt hatte, und da erst verstand sie es.

Die Wochentage waren in diesem Sommer eine Qual. Cass wanderte von einem Zimmer ins andere, an nichts und niemandem interessiert als an dem in ihrem Kopf herumspukenden Ivor Tait. Obwohl er nicht da war, sah sie ihn auf der Terrasse sitzen und mit den langen, eleganten Fingern über die Gitarrensaiten streichen.

«Sag, wie ist es *wirklich*, Cass?», fragte Linda. Sie hatte inzwischen einen Freund, einen blonden Rugbyspieler, der in James' Klasse ging, aber bisher hatten sie sich erst ein paarmal auf dem Rücksitz des Autos seines Vaters geküsst.

Es war Mittwochnachmittag, und Lily war von einem Fototermin früher nach Hause gekommen. Cass und Linda lümmelten zusammen auf dem Wohnzimmersofa, hörten Platten und tranken Tee. Cass dachte einen Augenblick nach und vergewisserte sich mit einem Blick, dass ihre Tante nicht in Hörweite war. Dann antwortete sie leise: «Unglaublich, Lin. So viel *mehr*, als ich erwartet hatte, irgendwie. Mit Ivor ist es ... natürlich. Einfach.» Und dann fügte sie hinzu, obgleich sie das noch niemals laut ausgesprochen hatte: «Ich liebe ihn einfach. So sehr.»

Linda starrte sie an. «Verdammt. Das hast du ihm aber nicht gesagt, oder?»

Cass schüttelte den Kopf.

«Also, tu das auf keinen Fall, ja?», sagte Linda energisch.

«Wenn es irgendwas gibt, was ich wirklich weiß, dann, dass er sonst die Biege macht.»

Und so sagte Cass es Ivor nicht – allerdings formte sie die Worte jedes Mal lautlos mit den Lippen, wenn sie seinen Minor Morris die Auffahrt hinaufzuckeln sah. Und jedes Mal, wenn sie zusammen in Johns Arbeitszimmer saßen und ihre Musik zur Decke aufstieg und dort schimmernd zu hängen schien. Falls sie enttäuscht war, dass Ivor diese Worte nicht als Erster aussprach, sie ihr nicht wie ein Geschenk darbrachte – und sie *war* enttäuscht, das konnte sie nicht leugnen, nicht einmal vor sich selbst –, dann schlug sie sich diese Enttäuschung aus dem Sinn und sorgte dafür, dass sie keinen Raum zum Atmen, zum Wurzelschlagen und zum Wachsen fand.

Eines Tages im August sagte Ivor: «Ich glaube, wir sind so weit, Cass. Was meinst du?»

Sie sah ihn an, von Liebe erfüllt, und sagte: «Ja, das glaube ich auch.»

Er arrangierte für das folgende Wochenende einen Auftritt in einem Pub in Lewes. Sie kannte die Kneipe: Sie war schon öfter mit Linda, Stephen und James dort gewesen und hatte Alster getrunken. (Der Wirt überging einfach das Detail, dass sie nicht volljährig waren.) Manchmal war dort auf der winzigen Bühne der eine oder andere Musiker aufgetreten – eine Reihe stets wechselnder junger Männer mit langem Haar und anämisch blasser Haut, die Dylan, Donovan oder Simon and Garfunkel spielten.

Tatsächlich hatte sie auch schon mal gewagt, sich vorzustellen, wie sie dort oben mit ihrer Gitarre säße und ihre eigenen Songs spielte. Sie sah dann die gleichgültige Menge vor sich: Einheimische mit flachen Kappen, die an der Theke in ihr Bier starrten, und Schüler wie sie, die gähnend mit klebrigen Bierdeckeln spielten. Bei dieser Vorstellung hatte sie einen Klumpen von Angst in der Magengrube gespürt, der ihr von dort die Kehle hinaufkroch.

Doch kaum ein Jahr später war es so weit: Die Gitarre in der Hand, stand sie neben Ivor an der Theke. Lily und John waren da, Linda und ihr Rugbyspieler Tim, Jonah war für den Abend aus London gekommen, und selbst Stephen stand mit einem Glas Apfelwein ganz hinten. Sie hatte ein paar Wochen zuvor am Telefon mit ihm Schluss gemacht. «Es ist seinetwegen, oder?», hatte Stephen bitter gefragt. Weil sie das Gefühl hatte, ihm wenigstens eine ehrliche Antwort schuldig zu sein, hatte sie erwidert: «Ja. Es tut mir schrecklich leid, Stephen. Wirklich. Ich wollte dir nicht weh tun.» Nach kurzem Schweigen hatte er geantwortet: «Vielleicht nicht. Aber das hast du.»

Jetzt, im Pub, war die Angst wieder da – wie eine geschmeidige Schlange drohte sie ihr in die Kehle zu kriechen und jeden Laut zu verschlingen –, aber Ivor beugte sich zu ihr hinunter und flüsterte: «Bereit?», und da wusste Cass plötzlich, dass sie es war. Sie setzten sich auf der kleinen, erhöhten Bühne auf ihre Hocker, und es war, als wäre der ganze Saal und alle, die sich darin befanden, zurückgewichen, und allein Ivor und Cass wären noch da, sie beide und ihre Stimmen, die sich auf eine Weise verwoben und verschlangen, die ihr außergewöhnlich erschien. Nicht nur, weil sie Ivor liebte, sondern auch, weil sie noch nie etwas gehört hatte, das so klang. Und er, das wusste sie, auch nicht.

Sie spielten «Living Free» und «Common Ground» und «I Wrote You a Love Song», das sie erst am Samstag zuvor innerhalb weniger rauschhafter Stunden in Johns Arbeitszimmer geschaffen hatten.

Hinterher jubelten ihre Freunde ihnen mit Hochrufen zu, und einer der Männer an der Theke stieß einen Pfiff aus.

«Du hast einen tollen Fang gemacht, Junge», rief er.

Cass wurde rot und schaute nach unten, wo ihre Hände auf dem Bauch der Gitarre ruhten. Ivor dagegen blickte auf, zwinkerte dem Mann zu und sagte mit seiner leisen, ein wenig schleppenden Stimme: «Also, da kann ich nicht widersprechen.»

Ivor lebte in einem Haus in Nordlondon. Ein mächtiges, dreigeschossiges viktorianisches Gebäude in Gospel Oak. Die Fenster hatten Buntglasscheiben, Farbe und Verputz blätterten ab, und der lange Garten war von Unkraut und Wildblumen überwuchert.

«Unsere Wildnis», sagte Ivor. «Die Natur macht hier ihr eigenes Ding.»

Sein Zimmer lag im ersten Stock und ging auf die Straße hinaus. Wenn man sich aufs Bett stellte, konnte man über die gegenüberliegenden Häuser hinweg auf das Naturschutzgebiet Hampstead Heath sehen, dessen Wälder und Wiesen zum Parliament Hill anstiegen. Bei Cass' erstem Besuch spazierten sie dort hinauf – Cass, Ivor und eine Schar anderer Leute, deren Namen sie sich noch nicht merken konnte und die, wie es den Anschein hatte, zum größten Teil ebenfalls in dem Haus an der Savernake Road wohnten. Eine der Frauen – sie hatte sehr langes, sehr glattes Haar und trug ein bodenlanges Kleid – hatte eine Flasche Wein mitgebracht. Jemand anders breitete eine Decke auf der Wiese aus, und alle setzten sich darauf und ließen die Flasche kreisen.

Ivor schmiegte sich von hinten an Cass und legte ihr die Arme um die Taille. Mit dem Kopf fand sie die Stelle zwischen seinem Schlüsselbein und dem Kinn. Vor ihnen lag ganz London ausgebreitet: die weiße Kuppel von St. Paul, die wie Kisten gestapelten Bürogebäude und der glänzende, neue, raketenartig aufragende Post Office Tower, der den Beginn des Raumfahrtzeitalters feierte. Irgendwo viele Meilen im Süden lagen das Pfarrhaus, in dem Cass zur Welt gekommen war, und die Kirche, in der sie sich selbst und ihrem Vater Schande bereitet hatte. Was Kevin Dowd wohl gerade tat, fragte sie sich in einem winzigen Moment nostalgischer Sehnsucht. Oder Julia Adams und Cass' alte Freundin Irene?

«Das hier hat mir gefehlt», sagte sie. «London hat mir gefehlt.»

Ivor senkte das Gesicht zu ihrem Ohr herunter und flüsterte so leise, dass nur sie es hören konnte: «*Du* hast mir gefehlt.»

An diesem Abend hatten sie einen Gig in einer Souterrain-Bar. Es war eine echte Kaschemme. Das Kondenswasser lief in Rinnsalen an der schwarz gestrichenen Wand hinunter, der Boden klebte von verschüttetem Bier, und die Barkeeperinnen in ihren dünnen Tops wirkten ausgemergelt und hatten Augen, unter denen schwarze Ringe von Make-up und Müdigkeit lagen. Aber es war auch ein Lokal, in dem die Gäste verstummten, wenn die Musik einsetzte. Sie saßen an runden Tischen, tranken Wein, Whisky oder Bier, hörten rauchend zu und sparten sich ihre Gespräche für die Pausen auf.

Cass blickte von der Bühne auf die Leute hinunter, dann auf Ivor, der neben ihr saß, und spürte, wie ihr Lampenfieber sich legte, wie die züngelnde Schlange, die ihr jedes Mal in den Stunden vor einem Auftritt die Kehle hinaufkroch, sich zurückzog. Sie öffnete den Mund weit und sang, und gleich darauf war das alles schon wieder vorbei. Die Leute an den runden Tischen klatschten lächelnd, und Ivor ergriff Cass' Hand.

Einige von Ivors Mitbewohnern befanden sich im Publikum – diese Serena mit dem langen Rock und ein großer, bärtiger Kerl namens Bob, der wohl ihr Freund war (die beiden lebten im selben Zimmer im Obergeschoss des Hauses). Und außerdem zwei weitere Männer und eine Frau, deren Namen Cass sich immer noch nicht hatte merken können. (Immerhin eines wusste sie mit Sicherheit, nämlich dass die Frau nicht Ursula war.)

Ivor und Cass verließen die Bühne und begaben sich zum Tisch der Truppe, wo Bob gerade allen ein Glas Wein einschenkte. In diesem Moment trat ein riesenhafter Mann mit grauem Bart und blauen Augen zu ihnen und sagte: «Hey, Ivor, das war verdammt gut.»

«Danke, Joe.» Ivor griff nach seinem Glas. «Hab hart gearbeitet. Da ist viel Neues drin.»

«Das hab ich gehört.» Joe fasste nun Cass ins Auge. «Und wer ist diese reizende Dame hier?»

«Ah, das ist Cass», antwortete Ivor. «Mein Mädchen.»

Cass lächelte, und Joe fragte: «Dieser letzte Song, ‹Common Ground›, war der von dir?»

Cass wollte gerade bejahen, da mischte sich Ivor ein: «Haben wir zusammen dran gearbeitet.»

Cass starrte ihn an und erwartete, dass er den Irrtum berichtigen würde, aber er tat es nicht.

«Also, der ist verdammt gut», sagte Joe. «Ich will euch öfter hier sehen. Richtig oft, okay? Jede Woche, wenn ihr es schafft.»

«Okay, Joe.» Ivor legte Cass den Arm um die Schultern. «Gern.»

Sie setzten sich an den Tisch, und Bob reichte Cass ein Glas Wein. Serena beugte sich zu ihr herüber und küsste sie auf die Wange. «Das war echt klasse, Cass. Ehrlich, du bist eine viel bessere Sängerin, als Ursula jemals war.»

Ivor warf Serena einen warnenden Blick zu, legte Cass die Hand aufs Bein und ließ sie dort liegen, während er mit der Frau, die ihm gegenübersaß, redete. Cass saß schweigend da und trank ihren Wein, doch das Wissen um die Lüge, die Ivor Joe aufgetischt hatte – die Erkenntnis, wie gedankenlos er sie selbst als unwichtig abgetan hatte –, lag ihr wie ein Stein auf der Seele und ließ sich nicht beiseitewischen.

In die Savernake Road zurückgekehrt, saß sie mit den anderen noch bis zur Morgendämmerung im Wohnzimmer zusammen. Sie hörten Love, Jimi Hendrix und The Doors und rauchten etwas, das «Sputnik» genannt wurde und das, Bob zufolge, eine Mischung aus Hasch und Opium war. Es machte, dass die Wände schwankten und die Zimmerdecke sich wellte.

Cass lag rücklings ausgestreckt auf dem Teppich und fuhr mit den Händen über das raue Gewebe. Über sich sah sie hell und glänzend das dreifach gespiegelte Gesicht ihrer Mutter: ein dreiköpfiger Cerberus, jeder Kopf mit finster zusammengezogenen Augen und wütend verzerrtem Mund. *Ich wünschte, ich hätte dich nie geboren,* zischten ihr die rosa glasierten Lippen entgegen, und Cass spürte, wie die alte Wut aufloderte und die Flammen sie erfassten. Sie streckte die Hand aus, um die Köpfe wegzuschieben. In diesem Moment verwandelten sie sich, lösten sich auf und formten sich mit Ivors Gesichtszügen neu: drei Paar grünbrauner Augen, drei Münder, die sie verleugneten und ihren Song für sich reklamierten.

«Nein», sagte sie laut. *«Nein.»*

Ivor, der neben ihr lag, griff nach ihrer Hand. «Alles in Ordnung, Cassie? Dieses Zeug ist ziemlich stark ...»

Sie drehte sich zu ihm um, legte den Mund an seine Wange, entblößte blitzschnell die Zähne und grub sie in sein Fleisch.

Aufschreiend riss er sein Gesicht weg und hielt die Hand an die Wange, wo sich bereits ein kleiner, blutiger Halbkreis abzeichnete. «Was soll der Scheiß, Cassie? Bist du verrückt geworden?»

«Das da», sagte sie, «soll dich daran erinnern, dass es mich gibt. Vergiss das nie wieder, Ivor. Nicht bei Joe. Und auch bei sonst niemandem.»

Mrs. Di Angelis trug ein blassgrünes, ärmelloses Kleid und seidene Pumps in exakt demselben Farbton.

Cass beobachtete, wie sich diese Schuhe in einer langsamen, lautlosen Gavotte unter dem Schreibtisch bewegten, als die Direktorin ihre Beine übereinanderschlug und dann andersherum übereinanderschlug, während sie begann: «Ich muss Ihnen leider sagen, Mrs. Wiseman, dass wir sehr von Cassandra enttäuscht sind.»

Lily, die neben Cass saß, räusperte sich. «Ach so?»

Mrs. Di Angelis öffnete die übereinandergeschlagenen Beine wieder und stellte sie fest auf den Boden. Cass blickte zu ihrer Lehrerin auf, sah die Katzenaugenbrille mit dem außen schick nach oben geschwungenen Rand und das rote Haar, das nach hinten gekämmt und zu einer Bienenkorbfrisur hochgesteckt war, die, wie Cass fand, nicht besonders gut zu dem hübschen, schmalen Gesicht passte. Dieses Gesicht zeigte in der Tat einen Ausdruck tiefer Enttäuschung.

Es war schade: Cass hatte Mrs. Di Angelis gemocht, diese

schick gekleidete Frau mit der warmen, redegewohnten Stimme und dem gut aussehenden italienischen Mann. (Das Paar hatte sich beim Skifahren in den Dolomiten kennengelernt, ein Ereignis, das die Direktorin «ihren Mädchen» immer mal wieder gerne in Erinnerung rief, zum Beweis, dass man nie wissen konnte, wann man dem Mann seiner Träume begegnen würde.) Jetzt aber empfand Cass überhaupt nichts mehr für ihre Lehrerin, so sehr war sie mit ihrer Musik, mit Ivor und all dem Köstlichen, Ausgefallenen und Sonnendurchtränkten beschäftigt, das mit ihm zusammenhing. Im Vergleich dazu kamen ihr Mrs. Di Angelis, die Schule und die Abschlussprüfung – die inzwischen nur noch wenige Monate entfernt war – vollkommen nebensächlich vor: glanzlos und schattenhaft im Vergleich zu dem Leben, das sie mit Ivor in der Savernake Road führte.

«Ich verstehe das einfach nicht, Cassandra», sagte Mrs. Di Angelis und sah ihr fest in die Augen. «Du bist ein so intelligentes Mädchen und hast so gute Leistungen gezeigt. Wir haben viel von dir erwartet, und ich weiß, dass du zur Kunsthochschule wolltest. Aber so, wie es derzeit läuft, kannst du von Glück sagen, wenn du die Prüfungen mit Ach und Krach bestehst. Das heißt, falls du überhaupt beschließt, zur Prüfung zu erscheinen.»

«Es tut mir leid», sagte Cass, und in diesem Augenblick stimmte das auch.

«Sie ist abgelenkt worden», erklärte Lily. «Und es war natürlich schwer für sie, von London hierherzuziehen und bei uns zu leben, während ihre Eltern ... na ja, nicht da waren. Vielleicht haben wir sie nicht genügend unterstützt. Vielleicht waren wir zu nachgiebig. Wir nehmen es nicht so pingelig mit den Regeln, und wir wollten Cass lieber wie eine

Erwachsene behandeln und sie ihre Entscheidungen selbst treffen lassen.»

«Nun.» Wieder kam Bewegung in Mrs. Di Angelis Füße, die Spitze des einen Schuhs glitt scharrend zum Absatz des anderen zurück. «Vielleicht ist das genau das Problem, Mrs. Wiseman – denn sie ist nun mal keine Erwachsene. Zumindest nicht in dem Sinne, dass sie ihre Verantwortung und ihre schulische Bildung ernst nimmt.»

«Aber ich bin doch achtzehn», sagte Cass. «Bin ich damit etwa nicht erwachsen?»

Lily und Mrs. Di Angelis sahen sie an.

«Sicher», blaffte Lily, der der Geduldsfaden riss. «Theoretisch schon. Aber wenn du glaubst, dass du dich derzeit erwachsen verhältst, bist du weniger klug, als du denkst.»

Ein paar Tage darauf packte Cass ihren Krempel in Kartons – viel war es ohnehin nicht, nur ihre Bücher, Klamotten, Schallplatten und Fotos, und natürlich ihre geliebte Gitarre.

Ivor erwartete sie in seiner braunen Wildlederjacke und seinen Bluejeans neben seinem Morris Minor in der Auffahrt. Als sie die Wagentür öffnete, überkam sie eine Woge so reinen und echten Glücks, dass es die Schuldgefühle vertrieb, die sie den ganzen Vormittag mit sich herumgeschleppt hatte – oder eigentlich schon seit zwei Wochen, nämlich seit sie die Entscheidung getroffen hatte, Atterley zu verlassen.

Ivor war es, der diesen Vorschlag gemacht hatte – an einem Sonntagmorgen, als sie noch halb dösend eng umschlungen unter der Bettdecke lagen.

«Fahr heute Abend nicht heim, Cassie», hatte er dicht an ihrem Hals geflüstert. «Wozu nützt dir schon die Schule. Wir sind anders, wir beide. Wir brauchen dieses Zeug nicht.»

Sie hatte murmelnd widersprochen – gegen die Schule habe sie nichts. Und was wäre mit ihren Plänen für die Kunsthochschule? Ihr Vater wäre außer sich, und Lily und John – nun, darüber wolle sie gar nicht nachdenken. Aber er hatte den Samen gesät, und in den Tagen, die sie ohne Ivor verbringen musste – diesen langen, faden Tagen zwischen Unterricht, Schulaufsätzen und Chorproben –, schlug er Wurzeln und wuchs heran. Vielleicht hatte Ivor ja recht: Sie waren tatsächlich anders. Sie hatten die Musik. Und sie hatten einander. Was scherte sie denn jetzt die Kunsthochschule, wo sie doch mit der Musik weitermachen wollte? Und zwar nicht mit der Art von Musik, die sie stundenlang im Unterricht sezierten – Haydn, Bach und Holst mit ihrem engen Korsett aus Konventionen, der muffigen Vornehmheit. Die Musik, die Ivor und sie selbst machten, war echt und wahr und gehorchte keinen anderen Regeln als ihren eigenen. Sie brauchte keine Prüfung, um das zu beweisen. Und es erschien ihr immer einleuchtender, dass sie keine Prüfungen brauchte, um überhaupt irgendetwas zu beweisen.

Und so gelangte sie allmählich zu einer Entscheidung, die durch das verheerende Gespräch mit Mrs. Di Angelis nur bestätigt wurde. Sie erzählte niemandem außer Ivor, was sie vorhatte – nicht Linda, und schon gar nicht ihrem Vater oder Lily und John. Sie trug ihr Geheimnis mit sich herum und hoffte, dass sie den Mut haben würde, ihrem Entschluss treu zu bleiben, wenn es so weit war.

Und dann, an diesem hellen, frischen Morgen im Mai 1968, unter einem Himmel von Wolkenfetzen, war der Tag gekommen. Ivor trug die Kartons zum Auto, und Cass legte den Brief, den sie für Lily und John geschrieben hatte, auf den Tisch. Halb Dank, halb Entschuldigung, versicherte sie darin, dass es nichts gab, was sie lieber tun würde, und keinen Ort, an dem sie lieber wäre, und dass sie ihnen nie vergessen werde, was sie für sie getan hätten. Dann setzte sie sich neben Ivor ins Auto, und sie machten sich auf die langsame, kurvenreiche Rückfahrt nach London.

Während die Meilen vorbeiglitten, ging ihr durch den Sinn, dass ihre Mutter ziemlich genau dasselbe getan hatte – sie hatte ihre Koffer gepackt, als keiner da gewesen war, um sie daran zu hindern, hatte aus Feigheit nur einen Brief auf den Tisch gelegt und war in ein anderes Leben verschwunden.

Cass dachte an ihren Vater, der an jenem schrecklichen Samstag vor acht Jahren den Brief ihrer Mutter gefunden hatte, und an den Jammerlaut eines leidenden Tiers, der tief aus seiner Kehle aufgestiegen war.

Sie stellte sich vor, wie ihre Tante ihren Brief öffnen und nach oben laufen würde, wo das Zimmer, das John und sie so liebevoll und großzügig für Cass hergerichtet hatten, plötzlich verwaist war. Die liebe, großzügige Lily, die Cass so freigebig beschenkt hatte, ohne je eine Gegenleistung zu erwarten oder sie fühlen zu lassen, wie tief sie in ihrer Schuld stand.

Wieder schnürte das schlechte Gewissen Cass die Kehle zu. Sie streckte die Hand nach Ivor aus, um ihm zu sagen, er solle wenden und nach Atterley zurückfahren. Aber dann sah er sie lächelnd an, und da wusste sie, dass sie nicht umkehren würde. Und so sagte sie nichts, schloss die Augen und ließ sich davontragen.

13:00 UHR

Mittagessen. Eine Schale dicke, selbstgekochte Gemüsesuppe und eine Scheibe Sauerteigbrot, das mit der guten, gesalzenen Butter von Fred Hills Farm bestrichen ist.

Erst seit wenigen Jahren interessiert Cass sich ernsthaft für ihr Essen: für seine Qualität, seine Zubereitung und seine stärkende, tröstende Kraft. Als Kind war ihr Essen mit Sicherheit ziemlich gleichgültig. Von den Gerichten, die ihre Mutter im Pfarrhaus zubereitete, kann sie sich nur an zwei erinnern, die immer wieder auf den Tisch kamen. Ein fades, trockenes Brathähnchen mit Kartoffeln, die entweder nur halb gegart oder schon halb verkohlt waren. Das zweite Gericht war Leber mit Zwiebel, ein glibberiges braunes Zeug, bei dem sich Cass der Magen umdrehte. Normalerweise weigerte sie sich, es zu essen, und ging hungrig zu Bett, Margarets Schelte tönend in den Ohren.

Lily war allerdings eine gute Köchin gewesen. Da waren ihre Tagine und die duftenden Currygerichte, die sie aus dem Stegreif für überraschend einfallende Gäste aus dem Ärmel gezaubert hatte: wie exotisch sie Cass damals vorgekommen waren. Heute ist so eine Kost natürlich nichts Besonderes mehr. Das Royal Oak an der High Street – einst eine Bastion «guter englischer Hausmannskost» – hat inzwischen eine thailändische Speisekarte, und die Zeiten von Shepherd's Pie oder Bratwurstauflauf sind vorbei.

Anna hatte das Royal Oak als Kind sehr gemocht: Nach ihrem Einzug in Home Farm hatten sie dort oft zu Mittag gegessen. Roy, der Wirt, war ein Mann vom alten Schlag: ein Schrank von einem Kerl mit Fäusten, die früher einmal einiges an Action erlebt hatten (er und seine Frau Sheila waren Ende der sechziger Jahre von Tooting hergekommen, gefolgt von Gerüchten über irgendeine Auseinandersetzung mit der Richardson-Gang).

Als Cass zum ersten Mal mit Anna zum Essen gekommen war – ein Sonntagvormittag, das Gasthaus hatte gerade erst geöffnet, und Roy polierte hinter der Theke Gläser auf Hochglanz –, hatte der Wirt aufgeschaut und seinen Blick nur ganz diskret einen Augenblick länger als üblich auf Cass' Gesicht verharren lassen. Dann hatte er ihr rasch ein Glas Wein eingeschenkt und Anna einen Orangensaft.

«Das geht aufs Haus», hatte er gesagt und ihnen die Gläser über die Theke zugeschoben.

Danach waren sie jederzeit im Pub willkommen gewesen. Und wenn irgendjemand versuchte, sich Cass zu nähern – und damit die entspannte Zweisamkeit mit Anna an ihrem Stammplatz, dem Tisch neben dem Ofen, zu stören –, trat Roy hinter Cass, und seine Fäuste öffneten und schlossen sich, als wollte er dem Betreffenden ruhig, aber bestimmt klarmachen, dass er sich anderswo gewiss wohler fühlen würde.

Cass liebte ihn dafür, und sie liebte auch Sheila, die beleibt und gutmütig war und Anna immer eine besonders große Portion Apple-Pie aufgab. Ja, Roy und Sheila waren gut zu ihr gewesen. Vor fünf Jahren war er an einem Herzanfall gestorben. Sheila war ihm zwei Jahre später gefolgt, und das

Pub mit seinem thailändischen Essen und den frisch gestrichenen Wänden wird jetzt von Leuten geführt, die Cass nicht kennt.

Sie erinnert sich an einen warmen Samstag im September im Royal Oak. Anna war mit Malen beschäftigt. Timmy, der Collie des Pubs, lag zusammengerollt auf seinem Kissen im leeren Kamin. Und dann ging ohne Vorwarnung die Tür der Schankstube auf, und Ivor marschierte herein.

Anna blickte auf, legte ihr Bild weg und rannte quer durch das Pub zu ihrem Vater. Roy, der an der Theke stand, begegnete Cass' Blick – vermutlich sah er ihre Verzweiflung und verstand deren Ursache augenblicklich. Er nickte ihr ganz leicht zu, ging zur Tür und nahm Annas Hand sanft aus Ivors. «Sie, Sir», sagte er, «sind hier nicht willkommen.»

Cass erinnert sich noch ganz deutlich, wie Anna da schaute – der Mund offen, die Augen zusammengezogen, bereit, gleich loszuheulen – und wie Ivor Roy verblüfft anstarrte, vom Whisky benommen und in seinen Bewegungen verlangsamt.

«Ich finde, Sie sollten jetzt gehen, Sir», sagte Roy mit ruhiger Stimme, und Ivor schaute auf seine Tochter, die ängstlich von einem zum anderen blickte. Und dann über sie hinweg auf Cass.

«Du Schlampe», sagte er leise, und es klang sanft und sogar zärtlich. «Du beschissene, verrückte Schlampe. Glaub nicht, dass das das letzte Wort zwischen uns ist.» Damit drehte er sich um und ging.

Anna heulte augenblicklich los. Im Pub war es still, nur ihr Weinen war zu hören und im Radio das blecherne Dahinplätschern eines Madonna-Songs. Cass kann ihn bis heute nicht hören, ohne an diese Situation im Royal Oak zu denken.

Roy schaute sich nach seinen Kunden um. «Tja, das war's dann wohl», sagte er zu allen und niemandem im Besonderen. «Sieht aus, als wäre die Show vorbei, oder?» Er legte Anna die Hand auf die Schulter. «Komm, mein Herz. Deine Mama wartet auf dich. Und Sheila hat wieder ihren leckeren Bratwurstauflauf gemacht.»

Zum Tisch zurückgekehrt, ließ Anna zu, dass Cass ihr das Gesicht mit einer Serviette trocknete. Und dann hielt sie den Kopf tief über ihr Essen gesenkt, während Cass über ihre Tochter hinweg Roys Blick suchte und mit den Lippen ein lautloses «Danke» formte.

Die Blumen treffen ein, als sie gerade die letzten Löffel Suppe isst.

Sie hat das Radio angestellt, um die Nachrichten zu hören. Das helle Klingeln der Türglocke durchschneidet die höflich modulierte Stimme mit ihren Botschaften von Leid, Schrecken und Katastrophen. *Siehst du, Larry*, denkt sie. *Ich höre immer noch hin. Ich wende mich nicht ab.*

Bei seinem ersten Besuch in Home Farm war er entsetzt gewesen, wie schlecht informiert sie war. Wie abgeschnitten vom politischen Weltgeschehen und überhaupt allem. «Du kannst nicht für jetzt und alle Zeiten in einem Vakuum leben, Cass», hatte er gesagt und sie mit seinen blassblauen Augen fixiert. Und so schaltet sie jetzt seinetwegen jeden Tag das Radio an – was auch immer er derzeit tut, wie wütend, enttäuscht oder verletzt er auch sein mag.

In der Diele wirft Cass einen Blick auf den Monitor der Überwachungskamera: eine Frau im Polo-Shirt mit einem riesigen Blumenstrauß in beiden Händen.

«Geburtstag, nicht wahr?», fragt die Botin mit einer nur

minimalen Andeutung von Interesse, als Cass die Tür öffnet und auf dem Signaturtablet mit einem stumpfen Stift unterschreibt. Die Frau ist jung – höchstens fünfundzwanzig. Offensichtlich hat sie keine Ahnung von der Bedeutung (soweit noch vorhanden) von Cass' Namen. *Das zum Thema «Auf Twitter ist die Hölle los»*, denkt Cass lächelnd.

«Nein», antwortet sie. «Heute ist nicht mein Geburtstag. Danke.» Sie nimmt der Botin die Blumen aus den ausgestreckten Armen und schließt die Tür.

Weiße Rosen zwischen den hohen, schlanken Stängeln von Orchideen und ebenfalls weiße, gerade erst knospende Freesien. Der Duft ist berauschend, wundervoll. Sie bleibt kurz mit den Blumen in der Diele stehen und atmet ihn ein. *Larry*, denkt sie, korrigiert sich aber sofort, denn mit einem Stich der Enttäuschung wird ihr klar, dass das nicht sein Stil ist. Und als sie den Strauß auf die Küchentheke legt, findet sie auch tatsächlich eine Karte zwischen den Blüten.

Für Cass steht in einer runden, ihr unbekannten Handschrift auf der Karte. *Ich denke heute an dich und wünsche dir alles Gute und viel Glück für deine Playback-Party. Omar und ich freuen uns schrecklich darauf, dich nachher zu sehen. In Liebe – jetzt und für immer – Kate xxx PS: Wie haben wir es nur geschafft, sooo alt zu werden?!*

Die liebe Kate. Cass stellt sich ihre Freundin vor, wie sie der Floristin Anweisungen erteilt, ihr sorgfältig jedes Wort und jeden Schnörkel diktiert. «Drei o bei so, okay? Drei x für Küsse, und ein Ausrufezeichen nach dem Fragezeichen.» Das Alter hat keinen Zoll von Kate gefordert, oder zumindest hat es den Anschein – insbesondere in Gesellschaft Omars, des gut aussehenden Dramatikers mit der wilden Haarmähne, der fünfzehn Jahre jünger ist als sie und der beste Liebhaber, den sie jemals hatte (Kate hat das Cass an dem Abend, an dem sie ihr Omar vorstellte, diskret ins Ohr geflüstert).

Cass schiebt ihre Enttäuschung beiseite und arrangiert die Blumen in einer Vase. Sie tut es langsam und sorgfältig, nimmt sich die Zeit, jeden Stängel schräg anzuschneiden, trennt dazu die Orchideen mit ihrem glänzenden Blattwerk von den Freesien und die Freesien von den Rosen.

An dieser Art von Tätigkeit – die gerade so anspruchsvoll ist, dass man an nichts anderes denkt, und die sofort zu einem wahrnehmbaren Ergebnis führt – hat sie in den Jahren ohne Musik, ihren stillen Jahren, ein spezielles, unerwartetes Vergnügen gefunden.

Zum Beispiel Kochen: die wundersame Alchemie, durch die ein Durcheinander von Zutaten sich Schritt für Schritt in ein duftendes, süßes oder saures, mit etwas Glück jedenfalls köstliches Gericht verwandelt. Etwas, das es ihr gestattet, sich für die Dauer einer Mahlzeit gänzlich auf die sinnlichen Empfindungen des Augenblicks zu konzentrieren.

Oder Innendekoration: der Prozess der Auswahl und des Kaufs eines Objekts – einer Schale, einer Vase oder eines Tischs –, gefolgt von der Suche nach dem richtigen Platz im Verhältnis zu ihren anderen Dingen, neben denen es sich vielleicht verwandeln und eindrucksvoller wirken würde, als es an sich war.

Oder eben Blumen: ihre Farbschattierungen, Formen und Düfte. Und wie die Knospen sich allmählich zu Blüten öffneten und das Licht in sich aufsaugten.

Früher hatte sie sich nie sonderlich für so etwas interessiert. Blumen waren die Bouquets, die Alan oder Kim oder irgendein vom Label geschickter Mitarbeiter brachten und die von unbekannter Hand arrangiert waren. Sie bekam so viele davon, und als die Jahre vergingen, wirkten sie irgendwann nicht mehr in und durch sich selbst, sondern waren nur noch Chiffren für die Dinge, die von Cass verlangt wurden. Harte Arbeit (Calla-Lilien, mit denen das Label zu einer weiteren ausverkauften Tour gratulierte). Kapitulation (orangerote Rosen und gelbe Orchideen als Dank für ihr widerstrebendes Zugeständnis, in Europa noch acht Auftritte anzuhängen). Vergebung (rote Rosen, gekauft von Ivor – oder zumindest in seinem Auftrag. Sie standen auf dem geschlossenen Deckel des Steinway-Flügels, neben einer Karte, auf der die Floristin notiert hatte: *Für meine geliebte Cassie, von ihrem Ehemann, der zerknirschter ist, als Worte – oder Songs – es ausdrücken können*).

Und in der Klinik hatte es natürlich auch Blumen gegeben. Ein paar Wochen nachdem sie zum zweiten Mal aufgenommen worden war, hatte sie den Aushang für den Blumensteckkurs am Schwarzen Brett gesehen (in den Wochen nach ihrer ersten Aufnahme war sie außerstande gewesen, ihr Zimmer zu verlassen).

«Wo sind wir denn hier», hatte Cass bei einer vorbeigehenden Pflegerin gemeckert. «Etwa beim Frauenverein? Das ist doch lächerlich.»

Die Pflegerin, die das Haar in einem glatten Pferdeschwanz trug, war jung und geduldig. Ihre Zähne blitzten in einem Lächeln, als sie sagte: «Warum machen Sie nicht einfach mit, Ms. Wheeler? Viele von unseren Patienten finden es therapeutisch.»

«Niemals», blaffte sie zurück.

Am darauffolgenden Dienstag stieß Cass dann zu ihrer eigenen Überraschung um fünfzehn Uhr die Tür des Gemeinschaftsraums auf und wurde begeistert zu einem Tisch geführt, auf dem eine Vase stand. Daneben lagen ein Bündel gelbe Rosen und Schleierkraut sowie ein Ziegel Blumensteckschaum.

Hinterher hatte sie die Vase mit auf ihr Zimmer nehmen dürfen. Sie hatte sie auf die Frisierkommode gestellt – falls das der richtige Name für das Schränkchen war, das zum Klinikmobiliar gehörte und auf dem sie ihre Cremes und Lotionen, das gerahmte Foto von Anna und den kleinen Stapel Bibliotheksbücher aufbewahrte, die sie mit sehr begrenztem Erfolg zu lesen versuchte (Dickens, Graham Greene und Paulo Coelho: *Der Alchimist.* Die Bibliothekarin mit dem hennaroten Haar und dem Ausdruck von unzerstörbarem Optimismus in der Miene, der Cass rasend machte, hatte sie ihr in die Hände gedrückt). Der Anblick der gelben Rosen – jede wie ein Sonnenstrahl Farbe, noch eng geschlossen und kurz davor, zu ihrer ganzen Pracht aufzublühen – hatte Cass so aufgemuntert, dass sie trotz aller Vorbehalte auch in die nächste Stunde gegangen war, und dann wieder in die nächste.

Und nun steht Jahre später Kates Strauß mit seinem seidenzarten Weiß und dem tiefen Chlorophyllgrün in der Vase, die sie auf dem Küchentisch platziert hat. Blumen, wo vorher keine waren. Farbe, wo vorher leblose Eintönigkeit geherrscht hat.

Die Küchenuhr schiebt sich halb zwei entgegen.

Halb acht Uhr morgens in Chicago, denkt Cass. *Das ist doch gewiss nicht zu früh?*

Jedenfalls nicht für Larry, der eine Lerche ist. Oft ist sie aufgewacht, wenn in ihrem Zimmer noch ein mattes, dämmriges Licht herrschte, und hat seine schattenhafte Gestalt entdeckt, die sich leise und behutsam neben dem halb aufgezogenen Vorhang anzog.

«Schlaf weiter», hatte er dann immer gesagt. «Für dich ist es noch zu früh.»

Dann küsste er sie auf die Lippen, und sie glitt dankbar in den Schlaf zurück, denn er hatte recht: Es war wirklich zu früh für sie. Sie war dann ein oder zwei Stunden später aufgestanden, im Morgenmantel und mit Hausschuhen an den Füßen die Treppe hinaufgestiegen und hatte ihn im Atelier gefunden, einen Becher Kaffee, der inzwischen kalt war, auf dem Tisch. Sie versuchte immer, geräuschlos einzutreten, um ihn nicht abzulenken, aber er sah unweigerlich auf. Und wenn er sie erblickte, trat ein Lächeln in sein Gesicht.

Dieses Lächeln. Wie breit und echt es ist. Wie es alle Muskeln und Sehnen seines Gesichts erfasst und in die Augen hinaufsteigt, die dadurch blauer wirken, während die kleinen Fältchen in den Augenwinkeln sich nach oben ziehen und tiefer eingraben. Himmel, wie sehr sie es vermisst. Sie erinnert sich so deutlich daran, wie er ihr vor der Gallery in Washington entgegenlächelte: eine schlanke, ja, fast magere, weißhaarige Gestalt, die die Hände in die Taschen einer zerknautschten schwarzen Lederjacke gesteckt hatte.

Das war ihre zweite Begegnung. Dieser helle, sauber gewaschene Morgen im Frühling, als Cass aus der Hotellobby trat und über die Pennsylvania Avenue zur Gallery spazierte, angezogen von … Was genau war es gewesen? Neugier? Eitelkeit? Oder das unvertraute Gefühl einer Vorahnung, diese berauschende Empfindung, dass vielleicht eine Veränderung bevorstand, wenn sie nur mutig genug wäre, es zuzulassen?

Beim Frühstück im Hotel hatte sie Kim und Alan mitgeteilt, dass sie am Vormittag allein losziehen würde. Sie habe sich mit dem Bildhauer Larry Alderson in der National Gallery of Art auf eine Tasse Kaffee verabredet. Zum Mittagessen mit dem Label werde sie rechtzeitig zurück sein. Sie habe sich die Adresse notiert und werde auf der Constitution Avenue ein Taxi heranwinken.

Beim Sprechen hatte Cass gespürt, wie Kim und Alan diese Information einschätzten und verarbeiteten und sich dabei angestrengt bemühten, keine Blicke zu wechseln.

«Das klingt wunderbar», hatte Kim gesagt.

Und Alan hatte genickt. «Nimm dein Handy mit, okay? Falls du irgendwas brauchst.»

Larry stand am Eingang der Gallery, als sie eintraf, sie sah ihn schon von der gegenüberliegenden Straßenseite aus. Natürlich wusste sie noch, dass er groß war, aber es fiel ihr erst wirklich auf, als sie näher herankam. Neben den imposanten Maßen des klassizistischen Portikus hatte er klein gewirkt. Zwischen den mittleren Säulen hing ein Werbebanner: «Andrew Wyeth» wurde in großen, weißen Buchstaben über dem vier Meter hohen Ausschnitt eines Gemäldes angekündigt. Ein geöffnetes Fenster, durch das man auf eine gelbliche Wiese sah.

«Guten Morgen», sagte Larry, als sie nahe genug war, um ihm die Hand zu schütteln, was sie auch tat. Dabei hatte sie das Gefühl, dass diese Begrüßung vielleicht zu steif, zu förmlich war. Seine Augen leuchteten und wirkten belustigt. «Schön, dass Sie gekommen sind.»

Sie erwiderte sein Lächeln, obgleich sie nun nervös war: Sie stand etwas linkisch da, ein wenig von ihm abgewandt, als könnte sie jederzeit von dem Bedürfnis überkommen werden, sich umzudrehen und davonzulaufen. «Haben Sie etwas anderes erwartet?»

«Na ja.» Larry ließ ihre Hand los und strich sich mit der

anderen durchs Haar. Ihr kam der Gedanke, dass er vielleicht ebenfalls nervös war. «Ich war mir nicht sicher. Schließlich machen Sie hier doch nur einen Kurzbesuch. Und gewiss erheben noch massenhaft andere Leute Anspruch auf Ihre Zeit.»

«Oh, längst nicht so viele wie früher.»

Jetzt fiel es ihr wieder ein: Wie mühelos das Gespräch mit ihm am Vorabend in der Library of Congress verlaufen war, unter dieser reich verzierten Decke mit ihrem Blau und Gold. Sie hatten eine ganze Weile ungestört beisammengestanden, bis Kim kam und sich dafür entschuldigte, dass sie ihr Gespräch unterbrechen müsse. Es gebe noch einige andere Gäste, die sie Cass wirklich vorstellen müsse. Larry hatte sich mit einem Nicken zurückgezogen, und Cass war von dem unerklärlichen Gefühl ergriffen worden, dass der Höhepunkt des Abends nun vorbei war. Aber als sie sich eine halbe Stunde später auf den Rückweg zum Hotel machen wollten, war er wiederaufgetaucht, hatte Cass sanft in eine ruhige Ecke des Saals gezogen und sie gefragt, ob sie sich vorstellen könne, sich am nächsten Tag mit ihm zu treffen. Und bevor der Mut sie verlassen konnte, hatte sie zugestimmt.

«Und es ist ja sowieso meine *eigene* Zeit», sagte sie vor der Gallery, plötzlich von einem Gefühl des Muts erfüllt. «Ich entscheide selbst, was ich damit anfange.»

Wieder das belustigte Zucken um seine Mundwinkel. «Etwas anderes hätte ich auch nicht erwartet.»

Er führte sie zu einem Café im Westflügel des Gebäudes. Weiße Marmortische, schwarze, schmiedeeiserne Stühle. Palmen in Kübeln und das leise Plätschern eines Brunnens. Alles war kühl und ruhig. Sie mieden das Buffet und bestellten stattdessen Kaffee und Gebäck. Er zog seine Lederjacke aus, hängte sie über die Rücklehne seines Stuhls und begann, ihr Einzelheiten seines Lebens zu skizzieren.

Er war in Chicago geboren und vor kurzem, nach seiner Scheidung, dorthin zurückgekehrt. Er lebte nun in einem Loft im obersten Geschoss eines Gebäudes, das in seiner Kindheit leer gestanden hatte. Eine schöne alte Fabrik aus viktorianischer Zeit. Er hatte zwei Kinder aus erster Ehe und ein weiteres aus seiner zweiten. Alle waren inzwischen erwachsen und lebten in Paris, Connecticut und Vancouver.

«In alle Winde zerstreut», sagte er. «Todd ist an der amerikanische Botschaft in Paris, er macht da irgendwas mit Wirtschaft – aber fragen Sie mich nicht, was genau. Maddy ist Grundschullehrerin und hat drei Kinder. Und Harper – na ja, Harper ist wohl ein Freigeist, aber auf ziemlich spezielle Art. Sie hat schon zehntausend Jobs gemacht und kann sich anscheinend nicht entscheiden, bei welchem sie bleiben soll. *Darin* hat sie wohl Ähnlichkeit mit ihrem Vater. Gott weiß, was ich mit mir angestellt hätte, wenn ich nicht die Kunst gefunden hätte. Oder vielleicht sollte ich eher sagen, wenn die Kunst nicht mich gefunden hätte.»

Cass erzählte Larry nicht, dass die Grundstruktur seiner Biographie – Geburt, Bildung, Familie, Ausstellungen, Preise – ihr bereits bekannt war. Sie hatte sich am Vorabend in ihrem Hotelzimmer seinen Wikipedia-Eintrag angesehen.

Außerdem war sie im Internet auf den Katalog von Larrys Ausstellung in der Tate Modern vor fünf Jahren gestoßen, und dann noch auf einen Katalog für eine größere Ausstellung im MoMa, die nicht ganz so weit zurücklag. Sie hatte sich auch eine Weile durch die vielen Abbildungen gescrollt, die sein Werk zeigten. Die Skizzen auf Millimeterpapier, die mit ihren harten, präzisen Umrissen fast an die Bauzeichnungen eines Architekten erinnerten. Die hölzernen Maquetten, die aus sich heraus schon Werke großer Kunstfertigkeit waren, aber nichts als Spielzeug im Vergleich zu seinen vollendeten Skulpturen. Sie hatte verfolgt, wie die Keramik-, Bronze- und Gussbetonblöcke seiner frühen Jahre im Laufe der Zeit feineren, zarteren Gebilden gewichen waren – Holz, Achat und mundgeblasenes Glas –, als wäre die auftrumpfende Selbstgewissheit seiner Jugend allmählich von dem heranreifenden Bewusstsein zernagt worden, dass es unmöglich war, einen Raum, ein Objekt oder einen Augenblick wirklich zu besitzen.

Das zumindest hatte Cass aus den Fotos von seiner Kunst herausgelesen, aber das sagte sie nicht laut. Vielmehr hörte sie ihm zu – und genoss es, sich in den Strom von Larrys Monolog gleiten zu lassen. Sie trank ihren Kaffee, aß ihr Gebäck und beobachtete den schnellen, lebhaften Tanz seiner Mimik. Und sie entschied, dass es stimmte: Er sah wirklich ein bisschen wie Abraham Lincoln aus.

«Ich rede zu viel», sagte er nach einer Weile, als ihm auffiel, dass ihre Kaffeetassen leer waren. «Ich langweile Sie. Tut mir schrecklich leid, Cass. Das kommt von der Nervosität. Dann labere ich unausgesetzt über mich selbst. Wo ich doch eigentlich etwas von Ihnen hören möchte.»

Sie lächelte. «Sie langweilen mich nicht im Geringsten.»

Sie hatten gerade noch genug Zeit, kurz in die Ausstellung zu schauen. Beim Hineingehen räumte Cass ein, dass sie noch nie von Andrew Wyeth gehört hatte. Larry sagte: «Oh, er ist ein großartiger Maler. Ein Realist der alten Schule. Natürlich bei den Kritikern verhasst, weil er tatsächlich populär war. Er hat überwiegend ländliche Szenen gemalt – Felder und Wiesen oder verlassene Häuser unter einem weiten, tief verhangenen Himmel. Für Menschen schien er sich nicht besonders zu interessieren. Aber dann, Sie werden es nicht glauben, kam heraus, dass er insgeheim immer wieder dieselbe Frau gemalt hatte, ohne dass seine eigene Frau oder der Mann der anderen etwas davon ahnten.»

«Doch, das glaube ich ohne weiteres», sagte Cass.

Die Gemälde in der Ausstellung zeigten ausnahmslos Fenster und die von ihnen umrahmten Aussichten. Graue Wolken, die sich hinter einem Umkleideraum mit weißen Schindelwänden türmten. Vier Pfirsiche, die auf einer kühlen Fensterbank aus Beton vor sich in Verfall übergingen. Ein hohes weißes Haus, das sich im nackten, fahlen Abendlicht an einen Berghang kauert.

Sie durchschritten die Ausstellung eilig, da ihnen die dahinschwindende Zeit bewusst war. Die nur so flüchtig gesehenen Bilder fügten sich in Cass' Gedanken allmählich zu einer Geschichte – sie erzählte von Einsamkeit und Stille und davon, dass man auf Licht und Lebendigkeit nur einen Blick aus der Ferne erhaschte. Vom Leben der anderen, das wie durch eine transparente Glashaut betrachtet wurde.

Als sie wieder auf der Constitution Avenue standen, winkte Larry ihr ein Taxi heran. Während der Wagen schon wartete, legte er ihr die Hand auf den Arm.

«Ich würde dich gerne wiedersehen, Cass», sagte er. «Ich weiß nicht recht, wie oder wo. Aber hältst du es für möglich?»

Sie blickte in sein langes, grob gehauenes Gesicht mit seinen Gruben und Kratern, dessen Augen unter den dichten, weißen Brauen eindringlich schauten. Es lag Liebenswürdigkeit in diesem Blick und Intelligenz – und dann noch etwas anderes, was sie lange, sehr lange bei niemandem mehr gespürt hatte. Es musste wohl Begehren sein, und dass es in diesem Augenblick so präsent war, machte ihr Angst.

«Ich weiß nicht», antwortete sie. Doch als sie ihre eigene Enttäuschung spürte und genau dieselbe Reaktion in seiner plötzlich ernüchterten Miene entdeckte, fügte sie hinzu: «Doch, ich denke schon. Ja, das wäre wirklich schön.»

Jetzt, in der Küche, mit den Blumen, die nicht von Larry sind, während der Rest des Hauses so schrecklich still ist, als würde es ihr seine Abwesenheit zum Vorwurf machen, greift Cass nach dem Telefon und tippt die Nummer ein, die sie auswendig kennt.

Es folgt ein Moment der Stille, während die Leitungen oder Satelliten oder was auch immer heutzutage beteiligt ist, auf die Verbindung warten. Cass schaut in den Garten hinaus. Die Füchse haben sich in einen ungestörten Winkel zurückgeschlichen, und Otis sitzt auf der Terrasse und putzt sich methodisch und konzentriert.

Jetzt ist die Verbindung hergestellt: Das unvertraute ausländische Freizeichen – jedes Tuten dauert ein winziges bisschen zu lang – erreicht ihr Ohr. Sie schluckt und stellt sich Larry in seiner Wohnung mit den nach oben strebenden Fabrikfenstern und den hohen, roh belassenen Backsteinwänden vor (er hat ihr Fotos davon gezeigt, dunkle Schwarz-Weiß-Studien von Flächen und Schatten). Sie sieht ihn vor sich, wie er dort Kaffee kocht oder aus der Dusche tritt und sich das Wasser aus dem Haar schüttelt. Vielleicht schlingt er sich gerade in diesem Moment ein Handtuch um die Hüften und hinterlässt nasse Fußspuren auf dem Parkett, während er zum Telefon eilt.

Mit trockenem Mund übt sie lautlos, was sie ihm sagen wird. *Larry. Hier ist Cass. Es tut mir leid. Du fehlst mir. Bitte komm zurück. Komm zu mir zurück, damit wir das fortsetzen können, was wir angefangen haben. Das war alles nicht so gemeint, was ich dir gesagt habe. Ich hatte einfach Angst. Und ich gebe mir so große Mühe, keine Angst mehr zu haben.*

Aber das Telefon hört nicht auf zu klingeln. Otis draußen merkt, dass sie ihn beobachtet, hebt den Kopf und schaut mit einem freimütigen Blick aus bernsteinbraunen Augen zu ihr zurück, während auf der anderen Seite des Atlantiks in einer Wohnung in Chicago, die sie noch nie besucht hat, ein Telefon unnachgiebig schrillt.

TRACK FIVE

Just Us Two

By Cass Wheeler
From the album *The State She's In*

There's you in the morning
When I open my eyes
And you in the evening
When we say our goodbyes
It's just us two and that's enough for me
Just us two and that's enough for me
It's just us two and that's enough for me
It's just us two
Just us two

Some are only happy
When they're in a crowd
Others walk alone
In the dead of sound
It's just us two and that's enough for me
Just us two and that's enough for me
It's just us two and that's enough for me
It's just us two
Just us two
One and one is all we need
One and one is all we need

It's just us two and that's enough for me
Just us two and that's enough for me
It's just us two and that's enough for me
It's just us two
Just us two

RELEASED September 1971

RECORDED June 1971 at Union Studios, London NW10

GENRE Folk rock

LABEL Phoenix Records

WRITER(S) Cass Wheeler

PRODUCER(S) Martin Hartford

ENGINEER(S) Sean O'Malley

Inzwischen kannte sie alle beim Namen.

Da war Serena, eine Grundschullehrerin, die ständig den Küchentisch belegte, wenn sie mal wieder ein neues Projekt für den Werkunterricht vorbereitete. Halbierte Kartoffeln, mit denen sie leuchtend bunte Muster auf Papier druckte, oder das Modell einer Giraffe aus Pappmaché, die tollpatschig auf ihren staksigen Beinen stand.

Das Haus in der Savernake Road wurde nach Serenas Regeln regiert. Samstags morgens klopfte sie immer an alle Türen und verkündete, es sei Zeit, «diesen gottverdammten Saustall auszumisten». Normalerweise folgten nur Cass und Kate ihrer Aufforderung – die Männer ignorierten Serenas Rufen einfach, zogen sich die Decke über den Kopf und schliefen weiter. Und so stülpten die Frauen unter Serenas Anleitung Gummihandschuhe über und machten sich daran, die Mülleimer zu leeren, Fußböden und Tische zu wischen und Aschenbecher, Plattenhüllen und alte Zeitungen einzusammeln.

Einmal kurz nach ihrem Einzug hatte Cass das Bleichmittel genommen und begonnen, das Bad zu putzen. Wenig später war sie sich bewusst geworden, dass Serena in der Badezimmertür stand und sie beobachtete.

«Oh, lass das ruhig, Cass», sagte sie. «Das Bad mach ich normalerweise selbst.»

Cass hatte ihr die Aufgabe nur zu gern überlassen. Als sie durch den Flur in Ivors Zimmer zurückkehrte (das nun auch ihr eigenes Zimmer war, das haute sie immer noch um), bemerkte sie, dass Serena sich mit dem Putztuch tief über die Badewanne beugte und das korrigierte, was Cass anscheinend falsch gemacht hatte.

Bob war Serenas Freund (so bezeichnete sie ihn allerdings nicht – er nannte sie seine «Alte» und sie ihn ihren «Alten»), und er war so entspannt, wie sie streng war. Er studierte Englische Literatur, verließ das Haus aber nur selten zu Vorlesungen oder sonst irgendwas. Er verbrachte die meisten Tage kiffend in seinem Lieblingssessel, einem hässlichen, durchgesessenen Monstrum mit Paisley-Muster, das wie fast alles Mobiliar im Haus vom Vermieter gestellt oder beim Sperrmüll und bei Flohmärkten aufgelesen worden war. Es gebe eine ganz bestimmte Sorte Gras, sagte Bob, die seinen Geist rein und heiter mache. Er kaufte sie wöchentlich bei seinem Dealer in Swiss Cottage und brauchte sie dann langsam und methodisch auf, während er *The Piper at the Gates of Dawn* hörte.

Bobs Trägheit schien Serena nicht zu stören. Wenn sie von der Schule nach Hause kam, sagte sie im gutmütigen Tonfall einer genervten Mutter: «Ach Bob, sitzt du schon wieder den ganzen Tag hier rum?» Dann brachte sie ihm eine Tasse Tee und machte sich daran, Abendessen zu kochen.

Serena und Bob wohnten im Dachgeschoss. Das Nachbarzimmer von Cass und Ivor im ersten Stock hatte Paul gemietet. Er war ein freundlicher Mann mit leiser Stimme und blühender Gesichtsfarbe, die sich an den meisten Abenden durch reichlichen Weingenuss noch unschmeichelhaft verstärkte. Paul wurde nie flegelhaft oder zeigte sonst irgendwie, dass er betrunken war – er zog sich einfach nur nach und nach gänzlich in sich selbst zurück, bis sie häufig vergaßen, dass er überhaupt im Zimmer war. Am nächsten Morgen fanden sie ihn dann oft mit leicht geöffnetem Mund und leise schnarchend noch immer auf dem Sofa vor.

Paul kam Cass ziemlich einsam vor, und es erschien ihr passend, dass er Schriftsteller werden wollte, denn welche einsamere Tätigkeit könnte es wohl geben? Er selbst drückte es übrigens genauso aus: Ich möchte Schriftsteller *werden.* Als wäre sein tägliches, stundenlanges Schreiben in seinem Zimmer (er hatte keinen Job, und niemand wusste, wie er das Geld für die Miete auftrieb) nichts als eine Vorübung für die Zeit, wenn er sich dieses Titels endlich für würdig erachten würde.

Kates Zimmer lag am Ende des Flurs neben dem Bad. Sie war einundzwanzig, Schauspielerin und mit ihrem langen dunklen Haar und der makellosen Porzellanpuppenhaut so schön, dass Cass ihr zunächst mit einem gewissen Misstrauen begegnet war – nicht zuletzt, weil sie wusste, dass Ivor und Kate «einmal etwas miteinander gehabt» hatten.

Serena hatte es Cass erzählt – da saßen sie an einem warmen Sommernachmittag im Liegestuhl im Garten und tranken den süßen Roséwein, den Serena am liebsten mochte. «Du weißt natürlich», sagte Serena, «dass Kate einmal schrecklich in Ivor verliebt war. Na ja, wahrscheinlich immer noch. Aber sie dürfte wohl kaum die Einzige sein.»

Cass hatte Serena durch die Sonnenbrille mit weit geöffneten Augen angeschaut. Serenas nackte Schultern glänzten über dem langen, trägerlosen Kleid. (Sie hatten sich beide mit

Sonnenblumenöl eingerieben, bevor sie sich in die Sonne legten.) «Nein, das wusste ich nicht.»

Serena schob die Sonnenbrille in die Stirn. «Ach, mach dir deswegen keinen Kopf, Cass. Er hat schon vor einer Ewigkeit mit ihr Schluss gemacht. Er wollte keine Verpflichtungen, keine Bürde. Das ist nichts für ihn, für unseren Ivor. Und dann natürlich, nach Ursula ...»

Cass riss sich energisch zusammen und hakte nicht nach. Sie wusste inzwischen, wer Ursula war (oder, wie Cass sich gern sagte, «gewesen war»): eine in der Londoner Szene hochgeachtete Sängerin, die ein halbes Jahr lang Ivors «Mädchen» gewesen war. Dann hatte sie plötzlich einen Nervenzusammenbruch erlitten und war nach Südfrankreich gezogen.

Der Süden Frankreichs war weit genug entfernt, sodass Cass sich nicht sonderlich mit Gedanken an Ursula belastete; Kate dagegen lebte am Ende des Flurs. Von nun an hielt Cass Abstand zu ihr (was nicht einfach war, da sie das Bad teilten und ihre Zimmer nur ein paar Meter auseinanderlagen) und verfolgte alles, was zwischen ihr und Ivor geschah, mit Argusaugen.

Ivor schien das nicht aufzufallen – Cass erkannte allmählich, dass es ziemlich viel gab, was Ivor nicht bemerkte –, aber Kate spürte es sehr wohl. Als sie einmal alle abends in Joes Kneipe saßen, beugte sie sich zu Cass vor und sagte: «Du brauchst dir wegen Ivor und mir keine Sorgen zu machen, Cass. Das ist längst kalter Kaffee. Und ich wäre wirklich gerne mit dir befreundet.»

Cass erwiderte Kates Blick im Schummerlicht der Bar und dachte an Irene und Linda. Ja, die Nähe einer vertrauten Freundin fehlte ihr, und sie lächelte Kate dankbar an.

Als Letzter in der WG war da noch Hugh McMaster. Er bewohnte den Riesenraum im Erdgeschoss, der einmal als Esszimmer gedient hatte, und spielte Schlagzeug. Das Set stand in seinem Zimmer, und wenn er loslegte, wackelten im ganzen Haus die Wände. Die Nachbarn beschwerten sich regelmäßig. Er fuhr Motorrad und hatte Fotos von sich selbst an die Wände gepinnt, eine stets wechselnde, wimmelnde Collage.

Hughs Locken, die sein Gesicht umrahmten, ließen seinen harten, kantigen Kiefer weicher wirken, und das Grün seiner Augen war durchaus faszinierend. Wann er zu Hause war oder sein würde, war vollkommen unvorhersehbar. Manchmal ging er mit Ivor zum Anstreichen, aber an anderen Tagen verschwand er einfach: Da, wo sonst sein Motorrad im Vorgarten stand, herrschte mit einem Mal Leere, und so blieb es, bis er ein paar Tage später wiederauftauchte, mit wildem Blick und das Gesicht von einem Dreitagebart verschattet.

Ivor und Hugh hatten einen ganz besonderen Draht. Sie jammten stundenlang in Hughs Zimmer, soffen zusammen und dröhnten sich voll. Wenn Ivor mit Hugh zusammen war, spürte Cass einen Druck auf der Brust, denn sie merkte dann, wie er ihr entglitt. Hugh schien das ebenfalls zu wissen und zu genießen. Cass gegenüber befleißigte er sich einer ironisch galanten, übertriebenen Höflichkeit. Wenn er sie «Lady C.» oder «unser Musikgenie» nannte, hatte sie das Gefühl, dass er sich über sie lustig machte.

«Hugh mag mich nicht», sagte sie vielleicht einen Monat nach ihrem Einzug in der Savernake Road zu Ivor; sie lagen im Bett, und ihr Kopf ruhte auf seinem Arm.

«Natürlich mag er dich», gab Ivor zurück, doch sie wälzte sich auf den Rücken und erwiderte: «Das sagst du nur, damit ich den Mund halte. Du hörst mir gar nicht richtig zu.»

«Na gut. Und wennschon. Was schert es dich, ob Hugh dich mag?»

«Dann stimmt es also.»

Ivor langte nach seinen Zigaretten auf dem Nachttisch. «Cass, komm schon. Entspann dich, okay? Warum bist du immer so verkrampft?»

Ich bin nicht verkrampft, dachte sie und erwiderte nichts mehr zum Beweis, dass sie es wirklich nicht war. Aber ein paar Tage später an einem brütend heißen Nachmittag, als sie sich im Haus beklemmt fühlte, weil niemand da war als der bekiffte Bob und der stumme Paul, machte sie einen Spaziergang auf dem Parliament Hill und stellte bei ihrer Rückkehr fest, dass Ivor immer noch nicht zu Hause war und dass auch Hughs Motorrad weiterhin im Vorgarten fehlte.

Sie kamen die ganze Nacht nicht heim. Cass aß Serenas Linsen-Dhal mit Reis, saß dann bis spät abends mit den anderen im Garten und klimperte auf ihrer Gitarre. Aber ihre eigentliche Aufmerksamkeit galt der Straße, sie lauschte ständig, ob sie Hughs Motorrad oder Ivors Schlüssel im Haustürschloss hörte.

«Ich weiß gar nicht, warum du dich so aufregst, Cass», sagte Serena. «Ivor liebt seine Freiheit, er kann tun und lassen, was er will. Und du auch.»

«Nein.» Cass wurde laut. «So läuft das bei uns nicht.»

Serena verdrehte die Augen, und Cass stand auf und ging hoch. Sie nahm die Gitarre mit und kanalisierte ihre Wut in einen Song. Einen Song, mit dem sie Note für Note und Wort für Zorneswort fertig war, als Ivor und Hugh am folgenden Abend heimkamen. Jetzt war Cass nicht mehr wütend, sondern eiskalt und ruhig. Sie drehte den Schlüssel in der Schlafzimmertür herum, setzte sich aufs Bett und erwartete ihn.

Sie lauschte darauf, wie er die Treppe hinaufstieg und durch den Flur zur Tür kam, wie er den Griff packte und immer wieder daran rüttelte, bis er begriff, dass abgeschlossen war. Sie streckte sich auf dem Bett aus und legte den Kopf aufs Kissen. Vor ihrem inneren Auge sah sie ihren Vater, wie er mit grauem Gesicht und in sich zusammengesunken im Pfarrhaus vegetiert hatte. Sie sah vor sich, wie er in den Wochen und Monaten nach dem Verschwinden ihrer Mutter Atemzug für Atemzug und Stunde um Stunde mehr an Lebendigkeit verloren hatte. Warum hatte er dieses schlichte, wenig bemerkenswerte Mädchen geliebt, das so viel jünger war als er? Cass wusste es nicht, aber so war es nun mal, und ihr Verschwinden hatte ihn gebrochen. Cass selbst dagegen war nicht so schwach wie Francis. Sie würde Ivors Abwesenheiten, sein plötzliches Sichzurückziehen und Serenas verschlagene Anspielungen nicht hinnehmen. *Ivor liebt seine Freiheit, weißt du.* Nein. So würde es bei ihnen nicht laufen.

«Cassie? Was soll das denn?» Ivors Geflüster wurde lauter und war schließlich ein Schreien. Cass hielt die Augen geschlossen, zog sich das Kissen über den Kopf und spielte im Geist die Akkorde und Kadenzen ihres neuen Songs. Ihr Puls hörte auf zu rasen, und ihr Atem wurde ruhiger. Sie würde nicht nachgeben.

Nach einer Weile mischte sich Kates verschlafene Stimme in Ivors Geschrei. «Ivor, verdammt, lass gut sein. Hier gibt's auch Leute, die morgens aufstehen müssen.» Und dann wieder Ivor, im Bühnenflüsterton: «Okay, Cassie. Wie du willst.» Das wütende Stampfen seiner Schritte auf dem Weg die Treppe hinunter.

Er verbrachte die Nacht mit einer von Serenas Häkeldecken auf dem Wohnzimmersofa. Am Morgen beobachtete

Cass den Schlafenden durch die offene Tür und ging dann in die Küche, um sich einen Becher Nescafé zu machen. Ein paar Minuten darauf kam Ivor herein, die Augen verquollen und das lange Haar fettig und zerzaust.

«Cassie», sagte er. «Was zum Teufel sollte das?»

Sie betrachtete ihn kühl über den Becherrand hinweg.

«Nie wieder», sagte sie. «Behandle mich nie wieder so, als ob ich nicht zähle. Mir egal, wie deine anderen Mädels waren. Entweder wir sind richtig zusammen, du und ich, oder gar nicht.»

Er erwiderte ihren Blick, und sie sah, dass er mit seiner Antwort rang. Dann rieb er sich die Augen. «Natürlich sind wir richtig zusammen, du verrücktes Huhn. Es gibt keine andere. Wie könnte ich je eine andere wollen als dich?»

Dann trat er zu ihr, nahm ihr Gesicht zwischen die Hände, und sie ließ zu, dass er sie küsste.

Eines Vormittags Mitte Juli erhielt Cass einen Brief von Lily.

Eine kurze, knappe Ankündigung in blauer Tinte auf einer schlichten, weißen Karte. *Bin Freitag wegen eines Auftrags in London. Vielleicht findest du die Zeit, dich mit mir zu treffen? Ich dürfte um 17 Uhr fertig sein und komme dann zu dir. Ich hätte dich angerufen, aber du hast keine Telefonnummer hinterlassen. Lily.*

Das war die erste Nachricht, die Cass von ihrer Tante und ihrem Onkel bekam, seit sie Atterley verlassen hatte. Am ersten Abend in der Savernake Road hatte sie sich gefragt, ob die beiden ihr vielleicht nachreisen würden. In jener Nacht hatte sie sehr schlecht geschlafen. Nicht nur, dass Ivors Zimmer fremd war und muffig roch, nach ungewaschener Bettwäsche, und dass sie die ungewohnte Wärme von Ivors Körper spürte.

Sie lauschte auch auf die Geräusche, die von der Straße heraufklangen. Gegen ein Uhr morgens hatte sie das Stottern eines haltenden Autos gehört, war zum Fenster gerannt und hatte den Vorhang beiseitegeschoben. Aber unten hatte sie nur ein Taxi gesehen, das mit laufendem Motor und leuchtenden Scheinwerfern am Straßenrand wartete, während ein elegantes Paar in Abendgarderobe ausstieg. Keine Lily. Kein John. Ohne sich entscheiden zu können, ob sie enttäuscht oder erleichtert war, hatte Cass den Vorhang wieder zugezogen und war ins Bett geschlüpft.

Als dann ein Tag vergangen war, ohne dass die beiden kamen oder sich meldeten – und dann noch ein Tag und wieder einer –, hatte Cass begriffen, dass sie nicht kommen würden. Lily und John hatten ihr Freiheit gegeben – und sie hatte diese Freiheit dazu genutzt, sie zu verlassen. John und Lily würden nicht um Cass kämpfen, sie würden sie gehen lassen. Kurze Zeit hatte Cass sich ein weiteres Mal im Stich gelassen gefühlt. Aber genau das hatte sie ja schließlich gewollt. Und so hatte Cass sich bemüht, nicht an den Schmerz zu denken, den sie ihnen bereitet hatte. Sie hatte sich gesagt, dass sie damit würde leben müssen, und im Laufe der Zeit schienen ihre Schuldgefühle auch nachzulassen. Sie fragte sich, ob es für Margaret auch so gewesen war. Ob sie sich da drüben in Kanada mit Len Steadman eingelebt hatte, während die Wunden, die sie hinterlassen hatte, allmählich von Narbengewebe überzogen wurden.

Lily kam gegen sechs. Sie trug ein blaues Shiftkleid, ihren üblichen roten Lippenstift und braune Ledersandalen. Ihre Zehennägel waren in der Farbe des Lippenstifts lackiert, und der Anblick dieser Zehen – die Verletzlichkeit der nackten Haut ihrer Tante – rührte etwas tief in Cass an, sodass sie einen Augenblick nicht sprechen konnte. Da Lily auch nichts sagte – sie stand auf der Schwelle und beobachtete Cass durch die runden Gläser ihrer Schildpatt-Sonnenbrille –, breitete sich Schweigen zwischen ihnen aus, die schwere Bürde der ungesagten Dinge.

«Dann lebst du also noch.» Lily schob die Sonnenbrille auf den Kopf, über den glänzenden Vorhang ihres Ponys hinweg. «Das ist ja immerhin etwas, oder?»

Cass begegnete ihren Augen. Lily lächelte nicht – noch nicht –, und ihr Blick war streng, aber Cass meinte zu entdecken, dass er ein klein wenig milder wurde.

«Es tut mir leid.» Cass konnte nur flüstern.

Lily nickte. «Ja, das will ich hoffen, du Schlimme. Und ich komme auch nicht rein. Um die Ecke ist doch ein Pub, oder? Lass uns was trinken gehen.»

Im Pub saßen nur ein paar Frauen, und im Garten, eher ein mit Unkraut bedeckter Hof mit zwei Holzbänken und einem kläglichen Rosenstock, der sich an ein klappriges Gitter klammerte, waren gar keine Gäste.

«London», sagte Lily, die mit zwei Gläsern Gin Tonic nach draußen kam. «Es fehlt mir nicht die Spur. Aber vermutlich kannst du dir nicht vorstellen, irgendwo anders leben zu wollen.»

Cass nickte, griff nach ihrem Glas, trank einen Schluck und sah, als Lily ihrem Gesicht endlich die Andeutung eines Lächelns gestattete, dass man ihr verziehen hatte.

Sie unterhielten sich eine Weile über andere Dinge. Johns Arbeit an einem Haus in Harrogate. Francis, den Lily in Worthing besucht hatte. Cass' Musik und ihre neuen Mitbewohner.

Als ihre Gläser beinahe leer waren, sagte Lily: «Ich war

es, weißt du, nicht John. Ich war diejenige, die keine Kinder wollte. Wir hätten sonst wohl eine ganze Horde bekommen.»

Cass erwiderte nichts und strich mit einem Finger über die raue, abgesplitterte Oberfläche des Tischs.

«Ich habe nie welche gewollt. Das Bedürfnis war einfach nicht da. Ich konnte auch nicht wirklich sehen, wie das hätte laufen sollen. Ich meine, Bildredakteure haben nicht gerade ein offenes Ohr für die Zwänge einer berufstätigen Mutter. Und als ich John dann kennenlernte, wollte ich ihn wohl einfach für mich selbst. Ich wollte ihn mit niemandem teilen – nicht mal mit einem Kind.»

Lily nahm zwei Zigaretten aus ihrer Lederhandtasche, steckte beide an und reichte eine davon Cass. «Oder hast du aufgehört? Nein? Dann also, hier, bitte.» Sie inhalierte tief, stieß einen kleinen Rauchring aus und fuhr fort: «Daher hat es mich ziemlich überrascht, dass du mir so sehr ans Herz gewachsen bist, Cass. Dass ich dich lieben gelernt habe. Dich irgendwie als Tochter betrachtet habe.»

Lily legte den Kopf schief und sah Cass mit einem Ausdruck an, in dem diese eine tiefe, unauslotbare Trauer erkannte.

«Wie dumm von mir. Und wie dumm von uns, uns dermaßen aufzuregen, als du einfach so auf und davon bist. John ging es genauso. Ich hab ihn noch nie so gesehen. Wochenlang konnte er sich auf nichts konzentrieren. Wir beide nicht.»

«Lily ...»

Ihre Tante schüttelte den Kopf. «Nein, Cass. Ich sage das nicht, um dir Schuldgefühle zu machen – obwohl du natürlich tatsächlich ein schlechtes Gewissen haben solltest. Keiner von uns wollte, dass du wider Willen bleibst. Aber ich wünschte, du hättest mit uns darüber geredet. Du hast alles aufgegeben, um diesem Mann zu folgen. Schule und Studium, all deine Pläne. Ich wünschte einfach nur, du hättest uns eingeweiht.»

Ein Holzsplitter war in die weiche Kuppe von Cass' Zeigefinger gedrungen. Sie fühlte ihn dort, unmittelbar unter der obersten Hautschicht, starrte ihn an, zupfte vergebens mit den Zähnen daran herum und gab es dann auf.

«Es war nicht nur wegen Ivor», sagte sie leise. «Es geht auch darum, was *ich* will. Musik, meine ich. Die Chance, etwas aus meinen Songs zu machen. Das will ich wirklich, Lily. Und nichts anderes. Was spielt denn die Schule im Vergleich dazu für eine Rolle?»

Lily zog ein letztes Mal an ihrer Zigarette und drückte sie dann aus. «Du bist noch so jung, Cass. Du hättest abwarten können. Es waren doch nur noch ein paar Monate.» Nach einem Schweigen fügte sie hinzu: «Aber ich weiß, dass du es willst, du eigensinniges Kind. Natürlich weiß ich das.»

Als der Sommer zu Ende ging, hatten Cass und Ivor vier oder fünf Gigs pro Woche. In Joes Bar und in allen möglichen anderen Lokalen Londons: auf einem alten Ausflugsboot, das in Kingston-upon-Thames lag; in einem Pub in Hampstead oder in einem in Kerzenschimmer getauchten Café an der Old Brompton Road.

Ihr Publikum war nie groß, aber die Leute hörten zu, und allmählich erkannte Cass einige Gesichter immer wieder – eine Frau mit schulterlangem blondem Haar und einem trägen, bekifften Lächeln, die ihnen anscheinend überallhin folgte, oder einen durchdringend blickenden jungen Mann, der immer am selben runden Tisch ganz vorn saß, wenn sie bei Joe auf der Bühne standen.

Bei einem Gig Ende August in der Old Brompton Road

stellten sie aufgeregt fest, dass sie sich den Abend mit Bert Jansch und Sandy Denny teilten. Cass war fasziniert vom rasend schnellen Spiel von Berts Fingern und von Sandys warmer, kräftiger Stimme. Sie sang die alten Songs, die Cass zuerst auf Lilys Platten gehört hatte, und andere, die Cass nicht kannte.

Cass beobachtete Sandy beim Singen, lauschte der so schlichten, mühelosen und so richtig klingenden Stimme und dachte mit einer plötzlichen, bestürzenden Klarheit: *Ich will das, was sie hat.*

In späteren Jahren dachte sie oft an diesen Moment zurück. Jedes Mal, wenn man sie fragte, wann sie gewusst habe, dass sie Sängerin werden wolle, antwortete sie: «Als ich Sandy Denny auf der Bühne erlebt habe. Als ich spürte, wie sie allein mit der Macht ihrer Stimme den Saal in Bann hielt.»

Doch auch wenn Cass sich – trotz des Lampenfiebers, das sie noch immer vor jedem Auftritt ergriff – inzwischen am heimischsten auf diesen kleinen Bühnen fühlte, neben Ivor und mit einer Gitarre in der Hand, auch wenn sie dies alles inzwischen zutiefst liebte, hielt es sie finanziell nicht über Wasser. Sie verdienten damit mal hier ein paar Pfund, mal da eine Runde Bier, das war alles. Warum er wohl ihrer Meinung nach als Anstreicher jobben müsse, fragte Ivor, als Cass sich darüber beklagte.

Sie hatte natürlich gewusst, dass Ivor knapp bei Kasse war – er hatte ständig Tabak und Gras bei Lily und John geschnorrt, und sie hatte auch gesehen, dass er immer dieselben paar Klamotten im Wechsel trug. Aber in ihrem Eifer, die Schule, Sussex und ihr kindisches Leben dort hinter sich zu lassen, hatte sie nicht recht begriffen, dass sie mit Ivor in London ebenfalls knapp bei Kasse sein würde.

Knapp bei Kasse, ja, aber nicht völlig mittellos, und ihr war klar, dass sie da Glück hatte. Von der Pension ihres Vaters wurde jeden Monat ein sehr bescheidener Betrag für sie abgezweigt – Francis hatte das vor seinem Umzug nach Worthing mit John vereinbart. Zusätzlich tauchten in unregelmäßigen, mehrwöchigen Abständen immer wieder kleinere Summen auf ihrem Bankkonto auf.

Die erste Rate erschien dort einige Tage nach Lilys Besuch. Cass ging zur Bank, um ihren Anteil an der Miete abzuheben, und entdeckte, dass ihr Kontostand unerwartet gestiegen war. Im Verlauf der Monate stellte sie fest, dass dies immer wieder geschah. Das Geld konnte nur von Lily und John kommen, die sorgfältig über die Größe der Beträge nachgedacht haben mussten. Sie reichten aus, um zusammen mit dem Taschengeld ihres Vaters das Allernotwendigste abzudecken – Miete, Essen und Benzin für Ivors Auto –, aber mehr nicht. Und da Ivor sogar noch weniger Geld hatte als sie, begriff sie recht bald, dass ihr nichts anderes übrigblieb, als nach einem Zusatzeinkommen Ausschau zu halten.

Als sie Kate davon erzählte, sagte die: «Barbara hat gerade gekündigt. Komm doch mal mit, ich stell dich meiner Chefin vor.»

Kate arbeitete in einem Laden für Brautmode, der in einer Gasse abseits der Oxford Street lag. Es war ein altmodisches Geschäft, geziert und etepetete, ganz anders als die Boutiquen mit den grell gemusterten Kleidern und den laut plärrenden Schallplattenspielern, die entlang der Carnaby Street und der King's Road wie Pilze aus dem Boden schossen. Aber es war wohl tatsächlich so, wie die Geschäftsführerin Cornelia zu Cass sagte: «Wenn es um ihren großen Tag geht, wollen die meisten Frauen immer noch etwas Traditionelles.»

Mit ihrer kristallklaren Stimme kam Cass die zierliche, weißhaarige Frau mit dem Haarknoten wie eine Botschafterin aus einer anderen Ära vor. Eine Ballettmeisterin von einem Degas-Gemälde, die ihre Schülerinnen an der Stange mit strengen Anweisungen bedenkt. Oder eine vornehme Witwe, die Tee in feine Porzellantassen gießt.

«Sie war eine Debütantin, weißt du», erzählte Kate auf der Heimfahrt mit dem Bus. «Angeblich hat ein Viscount oder so sie am Altar stehenlassen.»

«Dann hat sie aber einen merkwürdigen Arbeitsplatz», sagte Cass.

«Ja, stimmt.» Beide bekamen einen Lachanfall.

Aber wie sich herausstellte, gefiel Cass die Arbeit im Brautladen eigentlich ziemlich gut. Cornelia konnte streng sein. Die Kleider mussten akribisch auf die gepolsterten weißen Kleiderbügel gehängt werden. Die Bräute waren mit äußerster Hochachtung zu behandeln, selbst wenn sie eindeutig nur junge Verkäuferinnen waren, die sich die Mittagspause mit Träumen von weißem Tüll und gefältelten Satinmiedern vertrieben. Aber Cornelia war auch nett. Viele ihrer jungen Angestellten waren Künstlerinnen der einen oder anderen Art – Schauspielerinnen, Tänzerinnen, Models, Musikerinnen –, und sie gab ihnen frei, wenn ein Vorspiel oder ein Casting anstand. Sie begeisterte sich für ihre Erfolge und zeigte bei Enttäuschungen fast genauso viel Mitgefühl wie die Kolleginnen untereinander.

An dem Tag, an dem Kate erfuhr, dass sie eine Rolle in *Hair* ergattert hatte, holte Cornelia eine Flasche Sekt hervor. Und als die letzte Kundin gegangen war, machte sie energisch die Tür hinter ihr zu, drehte das Schild an der Scheibe auf «Geschlossen» und schenkte jeder, die da war, ein Glas ein.

«Auf Kate», sagte Cornelia. «Und auf euch alle mit euren großartigen Talenten. Mögen eure Träume wahr werden.»

Cass hob ihr Glas und blickte von Kate zu Cornelia und Daphne, einer Harfenistin mit gertenschlanker Figur und einem sanften Lächeln. Cass sah überhaupt keinen Grund, warum Cornelia mit ihrem Wunsch nicht richtigliegen sollte. Denn in diesem Augenblick fühlte es sich so an, als läge alles für sie bereit und sie brauchten nur zuzugreifen und es zu nehmen.

Da waren Partys und Einladungen zum Essen, und sie tanzten in Keller-Clubs. Die Rolling Stones traten live im Hyde Park auf – Menschenmengen, zertretener Rasen und der schwere Dunst von Marihuana in der Luft.

Es kamen Briefe von Lily und John, und da waren die vielen Stunden, in denen Cass in Cornelias kühlem, stillem Laden Spitze, Satin und Seide auf der nackten Haut unbekannter Frauen glatt strich.

Da war die Woche, in der sie sich alle zusammen in Ivors Morris Minor und Bobs Ford Escort quetschten und zum Haus von Kates Eltern in Cornwall fuhren, das sogar noch größer war als Atterley. Dort standen mit Brokatstoffen bezogene Möbel, und die Ölgemälde strenger, namenloser Vorfahren schauten von Velourstapeten herunter. Bob hatte einen Vorrat LSD-Trips dabei, und die Tage gingen verloren. Von Sonne durchleuchtet, pulsierten sie von einer eigenartigen, berauschenden Energie, die ihnen damals, jung und stoned, wie sie waren, wie die Essenz des Lebens erschien.

Aber vor allem waren da die Musik und Ivor und die unlösbare Frage, wo ihre Liebe für das eine in ihre Liebe zum anderen überfloss.

Sie wollte alles über ihn wissen – nicht nur die grundlegenden Tatsachen, wie zum Beispiel, wo er aufgewachsen war, wie seine Eltern hießen und ob er Geschwister hatte. Sie wollte auch hören, was er gesehen hatte, wenn er aus dem Fenster seines Kinderzimmers schaute, welches Parfüm seine Mutter getragen hatte und welches der erste Song war, an den er sich erinnerte.

Die letzte Frage konnte er beantworten: «Sally» von Gracie Fields. Seine Mutter hatte das Lied leise gesummt, wenn sie die Betttücher am Waschtag durch die Mangel drehte. Ihren Sohn hatte sie dabei in der Nähe behalten, und so blieb der Song für Ivor immer mit der warmen, vom Dunst gesättigten Luft der Küche und dem scharfen Geruch von Stärke verbunden. Aber die meisten ihrer anderen Fragen riefen einfach nichts in ihm hervor.

Sie wusste nur, dass er in Leamington Spa geboren und aufgewachsen war, wo seine Eltern Owain und Susan immer noch lebten. Dass er ein Einzelkind und so früh wie möglich von zu Hause abgehauen war und dass er mit seinen Verwandten nicht mehr sprach, mit der gelegentlichen Ausnahme seiner Großmutter mütterlicherseits, Anna. Gerade das wollte Cass natürlich am sehnlichsten wissen – warum er den Kontakt abgebrochen hatte und ob das irgendetwas mit der Narbe an seinem rechten Auge zu tun hatte, deren Ursache ein weiteres seiner vielen Geheimnisse war. Doch als sie ihn zum ersten Mal danach fragte, konnte sie beobachten, wie Ivors Gesicht sich verhärtete und verschloss, als würde vor einem verdunkelten Fenster eine Jalousie heruntergelassen, und da begriff sie, dass das ein Thema war, bei dem sie vorläufig besser nicht nachhakte.

Außerdem musste sie zugeben, dass sie zwar theoretisch

überzeugt war, alle Geheimnisse mit Ivor teilen zu wollen – es sollte keine inneren Bereiche geben, zu denen sie einander keinen Zutritt gestatteten –, dass sie sein Widerstreben aber in der Praxis sehr wohl verstand. Denn es gab so einiges über ihre eigene Mutter, was sie ihm nicht erzählt hatte – und was sie noch nicht einmal sich selbst richtig erzählt hatte. Margarets Briefe lagen noch immer unbeantwortet in der Schachtel, die Cass aus Atterley mitgenommen hatte und die jetzt unter ihrem Bett in der Savernake Road stand.

Von Francis sprach Cass dagegen oft. Sie erzählte, dass ihr Vater ihr als Kind vorgelesen habe und dass sie sich noch immer genau an den Klang seiner Stimme erinnern könne. Sie erzählte, wie stolz sie auf ihn gewesen sei, wenn er in der Soutane energisch durch die Kirche schritt und über die ganze Aufmerksamkeit seiner Gemeinde gebot. Und wie schmerzlich es gewesen sei, ihn verfallen und zu dem Mann dahinschwinden zu sehen, der er jetzt sei. Eine bleiche, gebeugte Gestalt, die nichts als Bücher, Schallplatten und verblassende Erinnerungen habe, um ihren Tagen ein wenig Struktur zu verleihen.

Einmal holte sie ihre Ausgabe von *Große Erwartungen*, die Francis ihr zu ihrem dreizehnten Geburtstag geschenkt hatte, das dicke Buch mit dem grünen Ledereinband, und zeigte sie Ivor. Mit einer gewissen Beschämung fiel ihr auf, dass sie ihren Vater vor einem halben Jahr zum letzten Mal besucht hatte.

«Kommst du mit?», fragte sie Ivor, und der nickte nach einem Augenblick des Schweigens und sagte: «Wenn du das möchtest.»

Sie fuhren an einem Mittwochnachmittag nach Worthing – an diesem Wochentag schloss der Brautladen immer früher, und ausnahmsweise hatten Ivor und Hugh keinen Anstreicherjob.

Es war ein schöner, kalter Herbsttag. Die Straßen waren frei, und sie kamen um kurz vor fünf bei der Wohnanlage an. Als sie in der Zufahrt hielten, sah Cass, dass die Eiche auf dem Rasen vor dem Haus rot und gelb leuchtete, und einen Augenblick freute sie sich, dass ihr Vater jeden Morgen beim Aufwachen diesen Anblick genoss.

«Weiß Reverend Wheeler, dass Sie kommen?», fragte der Pförtner, als sie sich bei ihm anmeldeten.

Cass hatte ihn noch nie gesehen. Er war klein, hatte engstehende Augen und musterte die beiden mit ihren Jeans, dem Glasperlenschmuck und den schlabbrigen Baumwollshirts mit unverhohlener Missbilligung.

Sie stellte sich ein wenig aufrechter. «Nein. Aber ich glaube kaum, dass er etwas dagegen einzuwenden hat, wenn seine einzige Tochter und deren Verlobter zum Tee kommen, oder?»

«Verlobter?», flüsterte Ivor, als der Pförtner nach oben verschwunden war.

«Wage es nicht, etwas anderes zu sagen.»

Der Pförtner blieb so lange weg, dass Cass allmählich befürchtete, ihr Vater könne ausgegangen sein, und sich sagte, sie hätte ihn vielleicht wirklich vorher anrufen sollen. Aber schließlich durften sie durch das dämmrige Treppenhaus zu seinem Zimmer hinauf, und dort oben stand Francis auch wirklich im Flur. Er war kleiner, als sie ihn in Erinnerung hatte – schrumpfte er tatsächlich? –, und auch viel älter. Hager und grauhaarig. Er trug ein weißes Hemd mit einem braunen Pullunder und hatte einen Ausdruck im Gesicht, den Cass nicht recht deuten konnte.

«Das ist Ivor, Dad», sagte sie. Francis sah Ivor an und nickte, reichte ihm aber nicht die Hand.

Sie kochte Tee – die Küche war winzig und altmodisch, aber genau wie der Rest der Wohnung sauber und aufgeräumt. An den Türen des Küchenschranks klebten Etiketten, die ihr Vater mit seiner ordentlichen, sorgfältigen Handschrift beschriftet hatte. *Tee und Kaffee. Konserven. Töpfe und Pfannen.* Über dem Herd hing ein weiteres Schild: *Gas abdrehen.* Was Lily Cass erzählt hatte, musste also stimmen – die Verwirrung ihres Vaters wurde schlimmer, und diese handgeschriebenen Notizen, diese kleinen Versuche, sich Halt zu schaffen, rührten sie nahezu unerträglich. Sie lehnte sich mit dem Rücken an eine Schranktür, schloss die Augen und wartete auf das Pfeifen des Wasserkessels. Dann goss sie heißes Wasser in die Teekanne, stellte sie mit einem Teller Bourbon Biscuits auf ein Tablett und trug alles ins Wohnzimmer.

Dort herrschte ein unbehagliches Schweigen. Ivor saß in einem Sessel am Fenster. Er wirkte zu groß für diese kleine, dunkle Ecke und hatte die langen Beine weit ausgestreckt. Francis auf dem Sofa starrte ins Leere. Sein Gesicht war noch immer ausdruckslos und undeutbar.

Der Vater blickte auf, als Cass ihm eine Tasse Tee anbot, und sagte, als er sie entgegennahm, so milde, als würde er sich bedanken: «Das ist dann also dein Zuhälter.»

Sie erstarrte und stierte ihn an. «Dad!»

Francis' Blick war jetzt kalt und unnachgiebig. «Glaub nicht, dass ich nicht Bescheid weiß, Maria.» Es war Jahre her, seit er ihren Taufnamen zum letzten Mal verwendet hatte. «Glaub nicht, ich wüsste nicht, was für eine Sorte Frau du bist. Genau wie deine Mutter.»

Der Raum um Cass schien Wellen zu schlagen und sich zu

drehen. Sie stellte die Teekanne aufs Tablett zurück, damit sie ihr nicht aus der Hand fiel. «Dad, ich ...»

«Deine Tante und deinen Onkel nach allem, was sie für dich getan haben, ohne ein Wort zu verlassen. Deine Abschlussprüfung sausenzulassen. Und das alles für ihn?» Francis deutete mit einer abschätzigen Geste in Richtung Ivor. «Für ihn und dieses Hirngespinst, du könntest Sängerin werden. Nun, ich sag dir was, Maria. Genau das wird es immer bleiben. Ein Hirngespinst. Du bist wie deine Mutter – immer den Kopf in den Wolken, immer träumst du von etwas anderem, etwas Besserem. Tja, damit möchte ich nichts zu tun haben. Überhaupt nichts.»

Cass legte die Hand haltsuchend auf die Anrichte. In der Ecke erhob Ivor sich aus dem Sessel. «Komm, Cassie. Wir gehen.»

«Nein.» Cass riss sich zusammen und richtete sich auf. «Dad. Wie kannst du so reden. Das ist doch gar nicht deine Art.»

Die Stimme ihres Vaters war kalt. «Jemand muss dir schließlich die Wahrheit sagen, oder? Jemand muss dir sagen, wie sehr du dich zum Narren machst. Deine Mutter ist nicht da, und meine Schwester ist beinahe genauso töricht wie du. Wer bleibt dann also noch? Mag sein, dass ich hier festsitze, vergessen und vergesslich, aber ich bin immer noch dein Vater.»

Sie fühlte, wie ihr die Tränen in die Augen stiegen. «Bitte, Dad. Bitte ...»

Francis schüttelte den Kopf. Er weigerte sich, ihrem Blick zu begegnen. Jetzt war Ivor bei ihr und legte ihr die Hand auf den Arm. «Cassie. Komm jetzt.»

«Ja, so ist es recht», sagte Francis. «Hau du nur mit deinem

Zuhälter ab, genau wie Margaret. Hau ab und lass mich in Ruhe.»

Cass ergriff Ivors Hand, und er führte sie durch die Diele und hielt ihr die Wohnungstür auf. Sie riss sich zusammen, bis sie am Empfangstresen des Pförtners vorbei waren – «Ach, gehen Sie schon?» –, bis sie über den Rasen hinweg und unter dem gelb und rot leuchtenden Schirm der Eiche hindurch zum Auto gelangt waren.

Dort drückte sie auf dem Beifahrersitz den Pelz ihres Schaffellmantels ans Gesicht und weinte. Ivor nahm sie schweigend in die Arme, und als sie sich beruhigt hatte, ließ er den Motor an und brachte sie nach Hause.

Als sie die Stadt hinter sich gelassen hatten, sagte Cass: «Jetzt sind wir beiden allein, Ivor, oder? Jetzt haben wir nur noch einander.»

«Aber das genügt uns, Cassie», antwortete er und griff nach ihrer Hand. «Mehr werden wir niemals brauchen.»

TRACK SIX

Road of Shadows

By Cass Wheeler, Ivor Tait,
Hugh McMaster and Danny Ingleby
Previously unreleased

In the dark
Sodium glows
The white lines come and the white lines go
Under quiet chimney ghosts
We're knocking down miles like dominoes
The old world music is the scenery
The back drop, back line, you don't see me
Engine hums as the feeling grows

We're knocking down miles like dominoes
Knocking down miles like dominoes
Rolling past this town on this road of shadows
Knocking down miles like dominoes
Rolling past this town on this road of shadows

Well listen here, listen there's nothing I need
When I'm on the road just you and me
To feed the song inside that grows
Knocking down miles like dominoes
Above us the moon's so round tonight
Wheels like wings as we take flight
And as the grass beneath, beneath us grows

Knocking down miles like dominoes
Knocking down miles like dominoes
Rolling past the towns on this road of shadows
Knocking down miles like dominoes

Rolling past this town on this road of shadows
Knocking down miles
Dominoes
Knocking down miles
Stop. Go. Dominoes
Knocking down miles
Stop. Go. Dominoes
Knocking down miles
Stop. Go. Dominoes
Knocking down miles
Stop

WRITTEN June 1969

RECORDED September 1970, at 45 Savernake Road, London NW3 (previously available only on the bootleg *Cass Wheeler and Vertical Heights: The Demo Sessions*)

Es ist ein gutes Publikum», sagte Angus. «Laut, aber gut.» Cass nickte. Sie stand neben dem Lieferwagen, der als Tourbus fungierte, und rauchte eine Zigarette. Auf dem Parkplatz war es inzwischen dunkel, und das Licht der Straßenlaterne verlieh Angus' Gesicht etwas gruselig Gelbstichiges. «Glaubst du, dass sie zuhören werden?»

Angus zuckte mit den Schultern und lächelte sein typisches rätselhaftes Lächeln. Seine Augen waren geweitet und die Pupillen riesig. Sie hatte unterwegs im Auto gesehen, wie er eine Pille aus Hughs ausgestreckter Hand genommen hatte. Dann hatten auch die anderen Männer jeder eine genommen und sie wie in einer schnellen, choreographierten Bewegung zum Mund geführt. Als sei es eine religiöse Zeremonie, eine Opfergabe – sie hatte daran gedacht, wie ihr Vater sich bei der Kommunion vorgebeugt hatte, um das Sakrament auf Mrs. Harrisons rosig herausgestreckte Zunge zu legen.

Hugh hatte auch ihr etwas angeboten, doch Cass hatte den Kopf geschüttelt und sich abgewandt. Wie üblich vor einem Auftritt hatte sie Nervenflattern. Dazu noch Amphetamin wäre keine gute Kombination. Sie würde nachher in der Garderobe versuchen, die Angst mit einem großen Glas Rotwein zu vertreiben.

«Tja, es liegt an dir, im Publikum Ruhe zu schaffen», sagte Angus.

Sie zog ein letztes Mal an ihrer Zigarette und trat die Kippe dann aus. «Wo ist Ivor?»

«In der Garderobe. Die ist ein besserer Wandschrank mit Spiegel. Aber die Drinks sind dort.»

«Mein Wein?»

Angus verdrehte die Augen. «Als ob ich den vergessen würde.»

Sie folgte ihm über den Parkplatz nach drinnen. Als sie die Tür aufstießen, spürte sie, wie die nach Bier stinkende, verqualmte Luft sich fast klebrig auf ihre Haut legte. Der Club war ein langer Raum mit Betonblockwänden, in dem ein Höllenlärm herrschte: Er kam von der Band auf der Bühne (eine lokale Rockband mit dem Namen Heavy Elements, die hier massenhaft Fans hatte) und vom Geschrei der Leute: junge Männer, deren Bizeps sich unter den kurzen Ärmeln ihrer T-Shirts wölbte, und Frauen mit glatter Haut und vollen Brüsten, die fast aus ihren tief geschnittenen Tops purzelten.

Eine Frau fiel Cass beim Durchqueren des Saals besonders ins Auge. Sie hatte den Kopf voll schwarz gefärbter Locken und trug den Riemen einer roten Plastikhandtasche schräg über der Brust. Sie musterte Cass von Kopf bis Fuß: ihr langes Kleid mit den winzigen Spiegeln (ein Geschenk von Serena) und das frei herabfallende blonde Haar. Die Frau wandte sich ihrem Freund zu und stieß ihn in die Rippen.

«Für wen hält die sich eigentlich?», schnappte Cass ihre Worte im Getöse der Band gerade noch auf. «Denkt wohl, sie ist Marianne Faithful!»

Hinter der Bühne auf dem dämmrigen Flur, in dem der Lärm, der in der Kneipe herrschte, durch eine Flügeltür leicht gedämpft war, wandte sich Cass an Angus. «Welcher Teufel hat dich geritten, uns hier auftreten zu lassen? Die werden uns in der Luft zerreißen.»

Angus schüttelte den Kopf. «Bestimmt nicht. Ihr kriegt sie rum. Das schafft ihr immer.»

Cass wusste immer noch nicht recht, was sie von Angus halten sollte.

Er war eines Abends in Joes Bar zu ihnen getreten, als sie gerade die Bühne verlassen hatten: der durchdringend blickende Mann, der ihr schon seit einer Weile aufgefallen war, weil er bei ihren Gigs immer von einem einsamen Tisch in der ersten Reihe zu ihnen hinaufstarrte.

Er erklärte, er sei Manager einiger Bands, und fragte, ob sie schon einmal daran gedacht hätten, ihre Besetzung zu erweitern. Ihre Songs gefielen ihm sehr, er habe aber den Eindruck, dass etwas mehr Sound ihnen guttun würde. Schlagzeug, ein Bass, elektrische Gitarren. «Das Ganze richtig satt machen, wisst ihr?» Während er Cass im Auge behielt, fügte er hinzu: «Denkt mal darüber nach, okay?»

Ivor war begeistert. Er notierte Angus' Telefonnummer auf einem Bierdeckel und steckte ihn in die Hosentasche. Zu Hause in der Savernake Road sagte er: «Wir sollten es probieren, Cassie. Hugh am Schlagzeug ...» Und als er sah, dass sich ihre Miene verdüsterte: «Ich weiß wirklich nicht, was für ein Problem du mit Hugh hast. Es ist doch wenigstens einen Versuch wert. Und Jonah kennt da jemanden, der spielt Bass und hat sich gerade von seiner Band getrennt. Jonah sagt, dieser Danny mag unser Zeug. Lass es uns mal ausprobieren.»

Zunächst hatte Cass sich gewehrt, fest überzeugt, dass die Musik, die sie im Kopf hörte, genau so war, wie sie sie spielten, und dass sie auch so bleiben sollte. Zwei unverstärkte Gitarren und zwei Stimmen – schlicht und schnörkellos wie der alte Eichenholztisch in Lilys Küche in Atterley. Der Folk-Sound, den ihre Tante ihr nahegebracht hatte und nach dessen Vorbild Cass ihre ersten, ungelenken Akkorde geschrummelt hatte.

Das war natürlich nicht die einzige Musik, die sie gerne hörte. Ihre Plattensammlung wuchs stetig, und die lange so heißgeliebten Beatles und Stones standen nun neben sorgfältig ausgewählten Alben von den Kinks, den Byrds, den Small Faces und The Who. Inzwischen besaß sie natürlich auch eigene Ausgaben der Folk-Platten, mit denen Lily sie bekannt gemacht hatte, und hatte weitere hinzugekauft: Simon and Garfunkel, Tom Arnold, Judy Collins, Pentangle oder Dave Van Ronk. Am liebsten mochte sie die Sängerinnen und Sänger, die Geschichten erzählten und für die die Worte ebenso wichtig waren wie die Musik. Bei denen beides untrennbar verwoben war.

In der Savernake Road, wo Bob die Herrschaft über den Plattenspieler hatte, saßen sie bis spät in der Nacht zusammen und hörten Pink Floyd, Jefferson Airplane und die Incredible String Band. Jonah hatte Cass mit den raueren Klängen einiger vom Blues beeinflusster Bands bekannt gemacht, deren Auftritte er gelegentlich besuchte: die Yardbirds oder die Bluesbreakers. Fleetwood Mac hatten Jonah, Ivor und Cass einmal im Marquee Club gesehen. Sie hatten den Blick nicht vom Sänger Peter Green wenden können, der mit seiner Energie und in seinem langen weißen Gewand wie ein Messias rüberkam. *Der* habe auch eine elektrische Gitarre gespielt, hielt Ivor Cass eindringlich vor.

«Es reicht nicht, wenn wir beide einfach so ohne Verstärker auf der Bühne sitzen, Cass», sagte er. «Es wird Zeit, was zu ändern.»

Irgendwo tief in ihrem Inneren war das Gefühl entstanden, dass Ivor recht hatte – aber sie war noch nicht bereit, das zuzugeben.

Dann aber stellte Cass eines Tages in ihrer Mittagspause fest, dass sie vom Brautladen in die Denmark Street gegangen war und nun vor einem Schaufenster stand und eine Gibson Les Paul anstarrte.

Die Gitarre hatte einen stabilen Körper, und der lange Hals war mit eingelegtem Schildpatt verziert. Das dunkle Holz glänzte. Im Geist hörte sie den Klang: Volltönend und nachhallend verwebte er sich mit den gezupften Saiten ihrer Akustikgitarre, während Ivors Stimme mit ihrer verschmolz. Und im Hintergrund sorgten Bass und Schlagzeug für ein stetes Pulsieren, wie ein Herz, das tief im Inneren eines Tiers schlägt.

In der nächsten Mittagspause brachte sie die Ausgabe von *Große Erwartungen,* die ihr Vater ihr einmal geschenkt hatte, in ein Buchantiquariat in der Charing Cross Road und drückte dem Besitzer das Buch mit dem grünen Ledereinband in die Hände, bevor sie es sich noch einmal anders überlegen konnte. Dann marschierte sie eilig zur Denmark Street und tauschte die Geldscheine, die der Antiquar ihr ausgezahlt hatte – sogar mehr als erwartet –, gegen eine Les Paul.

Am Abend zeigte sie Ivor den schwarzen Kasten mit der Gitarre. «Dir zuliebe. Okay. Starten wir einen Versuch.»

Danach ging alles ziemlich schnell. Sie holten Danny dazu, einen schmächtigen, umgänglichen Mann mit eindrucksvollem Schnauzbart, und begannen mit den Proben in Hughs Zimmer, wo er mit wilden grünen Augen von den Fotos an den Wänden auf sie herabstarrte.

Cass betrachtete Hugh noch immer mit Misstrauen – er wirkte ziemlich unberechenbar, und sie konnte es nicht ausstehen, wenn er so gönnerhaft und von oben herab mit ihr umging, als wäre sie ein Kind. Aber es ließ sich nicht leugnen, dass er wusste, was er tat. Durch Hughs und Dannys Beitrag blühten ihre Songs auf und wirkten vollständiger, mehrschichtiger und eindringlicher.

Es war auch etwas Erregendes daran, wie diese drei Männer sich um sie scharten und in die Musik eintauchten, die sie selbst geschrieben hatte. Manchmal verharrten sie alle nach dem Ende eines Songs für ein paar Sekunden still und mit geschlossenen Lidern wie Liebende, die den Augenblick festhalten wollen.

Einen Monat später rief Ivor Angus an und lud ihn in die Savernake Road ein, um sie spielen zu hören.

Sie hatten ihr Equipment im Garten aufgebaut – zum Teufel mit den Nachbarn, die waren sowieso Spießer –, dazu Kerzen und wild in Krüge gestopfte Blumen, und spielten fünf Songs hintereinander weg: «Common Ground», «Living Free», «I Wrote You a Love Song» und noch zwei neue, während Serena, Kate, Bob, Paul, Jonah und die anderen barfuß auf der Wiese tanzten.

Angus sagte mit seinem Sphinx-Lächeln: «Wahnsinn. Ich bin froh, dass ihr auf meinen Rat gehört habt.»

Am nächsten Tag unterschrieben sie in einem Pub an der South End Road eine Art Vertrag, den Angus auf die Rückseite eines Umschlags gekritzelt hatte. *Wir, die Unterzeichnenden, stimmen der Vertretung durch Angus Mackinnon, und zwar ausschließlich Angus Mackinnon, zu.*

«Und jetzt», sagte Angus und schenkte allen ein Glas Liebfrauenmilch ein, «müssen wir uns nur noch einen Namen für euch ausdenken.»

Den Namen fand dann Bob. «Vertical Heights», verkündete er eines Abends feierlich, als er gerade bekifft Hitchcocks *Vertigo* geschaut hatte. Keiner von ihnen mochte den Namen besonders oder verstand auch nur richtig, was er bedeuten sollte, aber es fiel auch niemandem etwas Besseres ein. Und da Angus schon einen Lieferwagen gebucht und ein paar Auftritte arrangiert hatte, würde der Name es eben erst einmal tun müssen.

Wakefield, Northampton, Lowestoft, Bury, Spalding: Städte, die für Cass nicht mehr waren als Namen auf einer Landkarte und die in ihrem Kopf bald vollkommen ineinander verschwammen. Eine wechselnde Folge von Parkplätzen und Sälen von Studentenvereinigungen oder Arbeiterclubs, wo sie auf winzigen Bühnen nach dem Komiker und vor der Bingo-Ziehung auftraten und sich nie sicher sein konnten, ob man sie mit Jubeln begrüßen oder ausbuhen würde.

Angus blieb in jeder Situation ganz cool. Er reagierte gelassen, als einmal ein Komiker, der unmittelbar vor Vertical Heights auftrat, die Bühne einfach nicht freigeben wollte und betrunken vor ihnen hin- und herparadierte, während sie spielten. Er reagierte gelassen, als eine Bande Halbstarker in Lederjacken auftauchte, sich am Eingang postierte und Cass mit obszönen Beleidigungen eindeckte. Als einer der anderen Gäste ihnen nahelegte, die Lady mit mehr Respekt zu behandeln, kam er ihnen gerade recht, und sie brachen eine Prügelei vom Zaun, die damit endete, dass Tische umgeworfen und die Polizei gerufen wurde und alle vier Mitglieder von Vertical Heights zusammen mit Angus in den sicheren Lieferwagen flüchteten. Und er reagierte gelassen, wenn keiner klatschte und die Band in eisigem Schweigen angestarrt wurde (das kam immer seltener vor, aber da war ein Abend in Mablethorpe, den sie alle lieber vergaßen). Angus buchte die Gigs, sorgte dafür, dass die Band rechtzeitig eintraf, zählte an der Tür die Gäste und überreichte Cass und den anderen einmal pro Woche ihren Verdienst in bar (abzüglich seiner eigenen zwanzig Prozent natürlich).

Angus war die am wenigsten erschütterbare Person, die Cass je kennengelernt hatte, und sie kam zu dem Schluss, dass das der Grund für ihr anfängliches Misstrauen war: Einen Menschen, dessen emotionale Verfassung niemals in irgendeine Richtung ausschlug, welche Hormone oder Drogen er auch durch seinen Körper jagte, konnte sie einfach nicht verstehen. Und doch fand sie Angus' Zuversicht ansteckend – denn die Band war gut.

Angus hatte recht: Die Garderobe war nicht größer als ein Schrank, und der mintgrüne Anstrich blätterte von den Wänden. In dem Raum angekommen, reichte er Cass das unverzichtbare Glas Wein und sagte so wie immer: «Es wird großartig. Geh einfach raus und genieße es.»

Ivor hockte auf einem zerbeulten Klappstuhl aus Metall. Cass setzte sich auf seinen Schoß, legte das Gesicht an seinen Hals und sog seinen Geruch ein: feuchter Samt (er trug die neue, grüne Jacke, die sie in der Woche zuvor im Petticoat Lane Market ausgesucht hatten), Tabak und die ganz schwache, verlockende Schärfe seines Schweißes.

«Alles okay, Babe?», fragte er, und sie blickte zu seinem Gesicht auf, das unter der grellen, nackten Glühbirne bleich wirkte, und sagte: «Ja, wenn ich erst einmal da oben stehe.»

Hugh, der hinter ihnen saß, trank einen letzten Schluck Whisky aus seiner Flasche Bell's und stand auf.

«Okay», sagte er. «Gehen wir raus und lehren diese Nordlichter das Staunen.»

Dann die Hitze unter den Scheinwerfern, Qualm und all die unbekannten Gesichter. Verstärker wie schwarze, klaffende Mäuler, die sich öffnen und schließen und Töne ausspeien: das Kreischen und Heulen der Gitarren, der darunter hinströmende Sog des Basses, der den Boden zum Vibrieren bringt und sich durch die Fußsohlen in die Beine, in Oberschenkel, Brust und Gehirn ausbreitet. Das pausenlose Hämmern des Schlagzeugs. Wie das Wummern des Herzens, mit dem das Blut durch Adern und Venen strömt.

Cass' Füße, die ohne willentliches Zutun den Schlag der Basstrommel aufnehmen. Ihre Hand, die den Hals der Gitarre umfasst hält und mit gebogenen Fingern über Bünde und Saiten gleitet. Das Mikrophon, so nah und intim wie das Ohr eines Liebhabers.

Ihre Stimme, Ivors Stimme. Kreisende Hüften, wippende Köpfe, die Hitze der Scheinwerfer und die sich ballenden, aufsteigenden Wolken von Zigarettenqualm. Das Publikum, das zu ihnen hochstarrt. All die Augen, Nasen und Münder gehören einem einzigen, brodelnden Geschöpf. Es gibt keinen Ort außer diesem, keine Zeit außer dieser, und Cass, die überall und nirgends ist, taucht ein ins Meer der Klänge. Wellen, Wirbel und Strudel, die sie nach unten ziehen.

Als der Song endet, taucht sie auf und schnappt nach Luft. Es entsteht ein winziger Augenblick der Stille, so kurz, dass sie ihn beinahe überhört, denn gleich darauf klatschen die Zuhörer und brüllen, trommeln ihren eigenen Rhythmus mit dem urtümlichen Schlagen von Hand gegen Hand. Und hier oben, über ihnen auf der Bühne, steht lächelnd Cass, und Ivor flüstert ihr ins Ohr: «Auf vier zählen, dann gleich zu ‹Living Free›.»

Als Cass die Augen schließt, ganz nah am Mikrophon, sieht sie ihre Mutter vor sich, ihren Vater und die Kirche mit ihrer hohen weißen Kuppel am Rande des Parks. Sie sieht Ivor, Lily und John. Und Cornelia zwischen leeren weißen Kleiderhüllen aus Spitze und Tüll.

Sie öffnet die Augen weit, kennt keine Angst und schwebt ohne jeden Ballast über der Menge. Sie hat das Mädchen abgestreift, das sie selbst einmal war. Und da oben ist sie von Begeisterung erfüllt, genau wie die Leute unten im Publikum. Denn hier und jetzt, im An- und Abschwellen des Songs, wissen sie, dass sie lebendig sind und vereint. Nichts und niemand kann ihnen das wegnehmen: nicht, solange die Musik ertönt.

Diese Jahre mit Vertical Heights kommen Cass jetzt so vor, als wären sie in den Grauwerten der Nacht gefärbt.

Nasser, schwarzer Asphalt und weiße Begrenzungslinien, die endlos an den beschlagenen Scheiben des Lieferwagens vorbeispulen. Das Natriumdampflicht der Autobahnbeleuchtung und die blinzelnden Rückleuchten der Autos. Ruhende Fabriken, würdevoll und still. Kühltürme, die in großen Stößen Dampf ausatmen.

Dann das plötzliche, unversöhnlich grelle Licht der Raststätten. Unglaublich muntere, fesche Kellnerinnen mit superkurzen Röcken, die Tee in braune Porzellantassen einschenken. Die schmuddeligen Resopaltische, an denen die Band bis in die frühen Morgenstunden sitzt, zusammen mit anderen Leuten, die so sind wie sie – erkennbar an den Klamotten, dem zerzausten Haar und der nächtlichen Energie, die wie ein elektronisches Summen von ihnen allen ausgeht. Whisky, in leergetrunkene Teebecher gekippt, Joints, über den gelierten Resten von Spiegelei gedreht, Fritten mit Bohnen.

Sie ist fast nie allein in diesen Nächten – wie denn auch, wenn sie sich zu fünft, dicht aneinandergedrängt, den Platz mit ihrem Equipment teilen. Der endlose Kreislauf des Aufbauens und Abbauens. Das Gedränge der Zuhörer in den Clubs und das Gedränge im hellen Leuchtstoffröhrenlicht der inoffiziellen Raststätten-Feten. Doch wenn sie sich an diese frühen Tourneen erinnert, sieht sie sich nicht in der Mitte, sondern fast am Rand des Bildes. Die Männer, wie sie hinten im Lieferwagen zusammen über einen Scherz lachen, den Cass nicht ganz kapiert hat. Angus hinterm Steuer, Cass neben ihm auf dem Beifahrersitz, und die anderen hinten wie erschöpfte Kinder, die mitten im größten Durcheinander einschlafen können. Auf dünnen Matratzen ausgestreckt, die sie zwischen Drumbags und Gitarrenkästen auf den Boden geworfen haben und wohin sie manchmal nach einem Gig ihre neueste Eroberung abschleppen.

Sie war in dieser Frage nicht naiv, nicht einmal damals: Sie war kein Kind mehr. Mehrmals fand Cass im Lieferwagen oder in der Garderobe bei Ivor das eine oder andere schlanke Mädel im Minirock vor. Dann schlang Cass immer einen Arm um Ivor oder legte ihm kurz und nachdrücklich den Kopf an die Schulter, und das Mädel, wer immer es war, schaute Cass an und verzog sich achselzuckend.

Dann gab es Streit: wütendes, betrunkenes Gezänk, das die Freude untergrub, die sie beide auf der Bühne empfanden. Streit, der meistens damit begann, dass Cass Ivor vorwarf, diese Frauen zu ermutigen und ihre Aufmerksamkeit zu genießen. Ivor feuerte zurück, ihr mache es ja anscheinend auch nicht viel aus, wenn ihr die Männer nachliefen.

Und er hatte recht – sie waren hinter ihr her. Nicht so beständig wie die Frauen hinter Ivor, aber an manchen Abenden fiel Cass auf, wie bestimmte Gäste im Publikum sie mit einer Intensität beobachteten, die sie gleichzeitig verstörend und erregend fand. Dann waren da noch die Kerle, die ihr Sachen zuriefen. Ätzende Bemerkungen, die Cass rot werden ließen. *Zeig uns mal deine Titten, Schatz. Ich hab hier unten auch noch was, das du zwischen die Lippen nehmen kannst.* Manchmal packte Ivor der Zorn, und dann bedrohte er das Publikum mit erhobener Faust.

Andere schlängelten sich in der Stunde Erholungszeit, die Angus der Band zwischen dem letzten Song und dem Abbau gestattete, an Cass heran und sagten, als wäre auch nur einer dieser Sätze originell: «Darf ich dir einen Drink spendieren, Darling?» Oder: «Du siehst da oben verdammt sexy aus.» Oder: «Was macht ein nettes Mädel wie du bei diesem Gesocks?»

Eines Abends in Newcastle hatte ein Streit, der in der Garderobe begonnen hatte (Hugh hatte ein paar Mädels mit hinter die Bühne genommen, und als Cass hereinkam, hatte eine von ihnen auf Ivors Schoß gesessen), den Gig beeinträchtigt und war auch im Anschluss noch nicht beigelegt.

Cass saß an der Theke, leerte gerade ihr viertes Glas Wein und zeigte Ivor nachdrücklich die kalte Schulter, als ein Mann mit einer zottigen blonden Haarmähne und einem fahlen, fetten Gesicht zu ihr trat und ihr einen Drink spendieren wollte.

«Bell's», antwortete sie ausdruckslos. «Einen doppelten. Ohne Eis.»

«Aha, eine Whisky-Trinkerin», sagte der Mann. «Da haben wir ja eine richtige Janis Joplin.»

Er war absolut nicht ihr Typ – untersetzt, schwerfällig und dazu auch noch ein Blödmann. Und außerdem gehörte sie zu Ivor, und Ivor, so sagte sie sich beim Herunterkippen des Whiskys, gehörte zu ihr. Doch als der Fremde sie fragte, ob sie vielleicht mit ihm rauskommen würde, begleitete sie ihn und ließ zu, dass er sie um das Clubhaus herumlotste, dass er seinen glitschigen Mund auf ihren drückte und sie mit den Händen umfasste. Als dann wenige Sekunden später Ivor wütend aus dem Schatten trat und mit der Faust ausholte, um sie dem Mann ins Gesicht zu schlagen, trat Cass zurück und betrachtete die beiden mit einem hässlichen Triumphgefühl.

Später im Lieferwagen, als das gegenseitige Anbrüllen vorbei war und Ivor sich zu ihr vorbeugte und ruhig fragte: «Warum hast du das gemacht, Cassie? Warum wolltest du mich unbedingt lächerlich machen?», antwortete sie:

«Damit du weißt, was das für ein Gefühl ist, wenn du dasselbe mit mir tust.»

An einem eiskalten Morgen Ende Dezember schafften Cass und Ivor es, den Wecker zu überhören, und verschliefen den größten Teil des Vormittags.

«Achtung», flüsterte Daphne ihr zu, als Cass endlich in Cornelias Laden eintraf. «Sie ist auf dem Kriegspfad.»

Tatsächlich wurde Cass kurz darauf in das Büro hinter dem Laden gerufen, wo Cornelia zwischen Seidenstoffen, Diademen und Strassschmuck saß und mit gepresster Stimme sagte: «Wie du inzwischen weißt, Cassandra, bemühe ich mich, so geduldig wie möglich mit meinen Mädchen zu sein – und euch und eure Ziele auf jede nur mögliche Weise zu unterstützen. Aber es gibt Grenzen, und ich fürchte, dass du sie jetzt überschritten hast. Sag mir also – möchtest du deine Stelle behalten?»

Cass sah ihre Chefin an – ihr gütiges, schmales Gesicht mit den tief in den Höhlen liegenden Augen. Sie spürte ihre eigene Müdigkeit. Es war in dieser Nacht sehr spät geworden – ein Auftritt in Leicester, gefolgt von einer besonders ausgelassenen Feier im Blue Boar. Und sie dachte an den Umschlag, den Angus ihr überreicht hatte, als der Lieferwagen morgens um fünf an der Savernake Road hielt. «Frohe Weihnachten», hatte er gesagt, als wäre das Geld ein Geschenk. Es war nicht viel gewesen, aber in diesem Augenblick in Cornelias Büro entschied Cass, dass es genug war.

«Nein», antwortete sie. «Ich glaube nicht.»

«Gut.» Cornelia schaute auf ihren Schreibtisch hinunter. «Dann ist das heute dein letzter Arbeitstag. Und glaub nicht, dass du Weihnachtsgeld bekommst, Cassandra, oder irgendein Zeugnis. Ich hatte mehr von dir erwartet. Wirklich.»

Es war ein hektischer Nachmittag. Bräute, die an Weihnachten heiraten würden und zur letzten Anprobe gekommen waren, schlüpften in langärmlige Satinkleider und warfen Pelzumhänge über. Die Abenddämmerung senkte sich früh über die Oxford Street, und Cass' Müdigkeit wurde so schlimm, dass sie am liebsten den Kopf auf die Theke gelegt hätte.

«Irene Lewis», sagte Cornelia um halb fünf, als Daphne gerade ein elfenbeinfarbenes Kleid sorgfältig in eine mit rosa Seidenpapier ausgekleidete Schachtel verpackte. «Erste Anprobe, die Hochzeit ist im August.»

«Irene Lewis?», echote Cass.

Cornelia blickte von ihrem Terminkalender auf und seufzte.

«*Richtig*, Cassandra. Schön zu wissen, dass du tatsächlich geruhst, mir zuzuhören.»

«Ich übernehme die Anprobe», sagte Cass schnell, und Cornelia nickte gebieterisch.

Sie trafen um Viertel vor fünf ein: Irene und ihre Mutter, die in ihren zweireihigen Kamelhaarmänteln und den Hüten auf den vom Friseur gelegten Lockenfrisuren wie Zwillingsschwestern aussahen.

«Meine Güte! Maria Wheeler!», sagte Irenes Mutter sofort, ging zu Cass und küsste sie auf beide Wangen. «Was machst du denn hier?»

Irene hielt sich im Hintergrund und lächelte weniger strahlend als ihre Mutter.

«Cassandra, Mum», sagte sie. «Sie heißt jetzt Cassandra.»

«Natürlich.» Irenes Mutter – plötzlich fiel Cassandra ein, dass sie Alice hieß – hielt noch immer die behandschuhten Hände auf Cass' Arme gelegt. Aus der Nähe roch sie nach Ponds Gesichtscreme und nach Haarspray, und dieses Duftgemisch führte Cass in das gelbe Wohnzimmer auf der anderen Seite des Parks zurück. Sie dachte an seine unaufgeräumte Eleganz, an das Klavier und an den weichen braunen Läufer. Plötzlich überfiel sie eine solche Wehmut, dass ihr, erschöpft, wie sie war, die Tränen in die Augen stiegen.

Alice tat auf ihre nette Art so, als bemerkte sie es nicht. «Das ist ja wirklich ein eigenartiger Zufall. Bist du für Irenes Anprobe zuständig?»

Cass nickte.

«Wie lange arbeitest du schon hier?», fragte Irene im Anproberaum. Cass stand einen Meter von ihr entfernt, hängte den Kamelhaarmantel über einen Kleiderbügel und nahm Irenes Bluse, Pullover und Rock entgegen. Irene trug jetzt nur noch die Unterhose, und Cass sah, dass ihre alte Freundin zugelegt hatte: Arme und Bauch waren mit einer Schicht gepolstert, die so weich und formbar wirkte wie Hefeteig, und ihre Brüste waren voll und schwer. Irene, die Cass' Blick auf sich fühlte, verschränkte schützend die Arme vor der Brust.

«Seit einem Jahr», antwortete Cass. «Aber nur, um über die Runden zu kommen. Eigentlich bin ich Sängerin. Das ist heute mein letzter Arbeitstag hier.»

«Sängerin?»

«Ja. Und ich spiele Gitarre. Wir haben eine Band, Ivor und ich. Ivor ist mein Freund. Wir sind beide Songwriter.»

«Oh, wirklich?» Irene fing Cass' Blick im Spiegel auf und lächelte. «Das ist großartig. Ich dachte immer ... Ach, ich weiß nicht. Ich dachte einfach immer, du würdest mal was Besonderes machen, Maria. Ich meine, Cass.»

Cass erwiderte ihr Lächeln. «Danke, Irene. Und was machst du?»

Sie studierte Geschichte am University College London. Ihr Verlobter war ebenfalls im dritten Jahr, Medizin. Sie würden im Sommer nach Irenes Abschluss heiraten.

«Mike hat noch ein paar Jahre vor sich», erklärte Irene, während Cass sich mit dem Kleid zu schaffen machte, es an der Taille ein paar Zentimeter ausließ und unten den Saum umsteckte. «Aber es erscheint mir richtig, schon jetzt zu heiraten. Wir wollen eine Familie gründen.»

Irene errötete ein wenig, und damit es ihr nicht länger peinlich war, sagte Cass: «Ihr könnt eine ganze Rasselbande kriegen, so wie du und deine Brüder. Es war immer so lustig bei euch zu Hause. Es war immer so hell, immer was los.»

«Stimmt.» Irene schwieg einen Augenblick, und als sie wieder etwas sagte, klang ihre Stimme tiefer und vertraulicher.

«Ich habe wochenlang geheult, Cass, weißt du? Als du mit Julia und ihrer Clique auf und davon bist. Ich hab mich nie im Leben einsamer gefühlt.»

Cass war froh, dass sie den Mund voller Stecknadeln hatte. Als sie die letzte in den Saum gesteckt hatte, sagte sie: «Es tut mir leid, Irene. Wirklich. Ich bin wohl ein bisschen durchgedreht, als ... na ja, als meine Mutter abgehauen ist.»

Es war das erste Mal seit vielen Jahren, dass sie diese Worte laut aussprach. Sie wandte sich ab und suchte nach dem Maßband.

«Aber du warst doch glücklich bei deiner Tante und deinem Onkel, oder?», fragte Irene. «Jetzt kommst du mir jedenfalls glücklich vor.»

«Oh, ja», antwortete Cass und wandte sich ihr wieder zu. «Ich habe die Zeit in Atterley wirklich gemocht. Lily und John haben mir meine erste Gitarre geschenkt und mir wohl auch das Selbstvertrauen gegeben, um mit dem Songwriting anzufangen. Ich kann gar nicht ausdrücken, was mir das bedeutet. Unendlich viel.»

«Gut», sagte Irene und nahm Cass' Hand in ihre. «Da bin ich aber froh.»

Es war schon völlig dunkel, als sie mit der Anprobe fertig waren, und über den Hüten und Mützen der durch die Straße strömenden Passanten funkelte die Weihnachtsbeleuchtung.

An der Tür fragte Alice, ob sie nicht zusammen ein Glas Glühwein trinken gehen sollten – Alice selbst und Irene könnten doch in einer Kneipe auf Cass' Feierabend warten. Aber Cass, der bewusst war, dass Cornelia und Daphne sie von der Theke aus beobachteten, sagte: «Ach, das wäre bestimmt schön, aber heute Abend geht es leider nicht.»

«Wie schade», sagte Alice und beugte sich noch einmal vor, um sie auf die Wange zu küssen. «Aber notiere dir wenigstens unsere Telefonnummer, ja? Ihr habt euch doch bestimmt eine Menge zu erzählen.»

Irene nickte lächelnd und holte ein Notizbuch aus ihrer braunen Lederhandtasche. «Wir sind über Weihnachten zu Hause. Komm doch mal vorbei.»

Cass nickte. «Danke. Und frohe Weihnachten.»

Sie nahm den zusammengefalteten Zettel von Irene entgegen und schob ihn in die Tasche ihrer Strickjacke. Aber sie wusste bereits, dass sie nicht anrufen würde. Denn Irene und sie würden nach einem kurzen Austausch von Höflichkeiten und einem flüchtigen Streifen der vage erinnerten Zuneigung nur feststellen, dass sie einander nichts mehr zu sagen hatten. Plötzlich dachte sie an Ivor, an diese schreckliche Situation hinter dem Club in Newcastle, an die Hand des Fremden auf ihrem Körper und Ivors von Zorn und Unverständnis hässlich verzerrtes Gesicht. Und das eigenartige, alle Orientierung vernichtende Gefühl überfiel sie, ihre Zukunft breite sich genau auf diese Weise vor ihr aus: als eine Folge wechselnder Allianzen. Nichts war fest und von Bestand, alles zerfiel so schnell, wie es entstanden war. Plötzlich war ihr schwindlig, und sie stützte sich mit der Hand gegen die Wand.

«Also ehrlich», hörte sie Cornelia sagen. «Du musst jetzt wirklich heimgehen und schlafen, Cassandra. Du siehst fix und fertig aus.»

«Ja, danke», vernahm Cass ihre eigene Stimme. «Das mache ich. Ich bin wirklich ganz entsetzlich müde.»

TRACK SEVEN

Don't Step On the Cracks

By Cass Wheeler
From the album *Songs From the Music Hall*

Don't step on the cracks, he said
That sad-eyed old man
With the dirty and tattered blue coat
And the bag in his hand holding everything he owned

I told him I wouldn't
But that was a lie
For I look for danger
His rules are not mine

Don't step on the cracks, you said
You've broken my heart again
It's shattered and splintered apart
It's fallen too far to make up from the start

I told you I wouldn't
But that was a lie
For I want my freedom
And rules are not mine

I'll step on the cracks to get there
Although it may seem I don't care

If I have to leave you, it's not fair
But I'll step on the cracks to get there

I told you I wouldn't
But that was a lie
For I want my freedom
And rules are not mine

Ahhhhhh
They're not mine they're not mine they're not mine

RELEASED September 1973

RECORDED July 1973 at Château d'Anjou Studios, France

GENRE Folk rock / soft rock / pop

LABEL Phoenix Records

WRITER(S) Cass Wheeler

PRODUCER(S) Martin Hartford

ENGINEER(S) Luc Giraud

Ein Mittwoch im Februar, regnerisch und beißend kalt, in der Luft der Geruch von Holzrauch und moderndem Gras.

In die zu große Strickjacke gehüllt, die Serena ihr zu Weihnachten gestrickt hatte, stieg Cass die Treppe hinunter und setzte Teewasser auf. In der Küche war es eisig. Sie stand am Herd, wärmte sich die Hände über der Flamme und überlegte, ob sie noch eine Münze in die Gasuhr werfen sollte. Im Winter fraß das Heizen Geld, und sie sparten so viel wie möglich.

Sie hörte, wie Ivor oben umherging: das Knarren der losen Holzdiele im Flur auf dem Weg zum Bad. Das plötzliche Rauschen und Gurgeln von Toilette und Waschbecken. Hinter Hughs geschlossener Tür drang ein dröhnendes Röcheln hervor (er schnarchte entsetzlich, und im Lieferwagen mussten sie ihn oft wecken), und ab und zu war das Bellen des Schäferhunds der Nachbarn zu hören.

Das schrille Pfeifen des Teekessels, das Blubbern und Zischen des kochenden Wassers, als sie es in die beiden Becher schüttete. Und dann das Telefon, das kreischende Klingeln des im Flur an der Wand fixierten Geräts. Sie goss Milch zum Tee und ging dann schnell mit dem Becher in der Hand hin und nahm ab.

«Hallo?»

«Hallo. Spreche ich mit Cass Wheeler?»

Eine Männerstimme, unbekannt: leise, gebildet, nur ein winziger Hinweis auf die flachen Vokale des Londoner Dialekts.

«Ja. Das bin ich. Und wer sind Sie?»

Er hieß Martin Hartford. Und er war der Produzent eines Labels namens Phoenix – ein Sublabel von Lieberman Records, erklärte er, das er für junge Künstler gegründet habe, die, wie er es ausdrückte, im ‹Spannungsfeld zwischen Folk, Rock und Blues› tätig waren.

Cass stellte den Becher ab.

«Jonah Hills hat mir vor ein paar Wochen euer Tape gegeben, bevor er in die Staaten zurückgekehrt ist», sagte Martin. «Es hat mir gefallen – sehr sogar –, und ich wollte euch live sehen. Gestern Abend habe ich euren Gig gesehen. Und wissen Sie, was?» Er machte eine Pause, als sollte Cass eine Antwort geben, aber sie schwieg. «Also, Sie haben mich umgehauen. Ich hätte es Ihnen gern persönlich gesagt, aber ich konnte nicht bleiben.»

«Sie waren gestern Abend da? In der Avenue?» Cass versuchte nur, Zeit zu schinden. Sie hatte jedes Wort verstanden, und Silbe um Silbe war die Erregung in ihr gewachsen und drohte nun aufzubersten und ihr die Sprache zu verschlagen. Darunter lag kühl, klar und wahrhaftig die Gewissheit, dass dies der Augenblick war, auf den sie gewartet hatten. Der Augenblick, nach dem nichts wieder so sein würde wie zuvor.

Das knarrende Meckern der losen Fußbodendiele. Sie blickte auf und sah Ivor mit vom Duschen feuchtem Haar auf der Treppe stehen und einen Pullover über sein Shirt ziehen.

«Wer ist dran?», fragte er fast lautlos, und sie legte den Finger an die Lippen.

«Also, ich war da», sagte Martin erneut, «und euer Gig war echt ein Ding. Ich meine, die Songs sind toll, aber auch Ihr Auftritt, Cass ... also, so was hab ich schon lange nicht mehr gesehen. Vielleicht noch nie. Nicht von einer ... na ja, um es mal so direkt zu sagen, von einer Frau. Zumindest nicht auf dieser Seite des Atlantiks. Sie haben was, Cass, irgendwas, was die Leute fesselt. So viele Künstler suchen danach, das kann ich Ihnen sagen, aber nur die wenigsten haben es.»

Jetzt war die Erregung so laut wie das Tosen des Meeres in einer Muschelschale. Das An- und Abschwellen von Wellen, die sich immer wieder neu bilden und brechen.

Martin räusperte sich. «Deshalb hatte ich mich gefragt, Cass, ob Sie vielleicht einmal herkommen würden, damit wir uns kennenlernen.»

Cass lehnte sich haltsuchend gegen die Wand. Sie warf einen Blick zu Ivor hinauf, der jetzt auf der Treppe saß. Im dämmrigen Licht wirkten seine braungrünen Augen beinahe schwarz, die Pupillen waren so stark geweitet, dass die Iris kaum noch zu sehen war. Am Vorabend hatten er und die anderen nicht nur mit Whisky gefeiert. Die drei Männer waren gemeinsam auf der Toilette verschwunden und mit glasigem Blick zurückgekehrt, einen leichten Geruch wie von verbranntem Zucker verströmend. Sie hatten ihr auch von dem Zeug angeboten, aber irgendetwas – ein wortloser Impuls, den sie nicht übergehen konnte, das instinktive Widerstreben, sich selbst zu verlieren – hatte sie ablehnen lassen.

«Ja, ich denke schon, dass wir vorbeikommen können», sagte sie. «Was für einen Termin hatten Sie denn im Kopf? Ich trommele die Band zusammen. Ivor lebt hier mit mir. Und Hugh wohnt auch hier, der Mann am Schlagzeug. Aber Danny muss ich erst noch anrufen. Er ist der Bassist. Aber das wissen

Sie natürlich schon …» Sie stockte, weil sie merkte, dass sie zu plappern begonnen hatte.

«Ja, das weiß ich, und wenn es heute schon ginge, wäre das wunderbar.» Es folgte eine kurze, bedeutungsschwere Pause. «Aber, Cass … Ich würde gerne als Erstes mit Ihnen sprechen, wenn es Ihnen recht ist. Mit Ihnen allein.»

«Nur mit mir?», wiederholte sie verblüfft. «Aber wir sind eine Band. Ich verstehe nicht, warum …»

Ivor ließ ihr Gesicht nicht aus den Augen. Als sie weitersprach, schaute er weg, stand auf und ging nach oben zurück.

Nach dem Termin trat Cass blinzelnd auf die Tottenham Court Road hinaus. Das Wetter war noch immer trüb und kalt, und der Himmel hatte sich zugezogen. Es würde wohl bald regnen, und sie hüllte sich enger in den Mantel und zog den Schal übers Kinn hoch.

Es war Viertel nach drei. Hinter den spiegelnden Scheiben der nüchternen Fassaden tippten Sekretärinnen und Sachbearbeiter auf Schreibmaschinen ein oder erhoben sich von ihren Schreibtischen, um Wasser für eine frische Tasse Tee aufzusetzen. Verkäuferinnen standen hinter Theken, Köche setzten sich in ihren weißen Sachen auf Feuerleitern, eine Zigarette in der Hand, und elegante Frauen stiegen eilig in Taxis. Ein paar Schritte vor Cass wackelte ein Mann in einem dreckigen blauen Anorak, der mit einem Stück Kordel zusammengebunden war, langsam auf sie zu und brabbelte dabei leise vor sich hin, und eine Gruppe Touristen in Regenjacken marschierte zielstrebig in Richtung Oxford Street, die Kameras baumelnd vor der Brust.

Cass ging nordwärts in Richtung Goodge Street. Vor der

Whitefield Chapel blieb sie stehen, holte ihre Zigaretten aus der Manteltasche, stand dann rauchend da und stampfte mit den Füßen gegen die Kälte.

«Ein einzigartiges Talent», hatte Martin gesagt, und die anderen Männer – lauter Männer, abgesehen von der Sekretärin, die den Tee hereingebracht hatte – hatten genickt. Die Ära der «Singer-Songwriterin» (sie sagten das Wort so, als stünde es zwischen unsichtbaren Anführungszeichen, als probierten sie es aus). Persönliche, die eigene Geschichte preisgebende Songs: offen, gefühlsbetont und ehrlich. Carole King. Joni Mitchell. Ob Cass *Tapestry* kenne? Oder *Ladies of the Canyon*? Ja. Und ob sie diese Songs möge? Natürlich. Diese Frauen seien gut. Sie seien mehr als gut, sie seien *echte* Künstlerinnen. Und dasselbe, meinten diese Männer, treffe auch auf Cass zu. Vielleicht sei sie genau das, was intelligente, britische Musikfans derzeit suchten. Und zwar vor allem die Frauen unter ihnen. Immer mehr der Plattenkäufer seien nämlich Frauen. Ob sie das gewusst habe? Sie sagten bewusst Frauen, nicht Mädels – nicht die Teenies von damals, die ihr Taschengeld für Singles sparten, sich bei Beatles-Konzerten vor dem Eingang drängten und so laut kreischten, dass keiner mehr die verdammten Songs hören konnte. Ob sie auch zu denen gehört habe? Ja, aber ohne das Gekreische. Das hätte sie immer verabscheut. Fünf Köpfe, die nickten. Nun, genau wie sie selbst seien diese Mädels inzwischen erwachsen geworden und hätten eigenes Geld und eigene Plattenspieler, die sich in ihren Schlaf- und Wohnzimmern drehten. Und diese Frauen mit ihren Träumen, ihrem Ehrgeiz und ihren gescheiterten Liebesbeziehungen suchten eine Künstlerin, die ihnen ihr Leben widerspiegele und ihnen helfe, sich selbst auf eine neue Weise zu verstehen.

Fünf Augenpaare, die Löcher in ihren Schädel bohrten. Nun, wie sie das sehe? Ihr sei doch gewiss bewusst, wie viel stärker – wie viel freier – sie wäre, wenn sie allein auf der Bühne stünde, wenn sie selbst der Programmpunkt des Abends wäre? Und wenn die Band eher dazu da wäre, sie zu unterstützen, als den Ruhm für sich einzuheimsen?

Ruhm. Das Wort gefalle ihr nicht. Darum gehe es ihr nicht mit ihrer Musik.

Worum es ihr denn gehe?

Songs. Diese Melodien, die in ihrem Kopf auftauchten, sie am Ärmel zupften und sich einfach weigerten, sie in Ruhe zu lassen. Die Momente auf der Bühne, in denen die Trennung zwischen ihr selbst, der Band und den unbekannten Menschen im Publikum vollständig aufgehoben schien.

Wieder wurde genickt. Das mache sie ja so authentisch. Für sie sei es die Musik, die zähle. Das könnten sie sehen. Und sie spürten es, wenn sie sänge. Gerade das mache ihre Auftritte zu etwas Besonderem. Aber ob sie diese Musik nicht mit so vielen Menschen wie möglich teilen wolle? Ob sie sich wirklich damit zufriedengeben wolle, vor ein paar Dutzend Leuten zu singen, wenn sie vor Hunderten oder vielleicht sogar Tausenden auftreten könnte? Sie: Cass Wheeler.

Aber Ivor. Ivor, Ivor, Ivor.

Ja. Ivor Tait. Als Songwriter seien sie ein gutes Team, und man spüre, dass zwischen ihnen die Chemie stimme. Sie brauche ja ohnehin einen Leadgitarristen, und Ivor sei gut. Er habe nicht das Niveau eines Clapton oder so – zumindest noch nicht –, aber er sei gut genug. Danny und Hugh dagegen – wenn sie es einmal ganz offen sagen dürften –, na ja, die seien nichts Besonderes. In London gebe es jede Menge Sessionmusiker für Schlagzeug und Bass. Sie würden ein paar von ihnen vorspielen lassen. Sie würden Cass ins Studio holen. Und Kontakte mit der Presse anbahnen. Sie bekannt machen.

Natürlich müsse sie das alles erst einmal verdauen, das sei ihnen klar. Ob sie etwas Zeit wolle, um darüber nachzudenken?

Ja, in der Tat. Sie hatte ihnen die Hände geschüttelt, war mit dem Lift nach unten gefahren und auf die Straße getreten.

Inzwischen hatte sie die Zigarette fast aufgeraucht, und ihre Hände waren klamm. Auf dem nassen Bürgersteig kam der Mann im schmutzigen blauen Anorak langsam zu ihr zurück, den Blick angestrengt auf den Boden geheftet.

«Der Spalt, der Spalt», sagte er. «Nicht auf den Spalt treten.»

Irgendetwas an dem Mann – eine energische Würde in seiner Haltung, trotz des Schmutzes, seiner Verwirrung und des ungewaschenen Geruchs, der von seiner Kleidung aufstieg – erinnerte sie an ihren Vater. Sie sah Francis vor sich, wie er sie in seiner kleinen Wohnung mit seinem harten Blick gemustert hatte. Und wie er mit ihr gesprochen hatte, so untypisch grausam. *Dieses Hirngespinst, du könntest Sängerin werden. Glaub nicht, ich wüsste nicht, was für eine Sorte Frau du bist.*

Seit jenem Desaster war sie nicht mehr in Worthing gewesen, obgleich Lily sagte, Francis frage sie immer wieder, wann Cass zurückkomme. Cass wusste, dass sie starrsinnig war, aber etwas in ihr hatte sich verändert. Das innere Band zu ihrem Vater hatte gelitten.

Lily reagierte ungeduldig. Die Ärzte sprächen inzwischen von Demenz, rief sie Cass in Erinnerung. Mit sechsundsechzig sei Francis dafür zwar noch sehr jung, aber sie fänden keine andere Diagnose.

Sein Geist vernebelte sich, und zwar rasch: Seine Intelligenz und all sein Wissen über die Bibel, über Literatur und Geschichte schwanden dahin. Lily erklärte, er habe wahrscheinlich nicht gemeint, was er sagte. Oh doch, Cass war sich sicher, dass er es genau so gemeint hatte: Er hatte ihre Mutter in ihr erkannt, und in den Sekunden, in denen Cass ihm Tee einschenkte, hatte er sie beide gehasst, und er hatte gewollt, dass Cass es wusste.

«Na ja, ich kann nur sagen, dass es eine Schande ist», war Lilys Antwort. «Außer dir hat er niemanden mehr auf der Welt. Du wirst es eines Tages bereuen, Cass, da bin ich mir sicher.»

Da hatte Cass an Margaret gedacht, die ihr noch immer zweimal jährlich eine Karte schickte: zu ihrem Geburtstag und zu Weihnachten. Von dem großen Glas Cognac, das John ihnen nach dem Pudding eingeschenkt hatte, rührselig gestimmt, hatte Cass Margaret letztes Weihnachten endlich geantwortet. *Ich bin jetzt Songwriterin. Ich lebe in Gospel Oak, in einem sehr schönen viktorianischen Haus mit einem großen Garten. Und ich habe eine Beziehung mit einem wunderbaren, sehr begabten Mann namens Ivor Tait.*

Zwischen den Zeilen stand: *Ich brauche dich nicht. Ich brauche dich nicht und habe dich nie gebraucht.*

Margarets Antwort war kurz nach Neujahr eingetroffen: *Ich kann dir nicht sagen, wie glücklich es uns macht, endlich von dir gehört zu haben. Josephine ist schon beinahe acht – sie wächst so schnell –, und sie fragt immer nach ihrer Schwester in London. Schreib uns doch wieder, liebe Maria, bitte, und berichte uns mehr.*

Wie es wohl wäre, jetzt heimzugehen und eine Antwort zu verfassen, dachte Cass. *Sag Josephine, dass ich einen Plattenvertrag unterschrieben habe*, würde sie schreiben. *Sag Jo-*

sephine, dass ihre große Schwester ‹authentisch› ist. Sag Josephine, dass die gute alte Maria Wheeler tot und verschwunden ist.

Und Ivor, der sie in der Savernake Road erwartete? Er hatte zunächst nicht zulassen wollen, dass sie allein zu dem Treffen ging. Er hatte unbedingt mitkommen wollen, und schließlich war sie wütend hinausmarschiert. Was sollte sie ihm sagen? Und wie würde er reagieren?

Der Mann im blauen Anorak war jetzt neben ihr angelangt. Er blickte auf und begegnete ihrem Blick. Seine Augen waren verwirrend blaue Tümpel in der Furchenlandschaft seines schmutzigen Gesichts.

«Der Spalt», sagte er sanft. «Pass auf, dass du nicht auf den Spalt trittst, mein Herz.»

«Ist gut», antwortete sie. «Danke. Das mache ich nicht.»

Sie hatte alles Mögliche von Ivor erwartet. Kälte, Zorn, sogar Gewalt. Er war ihr gegenüber noch nie gewalttätig geworden, aber sie spürte es in ihm. In seinen oft so wilden Stößen beim Liebesakt spürte sie es, und vor kurzem hinter dem Club in Newcastle, als der Zorn sein Gesicht verwandelt, zum Gesicht eines anderen gemacht hatte. Da hatte sie es gespürt: dass er zu Gewalt fähig war. Und auf eine Weise, die sie sich selbst noch nicht richtig eingestanden hatte, erschien es ihr beinahe folgerichtig und unvermeidbar. Margarets Hand, die in Cass' Gesicht klatschte. Cass' eigene, kindliche Augen, die ihr aus dem Spiegel in der Diele des Pfarrhauses entgegenstarrten. Der Zorn, der damals glühend heiß in ihr aufgewallt war, schlummerte auch in Ivor, das wusste sie. So wie in Ivors Vater und dessen Vater und all ihren Vorvätern. Ivor hatte nicht viel über seine Kindheit berichten müssen, sie hatte auch so ihr Muster und ihr schweres Erbe begriffen.

Nicht gerechnet hatte sie dagegen mit Ivors Schweigen.

Sie saßen am Küchentisch, wo sie erst vor wenigen Stunden zusammen gefrühstückt hatten, und die Küche wirkte bereits verwandelt. Als wären die abgenutzten Schränke, die noch aus der Vorkriegszeit stammten, das zerfledderte Pink-Floyd-Plakat, das Bob im Kensington Market gekauft hatte, und das sich seit Tagen in der Spüle stapelnde Geschirr nur noch eine Kulisse, entworfen für andere Menschen, die ein anderes Leben führten.

Sie beobachtete sein Gesicht. Es kam ihr nicht so sehr wütend, neidisch oder enttäuscht als vielmehr nachdenklich vor. «Also, was meinst du? Was sollen wir tun?»

Ivor antwortete nicht. Er erwiderte ihren Blick mit schiefgelegtem Kopf, als versuchte er zum ersten Mal, sich wirklich ein Bild von ihr zu machen, sie einzuschätzen. Dann beugte er sich vor, legte ihr sanft die Hand auf den Arm und stand auf.

«Wo gehst du hin?», fragte sie. Doch er drückte einfach nur kurz ihren Arm und verließ den Raum.

Sie stand auf, um ihm zu folgen. «Ivor! Jetzt *rede* mit mir. Sag mir, was du denkst. Ich muss doch Bescheid geben ...» Ihre Stimme war schrill und vorwurfsvoll, aber er drehte sich nicht um. Sie folgte ihm nach draußen, rannte ihm über den Gartenweg auf die Straße nach.

«Ivor!», rief sie, aber er drehte sich noch immer nicht um, und eine Frau, die mit einem Kinderwagen vorbeikam, warf ihr einen tadelnden Blick zu.

«Ivor», wiederholte Cass, jetzt leiser, aber er war inzwischen schon mehrere Meter entfernt, eine gebeugte Gestalt in einer grünen Samtjacke, die für das Wetter zu dünn war, die Hände tief in die Taschen vergraben.

Am Abend teilte sie den anderen die Neuigkeit in der Garderobe mit, unmittelbar vor dem Auftritt: das Angebot, das Phoenix Records ihr gemacht hatte. Und ihre Sorge Ivors wegen, der nicht heimgekommen war.

«Okay, dann war's das also, oder was?», zischte Danny, dessen übliche Umgänglichkeit wie weggeblasen schien. «Wir anderen sind jetzt im Ausverkauf. Du gehst an den Höchstbietenden, und uns kann man in die Tonne treten.»

«Danny», sagte sie. «Ich habe mich noch nicht entschieden. Ich möchte mit euch allen darüber reden. In aller Ruhe, okay? Als Band entscheiden.»

«Tja, Lady C.» Hughs Lider hingen herunter, er war total stoned und wirkte eher unbeteiligt. «Das Problem ist doch, dass nicht wir diese Entscheidung treffen, oder?» Er fuhr mit der Zunge über den Klebestreifen eines frisch gedrehten Joints. «Also, ich weiß ja nicht, was ihr vorhabt, aber ich hab meinen Arsch hierhergeschafft, da geh ich auch auf die verdammte Bühne raus. Ivor taucht garantiert gleich auf. Er hat sich wahrscheinlich die Wunden geleckt. Und ich persönlich kann es ihm nicht verdenken.»

Angus war an diesem Abend glücklicherweise nicht da (Cass fürchtete sich fast so sehr davor, ihm von Martin und Phoenix zu berichten, wie sie sich bei Ivor gefürchtet hatte). Hugh hatte übrigens recht: Unmittelbar vor dem Auftritt tauchte Ivor auf, mit nassem Haar und einer ordentlichen Whiskyfahne.

«Wo warst du?», fragte Cass, als sie auf den Korridor traten, aber er marschierte wortlos an ihr vorbei.

Auf der Bühne wandte Ivor sich ihr kein einziges Mal zu und verpasste mehrere Einsätze – absichtlich, so vermutete Cass, da sein Timing normalerweise unfehlbar war. Während sie sang, spürte sie, wie ihre Sorge um ihn schwand. Sie begriff seinen verletzten Stolz wegen des Schlags, den Martins Angebot seinem eigenen Ehrgeiz unvermeidlich zufügen musste, doch nun wich ihr Mitgefühl einer verzehrenden, heiß brennenden Empörung. Es war *ihr* Erfolg, *ihre* Chance, und er konnte mit dabei sein. Sie hatte alles in ihrer Macht Stehende getan, damit für ihn Platz blieb. Doch Ivor freute sich nicht im Geringsten für sie. Er benahm sich so selbstsüchtig wie ein verwöhntes Kind, und sie würde das verdammt noch mal nicht akzeptieren.

Als sie mit ihren Songs durch waren, verbeugte Cass sich zum Applaus des Publikums und verließ dann rasch die Bühne. Bis die anderen in der Garderobe auftauchten, hatte sie bereits die Gitarre in ihren Kasten gepackt und knöpfte sich den Mantel zu.

Ivor kam mit Hugh und Danny herein. Sie wandte sich ihm zu und sagte: «Was war das für ein Scheiß da draußen, verdammt noch mal?»

Ivor sah ihr mit verschwommenem Blick ins Gesicht und zwinkerte, als könnte er nicht klar sehen. «Was? Ich soll auf der Bühne antreten und für dich spielen, ja? Wie dein verdammter kleiner Backgroundsänger?» Seine Stimme war verwaschen, doch seine Worte flogen wie Steine. «Tja, Cassandra, das kannst du vergessen. Wenn du losziehen und es allein versuchen willst, dann wirst du genau das sein. Allein. Ich werde mich nicht neben dich stellen wie so ein verfluchter Sessionmusiker.»

Ihr Zorn war inzwischen eine lodernde Flamme, die alles

um sie herum verbrennen wollte. Aber in der Mitte dieser Flamme entdeckte Cass einen kühlen, offenen Raum, und sie ging hinein und schloss die Augen.

«Na gut.» Sie brüllte jetzt nicht mehr. «Glaub nur nicht, dass ich dich brauche, Ivor Tait. Oder irgendeinen von euch. Ich habe es nicht darauf angelegt, aber ich habe dieses Angebot bekommen. Und wenn es einem von euch passiert wäre, hättet ihr auf der Stelle zugegriffen. Tut nur nicht so, als wäre es anders.»

Damit ließ sie Ivor stehen und marschierte an Hugh und Danny vorbei zur Tür und dann durch den langen Korridor zum Seiteneingang und auf die Straße hinaus.

Die Luft war frisch und eisig kalt, die Straße regennass. Als sie sich im Schatten des Gebäudes an die Backsteinwand lehnte, spürte sie, wie ihr Zorn langsam verrauchte. An seine Stelle trat das Wissen, dass dieser Tag, wie immer es auch ausging, für immer zwischen ihnen stehen würde. Eine hässliche Erinnerung mit dem beißenden Geruch von Rauch, Asche und bitterer Enttäuschung.

Sie ging zu Kate, die vor einem halben Jahr aus der Savernake Road nach Covent Garden gezogen war. Die Wohnung gehörte einem Bankkaufmann namens Lucian, der Kate in *Hair* gesehen und von da an unablässig mit seinem Charme umworben hatte. (Sie schliefen miteinander. Er war verheiratet. Diese Konstellation passte ihnen beiden.)

Die Wohnung war gigantisch und hatte zwei riesige Schlafzimmer mit jeweils eigenem Bad und ein saalartiges Wohnzimmer mit zwei Ebenen und einer Terrasse, auf die Kate Kräuter, Lorbeer und Jasmin gepflanzt hatte. Im letzten Sommer hatten dessen Blüten die Luft mit ihrem süßen, duftenden Parfüm erfüllt, aber jetzt war Winter, und die Pflanzen hatten sich bis auf ein paar braune Stängel in sich selbst zurückgezogen. Cass und Kate saßen in Decken gehüllt neben dem Beet auf der Terrasse und arbeiteten sich entschlossen durch eine Flasche von Lucians Sauternes.

«Ich sage ab», erklärte Cass. «Ich sage ihnen, entweder die ganze Band oder keiner. Ich meine, sie sind ja nicht das einzige Label in London, oder? Wir nehmen das Tape und klopfen damit noch einmal überall an.»

Kate nickte. Sie hatten das Demoband letztes Jahr mit Angus' Tonbandgerät in Hughs Zimmer in der Savernake Road aufgenommen. Angus hatte es an die Labels geschickt, an alle A&R-Manager, die er kannte. Beim einen oder anderen hatte er damit immerhin so viel Interesse geweckt, dass der zu einem Gig kam. Es hatte sogar einmal eine Art Treffen gegeben – drei Runden Bier in einer Pinte in der Charlotte Street mit einem Mittdreißiger in einem zerknitterten Paisley-Shirt, der erklärt hatte, sie hätten «echtes Potenzial, Mann, echtes Potenzial». Aber ein Angebot hatte er ihnen nicht gemacht. Überhaupt nichts war geschehen in der Dimension von Martins Angebot, nichts wie diese fünf elegant gekleideten Herren, die Cass so genau beobachtet und ihr eine Vision ihrer Zukunft angeboten hatten, die ihren kühnsten Träumen so genau entsprach.

«Aber bin ich selbstsüchtig, wenn ich glaube, dass das, was Martin sagt, vielleicht stimmen könnte?», fragte Cass.

Kate zuckte mit den Schultern. «Vielleicht. Aber wir müssen alle ein bisschen selbstsüchtig sein, oder? Frag dich selbst einmal – ganz ehrlich –, was Ivor tun würde, wenn er an deiner Stelle wäre. Denn ich kann dir sagen» – sie beugte sich zum Tischchen hinunter, das zwischen ihnen stand, und griff nach ihrem Glas –, «dass er nicht hier bei mir säße und darüber nachgrübeln würde, ob er das Richtige tut. Er hätte blitzschnell zugegriffen, sofort und an Ort und Stelle. Er ist der ehrgeizigste Typ, den ich kenne. Deswegen ist er ja so wütend. Weil sie dich gefragt haben und nicht ihn.»

«Ich weiß.» Cass trank ihren Wein und spürte, wie er seidig und glatt ihre Zunge hinunterglitt. Sie dachte nicht zum ersten Mal daran, dass Kate und Ivor einmal zusammen gewesen waren, und stellte sich vor, wie sein blasses weißes Gesicht sich zu einem Kuss über Kate beugte. «Ich hab dich nie gefragt, was zwischen dir und Ivor eigentlich war. Serena hat mir davon erzählt, aber ich habe nicht wirklich … ich wollte es wohl nicht wissen.»

«Ach, das ist doch kalter Kaffee, Cass. Eiskalter Kaffee. Hab ich dir doch damals schon gesagt.» Kate winkte ab, aber als sie sah, dass Cass sie noch immer anschaute und auf eine Antwort wartete, fuhr sie fort: «Es ist ganz einfach. Ich habe mich in ihn verknallt – wie so viele. Und er sich nicht in mich. Und dann war da Ursula …» Cass zog bei diesem Namen die Augenbrauen zusammen, und Kate fügte hastig hinzu: «Und anschließend natürlich du. Ich hab gesehen, dass es zwischen euch anders war. Da waren zwei sich ebenbürtig. Du konntest ihm in seinem eigenen Spiel Paroli bieten.»

«Und das hasst er, oder?»

«Vielleicht. Aber zeig mir einen Mann, der das nicht hassen würde.»

Kate war nur wenige Jahre älter als Cass, aber sie wirkte plötzlich ungeheuer reif und erfahren auf Cass.

«Wenn du meinen Rat hören willst, Cass – dann greif zu. Pack die Chance mit beiden Händen. Danny und Hugh werden sich eine andere Band suchen, oder auch nicht – das ist ihre Sache, oder? Und Ivor wird nachgeben oder auch nicht, aber falls nicht, dann bist du wenigstens deinen eigenen Weg gegangen. Dann schwimmst du nicht einfach nur in seinem Kielwasser hinterher – das kleine Frauchen, das darauf wartet, dass Ivors Traum sich erfüllt. Was hättest du dann noch, wenn das niemals eintritt? Was wäre dann für dich übrig?»

Die Frage hing ein paar Sekunden in der kühlen Nachtluft. Cass schloss die Lider und trank die letzten paar Tropfen Wein. Als sie die Augen wieder aufschlug, wusste sie, dass sie ihre Entscheidung bereits getroffen hatte.

Montagmorgen auf der Tottenham Court Road. Das Grollen und Zischen des Verkehrs. Der Schmutz der ungefegten Bürgersteige und der schwache, übelkeiterregende Geruch der ungeleerten Mülltonnen. Zwischen alldem die zwanzigjährige Cass Wheeler in ihrem Schaffellmantel vor einem hohen, aus hellem Stein gemauerten Bürogebäude, der Gitarrenkasten neben ihr auf dem Boden.

Dann eine Hand auf ihrer Schulter. Sie drehte sich um, und die Welt wirbelte im Kreis und fand zu ihrer Ordnung zurück.

«Du bist da!»

«Da bin ich», antwortete Ivor und schob die Hand in ihre.

15:00 UHR

Der frühe Nachmittag treibt schläfrig und benommen dahin. Die Sonne ist ein Stück über den Himmel gewandert und hat den Regieraum in Schatten getaucht. Cass fröstelt in ihrer weiten Baumwollbluse, und in ihrem Kopf tobt ein Durcheinander von Klängen, Bildern und Erinnerungen.

Seit jeher ist sie am frühen Nachmittag müde und lustlos. «Mein toter Punkt», so nannte sie das immer im Tourbus, und diese Zeit war für ihre Lebensgeister schlimmer als die dunkelsten Stunden der Nacht. Eine Nicht-Zeit im Nirgendwo, die entsetzlich langsam versickerte und die sie durchstehen musste, um zur Belohnung zu gelangen, zu den frischen, belebenden Abendstunden. Eine neue Stadt und eine neue Bühne. Das Klangwirrwarr beim Soundcheck, die Menge unruhiger Gestalten vor ihr in der dunklen Höhle des Saals. Die Angst, die Übelkeit und immer wieder das überwältigende Bedürfnis wegzulaufen, so stark, dass Cass sogar ein- oder zweimal aus der Garderobe zur Feuertreppe geflüchtet war, die Tür aufgestoßen und die Nachtluft eingesogen hatte. Und dann war sie zurückgekehrt, ohne je darauf vertrauen zu können, dass sie nach dem Gig die gleiche rauschhafte Euphorie verspüren würde wie immer.

Nach Annas Geburt hatten sich die Nachmittage verändert. Nach dem Mittagessen machte die Kleine ein Nickerchen, und um diese Zeit, gegen drei, wachte sie auf, von einer ansteckenden Energie erfüllt und mit fröhlich aufgerissenen Augen. Winzige Hände, die nach allem griffen, alles umklammerten, ein lächelnd geöffneter Mund und blaugrüne Augen, die weder denen von Cass noch denen von Ivor glichen, sondern ihr ganz eigenes Farbspektrum aufwiesen.

«Ein kleiner Sonnenschein», sagten alle – Alan, der damals schon einen Sohn hatte, Kim, deren Tochter unterwegs war, Martin, Johnny, Kate, Lily und John. Das war gewiss keine originelle Bemerkung – bestimmt lächelten die meisten Babys gerne, lachten, krähten und zappelten, und natürlich war Anna, ebenso wie die meisten anderen, ganz anders, wenn sie nachts hungrig und weinend aufwachte. Aber Cass spürte die Wirkung der Worte. Sie drückte ihre Tochter an sich, fühlte die Wärme, die von ihrer Haut abstrahlte, und ja, sie empfand Anna tatsächlich als einen kleinen Splitter Sonnenlicht, heiß und hell, der sie und Ivor in seine Umlaufbahn zog.

Wann war sie untergegangen, diese Sonne? Wann hatten die Wolken sie so vollständig verdunkelt? Es war allmählich geschehen, nach und nach, sodass sie die Dunkelheit erst als solche erkannt hatte, als es schon zu spät war.

Anna mit acht, wie sie mit ihr im kahlen Wohnzimmer von Home Farm zwischen den Umzugskartons gestanden hatte und Cass plötzlich alles zu viel gewesen, unerträglich erschienen war. Cass hatte einen Augenblick stumm dagestanden, gefangen in der schrecklichen Erkenntnis ihrer absoluten, unaussprechlichen Einsamkeit, und ihre Tochter neben ihr sagte: «Keine Angst, Mum, ich helfe dir beim Auspacken.»

Dann Anna mit vierzehn, schlank, wie sie es immer gewesen war. Drahtig und mit kräftigen Muskeln vom vielen Sport, den sie trieb. Wie sie nach einem Wochenende bei Ivor den Kopf hob und sagte: «Es war toll, Mum. Wirklich toll.» Aber so wenig überzeugend, dass Cass nur hätte richtig hinhören müssen, um zu begreifen.

Anna mit zwanzig, schlaksig und zerbrechlich. Da war das Licht bereits gedämpft, ja, aber noch immer vorhanden gewesen. Noch leuchtete es.

Cass zieht die Strickjacke an und tritt auf die kühle, schattige Terrasse hinaus. Gleich wird Kim kommen und kurz darauf die Caterer, Callum und die Gäste. Dabei muss Cass sich noch so viel anhören. Und sich an so viel erinnern. Aber jetzt braucht sie erst einmal einen Augenblick des Innehaltens und den alten, vertrauten Trost der Stille.

«Na, so eifrig bei der Arbeit?»

Kim: ihre hochgewachsene, schlanke Gestalt mit der beeindruckenden schwarzen Haarkrone. Schon vor Jahren hat sie aufgehört, ihren Afro zu glätten, und auch die Dreadlocks oder den Wasserfall winziger Zöpfchen aufgegeben. Sie trägt einen hellbeigen Regenmantel mit Gürtel und eine schicke, marineblaue, nach unten schmal zulaufende Hose. Kim hat sich immer selbstbewusst gekleidet, mit der ungehemmten Lässigkeit einer Frau, an der auch ein babyblauer Jumpsuit mit Schulterpolstern attraktiv aussieht – und in jenen fernen, von Stroboskoplicht durchflackerten jüngeren Jahren hat sie so einen auch oft genug getragen.

«Ich schnapp nur mal kurz Luft.»

Kim beugt sich vor, um sie auf beide Wangen zu küssen, und Cass riecht den Geruch von sauberem Leinenstoff und den Duft ihres kräftigen, unverkennbaren Parfüms. Mimose & Kardamom. Kim hat Cass eine Flasche davon zu Weihnachten geschenkt, aber es erscheint ihr irgendwie verkehrt, es zu benutzen. Der Duft ist für sie so unauflöslich mit Kim verbunden.

Kim tritt zurück, die Hand noch immer auf Cass' Arm, und fragt: «Wie läuft es?»

«Ganz gut, denke ich. Aber es bringt mich durcheinander. Laugt mich aus. Ich habe ein paar Pausen gemacht.»

Kim lächelt und nimmt sachte die Hand weg. Sie hat ein breites Gesicht mit regelmäßigen Gesichtszügen, das so faltenfrei ist wie eh und je. «Vermeidungsstrategie?»

Cass erwidert ihr Lächeln. «Du kennst mich einfach zu gut. Aber nein, ich bleib dran.»

«Ich hab die Blumen in der Küche gesehen. Sie sind wunderschön.»

Cass nickt. «Die hat Kate geschickt. Als ich sie sah, dachte ich im ersten Augenblick, sie wären vielleicht von ... Aber dann war mir sofort klar, dass das nicht sein Stil wäre.»

Sie schweigen einen Augenblick. Cass schaut durch den Garten zum Haus und sieht dort zwischen den Büschen etwas schwarz und rötlich braun aufblitzen. Otis, der zum Sprung bereit einem Katzenabenteuer nachgeht. «Es wird ein bisschen kühl, oder? Kommst du noch kurz mit rein?»

«Ja, aber wirklich nur kurz. Ich möchte dich nicht aufhalten.»

Sie setzen sich nebeneinander aufs Sofa. Die Ordnung, die hier im Zimmer herrschte, als Cass heute Morgen die Tür geöffnet hat, ist einem Durcheinander gewichen: Auf dem Couchtisch und dem Teppich liegen hüllenlose Schallplatten verstreut. Dazwischen leere Mineralwasserflaschen und ein kleines Regiment schmutziger Kaffeebecher.

«Wir könnten ein Kunstwerk daraus machen», sagt Cass.

«Das hier in jedem Detail nachbilden: ‹*Im Gedächtnis eines abgewrackten Ex-Stars.* Mixed Media. 2015›.»

Kim lacht nicht. «*Ex-* trifft es nicht ganz.»

«Tja, das werden wir ja sehen.» Cass gefällt ihr Tonfall selbst nicht – sie klingt verletzlich und angespannt –, aber die alten Ängste versuchen, sich in ihr breitzumachen. Ihre Songs – die ersten, die sie seit einem Jahrzehnt geschrieben und aufgenommen hat – sind jetzt fixiert. Sie liegen wie in einem Schaukasten drapiert bereit, für fremde Augen freigegeben. *Aber meine Gäste sind keine Fremden,* sagt sie sich lautlos mit der freundlichen Stimme, die man ihr damals in der Klinik beigebracht hat. Sie zieht die Worte aus sich heraus wie eine Sprache, die sie einmal fließend beherrscht und dann wieder vergessen hat: vernünftig, maßvoll und mitfühlend, sogar – oder vielmehr vor allem – mit sich selbst. *Es sind meine Freunde. Es gibt keinen Grund zur Angst.*

«Ich kann die Party absagen, Cass», sagt Kim leise. «Vielleicht ist das alles zu viel auf einmal.»

«Nein.» Cass ergreift Kims Hand, drückt sie und lässt sie wieder los. «Nein, wirklich nicht. Ich schaff das schon.»

«Okay. Wenn du dir sicher bist.»

Kim nimmt eine Plattenhülle vom Couchtisch und hebt sie hoch. *The State She's In.* Cass, unglaublich jung und mit einer so makellos glatten Haut, dass sie heute darüber weinen könnte, vor dem Schaufenster eines Arbeiterlokals an der Old Kent Road im Morgenlicht mit seinen starken Kontrasten. Das Shooting war um sechs Uhr früh gewesen. Cass erinnert sich an die Klempner, Zimmerleute und Gerüstbauer, die sich über ihre Spiegeleier und Fritten hermachten, während Johnny mit seiner Nikon um Cass herumtänzelte. Hinter ihr auf dem Fenster stehen in verblasstem Weiß die Worte:

«Frühstück, Lunch, Dinner», aber alles ist spiegelbildlich verdreht und dadurch hieroglyphisch.

«Nackter Realismus», hatte Johnny Alan und Cass sein Konzept erklärt. «Nichts Künstliches. Eine Frau, die die Nacht durchgemacht hat. Eine Frau, die alles durchgemacht hat und alles kennt.»

«Johnny, der war richtig gut, nicht wahr?», sagt Kim jetzt. «Ich kann immer noch nicht glauben, dass er nicht mehr da ist.»

Cass denkt an die Beerdigung zurück. Es war Herbst: Der Wind wehte zwischen den Gräbern Laub durch die Luft, und da standen die Trauergäste in ihrem bunt leuchtenden Staat. *Kein Schwarz für Johnny Saunt*, hatte die Einladung angeordnet, und niemand – nicht einmal Johnnys winzige Mutter, die sich wacklig an ihrem Gehstock festhielt – hatte es gewagt, gegen dieses Dekret zu verstoßen: das letzte Bild, das er für alle schaffen wollte.

«Ja. Johnny fehlt mir, Kim. Wirklich.»

An der Stelle, die eben noch von der Plattenhülle verdeckt war, ist Larrys Postkarte auf dem Couchtisch zum Vorschein gekommen. Die Skulptur von Henry Moore, die drei dunklen Figuren mit ihren kleinen Köpfen. Cass nimmt die Karte auf und bemerkt zum ersten Mal, dass eine der Figuren ein Mann ist.

«Ich habe versucht, Larry anzurufen», sagt sie. «Er nimmt nicht ab, weder in seiner Wohnung noch im Studio. Und sein Handy leitet einen sofort auf die Mailbox weiter.»

«Vielleicht arbeitet er ja. Dann stellt er doch immer sein Telefon aus, oder?»

«Stimmt. Aber er ist jetzt schon zwei Wochen weg, Kim. Ich hab überhaupt nichts von ihm gehört, abgesehen von dieser Karte. Ich dachte, dass er heute …» *Ich dachte, er würde mir die Hand ausstrecken*, geht es ihr durch den Kopf. *Ich dachte, er würde mir noch eine Chance geben.* «Ich hab es wirklich vermasselt, Kim, oder?»

Es folgt eine Pause, ein Moment bewussten Schweigens. Dann sagt Kim: «Cass. Konzentrier dich einfach auf heute, okay? Das Album. Die Party. Die neuen Songs. Bestimmt braucht Larry nur etwas Zeit.»

«Ich möchte doch nur mit ihm reden, Kim. Ihm sagen, dass ich einen Fehler gemacht habe.»

«Versuch, nicht darüber nachzudenken, Cass. Nicht jetzt. Nicht heute.» Kim steht auf. «Ich lass dich jetzt mal machen, okay? Ich muss noch die Caterer anrufen. Falls du mich brauchst, ich bin im Büro. Alan kommt gegen fünf. Und natürlich Callum.»

«Ist gut.» Als Kim die Terrassentür aufschiebt, fügt Cass, um einen munteren Tonfall bemüht, hinzu: «Hör einfach nicht auf mich, Kim, okay? Ich weiß, dass ich eine dumme alte Gans bin.»

Die braunen Augen ihrer Assistentin begegnen den ihren.

«He», sagt Kim. «Aber ohne das *alt*.»

Und dann ist sie weg: eine Gestalt in einem gegürteten Regenmantel, die durch den Garten zum Haus geht und dann allmählich aus Cass' Blickfeld verschwindet.

Johnny Saunt. Freund, Mitarbeiter, Vertrauter und Weggefährte. Zechbruder, Visionär und Übersetzer von Träumen. Ein Mann mit dem Körperbau eines Boxers und der Seele eines Poeten.

Anna hatte ihn geliebt. Er war ihr «Onkel Johnny» gewesen. Ivor dagegen nannte ihn «die verdammte Schwuchtel».

Johnny schien eine Abneigung in ihm wachzukitzeln, deren homophoben Ursprung er leugnete.

«Wir haben doch jede Menge schwule Freunde, Cass», hatte Ivor gesagt. «Ich mag einfach *ihn persönlich* nicht.»

Johnny war seinerseits vorsichtig genug gewesen, seine wahren Gefühle gegenüber Ivor für sich zu behalten – zumindest bis er meinte, gefahrlos darüber reden zu können.

Johnny. Ihn hatte Cass in jener schrecklichen Nacht von Rothermere aus angerufen – nicht Alan, Kim oder Kate. Zu ihm war sie über die dunklen Landstraßen, über die Autobahn und durch die endlose Vorstadtzone Südlondons gefahren, neben sich auf dem Beifahrersitz ihre schlafende Tochter.

Johnny besaß ein Haus in Spitalfields, ein schmales, labyrinthisches Gebäude, in dessen vielen Zimmern sich die faszinierenden Objekte drängten, die er von seinen Reisen mitgebracht hatte – eine Massaikriegermaske, ein Klumpen isländischer Lava oder ein Satz Matrjoschka-Puppen aus Sibirien. Die Wände waren mit Fotos und Adresslisten behängt. Adressen von Models, Schauspielern, Schriftstellern und Musikern neben drei schrillen Transvestiten, in einer New Yorker U-Bahn in einem Moment privater Versunkenheit eingefangen. Eine bemalte Tänzerin im Federkostüm beim Karneval von Rio. Johnnys Mutter und ihre Freundinnen, die mit ihren von Haarlack steifen Beehive-Frisuren vor einem Lokal fürs Foto posieren.

In der Nacht, in der Cass aus Rothermere kam, kochte Johnny Anna in seiner Souterrain-Küche um zwei Uhr nachts einen Kakao. Cass brachte ihre Tochter in dem Zimmer, das sie beide sich teilen würden, zu Bett und breitete unter den wachsamen Augen der Manhattaner Transvestiten die Decke über die Schlafende. Als sie wieder unten war, schenkte

Johnny ihr einen Whisky ein, betrachtete unverhohlen den Schnitt über ihrem Auge, die aufgeplatzte Lippe und das blaue Auge und sagte: «Das war dann wohl das Ende.»

Es war eine Feststellung, keine Frage. Cass trank einen Schluck, schaute ihn über den Tisch hinweg an und antwortete: «Ja.»

Sie waren letztlich zwei Monate geblieben. Zwei Monate, in denen das Erscheinen des Albums verschoben und die Tourtermine gecancelt wurden und in denen Anna fast jede Nacht weinend aufgewacht war und auf eine Weise nach Cass gerufen hatte, wie sie es zuletzt als kleines Kind getan hatte. Immer wieder hatte sie dann gefragt, wann sie nach Hause zurückkehren würden.

«Was soll ich ihr sagen?», hatte Cass die Frage verzweifelt an Johnny weitergegeben, und er hatte ihren Blick mit seinen klugen dunkelbraunen Augen erwidert und geantwortet: «Die Wahrheit natürlich. Oder zumindest eine so große Portion davon, wie sie deiner Meinung nach verträgt.»

Und so hatte Cass ihre Tochter in der folgenden Nacht an sich gedrückt, ihr das Haar gestreichelt und gesagt: «Wir kehren nicht nach Rothermere zurück, Liebling. Ich suche uns ein neues Zuhause.»

Und ein paar Monate später war ihr das gelungen. Home Farm. Die Maklerin mit der dauergewellten Krause, der scheußliche braune Teppich, die gesprungenen Fliesen und die abblätternde Farbe: Das alles hatte für Cass ein Versprechen der Freiheit enthalten und ihr einen Ort angekündigt, der ihnen und nur ihnen gehören würde.

Ja, Johnny war ein so netter, liebenswerter Freund für sie beide gewesen. Zu ihm war Anna dann auch gegangen, als sie sich für London und die Kunsthochschule entschieden hatte:

Er hatte ihr das oberste Geschoss seines Hauses angeboten und ihr versprochen, sie kommen und gehen zu lassen, wie es ihr beliebte.

«Sie ist so talentiert», hatte Johnny gesagt, und das Lob war sowohl Cass als auch Anna runtergegangen wie Butter.

Aber bei Johnny war Anna auch gestrauchelt, und das Licht ihrer Tochter hatte sich ein weiteres Mal verdüstert.

«Ich glaube, die Krankheit ist zurück, Liebes», hatte Johnny Cass am Telefon gesagt. «Anna ist furchtbar dünn. Und sie verlässt kaum ihr Zimmer.»

Am nächsten Tag war Cass nach London gefahren und hatte Anna zum Essen in ein indisches Restaurant an der Brick Lane eingeladen. Sie war wirklich dünn gewesen – sehr dünn –, aber sie hatte einen Rückfall nachdrücklich verneint.

«Mir geht es prima, Mum», hatte sie gesagt. «Ich hab einfach nur wenig Zeit. Ich hab so viel zu tun.»

Und wie zum Beweis hatte sie an diesem Abend eine Riesenportion vertilgt – das ganze Krabben-Dhansak und Aloo Gobi und Brinjal Bhaji in den Metallschüsseln. Heruntergespült hatte sie es mit mehreren Gläsern Weißwein.

«Siehst du? Ich esse doch, Mom, oder? Ehrlich, Onkel Johnny macht sich ständig solche unnötigen Sorgen.»

Wie nur und wann war Anna eine derart gute Lügnerin geworden? Cass hatte sie dessen nicht für fähig gehalten, bis sie dazu gezwungen gewesen war, sich der Tatsache zu stellen. Und erst als es schon viel zu spät war, hatte sie begriffen, dass sie selbst die Lehrmeisterin ihrer Tochter gewesen war.

All die Tage, an denen Cass früh aufgestanden war, um genügend Zeit zu haben, ihre Prellungen mit der speziellen Grundierung zu überkleistern, die ihr Make-up-Artist ihr gegeben hatte. Die Tourneen, auf denen sie immer langärmlige

Blusen und lange Kleider getragen hatte, selbst wenn unter den gnadenlos strahlenden Bühnenscheinwerfern bald vierzig Grad herrschten. Die Interviews, in denen sie so überzeugend von ihrer Partnerschaft mit Ivor erzählte: wie hundertprozentig er sie unterstütze und wie mühelos sie sich – sowohl musikalisch als auch persönlich – seit jeher intuitiv verstünden. So oft hatte man sie als Verkörperung der starken, unabhängigen Frau gefeiert, die zu ihren eigenen Bedingungen Erfolg hat ... Und das alles war eine Lüge gewesen, ein Trugbild, reine Phantasie. Die schimmernde Fata Morgana hatte die Wahrheit kaschiert. In ihrer Musik war Cass immer ehrlich gewesen, aber der Rest ihres Lebens war ihr damals wie eine Übung in Verlogenheit erschienen, ein ständiges Übertünchen der Risse. Kein Wunder, dass Anna geglaubt hatte, sie müsse es genauso machen.

Aber Johnny, der liebe Johnny, hatte die Dinge ganz anders gesehen.

«Wie kannst du glauben, wie kommst du nur auf die Idee, dass dich die Schuld trifft, Cass, meine Liebe», hatte er immer wieder gesagt, wenn er sie damals, beim ersten Mal, in der Klinik besuchte.

Sie hatte ihn angeschaut, wie er da in seiner abgetragenen Lederjacke neben ihrem Bett saß, und nur sehr distanziert wahrgenommen, dass ihr alter Freund mit ihr sprach. Dass er ihr etwas Wichtiges sagte und dass sie ihm zuhören sollte. Wenn sie nur nicht so unglaublich, so schrecklich müde wäre.

Larry hat etwas an sich, denkt Cass jetzt, als sie allein im Regieraum sitzt, das sie an Johnny erinnert.

Dieselbe starke körperliche Präsenz. Dieselbe Verspieltheit, die im Widerspruch zu der Schlichtheit ihrer künstlerischen

Absichten zu stehen scheint. Dieselbe intelligente, kompromisslose Klarheit in ihrer Kunst. Ein Foto, in dessen Rahmen jedes Element genau richtig angeordnet ist. Eine Skulptur, die mit zäher Hingabe aus dem Stein gemeißelt wurde und die mit kraftvollen, selbstbewussten Linien den Raum beansprucht, den sie einnimmt.

Die Männer hatten voneinander gehört, sich aber niemals persönlich kennengelernt.

«Ach, der berühmte Larry Alderson», hatte Johnny gesagt, nicht lang vor seinem Tod.

Und als sie Larry vor Johnnys Beerdigung von der langen Freundschaft berichtete, hatte er gesagt: «Ich habe seine Retrospektive gesehen. Ein erstaunliches Werk, Cass. Ein wirklich schöpferischer Künstler.»

Sie fragt sich jetzt, wie es wohl gewesen wäre, wenn die beiden sich kennengelernt hätten. Hätte Johnny freundlich und spielerisch mit Larry geflirtet? Hätte er Cass beiseitegenommen und auf seine manchmal so weise Art gesagt: «Mit dem musst du gut umgehen, Cass. Mach es nicht kaputt. Hab keine Angst, ihn an dich heranzulassen.»

Wenn doch nur vor zwei Wochen ein solcher Rat in ihrem inneren Ohr erklungen wäre. Wenn sie ihn doch in dem Moment gehört hätte, als Larry ihr seine Frage gestellt hatte – als er sich ihr zuwandte und ihr alles anbot, was er zu geben hatte. Vielleicht hätte sie dann seinen Blick erwidert, seine Hand ergriffen und mit fester Stimme geantwortet: «Ja, Larry. Bleib für immer bei mir. Ja.»

Wie nutzlos die Reue ist, wie absolut sinnlos. Sie betrachtet erneut die Karte auf dem Tisch: die klaren, energischen Linien der Henry-Moore-Plastik. Und im Innenteil die Schwünge von Larrys Handschrift. *Finde heute einen Weg, ihr zu ver-*

zeihen. Vielleicht findest du dann einen Weg, dir selbst zu verzeihen.

Sich selbst verzeihen. Das scheint ihr so jenseits ihrer Möglichkeiten, und wieder fragt sie sich, was sie hier eigentlich tut. Kann sie hier, in der Musik, die sie geschaffen hat, wirklich Antworten finden? In diesen fernen Momenten, diesen Standbildern, in denen sie einen Ort, eine Person oder ein Gefühl festzuhalten versuchte, bevor sie verschwanden und an die Zeit verlorengingen?

Johnny hatte nie verstanden, warum sie sich zum Rückzug entschieden hatte, dazu, ihre Musik einzupacken und diesen Teil ihrer selbst stillzulegen – tatsächlich den besten Teil. Denn darin hatte sie, von dem Augenblick an, in dem sie zum ersten Mal die Hände auf das Klavier von Irenes Mutter legte, ihr einfachstes, klarstes, wahrstes Selbst erkannt. Und Cass hatte es auch weiter so wahrgenommen, bis ihre Tochter sich von Augenblick zu Augenblick, Stunde zu Stunde und Tag zu Tag immer stärker in sich zurückgezogen hatte. Damals hatte sich die Welt unmittelbar vor Cass' Augen und Ohren verwandelt, und ihre Klänge waren zu einer Kakophonie geworden, in der jeder Ton schepperte und keiner mehr stimmte.

Sie ertrug es nicht, dem Soundtrack zu lauschen, den sie einmal so mühelos für ihr Leben entworfen hatte. Denn es hatte sich schließlich als nichts als eine lange Straße durch eine konturlose Ödnis erwiesen, auf der sie gehen musste, allein und den Launen einer grausamen, gnadenlosen Gottheit ausgeliefert. Was für ein Gedanke, dass die Menschen einem solchen Gott Kirchen, Moscheen und Synagogen erbauten. Und dass ihr eigener Vater einmal geglaubt hatte, ER sei liebevoll, gütig und mit Gebeten zu beschwichtigen. Wie hatte Francis auf ein solches Märchen hereinfallen können?

Und wie konnte Cass weiter Musik machen und eine allem zugrundeliegende Symmetrie, Harmonie und Wahrheit lobpreisen, wo sich doch gezeigt hatte, dass das alles nur ein Hirngespinst war?

Das war vielleicht das Schlimmste gewesen: dieses neue Wissen, dass es unter all dem aufgeregten Treiben und Drängen im Kern der Dinge keinen Sinn gab. Einfach nur Chaos, Durcheinander und ein undurchdringliches Schweigen.

Doch Johnny hatte es bis ganz zum Schluss anders gesehen.

«Du darfst nicht ohne Musik leben», hatte er gesagt. «Du darfst deiner Kunst nicht den Rücken kehren, denn sie ist genau das, was dich ausmacht.»

Sie hat noch immer das blasse, ausgemergelte Gesicht ihres Freundes vor Augen, der selbst jetzt, da ihm klar war, wie bald das Leben sich ihm entziehen würde, auf dessen Kraft und Schönheit beharrte. «Stell dir vor, ich hätte einfach aus einer Laune heraus beschlossen, nie wieder eine Kamera in die Hand zu nehmen. Das ist undenkbar, Cass. Vollkommen unmöglich. Sag mir, was wäre mir dann noch geblieben?»

TRACK EIGHT

She Wears a Dress

By Cass Wheeler
From the album *Huntress*

She wears a dress
Of silk and feathers
That was her mother's
They sewed it together

Needle in the lamplight
Dancing in the gaslight
That hand she held so tight
She'll wear her mother's dress tonight
She'll wear her mother's dress tonight
She'll wear her mother's dress tonight

She wears a dress
Of lace and linen
The girl who was chosen
What was she given?

Needle in the lamplight
Dancing in the gaslight
That hand she held so tight
She'll wear her mother's dress tonight
She'll wear her mother's dress tonight
She'll wear her mother's dress tonight

Oooooooooo

Needle in the lamplight
Dancing in the gaslight
That hand she held so tight
She'll wear her mother's dress tonight
She'll wear her mother's dress tonight
She'll wear her mother's dress tonight

RELEASED January 1977

RECORDED October 1976 at Rothermere, Surrey

GENRE Folk rock / soft rock / pop

LABEL Phoenix Records

WRITER(S) Cass Wheeler

PRODUCER(S) Eli Glass

ENGINEER(S) Mike Edwards / Sean O'Malley

Alan Leddie war etwas untersetzt und hatte ein kantiges Gesicht mit dunklen Augen. Schulterlanges, sandblondes Haar. Er hatte an der University of Cambridge Geschichte studiert und in der College-Bar eine beliebte Konzertreihe aufgezogen: British Blues, Psychedelic Rock und hin und wieder etwas Folk.

«Alan, der hat ein ganz feines Gespür», hatte Martin gesagt. «Ich glaube, ihr werdet euch verstehen.»

Sie brauchte einen Manager, und Angus, da waren Martin und sie sich einig, wäre der Aufgabe nicht gewachsen. Sie hatte mit Vince, Phoenix' lakonischem Buchhalter mit der angewachsenen Lederjacke, über die Einnahmen von Vertical Heights gesprochen, und der war sich ziemlich sicher gewesen, dass Angus mehr als seinen vereinbarten Anteil abgeschöpft hatte.

Aber nach der Schilderung, die Martin ihr von Alan gegeben hatte, hatte Cass sich einen wesentlich älteren Mann vorgestellt: jemanden wie den Beatles-Manager Brian Epstein, einen smart gekleideten Geschäftsmann – und nicht den bestürzend jung, ja geradezu bübisch wirkenden Mann, der aufstand, um sie zu begrüßen, als sie das Pub in der Nähe der Parliament Hill Fields betrat.

«Ich weiß, was du jetzt denkst», sagte Alan, als er mit ihrem Whisky an den Tisch zurückkehrte. «‹Was weiß denn der schon. Der sieht ja aus wie mein kleiner Bruder.› Aber keine Sorge, ich kenn mich ganz gut aus – und den Rest werde ich lernen. Die Hauptsache allerdings ist, dass ich begeistert bin, Cass. Völlig aus dem Häuschen. Ich will mit dir arbeiten – für dich arbeiten. Deine Songs sind etwas Besonderes. Und wenn du singst ... also, du hältst einfach, was du versprichst. Du bist keine Blenderin. Vereinst die Ehrlichkeit einer Folk-Sängerin mit der Unverfrorenheit einer Rocksängerin. Martin glaubt, dass du es bis ganz nach oben schaffen kannst, und ich glaube, dass ich dir dabei helfen kann.»

Er stellte ihr Glas auf den Tisch, setzte sich auf seinen Hocker und fixierte sie mit einer solch übertriebenen Ernsthaftigkeit, dass sie sich das Lachen verkneifen musste.

«Jetzt mal halblang, Alan. Lass mich wenigstens erst mal was trinken.»

Verlegen bemühte er sich um einen nüchterneren Gesichtsausdruck. «Sorry. Sollte gar kein Werbejingle werden.»

«Schon gut.» Sie sah ihn über den Tisch hinweg an und entschied, dass sie ihn mochte – dass sie ihm glaubte und seinem Glauben an sie vertraute.

An diesem Abend sprachen sie über alles Mögliche. Alans Reise durch die Südstaaten der USA, von Washington nach New Orleans, die er nach Abschluss seines Studiums unternommen hatte. Juke Joints (die Kneipen für die Schwarzen), Honky-Tonks (die Kneipen für die Weißen) und Männer mit weißen Kapuzen, die noch immer nach Einbruch der Dunkelheit wie Geister durch die verlassenen Straßen streiften. Er erzählte von seiner Liebe für englischen Folk, New-York-Jazz und den guten alten Rock 'n' Roll.

«Und wo passe ich da rein?», fragte Cass. Wie schnell und mühelos sie vom «wir» zum «ich» übergegangen war.

«Du?» Alan trank einen Schluck Bier. «Also, für dich müssen wir eine vollkommen neue Kategorie erfinden.»

Cass lachte.

Später am Abend sagte Alan: «Wie ich gehört habe, macht Angus Mackinnon ein bisschen Stunk.»

«Das könnte man sagen.» Angus hatte mehrmals mitten in der Nacht an die Tür der Savernake Road gehämmert: betrunken, high und wild vor Zorn. *Du hast einen Vertrag unterschrieben, Cass. Du kannst dich nicht einfach verpissen und uns sitzenlassen.*

Beim letzten Mal hatten die Nachbarn die Polizei gerufen.

«Gib mir mal seine Kontaktdaten», sagte Alan. «Adresse und Telefonnummer. Überlass das mir.» Er zögerte. «Das heißt natürlich, falls du glaubst, dass es mit uns klappen könnte. Falls du möchtest, dass ich für dich arbeite.»

In diesem Moment sah er fast schüchtern aus. Cass streckte ihm die Hand hin, und er schüttelte sie.

«Das möchte ich, Alan», sagte sie. «Wirklich.»

Die Wohnung lag in Muswell Hill, in einem großen Jugendstil-Gebäude, dessen architektonische Eigenarten Cass für London ungewöhnlich vorkamen. Es hatte einen eleganten Vorbau mit weiß gestrichenen Holzsäulen, und vor dem ganzen ersten Stock zog sich ein Balkon entlang.

«Ich hab hier so einige phantastische Partys geschmissen», erzählte Harriet.

Die Wohnung gehörte ihr – Lilys Freundin aus Unizeiten, die in der Verlagsbranche arbeitete und einmal zwei Wochen in Atterley verbracht hatte, um in Ruhe zu trauern, nachdem ihr Verlobter sie hatte sitzenlassen. Jetzt war sie ein zweites Mal verlobt, und zwar mit einem irischen Dichter. Sie würden in Connemara in einem grauen Steinhaus mit Blick aufs Meer leben. Der Dichter sei beinahe siebzig, gestand Harriet, und sei schon zwei Mal verheiratet gewesen. Sie selbst war sechsundfünfzig, hatte nie geheiratet und war so glücklich und aufgeregt wie ein Schulmädchen, das sich zum ersten Mal verknallt hat.

«Einmal war deine Tante Lily blau wie ein Veilchen», fuhr Harriet fort, «und wäre fast vom Balkon gefallen. Kein Scherz. John hat sie gerade noch rechtzeitig festgehalten.»

Cass stellte sich lächelnd vor, wie Lily mit roten Wangen lachend von John gehalten wurde. «Na, Gott sei Dank.»

Die Wohnung hatte drei Zimmer – das Wohnzimmer ging nach vorne hinaus und besaß genau wie das daneben eine Tür zum Balkon, und das dritte Zimmer lag zusammen mit dem Bad nach hinten raus und bot Sicht auf ein sattgrünes Stück Rasen.

«Den Garten könnt ihr leider nicht nutzen», sagte Harriet. «Aber der alte Mr. Dennis ist ein netter Kerl. Stocktaub. Dem ist es völlig egal, wenn ihr Tag und Nacht Musik macht – und das werdet ihr wohl?»

Cass nickte. Im Geist richtete sie bereits den Raum neben dem Wohnzimmer ein. Der würde das Musikzimmer werden. Sie würden die Gitarren an die Wand hängen und das Klavier neben die Balkontür stellen. (Lily und John wollten ihr eines zum Einzug schenken.) Dazu der Schreibtisch aus dem Zimmer in der Savernake Road und in der Ecke ein alter Lehnsessel zum Nachdenken, Schreiben und Durchstehen jener unvermeidlichen Krisen, die immer dann eintraten, wenn ein Song sich weigerte, sich der Form zu fügen, die Cass ihm geben wollte. Harriet überließ ihnen ein gemütliches, durchgesessenes Sofa, einen Kleiderschrank und einen Esstisch, und den Rest des Mobiliars würden sie schon irgendwo auftreiben.

Es tat ihr leid, Gospel Oak und die Savernake Road zu verlassen, wo das solide, alte Haus nun Zimmer für Zimmer leer geräumt wurde – die Besitzer wollten es verkaufen. Serena, die inzwischen im vierten Monat schwanger war, zog nach Harrow, zusammen mit Bob, der gegen alle Erwartungen einen Job als Englischlehrer an einem Mädchengymnasium gefunden hatte. Paul, dessen Roman noch immer unveröffentlicht war, war nach Manchester verschwunden, und Hugh – tja, wer konnte schon wissen, was Hugh tat? Cass selbst aber und Ivor würden nun hier leben, in dieser hellen Wohnung mit der hohen Decke, dem Balkon, den weißen Wänden und dem Holzdielenboden.

«Es ist wunderschön hier», sagte Cass im Wohnzimmer, das vom Licht des Frühsommers durchströmt war. In den goldenen Strahlenschäften wirbelten kleine Stäubchen, und durch die offenen Türen wehte aus der Ferne das näselnde Summen eines Rasenmähers herein. «Ich kann es gar nicht abwarten, Ivor die Wohnung zu zeigen.»

Harriet strahlte. «Im Grunde tust du mir einen Gefallen. Der Gedanke, die Wohnung an Fremde zu vermieten, war mir unerträglich. Und nun weiß ich, dass ich einen winzigen Beitrag zur Erschaffung großartiger Musik leiste …»

Cass lachte. Harriets Stimmung war ansteckend. Cass wirbelte mit ausgebreiteten Armen herum, sie fühlte sich wie eine Tänzerin und federleicht. «Das hoffe ich. Es kommt mir immer noch ein bisschen unwirklich vor.»

Eine Woche darauf zogen sie ein. Alan mietete einen Kleintransporter und heuerte zwei riesige, schweigsame Männer zum Schleppen an. «Mein Job ist es, euch das Leben leichter zu machen», erklärte er, als Cass einwandte, sie könnten ihren Umzug ohne weiteres selbst bewältigen. Ivor schien es ganz recht zu sein, sich entspannt zurücklehnen zu dürfen. Sie packten alles, was ihnen lieb und teuer war – die Gitarren, die Verstärker und den Plattenspieler, ihre Schallplatten und Notizbücher und die Schachtel mit Margarets Briefen und Fotos –, hinten in den Morris Minor und überließen das Feld ansonsten den Umzugsleuten.

Zwischen Ivor und Alan entwickelte sich allmählich eine Beziehung, die man zwar nicht ganz Freundschaft nennen konnte, die aber irgendwo zwischen Akzeptanz und Respekt lag. Alans erfolgreicher Umgang mit dem Problem Angus hatte Ivor schwer beeindruckt – erst Jahre später fanden sie heraus, dass Alan ihren Ex-Manager mit der Drohung verscheucht hatte, sonst einem Freund bei der Drogenpolizei zu stecken, wie viele verschiedene Rauschmittel täglich den Weg durch seine Wohnung nahmen. Alan seinerseits hatte Hochachtung vor Ivor als Gitarristen. Cass sah jetzt schon, dass Alan hielt, was er versprochen hatte: Er war ruhig und besonnen, reifer, als sein Alter erwarten ließ, und beschirmte sie vor dem nervenden Klein-Klein im Hintergrund ihrer Arbeit und ihres Lebens.

An diesem Abend schmissen sie zwischen Koffern und Umzugskisten ihre erste Party. Teelichter auf Untertassen, fettiges Einwickelpapier aus der Fish-and-Chips-Bude am Muswell Hill Broadway, Bier, Whisky und Wein, und dazu lief der Plattenspieler: *Tea for the Tillerman, After the Gold Rush, Led Zeppelin III* oder *The Summer Never Ends.* Nach Anbruch der Nacht gingen sie zu einer improvisierten Jam-Session über: Ivor an der Gitarre, Cass am Klavier, und der neue Schlagzeuger Graham trommelte auf einer umgedrehten Kiste dazu.

Das Flackern des Kerzenscheins in der Dunkelheit, darin schimmernde Bierflaschen und die glühenden Spitzen der Joints. Lauter fröhliche Gesichter, eine klatschende Menge, und über allem erhebt sich rein und klar Cass' Stimme, als greife sie eine Frage auf, die sie alle schon längst hätten stellen wollen und deren Antwort sie jetzt sehnlichst von ihr erwarteten.

Cass wachte in dieser Zeit früh auf, selbst wenn sie erst bei Tagesanbruch schlafen gegangen waren.

Frühstück in der kleinen Küche, die auf Mr. Dennis' Garten hinausging. Sie beobachtete ihn manchmal, wenn sie ihren Kaffee trank. Seine Glatze mit dem Haarkranz beugte sich über Rosen und Dahlien, er trug einen Gärtnerkorb in der Hand, und sein leises, eintöniges Gemurmel wehte durch ihr geöffnetes Fenster.

In der Erinnerung erscheinen ihr diese Morgenstunden des ersten Sommers in Muswell Hill wie von Sonnenschein durchtränkt. Das Haus lag nach Osten, und durch die vorderen Fenster kam eine solche Flut von Licht, dass sie oft geblendet war. Dann setzte sie sich ans Klavier oder nahm ihre Gitarre, schloss die Augen und beobachtete, wie die zerborstenen Nachbilder dieses Strahlens auf ihren geschlossenen Lidern tanzten. Und sie stellte sich vor, dass diese Muster – ein leuchtendes Umhertreiben in einem Zustand fortlaufender Umstrukturierung – Verkörperungen der Melodien waren, die ihre Hände spielten.

Die neuen Songs strömten mit einer solchen Mühelosigkeit

aus ihr heraus, wie sie es noch nie erlebt hatte – nicht in Johns Büro in Atterley und nicht in dem Zimmer in der Savernake Road. Ivor kam dazu, wenn er im Laufe des Vormittags aufgestanden war. Manchmal nahm ein kompletter Song – von den ersten, chaotischen Akkorden bis zur fertigen, in Takte gegossenen Struktur – innerhalb einer einzigen Stunde Form an. Dann spielten sie ihn einander vor, wieder und wieder, und wagten kaum zu glauben, dass er wirklich so gut und wahrhaftig sein konnte, wie sie ihn instinktiv empfanden.

Natürlich war es nicht immer so – es gab noch immer Stunden, in denen die Nerven blanklagen, weil ein Song sich schlicht und ergreifend weigerte, aus der Deckung zu kommen. Aber damals waren diese Momente seltener als jene anderen, in denen ihrer beider Hände im Einklang über Saiten oder Tasten glitten. Dann fühlte Cass sich Ivor so nahe, wie sie es sich überhaupt mit einem anderen Menschen vorstellen konnte. Sie teilten ein gegenseitiges Verstehen, sagte sie sich, das die spießigen Regeln anderer Partnerschaften überstieg. Dort im Musikzimmer konnten sie wirklich finden, was sie einander bedeuteten. Dort lag eine Wahrhaftigkeit, die weiter reichte als der Anspruch auf Treue oder eine andere der einengenden Normen, die die bürgerliche Gesellschaft bereithielt – geschaffen von Menschen, die keine Ahnung hatten, was es hieß, gemeinsam etwas zu schaffen, das zuvor nicht existiert hatte. Was es hieß, etwas aus den sumpfigen Tiefen der Seele zu bergen und behutsam zu formen. Musik zu machen und mit ihr die beunruhigenden Ungewissheiten der Stille wegzuschwemmen.

Jeden Tag nach dem Mittagessen warfen Cass und Ivor ihre Sachen in den Morris Minor und fuhren zum Studio. Martin begann die Sessions gerne um zwei, und sie endeten erst, wenn alle zu müde zum Stehen waren, meist also erst spät in der Nacht.

Das Studio lag in einem unauffälligen Gebäude an der Willesden High Road: im Erdgeschoss ehemalige Ladenräume, das Schaufenster mit einer Jalousie verhängt. Darüber zwei Wohnungen (das Gebäude war schallisoliert, aber trotzdem, Gott weiß, wie die Mieter überhaupt irgendwelchen Schlaf fanden). Die Studios nahmen das Erdgeschoss und den Keller ein. Sie waren im kleinsten von ihnen untergebracht, Studio drei: eine düstere unterirdische Kammer, die Wände im Aufnahmeraum mit stoffbedeckten Platten ausgekleidet, und die Vocal Booth hatte eine flache Akustik ohne Hall.

«Ich komm mir vor wie in einem Sarg», sagte Cass, als sie die Gesangskabine zum ersten Mal betrat.

Martin warf ihr einen Blick zu – halb genervt und halb belustigt. «Tja, da gewöhnst du dich besser dran. Du wirst da sehr viel Zeit drin verbringen.»

Es gab auch einen Pausenraum – größer und bequemer, mit Sofas, die schon bessere Zeiten gesehen hatten, einem kleinen Kühlschrank und Aschenbechern, die stets überquollen, als würden sie niemals geleert. Hier kamen sie in den Pausen zusammen, die Martin und Sean, der Tonmeister, ihnen gewährten. Ivor, Cass, Alan sowie Kit, der Bassist, Graham, der Schlagzeuger, und wer immer gerade in einem der anderen Studios probte: drei langhaarige Jungs aus Milton Keynes, die sich noch auf einen gemeinsamen Namen einigen mussten, aber immer äußerst spendabel mit ihren Drogen umgingen; die Band Hawkwind, deren Mitglieder zum Teil nicht weit von Martin in Ladbroke Grove lebten, oder eine vierköpfige Psychedelic-Rockband aus Crouch End, deren lüsterner Leadsänger Cass eines Nachts auf die Damentoilette folgte und mit einiger Gewalt von der Vorstellung befreit werden musste, sie wolle mit ihm «zum Mond reisen, oh wow – *zum Mond und wieder zurück!*».

Sean, der Tonmeister, war im Umgang mit Cass hingegen zunächst sehr schüchtern: Er schaffte es nicht recht, ihrem Blick zu begegnen, und errötete wie ein Schuljunge, wenn sie ihn ansprach. Aber nach einiger Zeit wurde er lockerer, insbesondere wenn man ein paar Joints geraucht hatte.

Sean war es, der irgendwann spätnachts den Namen ihres Debütalbums fand. Cass, die vollkommen erschöpft war, kehrte gerade von der Toilette zurück (die Band aus Crouch End war an jenem Abend zum Glück anderswo). Sie hatte sich Wasser ins Gesicht geklatscht, um wieder munter zu werden, dabei ihre Wangen mit Mascara verschmiert und war wieder hinausgegangen, ohne in den Spiegel zu schauen. Als sie die Tür des Pausenraums aufstieß, blickte Sean auf und sagte: «Oh Mann – jetzt seht sie euch an, die ist ja fix und fertig.»

Cass und die anderen brachen in Gelächter aus, und sie kehrte in die Toilette zurück, um ihr Gesicht mit einem Papierhandtuch zu säubern. Dort betrachtete sie ihr Spiegelbild im kalten Licht der Neonröhre: das Haar zerzaust, die Haut fleckig und bleich und dunkle Schatten unter den Augen, durch die sie noch tiefer in den Höhlen zu liegen schienen. Seans Worte kamen ihr wieder in den Sinn – *The state she's in*, hatte er gesagt – und sie dachte: *Ja, das ist perfekt. Das trifft es genau.*

Es waren lange, auslaugende, fensterlose Nachmittage, die in lange, auslaugende, fensterlose Nächte übergingen. Aber sie hat sie in Erinnerung, als wären sie in ein blasses, reines Licht der Unschuld getaucht. Sie waren so jung, sie alle, sogar Martin. Gemeinsam jagten sie einem Traum nach und weigerten sich, sich von Zweifeln oder ihrem Mangel an Erfahrung einschüchtern zu lassen.

In der Vocal Booth war sie unter ihren Kopfhörern taub und so sehr von der Umgebung abgeschlossen wie ein Tiefseetaucher, der allmählich unter Wasser sinkt. Beim Singen gab es nichts als die Vibration ihrer Stimme und das An- und Abschwellen von Brustkorb und Lunge.

Die Holzwände der Kabine hielten sie eng und intim umfangen, während das Mikrophon ihr ihre Geheimnisse entlockte, und durch die Scheibe sah sie die Band und wie jeder einzelne ihrer Musiker sie beobachtete. Die Verbindung zwischen ihnen, intensiv und wie mit Händen greifbar, riss bis zum letzten Taktschlag des Songs keinen Augenblick ab.

Und dann wieder *on the road.* Regennasser Autobahnasphalt. Sonnenuntergänge über Spannbetonbrücken und Wassertürmen. Parkplätze, Künstlergarderoben, Soundchecks und der beißend bittere Geschmack von JPS-Zigaretten.

Alan hatte einen Kleinbus gekauft. Kein Vergleich zu Angus' Lieferwagen mit seinem dubiosen Matratzenlager. Dieser hier war ein richtiger kleiner Tourbus, ein Transit mit eingebauten Sitzen, einem Tisch und Halterungen für die Instrumente.

Cass zog es dennoch auch hier vor, vorn neben Alan und Martin zu sitzen. Von diesen Fahrten sind ihr fast keine optischen Erinnerungen geblieben, sondern vor allem die ihrer anderen Sinnesorgane: das kalte Züngeln des durchs offene Fenster hereinwehenden Fahrtwinds auf ihrem Gesicht; das leise Röcheln und Jaulen des Radios und die Stimmen der Männer, die nach vorn dringen.

Sie begann wieder zu zeichnen – sie machte es sich barfuß

und im Schneidersitz auf ihrem Platz bequem und füllte ihren Block mit Skizzen: das energische Profil von Alan am Steuer, Martin, wie er einen Joint dreht, oder Ivor, der auf seine Gitarre hinunterschaut, das Gesicht halb hinter einer Haarsträhne verborgen. Sie gehörte zu diesen Männern, und doch fühlte sie sich ihnen auf diesen langen Fahrten fern, empfand sich als abgesondert – und auch auf der Bühne hatte es eine Neugewichtung gegeben, war der Raum auf eine fast unmerkliche Art neu vermessen worden. Ivor stand links von ihr, Kit rechts, aber der Vordergrund der Bühne – dieser entscheidende, einsame Quadratmeter – gehörte jetzt ihr, und es war auch allein ihr Name, der angekündigt wurde, wenn sie auf die Bühne traten.

Eine neue Routine spielte sich ein. Alan holte sie gegen Mittag mit dem Transit in der Wohnung in Muswell Hill ab, unterwegs hielten sie, um eine Kleinigkeit zu essen oder sich anderweitig zu versorgen. (Ivor war jetzt derjenige, der die Tabletten herumreichte oder mit einer Kerze und einem Fetzen Alufolie in einem abgelegenen Raum verschwand, doch normalerweise machten dabei nur Martin, Graham und Kit mit.) Diese Fahrten zeichneten sich für Cass durch ein ständig zunehmendes Unbehagen aus. Sie saß schweigend da, den Blick auf die Straße geheftet, und zog sich immer mehr in sich selbst zurück. Wenn dann das erste Schild die Stadt ankündigte, die an diesem Abend das Ziel war, reichte das, um ihren Puls hochzujagen und ihr das Atmen schwerzumachen.

Eines Abends, als sie in der Birmingham Town Hall als Vorgruppe von Black Sabbath und Freedom auftreten sollten, steigerte sich ihre Beklemmung ins Unerträgliche. Ihre Ängste (sie nahm sie als eine Schar formloser Schatten wahr) schienen sich so drohend über ihr zusammenzuballen, dass sie plötzlich überzeugt war, nicht auf die Bühne hinaustreten zu dürfen – wenn sie es täte, würden die Schatten sie verfolgen und verschlingen.

«Ivor», flüsterte sie in der Garderobe und zog ihn von den anderen weg. «Ich glaube, ich schaff das nicht. Ich kann da nicht raus.»

Er schaute zu ihr hinunter und umschloss ihre Wange mit einer Hand, wie er es damals getan hatte, als sie sich zum ersten Mal in der Eingangsdiele von Atterley gegenübergestanden hatten. Es war ein Halten – keine Liebkosung, sondern ein Ausbalancieren wie die Hand an der Ruderpinne eines krängenden Schiffs.

«Natürlich schaffst du das, Cassie», sagte er und hielt ihren Blick fest. «Du bist da draußen der Hammer. Du bist für die Bühne geboren.»

Sie erforschte seinen Blick und suchte und fand darin Halt. Allmählich beruhigten sich ihre Atemzüge. Ihr Herz kehrte zu seinem üblichen Takt zurück. Und gleich darauf traten sie Hand in Hand auf die Bühne hinaus, getragen vom unerbittlichen Drive der Musik.

«Du musst in eine Rolle schlüpfen», sagte Kate einige Nachmittage später.

Sie kehrte gerade von Filmaufnahmen in Rom zurück und war braun gebrannt. Sie saßen auf Kates Terrasse in Covent Garden und tranken Limoncello aus Teetassen.

«Du musst dir eine Figur erschaffen, zu der du auf der Bühne werden kannst. Eine Frau, die größer und mutiger ist als du.»

Cass dachte darüber nach. «Ein Alter Ego, meinst du?»

Kate blinzelte gegen die Sonne. «Ja, wenn du so willst.»

«Wie soll ich das denn anstellen? Ich bin keine Schauspielerin, Kate.»

«Du brauchst ein Kostüm.» Kates Augen waren inzwischen geschlossen. Sie wirkte vollkommen entspannt. «Wir müssen dich kostümieren.»

Plötzlich kam Cass ein Gedanke.

«Cornelia», sagte sie, und Kate schlug die Augen auf.

«Volltreffer.»

Sie fuhren mit Kates roter Isetta in die Oxford Street, beide ein wenig angetrunken. Als sie ankamen, stand Cornelia – gepflegtes pastellblaues Kostüm, Perlenkette und adrett frisiertes weißes Haar – an der Ladentür und war gerade dabei, das Schild auf «Geschlossen» zu drehen. Sie sah Kate und Cass durch die Glasscheibe kommen und öffnete den Mund zu einem überraschten Lächeln.

«Hallo, ihr Lieben», sagte sie. Ihr Ärger über Cass war anscheinend verflogen. «Wie komme ich zu dem Vergnügen?»

Sie blieben bis lange nach Einbruch der Dunkelheit. Cornelia öffnete eine ihrer Sektflaschen für besondere Anlässe und schleppte die Truhe heran, die in ihrem Lager stand. Darin bewahrte sie die Vintage-Kleider auf, die sie im Laufe der Jahre beim Trödel und auf Garagenflohmärkten für jene seltenen, alternativ denkenden Bräute aufgelesen hatte, die lieber nicht in Weiß heiraten wollten: ein viktorianischer Hingucker aus rosa Chiffon; ein fließendes, anschmiegsames Satinkleid mit Spaghettiträgern aus den zwanziger Jahren; ein adrettes Kostüm aus den Vierzigern, hell- und dunkelgelb schillerndes Changeant-Gewebe aus Seide.

Cass stand im Ankleideraum, in dem sie früher so viele andere Frauen bedient hatte – wie an jenem letzten Nachmittag, als sie bei Irene den Stoff absteckte –, und zog ein Kleid nach dem anderen über den Kopf. Das letzte stammte aus den dreißiger Jahren: Der Rock war lang, die Ärmel reichten züchtig bis zu den Handgelenken – ein dunkelgrünes Shiftkleid aus Spitze über einem chartreusegrünen Unterkleid aus zarter Seide.

«Los, komm raus, Cass», sagte Kate durch den zugezogenen Vorhang. «Lass dich anschauen.»

Cass trat hinaus, und das Kleid umschmeichelte sie mit seinen schimmernden und fließenden Stoffen bei jeder Bewegung.

«Also, mein Herz», sagte Cornelia und hob ihr Glas. «Du bist wie verwandelt.»

Der Spiegel im Ankleideraum zeigte eine Frau, deren langes blondes Haar locker über die Schultern fiel und deren braune Augen offen und konzentriert schauten. Eine Frau, die durchaus die Blicke von dreihundert Augenpaaren fesseln konnte. Eine Frau, in deren Gegenwart die hässlichen, bedrohlichen Schatten vielleicht Angst bekommen und die Flucht ergreifen würden.

Die Frau lächelte Cass an.

Der Erfolg von *The State She's In* muss, wie Cass heute versteht, für alle eine Überraschung gewesen sein, selbst für Alan und Martin.

Was auch immer diese beiden sagten, das Label hatte gewiss vorgehabt, Cass langsam aufzubauen; tatsächlich waren bei Besprechungen in größerer Runde auch solche Bilder verwendet worden. Als wäre sie eine Pflanze, die man gesät hätte und die man nun sorgfältig hegen und pflegen müsste. Schließlich war sie mehr Sandy Denny als Sandie Shaw, mehr Joni Mitchell als Dusty Springfield. Für solche Künstlerinnen musste man Zeit und Ausdauer mitbringen, das Interesse nach und nach wachkitzeln: Presse, Radio, die Aufmerksamkeit der echten Musikfans suchen. Dann, und erst dann, wenn das Interesse sich wie eine Wellenbewegung auf einem See ausgebreitet hatte, durfte man hoffen, triumphal in den Mainstream hineinzugleiten. Und natürlich war es auch so – darauf wies Alan sie ausdrücklich hin –, dass manche Künstler gar nicht in diesem Strom, im Mainstream, schwimmen wollten. Sie begnügten sich damit, im Seichten herumzuplanschen, um die Freiheit zu behalten, musikalisch ihr eigenes Ding zu machen, frei von dem Druck, den der kommerzielle Erfolg unvermeidlich mit sich brachte.

Wenn man sie gefragt hätte, hätte Cass erklärt, sie gehöre zu Letzteren: Das Geld bedeute ihr wenig, das Einzige, was wirklich für sie zähle, seien ihre Songs. Aber tatsächlich hätte das nicht ganz der Wahrheit entsprochen. Der Ehrgeiz schlug in ihr Wurzeln, wuchs und versuchte, ans Licht durchzubrechen. Da waren Erinnerungen: das Foto an der Wand ihres Zimmers in Atterley – die Frau mit dem energisch vorgereckten Kinn. Sandy Denny, wie sie damals das Publikum in dem von Kerzen erhellten Club in Bann geschlagen hatte. Und da waren auch Cass' eigene Empfindungen, wenn sie auf der Bühne stand – wie sie die Blicke dieser Scharen von Unbekannten auf sich spürte und nur noch das Hier und Jetzt fühlte, als gäbe es keinen Moment außer diesem. Sie wollte das. Sie brauchte das. Und sie würde es sich erobern.

«Ich will es ganz», erklärte sie Martin und den Anzugträgern, die in einem Besprechungsraum des Labels an der Tottenham Court Road mit ihr am Tisch saßen. «Ich möchte es durchziehen.»

Sie sah, wie Überraschung über Martins Züge huschte und

sich dann genauso schnell in Respekt verwandelte. «Das weiß ich», sagte er. «Und wenn du bereit bist, hart zu arbeiten, wirst du es auch schaffen, davon sind wir überzeugt. Aber es könnte eine Weile dauern, Cass. Es könnte dauern.»

Sie arbeitete tatsächlich hart. Eine Live-Probe für John Peels Radiosendung; ein Auftritt in der Musikshow *Top of the Pops*, für den Cass ihr grünes Spitzenkleid und ein paar schwarze Schnürstiefel anzog, die sie auf dem Petticoat Lane Market gekauft hatte. «Suffragette als Motorradbraut» nannte Johnny diesen Stil. Lily hatte ihn als Fotografen für die Plattenhülle vorgeschlagen, und er und Cass freundeten sich rasch an. Während der Aufnahmen schlängelten sich sechs Tänzerinnen zwischen ihnen kreuz und quer über die Bühne – sie trugen superkurze Fransenwesten und Shorts. Kit und Graham schafften es nur mit Mühe, sich auf ihre Show mit dem Playback des Songs zu konzentrieren. Und tatsächlich ließ sich eine der Tänzerinnen, eine Rothaarige mit energischen Gesichtszügen, die den Namen Alison trug und am Kings College Politologie studierte, später von Kit nach Hause abschleppen, und ein Jahr darauf wurde sie seine Frau.

Interviews mit *Melodie Maker, Sounds* und dem *New Musical Express.* In einem der Artikel wurde Cass herablassend abgeurteilt: *Die kitschige britische Antwort auf die neue Generation vollblütiger amerikanischer Singer-Songwriterinnen. Es ist, als wollte irgendein hiesiges Kleinstadtkaufhaus sich mit Saks in New York messen.* Aber Alan und Martin winkten ab. «Freu dich einfach, dass du im Gespräch bist», sagten sie.

Dann ein Feature im *Daily Courier* von einer Journalistin namens Eva Taylor. Sie und Cass saßen mit Tee und Zimtschnecken in einem Café in der Nähe des Phoenix-Büros. Eva war eine zierliche, dunkelhaarige Frau Anfang dreißig, die Cass auf Anhieb sympathisch war – vielleicht, weil sie sie ganz schwach an Lily erinnerte.

«Eine ernstzunehmende Musikerin», sagte Alan, «ist einen ernstzunehmenden Artikel wert.»

Und so war es: eine Doppelseite mit Foto – Cass, wie sie melancholisch mit einem Metalllöffel in ihrem Tee rührt. *The State She's In*, schrieb Eva Taylor, sei «voller intelligenter, scharfsinniger und häufig poetischer Beobachtungen über Höhen und Tiefen der Liebe, über Freude und Trauer. Wenn wir auf eine Frau aus unserem eigenen Land gewartet haben, die so zu uns spricht wie Joni Mitchell, Carole King und Carly Simon zu unseren Cousinen in Übersee (und natürlich auch zu vielen von uns auf dieser Seite des Atlantiks), nun, Schwestern, dann haben wir sie hier gefunden.»

Am Tag des Erscheinens dieses Beitrags im *Courier* schickte Cass Eva eine Nachricht: *Ich kann Ihnen nicht sagen, was es mir bedeutet, einen Artikel wie den Ihren zu lesen – mich wirklich verstanden zu fühlen.*

Ein paar Tage darauf kam eine Postkarte zurück, c / o Phoenix Records – das Bild zeigte Monica Vitti in einem trägerlosen, schwarzen Abendkleid, die im Strahl eines Scheinwerfers stand und die Hand schützend gegen das blendende Licht erhoben hatte. *Nach unserer Begegnung ist mir aufgefallen, dass Sie ihr ein wenig ähnlich sehen*, lautete Evas Botschaft. *Oder vielleicht sollte ich eher sagen, dass Vitti Ihnen ein bisschen ähnlich sieht. Ich wünsche Ihnen jeden nur erdenklichen Erfolg mit Ihrer Musik, Cass – und möge der Erfolg immer zu Ihren eigenen Bedingungen kommen.*

Eine improvisierte Party in den Büroräumen von Phoenix, als *The State She's In* in die Charts aufstieg. Chips, Stangenselleriehäppchen und Sekt. Die Anzugträger – Cass hatte noch immer Mühe, sich ihre Namen zu merken – strahlten sie an, als wäre sie ein frühreifes Kind, dessen sorgfältige Erziehung sich nun bezahlt macht. Journalisten flirteten mit ihr und leerten ein Glas nach dem anderen.

Einer von ihnen – Don Collins, wie sie später erfuhr, er hatte ein rundes, wenig bemerkenswertes Gesicht und schmale Lippen mit hängenden Mundwinkeln – sprach sie auf dem Absatz der Feuerleiter an, wohin sie sich zum Rauchen und für einen Moment der Entspannung in der kühlen Londoner Luft zurückgezogen hatte.

«Cass», sagte er und tastete in seiner Jacketttasche nach den Zigaretten, «Ivor Tait und Sie – Sie sind zusammen, oder? Ein *Paar*, meine ich.»

Cass erwiderte nichts. Er bot ihr sein Päckchen an – sie hatte gerade ihre eigene Zigarette ausgedrückt –, und sie schüttelte den Kopf. Der Journalist zuckte mit den Schultern und fuhr fort, als hätte sie seine Frage bejaht: «Wie sieht er die Sache eigentlich, wie fühlt er sich dabei? Er war doch eine Weile in der Folk-Szene unterwegs – hat die Ochsentour durch die Clubs gemacht und auf eine Chance gewartet, die nie gekommen ist. Und dann hat er Vertical Heights auf die Beine gestellt, eigentlich doch *seine* Band, oder? Das kann jetzt nicht leicht für ihn sein – wie Sie ihm das Rampenlicht stehlen.»

«Ich habe nichts gestohlen.» Sie sagte es scharf, und er mokierte sich mit einem Blick darüber, die Lippen zu einem humorlosen Lächeln verzogen. Da begriff sie, dass er genau das gewollt hatte, dass er versuchte, sie zu provozieren. Sie blickte zu den Büroräumen mit den jetzt ungenutzten Schreibmaschinen und stummen Telefonen. Dort stand Ivor neben Graham und Martin, ein Glas Sekt in der Hand und die Augen weit geöffnet und lebhaft. (Er hatte vor dem Aufbruch eine Pille eingeschmissen und bei der Ankunft hier noch eine.)

Sie dachte an Ivor, wie er an jenem Tag gewesen war, an dem er den Vertrag unterzeichnet und gesehen hatte, dass er nicht automatisch bei jedem Song als Co-Songwriter genannt werden würde. Sein Gesicht hatte sich verändert, war starr geworden, und dann war er aufgestanden und aus dem Raum marschiert, genau wie an jenem Vormittag Monate früher, als Martin zum ersten Mal angerufen hatte.

«Tja», hatte Alan gesagt, «du wirst ihm Zeit lassen müssen. Aber anders geht es nicht, Cass. Ich glaube nicht, dass das Lennon-McCartney-Modell hier funktioniert. Dafür schreibst du einfach zu viele Songs ohne ihn. Und es ist ja nicht so, als käme Ivor bei dem Deal nicht auch recht gut weg.»

Sie nickte und fühlte sich beruhigt. Doch später hatten sie sich daheim stundenlang angeschrien, sich gnadenlos brutale, nie wiedergutzumachende Worte an den Kopf geworfen. Gegen fünf Uhr früh hatte Ivor ein paar Sachen gepackt, seine Gitarre genommen und war gegangen. Sie hatte die Tür zum Balkon aufgestoßen, sich in einem Korbsessel zusammengekauert und ihm nachgesehen, wie er mit gesenktem Kopf wütend davonmarschierte.

Jetzt aber sagte sie in einem gelassenen, beiläufigen Tonfall mit fester Stimme: «So sehen wir es absolut nicht, Ivor und ich. Er ist stolz auf mich. So wie ich auf ihn.»

«Ich verstehe.» Der Journalist hatte wieder sein feines, sarkastisches Lächeln aufgesetzt. «Wie rührend.»

In diesem Moment tauchte Kate in der Tür auf – in einem eleganten langen Kleid, das ihre im hellen Bürolampenlicht schimmernden Schultern frei ließ.

«Cass, Darling», sagte sie. «Was machst du denn da draußen?» Cass ergriff erleichtert die Hand ihrer Freundin und kehrte ohne ein weiteres Wort ins Büro zurück.

Eines Tages Ende November, sie kamen gerade von einer Frankreichtour zurück und hatten ein paar freie Tage in London, bevor es zu einer dreiwöchigen Fahrt durch Holland und Belgien weiterging, nahm Cass einen Zug nach Worthing. (Zur großen Belustigung Alans, der Band und der Roadies besaß sie keinen Führerschein.)

In einem Jutebeutel hatte sie *The State She's In* dabei, und außerdem ein gerahmtes Foto ihrer selbst auf der Bühne – von Johnny geschossen – und eine Ausgabe von *Große Erwartungen,* die sie ein paar Monate zuvor in einem Antiquariat in Manchester erstanden hatte.

Lily holte sie am Bahnhof ab, noch immer mit demselben Wagen wie früher. Und mit ihrem schicken marineblauen Mantel und ihrem üblichen Lippenstift wirkte sie auch sonst unverändert. Die feinen grauen Fäden in ihrem Haar waren der einzige Hinweis darauf, dass der Tag, an dem sie an jenem schmerzlichen, fernen Nachmittag im Pfarrhaus aufgetaucht war, bereits zehn Jahre zurücklag.

Sie betrachtete Cass' Tasche mit den sorgfältig ausgewählten Geschenken. «Du darfst nicht zu viel erwarten, Herzchen. Es geht deinem Vater schon seit langem nicht mehr besonders gut.»

Cass nickte. «Ich weiß.»

Aber sie wusste es nicht wirklich. Lily hatte sie über die Verschlechterung von Francis' Verfassung informiert und ihr berichtet, dass es nötig geworden war, ihn aus der ordentlichen, kleinen Wohnung in ein Altenheim umzusiedeln, wo er auch gepflegt werden konnte. Aber die Veränderung, die er durchgemacht hatte, war dann doch ein Schock. Es war, als hätte sie erwartet, einen bestimmten Menschen anzutreffen, stattdessen aber einen anderen vorgefunden. Der trug zwar den Namen ihres Vaters, hatte aber nur noch eine ganz entfernte Ähnlichkeit mit dem Mann, den sie einmal gekannt hatte.

Es war ein gutes Heim, das hatte Lily ihr versichert: ein hohes, weißes, stuckverziertes Gebäude an der Strandpromenade, dessen große Fenster das graue Schimmern des Meeres hereinließen. Francis' Zimmer lag im ersten Stock. Es ging nach vorne hinaus, und die Aussicht war das Erste, was Cass sah, als sie eintrat: das Durcheinander der Strandkiesel, das grüne Aufblitzen des an den Buhnen verhakten Seetangs und dahinter und darüber ein breiter Streifen nasser Sand und die schiefergrauen Schichten von Wasser, Wolken und Himmel.

Das Zimmer war groß, die Einrichtung ziemlich betulich: Vorhänge, Teppich mit Wirbelmuster und vor dem Fenster zwei mit Chintz bezogene Sessel, zwischen denen ein Tischchen stand. Ihr Vater saß in einem dieser Sessel, und seine Pantoffeln lugten unter einer karierten Decke hervor. Er trug einen roten Schlafanzug mit dünnen grauen Streifen. Die beiden oberen Knöpfe des Oberteils standen offen und gestatteten den Blick auf einen Ausschnitt von blasser Haut, knittrig wie Krepppapier, und ein wenig drahtige, weiße Brustkrause.

Francis hatte sich immer äußerst sorgfältig gekleidet. Cass dachte an die makellos gebügelten Soutanen, die in der Sakristei gehangen hatten, und daran, dass das Kollar immer genau so und nicht anders aus dem kragenlosen Chorhemd hatte herauslugen müssen. Sein jetziger schlampiger Aufzug war das genaue Gegenteil davon und kam ihr fast unanständig vor. Sie beugte sich vor, um den Schlafanzug zuzuknöpfen, und sagte dabei: «Hi, Dad. Ich bin's.»

Er riss die Hände hoch, als müsste er sich verteidigen, und stieß sie heftig von sich.

«Lass das, Margaret», sagte er scharf. Es klang wie ein Echo der sonoren Stimme, die einmal so laut und kraftvoll von der Kanzel ertönt war, voll Zuversicht, dass man ihr lauschen würde.

Cass schaute zu Lily auf, die hinter dem Sessel stand, und wechselte einen Blick mit ihr. *Ich hatte dich gewarnt*, sagte deren Gesichtsausdruck. Laut dagegen sagte Lily munter: «Na hör mal, Francis, du weißt doch, dass das nicht Margaret ist. Es ist deine Tochter Cass.»

«Ich hatte eine Tochter», gab Francis zurück und behielt Cass mit seinen wässrigen braunen Augen misstrauisch im Blick. «Sie hieß Maria Cassandra. Wo ist sie? Was habt ihr mit ihr gemacht?»

«Ich bin Maria Cassandra», sagte Cass und ergriff seine Hand. «Dad. Ich bin's.»

Sie setzte sich eine Weile in den anderen Sessel und hielt seine Hand. Anfangs redeten sie kaum etwas. Cass machte eine Bemerkung zu der schönen Aussicht, und ihr Vater erklärte, er habe Margarets Ochsenschwanzsuppe nie gemocht. Nach einer Weile (Lily hatte sich unauffällig aus dem Zimmer zurückgezogen) erzählte Cass unbefangener und gab ihm ein skizzenhaftes Bild ihres Lebens. Ivor, die Wohnung in Muswell Hill, die Auftritte, das Album und die Kritiken.

Francis sagte nichts dazu. Er schaute einfach nur weiter aufs Meer hinaus, und sein Kopf baumelte ein wenig zur Seite. Aber Cass war sich sicher, dass er ihr zuhörte. Die Zeit schien den Atem anzuhalten. Als ihre Tante zusammen mit einer Pflegerin im weißen Kittel, die ein Wägelchen schob, ins Zimmer zurückkehrte, wusste Cass nicht, wie lange sie dort mit ihrem Vater am Fenster gesessen, ihm erzählt und auf das dunkle Meer geschaut hatte, das mit dem Horizont verschwamm.

«Hier ist der Plattenspieler», sagte Lily. «Schwester Brenda hat ihn aus dem Aufenthaltsraum geholt. Ist das nicht nett?»

Die Pflegerin, die in ihrem weißen Kittel und dem gestärkten weißen Häubchen, unter dem das graue Haar fast verschwand, ungemein tüchtig wirkte, machte sich mit den Kabeln und Anschlüssen zu schaffen und stellte den Plattenspieler mit den beiden Lautsprechern auf das Wägelchen.

«Ja, das ist wirklich sehr nett», sagte Cass. «Vielen Dank.»

Francis drehte sich im Sessel um und entriss Cass seine Hand. «Was ist das? Was macht ihr da?»

«Sie brauchen sich keine Sorgen zu machen, Reverend Wheeler», antwortete Schwester Brenda, ohne sich umzuschauen. «Ihre Tochter wird Ihnen ein wenig Musik vorspielen. Ist das nicht schön?»

Cass nahm die Schallplatte aus der Baumwolltasche und reichte sie ihrem Vater. Die Hülle mit dem Foto, das Johnny in dem Café an der Old Kent Road geschossen hatte: Cass im kontrastreichen Frühmorgenlicht.

«Cassandra», sagte Francis. «Ist das nicht meine Cassandra?»

Cass beugte sich vor und nahm ihm die Hülle sanft aus den Händen, die sie nicht loslassen wollten.

«Ja, Dad. Das ist deine Cassandra. Das bin ich.»

Sie zog die Platte aus der Hülle und reichte sie der Pflegerin. Als die ersten Akkorde der Gitarre den Raum erfüllten, zog die Pflegerin sich zurück und machte die Tür hinter sich zu. Francis fuhr erneut herum und suchte nach der Quelle des Geräuschs, die Augen weit aufgerissen.

Cass schaute Lily an, weil sie nicht wusste, ob sie vielleicht besser die Nadel hochnehmen und die Stille wiederherstellen sollte. Aber Lily bedeutete ihr mit Lippenbewegungen, noch zu warten, und tatsächlich schien sich Francis' Unruhe nach ein oder zwei Minuten zu legen, in denen der Song sich entfaltete. Er lehnte sich wieder im Stuhl zurück und schloss die Augen. Diese Haltung und die geschlossenen Augen behielt er bei, während die Nadel von einem Song zum nächsten wanderte und dieses eigenartige, körperlose Echo von Cass' Stimme übertrug – gestützt von Ivors Stimme und den Rhythmen von Bass und Schlagzeug.

Nach einer Weile ging Cass davon aus, dass er eingeschlafen war. Doch als sie aufstand, um die Platte umzudrehen, schlug Francis die Augen auf, und sie sah, dass Tränen darin standen.

Er begegnete ihrem Blick. Eine der Tränen löste sich und rollte langsam über die faltige Haut seiner Wange. Sie streckte, ohne nachzudenken, die Hand aus und wischte sie mit dem Ärmel ab. Ihr Vater stieß ihre Hand nicht weg.

TRACK NINE

Lilies

By Cass Wheeler
From the album *Huntress*

Lilies in the bathroom
Old men in the back room
Talking in low voices the way old men do

The young girl and her mother
Gentle with each other
Eat their dinner
In their finest Sunday clothes

Did you see the flowers, Mama?
I think they're called lilies, Mama
Oh, if we could buy some for her
And put them in my room

Lilies in the bathroom
I am in the back room
With the old broom
And all things left behind

The young girl has a mother
They're gentle with each other
While I eat my dinner in this room that was yours

Yes, I saw the flowers, daughter
And yes, I also thought of her
And yes, why don't we buy some for her
And put them in your room

Flowers in the bedroom
Mother's in the back room
You are in the garden and
Autumn is coming soon

RELEASED January 1977

RECORDED October 1976 at Rothermere, Surrey

GENRE Folk rock / soft rock / pop

LABEL Phoenix Records

WRITER(S) Cass Wheeler

PRODUCER(S) Eli Glass

ENGINEER(S) Mike Edwards / Sean O'Malley

Cass hatte nicht erwartet, dass sie Amerika so mögen würde.

Wie viele Europäer ihrer Generation hatte sie sich ihre Meinung über dieses riesige Land aus der Ferne gebildet, zusammengesetzt aus Nachrichtenbeiträgen, Musik, Literatur und dem überwältigenden Einfluss der Meinungen anderer. Sie schwankte dabei wild zwischen zwei Polen.

Einerseits sah sie Richard Nixon mit seinen trügerisch weichen Wangen und den dicken, kompromisslosen Augenbrauen vor sich. Und sie dachte an die Aufstände in Alabama und an Martin Luther King. Oder an die vietnamesischen Kinder, die barfuß vor schwarzen Rauchwolken davonrannten. Es war das Amerika, gegen das ihre Altersgenossen in London und Paris protestiert hatten, als sie sich in der Sorbonne mit Polizisten angelegt und mit Transparenten vor der US-Botschaft am Grosvenor Square protestiert hatten.

Cass hatte bei diesen Protesten nicht mitgemacht. Damals hatte sie noch in Atterley gelebt und so getan, als interessierte sie sich für die Schule. Aber die Nachbeben dieser Proteste hatten auch sie erschüttert, genau wie alle anderen. Bob, Serena und Paul waren an eben dem Tag, an dem Dutzende von Studenten bei einer Auseinandersetzung mit der Polizei verletzt wurden, mit zur Botschaft marschiert. Sie hatten sich in ein Pub verzogen, bevor es richtig ungemütlich wurde, aber das Schild mit der Aufschrift ‹USA RAUS›, das Serena mit Plakatfarbe aus der Schule gemalt hatte, hatte einen Platz in einer Ecke des Wohnzimmers erhalten, bis jemand bei einer Party Rotwein darauf verschüttete und es entsorgt werden musste.

Doch es gab auch einen Gegenpol zu diesen Negativbildern, und das war Greenwich Village. Das waren Pete Seeger, Judy Collins und Dave Van Ronk, die sich in schummrigen Cafés über ihre Gitarren beugten. Bob Dylan und Suze Rotolo in dünnen Jacken unter einer Sonne, die über schwarzen Feuerleitern, grauem Asphalt und den weichen, blassblauen Rundungen eines zum Campmobil umgebauten VW-Busses aufging. Und dann Kalifornien – Strand, Bikinis und Cabrios, die zum Klang der Gitarren und der fünfstimmigen Gesangsharmonien der Surfmusik am Stand entlangbretterten. Da war John Waynes ausgedörrter, sonnengebleichter Westen, und da waren halbnackte Hippies, die sich beim Woodstock-Festival auf den Feldern rekelten. Da waren Joni Mitchell, Buffalo Springfield, Neil Young und die anderen Meister des Blues auf ihren verwitterten Holzveranden, denen sie alle zu so großem Dank verpflichtet waren und deren klagende Musik Cass zum ersten Mal so gehört hatte, wie Jonah sie mit seinen flinken Fingern und seiner rauen Stimme vortrug.

In diesen abgenutzten Bildern eines Amerikas, das sie nie besucht hatte, spiegelte sich für Cass sowohl das Beste als auch das Schlechteste, was die Welt zu bieten hatte. Und als sie ihre erste Reise über den Atlantik besprachen, konnte sie sich nicht vorstellen, wie ihre Liebe für den einen Pol den Abscheu übertrumpfen sollte, den sie gegenüber dem anderen empfand.

Und doch kam es irgendwie so. Im Februar 1972 landeten sie auf der schwarzen, asphaltierten Fläche des John F. Kennedy Airport, und als Cass ganz oben auf der ans Flugzeug geschobenen Gangway stand, atmete sie ihn ein, den Geruch dieses neuen Landes – Treibstoff, erhitzter Gummi, die eisige Schärfe des Winters und irgendetwas Süßes, unvertraut Verlockendes, das sie nicht recht einordnen konnte. Und sie spürte, wie all das Fremde in sie einsickerte: das Neue daran, das Gefühl, dass sie hier alles kannte und gleichzeitig überhaupt nichts von diesem Land wusste.

«Wir sind da», sagte sie zu Ivor, der ihr folgte und noch mit seinem Mantel beschäftigt war. «Wir sind angekommen.»

«Sieht so aus, Cassie.»

Sie blickte sich nach ihm um und erkannte in den winzigen Veränderungen von Ivors lebhafter werdender Mimik, dass er es ebenfalls spürte – das plötzliche Gefühl ungeahnter Möglichkeiten. Er beugte sich zu einem Kuss zu ihr, und gemeinsam stiegen sie die Gangway hinunter und betraten Amerika.

Sie erinnert sich an das Hotel, in dem sie in jener ersten Nacht abstiegen: ein dreckiges Loch an der Lower East Side über einem asiatischen Lebensmittelladen mit Flaschen voller tintenschwarzer Sojasoße und Schachteln und Dosen, die mit unverständlichen chinesischen Schriftzeichen gekennzeichnet waren.

Die Wände der Hotelzimmer waren so dünn wie Pappe, die Fenster klein und vergittert. Alan blickte sich beim Einchecken verärgert um, und als er die Zimmerschlüssel von einer älteren Frau entgegennahm, die das graue Haar in einem Knoten trug, sagte er: «Das ist völlig indiskutabel. Ich sorge dafür, dass das Label uns morgen umquartiert.»

Und so war es: Am nächsten Tag siedelten sie in ein Hotel in Greenwich Village über. Die Zimmer waren hier nicht größer oder komfortabler als im ersten Hotel, aber wenigstens gab es kein Gitter vor dem Fenster, und der Blick ging auf die Lindenbäume und Wohnhäuser der Macdougal Street hinaus. Früh am Morgen saß Cass gerne auf der Fensterbank und beobachtete, wie die Stadt unter ihr aus dem Schlaf erwachte: heulende Feuerwehrwagen, über die Straße schießende gelbe Taxis und der mürrische, bierbäuchige Besitzer des Delis an der Ecke, der eine gestreifte Markise über seine Gestelle mit Gemüse und Blumen kurbelte. Und im Geist hörte sie natürlich Dylan, Collins und Simon and Garfunkel.

Allerdings schien sich der amerikanische Zweig von Lieberman Records nicht sonderlich für Cass' beginnende Karriere zu interessieren. Ein paar Tage nach ihrer Ankunft hatten sie einen Termin in einem schwindelerregend hohen Gebäude in der Sixth Avenue. Wieder Männer in Anzügen, es gab Kaffee, und es wurde viel mit den Köpfen genickt. Sie erhielten einen getippten Tourplan, auf dem alle Termine, die Strecke und die Reservierung des Transportfahrzeugs notiert waren.

«Natürlich sind Sie großartig, Cass, und wir lieben Ihre Platte», sagte einer der Anzugträger. «Aber es dauert lange, hier einen neuen Künstler aufzubauen, und noch viel länger …» Er verstummte, warf Cass aber einen vielsagenden Blick zu, den sie sofort verstand.

«Eine Künstlerin? Eine Frau?», sprang sie ihm bei, und die Augenbrauen des Mannes verschwanden hinter dem Drahtgestell seiner Brille.

«Na ja», sagte er. «Sie müssen zugeben, dass wir in Amerika auch ein paar eigene erstklassige Sängerinnen haben. Joni, Carly, Carole, Linda … Wir müssen Sie, Cass, unters

Volk bringen, vielleicht können Sie dann ja in deren Kielwasser mitschwimmen.»

Cass erwiderte seinen Blick und sagte ganz ruhig: «Na ja, in dem Fall sollten Sie vielleicht eher ein Boot für uns mieten, keinen Tourbus.»

Tatsächlich hatten ihr die Entbehrungen dieser ersten Tour aber nicht viel ausgemacht. Es war ihr nur richtig erschienen, dass sie beweisen musste, was in ihr steckte, und damit auch Zeit erhielt, dieses neue Land für sich zu kartieren.

Sie erinnert sich an die Bars und Clubs, in denen sie aufgetreten waren, erst in New York und dann in einer endlosen Folge von Städten und Großstädten, die sie auf dem Weg von der einen Küste zur anderen in Schlangenlinien abklapperten. Sie waren das Vorprogramm für eine sechsköpfige Psychedelic-Blues-Band aus Birmingham namens Puritan Experience – damals viel bekannter als Cass, auch wenn es nicht lange dauerte, bis der Ruhm jener Leute von Kultstatus zu einer matten Erinnerung verblasste. Es waren nette Jungs – anständige Kerle, denen unter der langen Haarmähne, der fransigen Weste und dem wilden Blick, mit dem sie auf der Bühne standen, sehr gut bewusst war, dass das Leben, welches sie eigentlich erwartet hatte – ein Job als Klempner, Elektriker oder Metzger, heiraten mit einundzwanzig, dann Kinder und eine über dreißig Jahre zu tilgende Hypothek –, von dem Leben, welches sie jetzt führten, nur um Haaresbreite getrennt war. Und dass allein harte Arbeit und ein Quäntchen Glück den Unterschied ausmachen würden.

«Wenn man bedenkt, dass meine Schulfreunde jetzt zu Hause in der Kneipe sitzen und Bier trinken, während ich hier unterwegs bin», sagte der Leadsänger Ricky vor einem Gig in Syracuse zu Cass und hob sein Whiskyglas, um mit ihrem

Rotwein anzustoßen, «dann wird einem doch ganz wirr im Kopf, oder?»

Sie spielten zusammen in schäbigen Kellerkneipen mit dunklen Wänden, in denen Kerzen auf den Tischen ein schummriges Licht verbreiteten. (Cass mochte diese Läden. Sie erinnerten sie an Joes Bar.) Oder sie spielten auf dem Campus von Universitäten: holzgetäfelte Wände, sauberer, weißer Verputz und wehende Fahnen über kurzgeschorenen Rasenflächen. Oder in Saloons, wo die Leuchtreklame einer Biermarke flackerte, die Teller mit Fritten gefüllt waren und schimmernde Folienvorhänge einen perlmuttartigen Glanz über die winzige, erhöhte Bühne warfen.

Sie erinnert sich an Rauchwolken über Cleveland, an die mit spiegelndem Glas verkleideten Fassaden eines Hochhauses in Chicago und an den Schnee, der auf dem gefrorenen Ufer von Lake Michigan lag. Die Puritan Experience verfügten über einen angenehm großen Tourbus und eine professionelle Crew, aber Cass und ihre Band waren in einem alten, klapperigen Dodge unterwegs, der kaum größer war als Alans Transit. Die Sitzbänke dienten tagsüber als harte, unbequeme Sofas und wurden nachts in improvisierte Betten verwandelt: nur vier enge, schmale Kojen, dabei waren sie sechs Leute, die wann immer möglich ein paar Stunden Schlaf zu bekommen suchten.

Tyson, ihr Fahrer und Roadie, war ein kleiner, drahtiger Mann. Er stammte aus Pittsburgh und hatte den Kopf voll engelhafter Locken und einen prachtvollen Bart. Tagsüber war er schweigsam – insbesondere wenn der Bus den Geist aufgab, was oft vorkam –, nachts dagegen gesprächig, und zwar besonders, wenn er das weiße Pulver verteilt hatte, das er bei jedem Halt aus geheimnisvoller Quelle bezog.

Cass probierte das Kokain selbst ein paar Mal aus, gab sich danach aber nie wieder damit ab. (Später wollte ihr das kein Journalist glauben, aber es war die Wahrheit.) Die geistige Beweglichkeit und Hellsichtigkeit, die die Droge mit sich brachte, sprach sie an, gerade wenn sie an Ivor gedrängt mal wieder eine schlaflose Nacht im Bus verbracht hatte, weil sie ständig um ein bisschen Platz unter der Nylondecke kämpften. Aber Cass fand die Müdigkeit, die dem Kokainrausch unausweichlich folgte, so unerträglich, dass jeder Reiz, den die Droge auf sie ausüben mochte, schnell verflog. Die Männer aber – mit Ausnahme von Alan, der alle Drogen außer Alkohol mied – empfanden das anders und gaben den größten Teil ihres Tagessatzes an Tyson weiter.

Die Männer blieben gern lange auf, sangen und spielten Karten, während Cass das Gesicht in das dünne Kopfkissen drückte und zu schlafen versuchte. Daher gab es viele Nächte, in denen sie überhaupt keinen Schlaf fand. Dann kletterte sie auf den Vordersitz des Dodge, setzte sich neben Alan (er wechselte sich mit Tyson beim Fahren ab) und nahm sich ihr Skizzenbuch vor.

So in entspanntem Schweigen nebeneinanderzusitzen, war ihnen vertraut und tröstlich. Es war fast wieder wie in England auf der M1, wäre da nicht das amerikanisch breite Band der Schnellstraße gewesen, mit den fremdartigen Ortsnamen und dem Durcheinander von elektrischen Freileitungen, Ampeln und Neonschildern, die der Dunkelheit ihre grellen Farben aufstempelten. TEXACO. SPIRITUOSEN. MOTEL. Bei einem solchen Schild machten sie jede dritte Nacht hinter dem Bus der anderen Band halt, und dann schlüpften alle dankbar in ein Bett mit richtiger Matratze und sauberen Bettlaken. Wenn sie allein, endlich allein waren, umarmten

Ivor und Cass sich, erkundeten die vertraute Landschaft ihrer Körper und glitten erschöpft in den Schlaf.

Sie erinnert sich, dass ihre alte Nähe und mühelose Intimität in diesen Wochen zurückkehrte. Die gereizten Spannungen der vergangenen Monate – Ivors Neid oder Enttäuschung – schienen sich zu legen. Sie kann sich an keine Frauen erinnern; keine langhaarigen, großäugigen Unbekannten, die mit Ivor in irgendeinem dunklen Hinterzimmer verschwanden. Tatsächlich hat sie die ganze Reise als angenehm unschuldig in Erinnerung. Alan hatte ein halbes Jahr zuvor mit Martins Sekretärin Rachel angebandelt und schien bereits jetzt alles Interesse an anderen Frauen verloren zu haben. (Nur gut ein Jahr später wurden Alan und Rachel tatsächlich Mann und Frau und blieben es für die nächsten vierzig Jahre.)

Kit war bis über beide Ohren in die Tänzerin Alison verliebt. Jedes Mal, wenn sie in einer neuen Stadt ankamen, war seine erste Sorge, den Zeitunterschied herauszufinden, sich ein öffentliches Telefon zu suchen und ein sündhaft teures Ferngespräch mit London zu führen.

Nur Graham, Tyson und zwei Mitglieder von Puritan Experience waren single, und sie lasen tatsächlich unterwegs gelegentlich einmal eine Frau auf, aber selbst sie schienen sich zurückzuhalten. Und so spürte Cass trotz aller Entbehrungen – trotz des knappen Budgets, der Eiseskälte und des Platzgerangels in der alten Klapperkiste, in der sie unterwegs waren – ein gemeinsames Streben, das sie bei keiner anderen Tour und mit keiner anderen Band je wieder so empfunden hat.

Vor der Abfahrt aus New York City hatte Cass ihrer Mutter in Toronto einen Brief geschrieben.

Sie überquerten die Grenze nach Kanada nicht – zumindest nicht bei dieser Tour –, aber sie hatten einen Auftritt in Buffalo, New York, und auf der Straßenkarte, die Alan eines Nachmittags auf dem Tisch eines Diners ausgebreitet hatte, wirkte die Entfernung zu Cass' Mutter und ihrer Halbschwester Josephine wie ein Klacks.

Ich bin hier, schrieb Cass. *Na ja, nicht in Kanada, aber in Amerika. Am Mittwoch, 15. Februar treten wir in Buffalo auf. Ich dachte, vielleicht hättest du Lust, mit Josephine zu kommen und mich singen zu hören.*

Die Antwort traf fünf Tage später im Macdougal Street Hotel ein, als sie gerade ihr Zeug zusammenpackten.

Josephine ist noch ein bisschen zu klein für Konzerte, schrieb Margaret. *Aber wir könnten nach Buffalo kommen und dich dort zum Mittagessen treffen. Len wird leider arbeiten müssen – genau wie eigentlich auch ich an einem Mittwochnachmittag. (Vielleicht erinnerst du dich, dass ich bei unserem Hausarzt als Teilzeitkraft am Empfang arbeite – das habe ich dir bestimmt einmal geschrieben.) Aber ich nehme mir einen Tag frei und sorge auch dafür, dass Josephine schulfrei bekommt. Sie möchte dich unbedingt kennenlernen. Sag uns nur, wo wir dich treffen sollen.*

Als Ivor den Brief gelesen hatte, sah er Cass mit einem abwägenden Blick an. «Bist du dir da wirklich sicher?»

Sie nickte. «Was für einen Treffpunkt soll ich ihnen vorschlagen?»

«Frag Alan. Der hat bestimmt eine Idee. Aber, Cassie ...» Ivor legte ihr die Hand auf den Arm. Im blassen Morgenlicht wirkte sein Gesicht grau, und tiefe Schatten lagen unter seinen Augen. «Ich glaube, du machst einen Fehler.»

Ivor und ich treffen euch um eins vor dem Firelight Café

an der Main Street, schrieb Cass ihrer Mutter. Buffalo war eine schöne Stadt mit breiten Avenues und eleganten Hochhäusern aus rotem Backstein und Glas. Es hatte hier ziemlich viel geschneit, und in der Innenstadt türmten sich schmuddelige Schneewehen an Laternenpfosten und Straßenrändern. Die Straßen waren jedoch befahrbar, und in der gefrorenen Oberfläche des Lake Erie entstanden schon erste Risse. Das Firelight Café lag auf halber Höhe der Main Street. Es war geschlossen, aber Cass und Ivor kauerten sich unter das rote Vordach und zogen sich die Schals über die Ohren. Die anderen waren mit dem Dodge weitergefahren, um einen Diner und ein Telefon zu suchen.

«Alles okay?», fragte Ivor, die Stimme vom dicken Wollstoff seines Schals gedämpft. Cass, ebenso vermummt, lehnte sich an ihn und sagte: «Ich weiß nicht.»

Margaret Steadman ließ sie nicht lange warten. Sie war in einen braunen Tweedmantel mit Pelzkragen gekleidet und hatte einen Glockenhut im passenden Farbton auf. An der Hand hielt sie ein großes, grobknochiges Kind, das einen Schaffellmantel trug und auf dem Kopf eine marineblaue Baskenmütze, die sich zu dem langen, blonden Haar gut machte. Cass' Blick galt zuerst dem Mädchen, noch fühlte sie sich der Auseinandersetzung mit der plötzlichen Anwesenheit ihrer Mutter nicht gewachsen – dieser unbestreitbar realen Gestalt, die nur ein winziges Stück vor ihr stand.

«Hallo», sagte sie zu dem Kind, das ihren Blick mit weit geöffneten Augen erwiderte, die, wie Cass sofort sah, genau die Form und Farbe ihrer eigenen Augen hatten. «Ich bin deine Schwester Cass.»

«Hallo», antwortete das Mädchen mit klarer Stimme und ohne eine Spur von Schüchternheit. «Ich bin Josephine.»

Hinter ihnen wechselten Margaret und Ivor eine zurückhaltende Begrüßung. Cass drehte sich um und sah ihre Mutter jetzt zum ersten Mal direkt an. Sie erblickte eine Frau mittleren Alters. Ein breites, schlichtes Gesicht, das durch dieselben lebhaften dunklen Augen mehr Ausdruck erhielt. Margaret hatte sich aufwendig, aber mit ungeschickter Hand zurechtgemacht – der Gesichtspuder hatte Klümpchen gebildet, und der rosa Lippenstift war in den winzigen Fältchen um ihren Mund verlaufen. Die Mutter war nervöser als sie selbst, und diese Erkenntnis weckte ein distanziertes Mitgefühl in Cass.

«Maria», sagte Margaret, näherte sich Cass' Gesicht mit ihrer kühlen Wange und hinterließ den Abdruck eines Kusses. Dann korrigierte sie sich und fügte hinzu: «Nein. Du bist jetzt ja Cassandra.»

Sie wählten das erste offene Restaurant, das sie fanden. Es war ein Italiener, beinahe leer, aber von warmen, appetitanregenden Gerüchen durchzogen: Knoblauch, Rosmarin und Bratenduft. Kaum hörbar spielte im Hintergrund Akkordeonmusik. Cass und Ivor bestellten Wein zum Essen. Margaret sagte, sie trinke normalerweise nichts, ließ sich aber überreden, ein Glas Chianti zu akzeptieren.

Josephine trank ihre Coca-Cola mit einem Strohhalm. Unter dem Schaffellmantel trug sie einen handgestrickten Pullover (weiße Kaninchen, die über apfelgrüne Wolle tollten), einen blauen Jeansrock und dicke, weiße Strumpfhosen. Sie redete unaufhörlich: von der Schule, vom Softball und von ihrem Haus in Toronto. Sie wollte wissen, wo Cass und Ivor lebten und ob London größer sei als Toronto, warum sie in Amerika seien und welche Instrumente sie spielten und wie sie ihre Songs schrieben und warum sie sie schrieben und ob das sehr schwierig sei.

Cass war froh über das Geplapper ihrer Halbschwester und gab auf fast alle Fragen eine Antwort, während Ivor und Margaret den größten Teil des Weins tranken. Die Wangen ihrer Mutter nahmen allmählich die Farbe eines roten Hautausschlags an, der sich mit dem Rostrot ihrer Strickjacke unvorteilhaft biss. Hin und wieder schaute Cass zu ihr hinüber und verglich die Frau, die sie in Erinnerung hatte – hart, unnahbar und zu plötzlichen, unberechenbaren Wutausbrüchen neigend –, mit der Frau, die hier so höflich und unbedrohlich am Tisch saß. Sie konnte die beiden einfach nicht in Einklang bringen.

Nach dem Dessert – süße, mit einer Creme gefüllte Cannoli für Josephine und heißer, starker Kaffee für die Erwachsenen – sagte Josephine, sie müsse zur Toilette. Margaret bot an, sie zu begleiten, doch das Kind schüttelte den Kopf und machte sich entschlossen allein auf den Weg. Ivor blickte von Cass zu Margaret, warf seinen Mantel über und sagte, er wolle draußen ein wenig frische Luft schnappen. Und dann waren sie zum ersten Mal seit beinahe zwanzig Jahren allein, Cass und ihre Mutter, an einem Restauranttisch in Buffalo, New York. Keine der beiden wusste, was sie sagen sollte.

Es verstrich ein Augenblick, dann noch einer. Schließlich sagte Margaret: «Von Lily habe ich gehört, dass es Francis nicht besonders gutgeht.»

Cass sah an ihrer Mutter vorbei durchs Fenster des Lokals auf die Straße, wo Ivor sich vor weißlichen Schneeklumpen als Silhouette im dunklen Wollmantel abzeichnete und hinter vorgehaltener Hand mit dem Feuerzeug eine Zigarette anzündete.

«Es tut mir leid», sagte Margaret.

Cass richtete den Blick aufs Gesicht ihrer Mutter. Der rote

Ausschlag war nur teilweise zurückgegangen und hatte ein Muster bläulicher Leopardenflecken auf Wangen und Nase hinterlassen.

«Rosacea», sagte Margaret leise. «Deswegen trinke ich normalerweise nichts. Alkohol bringt es zum Vorschein.»

Cass nickte. Sie sagte noch immer nichts. Durchs Fenster beobachtete sie, wie ein Mann in einer dunkelgrünen Jacke neben Ivor stehen blieb, der ihm Feuer bot. Die Münder der Männer öffneten und schlossen sich, während sie die banalen Höflichkeiten wechselten, die Fremde miteinander austauschen.

«Ich war unglücklich, weißt du», sagte Margaret mit derselben, kaum zu vernehmenden Stimme. «Sehr unglücklich, bis ich Len kennengelernt habe. Ich konnte so nicht weitermachen, Cassandra. Es war meine einzige Chance.»

«Und da hast du beschlossen, ganz von vorn anzufangen, ja?», sagte Cass. «Auf die andere Seite der Welt zu ziehen und eine neue Familie zu gründen. Als hättest du nicht schon einen Mann und eine Tochter.»

Nun begegnete sie dem Blick ihrer Mutter. Cass hatte ihr so viel sagen wollen, in jenen schmerzlichen Monaten – Jahren –, in denen sie nach Margarets Verschwinden völlig aus der Bahn geworfen war. Und doch hatte sie nichts davon ausgesprochen – sie hatte die Briefe ihrer Mutter übergangen und die Fragen verdrängt, die unbeantwortet in ihren Gedanken lauerten. Und jetzt war es anscheinend zu spät. Diese Frau war nicht mehr die Pfarrersfrau, die eines Samstagmorgens ihre Koffer gepackt hatte, bevor sich jemand im Haus rührte, und sich durch den Park zu dem Mann geschlichen hatte, von dem sie sich ein neues Leben erhoffte, um welchen Preis auch immer. Margaret war inzwischen eine andere Frau. Eine

Ehefrau, eine Empfangsdame beim Arzt und eine Mutter, die einen Ausflug in die Stadt mit ihrer kleinen Tochter unternahm, für die sie mit viel Sorgfalt und Mühe weiße Kaninchen in einen grünen Pullover gestrickt hatte: In jede rechte und linke Masche hatte sie mehr Liebe und Zärtlichkeit hineingeschlungen, als sie der Tochter, die sie zurückgelassen hatte, jemals gezeigt hatte.

«Mein Mädchen», sagte Margaret mit feuchten Augen. Sie streckte die Hand über den Tisch und legte sie auf die von Cass, aber Cass riss ihre weg. «Meine Tochter. Mein Gott, es war so schwer, dich zu verlassen. Kannst du dir das nicht vorstellen? Aber es ging mir so schlecht damals. Ich war dir keine gute Mutter. Ich dachte, ohne mich wärest du besser dran.»

Cass schloss die Augen. «Da hattest du wohl recht», sagte sie schließlich.

«Sie haben echte Blumen in der Toilette, Mom.» Josephine war wieder am Tisch aufgetaucht, ohne dass eine der beiden Frauen es bemerkt hatte. «Lilien, glaube ich. Sind das nicht die großen weißen Blumen, wo an den Dingern, die raushängen, so orangegelber Puder klebt?»

«Ja, Liebling», antwortete Margaret und wendete den Blick von Cass' Gesicht. Sie nahm ein Taschentuch aus der Handtasche und tupfte sich die Augenwinkel. «Es klebt an den Staubbeuteln. Das sind Lilien.»

Sie verabschiedeten sich auf der Straße. Küsschen für Josephine und kurze, höfliche Umarmungen für Margaret. Dann waren Cass' Mutter und Halbschwester verschwunden, zwei Gestalten, die Hand in Hand zu dem Auto gingen, das sie wieder heim nach Kanada bringen würde.

Ivor legte Cass den Arm um die Schultern und drückte sie an sich.

Sie mussten viele Meilen nach Südwesten fahren, bevor endlich der Schnee schmolz.

Auch in St. Louis war es noch kalt, aber doch nicht so eisig wie in Cleveland oder Chicago. Wenn sie nun früh am Morgen in der miefigen, abgestandenen Wärme des Dodge erwachten, war der Missouri-Freeway mit einer feinen Reifschicht überstäubt, die im Laufe des Vormittags wegtaute.

Sie spielten in einem Club namens Ace's Cowshed Lounge zusammen mit einer einheimischen Prog-Rockband namens I Am Your Shadow. Vier magere Jungs in Jeansjacken, die gerade erst mit der Highschool fertig waren und mit ihnen im Dodge nach Kansas City fuhren. Unterwegs regten sie ein Pokerspiel an, das die ganze Nacht dauerte und darin gipfelte, dass George, der achtzehnjährige Bassist der Band, Graham, Ivor und Kit fast den letzten Cent abknöpfte.

In Denver mit seinem Hintergrund zerklüfteter, weiß gekrönter Rocky Mountains traten sie im Coliseum auf. Als sie von der Bühne kamen, erwartete sie ein vertrautes Gesicht: Jonah Hills war in einem zerbeulten schwarzen 1958er Chevrolet Impala aus Albuquerque angereist. Sie umarmten einander mit der Wärme alter Freunde, die sich aus den Augen verloren hatten. Weder Cass noch Ivor hatte etwas von Jonah gehört, seit er Martin Hartford im vorangegangenen Jahr ihr Demo-Band gegeben hatte.

«Es war nur eine siebenstündige Fahrt», sagte er und lächelte ein wenig schief. «Für alte Freunde ist das keine Entfernung.»

Bei Steak und Kartoffelpüree erzählte er, er sei der Sonne wegen nach New Mexico gezogen, und außerdem wegen einer Tänzerin namens Sylvie, die er auf einer Karibikkreuzfahrt kennengelernt habe. (Er hatte in der Hausband Gitarre gespielt.) Nicht lange nach dem Anlegen des Schiffs in Louisiana hatte Sylvie festgestellt, dass sie schwanger war. Sie hatte in ihre Heimatstadt Albuquerque ziehen wollen, um das Kind zu bekommen, und Jonah hatte eingewilligt, sie dorthin zu begleiten. Aber nur wenige Wochen nach der Geburt des Kindes – sie hatten ihn Todd genannt – war Sylvie mit dem Jungen verschwunden.

Jetzt hegte Jonah den Verdacht, dass Todd gar nicht sein Sohn war und dass Sylvie in Wirklichkeit nur hinter der Anzahlung für eine Wohnung her gewesen war. (Der dünne Umschlag mit dem Geld, das Jonah für diesen Zweck gespart hatte, war ebenfalls verschwunden.) Wo sie jetzt sein mochte, wusste er nicht. Sie hatte ihm eine Postkarte aus Las Vegas geschickt, mit einem einzigen Wort – ‹Entschuldigung› –, und seither hatte sie sich nicht wieder bei ihm gemeldet. Ihre Eltern, die Jonah ins Herz geschlossen hatten, wussten auch nicht, wo sie war.

«Jetzt stecke ich also in Albuquerque fest, habe kein Mädel mehr, keinen Sohn und fast keinen Cent», sagte Jonah, und wieder milderte ein Lächeln, diesmal matter, die wettergegerbten Konturen seines Gesichts. «Aber hey – wenigstens scheint die Sonne.»

Er spiele noch immer Gitarre. In den Kneipen vor Ort, für Trinkgeld und ein kostenloses Essen.

«Nicht ganz so erfolgreich wie *ihr*.» Er blickte von Ivor zu Cass. «Vergesst mich nicht, okay? Vergesst nicht, wer euch beide zusammengebracht hat.»

Der Tag, an dem Jonah mit der Stahlgitarre über der Schulter in der Einfahrt von Atterley aufgetaucht war, schien eine Ewigkeit zurückzuliegen. Wie eigenartig und unvorstellbar, dass ein solcher Augenblick zur jetzigen Situation führen konnte: drei Musiker in einem Lokal in Colorado, die einen Mitternachtssnack genossen, sich unterhielten und an die Vergangenheit zurückdachten. «Wie könnten wir das jemals vergessen?»

Sie luden Jonah ein, mit ihnen nach Kalifornien zu kommen, aber er lehnte ab.

«Ich muss wegen einem Hund zu jemandem», sagte er. Es war drei Uhr früh, und sie standen auf dem Parkplatz vor dem Lokal. Jonah war nach dem ganzen Bourbon ziemlich angetrunken – ganz zu schweigen von dem Kokain, das Ivor ihm mehrmals in der Toilette zugesteckt hatte –, aber er beharrte darauf, sofort nach Albuquerque zurückzufahren.

«Übernachte doch wenigstens mit uns im Motel», bat Cass. «Fahr morgen heim.»

Doch er schüttelte den Kopf, die Miene wie erstarrt, geistesabwesend. «Ich setze euch ab und mach mich dann auf den Rückweg.»

Im Motel – eine Ansammlung niedriger Gebäude mit roten Dächern an der Route 70 – hielt Jonah, ließ sie aussteigen, gab dann Gas und winkte ihnen aus dem geöffneten Fahrerfenster noch einmal zu. Ivor und Cass standen auf dem Asphalt und schauten den kleiner werdenden Rückleuchten seines Wagens nach.

«Glaubst du, dass mit ihm alles in Ordnung ist?», fragte Cass.

Ivor legte ihr den Arm um die Schultern. «Das weiß ich nicht, Cassie. Ich hoffe es.»

Sie schmiegte sich an ihn. Auf dem Freeway verschwand Jonah in der von Neonschildern durchleuchteten Nacht.

Der Dodge bog gerade hinter San Francisco auf die Route 5 ein – es war früher Morgen, der Himmel vom fahlen Licht verwaschener Rosa- und Orangetöne gestreift –, als Graham zum ersten Mal über Unwohlsein klagte.

«Es ist einfach nur eine Erkältung», sagte er und zog sich auf einen der Liegeplätze zurück, um sich auszuschlafen. Aber als sie in Los Angeles eintrafen, hatte er Fieber. Seine Schultern erbebten im Rhythmus eines bellenden Hustens, und alle Farbe war aus seinem Gesicht gewichen.

Tyson und Alan fuhren ihn ins Krankenhaus, wo eine Lungenentzündung festgestellt wurde – etwas, was sie unter dem stets blauen Himmel Kaliforniens für unmöglich gehalten hätten. Er bekam Bettruhe und eine gewaltige Dosis Antibiotika verschrieben. Erschöpfung und übermäßiges Rauchen, so informierte der junge, auf eine langweilige Art gut aussehende Arzt Alan nicht ohne erkennbare Missbilligung, hätten Grahams Symptome verschlimmert. Auftritte oder irgendeine andere Form von Arbeit seien für die nächsten Wochen ausgeschlossen. Graham würde unter Beobachtung bleiben, bis sie sicher sein könnten, dass er dem Rückflug nach Hause gewachsen sei.

Und nun? Die Mitglieder der Puritan Experience waren von Denver nach England zurückgeflogen, aber Cass und ihre Band hatten in zwei Tagen einen Termin im Troubadour in West Hollywood und dann weitere Termine im Verlauf der Woche.

«Ich kümmere mich darum», sagte Alan mit grimmiger Miene. «Lasst mir einfach ein paar Stunden Zeit.»

Sie checkten wieder in ein Motel ein: Dies hier war mehrstöckig, hatte eine eintönige Fassade und war im munteren, geometrischen Stil eingerichtet, der vor zehn Jahren modern gewesen war. Alle Zimmer waren winzig und sahen genau gleich aus. Alan verschwand in seinem Zimmer, während Ivor, Kit und Tyson sich in den letzten Strahlen der Frühlingssonne am Pool versammelten. Zwei bleiche, elfenbeinweiße Engländer, die sich in Jeans und Pullover auf Liegestühlen rekelten, und daneben Tyson mit seinem dunkleren Teint und seiner kräftigen Brust, der Jack Daniel's direkt aus der Flasche trank.

Cass blieb in ihrem und Ivors Zimmer im dritten Stock und versuchte vergeblich zu schlafen. Gerade hatte sie ihre akustische Gitarre zur Hand genommen und arbeitete am Grundgerüst eines Songs, da klopfte es an der Tür.

Vom rosigen Zwielicht umrahmt, stand dort Alan.

«Ich hab jemanden gefunden», sagte er. «Jake Larsen. Wir können nur hoffen, dass es passt.»

Jake hatte für James Taylor, Tom Arnold und Linda Ronstadt am Schlagzeug gesessen und wohnte im Laurel Canyon. Und so rumpelten sie am nächsten Tag mit dem alten Dodge über schmale, gewundene Sträßchen zu einem Berghang, der mit seinen Kiefern, Palmen und niedrigen, verkrüppelten Büschen in Cass' Augen mehr nach Mittelmeer als nach Amerika aussah.

Die Straße, die angeblich zu Jakes Haus führen sollte, wurde immer schmaler und der Bewuchs am Rand immer dichter. Die schlanken Bäume beugten sich mit ihren schweren Kronen einander zu, als wären sie in ein geflüstertes Gespräch vertieft. Bald war klar, dass die Band den Dodge stehenlassen und die Reise zu Fuß fortsetzen musste.

«Verdammt», sagte Tyson. «Wo zum Teufel führst du uns hin?»

Doch die anderen waren still, nach all den Meilen von Beton, Asphalt und Stahl beeindruckt von der Schönheit der Landschaft, dieser plötzlichen Idylle aus grünen Schatten, allgegenwärtigem Geraschel und einem berauschenden Harzduft.

Cass, die den Gitarrenkasten in der einen Hand trug und die andere lose um Ivors Hüfte geschlungen hatte, schaute sich um und meinte, noch nie etwas Schöneres gesehen zu haben.

Jakes Haus stand auf einer Lichtung am Ende des Weges wie ein Cottage in einem Geschichtenbuch. Es war ein in dunklem Waldgrün gestrichenes Holzhaus. Davor lag eine Veranda mit einer Hollywoodschaukel und einem Picknicktisch aus roh behauenen Holzklötzen. Jake war hinausgetreten, um sie zu begrüßen: ein hochgewachsener, gebräunter Wikinger mit einer schulterlangen blonden Mähne und einem Schnurrbart, der so gelb und stachelig aussah wie trockenes Stroh. Er war barfuß. «Ich spiele normalerweise ohne Schuhe», erklärte er, als sie hineingingen. «So spüre ich den Beat besser, wisst ihr.»

Jake kochte eine Kanne Tee und drehte einen fetten Joint, den er herumgehen ließ, als sie sich in seinem mit dicken Orientteppichen und indischen Intarsientischchen ausgestatteten Wohnzimmer auf den Boden setzten. Ein riesiges Yamaha-Schlagzeug nahm die eine Ecke des Raums ein.

Cass schloss beim Inhalieren die Augen und sammelte den Rauch in der Kehle, froh, ihre Aufmerksamkeit auf etwas anderes als die Songs – ihre Songs – richten zu können, die von Jakes Plattenspieler ertönten. Schon damals fiel es ihr schwer, sich ihre Aufnahmen anzuhören – diese Destillate aus Orten, konkreten Momenten und Gefühlen, die zwangsläufig nur einen Bruchteil der wahren Schwingungen des erlebten Augenblicks vermitteln konnten.

Als die Platte zu Ende war, entstand eine lange Stille. Vier Gesichter hatten sich Jake zugewandt, der mit geschlossenen Augen in sich versunken dasaß. Alan, der ihm im Kreis gegenüberhockte, gab ein leises, ungeduldiges Hüsteln von sich.

Und dann, gerade als Cass etwas sagen wollte, schlug Jake die Augen auf. Er entknotete seine langen Beine und stand auf. Hinter dem Schlagzeug setzte er sich auf seinen Hocker und schlug einen Beat an. Noch immer sagte keiner etwas. Sie folgten einfach seinem Beispiel, nahmen ihre Gitarren aus den Kästen und begannen zu spielen.

Alan schaute ihnen gemütlich vom Teppich aus zu. Und die Musik legte sich Schicht um Schicht um sie, gewann Tempo und Struktur und strömte aus den geöffneten Fenstern in das Geflüster der Bäume.

Jener Mittwochabend im März 1972 war ein Wendepunkt. Das wusste Cass schon damals – erriet es durch einen nicht näher erklärbaren Instinkt –, und sie sieht es noch heute so.

In ihrem Motelzimmer in Los Angeles hatte sie sich sorgfältig angekleidet – grünes Spitzengewand, schwarze Stiefel und der schwarze Samtmantel, den sie in Chicago in einem Secondhandladen gekauft hatte. (In seiner Konzertbesprechung beschrieb der Kritiker der *Los Angeles Times* sie später etwas übersteigert als «die geisterhafte Erscheinung einer Engländerin, die den Seiten von Charles Dickens entstiegen scheint. Blond und blass, entblößt sie ihren langen Hals am Mikrophon wie für Draculas Biss.»)

Sie hatte ihr Haar hochgesteckt und die Augen mit einem schwarzen Kajalstift betont. In der Künstlergarderobe hatte sie die von Ivor angebotene Dosis Kokain verschmäht und wie üblich ein einziges Glas Rotwein getrunken.

Wie immer spielten ihre Nerven verrückt, aber sie fühlte sich stark genug, das Lampenfieber im Zaum zu halten. Kurz allein in der Garderobe zurückgeblieben (die anderen waren bereits auf dem Weg zur Bühne), stellte sie sich vor den Spiegel und betrachtete sich mit einem nüchternen, scharfsichtigen Blick.

Das ist es, dachte sie. *Das ist der Abend.*

Von der Bühne blickte sie auf ein Deckengewölbe aus Holz, darunter rote Leuchten und Qualmwolken, die im düsteren Licht herumwaberten. Die Techniker gingen hin und her und machten ein paar letzte Checks, und sie stand reglos da, schaute nach vorn und spürte, dass das Publikum auf ihrer Seite war. Es herrschte eine erwartungsvolle Stille, als hielten alle kollektiv den Atem an. Während ihrer langen Tour durch Amerika hatten sie so etwas bisher erst ein- oder zweimal erlebt.

Sie wusste, dass Tom Arnold im Publikum war, dessen erstes Album *Long Time Coming* sie im Sommer 1968 in der Oxford Street gekauft hatte. Sie hatte es im Wohnzimmer der Savernake Road immer wieder gespielt, bis Bob ihr vorgeworfen hatte, das sei Folter. *Selbst so gute Musik macht einen verrückt, Cass, wenn man sie zum zwanzigsten Mal hört.* Ivor und sie hatten sich stundenlang mit der Hülle von Arnolds letzter Platte *The Summer Never Ends* beschäftigt und sich gefragt, wie er eine derart mühelose Verbindung von Musik und Text, Poesie und Klang hinbekommen hatte.

Jetzt aber war Tom Arnold hier, um *Cass* zu sehen. «Ich hab für heute Abend ein paar Leute eingeladen», hatte Jake gesagt, als er für den Soundcheck hereingefegt war, ein paar dünne, braune Glasperlenketten im offenen Kragen seines weißen Hemdes. «Ich hab ihnen von dir erzählt, Cass. Sie können es gar nicht erwarten, dich zu hören.»

Und nun standen sie auf der Bühne. Jakes sicherer, steter Beat. Ivor neben ihr begegnete ihrem Blick und beugte sich vor, als sie sich in den Song stürzten, der sie wie eine Flutwelle mit sich zog. Auf Cass' anderer Seite Kit. Eine Energie, die sich nicht definieren ließ. Das von allen geteilte Gefühl, dass der Saal ihnen gehörte, dass das Publikum sie unterstützte. Dass die Musik, die sie machten, die Musik war, die all diese Unbekannten hören wollten.

Es war eine außergewöhnliche Empfindung, berauschend. Cass sang und spielte, die Füße in den schwarzen Stiefeln mit der Bühne verwurzelt. Das blonde Haar im Licht der Scheinwerfer wie eine Gloriole, das grüne, bodenlange Kleid, die Augen geschlossen, und um sie herum die drei musizierenden Männer, die Saiten, Becken und Trommelfelle wild und schwitzend bearbeiteten.

Unten im Saal hielt der Applaus eine Minute an, zwei, drei.

Schweißnasse Haarsträhnen im Gesicht, blickte Cass von Ivor zu Kit und dann zu Jake. «Noch einen?»

Ivor nickte und schlug die ersten Akkorde des Songs an, den Cass vor zwei Tagen im Motelzimmer begonnen und gestern gemeinsam mit Ivor fertiggestellt hatte, tief in der Nacht am Swimmingpool und in Decken gehüllt. Sie zog eine Augenbraue hoch, doch er hielt ihren Blick fest und nickte erneut. Und so griff sie mit der Linken den Akkord und stimmte ein, warf sich zurück in die Fluten.

Kit und Jake sahen ihnen stumm zu. Jetzt spielten und sangen nur noch sie beide, Ivor und Cass. Ihre Stimmen verflochten sich wie damals im Dachstudio von Atterley. Und so war es auch jetzt, doch Cass' Stimme war diejenige, auf die das Publikum lauschte, und Ivor war die Ergänzung, der Stamm, aus dem sie wuchs.

Später feierten sie in Jakes Haus im Canyon. *The State She's In* lief auf dem Plattenspieler. Über das Beistelltischchen zogen sich Schneewehen von Kokain. Eine Frau in einem langen, gemusterten Rock reichte ein Tablett mit selbstgebackenen Brownies herum. «Hasch-Kekse, Mann, die musst du unbedingt probieren.»

Cass stand rauchend neben der Hollywoodschaukel auf der Veranda und spähte in den dunklen Wald hinein. Neben ihr stand Tom Arnold und sagte: «Ich möchte, dass ihr bei meiner nächsten Tour dabei seid. Ich bringe unsere Manager in Kontakt und setze es in Gang.»

«Okay.» Ihre Ruhe überraschte sie selbst.

Er streckte die Hand aus und schob ihr eine Haarsträhne hinters Ohr zurück. «Du bist sehr schön, Cass. Aber das weißt du, oder? Bestimmt sagt dein Alter dir das ständig.»

Cass erwiderte nichts. Der Augenblick dehnte sich zwischen ihnen, nur vom Klang von Cass' eigener Stimme aus der Stereoanlage durchbrochen. Ivor war irgendwo im Haus: Als sie ihn zuletzt gesehen hatte, hatte er einen Zwanzigdollarschein zusammengerollt und sich zu einem Handspiegel hinuntergebeugt, auf dem eine weiße Koksspur wartete. Sie hörte, wie eine Frau lachte und wie ein Mann sagte: «Also Jerry, wenn ich wie ein Spießer leben wollte, wäre ich doch in die Bank meines Vaters eingetreten.»

Tom Arnold beobachtete sie, sein Blick eine stumme Frage. Sie wusste, dass sie sich jetzt bei ihm bedanken, sich abwenden und nach drinnen zurückkehren sollte. Aber das tat sie nicht. Sie wusste, was kommen würde und was sie tun würde, wenn es so weit war.

Es schien eine Ewigkeit zu dauern, bis er sich zu ihr vorbeugte und sein Gesicht dem ihren näherte. Da, und erst da, hob sie die Hand, legte sie an sein Kinn und schob ihn sanft wie eine tadelnde Mutter zurück.

«Nein», sagte sie. Sein Gesicht war nur noch Zentimeter von ihrem entfernt. «So läuft das nicht mit mir.»

Tom lächelte, klug genug, gar nicht erst den Versuch zu unternehmen, seine Absichten zu verhüllen. «Schade. Aber ich möchte dich trotzdem bei der Tour dabeihaben.»

Er trat zurück, ohne den Blick von ihr zu lösen, zog seine Zigaretten aus der Hosentasche, zündete zwei an und reichte Cass eine davon. Und dann standen sie eine Weile rauchend beieinander und schauten in die blühende, süß duftende kalifornische Nacht hinaus.

TRACK TEN

Brightest Star

By Cass Wheeler
From the album *Huntress*

Flying through this empty night-time sky
Bridging the distance between your heart and mine
Nothing at the windows but the night
And a tiny yellow quiver looking like some fire

Sirius you are the brightest star
The wishing and the wanting, that will get you so far
So come and share the limelight, honey,
Come and shine your starlight over me

Oh, is it the darkness in your eyes?
The black hole where I fell for all your lies
But space between us only seems to grow
All you want is for the world to know

That yes, you are the brightest star
The highest and the brightest I have seen by far
So come share the limelight, honey,
Come and shine your starlight next to me

The brightest star
The brightest star

However far
Oh, you're so far
The brightest star
The brightest star
Oh, you're so far
My brightest star

RELEASED January 1977

RECORDED October 1976 at Rothermere, Surrey

GENRE Folk rock / soft rock / pop

LABEL Phoenix Records

WRITER(S) Cass Wheeler

PRODUCER(S) Eli Glass

ENGINEER(S) Mike Edwards / Sean O'Malley

Sie erinnert sich an einen stillen Sonntag im Sommer 1973, umhüllt von schläfrig machender Hitze und dem Summen der Bienen.

Cass und Kim lagen auf Sonnenstühlen neben dem Pool. Hinter ihnen erhob sich still das Château d'Anjou mit seinen schwarzen Dächern. Vor den meisten seiner hohen, von Holzrahmen gefassten Fenster waren die Rollläden heruntergelassen. An diesem perfekt schönen Nachmittag wirkte es weniger abweisend als an anderen Tagen und vor allem in den Nächten, wenn das Geflüster seiner Mauern und die Kühle der leeren Räume viel auffälliger waren.

«Ich glaube, zwischen Graham und mir ist es aus», sagte Kim.

Cass drehte sich auf den Bauch und schob die Sonnenbrille hoch. Kim rührte sich nicht. Sie lag auf dem Rücken, und ihre nackte Haut schimmerte von Sonnenöl. Sie hatte ihr Haar zu einem Knoten hochgesteckt, und ein paar ihrer winzigen Zöpfchen hatten sich gelöst.

«Bist du dir sicher?»

Kim nickte. «Er hat gestern Abend Terri angerufen. Angeblich war seine Mutter dran, aber ich wusste gleich, dass das eine Lüge war. Er verabscheut seine Mutter beinahe genauso sehr wie ich. Da habe ich einfach den Hörer in der Küche abgenommen und mitgehört.»

Cass stellte ihr Glas weg und streckte den Arm nach der anderen Frau aus. «Ach, Kim. Graham ist so ein Idiot. Der weiß nicht, was er an dir hat. Und der Alkohol macht es auch nicht besser, oder?»

«Nein.» Kims Stimme klang angespannt. «Oder das ganze andere Zeug.»

Es war jetzt sieben Wochen her, seit Cass und Kim sich kennengelernt hatten.

Martin hatte gewollt, dass sie ein paar Tage vor den anderen kam, um sich einzugewöhnen und den Tonmeister Luc kennenzulernen. Chopin hatte mal in dem Château gewohnt, und van Gogh hatte es mit seinen unruhigen Pinselstrichen auf Leinwand gebannt. Aber Cass war das Gemäuer auf Anhieb zuwider, und sie hatte hier von der ersten Nacht an schlecht geschlafen: Zweimal hatte sie darauf bestanden, zusammen mit Ivor das Zimmer zu wechseln, weil sie mit dem beunruhigenden Gefühl aufgewacht war, dass jemand – oder etwas – im Schatten lauerte und sie beobachtete. Mit Luc war sie dagegen sofort warmgeworden – einem schlagfertigen Pariser, dessen Englisch mit einer erstaunlichen Vielfalt an Kraftausdrücken angereichert war.

Kim war eine Woche später mit dem Keyboarder eingetroffen, einem Begleitmusiker namens Frank Smith. Sie trug ein kurzes weißes Shiftkleid, Plateausandalen und einen Strohhut mit breiter Krempe. Graham hatte ihnen wochenlang von einer gewissen Kim erzählt, die er bei einer Party kennengelernt habe. Er hatte gar nicht damit aufhören können, aber davor war es bei Terri, Lucy oder Saskia genauso gewesen, und so hatten sie nicht besonders darauf geachtet.

Kim wäre rein optisch ohne weiteres als Model durchgegangen: Sie hatte die typische körperliche Entspanntheit, vermittelte diesen beneidenswerten Eindruck, dass sie sich in ihrer Haut vollkommen wohl fühlte. Aber dort in der düsteren Eingangshalle des Châteaus hatte Cass ebenfalls auf Anhieb verstanden, dass Kim nicht die Art Frau war, die sich nur in der Gegenwart bewundernder Männer wirklich wohl fühlte.

Kim hatte ihren Koffer abgestellt, war auf Cass zugetreten, um sie auf beide Wangen zu küssen, und hatte gesagt: «Vielen Dank, dass ich bei den Aufnahmen mitwirken darf. *The State She's In* hat mir durch die schlimmste Trennung hindurchgeholfen, die ich jemals erlebt habe.»

«Willkommen», sagte Cass. «Schön, dich kennenzulernen.»

Cass hatte den Verdacht, dass Kim ihre Auswahl zur Begleitsängerin ebenso ihrem guten Aussehen wie ihren musikalischen Fähigkeiten zu verdanken hatte. Sie war nicht die beste Backgroundsängerin, die zu haben war, das musste man sagen. (Und es dauerte nicht lange, bis Kim es selbst sagte.) Aber Cass fand im Verlauf der Sessions heraus, dass Kims Stimme eine lässige, naive Wärme besaß, die einen wunderbaren Kontrast zu ihrem eigenen klaren Timbre bildete.

«Gott weiß, wann die sich wieder rühren», sagte Kim jetzt am Pool. «Graham kann nicht vor fünf ins Bett gekommen sein. Und als ich damit fertig war, ihn anzuschreien, war es natürlich noch später.»

Auch Ivor war erst aufgetaucht, als Cass schon längst im Bett lag. Er hatte sie mit seinem Herumstolpern in der Dunkelheit geweckt, aber sie hatte die Augen geschlossen gehalten und sich weggedreht.

«Und wo sind Martin und Alan?»

«Sie wollten sich die abgemischten Songs noch einmal anhören», antwortete Cass.

Kim rückte sich auf dem Polster zurecht und schob sich das Haar wieder unter den Nacken. «Die Tracks klingen klasse, Cass. Wirklich *großartig.*»

«Meinst du?» Ihr Zweifel war nicht gespielt. Sie glaubte – hoffte, dass die Songs gut waren. Aber beim Abhören hatte sie immer das Gefühl, dass etwas fehlte – dass keine Aufnahme jemals ganz an die Musik herankam, die sie im Kopf hörte, und dass sie die wahrsten und authentischsten Momente nur auf der Bühne erlebte, fern der Tricks und Raffinessen der Produktion im Studio.

Doch gestern bei der Party waren alle überzeugt, dass sie einen bombensicheren Hit landen würden. Alan hatte den Sekt aufgemacht, Luc und Frank hatten Drogen verteilt, und die Nacht war zu einer wilden Feier verschwommen, die darin gipfelte, dass Graham, Ivor und Frank sich splitterfasernackt auszogen und in den Pool sprangen.

«Wenigstens können sie kein Auto herschaffen und *das* ins Wasser schmeißen», hatte Johnny trocken zu Cass bemerkt, während sie die Mätzchen der Männer von der Terrasse aus beobachteten. «Da steht schließlich ein ganzes verdammtes Château im Weg.»

Cass hatte sich riesig gefreut, Johnny zu sehen. Er war vor drei Tagen zusammen mit einer Freundin eingetroffen – Sue, ein Make-up-Artist –, das Auto vollgepackt mit Scheinwerfern, Kostümen und Fotorequisiten. Jetzt, nach dem Abschluss der Studioaufnahmen, wollten sie das Château nutzen, um die Fotos für die Plattenhülle zu schießen. Sue und Johnny wandelten das Hauptschlafzimmer in einen Ankleideraum um. Hier sollte das Foto aufgenommen werden, über das Cass und Johnny ausführlich gesprochen hatten. Ein Mann (Ivor) sollte im Spiegel zu sehen sein, wie er sein Gesicht mit Make-up zurechtmachte, während Cass, als Dandy kostümiert, zuschaute.

Das Foto war Cass' Idee gewesen und war ihr zur gleichen Zeit eingefallen wie der Name für ihr zweites Album: *Songs From the Music Hall.*

Das Bild war ihr gekommen, als sie einmal im Fernsehen eine Hommage an Vesta Tilley und ähnliche Männerdarstellerinnen gesehen hatte – jene Sängerinnen, die zu ihrer Zeit für einen Riesenwirbel in der Londoner Theaterwelt gesorgt hatten.

Aber Cass hatte sich ursprünglich nicht Ivor in der Rolle des Mannes im Spiegel vorgestellt; das war Johnnys Idee gewesen.

«Er wird es hassen», hatte sie ihn gewarnt, und genau so war es.

«Diese verdammte Schwuchtel», hatte Ivor gezischt. «Der will mich doch nur demütigen.» Aber schließlich hatte er sich überzeugen lassen, vielleicht aus Eitelkeit – der schlaue Johnny hatte immer wieder betont, der junge Mann auf dem Foto müsse ausgesprochen gut aussehend sein – oder vielleicht auch, weil er Alans nüchterneren Überlegungen glaubte. (Sowohl Alan als auch Martin waren überzeugt, dass Ivor als Cass' Liebster und ihr Gitarrist den Absatz steigern würde, wenn er auf der Hülle zu sehen wäre.)

«Na gut», hatte er am Abend vor dem Abflug nach Frankreich gesagt. «Ich mache es. Wer bin ich schließlich, der großen Cass Wheeler etwas abzuschlagen?»

«Sei doch nicht so», hatte sie gesagt und sich gereckt, um ihn zu küssen, doch er hatte sie weggeschoben.

«Was denn? Genau so ist es doch. Du hältst die Fäden in der Hand, und ich bin die verdammte Marionette.»

Also würde das Fotoshooting nun wie geplant stattfinden. Johnny und Sue bereiteten gerade den Set vor. Nach Einbruch der Dämmerung sollte es losgehen. (Johnny wünschte sich Dunkelheit und «Kerzenlicht mit seinen tiefen Schatten, so sexy».)

«Wie spät ist es, Kim?», fragte Cass. «Ich hab vergessen, meine Uhr anzuziehen.»

Kim hob träge den Arm und öffnete die Augen gerade weit genug, um einen Blick auf ihr Handgelenk zu werfen. «Beinahe fünf. Himmel, es ist immer noch schrecklich warm.»

«Dann geh ich besser mal hoch. Sue möchte eine Anprobe machen.» Cass setzte sich widerstrebend auf und zuckte zusammen, als ihre Fußsohlen die heißen Terrakotta-Platten berührten. «Würdest du mitkommen und mir Gesellschaft leisten? Mir sagen, dass ich nicht *zu* lächerlich aussehe?»

«Gern. Vielleicht schwimme ich vorher noch eine kleine Runde. In Ordnung?»

«Prima. Es dauert sowieso eine Weile, bis ich umgezogen und geschminkt bin.» Cass griff nach ihrem Seidenkimono und zog ihn über den Bikini. Eine Bewegung, die sie aus dem Augenwinkel sah, zog ihren Blick zum zweiten Stockwerk des Châteaus. Dort war ein Rollladen hochgezogen worden, und ein Arm lag auf der Fensterbank. In dem düsteren Schlund hinter der Fensterscheibe war Ivors Gesicht zu sehen, fast gespenstisch. Er blickte nach unten und begegnete ihrem Blick.

«Hallo Darling, guten Nachmittag!», rief sie hoch. Ihre Stimme klang gespielt fröhlich und viel zu laut. «Bereit für das Fotoshooting? Ich komme jetzt hoch.»

Ivor zuckte mit den Schultern und verschwand in die undurchdringlichen Schatten ihres Zimmers.

Dies hier war also anscheinend der Erfolg.

Morgenstunden, in denen sie in einem gesichtslosen Hotel nach dem anderen aufwachte und im ersten Augenblick nicht einmal wusste, wo sie sich befand. Die nächste Stadt, der nächste Gig.

Stundenlange Interviews in Alans Büro (er hatte an der Berwick Street Räume angemietet und zwei Mitarbeiter eingestellt) oder in einem Besprechungsraum im Büro des amerikanischen Labels auf der Sixth Avenue. Sie begriff schnell, dass sie besser nicht sagte, sie folge beim Schreiben der Songs einfach ihrem Instinkt. Sie lasse sich von einer nicht recht greifbaren Vorahnung leiten, von dem Gefühl, wie ein Song klingen würde, und von ihrem Bedürfnis, die aufschimmernden Noten einzufangen, bevor sie verschwänden. Diese Leute brauchten mehr. Sie wollten, dass Cass ihre Absichten erläuterte. Sie wollten wissen, in welche Schublade sie passte.

Die Journalisten waren fast immer Männer. Eva Taylor war eine seltene Ausnahme und blieb Cass zudem treu. Unmittelbar nachdem *Songs From the Music Hall* an die Spitze der Charts aufgestiegen war, schrieb sie für den *Courier*: «Keine Feministin mit Selbstachtung sollte dieses außergewöhnliche Album entbehren, in dem die Hoffnungen und Träume der modernen Frau eingefangen sind.»

Die Amerikaner unter den Journalisten waren schmeichlerisch oder flirteten sogar mit Cass. Die Briten dagegen gaben sich spitz und manchmal auch unhöflich – insbesondere gegenüber Ivor, den einige von ihnen (vor allem Don Collins) anscheinend gerne provozierten.

«Ivor Tait, früher selbst ein vielversprechender Sänger, spielt nun bei seiner Freundin die zweite Geige – oder *Gitarre* – und scheint absolut nicht glücklich darüber zu sein», kommentierte Collins eine Begegnung mit Ivor in der Künstlergarderobe des Marquee-Clubs. (Der Reporter hatte ihn mit einer vor Sarkasmus triefenden Stimme zu seiner Solidarität mit der Frauenbewegung beglückwünscht, woraufhin Ivor ihm zur Antwort einen Kinnhaken verpasst hatte.)

Nachmittage im Bus, gefangen zwischen Langeweile und Lampenfieber. Die Konzertabende, die immer dem gleichen Rhythmus folgten: Soundcheck, Abendessen, Haar und Make-up, Show, Party, Schlafen. Die neuen Tourbusse waren groß und gut ausgestattet, beinahe unvorstellbar luxuriös im Vergleich zum alten Lieferwagen von Vertical Hights oder zu Tysons Dodge. Aber es waren eben trotzdem Busse mit derselben stickigen, klimatisierten Luft, denselben Dünsten von Raumspray und Tabakrauch und demselben Motorenbrummen, das Cass in einen unruhigen, kaum erholsamen Schlaf wiegte.

Cass und Ivor reisten jetzt allein, und Graham, Kit und die Crew fuhren in einem zweiten Bus. Wenn Alan mit auf Tour kam – er vertrat inzwischen noch ein paar weitere Künstler und musste ihnen einen angemessenen Teil seiner Zeit widmen –, zog er es vor, allein zu fahren: Er wollte Cass nicht belästigen und mochte die von Drogen gesättigte Umkleideraumatmosphäre des Bandfahrzeugs nicht.

Cass hatte eine Regel aufgestellt, die Alan immer für sie durchsetzte: Sie musste niemals mehr als zwei Nächte hintereinander im fahrenden Bus verbringen. Sie fand es immer noch schwierig, auf dem Liegeplatz in den Schlaf zu finden, selbst wenn Ivor im Bus der Männer saß, um mit ihnen Karten zu spielen. Doch selbst wenn Cass allein unter der sauberen weißen Bettwäsche lag, verbrachte sie den größten Teil der Nacht hellwach, schaute auf die vorbeirauschende Straße hinaus (Interstate, Motorway, Autobahn, Autostrada: alle unterschiedlich und doch genau gleich), kritzelte Textzeilen in ihr Notizbuch oder malte.

Sie kaufte sich Ölfarben und trug sie in dicken Schichten zu abstrakten Gemälden auf, keines größer als eine Postkarte. (Beim unberechenbaren Schwanken und Ruckeln des Busses wäre ein größeres Format schwierig gewesen.) Sie hatte keine Ahnung, ob ihre Miniaturgemälde gut waren, und das war ihr auch vollkommen gleichgültig. Sie waren einfach nur Reaktionen auf ihre jeweilige Stimmung und eine Möglichkeit, die langen, zähen, mondhellen Nächte auszufüllen. Denn es war, als würde die Musik Cass beim Reisen verlassen: Selbst in ruhigen Minuten hatte sie nie eine Melodie im Kopf, sondern nur das tinnitusähnliche Summen, das die Verstärker in ihren Ohren hinterließen, das Donnern des Applauses und Bruchstücke ihrer Setlist, die in ihrem Kopf anklangen und verstummten wie die Sendungen des Radio Caroline, die sie vor all diesen Jahren im Pfarrhaus so gern unter der gemusterten Tagesdecke ihres Bettes gehört hatte.

Schon jetzt verging ihr die Lust am Touren. Während dieser endlosen Nachmittage und schlaflosen Nächte dachte sie oft an ihre kleine Wohnung in Muswell Hill (die ihnen tatsächlich bald gehören würde – Vince hatte vorgeschlagen, dass Cass Geld in eine Immobilie investierte, und Harriet war zum Verkauf bereit). Und dann war Cass' Heimweh – die Sehnsucht nach ihrem schönen, von Licht durchfluteten Musikzimmer mit dem Balkon, auf dem ihre Pflanzen, die keiner goss, gewiss verwelkten – so stark, dass es beinahe weh tat.

Aber natürlich waren die Tourneen unverzichtbar. Und die Augenblicke auf der Bühne waren noch immer das, wofür sie lebte – diese berauschenden, perfekten, ungeheuerlichen Momente, in denen es keine Vergangenheit und keine Zukunft gab, sondern nur sie fünf (Frank, der Begleitkeyboarder, gehörte inzwischen mehr oder weniger fest zu ihrer Band), die im Groove zusammengeschweißt waren. Noch immer war dort auf der Bühne der Ort, an dem sie sich lebendiger als irgendwo sonst fühlte: wenn sie in ihrem grünen Spitzenkleid, von Schweiß glänzend und vollkommen ausgepowert, ihre volle, ins Freie drängende Stimme aus dem Körper aufsteigen und über die Köpfe des Publikums hinwegwogen ließ.

Tom Arnolds Tour hatte den Durchbruch gebracht. Jene wenigen Auftritte als seine Vorgruppe im November 1972 hatten *The State She's In* (zur großen Überraschung ihres eigenen amerikanischen Labels) einen achtbaren Platz in den amerikanischen Charts eingebracht.

«Hat es verdient, weiter aufzusteigen», hatte Tom gesagt und sein Bestes gegeben, damit das auch passierte: Er hatte Cass anderen Musikern sowie Presseleuten und Kritikern vorgestellt und sie in seinen eigenen Interviews unaufhörlich gelobt. Sie war ihm natürlich dankbar und war sich gleichzeitig bewusst, was für ein zufälliger Glückstreffer ihre Begegnung gewesen war: Wäre Graham in Los Angeles nicht krank geworden (und das rief der Bassist ihr bei jeder sich bietenden Gelegenheit in Erinnerung), hätten sie Jake wahrscheinlich niemals kennengelernt, daher vermutlich auch Tom nicht, und so würden sie weiterhin mit Tyson durch die Kleinstadtsäle tingeln.

Nach ihrem ersten gemeinsamen Konzert in der Boston

Music Hall war Tom zu ihr in die Garderobe gekommen. Dreitausend Menschen im Publikum: eine brodelnde Masse, bei deren Anblick Cass vom Lampenfieber gewürgt worden war. Sie hatte es nur in den Griff bekommen, indem sie sich vorstellte, für eine einzige Person zu singen, und ihr Gesicht vor sich heraufbeschwor. Und da hatte sie tatsächlich plötzlich ihre Mutter im Sinn, sah sie so vor ihrem inneren Auge, wie es vor all diesen Jahren an ihrem zehnten Geburtstag gewesen war: Mr. Raynsfords Piano, *Das wohltemperierte Klavier* und Margaret, die sich lächelnd über sie beugte, die Miene ungewöhnlich freundlich und sogar liebevoll. *Sehr gut, Maria, sehr gut.*

«Du warst großartig», sagte Tom in der Garderobe und bestätigte damit, ohne es zu wissen, Margarets Worte. «*Wirklich* großartig. Du lässt Funken sprühen. Aber halte das nicht für selbstverständlich, Cass. Du darfst es dir nicht zu Kopf steigen lassen.»

Sie lächelte. «Bestimmt nicht.»

Er drückte ihre Schulter und trat wieder hinaus. «Also bis dann im Sheraton. Die Martinis gehen auf mich.»

Natürlich hatte sie seinen Rat schnell wieder vergessen. Sie hatte ihr Bild im Spiegel der Umkleidekabine betrachtet und sich mit den Augen der anderen gesehen: die Symmetrie des Gesichts, das so viele Menschen inzwischen bewunderten, die eindringlichen dunklen Augen und das lange blonde Haar. Sie war zweiundzwanzig und dazu bestimmt, Großes zu leisten. Ihr Ehrgeiz war grenzenlos, und sie sah keinen Grund, ihm Grenzen zu setzen.

Wie schwierig es ist, sich nach all diesen Jahren wieder in die Frau zurückzuversetzen, die sie damals gewesen ist. So jung, so zielstrebig und ihrer Sache so *gewiss.* Wie schmerzlich, noch einmal mit ihren Augen zu sehen, mit ihrem Kopf zu denken und wider besseres Wissen zu wünschen, sie könnte ihr doch klarmachen, wie leicht das alles zwischen den Fingern zerrinnen konnte.

Im Frühjahr 1975 schlug Alan vor, eine Assistentin für Cass zu suchen. Es sei so viel zu erledigen, dass er es nicht mehr allein bewältigen könne, und sie selbst sei damit definitiv ebenfalls überfordert. Sie sollten vielleicht eine Frau suchen. Jemanden, der freundlich und locker, aber gleichzeitig strukturiert war. Eine Frau, die vielleicht auch zur Freundin werden könnte.

Cass war unsicher. «Ich habe doch Ivor.»

«Ja.» Alans Stimme war trocken. «Du hast Ivor.»

Während ihr Alans Idee in den nächsten Wochen durch den Kopf ging, kam Cass der Gedanke, dass er sie inzwischen fast schon besser kannte als sie sich selbst. Er hatte begriffen, dass sie einsam war, bevor sie es selbst bemerkt hatte. Doch noch während sie dem einmal benannten Gefühl nachspürte, erschien es ihr auch schon absurd. Sie war doch ständig von Menschen umgeben. Jede Minute ihrer Tage war verplant, war passend zur Struktur, die das Label ihr vorgab, zurechtgestutzt. Proben, Aufnahmen, Interviews, Radioauftritte, Gigs.

Sie schuf derzeit kaum noch neue Songs – es ging ihr nicht mehr so schnell und mühelos von der Hand, wie sie es immer für selbstverständlich gehalten hatte, und Ivor war nur noch selten beteiligt. Die Nähe zwischen ihnen, die sich auf der ersten USA-Tournee erneut bestätigt hatte, ging zusehends verloren. Zwischen ihnen hatte sich eine Kluft aufgetan, und sie wusste nicht, wie sie sie überbrücken sollte. Auf der Bühne fanden sie noch immer mühelos einen Draht zueinander, aber aus ihrem restlichen Leben war diese Verbindung verschwunden, hatte sich durch Uneinigkeit, Unwohlsein und unausgesprochene Sätze in Luft aufgelöst. Sie wusste, dass Ivor Tom nicht mochte – dass er, nicht ganz zu Unrecht, glaubte, der sei hinter Cass her. Aber die Entfremdung reichte noch tiefer. Ivor schien von einem inneren Groll zu brodeln, dessen Existenz er, darauf angesprochen, rundweg abstritt.

Während der Tourneen hielt er sich immer häufiger im Bus der Männer auf und ließ Cass allein reisen. Und zu Hause blieb er der Wohnung immer öfter und länger fern. Er hatte Hugh wieder öfter getroffen und verbrachte viel Zeit bei ihm in Crouch End. Hugh schmiss dort Partys: ein raues, wildes Getümmel, das mehrere Tage dauerte und von Gästen besucht wurde, die Cass weder kannte noch kennenlernen wollte. Eine lärmende, stets neu gemischte Schar aus Hausbesetzern, Bikern und abgemagerten Hippies, die mit ihren hageren Gesichtern und hervorstehenden Knochen nach Verzweiflung rochen. Zumindest kam es Cass so vor. Pillen, Koks und Brown Sugar: Sie hasste das alles und hasste den Ausdruck, den sie auf Ivors Gesicht sah, wenn er irgendwann doch nach Hause kam – erschöpft, emotionslos und benommen, wollte er dann nur noch schlafen.

Er stritt jedoch ab, ein Problem zu haben, und beharrte vielmehr darauf, dass sie eines hätte.

«Sei doch nicht so spießig, Cassie», sagte er. «Dope macht mich locker, okay? Das Zeug hilft mir, mich zu entspannen. Und ich bin doch immer noch da, oder? Ich springe immer noch, sobald du mit dem Finger schnippst.»

Das stimmte: Ivor verpasste keine Sessions oder Gigs. Und doch fehlte etwas – ihre alte Nähe, das Gefühl, ein gemeinsames Leben und eine gemeinsame Zukunft zu haben. Cass' Name stand auf den Platten, den Plakaten und der Eigentumsurkunde für die Wohnung. Ihr Gesicht wurde für Zeitungen und Zeitschriften abgelichtet. Ivor war ein Teil all dessen – er war dafür tatsächlich entscheidend wichtig, und auch für sie selbst war er immer noch entscheidend wichtig. Aber das hier war nicht sein Traum, es war nicht so, wie er es sich vorgestellt hatte, und sie fand keine Möglichkeit, das wiedergutzumachen. Und im Grunde hatte sie auch das Gefühl, dass das nicht erforderlich sein sollte. Denn sie war noch immer überzeugt, dass sie niemals etwas Vergleichbares von ihm verlangt hätte.

Also sagte sie nichts, machte weiter, vermisste ihn und versuchte, nicht darüber nachzudenken, was er bei Hugh trieb und mit wem. Aber als sie Alans Worte in ihrem Inneren abwägte, gestand sie sich ein, dass sie einsam war.

«Okay», sagte sie. «Suchen wir also jemanden.»

Ein paar Tage später bekam sie einen Anruf von Kim. «Alan sagt, dass du eine Assistentin suchst.»

«Er glaubt, dass das eine gute Idee wäre. Warum? Kennst du vielleicht jemanden?»

«Ja.» Kim zögerte. «Mich. Ich hab es satt, weißt du. Ständig die Ellbogen ausfahren und mich durchsetzen zu müssen. Ich glaub einfach nicht, dass ich dieses entscheidende Etwas habe. Und als Alan mir von dem Job erzählt hat, hat es plötzlich klick gemacht. Ich habe diese Wochen mit dir in Frankreich unheimlich genossen, und ich könnte mir das wirklich gut vorstellen. Würdest du mich vielleicht in Erwägung ziehen?»

Cass merkte, dass sie lächelte. «Darüber brauche ich gar nicht nachzudenken. Es ist eine wunderbare Idee.»

Sie spürte, dass Kim das Lächeln erwiderte. «Großartig. Also … soll ich dann Alan bitten, das Formale zu regeln?»

Als sie aufgelegt hatte, blieb Cass noch kurz sitzen und

spielte mit dem Kabel des Hörers herum. Es war später Vormittag, ein Mittwoch, und Ivor war irgendwo unterwegs – er war in der Nacht nicht heimgekommen. Im Musikzimmer herrschte absolute Stille, nicht einmal aus Mr. Dennis' Wohnung unten drang ein Geräusch herauf.

Sie dachte daran, wie lange es her war, seit sie Kate zuletzt gesehen hatte – die war inzwischen so oft zu Dreharbeiten unterwegs, und die Lücken in ihrer beider Terminkalender passten nur noch selten zusammen. Die letzte Begegnung mit Serena und Bob lag sogar noch länger zurück. Die hatten inzwischen ein Haus in Harrow, unterrichteten an einer Schule und hatten eine kleine Tochter, Sarah, die Cass seit ihrer Geburt erst zweimal gesehen hatte.

Sie dachte an Irene. Die war inzwischen, wie lange schon, verheiratet? Fünf Jahre? Wie viele Kinder sie wohl hatte – vielleicht einen Jungen und ein Mädchen, und dazu ein Haus, das Cass sich so gemütlich und einladend wie das ihrer Mutter vorstellte. Sie dachte daran, wie schön es wäre, wieder eine Freundin zu haben.

Das Telefon klingelte erneut.

«Kim hat dich ja inzwischen angerufen», sagte Alan. «Was hältst du davon?»

«Sie soll ein großzügiges Gehalt bekommen», antwortete Cass.

Eines Tages Ende Dezember 1975 erhielt Cass eine Karte.

Sie hat diesen Tag genau in Erinnerung: Sie kamen gerade von den Studioaufnahmen für *My Loving Heart* in Los Angeles zurück, und nach der grellen kalifornischen Sonne war der stahlgraue Himmel des eiskalten Londoner Winters ein Schock. Es war später Vormittag, und sie saß in ihrem Sessel im Musikzimmer und schaute die Post durch, die ihr von Alans Büro weitergeleitet worden war. In der Wohnung war es wie immer recht kühl. Sie hatte die Beine angezogen und eine cremefarbene Lambswool-Decke (ein kleiner Luxus, den sie sich, so wie einiges andere in den letzten Monaten, gegönnt hatte) darübergebreitet.

Ein kleiner, weißer Umschlag war zusammen mit einem Brief von Alan in einen größeren, braunen gesteckt worden. *Dies hier ist vor ein paar Wochen im Büro eingetroffen*, schrieb Alan. *Ich habe den Brief wie üblich von Sandra öffnen lassen. Es geht mich natürlich nichts an. Aber ich bin hier als dein Freund – und auch als Ivors Freund –, falls einer von euch jemanden zum Reden braucht.*

Sie machte den weißen Umschlag auf. Die Faltkarte zeigte die von einer Stechpalmengirlande umrahmte Karikatur eines rotwangigen Weihnachtsmannes, der seinen schweren Sack über die Schulter geworfen hat. Darin war ein sauber gefaltetes Blatt eingelegt – schwarze Tinte auf blauem Qualitätsbriefpapier. Die Nachricht auf der Karte selbst lautete: *Lieber Ivor, liebe Cassandra, wir wünschen euch frohe Weihnachten. Alles Liebe von Susan und Owain Tait (Mum und Dad).*

Cass stockte der Atem. Ivor war unterwegs, bei Hugh, nahm sie an. Von unten drang leises Geplapper aus Mr. Dennis' Fernseher herauf, und ein Heizungsrohr zischte und gluckerte.

Im Gegensatz zur Karte war der Brief nur an sie gerichtet. Die Schrift war ordentlich und rund, die Abstände zwischen den Worten wohlproportioniert und regelmäßig.

Liebe Cassandra Wheeler, begann der Brief. *Sie werden zweifellos sehr überrascht sein, von mir zu hören. Vielleicht wissen Sie nicht einmal, dass es mich gibt. Na ja, Sie werden natürlich wissen, dass Ivor eine Mutter und einen Vater hat. Aber wie viel – oder wie wenig – er Ihnen von uns erzählt hat, kann ich nicht erahnen. Ich vermute jedenfalls, dass es sehr wenig ist.*

Susan Taits Stimme – wie Cass sie aus dem Brief heraushörte – klang herzlich, aber zögernd. Cass spürte, dass sie sich sehr bemüht hatte, jedes Zuviel an Gefühl aus ihren Zeilen zu verbannen. In einfachen, aber wohlgesetzten Worten schilderte sie den Rahmen von Ivors Kindheit, den Alkoholmissbrauch seines Vaters und die Wirkung, die das für alle gehabt hatte. (Vieles davon hatte Cass bereits erraten, aber Ivor hatte ihr nie mehr als die grundlegendsten Tatsachen verraten.)

Gott weiß, schrieb Susan, *dass er mehr durchgemacht hat, als irgendeinem Kind zugemutet werden sollte, und ich hätte ihn mit mehr Einsatz beschützen müssen. Ich habe lange gebraucht, Ivors Entscheidung zu respektieren, die Beziehung zu uns beiden so vollständig abzubrechen – sich nicht nur von Owain abzuwenden, sondern auch von mir. Aber ich respektiere sie, Cassandra, wirklich.*

Deshalb schreibe ich auch Ihnen und nicht Ivor. In der Hoffnung, dass Sie als die Frau, die ihn liebt (und ich kann sehen, dass Sie ihn lieben: Ich habe jeden Ihrer Auftritte im Fernsehen verfolgt), entscheiden können, was das Beste für den Mann ist, der er jetzt ist und den ich nicht mehr, wie damals den kleinen Jungen, kenne.

Es bleibt nicht viel Zeit – vielleicht noch ein paar Monate. Aber diese Zeit würde ausreichen, falls Ivor zu dem Schluss kommt, dass er sich gerne von seinem Vater verabschieden möchte. Mit Sicherheit sind Sie ein rücksichtsvoller, einfühlsamer Mensch – das höre ich in Ihrer Musik. Ich habe Ihre

Platten gekauft, und ich lege sie oft auf, um mich euch beiden näher zu fühlen. Gewiss werden Sie wissen, was zu tun ist.

Unterdessen wünsche ich euch beiden von ganzem Herzen frohe Weihnachten.

Mit lieben Grüßen

Susan Tait

Als Cass den Brief gelesen hatte, blieb sie lange reglos sitzen.

Dann traf sie ihre Entscheidung, schleuderte die Decke beiseite, ging in den Flur, zog den Mantel an und steckte den Brief in die Tasche. Unten auf der Straße verwandelte die Winterluft ihren Atem in wirbelnde Wölkchen, und als sie bei Hughs Wohnung ankam, waren ihre Hände taub vor Kälte.

«Lady Cassandra», sagte Hugh, als er ihr die Tür öffnete. «Die Königin von Saba persönlich.»

Sie schob sich wortlos an ihm vorbei und fand Ivor auf dem Wohnzimmersofa, umgeben von wild verstreutem Kram: Decken, Kleider, Teller mit bräunlich angetrockneten Essensresten. Eine Frau, die Cass nicht kannte – langes, rotes Haar, braunes Poloshirt und Bluejeans –, hockte gegen das Sofa gelehnt auf dem Boden, den Kopf nur ein paar Zentimeter von Ivors bloßen Füßen entfernt. Cass beachtete sie nicht. Zu Ivor, der denselben glasigen Blick hatte wie Hugh, sagte sie: «Ich muss mit dir reden.»

Die Rothaarige kicherte. «Ivor, ich glaube, deine Mami ist da.»

«Halt die Klappe», antwortete Cass, und die Frau verdrehte die Augen.

«Oh, empfindlich.»

Ivor hob kaum den Kopf. «Was ist los?»

«Komm einfach mit raus.»

Er folgte ihr in den Hof: schmutzige Backsteinwände, wackelige Gartenstühle, ein paar halberfrorene Geranien, die tapfer ums Überleben kämpften. Er trug keinen Mantel und hüpfte zitternd von einem Bein aufs andere. «Was ist denn, Cassie? Musst du mir eigentlich *überallhin* folgen? Kann ich nicht einmal einen *einzigen* verdammten Nachmittag für mich haben?»

Sie reichte ihm wortlos den Brief. Er sah die Handschrift und stieß ihn zurück. Seine Stimme senkte sich plötzlich zum Knurren. «Nein. Was auch immer sie schreibt. Ich will es nicht wissen.»

«Doch, das willst du, Ivor. Lies ihn. Dein Vater liegt im Sterben.»

«Nein.» Ivor wurde jetzt laut, schrie beinahe. «Es ist mir scheißegal, kapiert? *Er* ist mir egal. Beide.»

«Ivor …»

Da packte er ihre Arme mit beiden Händen und hielt sie ein wenig zu fest. «Cassie. Das ist meine Sache, okay. Dies ist der *eine* verdammte Teil meines Lebens, bei dem *ich* entscheide und nicht du.»

Sie standen einen Augenblick reglos da. Sein Atem ging flach und mühsam. Er hielt ihrem Blick nicht stand.

«Okay», sagte sie. «Ist gut.» Und dann entzog sie ihre Arme sanft seinem Griff und kehrte ins dreckige Wohnzimmer zurück, wo sich jetzt Hugh neben der Rothaarigen auf dem Sofa lümmelte, den Kopf an ihre magere Schulter gelehnt.

«Gehst du schon, Lady C.?», fragte Hugh. «Warum bleibst du denn nicht noch? Ich hab hier richtig gutes Zeug. Vielleicht macht dich das ein bisschen lockerer …» Aber sie hörte nicht hin. Sie ging an ihm vorbei, vorbei an dem wiehernden

Gelächter der Frau und weg von dem Mann, der nicht Ivor war, sondern ein Fremder.

Heute nimmt sie an, dass das ohne weiteres der Moment hätte sein können, in dem sie sich trennten. Ivor hätte vielleicht die Band verlassen – ihr Leben verlassen – und wäre bei Hugh eingezogen; er wäre noch tiefer abgetaucht und vielleicht für immer versumpft. Oder er hätte seine eigene Möglichkeit gefunden, wieder aufzutauchen, oder eine andere Frau hätte versucht, ihm herauszuhelfen.

Zweifellos wäre es in gewisser Weise besser gewesen, wenn es so gekommen wäre, aber Cass kann sich nicht überwinden, den Weg, den sie einschlugen, zu bereuen. Denn er führte sie zu ihrer Tochter. Zu Anna. Zu diesem sonnigen, lächelnden Kind.

Jetzt erinnert sie sich, dass Ivor und sie Weihnachten damals getrennt verbrachten. Cass mit Lily und John in Atterley, und Ivor Gott weiß wo. Wahrscheinlich bei Hugh.

Er war nicht mehr nach Hause gekommen, seit sie ihm den Brief seiner Mutter gezeigt hatte. Sie hatte Susan einen Antwortbrief geschrieben: ein paar Sätze, in denen sie ihr Bescheid gab, dass sie Ivor informiert habe.

Ich glaube nicht, dass er kommen wird, Mrs. Tait. Aber wenigstens haben wir ihm die Chance gegeben.

Am ersten Weihnachtstag fuhr sie mit Lily und John nach Worthing, um ihren Vater im Heim zu besuchen.

Sie hatte angeboten, ein Konzert für die Bewohner zu geben: traditionelle Weihnachtslieder wie «The Holly and the Ivy» oder «The Coventry Carol». Dazu noch ein paar von ihren eigenen Sachen, zum Beispiel «Brightest Star», ein

Song, der ihr auf dem Rückflug von Los Angeles eingefallen war, als sie eine Skizze in ihrem Notizbuch festhielt: der Himmel hinter dem Bullauge der Erste-Klasse-Kabine schwarz und leer, nur von dem winzigen Licht erhellt, das wie das Signal eines Leuchtturms immer wieder an der Flügelspitze aufblitzte.

Ihr Vater saß mit ausdrucksloser, leerer Miene im Sessel: ein zu einer winzigen Gestalt zusammengeschnurrter, weißhaariger Mann, der vorzeitig alt geworden war. Er hielt die Lider halb geschlossen, als sie spielte, und sein Gesicht ließ keine Gefühlsregung erkennen, aber Cass war sich trotzdem sicher, dass er zuhörte.

In ihrem knallgrünen MG, den sie im Vorjahr gekauft hatte (gleich nach dem Führerschein), fuhr sie an Silvester von Atterley nach London zurück. Alan und Rachel gaben eine Party in ihrem neuen Haus in Primrose Hill. Sie würde hingehen, mit oder ohne Ivor, und unter dem leeren, weißen Himmel sagte sie sich auf der Fahrt von Sussex nach London, dass ihr beides recht sei. Doch als sie vor ihrer Wohnung in Muswell Hill hielt, wusste sie, dass sie sich selbst belog. Es war ihr keineswegs egal, ob er mitkam, natürlich nicht.

Wenn Ivor jetzt nicht daheim ist, sagte sie sich, *dann war's das. Dann ist es aus zwischen uns. Wirklich.*

Aber dann saß er in der Küche, einen halbgeleerten Becher Kaffee in der Hand. Er hatte gerade geduscht und trug den altmodischen Gentleman-Bademantel, den sie ihm geschenkt hatte. Sein Haar war noch feucht und zerzaust, was ihm einen kindlich verletzlichen Ausdruck verlieh, der ihr fast das Herz brach.

«Es tut mir leid, Cassie», sagte er. «Es tut mir schrecklich leid.»

Er stand auf und kam zu ihr. Dann begann er zu weinen, lautlos, die Schultern von einem krampfartigen Beben geschüttelt. Als er ruhiger wurde, sein Atem wieder regelmäßig ging und sein Körper nicht mehr zitterte, kochte sie eine Kanne Pfefferminztee, und sie setzten sich zusammen an den Küchentisch.

Die Geschichte, die Ivor ihr an diesem Abend erzählte, schockierte sie nicht und war auch keine große Überraschung. Sie hatte das meiste aus seinem Schweigen und den wenigen Einzelheiten erraten, die seine Mutter in dem Brief preisgegeben hatte. Er erzählte nicht von unvorstellbarer Vernachlässigung und absolutem Schrecken, sondern von einem frustrierten, unglücklichen, ungebildeten Mann, der seinen Zorn mit den Fäusten ausdrückte. Ein Mann, der nicht über den engen Rahmen seiner eigenen Erfahrungen hinausblickte und nicht verstand, was Menschen außerhalb dieser starren Grenzen antrieb, und der Angst vor allem Fremden hatte. Ein Mann, der nicht wusste, was er von einem Sohn halten sollte, der aus einem anderen Holz geschnitzt war als er selbst. Eine Frau, die nicht den Mut – oder die Mittel – besaß, sich ihm entgegenzustellen und deren Schwäche der erwachsene Sohn ihr nicht verzeihen konnte. Eine Großmutter, die dem Jungen in den schlimmsten Zeiten einen Zufluchtsort geboten hatte, ein Bett in einem kleinen, ordentlichen Haus, in dem Stille einfach Stille war – die Abwesenheit von Geräuschen und Angst, und nicht die schrille, unheilträchtige Ruhe vor dem nächsten Sturm.

«Ich habe meine Großmutter geliebt, Cassie», erzählte Ivor. «Sie war der einzige Mensch, der dafür sorgen konnte, dass ich mich sicher fühlte.»

Sein Gesicht war wieder tränennass, und Cass strich ihm

über die Wange. Von Liebe erfüllt, spürte sie, wie die Unruhe seinetwegen, die ihr so lange schon zugesetzt hatte, sich auflöste und verschwand.

Sie hielt Ivor in den Armen und flüsterte in sein Haar: «Bei mir bist du sicher, Liebster. Bei mir wirst du immer sicher sein.»

Silvester 1975. Champagner, Käsefondue und Raketen auf Alans und Rachels Dachterrasse.

Graham schenkte sich in der Küche noch einen Whisky ein. Ricky von Puritan Experience, der die neueste LP der Band in der Hand hielt, redete auf Martin ein: «Wir wollen in eine neue Richtung gehen, Mann. Das Label hat uns in eine Schublade gesteckt. Können Sie uns nicht helfen, da rauszukommen?»

Kim, das Haar zu straffen Cornrows geflochten, in ihrem hautengen, blauen Einteiler so strahlend, dass sie Funken zu versprühen schien, tanzte mit Kits Frau Alison zu Steely Dan, und die Augen aller Männer im Raum folgten den beiden kreisenden Hüften.

Ivor und Cass standen an diesem Abend nah beisammen und waren sich der Gegenwart des anderen so deutlich und erregend bewusst, als wären sie einander gerade erst vorgestellt worden. Er verzichtete darauf, den anderen mit ihren winzigen Silberfläschchen voll Kokain auf einen Abstecher ins Bad zu folgen. Er habe das alles aufgegeben, sagte er. Er hasse es, wie er sich dann fühle: leer, emotionslos und benommen. Cass wusste nicht recht, ob sie ihm glauben sollte, aber sie wollte es. Sie war schwindelig vor Erleichterung, ihm wieder nahe zu sein und zu spüren, wie die Kluft zwischen ihnen sich schloss.

Als die Gäste sich lange nach Mitternacht allmählich verabschiedeten, nahm Ivor Cass bei der Hand und zog sie auf die Terrasse hinaus. Es war eiskalt, und ihr langes Abendkleid aus rotem Samt ärmellos. (Noch so ein Fundstück Cornelias: Die legte inzwischen ihre besten Kleider ganz selbstverständlich für Cass zurück, und Cass genoss es, sich gelegentlich nachmittags mit ihr zu einer Anprobe zu treffen.)

Ivor zog sie an sich und legte ihr seine Jacke um die Schultern. Und dann, das Gesicht nur einen Fingerbreit von ihrem entfernt, sagte er so leise, dass es fast von der Musik aus dem Wohnzimmer übertönt wurde: «Heirate mich, Cassie. Heirate mich.»

Er vergrub das Gesicht an ihrem Hals. Sein Atem strich warm über ihre Haut, und vor ihnen breitete sich die Dachlandschaft als zerklüftete, hartkantige Silhouette aus: schwarze Fenster und dazwischen hell erleuchtete Zimmer, in denen andere Partys gefeiert wurden und andere Paare sich umarmten, lachten oder stritten.

Von irgendwo dort draußen in der Schwärze der Stadt ertönte das Stakkato eines maschinengewehrartigen Prasselns, und gleich darauf sah man die winzigen aufberstenden Sterne des Feuerwerks. In diesem Moment hatte Cass ihren eigenen Song in den Ohren: «You Are the Brightest Star». Sie hatte ihn natürlich für Ivor geschrieben. Für sie beide hatte sie ihn geschrieben und all die Hoffnung hineingelegt, die in den letzten Monaten zwar an Strahlkraft verloren hatte, aber immer da gewesen war: dass sie ihren Weg zu jener Zweisamkeit zurückfinden würden, die einmal die ihre gewesen war, auf der Bühne wie abseits der Bühne. Diese tiefe Verbindung. Diese spontane, selbstverständliche Intimität, die sich so mühelos und natürlich eingestellt hatte, wie ein Dur-Akkord ertönt und wie ein Song uns glauben lässt, dass wir nicht allein sind, solange wir ihn hören.

«Ja», antwortete sie. Und weil ihr der Klang des Wortes gefiel – seine helle, klare Entschiedenheit, die Angst, Einsamkeit und Zweifel vertrieb –, sagte sie es wieder und wieder.

16:45 UHR

Die Caterer sind da.

In der Stille zwischen zwei Songs kann Cass sie hören. Das heisere Motorbrummen der Lieferwagen, die über den prasselnden Kies die Zufahrt hochkommen und plötzlich verstummen. Kims melodische Stimme, die nur gedämpft durch den Garten bis ins Studio dringt, und darauf die unverständliche Antwort einer Frau. Das leise, metallische Zuschlagen der Lieferwagentüren, und dann wieder das Prasseln des erneut unter den Rädern knirschenden Kieses.

Was hätte sie in all diesen Jahren bloß ohne Kim gemacht? Kim ist so viel praktischer veranlagt als Cass selbst und so viel besser darauf ausgerichtet, die Welt zu nehmen, wie sie ist, statt sich vorzustellen, wie sie sein könnte. Aber Kim lässt sich keineswegs alles gefallen – sie ist keine Märtyrerin. Sie hat nie gezögert, ihre Grenzen zu ziehen. «Das geht zu weit, Cass», hat sie einmal kurz vor Cass' erstem Klinikaufenthalt zu ihr gesagt. «Wie kann ich für dich da sein, wenn du dich weigerst, für dich selbst da zu sein?»

Cass erinnert sich klar und deutlich an diesen Moment: der Schock, Kims Gesicht so entschlossen zu sehen, die Lippen zu einem Strich zusammengepresst. «Ich kann das nicht mehr tragen, Cass», hatte sie gesagt. «Wirklich nicht.» Dann hatte sie sich umgedreht und war gegangen, und in ihrer Verzweiflung hatte Cass sich dem Gedanken überlassen, dass nun auch Kim sie verließ, wie es zwangsläufig jeder früher oder später tat.

Aber das war natürlich Quatsch gewesen. Kim hatte sie niemals im Stich gelassen, nicht einmal, als Cass ihr jeden Grund dazu gegeben hatte. Sie hatte ihr beigestanden, ihr die Hand gehalten und weiter für den reibungslosen Ablauf von Cass' Leben gesorgt. Sie hatte den endlosen alltäglichen Papierkrieg erledigt, dem Cass von Natur aus und aufgrund der Umstände nicht gewachsen war. Und Kim hatte ihr noch viel mehr abgenommen: die Entscheidungen, die allein zu treffen Cass zu schwach oder zu ängstlich war. Während auf der anderen Seite des Gartens im Haus die Arbeit beginnt, denkt Cass hier, allein im stillen Studio, an die Entscheidung, die sie vor zwei Jahren mit Kims Hilfe getroffen hat. Damals war ein Brief von Cindy Russo, Ivors zweiter Frau, in Home Farm eingetroffen.

Cass wusste bereits mehr über Cindy, als diese vermuten mochte: In der Phase, als Ivor und Cass nicht miteinander sprachen, hatte sie in einer Zeitschrift einen Artikel über Cindy gelesen. Ein ehemaliges Model (was sonst?): braun gebrannt und sportlich, die Haut glatt und makellos, das Haar eine Löwenmähne aus schimmernden goldenen und braunen Strähnen.

Cindys Worte an Cass standen auf einem dicken weißen Briefpapier, das ganz leicht, aber unverkennbar nach Veilchen duftete.

Ivor und ich reisen mit den Kindern nach England, schrieb Cindy. *Und ich würde Sie schrecklich gerne kennenlernen, weil Ivor und Sie so viel gemeinsame Geschichte teilen. Außerdem glaube ich, dass er Ihnen einige Dinge sagen muss und dass er sie nur persönlich sagen kann. Würden Sie vielleicht für einen Tag zu uns nach London kommen?*

Als Kim den Brief las, legte sie den Kopf schief wie immer, wenn sie nachdachte, und sagte dann: «Triff dich mit ihnen, würde ich sagen. Aber hier.»

In dem Zeitschriftenartikel hatte gestanden, Ivor Tait und Cindy Russo hätten sich in einem Aschram in Kalifornien kennengelernt, in dem sie beide eine Phase «der inneren Einkehr und des Nachdenkens» verbracht hätten. Cass hatte geglaubt, Aschrams seien seit den siebziger Jahren vollständig aus der Mode gekommen, aber in Kalifornien war wohl alles möglich. «Ivor spricht offen über die Jahre, in denen er sich in Drogen und Alkohol verloren hat», fuhr der Text fort. «‹Wirklich, ich dachte, mein Leben ist vorbei›, erzählt er mit Tränen in den Augen und greift nach der Hand seiner neuen Liebe, der Frau, die er seine ‹Retterin› nennt. ‹Aber Cindy hat mir einen Grund gegeben, auf die richtige Bahn zurückzufinden. Sie hat mir etwas gegeben, wofür es sich zu leben lohnt.›»

Es hatte so viel stärker geschmerzt, als Cass für möglich gehalten hätte, selbst nach all dieser Zeit: das Wissen, dass Ivor wieder vorwärtsschaute, dass er sich eine zweite Chance einräumte. Und dazu noch mit einer solchen Frau. Vermutlich eine hohle Nuss. Ein geistloses Mannequin.

Sie hätte den Brief am liebsten zerrissen, aber Kims Worte hatten in ihr nachgeklungen wie immer. Und so hatte Cass Cindy nach einigen Wochen des Stillschweigens geantwortet und sie zum Lunch eingeladen. Wieder ein paar Wochen später hatte die Familie dann vor der Tür gestanden: Cindy, die beiden Kinder und Ivor, braun gebrannt, in einem weißen Hemd und einer hellen Leinenhose. Seinem wohlgeschnittenen, so vertrauten Gesicht sah man die Zeit, die verstrichen war, kaum an.

Wie viele Jahre waren seit ihrer letzten Begegnung vergangen? Sieben? Acht? Eine Woche vor ihrer ersten Aufnahme in der Klinik, in jener schrecklichen Zeit, hatte sie ihn in London aufgesucht: Damals wohnte er in einem riesigen viktorianischen Klotz an der Hampstead Grove, da Rothermere schon längst verkauft war.

All das Schreckliche, das sie einander an den Kopf geworfen und angetan hatten. Zu viel davon, um es aufzuzählen, und zu schlimm, um sich daran zu erinnern. Jetzt aber stand Ivor in der Eingangsdiele, beugte sich zu Cass herab, um sie auf die Wange zu küssen, und sagte mit seiner leisen Stimme, die inzwischen eine deutliche amerikanische Färbung hatte: «Hallo, Cassie. Wie schön, dich zu sehen.»

Wie sich herausstellte, war Cindy weder eine hohle Nuss noch ein Mannequin. Sondern vielmehr eine energische Frau, die in Harvard ein Betriebswirtschaftsstudium absolviert hatte und in Los Angeles zwei Wohltätigkeitsläden und eine Kette von Boutiquen betrieb. Cass hatte wider Erwarten festgestellt, dass sie sie recht sympathisch fand. Und die Kinder, India und Travis – damals fünf und vier –, waren eine Wonne. Keineswegs die verzogenen, überprivilegierten Bälger, die Cass erwartet hatte.

Kim hatte Essen kommen lassen – «das Letzte, worum du dir Sorgen machen solltest, ist Kochen». Es gab einen Imbiss aus pochiertem Lachs, Rote-Beete-Salat, neuen Kartoffeln und Zitronenmayonnaise. Cass, die nicht daran dachte, dass Ivor nicht mehr trank, bot Wein an, und Cindy und sie nahmen jede ein Glas. Die Kinder tranken ihre Limonade und aßen ihre Portionen anstandslos auf.

Beim Essen hielt Cindy das Gespräch in Gang und machte Cass Komplimente zum Haus («Ich war als Kind ein Englandfan und habe davon geträumt, in einem alten Schmuckstück wie diesem zu leben»), zu ihrer Kleidung («Grün steht Ihnen besonders gut, oder?») und vor allem zu ihrer Musik. Dabei klang sie so aufrichtig, dass Cass überrascht war.

«Ich habe mir immer gewünscht, ich hätte etwas Kreatives gemacht», sagte Cindy. «Etwas, was wirklich meins gewesen wäre, wissen Sie? Etwas, das nur von mir kommen konnte und von niemand anderem.»

«Haben Sie die Arbeit als Model denn nicht als kreativ empfunden?», fragte Cass ohne jede Ironie.

Cindy dachte kurz darüber nach, bevor sie antwortete. «Nein. Eigentlich habe ich sie gehasst», sagte sie mit einem Blick zu Ivor. «Diese ganze Lebensweise habe ich gehasst. Diese Oberflächlichkeit. Und die Fotografen, die immer so taten, als schauten sie uns beim Umkleiden nicht lüstern zu. Das hat mir überhaupt nicht gefallen.»

Nach dem Kaffee war Cindy mit den Kindern in den Garten gegangen und hatte Ivor und Cass allein gelassen. Ivor. War das wirklich er an Cass' Tisch, dieser Mann, der sich so entspannt auf seinem Stuhl zurücklehnte, so zufrieden, ganz der glückliche, gesunde, abstinent lebende Familienvater?

«Zigarette?» Cass griff nach der Dose, die sie schon vorher vom Nachttisch mit nach unten genommen hatte, um sich mit dem Nikotin zu beruhigen. Doch Ivor schüttelte den Kopf.

«Ganz vergessen», sagte sie. «Du hast auch das Rauchen aufgegeben, oder?»

Er erwiderte nichts, und sie füllte den Moment aus, indem sie sich eine Zigarette drehte.

«Danke für das hier», sagte er, als sie den ersten, wohltuenden Zug inhaliert hatte. «Für das Mittagessen. Dafür, dass wir dich besuchen dürfen.»

«Gern geschehen. Es ist schön, dich glücklich zu sehen.» Sie sagte es ohne Gehässigkeit. Tatsächlich war sie überrascht, wie ruhig sie war, und zwar seit dem Augenblick, in dem sie ihn vor der Tür hatte stehen sehen. Doch er runzelte die Stirn und räusperte sich.

«Cassie, ich möchte dir einiges …» Er verstummte, und sie sah Ivor über den Tisch hinweg an: das leuchtend weiße Hemd, das inzwischen kurzgeschnittene, aber noch dunkle, kaum von Grau durchzogene Haar, die winzige Narbe, die sich noch immer neben seinem rechten Auge abzeichnete, und das Netzwerk feiner Fältchen, das in sein Gesicht eingeprägt war wie die Zeichnung einer Karte, die Cass nicht mehr lesen konnte.

«Nein», unterbrach sie ihn. «Bitte sag gar nichts.»

Er hielt ihren Blick fest und nickte gleich danach zustimmend. Dann saßen sie schweigend da, in jenem Schweigen, das inzwischen vertraut und tröstlich für Cass war, das Element, in dem sie schwamm. Ein Schweigen, das nicht aufgeladen und angespannt war, sondern angenehm – sogar gesellig –, und das sie umschloss, bis India auf der Suche nach ihrem Vater aus dem Garten hereinrannte und den Bann brach.

Jetzt, in der Gegenwart, ertönen erneut Stimmen aus dem Garten: nicht Indias heller amerikanischer Akzent, sondern ein englischer Bass und ein schottischer Bariton, die ein leises, körperloses Duett vortragen.

«Wir denken an die Union Chapel», hört sie Alan sagen. «Klein und intim, schön atmosphärisch.»

«Ja, das ist perfekt», antwortet Callum. «Vor ein paar Jahren habe ich dort Kathryn Williams gesehen. Die haut einen wirklich um. Vielleicht könnten sie am selben Abend auftreten?»

Sie sieht die beiden herankommen, hinter dem Glas verschwimmen sie vor dem klaren Spätnachmittagslicht zu Silhouetten. Sie wartet auf Alans vertrautes Klopfen: zweimal schnell hintereinander. Dann erhebt sie sich vom Sofa und geht zur Tür. Da stehen sie, Manager und Produzent. Der eine durch und durch Führungspersönlichkeit, staatsmännisch, weißhaarig, mit gemütlich vorgewölbtem Bauch und Spitzbart. Der andere jung, aufstrebend, schlank und dunkelhaarig, die Beine in hautengen schwarzen Jeans.

«Na, Cass?», sagt Alan, als sie beide mit Küsschen begrüßt. «Wie kommst du voran?»

«Ganz gut», antwortet sie. «Ich schaue wohl meinen Dämonen ins Gesicht.»

Die beiden Männer betrachten sie, und jeder begreift auf seine Weise, was sie damit meinen könnte.

Alan legt ihr die Hand auf den Arm. «Komm schon, Cass. Kein Dämon wäre tapfer genug, dir die Stirn zu bieten.»

«Ach, Alan, du würdest staunen.» Sie greift nach seiner Hand auf ihrem Arm und streift sie sanft ab. «Steht das Buffet schon?»

«Fast. Kim wirbelt herum, als wäre sie auf Speed. Und ich hoffe, du hast Hunger. Es sind genug Blini mit Räucherlachs da, um eine ganze Armee zu verköstigen.»

«Eine Armee, die mit Blini ernährt wird? Na, also das würde ich gerne mal sehen.»

Sie lachen, und in Alans weicher werdendem Gesicht erkennt Cass Erleichterung. Cass ist nicht am Boden zerstört, denkt er wohl, die Erkundung der Vergangenheit hat sie nicht in Dunkelheit und Leere zurückkatapultiert. Einen Augenblick lang spürt sie Gereiztheit, die gleich darauf verschwindet. Denn wie kann sie Alan nach allem, was passiert ist, vorwerfen, dass er sie so sorgfältig im Auge behält?

Zu Callum sagt sie: «Hast du das Master da?»

«Natürlich.» Er greift in seine Jackentasche und zieht einen USB-Stick heraus. «Bist du bereit?», fragt er.

Sie holt tief Luft. «So bereit, wie ich sein kann.»

Callum geht ihr in den Regieraum voran, schaltet das Licht ein und setzt sich in den größeren der beiden Ledersessel, die vor dem Mischpult und dem Fenster zum Aufnahmeraum stehen. Cass' Studio ist in den letzten Monaten ebenso Callums Reich geworden. Gleich am ersten Tag der Aufnahmen hat er sanft und unauffällig die Regie übernommen. Callum spürte anscheinend, wie nervös sie war, und kalibrierte die Atmosphäre entsprechend. Die Höflichkeit und die leichte Hand, mit denen er die Aufnahmen leitete, unterstrichen nur seine natürliche Autorität. Die Musiker hatten ihn alle respektiert – sogar Kit, den Cass aus seinem gemütlichen Rentnerdasein aufgescheucht hat. Kit, der früher immer langwierige Streitereien mit den Produzenten als Ehrensache betrachtet hat.

«Dieser Callum ist okay», hatte Kit gesagt, als er und Cass nach dem ersten Tag gemeinsam zu Abend aßen, und genickt, als Cass ihm von seinem eigenen, ausgezeichneten Cognac nachschenken wollte. (Er hatte sich im vergangenen Jahrzehnt zu einer Art Lebemann gemausert, der eine Hutsammlung und einen Anteil an einem französischen Weinberg besaß und eine gute kubanische Zigarre zu schätzen wusste.) «Der scheint sich auszukennen. Ich denke, wir sind in guten Händen.»

Auch Cass war beeindruckt gewesen, wie instinktiv Callum

und sein Tonmeister Gav die Klangwelt verstanden hatten, die ihr für ihre Aufnahmen vorschwebte. Cass' Stimme war inzwischen tiefer, und sie wollte, dass das Arrangement dem Rechnung trug: dass darin eine gewisse nächtliche, romantische Melancholie anklang, volltönend und sehnsüchtig. Die Rhythmusgruppe sollte jazzig und subtil sein, zurückgenommen. Eine Cajón – oder vielleicht auch eine Stompbox –, die das Schlagzeug umspielte. Piano und Cello bei «When Morning Comes» und vielleicht ein Akkordeon bei «Gethsemane».

Callum hatte ihr aufmerksam zugehört, genickt und sich Notizen gemacht. Wo es nötig war, hatte er ihr auch widersprochen. Die Musiker, die er mitbrachte, waren ausnahmslos gute Teamplayer gewesen. Besonders hatte Cass Martha ins Herz geschlossen – eine fünfundzwanzigjährige Multiinstrumentalistin in Leggins und Motorradstiefeln, die Cass mit ihrem langen schwarzen Haar und dem selbstironischen Humor sehr an Kate erinnert hatte – oder zumindest an die Kate, die sie vor all den Jahren in der Savernake Road kennengelernt hatte.

Die Sessions waren wohl die entspanntesten in Cass' ganzer Zeit als Musikerin gewesen. Andernfalls hätte sie vermutlich auch alles Selbstvertrauen verloren und sich in ihr Schneckenhaus zurückgezogen.

Als sie jetzt Callum zusieht, wie er den USB-Stick in den Computer schiebt und sich dabei auf die Unterlippe beißt, wie immer, wenn er sich konzentriert, überkommt sie mal wieder das Gefühl, wie sehr sie ihm verpflichtet ist.

«Danke, Callum», sagt sie. «Danke, dass du das alles möglich gemacht hast.»

Er dreht sich um und lächelt. «Gern geschehen.»

Und dann, nach einer kurzen, spannungsgeladenen Pause, sind sie da: die ersten Takte von «Gethsemane», langsam und majestätisch, das hineingleitende Akkordeon, und dann die feinen Schichten von Hammond-Orgel, Klavier und Gitarre darüber.

Dies hier ist eine andere Art des Zuhörens: eine Art Meditation. Ein stilles, inneres Wahrnehmen des gegenwärtigen Moments und der Frau, die sie jetzt ist – und nicht der vielen Frauen, die sie einmal war –, und der Vergangenheit, die sie so viele Jahre lang zu vergessen versucht hat. Und die nun vielleicht allmählich ihren Schrecken verliert.

Als die Männer später ins Haus zurückgegangen sind, um die Party vorzubereiten, sitzt Cass allein im Pausenraum, greift nach dem Telefon und wählt erneut Larrys Nummer.

Wieder nimmt keiner ab: nur das lange, ausländische Freitonzeichen, das ungehört verhallt. Sie versucht es mit seinem Handy, aber da landet sie abermals direkt auf der Mailbox. Diesmal hinterlässt sie eine Nachricht.

«Larry, ich bin's, Cass. Ich hab dich heute schon ein paar Mal angerufen. Ruf mich doch bitte zurück, ja? Ich weiß nicht, ob du meine E-Mail gekriegt hast, aber ... du fehlst mir. Ich möchte einfach nur ...»

Eine lange, bedeutungsschwere Pause.

«Mich einfach nur für die Karte bedanken. Sie bedeutet mir viel. Du hattest recht, weißt du. Es ist nicht so schwer erträglich, wie ich dachte, das Musikhören. Und du hattest überhaupt mit so vielem recht. Das weiß ich jetzt. Ich ...»

Der lange Piepton der Mailbox schneidet ihr das Wort ab.

Ihr allererster Anruf auf Larrys Handy: Das war damals in Washington, von ihrem Hotelzimmer aus.

Er hatte ihr seine Visitenkarte gegeben, als sie vor der Gallery ins Taxi gestiegen war. Cremeweißes Papier – dick und teuer –, darauf sein Name in einer eleganten Serifenschrift. Dann zwei Nummern: eine Festnetznummer in Chicago und eine Handynummer.

«Ich bin bis Dienstag in Washington», hatte er gesagt, als er die Tür schloss und das Taxi sich schon wieder in den Verkehr einfädelte. «Rufen Sie mich auf dem Handy an, falls ... Na ja, Sie haben da jedenfalls meine Nummer.»

Sie hatte die Karte in die Brieftasche gesteckt, und dort war sie den ganzen Tag geblieben: während des Lunch-Empfangs des Labels. Während des Vollbads, das sie am Nachmittag nahm, weil sie nicht mehr daran gewöhnt war, mit so vielen Leuten zu reden, und ihr davon ganz schwindlig war. Und während des leichten Abendessens, das sie mit Alan und Kim im Hotelrestaurant einnahm. Kurz nach acht zog sie sich mit dem Hinweis auf ihre Erschöpfung auf ihr Zimmer zurück – der Rückflug ging am Morgen um zehn, sie würden sich also am nächsten Tag zeitig zum Frühstück wiedersehen. Und dort in ihrer Suite im zwölften Stock schenkte sie sich ein Glas Merlot ein, holte ihre Brieftasche hervor, nahm die Visitenkarte heraus und rief, wohl zu ihrer eigenen Überraschung, Larry Alderson auf dem Handy an.

Sie sprachen sich kurz und ohne viele Förmlichkeiten ab: Er war mit Freunden in Georgetown essen und würde kommen, sobald er sich unter Wahrung der Höflichkeit freimachen konnte. Kaum dass sie den Hörer aufgelegt hatte, überkamen sie Zweifel: Eine riesige Angstwoge verschluckte sie, und sie wählte seine Nummer erneut, um ihm zu sagen, dass sie ihre Meinung geändert habe. Aber er nahm nicht ab, und als sie Larrys Stimme auf der Mailbox-Ansage hörte – sorgfältige Aussprache, gemessenes Tempo –, legte sie den Hörer, nun vollends verwirrt, erneut auf.

Dann trank sie ihr Glas Wein aus, schenkte sich ein zweites ein und schaute auf die verblassenden Farben des Abends hinaus – die Schichten aus Himmel, Wolken und düster glühendem Abendrot und die Lichter, die überall in der Stadt aufflammten. Ihr Spiegelbild in der Fensterscheibe war verschwommen und geisterhaft: eine alte Frau, weit jenseits der mittleren Jahre, mit schlaffen, hängenden Wangen, alle Schönheit – soweit jemals vorhanden – längst verloren. *Das ist doch lächerlich*, sagte sie sich. *Ein Witz. Er muss nur einen einzigen Blick auf dich werfen, dann ergreift er die Flucht.*

Und dann, gerade als sie ihr zweites Glas Wein geleert hatte, klingelte das Telefon. Die Rezeptionistin informierte sie höflich, am Empfang stehe ein Mr. Larry Alderson für sie. Ob sie ihn hochschicken solle?

Die scheinbar endlose Wartezeit zwischen Cass' Antwort und Larrys Klopfen. Ihre Angst, die jeden vernünftigen Gedanken verschlang. Sie fasste sich erneut mit strengem, prüfendem Blick ins Auge, diesmal im verschnörkelten Spiegel über der Frisierkommode. Ihr Gesicht war vom Wein und von der Aufregung gerötet; sie erkannte die Frau, die ihr entgegensah, nur mit Mühe. Sie puderte sich Wangen und Nase. Zog den Lippenstift mit zitternder, unsicherer Hand nach. *Beruhige dich doch*, ermahnte sie sich.

Und dann: sein Klopfen. Sie ging nur in Strümpfen über den blassbeigen Teppich zur Tür.

Vor dem Hintergrund der vergoldeten Wandtapete stand in seiner schwarzen Jacke Larry Alderson und lächelte so glücklich, dass es – ja, so war es, sie konnte es nicht abstreiten – auch bei ihr ein plötzlich aufsteigendes Begehren hervorrief, ein Gefühl, das so lange verschüttet gewesen war. Jetzt aber war es überwältigend und wälzte sich aus ihrem innersten Kern bis in das flammende Rot ihres Gesichts hinauf.

«Ich kann Ihnen nicht sagen, wie froh ich bin, dass Sie angerufen haben», sagte er.

Sie nickte, schluckte und hielt seinen Blick fest.

«Kommen Sie herein», sagte sie, und das tat er.

TRACK ELEVEN

In This Garden

By Cass Wheeler
From the album *Huntress*

They were young when they were married
Two kids of slender means
He was working for the council
She was painting all the scenes

And the house that they moved into
Was dark and old and cramped
Too hot to breathe in summer
And in winter, cold and damp

But outside, there was a garden
They planted beds of flowers
And she took his hand and told him
‹This garden here
This garden here
This garden here is ours.›

It is years since they were married
Those kids of slender means
He still works for the council
She painted on their dreams

And the house that they still lived in
No longer dark and cramped
In summer open windows
And the warm light of a lamp

Outside, there was a garden
They lay in beds of flowers
And she took his hand and told him
‹This garden here
This garden here
This garden here is ours.›

RELEASED January 1977

RECORDED October 1976 at Rothermere, Surrey

GENRE Folk rock / soft rock / pop

LABEL Phoenix Records

WRITER(S) Cass Wheeler

PRODUCER(S) Eli Glass

ENGINEER(S) Mike Edwards / Sean O'Malley

Sie heirateten an einem Samstag im August 1976 in Surrey im Garten des Hauses, das sie kurz zuvor gekauft hatten.

Rothermere war ein großes, wohnliches Haus, das in den 1920er Jahren am Rande eines Wäldchens von großblättrigen Eichen und dunkelgrünen Nadelbäumen errichtet worden war. Die Bäume sorgten für eine gewisse Privatsphäre, ließen das Grundstück hinter dem hohen, schmiedeeisernen Tor aber auch sehr schattig und eingeengt wirken. Ivor war derjenige, der sich in dieses Haus verliebt hatte. Er hatte es zuerst allein besichtigt (Cass hatte ein Interview mit der *Sunday Times* nicht verschieben können) und war mit der festen Überzeugung nach Muswell Hill zurückgekehrt, dass dies das Haus war, das sie kaufen sollten.

«Es ist ein Palast, Cass», hatte er gesagt. «Balken in der Küche und ein Schuppen, aus dem wir ein Studio machen können. Und ein See im Garten. Ehrlich, es ist perfekt.»

Sie hatte das Haus natürlich auch selbst in Augenschein genommen. Und sie hatten ihren Onkel mitgenommen, um einen professionellen Blick darauf zu werfen. Im sommerlichen Sonnenschein hatte das Haus mit seinen ausgewogenen Proportionen eindrucksvoll gewirkt: Alles war sauber und frisch gestrichen, und John hatte eine solide Bauweise bestätigt.

«Aber *liebst* du es, Cass?», hatte Lily sie leise gefragt, als sie einen Moment lang allein in der Küche waren. Cass hatte ihre Tante angelächelt und geantwortet: «Es ist ein sehr schönes Haus. Und Ivor möchte es so gerne.»

Hatte sie es damals gespürt? Stand das hinter dem Gefühl, das sie sich nicht eingestehen wollte und das sich doch in ihr entfaltete, als die Maklerin sie von einem Zimmer ins nächste führte? Hatte sie damals gespürt, dass Ivor und sie an diesem Ort nicht glücklich werden würden?

Es war eine Vermutung, und mehr konnte es nicht sein. Denn es war unmöglich, ohne die trügerische Klarheit dessen, was man im Nachhinein weiß, auf diesen Augenblick zurückzublicken.

Am Hochzeitstag verliehen Kim und ihre Armee von Handwerkern, Caterern und Floristen Haus und Garten einen feierlichen Glanz. Im Vorgarten wurde ein Festzelt aufgebaut, dessen Inneres mit Seidenbahnen ausgehängt wurde, und auf den runden Tischen standen riesige, süß duftende Vasen mit alten englischen Rosen, rötlichen Hortensienblättern und milchweißen Wasserfällen lilienzarter Maiglöckchen.

Daneben war eine ausgewachsene Festivalbühne aufgebaut worden, einschließlich Tanzboden, und Kim ließ eine kleine Flotte Glasschwäne auf dem See ausbringen, die jeder eine flackernde Kerze zwischen den Glasfedern trugen.

Cass wurde natürlich von Cornelia eingekleidet, mit einer elfenbeinweißen Seidenrobe, deren zarte Flügelärmel aus Spitze waren. Das Kleid war einem Modell aus den dreißiger Jahren nachempfunden, und Cornelia nähte es selbst.

Eine Woche vor der Hochzeit kam Cornelia für die letzte Anprobe nach Rothermere.

«Darling Cassandra», sagte sie, als Cass in ihrem neuen Ankleidezimmer stand – ein geräumiger, mit dickem Teppich ausgelegter Raum, der vom Schlafzimmer abging und dessen eine Wand vollständig verspiegelt war. «Ich bin so stolz auf dich, weißt du das? Ich bin natürlich stolz auf alle meine Mädchen, aber auf dich ganz besonders.»

Cass umarmte Cornelia – ihre ehemalige Chefin, die ihr gegen alle Wahrscheinlichkeit eine ganz besonders liebe Freundin geworden war, und dachte sich, wie eigenartig es war, wie unheimlich, dass sie tatsächlich mehr für diese Frau empfand als für ihre eigene Mutter.

Margaret traf am Abend vor der Hochzeit in Rothermere ein, zusammen mit Len Steadman und Tochter Josephine – inzwischen einer hochgewachsenen, ziemlich linkischen Dreizehnjährigen.

Es war das erste Mal seit vier Jahren, dass Cass ihre Mutter und ihre Halbschwester sah. Nicht lange nach ihrem Treffen in Buffalo hatte Margaret Cass einen Brief geschrieben. Sie habe sich *The State She's In* und insbesondere «Common Ground» zum ersten Mal angehört. Es erscheine ihr ungeheuerlich, dass Cass etwas so Persönliches – Margarets Brief an Francis, der gar nicht für Cass' Augen bestimmt gewesen sei – genommen und ihre Gefühle darüber so öffentlich preisgegeben habe. Sie sehe keinen Weg, schloss sie, ihre Beziehung neu aufzubauen, wenn Cass weiter einen solchen Groll gegen sie hege.

Cass erinnert sich ganz deutlich, wo sie sich befand, als sie den Brief ihrer Mutter las: mit Ivor und der Band in einem Tourbus auf dem Weg zum Great Western Express Festival.

«Was ist?», hatte Ivor gefragt, als er ihr Gesicht sah. «Was schreibt sie?»

Wortlos reichte sie ihm den Brief. Nach dem Durchlesen trank er einen Schluck Bier aus seiner Dose und sagte: «Scheiß auf sie, Cass. Wozu brauchst du sie überhaupt? Sie hat sich doch nie einen Dreck um dich geschert.»

Spät am Abend nach dem Auftritt führten sie dann, ziemlich betrunken, auf der feuchten Wiese ein Ritual durch: Sie steckten den Brief mit einem Feuerzeug in Brand und schauten zu, wie ein Flämmchen den Rand kräuselte, wie das Papier aufloderte und schließlich zerfiel. Cass entschied, dass es damit genug war. Sie würde nicht zurückschreiben.

Doch im Laufe der Zeit – während der vielen Stunden, die sie in Bussen, Taxis und Flugzeugen verbrachte – stellte sie allmählich fest, dass sie immer öfter an ihre Halbschwester Josephine dachte. Das Mädchen mit dem selbstgestrickten Pullover und Cass' eigenen, mandelförmigen braunen Augen. Cass fing an, ihr Postkarten zu schicken, aus Hamburg, Rom, Sydney oder Tokio. Josephine antwortete atemlos und aufgeregt – *Ich finde es unglaublich, dass du BERÜHMT bist, Cass. Alle in meiner Klasse finden das TOTAL COOL!!!* Irgendwann begann Margaret, Josephines Briefen ihre eigenen beizulegen. Anscheinend war man zu einem Waffenstillstand gekommen. Und so hatte Cass trotz gehöriger Zweifel Kim gebeten, der Familie eine Einladung zur Hochzeit zu schicken.

Len Steadman hatte sie natürlich nie kennengelernt. Was Cass am meisten verblüffte, als sie die Tür aufmachte und die Familie ins Wohnzimmer führte, das sich mit seinem riesigen weißen Marmorkamin und dem neuen Steinway-Flügel beim Erkerfenster vor ihnen auftat, war seine absolute Gewöhnlichkeit. Er war ein freundlicher, farbloser Mann in einem billig wirkenden, marineblauen Nadelstreifenanzug, der gar nicht erst zu verbergen suchte, wie beeindruckt er war.

«Meine Güte, wenn das kein Haus ist!», sagte er zu Ivor. «Das muss ja eine ganz schöne Stange Geld gekostet haben.»

Unmöglich, sich vorzustellen, dass ausgerechnet dieser Mann eine so schreckliche Wunde in ihr junges Leben gerissen hatte; dass gerade er eine solche Liebesglut in Margaret entfacht hatte, dass sie keine andere Wahl zu haben meinte, als ihre Tochter und ihren Mann zu verlassen und fünftausend Meilen entfernt ein neues Leben zu beginnen.

Sie redeten nicht über Francis, der nicht zur Hochzeit kommen konnte – er war inzwischen zu gebrechlich, um das Haus für mehr als eine Fahrt im Rollstuhl entlang der Seepromenade zu verlassen. Auch Ivors Mutter Susan würde nicht kommen. Ivor hatte noch immer nicht auf ihre Briefe geantwortet, nicht einmal auf den, der einige Wochen nach dem ersten eingetroffen war und in dem sie ihnen mitteilte, dass Owain Tait am vorangegangenen Dienstag im Warwick Hospital gestorben sei.

Cass hatte Kim gebeten, zur Beerdigung Blumen zu schicken (selbst das hatte Ivor nur ungern zugelassen), und hatte Susan geschrieben, Ivor und sie hätten sich verlobt und sie hoffe, sie würden irgendwann die Gelegenheit bekommen, einander kennenzulernen.

Hinterher fragte sie sich, ob es ein Fehler gewesen war, falsche Hoffnungen in Ivors Mutter zu wecken. Ivor schien keineswegs geneigt, an der Entscheidung zu rütteln, die er bei seinem Fortgang von zu Hause getroffen hatte. Aber tatsächlich dachte Cass nicht oft an Susan Tait, denn sie hatte genug mit der Vermarktung von *My Loving Heart* zu tun, und dann war da noch die Hochzeit vorzubereiten, und zwei Tage nach den Flitterwochen, so gnadenlos war das Geschäft, würde die nächste Amerikatour beginnen.

Der Hochzeitstag. Ivor in seinem dunkelblauen Samtanzug mit einem Sträußchen aus hellrosa Rosen und Maiglöckchen am breiten Revers. Kim und Kate in rosa Seide, leuchtende Lilien im dunklen, zusammengebundenen Haar. Hugh McMaster als Trauzeuge. (Cass war darüber nicht glücklich gewesen, aber Ivor hatte darauf bestanden.) Hugh war inzwischen clean, kippte aber dafür den Alkohol mit einer Begeisterung herunter, die darauf schließen ließ, dass er einfach die eine Sucht gegen die andere ausgetauscht hatte.

Es wurden keine Reden gehalten, aber die Freunde des Paars waren gebeten worden, nach Einbruch der Nacht auf die Bühne zu kommen und einen Song vorzutragen. Ivor sang «Just Us Two», Cass: «In this Garden», eine Ballade, die sie für diesen Anlass auf dem neuen Steinway komponiert hatte. Kate und Kim sangen gemeinsam eine Version von: «Will You Still Love Me Tomorrow?» (Was Cass später erstaunlich vorausblickend erschien.) Und Hugh lallte sich fast im Vollrausch durch einen überschwänglichen Vortrag von «Jumpin' Jack Flash». Dann machte die Band – Graham, Kit, Frank und verschiedene Freunde, die Gitarre spielten oder sangen – bis in die frühen Morgenstunden weiter, von den Gästen mit wohlwollendem Interesse beobachtet, während eine Herzoginwitwe den Abend vom Nachbargrundstück aus missbilligend verfolgte.

Irgendwann gegen Tagesanbruch stand Cass mit Serena und Kate ziemlich angetrunken untergehakt auf dem Rasen.

«Weißt du, Cassie», sagte Serena. «Ich habe mich geirrt. Das gebe ich zu. Ich hätte nicht geglaubt, dass ihr beide, Ivor und du, es so weit schafft. Ich hätte nicht gedacht, dass er sich jemals derart binden würde.»

Cass' Blick wanderte zu ihrem frischgebackenen Ehemann, der taumelnd unter dem heller werdenden Himmel tanzte.

Lächelnd und mit geschlossenen Augen schwenkte er die Arme über dem Kopf. Es war lange her, dachte Cass da, dass sie Ivor so kindlich und fraglos glücklich gesehen hatte, und sie spürte eine Woge der Liebe für ihn. Einen Schwall von Optimismus, Vorfreude auf eine gemeinsame Zukunft. Sie dachte an den Moment, als er in der Eingangsdiele von Atterley vor ihr gestanden und ihre Wange mit der Hand umfasst hatte. Und an die vielen Abende, an denen sie neben ihm auf der Bühne gestanden hatte, während die warmen Akkorde ihrer Gitarren miteinander verschmolzen und ihre Stimmen sich harmonisch emporschwangen.

«Ich will ihn gar nicht binden», antwortete sie und führte ihre Freundinnen Arm in Arm zum Tanzen.

«Was machst du da?», fragte Ivor.

Sie führte die Hand zum Mund und legte sich die kleine weiße Tablette auf die Zunge. Dann spülte sie sie mit einem Schluck kühlem Wasser die Kehle hinunter. «Ich nehme die Pille, natürlich.»

Sie waren in den Flitterwochen. Ibiza: die weißen Mauern einer an einen Hügel geschmiegten Finca. Innen dagegen eine sehr zeitgemäße Einrichtung: minzgrüne Anstriche, schwindelerregende Op-Art-Tapeten und dicke Teppiche, die die Schritte auf dem glänzenden Parkett dämpften. Aber sie verbrachten nur wenig Zeit im Haus (wenn, dann im Schlafzimmer): Der Garten war erfüllt vom Duft von Lavendel und Rosenblüten, und von der palmenbeschatteten Terrasse mit Pool blickte man auf die weite, blaue Fläche des Meers.

Zweimal täglich kam von einem Bauernhof in der Nähe eine Haushälterin, bereitete Frühstück und Mittagessen zu, machte sauber und fragte in stockendem Englisch, ob sie abends zu Hause oder in einem Restaurant essen würden. Am zweiten Tag hatte Ivor versucht, ihr möglichst taktvoll zu erklären, dass sie lieber ungestört bleiben würden, doch sie hatte ihn verständnislos angestarrt und war am nächsten Morgen wie üblich um acht Uhr aufgetaucht.

Inés war auch jetzt da, als Cass Ivor auf die Terrasse hinausfolgte: Sie trug unter der mit Wein berankten Pergola Frühstück auf. Teller mit Melonenstücken und Serrano-Schinken. Süße Biskuitküchlein, die Inés *Magdalenas* nannte. Und Schalen mit Milchcafé. Ivor und Cass schwiegen, bis die Haushälterin sich in die Küche zurückgezogen hatte. Dann sagte Ivor: «Bist du dir sicher, dass du die Pille weiter nehmen möchtest? Sollten wir nicht einfach darauf verzichten und mal schauen, was passiert?»

Cass sah ihn an, wie er braun gebrannt und entspannt in seiner Badehose vor ihr saß, das weite weiße Hemd offen. «Du weißt, was dann passiert, Ivor.»

Er spießte mit der Gabel ein Stück Melone auf. «Du willst also keine Kinder.»

Cass verstummte für einen Moment. Um Zeit zu schinden, trank sie einen Schluck Kaffee. Es war nicht so, dass sie keine Kinder wollte. Eigentlich hatte sie noch nie ausführlich darüber nachgedacht. Sie hatten immer so viel mit der Musik, den Aufnahmen und den Tourneen zu tun gehabt. Wobei Ivor selbst jetzt, nachdem er die Drogen aufgegeben hatte, nicht mehr mit derselben Intensität an den Liedern arbeitete wie früher.

«Wozu denn auch, Cassie?», hatte er auf ihre entsprechende Frage geantwortet. Ohne Groll, aber mit einer scharfblickenden Ehrlichkeit, der sie nichts entgegenzusetzen hatte. «Das nächste Album machst du sowieso mit deinen eigenen

Songs. Da kann ich auch einfach meinen Part spielen und das Songwriting dir überlassen.»

So oder so, sie beide hatten jedenfalls viel zu tun. Wo sollte da ein Kind hineinpassen, wie stellte er sich das vor? Wie sollte Cass das anstellen? Das schreiende Baby in einen Tragekorb legen und in einer Ecke des Tourbusses abstellen? Es Kim in die Arme drücken, wenn sie auf die Bühne trat? Nein: Die Idee war absurd. Sie konnte unmöglich auf Tour gehen, Studioaufnahmen machen und auch noch ein Kind versorgen. So eine Art Mutter wollte sie jedenfalls nicht sein. Wenn überhaupt, wollte sie eine Mutter sein, die für ihr Kind auch da war. Eine Mutter, die nicht ihre eigenen Bedürfnisse ganz selbstverständlich voranstellte und auf die Folgen pfiff.

Das alles sagte Cass sich, als sie im Schatten des Weinlaubs, das sie vor der grellen spanischen Sonne schützte, unter der Pergola saß. Aber selbst in dem Augenblick, in dem sie ihre Bedenken zum ersten Mal wahrnahm, begriff sie, dass sie in etwas Tieferem gründeten als reiner Pragmatik. Es war die Angst, dass ihr, wie Margaret, irgendein unverzichtbarer Bestandteil des Mutterinstinkts fehlen könnte. Die Angst, dass sie durch das Zeugen eines neuen Lebens jenes zerstören könnte, das sie für sich selbst aufgebaut hatte. Und was war mit ihrer Musik? Was, wenn die Klänge in ihrem Kopf vom ohrenbetäubenden, profanen Lärm eines Kindes ertränkt würden? Was, wenn Cass danach nie wieder zum Songwriting fähig wäre?

Sie holte tief Luft und trank noch einen Schluck Kaffee. «Ich weiß nicht», antwortete sie. «Irgendwann vielleicht. Aber nicht jetzt, Ivor. Nicht jetzt, wo alles so gut läuft.»

Er legte seine Gabel weg. «Für dich, meinst du.»

«Nein.» Sie griff über den Tisch hinweg nach seiner Hand.

«Für *uns.* Wie kommst du jetzt eigentlich darauf? Du hast bisher nie von Kindern gesprochen.»

Er ließ ihre Hand los und schob die Sonnenbrille von der Stirn herunter und vor die Augen. Die verspiegelten Gläser warfen Cass' verzerrtes Abbild zurück. «Ich weiß nicht, Cassie. Die Hochzeit wahrscheinlich. Die hat mich auf den Gedanken gebracht. Selbst wenn es zu Hause ganz fürchterlich war – wenn mein Dad auf dem Kriegspfad war –, habe ich immer gedacht, dass ich einmal Kinder haben würde. Vielleicht wollte ich es besser machen als er. Als sie beide.»

Sie sah den kleinen, verängstigten Jungen vor sich, der sich das Kissen über den Kopf zog, um den von unten heraufdringenden Lärm zu dämpfen. Sie wusste inzwischen, wo die Narbe an seinem Auge herkam: Sein Vater hatte ihn geschlagen, und Ivor war mit dem Gesicht auf eine scharfkantige Ecke der Fußbodenleiste gefallen. Er war damals zehn, und die Wunde musste genäht werden. Als der Arzt ihn untersuchte, fragte er: «Wo hast du denn diese hässliche Schramme her, Junge?» Und Susan, die neben ihrem Sohn saß, antwortete: «Oh, er ist einfach hingefallen, ist das zu glauben? Er ist so ein Tollpatsch.»

«Wir reden wieder darüber, okay?», sagte Cass.

Er nickte, und sie aßen auf und tranken den Kaffee aus. Das schmutzige Geschirr blieb für Inés stehen. Das Wasser im Pool war einladend kühl und vom Schatten der hohen Palmen gefleckt. Sie schwammen und ließen sich eng umschlungen im Flachen treiben. Und jener Moment entglitt in die Ferne und war eine Zeitlang vergessen.

In Interviews, sowohl damals als auch später, sagte sie immer wieder, von ihren Alben sei sie auf *Huntress* am stolzesten, wobei sie es aber nicht ihr Lieblingsalbum nennen würde.

«Einen Liebling auszuwählen, ist unmöglich», antwortete sie dann immer. «Es ist, als würde man eine Mutter fragen, welches ihrer Kinder sie am liebsten mag.»

Das Bild auf der Plattenhülle hat sie, wie allgemein bekannt, selbst gemalt: ein Selbstporträt in dick aufgetragenen Ölschichten, die Augen weit aufgerissen, der Mund geöffnet. Sie sah nicht so sehr schön als vielmehr entfesselt aus, und genau darum ging es auch: das wilde Innere einer Frau zu zeigen, von allen Hemmnissen befreit.

Aber wenige wussten – oder wissen –, dass das Vorbild des Porträts ein Foto war, das Johnny im Garten von Rothermere von ihr geschossen hat. Cass sollte dafür einen Urschrei ausstoßen, und von diesem alarmiert, eilte der Wachmann herbei, der seit neuestem am Eingangstor stand, und rückte Johnny mit seinem Schlagstock zu Leibe. Nachdem Johnny sich von seinem Schrecken erholt hatte, ließ er sich monatelang, wenn nicht jahrelang, immer wieder genüsslich über diese Szene aus.

Das US-Label hasste das Bild. Die amerikanische Ausgabe der Platte erhielt daher ein anderes Cover: ein Foto – auch dieses von Johnny aufgenommen –, das Cass im Kostüm einer Diana zeigte, die schon den Bogen gespannt hat, um einen Pfeil zu verschießen. Für aufmerksame Betrachter war das Bild außerdem von einer wissenden Ironie durchtränkt: Cass' Beute, von deren Gesicht zwischen den Baumstämmen ein verschwommener Ausschnitt sichtbar war, war Cass selbst. Johnny hatte sie hinzugefügt, indem er in der Dunkelkammer zwei Negative übereinanderlegte.

Sie zeichneten das Album in dem neuen Studio auf, das

Cass und Ivor in Rothermere eingerichtet hatten. Der Produzent war Eli Glass, der junge Amerikaner, der hinter Tom Arnolds letzter Platte stand. Cass mochte Eli nie besonders – er hatte etwas Arrogantes an sich, das ihr instinktiv missfiel, und sie arbeiteten nie wieder zusammen. Aber sie merkte schon am ersten Tag im Studio, dass er wusste, was er tat: Er verlieh ihren Songs – zwölf an der Zahl, «The Brightest Star» als erste Single und das rockigere «Follow Me» als zweite – einen wirklich faszinierenden Klang.

Der Pop-Sound war vielleicht stärker ausgeprägt als bei den ersten drei Alben, die raueren Folk-Klänge ihrer früheren Songs waren geglättet, wie es dem Geschmack der Zeit entsprach. Von *Huntress* würde man immer in einem Atemzug mit Fleetwood Macs *Rumours* sprechen, da beide kurz hintereinander erschienen. Cass' Platte im Januar, die andere, die Cass' Erfolg leider ziemlich in den Schatten stellte, einen Monat später. Aber natürlich schlug sich *Huntress*, für sich genommen, ausgezeichnet. Cass' Stolz auf diese Platte beruhte aber nicht auf dem Lob der Kritiker, sondern auf dem Gefühl, das sie damals hatte und das ihr bis heute geblieben ist: dass dies das Album war, in dem sie künstlerisch wirklich zu sich selbst gefunden hat.

Hier waren genau die Songs fixiert, die sie hatte schaffen wollen. Sie hatten genau den Ausdruck gefunden, den sie sich für sie gewünscht hatte, und dann über die Grenzen von Cass' eigener Erfahrung hinaus eine allgemeine Bedeutung erlangt: nicht elitär oder undurchdringlich, sondern für jede ganz normale Frau zugänglich (und natürlich auch für Männer. Sie wurde immer auch von Männern bewundert, wenn auch oft nicht auf die Weise, die sie vielleicht vorgezogen hätte).

Sie erhielt schon seit einer ganzen Weile Briefe von Frauen.

Frauen, die in *The State She's In, Songs From the Music Hall* oder *My Loving Heart* etwas von ihrem eigenen Leben wiedererkannt hatten. Aber nach *Huntress* verzehnfachte sich die Menge der Fan-Post. Kim stellte eine Assistentin ein (Pauline, eine sechsundzwanzigjährige Sekretärin aus Coventry, die schon seit vielen Jahren regelmäßig zu Cass' Gigs kam), um die Briefe zu lesen, zu sortieren und zu beantworten. Nur die wenigsten wurden an Cass weitergereicht.

Cass bewahrte mehrere dieser Briefe in ihrem Arbeitszimmer in Home Farm in der Schreibtischschublade auf. Einer davon stammte von einer jungen Frau namens Annabel Macdonald aus Aberdeen. *Ich habe noch nie einem Musiker oder einer Musikerin geschrieben – ich bin nicht der Typ verrückter Fan –, aber ich muss Ihnen einfach sagen, wie sehr ich* Huntress *liebe. Sie und ich, wir sind gleich alt, aber Sie wirken viel, viel stärker als ich. Sie sind sich Ihrer selbst und Ihrer Bedürfnisse so sicher. Ich wünschte, ich hätte nur einen winzigen Bruchteil Ihrer Kraft.*

Normalerweise beantwortete sie die Briefe ihrer Fans nicht selbst. Wo hätte das hinführen sollen? Aber in diesem Fall empfand sie plötzlich den Impuls, Annabel Macdonald mehr geben zu wollen als Paulines übliche Fanclub-Antwort.

Vielen herzlichen Dank für Ihren Brief, Annabel, schrieb Cass. *Ich freue mich sehr, dass meine Musik Ihnen so viel bedeutet – für mich selbst ist sie zweifellos extrem wichtig. Aber ich muss Ihnen leider sagen, dass ich nicht so stark bin, wie Sie glauben. Vermutlich nicht stärker als Sie selbst auch. Jeder neue Tag, jedes Konzert, jede Stadt birgt für mich mehr Ängste, als ich in Worte fassen kann. Und auch die Liebe. Liebe birgt tiefen Schrecken. Aber es gibt keine andere Wahl, denke ich, als sich dem allen zu stellen – denn was bliebe uns sonst am Ende?*

Sie hatte Pauline gebeten, den Brief einzuwerfen, und ihn dann völlig vergessen. Aber später – Jahre später – fielen ihr die Worte, die sie Annabel geschrieben hatte, mit einer plötzlichen Klarheit wieder ein. Und da wünschte sie sich mehr als alles andere, sie könnte diese junge Frau noch einmal in sich finden, diese längst verschollene Version ihrer selbst, die stark genug gewesen war, der Angst ins Gesicht zu sehen und einfach weiterzumachen.

Sie erinnert sich an eine Woche der Stille in der Schweiz im Chaos dieser Jahre, zusammen mit Kate und ihrem Geliebten, dem Bankier Lucian. Die beiden waren inzwischen ein mehr oder weniger festes Paar: Er hatte seine erste Frau Marian verlassen und bemühte sich, Kate zu seiner zweiten zu machen.

Er hatte eine grandiose, von weißen Säulen gezierte Villa in der oberen Uferregion des Genfer Sees gemietet: eine absurd schöne Lage, von der man auf die spiegelglatte Wasserfläche und die roten Dächer der Dorfhäuser schaute, die sich am Ufer drängten.

Außerdem hatte Lucian – ein sehr präsenter Mann mit einem gefährlichen, unwiderstehlichen Charme – ein Boot gechartert, mit dem er gerne morgens nach dem Frühstück auf dem See segelte. Wie sich herausstellte, brachte Ivor für diesen Sport eine erstaunliche natürliche Begabung mit. Dabei habe er in der Doppelhaushälfte seiner Eltern in Leamington Spa leider gar keine Gelegenheit gehabt, das Segeln zu lernen, scherzte er, als sie das erste Mal auf den See hinausfuhren.

«Sie Ärmster», antwortete Lucian. «Ich kann es mir ohne gar nicht vorstellen.»

Sie hatten alle lachend genickt, während Cass auf Ivor sah, der am Heck stand. Ihr war aufgefallen, dass er seit dem Tod seines Vaters offener über seine Kindheit sprach. Sie war sich noch nicht recht klargeworden, ob sie das beunruhigend oder erleichternd finden sollte.

In den ersten Urlaubstagen fuhren Cass und Kate mit den Männern hinaus, sonnten sich an Deck und genossen die Kühle der frischen Brise und die postkartenreife Aussicht auf die hohen, weißen Berge. Aber am dritten Tag beschlossen sie, einen «Mädelstag» zu machen, wie Kate es ausdrückte.

Und so blieben sie auf der großen Veranda zurück, als die Männer den Pfad zum Steg hinuntergingen, kochten noch eine Kanne Kaffee und legten sich gegen die leichte Morgenkühle eine Decke auf den Schoß.

«Das ist etwas anderes als die Savernake Road, oder?», fragte Kate, und Cass stimmte zu.

Und plötzlich begann Kate zu weinen – erst lautlos und dann heftiger, bis ihre Schultern bebten und die Tränen über das sorgfältig zurechtgemachte Gesicht liefen.

Cass sagte eine Zeitlang nichts, sondern hielt nur die Hand ihrer Freundin. Dann stand sie auf und nahm Kate in die Arme. «Was ist denn, Darling? Habt ihr euch gestritten?»

Kate schüttelte den Kopf. Als ihr Atem wieder gleichmäßiger ging, kehrte Cass zu ihrem Stuhl zurück.

«Nein, nichts in der Richtung», antwortete Kate. «Weißt du, ich hatte zwei Fehlgeburten.»

Cass griff erneut über den Tisch hinweg nach Kates Hand. «Wie schrecklich, Kate. Das tut mir furchtbar leid. Wann denn?»

«Die erste vor einem Jahr …» Als sie Cass' Gesichtsausdruck sah, nickte sie. «Stimmt, ich hätte dir davon erzählen sollen, aber wir haben uns ja kaum gesehen. Und es ist auch nicht gerade etwas, was man in einem Brief schreibt.»

«Du hättest mich doch anrufen können ...»

«Ja, hätte ich. Aber heutzutage weiß man ja nie, wo du gerade bist. Und ich wollte es auch ehrlich gesagt einfach nur vergessen und es noch einmal versuchen. Das haben wir getan, und dann ist es wieder passiert, Cass. In der siebten Woche. Das ist jetzt einen Monat her.»

«Ach je, Kate. Du Arme.» Cass strich mit dem Daumen über die Stelle am Handgelenk der Freundin, wo der Puls ganz leicht pochte: eine winzige, rhythmische Geste des Trosts. «Und wie geht es dir jetzt?»

Kate wischte sich mit der freien Hand die Wangen ab. «Na ja. Ziemlich mitgenommen, ehrlich gesagt. Deshalb wollte Lucian, dass wir hier einen Monat Urlaub machen – damit ich zur Ruhe komme.»

«Das war bestimmt eine gute Idee. Es ist hier sehr friedlich. Und die gute Bergluft.»

Sie schwiegen eine Weile und schauten auf den See hinaus. Das Segelboot war inzwischen ein ziemliches Stück vom Ufer entfernt, und Lucian und Ivor waren nur noch als zwei darauf kauernde Gestalten in gelbem Ölzeug zu erkennen. Hinter ihnen ballten sich graue Wolken vor dem weißen Gipfel des Mont Blanc.

Kate ließ Cass' Hand los. «Ich bin wieder okay, Cass. Zumindest körperlich. Nur kann ich mich irgendwie nicht von dem Gefühl frei machen, dass Lucian wegen des Fehlschlags erleichtert ist. Das hat er natürlich nicht gesagt, aber er hat schon zwei Kinder mit Marian – die er kaum sieht –, und ich glaube, eigentlich will er gar kein weiteres. Und deswegen kann ich mir nicht richtig klar darüber werden, wo ich nun stehe. Wo *wir* stehen.»

«Weil du auf jeden Fall Kinder willst?»

Kate blickt Cass an, die braunen Augen noch feucht von Tränen. «Natürlich. Du denn nicht?»

Cass schluckte. Draußen auf dem See wurde das Boot immer kleiner. «Ich weiß nicht. Ivor auf jeden Fall. Er will, dass ich die Pille absetze. Er hat sich ... in den Griff bekommen, denke ich, und jetzt ist er wohl so weit. Ich glaube, er sucht eine Gelegenheit, noch einmal ganz von vorn anzufangen. Die Fehler, die seine Eltern begangen haben, ungeschehen zu machen, falls man das so sagen kann.»

«Und du? Fühlst du dich so weit?»

«*Nein.* Ich ...» Sie zögerte, da es vielleicht nicht taktvoll wäre, mehr zu sagen. «Also, ich weiß es nicht. Mir ist einfach nicht klar, wie wir das hinbekommen sollten.»

«Tja», sagte Kate. «Es wird geschehen, Cass, oder eben nicht. Mehr Trost gibt es für keinen von uns, oder?»

«Nein», antwortete Cass. «Wohl nicht.»

Dann unterhielten sie sich über andere Dinge. Über die Filmrolle, die Kate zuletzt angeboten wurde. Über Cass' keimende Ideen für ein neues Album. Die Männer kamen in ausgelassener Stimmung und hungrig zurück, das Haar vom Spritzwasser jungenhaft zerzaust. Lucian schlug vor, zum Mittagessen auszugehen, und da er es gewohnt war, seine Vorschläge durchzusetzen, taten sie genau das.

Er wählte ein schickes Restaurant mit weißen Tischtüchern und einer Batterie von Gläsern, die bei den Gedecken standen. Die Wände waren mit Stuckleisten verziert. Mit ihren Jeans und Pullovern waren sie allesamt vollkommen underdressed, aber der Oberkellner schien sich nicht daran zu stören.

«Mr. Hillier», säuselte er, als er sie zu einem Tisch am Fenster führte, der natürlich Blick auf den See bot. «Bitte sehr. Derselbe Tisch wie immer.»

Lucian bestellte das Essen, das sie sich teilten und auf ihre edlen, weißen Porzellanteller gaben: *Escargots,* in Knoblauchbutter schwimmende Krebse und eine riesige Servierplatte mit *côte de bœuf.* Der Sommelier füllte ihre Gläser ständig mit Pinot Noir nach, und bald waren alle angenehm angetrunken. Cass' zurückliegendes Gespräch mit Kate – die Tränen ihrer Freundin und der leichte Druck ihrer Hand – erschien ihr nun traumhaft verschwommen. Sie blickte von Kate – jetzt wieder ausgeglichen und fröhlich – zu Lucian, der den Arm besitzergreifend um die Rücklehne ihres Stuhles gelegt hatte. Nicht zum ersten Mal dachte Cass, wie absolut unmöglich es war, das innere Räderwerk einer fremden Beziehung zu begreifen. Jedes Paar hatte seine eigenen verborgenen Orte, Geheimnisse und Tabus.

Sie griff unter dem Tisch nach Ivors Hand.

In den Jahren nachdem sie Rothermere so unvermittelt verlassen hatte, vermisste sie das Haus niemals.

Es blieb in Cass' Erinnerung als dunkler und überschatteter Ort fixiert – was sicherlich ungerecht war, da sie dort durchaus auch Wohlbefinden und Leichtigkeit erlebt hatten. (Schließlich war es das Haus, in dem Anna zur Welt gekommen war und ihre frühe Kindheit verlebt hatte.)

Aber der Garten fehlte Cass später oft. Der See mit seinem Schilf und seinen Seerosenblättern, in dem es sich manchmal plötzlich geheimnisvoll regte. In ihrem zweiten Hochzeitsjahr hatte Ivor für sie zum Valentinstag einen Schwarm Kois hineinsetzen lassen. Der von einer Mauer umschlossene Rosengarten mit der Sonnenuhr und der Bank, auf der sie an warmen Tagen gerne mit ihrer alten Martin-Gitarre saß. Hier hatte sie den Text von «In This Garden» verfasst und in ihr

Notizbuch gekritzelt. Und hier hatte sie sich beim Vortragen des Songs immer im Geiste hin versetzt, mit Ivor und sich selbst vor Augen, wie sie Seite an Seite alt wurden wie zwei Filmschauspieler in einer rasend schnell geschnittenen Parallelmontage.

Hier erfuhr Cass auch im Sommer 1979, dass Jonah gestorben war.

Kim überbrachte ihr die Nachricht, die sie selbst über Umwege erfahren hatte: Jonahs Schwester Mary hatte Lily und John in Atterley angerufen, nachdem sie ihre Telefonnummer in einem von Jonahs Notizbüchern gefunden hatte.

Es war eine schreckliche Geschichte – beim ersten Hören beinahe unfassbar. Jonah hatte als Obdachloser in Detroit gelebt. (Selbst seine Schwester wusste nicht, was ihn von Albuquerque dorthin geführt hatte. Sie hatte wie alle anderen seit Jahren nichts von ihm gehört.) Er hatte wieder Drogen genommen. In Anbetracht seiner eigenartigen, rastlosen Stimmung in der Nacht, als Jonah ihren Gig in Denver besucht hatte, überraschte das Cass nicht. Die Familie wollte allerdings lieber glauben, dass er versehentlich eine Überdosis erwischt hatte, als dass es Absicht gewesen war. So oder so war er eines Morgens von einer jungen Krankenschwester, die auf dem Weg zu ihrer Frühschicht im Henry Ford Hospital war, tot auf der Straße gefunden worden.

«Mein Gott», sagte Cass. Kim hielt ihre Hand fest gedrückt. «Wo ist Ivor?»

«Im Studio», antwortete Kim. «Er war dabei, als ich den Anruf angenommen habe.»

Cass ließ Kims Hand los und rannte durch den Garten zum Studio. Drinnen sah sie Ivor mit verlorenem Blick auf dem Sofa sitzen, ein leeres Whiskyglas in der Hand.

«Schenk mir auch einen ein», sagte sie. «Lass uns auf Jonah anstoßen.»

Und das taten sie. Und nachdem sie ihre Gläser geleert hatten, nahmen sie einander in die Arme und dachten an den Freund, den sie geliebt und verloren hatten und der weder ihnen noch sonst jemandem je eine Chance geboten hatte, ihn zu retten. Der vielleicht am Ende einfach nicht hatte gerettet werden wollen.

Sie flogen zum Begräbnis hinüber, das in der baptistischen Kirche der Familie in Clarksdale stattfand: Erste-Klasse-Tickets von London Heathrow nach Chicago, die sie in letzter Minute zu einem astronomischen Preis ergatterten. Dann brachte sie ein Fahrer die vielen Meilen nach Süden ins flache Mississippi-Delta.

Eine große Schar von Trauergästen war zur Kirche gekommen: Verwandte, Mitglieder der örtlichen Kirchengemeinde und Musiker aus ganz Amerika und Europa. Beim Trauermahl trat ein uralter Bluessänger in Anzug und Weste auf die Bühne. Er war eine Art Mentor für Jonah gewesen – in seiner Erinnerung ein magerer, kleiner Junge, der sich verzweifelt bemühte, die viel zu kurzen, schmalen Hände so weit zu spreizen, dass er die Saiten der Gitarre des alten Mannes greifen konnte.

«Jonah Hills ist mit der Musik im Blut geboren», sagte der alte Musiker, und seine Stimme brach ein wenig, als er dieselbe alte Gitarre nun auf sein Knie setzte. «Das wusste ich gleich, als er zum ersten Mal spielte.»

Cass hörte zu und dachte daran, wie sie Jonah für einen Obdachlosen gehalten hatte, als er zum ersten Mal in der Einfahrt von Atterley aufgetaucht war. Und ein Obdachloser war er dann schließlich auch geworden.

Sie blickte sich um und begriff, dass nicht einmal die Musik gereicht hatte, um Jonah das Gefühl zu geben, dass er leben wollte. Und auch keiner dieser Leute hier hatte das geschafft, die nun davon sprachen, was für ein wunderbarer Musiker er gewesen sei. Es stimmte. Er war durch und durch echt und authentisch gewesen und hatte nie irgendwelchem Ruhm oder Geld hinterhergejagt. Aber jetzt war seine Musik mit ihm gestorben, wie aufrichtig dieser gütige, alte Mann dort vorn auch beteuerte, dass sie weiterleben würde.

Sie blieben ein paar Tage in New Orleans, wo Kim für sie ein Zimmer im Hotel Monteleone gebucht hatte. Von dort aus gingen Cass und Ivor durch die Straßen des French Quarter und suchten die heruntergekommeneren, dunkleren Gassen, wo die echte Musik gespielt wurde. An jeder Straßenecke tropisch warme Luft und Brassbands. Über die Gesichter der Jazzmusiker in der Preservation Hall strömte der Schweiß.

In diesem kleinen, baufälligen Saal mit dem rohen Bretterboden und den grob verputzten Wänden fragte Cass sich, ob an den Auftritten dieser Männer – und wenigen Frauen –, die für kaum mehr als Trinkgeld und Bier spielten, etwas Echteres und Wahreres war als an dem Narrenumzug, zu dem ihre eigene Laufbahn sich allmählich entwickelte.

Der Pomp und Prunk, das pfauenhafte Sich-Putzen und -Spreizen. Der unbändige Antrieb ihres Ehrgeizes, ihr Wunsch … was zu sein? Eine, der man zuhörte? Die man anerkannte? Die man feierte? *Cass Wheeler* – ein Name, der gerufen, geflüstert und in Schlagzeilen eingefangen wurde, bis diese Aufmerksamkeitsflut auch noch die letzten Spuren des Mädchens tilgte, das sie einmal gewesen war. Des Mädchens, das die Hand an die Wange führte und die schmerzhafte Ohrfeige der Mutter noch immer spürte. Des Mädchens, das im Dunkeln wach lag und sich fragte, wo die Mutter hingegangen war und ob sie jemals zurückkommen würde.

Und doch, dachte Cass, während die Jazzband aus New Orleans weiterspielte, was bedeutete ihr Erfolg eigentlich wirklich? Was bedeutete das alles, wenn das Leben in einer Gasse in Downtown Detroit ohne viel Federlesen einfach zu Ende gehen konnte? Eine Mutter, ein Vater und eine Schwester, die in der Kirche, in der Jonah getauft worden war, um ihn weinten. Eine Gruppe sogenannter Freunde, die seit Jahren nichts mehr von ihm gehört hatten. Ein Kind, das Jonah kurze Zeit für seines gehalten hatte und dessen Verlust ihm vielleicht unerträglich gewesen war.

Ein Kind. Cass schloss die Augen, und jetzt meinte sie, sein Gewicht auf dem Schoß zu spüren. Ein Mädchen. Eine Tochter. Ivors und ihre fleischgewordene Liebe: die Antwort auf ihre Fehler und auf die Fehler der Eltern, die sie geboren hatten.

Sie kannte dieses Kind: Sie erkannte es so deutlich und mit derselben Gewissheit wie eine Freundin oder einen Freund aus ältesten Zeiten. Irene. Linda. Kate. Serena. Alan. Johnny. Oder Kim. In diesem Augenblick stand Cass keines der Gesichter ihrer Freunde so scharf und deutlich vor Augen wie das der Tochter, die sie im Arm hielt.

Hallo, meine Kleine, sagte sie lautlos zu dem Kind, während der Trompeter die schimmernde Öffnung des Instruments in die drückende Luft reckte.

TRACK TWELVE

Queen of the Snow

By Cass Wheeler
From the album *Fairy Tale*
(Demo version)

New York was silent
With fresh fallen snow
The glass and the concrete
The hard neon glow

On the fifty-fifth floor
On the Lower East Side
A woman stood and watched
A newborn child

Oh daughter, my daughter
Your mother is here
The queen of the snow
The empress of tears

The mirror, it shattered
The shard's in my eyes
Ice and shadows
In this great kingdom of mine

One day, it will be yours
This freezing cold land

My face in your mirror
My hand in your hand

Oh daughter, my daughter
Your mother is here
The queen of the snow
The empress of tears

May you grow taller
Than I ever was
May you bring sunlight
To this nation of ice

Oh daughter, my daughter
Your mother is here
The queen of the snow
The empress of tears
Oh daughter, my daughter
Your mother is here
The queen of the snow
And the empress of tears

RELEASED Album released January 1983;
this demo version previously unreleased
RECORDED November 1982 at Rothermere, Surrey
GENRE Folk rock / pop
LABEL Lieberman Records
WRITER(S) Cass Wheeler

Ein Sonnenschein. Eine Tochter. Braune Augen, die in dem Gesichtchen riesig wirkten, und ein dichter Schopf sandblonden Haars. Ein Mund, der zu lächeln versuchte, obgleich die Kinderschwestern beharrlich versicherten, so früh könne ein Neugeborenes das noch gar nicht. Ein kleiner, warmer Babykörper mit zerbrechlichen Vogelknöchelchen, aber gleichzeitig stark, entschlossen und energisch: Hände, die sich ausstrecken, greifen und sich festklammern. Warmer, nächtlicher Atem, der Geruch von Baumwolle, Babypuder und saurer Milch und das durchdringende, wimmernde Weinen, das in Schlaf und Traum und die wattige Erschöpfung eindrang, die weder Schlaf noch Traum war, sondern nur ein Wartezustand zwischen dem einen verzweifelten Gerufenwerden und dem nächsten.

Dann war das Kind kein Sonnenschein. Sondern ein Mondbaby – blasse, perlmuttschimmernde Haut, die Augen finster zusammengezogen als Zeichen, dass gleich ein Sturm losbrechen würde. Doch wenn der Tag kam, war es wieder friedlich. Lächelnd bewegte es die winzigen Fäuste im Einklang mit der Musik, die es umgab und die in jenen ersten Monaten der natürliche Soundtrack seiner Tage war.

Sie nannten sie Anna Lily Joan Wheeler Tait. Lily natürlich für Cass' Tante. Joan für Jonah und Anna für Ivors Großmutter, die er so geliebt hatte.

Lily und John kamen zu Besuch und brachten Blumen und ein Mobile, das John aus Balsaholz geschnitzt und bemalt hatte, um es über das Bettchen zu hängen: ein Schwarm Möwen, getragen vom Wind.

Alan und Rachel kamen mit weißen Rosen (in jedem Zimmer von Rothermere dufteten und leuchteten dicke Blumensträuße) und ihrem eigenen Söhnchen Jerome. Er war nur wenige Monate älter als Anna und hatte die Augen seines Vaters und den Lockenkranz seiner Mutter.

Kim schenkte Cass ein teures französisches Badeöl und Anna ein Stofftier, einen riesigen Eisbären.

Kate kam allein. Sie brachte ein Döschen Creme zum Straffen der Brüste und eine bibliophile Sonderausgabe Kindermärchen mit, jeder Band handgebunden.

«Ich weiß, dass sie dafür noch viel zu klein ist», sagte sie und nahm die *Schneekönigin* aus ihrem Schuber. «Aber ich konnte einfach nicht widerstehen.»

«Die Bücher sind wundervoll», antwortete Cass. Sie fragte nicht, ob Kate auch selbst gute Nachrichten habe. Das Gesicht ihrer Freundin sagte ihr alles – die stoische Resignation und Trauer unter der mühsam zur Schau getragenen Freude für Cass.

Johnny hatte seine Kamera dabei. «Nur du, Cassandra, mein Schatz, schaffst es, mich in einen verdammten Babyfotografen zu verwandeln.»

Er schoss einen ganzen Film mit Porträts von Anna und ließ sechs Bilder rahmen. Cass hängte sie in dem Dachgeschosszimmer auf, das sie nun als Babyzimmer eingerichtet hatten. Wenn sie in den tiefsten Stunden der Nacht allein mit ihrer Tochter dasaß und zusah, wie der winzige, energische Mund des Babys sich beim Saugen rhythmisch zusammenzog, schaute sie auch zu den Fotos hinüber, dachte an Johnny und lächelte.

Margaret schickte eine Karte. Das Flugticket von Kanada sei zu teuer, schrieb sie, oder ob Cass vielleicht selbst das Notwendige veranlassen wolle? Sie hoffe in jedem Fall, dass Cass und Ivor bald einmal mit Anna nach Toronto kommen würden.

Als Cass die Worte ihrer Mutter las und einen kleinen Teddybären mit weichen Riesenohren und einem blendend weißen Haarkamm in dem Luftpostpäckchen fand, überkam sie ein lange vergrabener Zorn. Ein Gefühl, das sie vielleicht erst jetzt vollständig zum Ausdruck bringen konnte, da sie selbst Mutter war.

Wie eine gespannte Feder hatte die Angst in Cass gelauert, dass sie die Tochter ihrer Mutter war und dass Margarets Ablehnung ihr das Muster für die Beziehung zu ihrem eigenen Kind unweigerlich vorgegeben hatte. Doch mit Annas Geburt war diese Sorge zu Cass' unermesslicher Erleichterung verschwunden. Die Liebe, die sie augenblicklich und fortan für ihre Tochter empfand, war vollständig, tief und fraglos. Cass konnte sich genauso wenig vorstellen, Anna zu verlassen – oder auch nur nachts die Tür hinter dem weinenden Kind zuzumachen –, wie sie sich vorstellen konnte, ihren eigenen Körper mit seinen vollen, mütterlichen Formen zu wechseln und eine andere Gestalt anzunehmen.

Ein paar Tage später schickte sie ihrer Mutter eine kurze Nachricht, die vielleicht nicht das volle Ausmaß ihrer Wut verriet (dafür war sie einfach zu müde, merkte sie, als sie mit dem Schreiben anfing), aber jedenfalls keinerlei Versprechungen enthielt.

Wir haben nicht vor, Amerika oder Kanada in der nächsten Zeit zu besuchen, schrieb Cass. Sie rechnete mit keiner Antwort. Und es kam auch keine.

In seinem Zimmer mit Blick aufs Meer hielt Francis seine Enkeltochter in den Armen und schaute sie lächelnd an.

Cass hatte dafür gesorgt, dass er ins oberste Stockwerk des Heims verlegt wurde – in die größte, am besten ausgestattete Suite, deren lichte Fenster die Pflegerin an diesem Tag offen gelassen hatte, sodass die trockene, frische Meeresluft hereinwehte.

«Das ist deine Enkeltochter, Dad», sagte Cass und beugte sich vor, um das Baby unterm Kinn zu kitzeln. «Das ist Anna.»

Francis blickte zu Cass auf. Seine Augen waren trübe, das Weiß gelblich überzogen und rot gerändert. Sie verfolgte, wie sein Gesichtsausdruck sich veränderte. Sie konnte beinahe sehen, wie der Nebel seiner Krankheit sich über ihn wälzte. Er schrie auf – ein unartikulierter, stimmloser Laut, der Cass an jenen Abend vor mehr als zwanzig Jahren erinnerte: die geschlossene Tür ihres Vaters, die Gemeindefrauen in der Küche und diese furchtbaren, tierhaften Jammerlaute. Wie grausam die Zeit sich zusammenzog, um den Abstand zwischen jenem Moment und diesem mit einem Mal vollständig zu vernichten.

Sanft befreite sie Anna aus dem Griff des Großvaters. Jetzt war der winzige Augenblick einer – bewussten oder unbewussten – Verbindung zwischen ihnen gebrochen, doch er genügte Cass. Sie würde dieses Bild für Jahre im Kopf behalten, auch noch nach Francis' Tod, und solche Bilder waren dann, zusammen mit seinen Büchern, seinen Papieren und einem viel zu kleinen Stoß Fotos, alles, was ihr von ihrem Vater blieb.

Susan Tait schickte eine Karte und ein teures Geschenk, das sie von dem berühmten Spielzeugladen Hamleys nach Rothermere liefern ließ: ein blassgraues Schaukelpferd mit einer langen, weißen Mähne und einem weichen Ledersattel.

Ivor packte es in der Diele aus. Er betrachte das Pferdchen eine Weile, Cass, die die schlafende Anna auf dem Arm hielt, neben sich.

Dann sagte er: «Ich glaube, ich werde meiner Mutter schreiben, Cassie. Sie einladen, um das Baby zu sehen. Vielleicht ist die Zeit jetzt reif.»

Und so lernte Cass endlich ihre Schwiegermutter kennen. Sie kam eines Nachmittags im Mai nach Rothermere: eine zierliche, schlanke Frau in gelbem Rock und weißer Jacke, das Haar frisch in Dauerwellen gelegt.

Im Geist hatte Cass sie immer als schüchterne graue Maus vor sich gesehen. Aber die Susan Tait, die sich mit einer Tasse Tee an den Küchentisch setzte und mit dem Baby in seinem Körbchen schäkerte, war eine ganz andere Art von Frau.

Vielleicht war sie ein wenig schüchtern, vielleicht fehlte es ihr ein klein wenig an Selbstvertrauen, aber sonst passte nichts an ihr zu der Rolle, die Cass Susan in ihrer Phantasie zugeschrieben hatte. Die eines hilflosen, schwachen Menschen. Einer schattenhaften, schwankenden Person, die verzweifelt versuchte, die stets wechselnden Muster der Launen ihres Mannes zu ergründen.

Ivor machte die Anwesenheit seiner Mutter rastlos: Er

stand mehrmals auf und verließ den Raum, und wenn er zurückkehrte, setzte er sich nicht zu ihnen an den Tisch, sondern blieb mit ein paar Schritten Abstand stehen. Seine Wut auf Susan war nicht vollständig verraucht, aber sie schien wenigstens auf eine niedrigere Temperatur heruntergekühlt zu sein. Eine gerade noch erträgliche Hitze, die es ihrer Tochter Anna vielleicht gestatten würde, zumindest einen ihrer Großeltern persönlich kennenzulernen.

Als Anna ein Jahr alt wurde, war sie gut genährt und kräftig, für ihr Alter recht groß und stieß gern ein stetes Geplapper von Lauten und Geräuschen aus, das Alan, wie er sagte, an die Musik von John Cage erinnerte. Zu dieser Zeit wurde Cass bewusst, dass Ivor Pläne für ein Solo-Album schmiedete.

Hugh kam schon seit einer ganzen Weile nach Rothermere und zog sich mit Ivor und einer wild zusammengewürfelten Truppe Musiker ins Studio zurück, die Cass insgeheim als Schleimer und Stiefellecker abtat: Nichtstuer, die sich mehr für Ivors stetigen Nachschub an Single-Malt-Whisky interessierten als dafür, irgendetwas zu schaffen, das auch nur annähernd mit richtiger Musik zu tun hatte.

Sie hatte erwartet, dass das alles mit Annas Geburt aufhören würde. Und so war es auch eine Zeitlang: Annas erste Lebenswochen hat Cass als eine Zeit in Erinnerung, die sie alle drei gemeinsam bewohnten. Das Baby an Cass' Brust geschmiegt und Ivor, der alles beobachtete, die Augen weit vor Bewunderung, während ihre Tochter ihren zahnlosen Säuglingsmund nacheinander um die beiden Brustwarzen schloss.

Doch dann ließ das allmählich nach, Ivor war in ihrer kleinen Dreierbande immer weniger präsent. Wenn Cass, von Anna geweckt, aus dem Bett krabbelte, drehte Ivor sich auf die andere Seite, schob sich gereizt das Kissen unter den Kopf und glitt in den Schlaf zurück. Er verschwand für lange Nachmittage, die in Abende und schließlich in Nächte übergingen, ins Studio. Und eines Tages stand Hugh plötzlich auf der Matte. Er brachte nicht einmal ein Geschenk für das Baby mit, aber er und Ivor wollten offenbar alte Zeiten aufwärmen. Und wenig später kamen Tag für Tag und Woche für Woche auch die anderen Männer.

Es waren nur Männer, zumindest am Anfang. Sie standen rauchend auf der Terrasse vor dem Studio und zogen um drei Uhr morgens ins Wohnzimmer um, um Käsetoast zu essen und unaufhörlich zu trinken. Und Cass, die ganz in das wundersame, endlose, alles umfassende Klein-Klein der Mutterschaft vertieft war, nahm sie zunächst kaum wahr.

Aber bald wurde sie in den frühen Morgenstunden nicht mehr von Anna geweckt, die inzwischen (Gott sei Dank) die Nächte durchschlief, sondern von Bruce Springsteen und Blondie, die aus der voll aufgedrehten Anlage im Wohnzimmer dröhnten. Und morgens traf sie die Putzfrau Lorraine dabei an, wie sie systematisch ein Haus in Ordnung brachte, das so aussah, als wäre ein Hurrikan hindurchgefegt und hätte all ihr gemeinsames Hab und Gut wild durcheinandergeworfen.

Und dann erfuhr Cass, dass Ivor und die Musiker – er nannte sie bereits «meine Band» – an einer Sammlung neuer Songs arbeiteten, die Ivor unter seinem eigenen Namen veröffentlichen wollte.

«Wo liegt das Problem?», fragte er sie spät an einem schwierigen Sonntagnachmittag, nachdem Lily und John zum Essen da gewesen waren und Ivor ihnen allen von seinen Plänen erzählt hatte – ohne jedes Zögern und so beiläufig, als handele es sich um ein Paar Jeans, das er zu kaufen gedenke.

Sein Gesicht war hart und verschlossen. Auf der anderen Seite des Zimmers baute Anna in ihrem Laufstall einen Bauklotzturm und krähte vor Vergnügen, als er in sich zusammenfiel.

«Herrgott noch mal, Ivor», sagte Cass, die ihre Aufmerksamkeit zwischen Tochter und Mann teilte und merkte, dass sie auf keinen der beiden richtig eingestimmt war. «Warum hast du nicht erst mal mit mir geredet? Das bedeutet doch, dass du von deinem Vertrag entbunden werden musst, zumindest eine Zeitlang? Und was passiert, wenn wir so weit sind, dass wir die nächste Platte aufnehmen wollen?»

«Wenn *du* so weit bist, meinst du wohl.» Sein Tonfall war scharf. Anna baute schon den nächsten Bauklotzturm, die Lippen konzentriert gespitzt. Hin und wieder blickte sie auf, um sich zu vergewissern, dass ihre Mutter zusah. Und so bekam Cass, die Anna beobachtete, nicht mit, welche Miene Ivor machte, als er sagte: «Vorher wirst du dann wohl deinen eigenen Ehemann von seinem verdammten Vertrag entbinden müssen.»

Das, so entschied Cass später, war die verirrte Note gewesen, die das harmonische Gefüge des Songs zum ersten Mal erschüttert hatte.

Sie hatte die Macht eines falschen Tons immer instinktiv erkannt: um einen Halbton versetzt, dissonant, ein Eindringling im aufgeräumten Raster der Tonart. Sie war schließlich für ihre ganz eigenen Gitarren-Tunings berühmt.

Vielleicht hatte es ihn ja immer gegeben zwischen ihnen – diesen schrägen Ton, diese disharmonische Sechzehntelnote –, und Cass hatte sie einfach nicht hören wollen. Sie hatte auf die ungewöhnliche, herbe Schönheit ihrer Beziehung vertraut. Darauf, dass doch ein Riss in allem ist und dass nur eine winzige Narbe das ansonsten symmetrische Gesicht verunzierte. Vollkommenheit war unmöglich und das Streben danach banal. In der Kunst, im Leben und in der Liebe waren es die Macken, die Fehler, die Disharmonien, die die meiste Kraft hatten und uns am meisten berührten.

Aber was, fragt Cass sich jetzt, kann man tun, wenn der kleine Haarriss irgendwann das ganze Gebäude in Gefahr bringt? Kein plötzliches Schwanken und Bersten, kein krachender Einsturz, sondern ein langsames und allmähliches Absinken des Untergrunds, durch den Schönes hässlich wird und das Licht schließlich im Dunkeln verschwindet.

Wie sich herausstellte, sah Alan kein Problem in Ivors Solokarriere.

In den letzten Monaten von Cass' Schwangerschaft hatte Alan mit Graham, Kit und Frank einen neunmonatigen Urlaub mit voller Lohnfortzahlung vereinbart, da er davon ausgegangen war, dass Cass nicht sofort wieder ins Studio würde zurückkehren wollen. Und Kim, die damals selbst im vierten Monat schwanger war (ihre Tochter Tasha kam an einem leuchtend bunten Tag im September zur Welt) war sehr gerne bereit, ihre Arbeitszeit zu reduzieren. Ihr Mann Bill, ein kalifornischer Tontechniker, den sie bei den Aufnahmen von *My Loving Heart* in Los Angeles kennengelernt hatte, bekam bereits jetzt mehr Arbeit angeboten, als er annehmen konnte.

Selbst ein Jahr nach Annas Geburt war Cass noch immer fest entschlossen, kein Kindermädchen einzustellen. Der Gedanke, jemand anderes als sie selbst würde sich um ihre Tochter kümmern, war ihr unerträglich. Und obgleich sich allmählich die Idee für ein neues Album in ihr festsetzte – sie dachte an eine Folge zeitgenössischer Interpretationen von Kates Märchenbüchern –, war es doch vorläufig noch kaum mehr als ein Gedanke. Sie konnte nicht davon ausgehen, dass ihre Band ewig auf sie warten würde. Frank hatte bereits ein Angebot als Sessionmusiker, und Graham spielte mit dem Gedanken, mit seiner neuen amerikanischen Frau nach Nashville zu ziehen.

«Ivor muss sich einmal austoben dürfen», sagte Alan. «Und wenn er es überhaupt tun will, dann ist jetzt wohl eine gute Zeit dafür, wo du ohnehin mit Anna zu tun hast. Wo du das Studio nicht brauchst. Und außerdem» – er wandte den Blick ab – «gibt es Nachfrage dafür, Cass. Ivors Platte könnte sich sehr gut verkaufen.»

Es gefiel ihr nicht. Es gefiel ihr ganz und gar nicht.

«Alan versteht das nicht», sagte Cass zu Kim. «Jerome ist jetzt fünfzehn Monate alt, und Rachel ist wieder schwanger. Für Alan ist das kein Problem – Rachel wird ja immer zu Hause sein und ihm den Rücken freihalten. Aber wie soll *ich* zurechtkommen, Kim, wenn Ivor loszieht und sein eigenes Ding macht? Wie soll ich das schaffen?»

Cass spürte, dass ihre Freundin ihre Worte sorgfältig abwägte. «Na ja, du könntest darüber nachdenken, eine Frau ins Haus zu holen, die dir mit Anna hilft. Dann hättest du mehr Zeit für deine Songs. Vielleicht könntest du sogar wieder ins Studio.»

Cass' Antwort kam schnell und energisch: «Ivor ist derjenige, der mir helfen sollte. Er ist verdammt noch mal ihr Vater.»

Kim wandte sich wieder dem Papierkram zu, mit dem sie

gerade befasst war. «Nach meiner Erfahrung», erwiderte sie leise, «musst du einem Mann nur sagen, dass er etwas nicht tun soll, und dann verbeißt er sich endgültig.»

Sie hatte natürlich recht. Ivor war entschlossen, das Album zu machen, und weder Cass noch sonst jemand würde ihn davon abbringen können.

«Wir stellen eine Kinderfrau ein», sagte er. «Wir können es uns leisten, Herrgott noch mal. Das ist doch pure Dickköpfigkeit von dir, dass du meinst, du musst alles selbst machen. Dickköpfigkeit und dein ewiger Kontrollzwang. Aber mir reicht's jetzt, Cassie. Ich mache diese Platte, und du wirst den Teufel daran ändern.»

Sie starrte ihn an, und er sah ihr aus dem Halbdunkeln finster entgegen. Sie standen im Flur des Dachgeschosses vor dem Kinderzimmer. Es war nach Mitternacht – Anna war weinend aufgewacht, und Cass hatte es gerade erst geschafft, sie wieder zum Einschlafen zu bringen. Sie wollte sie nicht wecken, und doch schaffte sie es nicht, sich zu zügeln. Sie wusste kaum, was sie sagte, bis die Worte hässlich und grob heraus waren, Worte, die sich nicht mehr ungesagt machen ließen.

«Du hättest das alles überhaupt nicht, Ivor, wenn ich nicht wäre. Wer hat dieses Haus hier gekauft?», brüllte sie. «Ich. Wer bezahlt deinen verdammten Whisky? Ich. Dann zisch doch ab und tu, was du für deine Eitelkeit brauchst. Aber vergiss nicht, wer das alles möglich gemacht hat.»

Und dann geschah es so unglaublich schnell – der harte, schmerzhafte Schlag seiner Hand, die er blitzschnell über ihre Wange zog.

Sie taumelte zurück und schloss die Augen. Sie konnte Ivor nicht sehen, als er die Worte mit einer Stimme sagte, die sie nicht kannte (er, dessen Stimme sich auf der Bühne und im Studio so harmonisch um ihre schlang): «Du wirst mich nicht kontrollieren, Cassie.»

Sie erwiderte nichts, traute es sich nicht. Sie hielt die Augen geschlossen und hörte, wie er durch den Flur und die Treppe hinunterging. Ihre Wange fühlte sich schmerzend und schutzlos an. Sie strich mit der Hand darüber und spürte die Hitze unter ihren Fingern, als hinter der Tür des Kinderzimmers Anna zu weinen begann.

Es dauerte nicht lange, bis Ivor seine Pläne umsetzte.

Er wollte unbedingt einen neuen Sound, etwas, was ganz seines wäre. Er fand einen Produzenten, die Musiker wurden engagiert und in Liebermans neuer Sparte für elektronische Musik eine Lücke im Release-Zeitplan reserviert.

Auf Geheiß des Produzenten, eines achtundzwanzigjährigen Synthesizer-Fans, kaufte Ivor ein schwindelerregend teures Gerät namens Fairlight CMI, dessen dunkler Monitor auf eine Weise, die Cass unbestimmt finster erschien, nun den Aufnahmeraum dominierte. Aber es ließ sich nicht abstreiten, dass das Instrument zu Wundern fähig war: Es konnte einen Klang – jeden beliebigen Klang – erzeugen und auf seine Tasten übertragen.

«Komm», flüsterte Ivor Cass eines Abends spät zu, als Anna, die erkältet war, wieder einmal nicht in den Schlaf fand. «Komm mal mit.»

Sie blickte aus dem Kinderzimmersessel auf. Die Nacht vor einem Monat – der plötzliche Peitschenhieb seiner Hand in ihrem Gesicht – erschien ihr bereits unwirklich, albtraumhaft. Sie hatte schlaflos neben Ivors leerem Platz im Bett gelegen – sie wusste nicht, wo er hingegangen war, und es war ihr auch gleichgültig – und hatte die wehe Wange aufs Kopfkissen gepresst. Gleich am nächsten Morgen, so sagte sie sich, würde sie Kim anrufen und sie bitten, ihr beim Packen zu helfen. Sie würde mit Anna erst einmal bei Kim und Bill Unterschlupf finden, oder bei Johnny. (Der Gedanke, zu Lily und John zu gehen, war ihr unerträglich: Die frühe Warnung ihrer Tante hallte jetzt in ihren Ohren nach.) Später würde sie sich etwas Eigenes suchen. Ihre Ehe war endgültig vorbei, sie musste einen Schlussstrich ziehen. Sie sah keine Alternative.

Das alles hatte Cass sich vorgenommen und war dann dankbar in Schlaf gesunken. Im hellen, die Dinge verwandelnden Sommerlicht des nächsten Morgens war sie wieder aufgewacht.

Ivor lag an sie geschmiegt, den Arm um ihre Taille geschlungen, und seine Stimme – jetzt wieder seine eigene, die Stimme, die sie kannte – sagte ihr leise ins Ohr: «Es tut mir leid, mein Liebling. Es tut mir schrecklich leid. Verzeih mir.»

Sie hatte ihm gestattet, sie im Arm zu halten, und zugelassen, dass die vorangegangene Nacht in weite Ferne rückte – als eine Verirrung, ein Fehltritt. Sie war aufgestanden, hatte sich angezogen und nach Anna geschaut. Sie hatte weder Kim angerufen noch ihre Sachen gepackt.

Jetzt ergriff Ivor im Babyzimmer Cass' Hand und führte sie, die immer noch Anna auf dem Arm hatte, durchs Wohnzimmer nach draußen und dann durch den feuchten, kühlen Garten. Im Studio schaltete Ivor den Fairlight an.

Lächelnd hielt er Cass' Blick fest und sagte: «Hör dir das mal an.»

Er fummelte an dem Gerät herum, und dann hörte Cass

Annas Stimme, die kristallklar aus dem Lautsprecher kam. *Sing. Sing. Sing.* Es war das erste richtige Wort gewesen, das sie je von ihr gehört hatten. Anna hatte es vor einigen Wochen klar und deutlich von sich gegeben, so gebieterisch wie eine winzige Herzogin. Ivor musste Anna wohl einmal mit ins Studio genommen und sie überredet haben, es in das Gerät hineinzusprechen.

Vom Licht und von den Geräuschen verlockt, schlug Anna die Augen auf und lächelte zum ersten Mal seit Stunden. Ivor und Cass sahen sich über ihre Tochter hinweg an und wagten kaum zu atmen.

Ivor begann *Inside the Machine* mit diesem Sample der Stimme seiner Tochter, das zehn Mal wiederholt wurde und allmählich in das Drum-Machine-Intro des beginnenden Songs überging.

Und vierundzwanzig Jahre später, nun allein in Home Farm, lässt Cass diese zehn Takte immer wieder abspielen, bis sie den Klang und die Erinnerung an diesen Augenblick reinen, unverfälschten Glücks nicht mehr erträgt: ein so intensiver, so tief empfundener Moment, und dann so unmöglich festzuhalten.

Reverend Francis Wheeler starb an einem Dienstagmorgen im Juli 1982 nach einem kurzen Kampf mit einer Mittelfellentzündung.

England befand sich im gnadenlosen Griff einer Hitzewelle, Anna hatte gerade erst eine ziemlich unangenehme Maserninfektion hinter sich gebracht, und zwei Bomben der IRA waren in Londoner Parks explodiert. Kim fuhr Cass von Rothermere nach Worthing, während hinten Anna und Tasha vollkommen in ihr Spiel versunken in ihren Kindersitzen saßen, und Cass stellte das Radio aus, weil sie noch mehr düstere Nachrichten einfach nicht ertrug.

Ivor befand sich auf dem Südostasienabschnitt seiner *Inside the Machine*-Tour und hielt sich gerade in Bangkok auf: Das Album stand in fast jedem Land weit oben in den Charts, und seine erste Single-Auskopplung «I Need Your Love» tauchte sowohl in Großbritannien als auch in den USA in den Radio-Playlists auf. Seit einem Vierteljahr befand er sich mehr oder weniger ununterbrochen auf Tour. Wenn er ausnahmsweise einmal ein oder zwei Wochen in Rothermere war, verbrachte er die Zeit mit Hugh und ihrem Produzenten James im Studio, wo sie Demoaufnahmen für das zweite Album machten.

«Komm und leiste uns Gesellschaft», sagte er dann oft zu Cass. «Lass Anna zuschauen, wie ihr Daddy Musik macht.»

Und dann saß sie neben James im Regieraum und hielt ihre Tochter an die Trennscheibe, von der aus diese ihrem Vater mit faszinierter Miene zuschaute. Aber Anna hatte bald genug und begann zu quengeln, und so musste Cass mit dem weinenden Kind im Arm zum Haus zurückkehren. Und ja, in diesen Momenten hasste sie Ivor ein wenig. So wie sie ihn in den Nächten hasste, in denen er auf der anderen Seite der Welt auf einer Bühne stand und sich in seiner Musik verlor, während sie zu Hause in der zähen Langeweile und den unergründlichen Freuden der Mutterschaft versank.

Am Tag, an dem ihr Vater starb – diesem schwülheißen, schrecklichen Tag –, rief sie von ihrem Hotel in Worthing aus in Ivors Hotel in Bangkok an.

In seinem Zimmer nahm keiner ab.

«Möchten Sie eine Nachricht hinterlassen?», fragte die Rezeptionistin des Hotels.

Cass wischte sich einen feinen Schweißfilm von der Stirn. Draußen schimmerte das graugrüne Meer unter einem Hitzeschleier, und Kim, die Anna an der einen und Tasha an der anderen Hand hielt, zog die beiden Kinder von der Promenade auf den Strand.

«Bitte sagen Sie ihm, dass mein Vater verstorben ist», antwortete sie. «Die Beerdigung ist am Freitag. Ich bin im Chatsworth Hotel in Worthing. Könnten Sie ihn bitten, mich so bald wie möglich hier anzurufen?»

«Natürlich, Madam», antwortete die Rezeptionistin. «Ich sorge dafür, dass Mr. Tait die Nachricht erhält.»

Sie versuchte es als Nächstes bei der Pressesprecherin von Apex, Zoë, und erreichte sie auch tatsächlich. Die Musiker und die Crew hätten eine Woche Pause zwischen zwei Auftritten, erklärte Zoë. Eine Gruppe sei zu den Stränden von Phuket aufgebrochen, aber Ivor befinde sich nicht darunter. Niemand – weder Zoë noch der Tourmanager Andy oder Alec, Alans Assistent, der als Begleiter mitgeschickt worden war – wisse, wo er sich befinde.

Cass mochte Zoë. Sie war intelligent, witzig und unerschütterlich, hatte platinblondes Haar und das durchtriebene Lachen einer Britin aus dem Norden. Und außerdem war sie, wie Cass feststellte, eine schlechte Lügnerin.

«Zoë», sagte sie. «Gerade ist mein Vater gestorben, und ich habe wirklich keine Lust auf solche Spielchen. Ich denke, du weißt genau, wo Ivor steckt. Würdest du es mir also bitte einfach sagen.»

Am anderen Ende der Leitung folgte eine lange Pause. «Tut mir leid, Cass, wirklich, aber ich kann es dir nicht sagen. Schließlich arbeite ich für Ivor. Das musst du verstehen.»

Cass holte tief Luft. «Du arbeitest für Apex, und Apex gehört Lieberman Records. Und ich bin, wie du vielleicht weißt, die verkaufsstärkste britische Musikerin unter Liebermans Künstlern. Wenn du also weißt, wo Ivor ist, Zoë, könnte es in deinem Interesse liegen, es mir zu sagen.»

Wieder eine lange Pause. Ein Seufzer, und dann: «Er ist allein losgezogen. Na ja, nicht allein. Ich kenne ihren Namen nicht. Tut mir leid ...» Ein Hüsteln, wieder ein Seufzer. «Eine dieser kurzen Affären mit einem Groupie, weißt du? Mehr ist es bestimmt nicht. Nichts Ernsthaftes.»

«Aha.»

Am Strand wandten Kim und die Mädchen sich vom Meer ab und staksten in ihren Badesandalen über den Kies. Beim Betrachten ihrer Tochter – die kleine Gestalt mit den molligen Ärmchen in einem blau gestreiften OshKosh-Kleid, einen weißen Sonnenhut auf dem Kopf – spürte Cass Übelkeit, die aus ihrem Magen aufstieg und sich in ihrer Kehle festsetzte.

«Danke, Zoë.»

«Es tut mir wirklich leid, Cass. Und herzliches Beileid wegen deinem Vater.»

Es war Donnerstagmorgen, als Ivor Cass endlich zurückrief. Er klang atemlos und verärgert, als wäre er derjenige gewesen, der versucht hätte, *sie* zu erreichen.

«Ich hatte keine Ahnung, wo du steckst», sagte er. «Das Team hier, die sind die letzten Trottel. Jetzt sagt mir Zoë, dass du in irgendeinem verdammten Hotel in Worthing sitzt.»

«Tja, wir müssen vor der Beerdigung ja wohl irgendwo übernachten, Ivor.» Cass ärgerte sich, dass sie so verbittert klang, dass sie so nahtlos in die Rolle der Xanthippe geschlüpft war. Sie dachte daran, wie es geklungen hatte, wenn sie früher beim Sex miteinander sprachen: leise und zärtlich oder getrieben, hastig und leidenschaftlich. Sie sah vor sich, wie Ivors Hand über den Körper einer anderen Frau strich, wie seine Finger durch ihre Haare fuhren.

«Und wo warst du also?»

«Ich war ein bisschen allein unterwegs. Ich brauchte einfach ein wenig Freiraum, weißt du?» Sie hörte, wie er schluckte und Luft holte. «Das mit deinem Dad tut mir leid, Cass. Mit Francis. Wirklich.»

Sie schloss die Augen. Sie hatte noch nicht geweint, aber sie wusste, dass das kommen würde.

«Offenbar nicht genug, um deinem Flittchen einen Abschiedskuss zu geben und nach Hause zu kommen», antwortete sie.

Er widersprach nicht. Lange Zeit schwieg er. Als er schließlich etwas sagte, klang seine Stimme ruhig und kühl: «Wie sollte ich das anstellen? Wir haben morgen eine Show. Die kann ich jetzt nicht absagen. Wir müssten den Leuten die Tickets erstatten.»

«Aber vor zwei Tagen hättest du noch absagen können.»

Schweigen. Dann: «Hättest du das für mich getan, Cass?»

«Ich kann dir jedenfalls sagen, du verdammtes Schwein», antwortete sie nun immer wütender, «dass ich dir *nie* das angetan habe, was du mir gerade antust. Wann denn auch? Ich hab genug damit zu tun, unserer Tochter die Scheißwindeln zu wechseln.»

Damit legte sie krachend auf.

Ivor kam zwei Wochen später nach Hause. Es war acht Uhr früh, als der Wagen in der Einfahrt hielt: Cass war mit Anna in der Küche und löffelte der nur unwillig Essenden Cornflakes in den Mund.

«Daddy?», fragte Anna, wie sie es seit der Abreise ihres Vaters jedes Mal tat, wenn sie den Motor eines herankommenden Wagens hörte.

«Ja, Daddy kommt», bestätigte Cass.

Seine Augen waren gerötet, und die harten Kanten seines Gesichts wirkten verquollen, gerundet durch den Alkohol und was immer sonst er sich auf der Tour eingeworfen hatte. Er begegnete Cass' Blick nicht und begrüßte sie nur mit einem herrischen «Hallo». Anna dagegen nahm er auf den Arm, küsste sie, hob ihr Hemdchen hoch und prustete mit den Lippen auf ihrem nackten Bauch herum, während sie sich kichernd wand.

Cass stand auf der anderen Seite des Raums, trank ihren Kaffee und aß ihren Toast.

«Ich gehe ins Bad», sagte er nach einer Weile, reichte Anna an Cass zurück und machte, das empörte Geschrei seiner Tochter ignorierend, die Tür hinter sich zu.

Um zwölf hatte Cass Anna für einen Mittagsschlaf hingelegt, schob die Tür des gemeinsamen Schlafzimmers auf und traf Ivor an, wie er, ein feuchtes Handtuch um die Lenden geschlungen, im Bett lag und döste.

Sie betrachtete seine Brust mit der blassen Haut und den vereinzelten dunklen Haarbüscheln. Sie liebte ihn und hasste ihn und wusste nicht, wo das eine Gefühl endete und das andere begann.

«Wie heißt sie, Ivor?», fragte sie.

Er machte die Augen nicht auf. «Wer?»

«Du weißt genau, wen ich meine.»

Jetzt schlug er die Lider doch auf. Er begegnete ihrem

Blick, und der Moment dehnte sich aus, angespannt und voller Echos.

«Cassie», sagte er. «Bitte. Es spielt keine Rolle. *Sie* spielt keine Rolle.»

In ihrem Inneren war es, als ginge ein Ruck durch eine zusammengepresste Feder, und diese machte sich frei und schnellte hoch: Cass stürzte zum Bett, setzte sich rittlings auf ihn und trommelte mit den Fäusten auf seiner Brust herum. Ihre Worte klangen selbst in ihren eigenen Ohren nichtssagend und banal. *Wie konntest du? Was zum Henker ist los mit dir? An dem Tag, an dem ich erfahre, dass mein Vater tot ist, treibst du dich mit einer Frau herum, gottverdammte Scheiße noch mal. Nach allem, was ich für uns tue, jetzt, wo ich mich ganz allein um unsere Tochter kümmere. Ich hab alles für dich aufgegeben! Alles, was ich hatte, alles. Alles, was mich glücklich gemacht hat. Und ich hasse dich dafür, Ivor.*

Er hielt ihre Arme fest und schob sie weg: erst sanft und dann mit Kraft. Sie lag jetzt neben ihm, und ihr Atem ging schnell und keuchend.

«Ich will das nicht, Ivor», sagte sie. «Ich will nicht, dass es so ist.»

Er ergriff ihre Hand. «Es tut mir leid, Cassie. Wirklich, ich bin ein Trottel, ein Arschloch. Ich bin schwach und dumm. Aber ich liebe dich, Cassie. Ich liebe euch beide. Und ich wusste doch nichts von Francis. Woher hätte ich das wissen sollen?»

Sie führte ihre verflochtenen Hände zu seiner Brust und machte die ihre dann frei. Seine Haut war warm und noch feucht vom Bad. Sie strich mit den Fingern sanft über seinen Bauch bis zum Saum seines Handtuchs. Seine Lippen begegneten ihren, und als sie Liebe machten, war diese voll

Wut und Zärtlichkeit, voll Verzeihen und Kummer. Danach blieben sie im Bett liegen, und als Ivor einschlief, wurde sein Atem tiefer. Cass lag mit offenen Augen da, sah an die Decke und wartete darauf, dass ihre Tochter aufwachte.

Anna war zweieinhalb, als Cass und Ivor endlich eine Kinderfrau einstellten. Sie hieß Alberte und war eine kleine, blonde, kräftige Frau aus Kopenhagen, deren Verlobter Mark als Pilot bei British Airways arbeitete.

Cass mochte Alberte und war gerne mit ihr zusammen. An den vielen Abenden, an denen sowohl Ivor als auch Mark weg waren, saßen sie lange im Wohnzimmer zusammen, ließen Platten laufen und tranken Rotwein.

«Ich weiß, dass Mark mit anderen Frauen schläft, wenn er weg ist», sagte Alberte eines Abends, als sie ein Glas zu viel getrunken hatten. «Aber das ist mir egal. Ich weiß, dass er mich liebt.»

«Bist du denn nicht eifersüchtig?», fragte Cass.

Alberte zuckte mit den Schultern. «Ein bisschen. Nicht so sehr. Es bedeutet, dass ich auch meine Freiheit habe.»

Freiheit. Cass hatte viel über dieses Wort nachgedacht, während sie im November 1982 in Rothermere *Fairy Tale* aufnahm: ihr fünftes Album, und das erste seit sechs Jahren. Zehn Songs, zehn moderne Märchen-Adaptionen. Ihr Lieblingssong war «Queen of the Snow», und er würde die erste Single-Auskopplung sein: Ihre Schneekönigin lebte als alleinerziehende Mutter im winterlichen New York und fragte sich, wie viele ihrer eigenen Fehler ihre neugeborene Tochter irgendwann wiederholen würde.

Sie hatte den Song und das ganze Album kühl und zurückgenommen im Ohr, in bewusstem Widerspruch zur gegenwärtigen Mode elektronischer Sounds: einfach nur Cass, ihre Gitarre und ihr Steinway. Und dazu ein Cello oder vielleicht eine Geige.

«Das Problem ist, dass das Label das anders sieht, Cass», sagte Alan. «Sie hören dich mit mehr Sound. Mehr Pop. Moderner.»

«Dann sag den Leuten bitte, dass das nicht das ist, was ich machen möchte», antwortete sie.

Martin war schon vor einigen Jahren von einem Konkurrenzlabel nach Los Angeles gelockt worden. Als er weg war, war Phoenix aufgelöst worden, entthront von den aufsteigenden Göttern des Post-Punk und der New Wave. Viele der Musiker hatte man aussortiert, doch Cass war in Liebermans Hauptlabel übernommen worden. Sie wurde unmittelbar vom Geschäftsführer Roger O'Brien betreut, und der rief einige Tage nach Erhalt der Botschaft an, die Alan überbracht hatte.

«Wie ich hörte, sind Sie nicht glücklich mit der musikalischen Richtung, die wir uns von Ihnen wünschen», sagte Roger. Er war ein Eton-Schüler gewesen – was in der unverfroren nichts als dem Geld gehorchenden Thatcher-Ära anscheinend kein Grund mehr war, sich zu schämen – und hatte eine laute, nasale Stimme und die blühende Gesichtsfarbe eines Säufers.

«Das stimmt», antwortete Cass.

«Cass, Sie wissen, wie sehr wir Sie als Künstlerin schätzen und achten. Sie sind einzigartig. Keine ist wie Sie, und Ihre Fans fiebern danach, von Ihnen zu hören. Aber ...» Er senkte die Stimme und sprach nun sanfter. «Wir haben sehr lange auf dieses Album gewartet, und wir möchten, dass es erfolgreich wird. Daher wäre ich Ihnen sehr dankbar, wenn Sie es wenigstens mit Ed Riccione versuchen würden. Er geht sehr klug und unverbraucht an die Musik heran. Er hat für Culture Club gearbeitet. Unserer Meinung nach ist er genau der Mann, den Sie brauchen.»

Cass mochte O'Brien nicht und hatte nicht das Gefühl, dass er sie oder ihre Musik auch nur ein bisschen verstand. Dennoch gab sie nach. Sie hatte einfach nicht mehr die Kraft für einen Kampf. Nicht jetzt, da sie einsehen musste, was für ein Dummkopf sie gewesen war und in was für einen absurden Narrenumzug sich ihre Ehe allmählich verwandelte. Wie hatte sie nur so dämlich sein können, Ivors Techtelmechtel in Bangkok als nichts weiter als das abzutun: einen kleinen Fehltritt, vorbei und schon vergessen. Zwei Nächte zuvor war sie um ein Uhr früh von Musik geweckt worden, die aus dem Wohnzimmer heraufdröhnte – «Computer Love» von Kraftwerk. Die körperlosen Stimmen und unheimlichen elektronischen Impulse waren die Treppe hinauf bis ins Schlafzimmer gedrungen. Sie war hinuntergegangen und hatte Ivor und Hugh im Wohnzimmer angetroffen, besinnungslos betrunken und vollkommen zugedröhnt. Bei ihnen auf dem Sofa zwei Frauen in kurzen Röcken und Overknee-Stiefeln.

Als Cass hereinkam, schaute eine der Frauen von der Linie Koks auf, die sie gerade auf dem Couchtisch zurechtschob, und sagte: «Hi! Auch eine Line?»

In der Küche schrie Cass Ivor hinter der geschlossenen Tür an und griff nach dem Erstbesten, was ihr zur Hand kam. Sie warf ihm Annas Lieblingstasse an den Kopf. Sie hatte besser gezielt als erwartet, der Becher zerbrach an Ivors Stirn, und eine Blutspur rann zu seinem Nasenrücken hinunter. Das Blut zeichnete sich dunkelrot auf seiner Haut ab. Dieser Treffer erschütterte Cass so, dass sie nur das böse heraussickernde

Rinnsal im Auge hatte und Ivor erst richtig wahrnahm, als er schon über ihr war.

Er packte sie an der Kehle und drängte sie gegen die Küchentheke. In diesem Moment merkte sie, dass sie tatsächlich Angst vor ihm hatte, und außerdem auch Angst vor sich selbst.

Das war vor zwei Tagen geschehen, und jetzt fehlte ihr die Kraft, Roger O'Brien Widerstand zu leisten. Und so fand sie sich im folgenden Monat im Studio mit Ed Riccione bei der Aufnahme der Songs wieder und ließ zu, dass er Schichten von elektronischen Beats darüberlegte.

«Es wird phantastisch klingen», versicherte Ed ihr. «Einfach phantastisch.»

Als sie sich Eds Abmischung anhörte, erkannte sie ihre Songs kaum mehr wieder.

«Ich finde sie scheußlich», sagte sie zu Alan. «Grauenhaft. Das taugt für irgendeine gottverdammte Disco-Party. Sag Roger, dass er sie nicht veröffentlichen darf. Da setze ich nicht meinen Namen darunter.»

Aber bei einem spannungsgeladenen Treffen mit dem Label rief Roger ihr ihre vertraglichen Verpflichtungen in Erinnerung.

«Wir haben sehr viel Geld für diese Platte ausgegeben, Cass», sagte er so leichthin und freundlich, als biete er ihr gerade ein Glas Champagner an. «Und diese Investition muss sich auszahlen. Dies ist also das Album, das wir im Januar veröffentlichen werden, Cass. Und Sie werden feststellen, dass Sie wenig tun können, uns daran zu hindern.»

Es wurde natürlich ein Flop. Die Fans waren ratlos, die Kritiker gnadenlos.

«Sollten wir noch eine Bestätigung gebraucht haben, wie vollständig irrelevant die Singer-Songwriterinnen des letzten Jahrzehnts inzwischen sind», hieß es in einer Besprechung, «so finden wir sie in Cass Wheelers neuem Album *Fairy Tale*. Es ist eine fünf Kilo schwere Weihnachtspute, in Bacon gehüllt und mit einer Füllung aus der Konservendose. Es ist, als würde Mum sich in ein Glitzerkleid werfen und in der Stadt einen draufmachen. Hier haben wir eine Ehefrau, die verzweifelt versucht, es ihrem Ehemann im Meistern der modernen Klänge gleichzutun, und kläglich daran scheitert. Nun, Ivor Tait, es ist so weit: Deine Zeit ist gekommen. Die Zeit, aus dem Schatten deiner Frau herauszutreten und die Bühne ganz für dich zu erobern.»

«Lies das Zeug nicht», sagte Alan. «Das geht vorbei. Bleib ein bisschen zu Hause und kümmere dich um Anna. Mach neue Songs. Ruh dich aus. Wir sagen Roger, wo er sich seinen verdammten Vertrag hinstecken kann. Ich bin schon in Gesprächen.»

«Schon gut, Alan», antwortete sie. «Ich bin selbst schuld. Ich habe es zugelassen.»

Und das stimmte, dachte sie. Sie hatte es zugelassen. Alles entglitt ihrer Kontrolle. Ihre Musik, ihre Ehe, Ivors Affären, die er inzwischen nicht einmal mehr zu verheimlichen suchte. Und auch ihre zunehmende Verachtung füreinander blieb nicht verborgen und hinterließ ihre Spur in blauen Flecken, Kratzern und dem plötzlichen Schlag einer Faust. Aber nichts davon, so schien es Cass, war so vernichtend und zerstörerisch wie die Worte, die sie wie Geschosse aufeinander abfeuerten. Worte, die in alle Richtungen losgingen und zwangsläufig auch an ihrer Tochter nur knapp vorbeiflogen.

«Sie macht nachts wieder ins Bett», berichtete Alberte Cass eines Morgens. Sie wich Cass' Blick aus, als sie hinzufügte: «Sie wacht nachts auf. Dann kommt sie in mein Zimmer. Sie sagt, dass sie Angst hat.»

Die dreijährige Anna: ein warmer, lebendiger Armvoll, der nach Erdbeerzahnpasta und Johnsons Babybad riecht. Ihr sonniges Lächeln schlägt immer häufiger in Tränen um.

Wenn sie Anna im Arm hatte, empfand Cass manchmal noch immer eine Liebe von fast körperlicher Intensität – der Wunsch, wieder eins mit ihrer Tochter zu werden, mit ihr zu verschmelzen und sie in die schützende Umhüllung ihres eigenen Körpers aufzunehmen. Aber zu anderen Zeiten gab es Gedanken und Gefühle, die so geheim waren, dass Cass sie kaum vor sich selbst zugeben mochte – dann hielt sie Anna und spürte nur das Gewicht all dessen, was sie aufgegeben hatte. Ihre Musik. Die Freiheit, auf Tour zu sein, vor einer Zuschauermenge auf der Bühne zu stehen und nur an sich selbst, an Ivor und an den Klang zu denken, der die Zeit einschloss und festhielt.

Diese Freiheit besaß nun anscheinend nur noch Ivor. Denn er machte neue Songs und zog sich manchmal für Wochen ins Studio zurück. Und wenn er keine Songs machte, ging er auf Tour. Und wenn er nicht auf Tour war, war er mit irgendeiner Frau zusammen. Und wenn er nicht mit irgendeiner Frau zusammen war, war er daheim, hasste seine Frau und liebte seine Tochter – er liebte Anna, ja, aber er gab sich dieser Liebe doch nicht vollständig hin.

Eines Tages in diesem Juli – dem Juli des Jahres 1983, Ivor war auf Tour in den USA – fand Cass in der Tasche einer alten Strickjacke einen zusammengefalteten Zettel.

Eine Telefonnummer.

Sie sah Irene vor sich. Und Irenes Mutter. Beide im gleichen Kamelhaarmantel und mit dunkel glänzendem Haar.

Cass blickte auf die Nummer, die in Irenes sorgfältiger Handschrift auf dem Blatt stand, das sie vor all diesen Jahren in Cornelias Laden aus ihrem Notizbuch gerissen hatte. Und bevor sie den Impuls noch richtig identifiziert hätte, ging sie nach unten in ihr Büro, griff nach dem Hörer und wählte die Nummer.

«Ja, hier ist Alice Lewis. Mit wem spreche ich bitte?»

Meine Güte, sagte Alice, wie schön es sei, von Cass zu hören. Wie stolz sie alle auf ihren Erfolg seien. Und dazu auch noch verheiratet und mit einer Tochter! Also, das sei doch das Tüpfelchen auf dem i, oder? Oh ja, Irene und Mike gehe es sehr gut. Sie wohnten in Kingston-upon-Thames. Drei Kinder – zwei Jungen und ein Mädchen –, zwölf, zehn und sieben Jahre alt. Ja, Irene würde sich bestimmt riesig freuen, Cass zu sehen. Alice würde sie sofort anrufen und ihr Bescheid geben.

Eine Woche später schnallte Cass Anna im Kindersitz fest und legte die kurze Strecke – gerade einmal zehn Meilen –, die sie von ihrer ältesten Freundin trennte, im MG zurück.

Sie wusste immer noch nicht recht, was sie da eigentlich tat oder warum: Sie spürte einfach nur ein überwältigendes Verlangen, Irene zu sehen und die Zeit irgendwie bis zu dem Punkt zurückzudrehen, an dem alles anders geworden war. Sie beide, sechs, sieben, acht Jahre alt, wie sie im Garten des kleinen Hauses auf der anderen Seite des Parks spielten. Das gelb gestrichene Wohnzimmer, der dicke braune Teppichläufer und Alice Lewis' Klavier, poliert und glänzend, das Cass beim Namen zu rufen schien.

Die Frau, die an die Tür des weiß getünchten Cottages kam,

war größer, als Cass sie in Erinnerung hatte, und das mädchenhaft Mollige war in Korpulenz übergegangen. Sie trug ein weites, blassblaues Kleid mit breitem, weißem Kragen. Ihr dunkles Haar war kürzer und die Dauerwellen enger gewickelt als früher. Sie hatte einen dezenten Lippenstift und einen bräunlichen Lidschatten aufgelegt.

«Meine Tochter Katherine möchte dir unbedingt das Planschbecken zeigen», sagte Irene, die in die Hocke ging, um Anna zu begrüßen. «Hast du Lust, es anzusehen?»

Anna nickte schüchtern. Cass, die neben dem Kind auf der Schwelle stand und noch den riesigen Schwertlilienstrauß in der Hand hielt, den sie Irene mitgebracht hatte, sagte: «Leider haben wir ihren Badeanzug nicht dabei.»

Irene richtete sich auf und gab Cass einen Kuss auf beide Wangen. «Bestimmt habe ich irgendwo noch einen alten von Katherine. Ich freue mich wirklich, dich zu sehen, Cass. Es ist so lange her, oder?»

Sie setzten sich auf Plastikgartenstühlen, die ihre beste Zeit hinter sich hatten, zum Essen in den Garten.

«Die Kinder haben schon gegessen», erklärte Irene. «Ich dachte, dann sind wir ungestörter. Aber hat Anna vielleicht Hunger?»

Cass schüttelte den Kopf. «Ich habe ihr vor der Abfahrt Mittagessen gemacht. Na ja, die Kinderfrau hat ihr Mittagessen gemacht.»

Irene betrachtete sie mit schiefgelegtem Kopf. Eigenartig, dachte Cass, als sie ihren Blick erwiderte. Irene wirkte älter als ihre dreiunddreißig Jahre, ganz und gar die Vollzeitmutter, die ständig auf Trab gehalten wird. (Denn das war Irene, wie Cass Alice' Worten entnommen hatte.) Ihr Gesicht war jedoch bemerkenswert jung geblieben – ganz ohne die Furchen und Falten, die allmählich einen Tribut von Cass' Zügen forderten und die sie inzwischen zwanghaft im Spiegel beäugte. *Vielleicht sieht so Zufriedenheit aus,* dachte Cass. *Vielleicht sieht es so aus: ein ganz normales, glückliches Leben.* Sie schaute sich um – registrierte den kleinen Garten mit seinem gemütlichen Durcheinander von Rasen, Blumenbeeten und herumliegendem Kinderspielzeug –, und plötzlich beneidete sie Irene tief. Beneidete sie dafür, dass sie es schaffte, an dem, was sie hier hatte, genug zu finden.

«Eine Kinderfrau», sagte Irene. «Aber natürlich. Anders ginge es ja gar nicht, oder?»

Sie aßen Backkartoffeln mit Krautsalat und geriebenem Käse und dazu einen gemischten Salat, bei dem Gurken und Tomaten aus Mikes Schrebergarten stammten. «Meistens verbringt er den ganzen Sonntagnachmittag dort», erzählte Irene. «Ich glaube, er genießt die Einsamkeit.»

Sie schenkte zwei Gläser Wasser ein und entschuldigte sich dafür, dass sie keinen Wein hatte. «Wir trinken kaum etwas. Tut mir leid. Ich hätte daran denken sollen.»

«Nein, ehrlich, alles bestens», wehrte Cass ab und trank einen Schluck, obgleich sie tatsächlich dachte, dass ein oder zwei Gläschen kühler Chardonnay ihre Anspannung lindern würden. Sie wusste, dass sie zu viel trank – wenn Anna schlief und sie nach dem Essen abends im Wohnzimmer saß, schien sich die Flasche fast wie von selbst zu leeren. Manchmal setzte Alberte sich dazu; aber wenn Cass abends allein war, stellte sie immer wieder überrascht fest, wie schnell sie auf dem Grund der Flasche ankam. Sie trank jedoch nicht so viel wie Ivor, und dieser Gedanke bot ihr einen kargen Trost.

Dort im Garten saßen Irene und Cass in der Sonne auf den Plastikstühlen und schauten den Kindern zu, wie sie im Wasser herumplanschten. Harry, ein hübscher Zwölfjähriger mit schmaler Brust. Sam, zehn Jahre alt und mit einem Schopf voll kastanienbrauner Locken, die er wohl von seinem Vater geerbt hatte. Und die siebenjährige Katherine, ein munteres, mütterliches Mädchen, das Anna unter ihre Fittiche genommen hatte und dem kleineren Kind immer half, wenn es über den Rand des Planschbeckens kletterte.

Das Gespräch mit Irene verlief müheloser, als Cass es sich hätte vorstellen können. Beide Frauen schilderten das letzte Jahrzehnt in kurzen Umrissen. Mikes Aufstieg zum gleichberechtigten Partner in seiner Hausarztpraxis. Der Schrecken, den ihnen Alice' Brustkrebs eingejagt hatte. Sams Probleme in der Schule, die wohl auf Legasthenie zurückgingen, doch Irene und Mike kämpften immer noch darum, die entsprechende Diagnose zu bekommen. Cass' Musik und ihre Tourneen. Fancis' langsames Versinken in der Demenz, sein Tod. Und Cass' Entscheidung, ein Kind zu bekommen.

«Und Ivor?», fragte Irene. Es war inzwischen Nachmittag und immer noch heiß. Ihre Brust war von der Sonne gerötet, und sie beschirmte die Augen mit der Hand. «Von ihm hast du noch gar nichts erzählt. Meine Güte, er sieht wirklich umwerfend gut aus! Mike und ich haben ihn kürzlich in *Top of the Pops* im Fernsehen gesehen. Ich hab die Kinder dazugerufen. Sie konnten gar nicht mehr aufhören, über ‹Mummys berühmte Popstar-Freundin und ihren berühmten Popstar-Mann› zu reden. Normalerweise sind sie nicht so schüchtern, weißt du. Ich glaube, du hast sie furchtbar beeindruckt.»

Cass senkte den Kopf. «Wohl eher kein Star mehr», sagte sie. «Zumindest nicht ich. Nicht mehr, seitdem sie meine letzte Platte total verrissen haben. Und Herrgott noch mal, sie hatten ja recht. Sie war schrecklich. Das Label hat ...» Sie strich mit dem Finger an der Rundung ihres Glases entlang nach unten. «Nein, ich sollte es nicht auf jemand anderen schieben. Es war meine eigene Schuld.»

«Du wirst noch andere Alben machen, Cass.» Irene sprach leise, und Cass dachte plötzlich an ihre letzte Begegnung im Umkleideraum von Cornelias Laden. Irenes Verlegenheit und ihr Eingeständnis, wie tief und leichtfertig Cass sie damals verletzt hatte. Plötzlich kam es Cass so vor, als könnte sie Irene nicht anlügen. Nicht diese Frau, die sie als das Mädchen gekannt hatte, das sie, Cass, einmal gewesen war. Maria Wheeler mit nackten Knien und zu Zöpfen geflochtenem Haar, die Mutter verschwunden, während der Vater sich von Tag zu Tag stärker in sich zurückzog.

Und so redete sie plötzlich, wie sie bisher noch mit niemandem geredet hatte. Nicht mit Alan, Kim, Lily, Kate, Johnny oder Serena. Sie erzählte die Wahrheit und begriff erst in dem Moment, als sie es aussprach, dass das die Wahrheit war. Ivors Untreue. Seine Gewalttätigkeit und ihre eigene. Ihre Wut auf ihre Mutter und ihr Kummer über den Tod ihres Vaters. Die ambivalenten Gefühle, mit denen ihre eigene Mutterrolle sie erfüllte. Ihr Verdacht – nein, ihre Angst –, dass die Mutterschaft sie vielleicht ihre Karriere gekostet hatte: dass das innere Drängen, das sie einmal in ihre Musik umgeleitet hatte, sich nun ganz in ihre Tochter ergoss. Die Songs, die sie früher mit ihrem inneren Ohr gehört habe, sagte sie, seien zwar noch da, aber kaum mehr vernehmbar, und selbst dann, wenn sie sich ihnen zuwendete und ihnen lauschte, habe sie Angst, dass sie nicht gut werden würden.

Irene hörte ihr zu – nur hin und wieder unterbrochen durch eines ihrer Kinder, die um Wasser oder ein Eis baten oder zwischen denen ein kleiner Streit geschlichtet werden musste.

«Er ist nicht leicht, oder?», fragte Irene, als Cass verstummte. «Der Weg, den du gewählt hast. Ehrlich gesagt habe ich dich immer beneidet – ich habe nur den Ruhm, das Geld und das aufregende Leben gesehen. Mir war nicht klar, was für einen hohen Preis das alles hat.»

Cass zuckte mit den Schultern.

Irene griff über den Tisch hinweg nach ihrer Hand.

«Ich werde dir nicht raten, was du tun sollst», begann sie. «Dafür kenne ich dich nicht mehr gut genug, denke ich. Und ich weiß ja auch, dass du dich ohnehin selbst entscheiden wirst. Wenn ich also überhaupt irgendwas sagen kann, dann, dass du das durchstehen wirst, Cass. Du schaffst es. Du bist stark. Du warst immer stark.»

Als Cass wieder sprach, war ihre Stimme stockend und drohte zu brechen. «Ich fühle mich nicht mehr stark.»

Gerade da rief Anna von ganz hinten im Garten: «Mummy! *Mummy!*»

Cass drückte Irenes Hand und stand auf, um nach ihrer Tochter zu schauen.

War es also Schwäche, die sie zum Bleiben veranlasste?

Schwäche, entschied sie irgendwann, und Liebe (denn ja, damals liebte sie Ivor noch, selbst wenn das Gefühl allmählich dahinschwand). Und Eigensinn. Und ihre Entschlossenheit, ihre Tochter nicht mit der Frage aufwachsen zu lassen, warum einer ihrer Elternteile sie verlassen hatte.

Anna. Vier Jahre alt, dann sechs, sieben, acht. Sie wurde zusammen mit Kims Tochter Tasha und Alans Kindern Jerome und Katie privat unterrichtet, von einem Waldorflehrer, der an die Entwicklung der eigenen Persönlichkeit durch Kreativitätsentfaltung und freies Spiel glaubte.

Damals war Anna ein liebes, begeisterungsfähiges, glückliches Kind, oder? Und doch waren da Momente – wie könnte es anders sein –, in denen das Strahlen aus Annas Gesicht verschwand, als zöge die Sonne sich hinter eine Wolke zurück. Zu viele Nächte, in denen sie das Bett nässte oder zu Alberte tapste und sie fragte, warum Mummy und Daddy sich so böse seien. Ob sie selbst vielleicht daran schuld sei. Cass sah, dass Anna ernster und zurückhaltender wurde und sich zunehmend allein oder bei Alberte wohler fühlte als bei ihren Eltern. Cass erkannte es, weil sie dasselbe einmal am eigenen Leib erlebt hatte.

Es kam zu Gerüchten, die über die Grenzen des Kreises von Vertrauten hinausdrangen. Ivor wurde beim Betreten und Verlassen von Annabel's Nightclub in Gesellschaft eines Schwarms attraktiver Blondinen gesichtet, und als bei einem Gig in Bristol Cass' langer Ärmel beim Griff nach dem Mikrophon hochrutschte und sie dabei auf Fotos abgelichtet wurde, drängte sich ein großer blauer Fleck an ihrem Arm ins Bild. In der Presse wurde anschließend spekuliert, ob beide Beobachtungen zusammenhingen.

Lily kam am Tag nach den ersten Schlagzeilen dieser Art nach Rothermere.

«Cass», sagte sie. «Wenn auch nur ein einziges Wort davon stimmt, musst du jetzt sofort deine Sachen packen und mitkommen.»

Cass konnte es nicht abstreiten – sie schaffte es nicht, ins Gesicht ihrer Tante hinein zu leugnen. Doch trotz Lilys beharrlichem Drängen weigerte sie sich wegzugehen. Jedes Mal, wenn Ivor unterwegs war, redete Cass sich ein, bei seiner

Rückkehr werde alles anders sein. Wenn er dann aber zurückkam, war es genau wie immer. Die kurze, verlockende Süße der Wiedervereinigung und dann, viel zu schnell, derselbe alte Kreislauf aus Wut und Vorwürfen.

«Du bist genau wie dein Vater», sagte sie eines Abends zu Ivor.

Da sah er sie mit wutverzerrtem Gesicht an und erwiderte: «Warum machst du es dann nicht wie deine verdammte Mutter und haust ab?»

Und dann ging Cass endlich doch. In jener Nacht im April 1988, als Anna acht war. Eine Nacht, die sich Mutter und Tochter unauslöschlich ins Gedächtnis eingraben würde.

Cass erinnert sich am stärksten, wie abgeschmackt und banal die Trennung war: wie eine Szene aus einer Vorabendserie. Es geschah, als sie die Decke ihres Bettes zurückzog – eigentlich ihres gemeinsamen Bettes, aber Ivor schlief inzwischen so häufig in einem Gästezimmer im zweiten Stock, dass selbst Alberte es nun «Ivors Zimmer» nannte. Beim Schlafengehen fand Cass also einen Slip, der nicht ihrer war. Einen Tanga aus schwarzer Spitze.

Später versuchte sie, sich einen Reim auf das alles zu machen: Wenn Ivor sich eine Frau mit nach Hause nehmen wollte, warum dann ins Eheschlafzimmer, das Zimmer, das er kaum je benutzte? Ihr kam der Gedanke, dass er *gewollt* hatte, Cass möge es herausfinden. Dass Ivor bereits die Entscheidung getroffen hatte, die Ehe zu beenden, den Akt der Trennung aber ihr überlassen wollte. Die grausame Faulheit, die sie darin erkannte, war nur eines der vielen Dinge, die Cass ihm später nur schwer verzeihen konnte.

Dann also der unvermeidliche Streit. Das Gebrüll. Ein Glas,

das durch die Luft flog und an Cass' Kopf zerbrach. Die weinende Anna, die der Lärm von unten aus dem Bett gerissen hatte: inzwischen nicht mehr unvertraut, aber in jener Nacht lauter und schlimmer, als er je gewesen war.

Als Anna kam, kauerte ihre Mutter wie ein verängstigtes Tier zwischen Glasscherben auf dem Wohnzimmerboden, und aus dem Schnitt über ihrem rechten Auge quoll ein leuchtend roter Blutstrom. Ihr Vater marschierte stumm auf und ab, straff gespannt wie eine Stahlfeder des Zorns.

Cass drehte sich halbblind nach den Schritten ihrer Tochter auf der Treppe um. Den Anblick, den Anna ihr bot, konnte sie niemals aus ihrem Gedächtnis löschen: blass, die Haut bläulich und die langen Haarsträhnen medusenhaft zerzaust. Ihr Gesicht zeigte nicht so sehr Angst als Verwirrung, die durch einen wahrnehmbaren und viel zu erwachsenen Hauch von Ekel gemildert war.

Der Moment zog sich in die Länge, und keiner sagte etwas. Bis Cass sprach. «Liebling, bitte geh hoch und zieh dich an. Wir machen eine kleine Reise.»

Anna blieb der Mund offen stehen. Sie schaute zwischen Vater und Mutter hin und her. «Jetzt? Wohin denn? Kommt Daddy mit? Und Alberte?»

Ivor war beim Flügel stehen geblieben. Cass schaute ihn nicht an, aber sie wusste, dass seine Hand auf dem Deckel des Steinways ruhte. Wenige Zentimeter von seinen Fingern entfernt standen auf dem schwarzen, glänzenden Holz die Rosen, die er ihr zuletzt geschenkt hatte, und beugten stumm die Köpfe, kurz davor, die samtigen Blütenblätter fallen zu lassen.

«Nein, Liebling», antwortete Cass. «Bitte geh und zieh dich an.»

Sie selbst ging ins Arbeitszimmer und rief Johnny in seinem sicheren, ruhigen, schönen, labyrinthischen Haus in Spitalfields an. *Tut mir leid, dass ich so spät störe, Johnny. Können wir zu dir kommen, Anna und ich?* Seine sorgfältig gesetzte, behutsame Antwort. *Natürlich, meine Liebe. Natürlich könnt ihr kommen.*

Später erst beschäftigte sie sich mit dem Wie und Warum. Zunächst aber gab es nur eines: die Notwendigkeit zu entkommen und den Entschluss, nie mehr zurückzukehren.

TRACK THIRTEEN

Home

By Cass Wheeler

Released in aid of homelessness charities

Home is a house
Where the windows are open
Where music is playing
And soft words are spoken
All these presents
We just keep on opening
Look at what we call a home

Home is a place
Where the kids play outdoors
Trees in the garden
And rugs on the floors
We've done all our shopping
We're out to get more
Look at what we call a home

Home is a flat
On the rough side of town
With a sheet for a curtain
A patch of hard ground
Look at the Christmas tree
That we found
Sometimes you just need a home

Home is a roof
That lets in the rain
Mould on the walls
An ugly black stain
Carols they're singing
Are always the same
Sometimes you just need a home

Home is a bridge
A tunnel, a yard
A cold rush of air
A mattress of card
Sit round the TV as if it's a fire
And feed all the need and the greed and desire
(Shoo wap a doo we doo wop wop wop sha doobie do wap)
At Christmas
For home
At Christmas
Home
At Christmas
Home
At Christmas
Home

RELEASED December 1993

RECORDED August 1993 at Home Farm, Kent

GENRE Rock / pop

LABEL Lieberman Records

WRITER(S) Cass Wheeler

PRODUCER(S) Steve Linetti

ENGINEER(S) Jim Wright

Home Farm.
Vielleicht war es der Name, der Cass zum Kauf bewogen hatte. Der Name und der freundliche rote Backstein, der sie an Atterley erinnerte. Ein einladendes und anheimelndes Haus, trotz der vergilbten Tapeten, der braunen Teppiche, des Schimmels im Bad und der dreißig Jahre alten Küche. Helle, großzügige Räume, hohe Decken und Flügelfenster, die man weit öffnen konnte, um die frische, reinigende Luft der Grafschaft Kent mit der bitteren Duftnote von Erde und Hopfen hereinzulassen.

Vier Räume im Dachgeschoss. Einen davon, ein gemütliches Mansardenzimmer, hatte Anna sofort für sich reklamiert. Ein Grundstück von gut vier Hektar, auf dem Cass irgendwann ein neues Studio würde errichten lassen können. Eine Scheune, die sie zu einer Garage umbauen könnte, und dazu noch eine abgeschlossene Wohnung für Alberte. (Das Kindermädchen lebte vorläufig bei ihrem Verlobten in Weybridge, hatte aber versprochen nachzukommen, sobald Cass über ein Haus verfügte.) Ein Kräuter- und Gemüsegarten und ein länglicher Streifen Gestrüpp, den die Maklerin mit einem so durchsichtigen Optimismus zum «Arboretum» aufgewertet hatte, dass es Kim unglaublich auf die Palme brachte, während Cass sich dadurch wider Willen tatsächlich aufgemuntert fühlte.

Vor vielen Jahren habe das Haus zu einer Farm gehört, berichtete die Maklerin. Die ehemaligen Besitzer – Nachfahren einer bedeutenden, in der Gegend verwurzelten Familie – hätten darin fünf Kinder großgezogen und ihr ganzes Leben lang dort gewohnt. Die Frage, ob das Paar dort auch gestorben sei, mied Cass vorsichtshalber – doch falls ja, und falls sie dabei eine geisterhafte Spur ihrer langen Lebenszeit hinterlassen hätten, wäre diese, dachte Cass, bestimmt eine wohltuende.

Ja, teilte Cass der Maklerin an Ort und Stelle mit, als die drei Frauen zusammen im Garten standen und Anna zusahen, wie sie auf dem Rasen einer mageren schwarz-weißen Katze nachlief. Vermutlich komme das Tier von einem Bauernhof, hatte die Maklerin mit missbilligendem Stirnrunzeln bemerkt: Ein Stück weiter an der Straße gebe es einen großen Milchbauern, die Dearlove Farm.

Ja, wiederholte Cass. Sie werde das Haus kaufen.

Unter ihrer krausen Dauerwelle verzog die Maklerin das Gesicht zu einem Lächeln. «Nun dann», sagte sie. «Wollen Sie vielleicht gleich mit in mein Büro kommen …?»

«Bist du dir wirklich sicher?», fragte Kim auf der Rückfahrt nach Sussex. (Cass und Anna wohnten inzwischen bei Lily in Atterley, da Cass Bedenken gehabt hatte, Johnnys Gastfreundschaft überzustrapazieren.) Kim sprach leise, damit Anna, die auf dem Rücksitz in ihrem Notizbuch herumkritzelte, es nicht hörte.

«Ja, Kim», antwortete Cass. «Ich bin mir sicher.»

Alan kümmerte sich um die Scheidung. Er hatte den besten Anwalt angeheuert, den er finden konnte, und hoffte, dass sie unter Berücksichtigung der belastenden Wirkung für Anna ein Verbot der Presseberichterstattung erwirken konnten.

Alan hatte auch dafür gesorgt, dass die Aufnahmesessions für Cass' sechstes Album *Snapshots* auf unbestimmte Zeit verschoben wurden. Cass war derzeit nicht in der Verfassung für eine Wiederaufnahme der Arbeit im Studio, da war man sich einig. (Roger O'Brien hatte in der Folge des Desasters, als das *Fairy Tale* sich erwies, das Label verlassen. Der neue Chef Iain Urquhart zeigte sich wesentlich offener für Cass' eigene Vorstellungen von ihrer Musik.) Aber der Pressesprecher Simon konnte sich den Hinweis nicht verkneifen, dass die Aufmerksamkeit der Medien sich erfolgreich in Albumverkäufe würde ummünzen lassen, wenn Cass eher früher als später an die Arbeit zurückkehrte.

Auf diese Bemerkung hatte Alan sehr allergisch reagiert. «Was soll denn der Scheiß, Simon. Was Cass jetzt braucht, ist Ruhe. Ruhe und Zeit.»

Und er sorgte dafür, dass sie beides bekam. Er mietete auf der schottischen Isle of Mull ein Häuschen für sie, während Home Farm renoviert wurde.

Alan hatte selbst im Sommer mit Rachel und den Kindern auf der Insel Urlaub gemacht und sich in sie verliebt. Man könne sich unmöglich einen friedlicheren Ort vorstellen, sagte er. Sie könne eine Gitarre mitnehmen, sich ausruhen, Songs schreiben und spazieren gehen. Anna hätte ihren Malblock, ihre Bücher und die grenzenlose Freiheit von Himmel und Meer.

Es war Juli, als sie nach Norden reisten. Die Sonne stand hoch und golden über der Westküste, und stattliche Steinhäuser umschlossen den Hafen von Oban in einem anmutigen Bogen.

Cass und Anna saßen auf dem Oberdeck der Fähre und kuschelten sich im Wind aneinander. Ein einsamer Leuchtturm, der von einem steilen Felsen im Meer aufragte, machte der ersten Landzunge der Insel Platz: eine Burg mit grauen Mauern und Türmen, die sich auf einem zerklüfteten Lavafelsen vor dem Hintergrund eines großen Nadelwaldes erhob. Gleich darauf tauchte die kleine Anlegestelle von Craignure auf und hieß sie willkommen.

Eine lange Fahrt über ein von Schlaglöchern übersätes, einspuriges Sträßchen und hin und wieder Ausweichmanöver, um den wenigen Autos Platz zu machen, die ihnen entgegenkamen. Die Verblüffung, als sich plötzlich eine baumfreie Moorlandschaft auftat – Felsen, Torf und Grasgestrüpp unter dem finster blickenden Gipfel des Ben Mor. Über ihnen ein Vogel mit enormer Spannweite, ein Adler vielleicht, der im Aufwind dahinglitt. Ein See. Ein Dorf, das am frühen Abend unheimlich still dalag. Eine Folge enger Haarnadelkurven. Und dann, auf dem hintersten Zipfel der Insel, ein paar Häuser um eine schmale Bucht, aus der sich der Atlantik gerade zurückgezogen hatte, sodass ein von Blasentang und Steinen übersäter Strandstreifen sichtbar war. In der Luft kreisten Möwen, und Vögel mit langen Schnäbeln stakten durch die Priele.

Anna war eingeschlafen. Cass hielt mit dem Leihwagen am Strand, beugte sich zu ihr hinüber und weckte sie sanft. Anna betrachtete die Aussicht, die sich ihnen bot.

«Ist das der Atlantik?», fragte sie. Sie hatte vor der Abfahrt in ihrem Bilderatlas den Westen Schottlands nachgeschlagen.

Cass nickte und merkte, dass sich etwas in ihr löste, eine riesige Woge der Erleichterung, die sie geradezu körperlich spürte. Jetzt wusste sie, dass sie hier sechs Wochen sicher sein würden, und dann vielleicht in Home Farm für immer. Sie beide, eine Schutzgemeinschaft vor der Welt, die die Luken gegen alles dicht machte, was diese ihnen antun könnte.

Sie bemühte sich nicht, die Vergangenheit aufzuarbeiten: noch nicht. Erst wollte sie Home Farm einrichten, ein Album aufnehmen und eine neue Schule für Anna finden: Cass hatte entschieden, Anna im neuen Schuljahr an eine öffentliche Grundschule zu schicken. Sie befürchtete, dass ihre Tochter zu isoliert aufgewachsen war.

Später folgten ein paar Gigs. Erst kleinere, dann größere. Allmählich wuchs Cass' Selbstvertrauen wieder, und sie weitete die Arrangements aus – eine siebenköpfige Band, Hörner und Trompeten, die für mehr Klangvolumen sorgten. Graham und Kit waren wieder dabei. Ein neuer, junger Gitarrist, Pete Roscoe, nahm auf der Bühne den Platz rechts von Cass ein, wo früher Ivor gestanden hatte.

Wenn Cass auch nicht mehr imstande war, mit ihrer Musik die Höhen von einst zu erklimmen, erfüllte es sie doch mit Dankbarkeit, wieder zu arbeiten. Und sie genoss es. *Snapshots* belegte auf den UK-Charts einen achtbaren dreißigsten Platz. Ihr amerikanischer Tour-Manager organisierte Auftritte an beiden Küsten, gab sich aber nicht damit ab, wie früher auch noch eine Route durch den Mittleren Westen zu planen. Aber die Kritiken waren wohlwollend, und die Fans wirkten erleichtert, dass sie zum bekannten, geliebten Sound zurückgekehrt war. Cass erschien das als die natürliche Ordnung der Dinge. Sie war achtunddreißig und zählte damit in der Musikbranche längst zum alten Eisen.

Ihre Platten verkauften sich ordentlich. Vor den Türen der Konzertsäle drückten sich noch immer Schwarzhändler mit Karten herum. Manchmal berief sich sogar ein aufsteigender Jungstar auf ihren Einfluss: Im Sommer 1988 wurde sie eingeladen, bei der Debüt-Single einer zweiundzwanzigjährigen Singer-Songwriterin namens Dinah McCombs als Gastsängerin mitzuwirken.

Als sie im New Yorker Studio in der Vocal Booth stand, schaute sie zu der jüngeren Frau mit ihren jugendlichen Bewegungen und ihrer glatten Haut hinüber, die so erwartungsvoll ihrem Erfolg entgegenblickte. Und da überkam sie ein Impuls mütterlicher Sorge und die Hoffnung, dass Dinah nicht dieselben Fehler begehen würde, die sie selbst gemacht hatte.

In jenen ersten Jahren nach der Trennung vermisste sie Ivor manchmal, das konnte Cass nicht abstreiten.

In den Nächten, in denen sie schlaflos dalag und das Haus um sie herum knackte und sich zu bewegen schien, ließ sie einen Film vor ihren geschlossenen Lidern ablaufen. Dann sah sie den Mann, dem beim Singen das Haar ins Gesicht fiel, so wie sie ihn zum ersten Mal im Garten von Atterley gesehen hatte. Sie spürte wieder, wie er ihre Wange mit der Hand umfasste. Die Erinnerung daran und an all die anderen Arten, wie er sie berührt hatte, war so lebendig – zärtlich oder begehrend hatte er in ihr ungeahnte Empfindungsreserven geweckt, pures, nacktes Gefühl, zu dem sie nie zuvor Zugang gehabt hatte. Und wie er auf der Bühne das Gewicht ihrer Musik mit ihr zusammen getragen hatte. So lange hatte es all das zwischen ihnen gegeben und noch viel mehr. In jenen schlaflosen Nächten trauerte sie darum, und auch darum, wie rasch und unwiderruflich ihr das alles entglitten war.

Aber tagsüber wusste sie, dass Ivor für sie verloren war, für sie genauso wie für Anna. Sein Alkoholproblem war seit ihrem Weggang schlimmer geworden. Das wusste sie, weil er in Home Farm anrief und ihr lallend bittere Vorwürfe entgegenspie und weil er in den Monaten bis zur Scheidung immer wieder stockbesoffen brüllend vor dem Tor gestanden hatte.

Wie sehr Cass ihn dann hasste. Und wie sie es hasste, wenn Anna sich zu ihr umdrehte, voll Wut nicht auf ihren Vater, sondern auf *Cass* und sagte: «Warum lässt du Dad nicht einfach rein?»

Und dann der schreckliche Sonntag, an dem Ivor nach der Begegnung im Royal Oak in seinem Mercedes vor dem Pub auf Cass und Anna wartete. Er fuhr auf der High Street im Schritttempo neben ihnen her und überschüttete sie abwechselnd mit Beschimpfungen und Beteuerungen, dass er sie vermisse und dass es für ihn keine anderen Frauen mehr geben werde als Cass. Sie solle die Scheidung abblasen und heimkommen.

Anna zitterte, als sie endlich in Home Farm ankamen und ihr Vater sich verzogen hatte. «Warum können wir denn nicht mit Dad mitkommen, Mum? Ich will heim.»

Cass legte ihrer Tochter den Arm um die Schultern, schaffte es aber nicht, ohne Erbitterung zu sprechen. «Das hier ist jetzt dein Zuhause, Anna. Herrgott noch mal, siehst du denn nicht, dass ich alles tue, was in meiner Macht steht?»

Ihr Anwalt hatte dem Treiben schließlich Einhalt geboten und eine einstweilige Verfügung des Bezirksgerichts erwirkt, die Ivor verbot, Cass zu belästigen oder sich bis zum Scheidungsurteil und zu den entsprechenden Regelungen Home Farm weiter als bis auf eine Meile zu nähern. Zum Kontakt mit Anna blieb er berechtigt, aber nur unter der Auflage, seinen Konsum an Alkohol und illegalen Substanzen zu drosseln.

Rothermere wurde im Rahmen der Scheidungsregelung verkauft. Ivor erwarb ein Haus an der Hampstead Grove in der Nähe des Naturschutzgebiets, und Cass musste ihre Tochter jedes zweite Wochenende nach London schicken. Dann knöpfte sie ihr den Mantel mit einem munteren «Viel Spaß, Liebling» zu und sah dem Chauffeur nach, wie er über die Zufahrt davonrollte und verschwand.

Bei der Rückkehr forschte sie Anna immer sorgfältig aus, aber ihre Tochter erzählte wenig von ihren Besuchen außer: «Dads Haus ist riesig, Mum», oder: «Wir haben jetzt einen Hundewelpen! Er heißt Ziggy. Daddy sagt, er ist eigentlich mein Hund und ich darf mich um ihn kümmern, wenn ich da bin.» Und ein paar Monate später: «Es wohnt jetzt eine Frau bei Dad zu Hause. Sie heißt Jenna. Sie ist ganz okay, denke ich.»

Cass beobachtete durchaus, ob bei ihrer Tochter etwas auf psychische Probleme hindeutete, wenn sie aber Hinweise entdeckte, glaubte – hoffte – sie, dass es nur eine oberflächliche Verletzung war. Es gab Momente, in denen Anna Cass auszuschließen und sich völlig in sich selbst zurückzuziehen schien – aber war das nicht ganz normal bei einem Einzelkind, zumal bei einem, das schon so viel hatte erleben müssen wie sie?

Anna begleitete Cass nicht länger auf ihren Touren. Alle hielten es für wichtig, dass sie die Schule durchgehend besuchte, um sich richtig in Home Farm einzuleben, damit es ein Zuhause für sie wurde.

Im Dezember 1988 löste Alberte ihre Verlobung mit Mark auf und kehrte nach Dänemark zurück. Daher stellten Kim und Cass ein neues Kindermädchen ein: Juana, eine gutmütige Fünfundzwanzigjährige aus Toledo, die sowohl für Real Madrid als auch für die Cocteau Twins brannte. Juana kümmerte sich um Anna, wenn Cass weg war, und Alan achtete darauf, dass keine Tournee länger als zwei Wochen dauerte.

Wenn Cass heimkam – erschöpft, aber in Gedanken nur bei ihrer Tochter und der Sehnsucht, sie in die Arme zu schließen –, bemerkte sie jedes Mal eine leichte Befangenheit zwischen ihnen. Anna begrüßte sie dann ein wenig steif und erwiderte ihre Umarmung nicht richtig. Und sie gab nur kurz und abweisend Antwort auf Cass' Fragen nach der Schule, den Hausaufgaben, Juana sowie den Wochenenden bei Ivor und seiner neuesten Freundin.

Es dauerte dann immer mindestens ein paar Stunden, bis Anna sich entspannte und Cass ihre alte Vertrautheit zurückkehren fühlte. Dann saßen sie zusammen auf dem Sofa, und Annas Kopf ruhte in der Armbeuge ihrer Mutter. Cass las ihr *The L-Shaped Room, A Stitch in Time* oder die Chalet-School-Romane vor, wie Francis es vor all diesen Jahren getan hatte. Es war, als wäre Anna sich bei Cass' Reisen nie sicher, ob ihre Mutter zurückkommen würde. Aber Cass kam zurück. Sie war nicht Margaret. Sie würde immer zurückkommen.

Anna war nicht sonderlich musikalisch, trotz der frühen Hinweise auf das Gegenteil: der gebrabbelte Soundtrack, den sie in ihren ersten Jahren nahezu pausenlos von sich gegeben hatte. Und ihr erstes Wort – *Sing!* –, das sie in den Fairlight CMI gesprochen hatte.

Als sie älter wurde, zeigte sie auch nie ein besonderes Interesse für die Musik ihrer Eltern. Sie schien sie für etwas Gegebenes zu halten, etwas, das immer da sein würde, so regelmäßig und vorhersehbar wie Auf- und Untergang der Sonne.

Fasziniert war sie dagegen vom Malen und Zeichnen. Erst kritzelte sie einen Zeichenblock nach dem anderen voll, doch als sie alt genug war, ausreichend geschickt mit einem Pinsel umzugehen, begann sie, mit Acrylfarbe abstrakte Bilder aus Klecksen und wilden Pinselstrichen zu schaffen.

Im Herbst 1989 ließ Cass das Dachgeschosszimmer neben Annas Kinderzimmer in ein Atelier umbauen, indem sie das kleine Fenster durch eine große Glasscheibe ersetzte, durch die in den Vormittagsstunden schimmernde Sonnenstrahlen einfielen. Wenn Cass an den Wochenenden zu Hause war, verbrachten sie und Anna dort viele gemeinsame Stunden, jede in ihr eigenes Gemälde vertieft. Cass' größere Staffelei stand neben Annas kleinerer. Im Radio liefen die Happy Mondays oder Sinéad O'Connor. Oder «Love Shack» von den B-52 s, und dann tanzten sie, wirbelten lachend herum, bis sie in einem wilden Getümmel auf dem Boden zusammenbrachen.

In den ersten Monaten des Jahres 1990 begann Cass, den Bau ihres Musikstudios zu planen. Anna war fasziniert von ihren sorgfältig auf Millimeterpapier angefertigten Zeichnungen, die beinahe so präzise und akribisch wirkten wie die Entwürfe, die damals an den Wänden von Johns Arbeitszimmer in Atterley gehangen hatten.

John war im Jahr zuvor überraschend an einem Herzanfall gestorben, ein schlimmer Schock für alle, und beim Entwerfen der Pläne dachte Cass an ihren Onkel: an seine liebenswürdige Art und die Hingabe, mit der er sich Lily und auch Cass verpflichtet gefühlt hatte.

Der Architekt, den Cass dann beauftragte, war der neue Partner in Johns Büro und etwa so alt wie sie selbst (vierzig! Unglaublich, dass sie schon so viele Jahre auf dem Buckel hatte). Er hieß Luke Bennett: ein ernsthafter Mann, der immer ein schwarzes Poloshirt und Jeans trug sowie eine eckige Brille mit dickem Rahmen, die man einmal als vollkommen unschick verachtet hätte, die aber heute, wie Cass begriff, das Markenzeichen einer bestimmten Sorte von Intellektuellen war.

Er sah ein bisschen aus wie Elvis Costello, war aber Jazz-Fan und hatte daher, wie sie spürte, obgleich er es höflicherweise kaschierte, wenig Ahnung von der Musik, die sie machte. Dagegen wusste er ganz genau, wie viel sie John bedeutet hatte und er ihr.

Als der Bau sich der Fertigstellung näherte – das Studio mit dem Glasdach überragte nun den Garten, als wäre es dazu bestimmt, in den Weltraum aufzubrechen –, lud der Architekt sie zum Essen ein. Und zwar so scheinbar gleichgültig und beiläufig, dass Cass einige Sekunden brauchte, um zu verstehen, was er gemeint hatte.

«Natürlich dürfen Sie ruhig ablehnen», fügte Luke hinzu, und hinter den Brillengläsern zuckten seine klaren blauen Augen kurz. «Das nehme ich kein bisschen übel.»

«Ich möchte schon gerne, so ist es nicht.» Sie sah, dass er in Erwartung ihrer Ablehnung die Schultern straffte. «Ich habe es sehr genossen, mit Ihnen an dem Projekt zu arbeiten. Aber ich ...»

Was sollte sie sagen? Wie sollte sie erklären, dass es ihr so vorkam, als hätte dieser Teil ihres Lebens, dieser Anteil ihrer selbst, in der Nacht, als sie Anna und ihre Koffer in den MG packte und Rothermere und Ivor hinter sich zurückließ, den Betrieb eingestellt. Jetzt waren nur noch Anna und Cass und die wenigen Vertrauten übrig, mit denen sie sich umgeben hatte. Und so sollte es vorläufig auch bleiben.

Luke machte es ihr am Ende leicht. «Tut mir schrecklich leid. Es war vermessen von mir. Ich hätte das wirklich nicht fragen sollen.»

«Doch», erwiderte sie. «Ich bin froh, dass Sie gefragt haben.»

Da waren jene Wochenendnachmittage im Dachgeschoss vor den nebeneinander aufgestellten Staffeleien, während aus dem Radio Musik kam und der Regen leise auf das Dach trommelte.

Da waren die Abende an den Wochentagen, deren ganz normale Alltäglichkeit glücklich machte. Anna kam von der Schule nach Hause oder kehrte mit feuchtem Haar und schmerzenden Muskeln nach einem Auswärtsspiel mit ihrem Hockey-Team zurück. (Sie war auf eine Weise sportlich, wie Cass es nie gewesen war.) Anna saß dann an der Küchentheke und trank heiße Ribena-Kinderlimonade, während Juana ihr ein paar Brocken Spanisch beibrachte und Cass abwechselnd am Herd und an der Arbeitsfläche stand und ein Rezept aus dem neuen Kochbuch ausprobierte, das Kim ihr geschenkt hatte und durch das sie sich als blutige Anfängerin langsam und methodisch hindurcharbeitete.

Da waren die Nächte, in denen Anna nicht schlafen konnte. In ihren Bademantel gehüllt, die Füße in ihren fleecegefütterten Snoopy-Pantoffeln, tauchte sie dann in der Tür zum

Regieraum auf, wo Cass, Kit und Graham und der jeweilige Produzent, mit dem sie gerade arbeiteten, sich um das Mischpult drängten und sich rauchend das Tagesergebnis anhörten. Cass machte dann ihrer Tochter die Tür auf, zog sie an sich und hielt sie fest im Arm. Ihre Atemzüge brachten kleine Strähnchen von Annas langem Haar zum Flattern, wenn sie dann zusammen auf dem Sofa saßen und dem Mädchen allmählich die Augen zufielen, ohne dass die Musik, die aus den Lautsprechermonitoren kam, sie störte.

Da war der jährliche Urlaub auf der Isle of Mull in dem Dörfchen auf dem hintersten Zipfel der Insel. Vor ihnen das Meer und hinter ihnen das Moor. Cass, Kim, Bill, Alan und Rachel saßen mit einem Glas Wein im Liegestuhl, während die Kinder nicht weniger laut kreischten als die kreisenden Möwen und wie diese erratische Zirkel und Zacken zogen.

Und ja, wenn Cass noch weiter zurückdachte, war da auch das Musikzimmer in der Wohnung in Muswell Hill, wo Cass und Ivor sich ganze Vormittage in das sorgfältige Erarbeiten einer Melodie, eines Rhythmus und des lockenden und sich wieder entziehenden Geflechts eines Songs verloren hatten. (Cass konnte es sich jetzt fast schon gestatten, so an die Dinge zu denken, wie sie einmal gewesen waren, und nicht so, wie sie dann geworden waren.)

Da waren die Sommerpartys in Atterley: Cass, wie sie von den heranwehenden Fetzen der Jazzmelodien zum offenen Fenster gelockt wurde und die Gästeschar betrachtete, die lachend und plaudernd unten auf dem Rasen versammelt war.

Und noch weiter zurück die Erinnerungen an die Nachmittage in Irenes Haus auf der anderen Seite des kleinen Parks, das gemütliche Familienchaos dort, den Bubenlärm von Irenes Brüdern. Wo Alice Cass' Hände sanft zu den Tasten des

Klaviers geführt hatte, die dann schwarz und weiß unter ihren Fingern lagen, so glatt wie die schillernde Innenseite einer Muschel.

An all das dachte Cass bei dem Song, dem sie schließlich den Titel «Home» gab. Sie hatte ihn zunächst nur für sich und Anna machen wollen. Als Geschenk zu Annas zwölftem Geburtstag. Als Feier des sicheren Hafens, den Cass allen Widrigkeiten zum Trotz für sie gefunden hatte.

Aber Iain Urquhart hörte den Song bei einem Besuch und fand ihn großartig. Er wollte ihn für eine Christmas-Single, deren Gewinn an einen Wohltätigkeitsverein für Obdachlose fließen würde. Sie sollten andere Stars dazu einladen.

Cass zögerte. Bisher hatte sie so etwas noch nie gemacht. Ivor und sie hatten damals in aller Stille für das Benefizkonzert Live Aid gespendet, es aber vorgezogen, sich nicht in das Gedränge der Stars auf der Bühne des Wembley-Stadions einzureihen. Aber Alan war wie immer pragmatisch.

«Was, wenn wir dafür sorgen, dass wir selbst die Kontrolle über alles behalten?», fragte er. «Wir suchen den Produzenten aus und nehmen die Platte hier auf. Das würde deinem nächsten Album einen besseren Start verschaffen und natürlich», er schaute ein wenig verlegen, «auch eine Menge Geld für den guten Zweck einbringen.»

Und so fanden die Aufnahmen in Home Farm statt. Fünf glänzende Wagen parkten auf dem Kies der Zufahrt, das Studio war vollgepackt mit PR-Leuten, und vor den Toren warteten die unvermeidlichen Paparazzi. Eigentlich hatte das Projekt im Stillen ablaufen sollen, aber anscheinend hatte einer der Beteiligten in der Organisationskette etwas durchsickern lassen. Eine Boulevardzeitung mietete einen Hubschrauber, um in regelmäßigen Abständen über das Studio zu fliegen, sodass einige der ersten Aufzeichnungen nicht mehr zu gebrauchen waren.

Und am Ende gab es eine Party: ein Festzelt hinten im Garten, Sekt und Häppchen. (Das verschaffte der Presse allerdings eine Steilvorlage: «Stars schlürfen Champagner und belehren uns dann über Obdachlosigkeit.»)

Anna und Tasha trugen Abendkleider im Retrolook und darüber Jeansjacken. Groß und langhalsig, so ungelenk wie halbwüchsige Schwäne, die noch das Daunenkleid der Kükenzeit tragen. Sie wurden knallrot, als zwei Jungs mit der verletzlichen Tapferkeit und Großspurigkeit des Pubertierenden zu ihnen traten.

Wie deutlich Cass diese Szene jetzt in der Erinnerung vor sich sieht. Sie hatte im Windschatten des Studios eine Zigarette geraucht und sich ein paar Minuten Auszeit gegönnt. Das Gesicht ihrer Tochter war vom elektrischen Licht aus der Küche und von den flackernden Flammen der Fackeln beleuchtet, mit denen Kim den Garten eingefasst hatte.

Anna hatte zu den Jungs aufgeblickt, als sie sich näherten – ihr Gesicht hatte schüchtern und verlegen gewirkt. Nicht kokett, sondern fasziniert und von dem Wunsch erfüllt, selbst auch zu faszinieren. Sie hatte Tasha angestoßen (schon damals sah diese ihrer Mutter unglaublich ähnlich. Fohlenhaft schlank, wie sie war, hatte sie bereits die Aufmerksamkeit dreier Modelagenturen auf sich gezogen). Dann war Anna dem Blick des größeren Jungen – der auch in Cass' Augen der besser Aussehende war – ganz kurz begegnet und hatte anschließend zu Boden geschaut, während ein leichtes Lächeln ihre Lippen umspielte.

Anna hatte in diesem Moment so lebendig gewirkt, so

voll von Jugend, Glück und Gesundheit. Als wäre es unmöglich, dass es nicht immer so sein würde. Unmöglich, dass Cass im Verlauf nur weniger Jahre gezwungen sein würde, ihre Tochter vor ihren Augen Kilo um Kilo dahinschwinden zu sehen, magerer und immer magerer, während all die Lebhaftigkeit und Leichtigkeit Schicht um Schicht von ihr abblätterten.

Es war schön gewesen, während der Aufnahmen zu «Home» Tom Arnold wieder zu begegnen.

Er war inzwischen fünfzig, ein recht zierlicher, aber gebräunter und sportlicher Herr mit einer Rolex aus Platin und einem allzu makellosen, strahlend weißen Gebiss. Und noch immer der Mann, der sich damals auf der Veranda von Jakes Häuschen im Laurel Canyon vorgebeugt hatte, um sie zu küssen, und der ihr niemals nachtrug, dass sie ihr Gesicht sanft abgewandt hatte.

Tom war seit kurzem geschieden, und Cass spürte sein neu erwachtes Interesse gleich, als er in Home Farm eintraf – ein Interesse, das weiter reichte als die kameradschaftliche Freundschaft, die sie über all die Jahre aufrechterhalten hatten. Sie hielt Abstand und ermutigte ihn nicht, musste sich aber eingestehen, dass sie sich von ihm angezogen fühlte. In den Tagen nach der Abschlussparty kehrte sie öfter in Gedanken zu ihm zurück und sah sein Gesicht vor sich.

Eine Woche später rief er sie an und fragte, ob er sie abends in ein Restaurant einladen dürfe.

«Ich weiß nicht recht, Tom», antwortete sie sofort. «Ich bin mir nicht sicher, ob das eine gute Idee ist.»

Er reagierte freundlich und ein wenig belustigt. «Ich geb dir meine Nummer im Dorchester», sagte er. «Ruf mich an, wenn du magst. Aber ich fliege morgen heim. Nur damit du Bescheid weißt.»

«Mach es», sagte Kim, als Cass zu ihr ins Büro kam. «Um Anna kann sich Juana kümmern, und ich schaue morgen früh nach ihr. Geh einfach mit ihm aus.»

Und so ging Cass. Sie duschte und kleidete sich sorgfältig mit einer schwarzen Dreiviertelhose, einer locker fallenden Bluse und einem dunkelgrünen Seidentuch, das einen schönen Kontrast zu ihrer Augenfarbe bildete. Aus der Schublade ihrer Frisierkommode nahm sie ein Fläschchen Chanel No. 5 und sprühte ein wenig Parfüm auf den Hals, die Handgelenke und in den Ausschnitt.

«Wo gehst du hin, Mum?», fragte Anna, als Cass sich mit einem Kuss verabschiedete. «Wieso hast du dich so fein gemacht?»

«Nur mit Tom ins Restaurant», antwortet Cass. «Das stört dich doch nicht, oder?»

Anna zuckte mit den Schultern. Als Cass auf sie hinunterschaute – auf ihre reizende, dreizehn Jahre alte Tochter, die in Jogginghose und einem zu weiten T-Shirt auf dem Bett lag –, änderte sie fast ihre Meinung. Dann aber dachte sie an Toms sanftes Lächeln und daran, wie lange es her war, seit sie zum letzten Mal die Berührung einer Männerhand gespürt hatte. Die Berührung eines Mannes, von dem sie kein Streit und kein schwelender Groll trennten.

«Ich bleibe nicht lange, Schatz», sagte sie.

«Mir egal», antwortete Anna und wandte sich ab.

Dann der Abend mit Tom.

Keiner von beiden versuchte auch nur, sein Wissen darum zu kaschieren, wo das alles hinführen würde.

Sie aßen, unterhielten sich und tranken eine ausgezeichnete Flasche Château Margaux. Cass erzählte von Anna und einem Konzert, das sie in der Royal Festival Hall geben sollte. Und sie berichtete von ihrer Sorge um Lily, die seit Johns Tod immer gebrechlicher wurde. Tom erzählte von seinem nächsten Album und (kurz und ohne Bitterkeit) von seiner Exfrau und ihrer gemeinsamen Entscheidung, keine Kinder zu bekommen.

«Ich bewundere dich, Cass, weißt du», sagte er beim Kaffee. «Ich bewundere es, dass du es geschafft hast, so eine prächtige Tochter großzuziehen und doch mit der Musik weiterzumachen.»

Sie wischte das Kompliment beiseite. «Zur Bewunderung besteht kein Anlass», erwiderte sie. «Ich habe genug Fehler für ein ganzes Leben begangen. Es war ... schlimm mit Ivor, als Anna klein war. So schlimm, wie es nur sein kann.»

«Aber das ist jetzt vorbei. Längst vorbei.»

«Ja», antwortete sie. «Es ist vorbei.»

Seit Annas Geburt hatte Cass geglaubt, es sei unmöglich, die Existenz ihres Kindes auch nur für eine einzige Sekunde zu vergessen. Aber in dieser Nacht in Toms Zimmer im Dorchester vergaß sie sie. Es gab nur noch seinen Körper, den ihren und ihren gemeinsamen Rhythmus: zunächst langsam und kontrolliert, und dann schneller, gelöster und erregter.

Als sie endlich wieder still dalagen – befriedigt, schweißnass und keuchend –, lachte sie und sagte: «Mein Gott, Tom. Mein Gott.»

«Nö», antwortete er und strich mit dem Finger ihren Arm entlang. «Einfach nur ein ganz normaler Mann in den mittleren Jahren.»

Sie versprachen sich nichts und schmiedeten auch keine

Pläne, sich wiederzutreffen, aber Cass bewahrte die Erinnerung an diese Nacht lange Zeit auf. Der Umriss von Toms Körper unter der weißen Hotelbettwäsche. Der Geschmack seiner Küsse. Die Laute, die sie selbst beim Orgasmus ausgestoßen hatte – fast unbewusst, primitiv und atonal. Das Gewirr von Bewegung, Atem und Geräuschen und dann schließlich Stille.

Cass sah sowohl ihre Mutter als auch ihre Tante Lily zum letzten Mal in Home Farm.

In den Jahren, seit Cass Rothermere den Rücken gekehrt und den Scherbenhaufen hinter sich zurückgelassen hatte, zu dem ihre Ehe geworden war, hatte ihre Mutter es tatsächlich geschafft, sie zu überraschen. Sobald sie von Cass' Trennung gehört hatte, rief sie an und wollte zu Besuch kommen.

«Len und ich haben genug für den Flug zusammengespart», sagte sie. «Lass mich ein bisschen für dich da sein. Ich weiß, dass ich Fehler begangen habe. Dass ich nicht so für dich da war, wie ich es hätte sein sollen. Bitte lass mich jetzt für dich da sein.»

Cass hatte gespürt, wie sich ihre Augen mit Tränen füllten, und in diesem Moment gemerkt, dass sie Margaret verziehen hatte: dass sie für all diesen Zorn einfach keine Verwendung mehr hatte.

«Danke, Mum, ich weiß das zu schätzen. Wirklich. Aber wir kommen zurecht. Oder wir werden jedenfalls zurechtkommen. Es war die richtige Entscheidung.»

Und so war Margaret nicht gekommen – aber Cass war bald mit Anna zu Besuch nach Toronto geflogen, und seitdem rief man sich gegenseitig an, schrieb sich und tauschte Geschenke aus. Und später, eines Tages Anfang August 1993, beschloss Cass, ihre Mutter anzurufen und sie, Len und Josephine über Weihnachten nach Home Farm einzuladen. Sie würde auch Lily einladen. Sie würde alle bitten, ihre Meinungsverschiedenheiten zu vergessen. Sie würde es beiden Frauen als Chance für Anna vor Augen führen, ihre Familie so, wie sie nun einmal war, vollständig vor Augen zu haben – wenn auch natürlich ohne ihren Vater. Sie wollte Anna zeigen, dass es möglich war, selbst Beziehungen zu kitten, die lange zerbrochen waren.

Josephine hatte nicht mitkommen können – sie war inzwischen verheiratet und hatte zwei Kinder im Alter von fünf und drei –, aber die anderen hatten die Einladung angenommen.

Das Fest verlief aber doch anders, als Cass es sich vorgestellt hatte. Margaret und Lily begegneten einander äußerst kühl – Lily, inzwischen siebenundsiebzig, kam als magere, rastlose, scharfzüngige Kettenraucherin rüber, denn der Kummer hatte ihre alte Energie und ihre Lockerheit vollkommen überdeckt. Anna stritt sich an Heiligabend mit Tasha – nach allem, was Cass mitbekam, eine heftige Auseinandersetzung wegen eines Jungen –, und Len Steadman brachte den ganzen Besuch damit zu, Cass ausführlich zu befragen, was alles und jedes im Haus gekostet hatte. Aber beim Weihnachtsessen – Kim hatte Cass bei den Vorbereitungen geholfen und ausführliche Anweisungen notiert, wie diese es am Festtag servieren sollte – hatten alle beieinandergesessen und das Esszimmer von Home Farm mit Licht und einem geselligen Lärm erfüllt. Cass hatte von einem Gesicht zum anderen geschaut und einen Trinkspruch auf alle abwesenden Freunde ausgebracht.

Nur drei Wochen nach dem Heimflug mit Len hatte Margaret sie dann angerufen. Brustkrebs, erzählte sie, im Spätstadium diagnostiziert, und ihre Kräfte schwänden rasch dahin.

Ja, sie wisse es schon eine ganze Weile, habe aber niemandem etwas gesagt, weil sie den anderen das Weihnachtsfest nicht verderben wollte. Auch sie selbst habe dem Schatten der Diagnose entkommen wollen, und sei es auch nur für ein paar Wochen.

Kurz darauf war Cass mit Anna nach Toronto geflogen, um ihre Mutter zu besuchen, musste aber feststellen, dass sie stattdessen zur Beerdigung gekommen war. Um die hundert Trauergäste in einer Vorstadtkirche. Hinterher ein Buffet mit Fingerfood in dem Haus mit der weißen Veranda. Eine Umarmung mit Josephine im Garten, und die flüsternden Stimmen der anderen Trauernden. *Das ist Cass Wheeler, weißt du, die Sängerin. Margaret hat sie als Kind in London zurückgelassen. Und das da muss Cass' Tochter sein.*

Und dann, nur vier Wochen später, Lily. Ein Schlaganfall im Schlafzimmer, durch den sie gestürzt war und sich den Kopf angeschlagen hatte. Sie war erst am nächsten Morgen aufgefunden worden.

Warum nur, fragte Cass sich viele Male, hatte sie nachgegeben und zugelassen, dass Lily allein in Atterley blieb? Statt sie nach Home Farm zu holen?

Der Gedanke ließ ihr keine Ruhe, dass sie nur an diesem Tag hätte anrufen oder zu Besuch kommen müssen. Sie hätte sie retten können.

Stattdessen hatte sie, Cass, erneut versagt. Und das Wissen um dieses Versagen legte sich über sie und wich nicht mehr.

Sie erinnert sich an einen Nachmittag im Jahr 1994, es muss ein Wochentag gewesen sein, und es war Frühling. Das Büro der Direktorin von Annas Schule: beiger Anstrich, schwere

Vorhänge, ein fades Aquarell des Schulgebäudes über dem Kamin.

«Ms. Wheeler.»

Wie hieß die Direktorin noch mal? Mrs. Baker. Mary. Ein schlichter Name für eine schlichte Frau: untersetzt, taillenlos, graues, unvorteilhaft kurz geschnittenes Haar und eine schmale Silberkette, die im fast nicht vorhandenen Ausschnitt ihrer Bluse verschwand. Vielleicht hing ein Kreuz an dieser Kette: Schließlich war dies eine Schule der Church of England. Oder vielleicht hing dort auch ein halbes Herz, und Mr. Baker bewahrte die andere Hälfte in einer Schatulle mit geprägtem Lederbezug auf. War ihr Mann der Typ, der seiner Frau ein solches Geschenk machen würde? Cass war ihm einmal kurz bei der Tombola der Schulfeier begegnet. Ein Männlein, das etwas von einem Maulwurf hatte, die Stimme gepresst und nasal.

«Ms. *Wheeler.*» Jetzt war die Direktorin ungeduldig und gab sich keine Mühe, es zu verbergen. Richtete sich die Abneigung dieser Frau gegen Cass persönlich – ihren Ruhm, den Rest Glamour, der ihr noch anhaftete, oder die Tatsache, dass sie sich in Mary Bakers Augen niemals an die Regeln gehalten hatte –, oder verabscheute sie alle Eltern gleichermaßen?

Nein, es musste auch Eltern geben, die sie mochte. Vielleicht Claire Harris – die Mutter jenes Mädchens in Annas Jahrgangsstufe, das Anna verächtlich als «Flasche» bezeichnete. Selbst Cass konnte sehen, dass es mit seiner perfekt gebügelten Schuluniform und den beiden von roten Spangen gehaltenen Zöpfen eine Nervensäge war. Zöpfe! Mit vierzehn! Was dachte die Mutter sich eigentlich? Claire Harris hatte für die Tombola einen Kuchen gebacken, daran erinnerte Cass sich. Eine Biskuittorte mit Schokoladenglasur.

Widerstrebend hob Cass den Blick und sah Mary Baker ins runde, fleischige Gesicht. Sie war ganz anders als Mrs. Di Angelis, Cass' eigene Direktorin mit der prachtvollen roten Bienenkorbfrisur und den grünen Seidenpumps. Was aus ihr wohl geworden war? Falls sie noch lebte, musste sie wohl um die achtzig sein, oder?

«Ja, Mrs. Baker», erwiderte Cass endlich. «Worum geht es?»

Die Direktorin hüstelte leise. «Nun. Wie schon gesagt, wir machen uns große Sorgen um Anna.»

Anna war bei einer Klassenfahrt nach Paris dabei gewesen. Mehrere Schüler der Klasse hatten das Hotel nach der Bettruhe heimlich verlassen. Sie hatten sich *betrunken* und das nicht vor den Lehrern verbergen können. Und diese erbärmliche Farce hatten sie an jedem Abend der Klassenfahrt wiederholt. Anna war anscheinend die Rädelsführerin gewesen, und Tasha hatte begeistert mitgezogen.

Und schlimmer noch – hier fixierte Mary Baker Cass mit einem vernichtenden Blick –, es hatte einen äußerst unangenehmen Vorfall gegeben. Durch Gruppendruck war ein stilles, fleißiges, frommes Mädchen – Polly O'Reilly – praktisch gezwungen worden, eine halbe Flasche Wodka zu trinken. Danach war ihr fürchterlich schlecht geworden, und sie hatte sich ins Waschbecken des Hotelzimmers übergeben, das sie mit Anna teilte. Und statt ihr zu helfen, hatte Anna sie bei der Schulter gepackt und Polly ins Gesicht geschlagen.

(«Sie hat einfach nicht aufgehört, Mum», hatte Anna zu Hause erklärt, als sie selbst davon berichtete. «Der ganze Boden war vollgesaut. Was hätte ich denn *tun* sollen?»)

«Wie ich hörte, hat es zu Hause Schwierigkeiten gegeben», sagte Mary Baker.

«Schwierigkeiten?»

Die Direktorin presste die Lippen zusammen. «Nun. Ihre Scheidung. Die ... komplizierte Beziehung zwischen Anna und Mr. Tait. Und der Tod von Annas Großmutter.»

«Und ihrer Großtante», fügte Cass hinzu.

«In der Tat.» Eine Pause. «Das alles ist für eine Heranwachsende nicht einfach zu verarbeiten.»

Ja. Es hatte tatsächlich Schwierigkeiten gegeben. Es war, als hätte sich zwischen der Beerdigung von Cass' Mutter und dem Tod Lilys ein Nebel über Cass gewälzt. Ein Abstumpfen der Wahrnehmung, ein inneres Abstandnehmen. Das Gefühl, dass alles, was geschah, nicht ganz real war. Sie schaffte es nicht, Songs zu schreiben. Seit bestimmt drei Monaten hatte sie keine einzige Liedzeile verfasst. Sie verbrachte viel Zeit in dem kleinen, gemütlichen Raum im Studio und saß einfach nur still da. Er war mit einem Kühlschrank, einem Wasserkocher und einer Kaffeemaschine ausgestattet und besaß eine Hi-Fi-Anlage vom Feinsten, mit CD-Spieler, Kassettendeck und Plattenspieler. Sie saß dann dort, trank Kaffee, und irgendwie rann die Zeit einfach an ihr vorbei.

Nicht einmal Anna schien mehr zu ihr durchdringen zu können. Seit den beiden Beerdigungen nahm Cass ihre Tochter nur noch aus der Ferne wahr, wie durch eine dicke Milchglasscheibe. Kein Wunder, dass Anna das Gefühl hatte, tun und lassen zu können, was sie wollte. Und was Ivor betraf – nun, *kompliziert* war noch eine harmlose Beschreibung. Er hatte aufgehört zu trinken, das stimmte, aber seine anderen Gewohnheiten ließen sich schwerer durchbrechen: Nach allem, was Cass mitbekam, war jedes Wochenende eine andere Frau im Haus.

Laut sagte sie: «Vielen Dank, dass Sie mich auf das Problem

angesprochen haben, Mrs. Baker. Ich werde mit Anna reden und ihr Grenzen setzen. Sie haben recht – bei uns zu Hause war einiges los.»

Die Direktorin rückte auf ihrem Stuhl nach hinten. «Gut», sagte sie. «Bitte tun Sie das bald. Ich habe ernsthaft darüber nachgedacht, sie der Schule zu verweisen, doch angesichts der Umstände will ich im Zweifel für die Angeklagte entscheiden. Sollte aber etwas Vergleichbares noch einmal vorkommen» – ein scharfer Blick aus stahlharten, graublauen Augen –, «werde ich nicht so nachsichtig sein, Ms. Wheeler.»

Als Cass an diesem Abend nach Hause kam, lümmelte Anna, noch immer in der Schuluniform, vor dem Fernseher auf dem Sofa. Ihre Bluse war herausgezogen und der Rock auf eine Weise durch Einrollen des Bundes verkürzt, die Cass so bekannt vorkam, dass sie wider Willen lächeln musste.

Anna, die zu ihrer Mutter aufblickte, erwiderte das Lächeln nicht, rückte aber mit den Füßen ein paar Zentimeter nach rechts, um Platz für Cass zu schaffen. Gemeinsam schauten sie dann die Folge der Serie *Nachbarn* zu Ende: Australier mit blendend weißen Zähnen, die einander über den säuberlich gestutzten Rasen von Vorstadthäusern hinweg anbrüllten. Cass war klug genug, die Sendung nicht zu unterbrechen. Doch beim Abspann legte sie den Arm um ihre Tochter und zog sie an sich, und Anna wehrte sich nicht.

«Es geht dir doch gut, mein Liebling?», sprach Cass ihrer Tochter ins Haar. «Du würdest mir andernfalls doch Bescheid sagen?»

«Natürlich, Mum», antwortete Anna, als die letzten Zeilen des Abspanns dem melancholischen Glockenschlag der Sechsuhrnachrichten wichen.

Damals erwiderte Cass darauf nichts weiter als: «Ich hab dich lieb», und ging in die Küche, um sich ums Abendessen zu kümmern.

Warum hatte sie nicht mehr unternommen, weiter nachgehakt, Anna zum Reden gezwungen? Es war wohl Feigheit gewesen, denkt sie heute. Feigheit und dieses eigenartige, betäubende Gefühl, von allem fern zu sein. Dieser Glaube, der ihr in der Kindheit eingeflößt worden war und von dem sie sich so schwer lösen konnte: dass man etwas nur verschweigen müsse, dann wäre es auch nicht wirklich da.

Cass hatte nie gewollt, dass Anna Ivor auf der Tournee begleitete.

Sie hatte es sogar kategorisch abgelehnt. Danach hatte es unvermeidlich Streit gegeben – schlimmer, als sie ihn je mit ihrer Tochter erlebt hatte – und im Anschluss daran ein schreckliches Schweigen. Anna beschloss, ihre Mutter so lange zu ignorieren, bis diese ihre Meinung änderte. Dickköpfig genug war sie: Sie war schließlich die Tochter ihrer Mutter.

Fünfzehn Jahre alt: langes blondes Haar, das bis knapp über die Schulterblätter fiel. Die braunen Augen ihrer Mutter und das kantige Gesicht ihres Vaters. Ein Kleiderschrank voller rosa Slips mit Spitzensaum, die sie unter kurzen Wollröcken trug. (Cornelia, die diese Erde schon lange verlassen hatte, wäre entsetzt gewesen.) Holzfällerhemden, dicke, schwarze Strumpfhosen und an den Füßen purpurrote Doc Martens mit bunt gescheckten Schnürsenkeln.

«Grunge» hieß dieser sorgfältig zerzauste Look. Als sein Hohepriester Kurt Cobain im Vorjahr tot aufgefunden worden war, hatten Anna und Tasha im Wohnzimmer von Home

Farm eine Totenwache abgehalten: Alle Lampen wurden ausgeschaltet, Teelichter flackerten in Gläsern und Nirvanas rastlose Musik lief bis in die frühen Morgenstunden in Endlosschleife.

Auch Cass war traurig gewesen, so wie jedes Mal, wenn ein Musiker, ein «Kollege» unterging: Hendrix, Morrison, Moon, Joplin, Denny oder Mercury. Wenn sie besonders melancholisch gestimmt war, kam es Cass so vor, als wäre ihre größte Leistung nicht das Verfassen von Songs, sondern die Kunst, am Leben zu bleiben, um sie zu schreiben. Wenn die Musik ihr auch, das musste sie zugeben, nicht mehr so mühelos zuflog wie früher. Erst drei Jahre später würde sie das nächste Album veröffentlichen: *Silver and Gold.*

Ivor hatte dagegen eine neue Platte aufgenommen, eine Sammlung von Jazz-Standards, denen er ein verrauchtes Porch-Blues-Feeling gegeben hatte. Eine Amerikatournee war geplant: Brooklyn, Nashville, Seattle, San Francisco. Nicht mit dem Bus, sondern Inlandflüge in der Business-Class und Nächte in guten Hotels. Fünf Wochen ab Ende Juli, was zufällig mit Annas Sommerferien zusammenfiel.

«Kim hat gesagt, Tasha darf mit», erklärte Anna ihrer Mutter.

Dass das nicht zutraf, ließ sich rasch klären. Tasha hatte ihren ersten Auftrag als Model in New York erhalten. Die Mädchen könnten zusammen hinfliegen, hatte Kim gesagt, aber Tasha werde Anna nicht auf der Tournee begleiten können.

«Jedenfalls bin ich mir auch gar nicht sicher, ob ich Tasha mitreisen lassen würde, selbst wenn sie Zeit hätte. Nicht, wenn keine von uns beiden dabei ist, um ein Auge auf die Mädchen zu haben.»

«Nein», stimmte Cass zu. «Aber so zornig wie eine Fünfzehnjährige, der man einen Strich durch die Rechnung macht, wird noch nicht mal der Teufel persönlich.»

Annas Schweigen dauerte zwei Wochen: zwei Wochen, in denen sie kein Wort mit ihrer Mutter sprach, sie aber jedes Mal, wenn diese etwas sagte, mit einem wütenden Blick anstarrte.

Cass wusste, dass sie standhaft bleiben sollte, aber sie ertrug es nicht länger. Und so stieg sie eines strahlend schönen Maimorgens, als Anna in der Schule war, in den MG und fuhr nach Hampstead. Sie parkte in einer Seitenstraße nicht weit von Ivors Haus. An seinem Gartentor meldete sie sich über die Gegensprechanlage an und ging dann die makellos saubere und von keinem Unkräutlein verunzierte Einfahrt hinauf.

Es war nicht ihr erster Besuch in dem Haus. Ein halbes Jahr zuvor hatte Ivor eine Party gegeben, um das erste Jahr seiner Abstinenz zu feiern. Alle waren eingeladen gewesen: Alan, Kim, Graham, Kit und die alten Freunde Kate, Serena und Bob. Hugh allerdings nicht. Er war bisher den alten Gewohnheiten treu geblieben, und Ivor, der Abstand dazu halten wollte, hatte ihn durch einen anderen Schlagzeuger ersetzt.

«Ich möchte euch alle zusammenrufen und um Vergebung bitten», sagte er am Telefon zu Cass. «Schritt neun: wiedergutmachen, was man anderen Leuten angetan hat.»

«Ich weiß nicht recht, ob man das bei allen gleichzeitig tun sollte», hatte Cass nach einem Augenblick des Zögerns geantwortet.

Aber sie war trotzdem zur Party gegangen. Als Ivor seine Rede hielt – sein Haar war länger, der Bart frisch gestutzt und das Gesicht immer noch beneidenswert faltenfrei –, spürte sie eine Woge der Scham in sich aufsteigen. Wenn Ivor um

Vergebung bat, dachte sie, dann müsste sie selbst eigentlich das Gleiche tun.

Jetzt aber stand Cass an einem frischen Sommermorgen vor der Tür, und diese wurde von Leah geöffnet. Ivors derzeitige Freundin war zweiundzwanzig (halb so alt wie sie selbst, dachte Cass schaudernd) und hatte ein feines, elfenhaftes Gesicht und endlos lange Beine, die unter ihren Shorts, einer abgeschnittenen Jeans, hervorkamen. Der Hund Ziggy – inzwischen längst kein Welpe mehr – drückte sich knurrend bei ihren Füßen herum. Leah beugte sich über ihn, streichelte ihn und sagte: «Oh, hallo, Cass. Komm rein.»

Ivor und Cass tranken Kaffee in seiner makellosen, weißen Küche mit den Glashängelampen und lederbezogenen Barhockern. (Leah war zumindest taktvoll genug, sich rarzumachen.)

«Ich werde mich um Anna kümmern, Cassie», sagte Ivor. «Ich würde niemals zulassen, dass ihr etwas zustößt. Das weißt du doch. Sie bedeutet mir alles.»

War das so? Cass hatte Grund, daran zu zweifeln. Eine einzige Party und ein einziges Jahr Nüchternheit reichten nicht, um all die hässlichen Jahre auszulöschen. Der Alkoholismus und all die Frauen – ein endloser Strom von Models, Tänzerinnen, Kellnerinnen und Yoga-Lehrerinnen, die rasch hintereinander bei ihm ein- und auszogen. Ivor dachte scheinbar nie an die Wirkung, die das auf Anna haben musste. Seine Tochter glaubte, dass diese pausenlos wechselnden Frauen, die zum größten Teil nur wenige Jahre älter waren als Anna selbst, sie aus seinem Herzen verdrängt hatten. Jeder Dummkopf konnte sehen, dass sie sich nach der Aufmerksamkeit ihres Vaters sehnte, nach seiner Liebe. Jeder Dummkopf anscheinend schon, nur Ivor nicht.

Als Cass ihn aber jetzt betrachtete, wie er mit sauberem Hemd und barfuß in seiner teuren Küche Cappuccino trank, begriff sie, dass ihr keine andere Wahl blieb, als ihm zu glauben. Anna würde es ihr niemals verzeihen, wenn Cass sie nicht mitgehen ließ. Sie würde aus ihrer Mutter wieder einmal die Böse machen, wie es schon so oft geschehen war, selbst wenn Ivor – betrunken, vergesslich und mit einer neuen Freundin zugange – derjenige gewesen war, der sie enttäuscht hatte.

«Okay», sagte sie. «Ich sehe, dass mir keine Wahl bleibt. Aber du musst dafür sorgen, dass sie mich jeden Tag anruft. Und wir stellen jemanden ein, der sie beaufsichtigt – eine Begleiterin. Du wirst schließlich zu tun haben.»

Anna war zu froh, dass ihre Mutter ihre Meinung geändert hatte, um wegen der Aufpasserin Theater zu machen.

Kim fand ein Mädchen namens Rosie: eine Einundzwanzigjährige, die in ihrem letzten Jahr Französisch an der Bristol University studierte. Sie war die Tochter eines Tontechnikers, der einmal mit Bill in der Abbey Road gearbeitet hatte. Cass hatte zwar keine Zeit mehr, sie kennenzulernen, unterhielt sich aber kurz mit ihr am Telefon, und Rosie wirkte sehr vernünftig. Sie arbeitete Teilzeit in der Universitätsbibliothek und wollte nach dem Abschluss Lehrerin werden.

«Wie cool, ein Job als Anstandsdame», sagte Rosie. «Das klingt wie aus einem Roman von Jane Austen.»

«Ja», antwortete Cass trocken. «Aber die Amerikatournee eines Stars entspricht keineswegs einem Erholungsurlaub in Bath.»

«Nein.» Rosie räusperte sich und wurde ernst. «Natürlich nicht. Machen Sie sich bitte keine Sorgen, Ms. Wheeler. Ich werde Anna nicht aus den Augen lassen.»

Und so war Anna gleich nach dem Schuljahresende im

Aufbruch begriffen – sie packte ihre Koffer, telefonierte stundenlang mit Tasha und studierte ihren neuen Lonely-Planet-Reiseführer für die USA.

«Danke, Mum», sagte sie, als Cass sie beim Abschied innig umarmte. «Danke, dass du mich gehen lässt.»

Es war ein warmer Sommer in diesem Jahr. Cass erinnert sich an weit geöffnete Fenster und lange, entspannte Tage auf der Terrasse von Home Farm, wo sie *Corellis Mandoline* las. Sie hatte beschlossen, sich eine Ruhephase zu gönnen, in der Hoffnung, das entnervende Gefühl innerer Distanziertheit abzuschütteln und vielleicht sogar die Energie zum Malen oder für einen Song zu finden.

Ein Theaterabend mit Kate und deren neuem Freund – einem Bühnenbildner namens Troy McCabe, der viel jünger war als Kate. Lunch im Kingston mit Irene. (Sie schafften es, in Kontakt zu bleiben, auch wenn sie sich nur gelegentlich sahen.) Ein Grillabend mit Kim und Bill im Garten ihres neuen Hauses in Oxted. Die von Alan weitergeleitete Anfrage eines Verlages, ob Cass sich je mit dem Gedanken getragen habe, ein Buch über ihr Leben zu schreiben. Es war nicht die erste derartige Anfrage, aber die erste, die sich in ihr festsetzte und sie zum Nachdenken brachte.

Und dann der Anruf, der sie aus dem Schlaf riss. Der private Anschluss, den nur wenige Freunde kannten. «Hallo?»

Eine leise, angespannte Stimme, als kämpfte sie gegen Tränen. «Mum. Ich möchte heim.» Die Stimme brach und wurde von einem Schluchzen verschluckt. «Kannst du mir bitte einen Flug buchen. Ich möchte jetzt sofort heim.»

Cass sprang sofort in Aktion und hatte den Flug innerhalb der nächsten Stunde reserviert. Sie rief Ivor an, erreichte ihn aber nicht – stattdessen bekam sie seinen Manager Charlie an die Strippe.

Es habe einen Zwischenfall gegeben, berichtete Charlie. Ivor und Anna hätten nach dem Konzert in San Francisco gestritten. Anna sei mit Rosie zusammen weggelaufen. Das ganze Team habe stundenlang nach ihnen gesucht, und als sie die Mädchen endlich in einem Club in Haight-Ashbury aufspürten, sei Anna nahezu hysterisch gewesen und habe kaum zusammenhängend sprechen können. Weder ihr noch Ivor ließe sich entlocken, was zwischen ihnen vorgefallen sei.

«Verdammt, dann haken Sie nach, bis sie es erzählen», blaffte Cass ihn übers Telefon an.

Nach einer Sekunde statischem Rauschen kam Charlies Antwort: «Ich sage Ihnen das nicht gerne, Cass, aber ich kann hier im Moment nichts ausrichten. Ehrlich gesagt glaube ich, dass Anna und Rosie etwas genommen haben könnten. Und Ivor ist stockbesoffen. Er hat wieder angefangen, Cass. Ich bekomme nichts aus ihm heraus.»

Annas Flug landete spät in der Nacht in Heathrow. Cass fuhr hin, um Anna abzuholen, ohne sich darum zu scheren, ob jemand sie erkennen könnte. Als ihre Tochter in die Ankunftshalle kam, war ihr Gang schleppend, und sie wirkte schrecklich klein und dünn: eigentlich noch ein Kind, und die Haut hatte einen kränklichen, grünlichen Farbton. Sie trug ein Kapuzenshirt, das Cass nicht kannte (die Aufschrift *NYC, NY* prangte in großen weißen Buchstaben auf ihrer Brust), und eine Trainingshose. Ihr Haar war hinten zusammengefasst und wirkte fettig und ungewaschen.

Dort, in der Ankunftshalle, umarmten sie sich.

«Anna, mein Liebling», sagte Cass an Annas Hals und sog

den Geruch ein, den nur ihre Tochter hatte und sonst niemand. «Was um Himmels willen ist denn passiert?»

Aber Anna schüttelte den Kopf. Auch auf der Heimfahrt im Auto war sie still. Sie schloss die Augen und versank sofort in Schlaf. Auf der gekiesten Zufahrt von Home Farm wachte sie plötzlich verwirrt auf. Cass sah sie an und sagte: «Anna. Bitte. Erzähl mir, was vorgefallen ist. Was war da los?»

Es folgte ein langes Schweigen.

«Dad trinkt wieder», erzählte Anna endlich mit einer sonderbar ausdruckslosen, emotionslosen Stimme. «Es hat in New York angefangen – er hat eine schlechte Kritik gelesen und ist plötzlich ausgerastet. Keiner konnte ihn finden. Ich hab ihm immer wieder gesagt, er soll mit dem Trinken aufhören – hab ihn an die Anonymen Alkoholiker erinnert, an seine Sponsoren und so, und an das, was er uns bei der Party gesagt hat. Dass es ihm leidtut.» Sie holte tief Luft. Cass neben ihr widerstand dem Drang, ihre Tochter in die Arme zu nehmen. «Und gestern in San Francisco hat er mich dann angebrüllt. Er hat dieses ganze verrückte Zeug gesagt.»

«Was für Zeug?»

«Ich wäre ein Fehler gewesen. Du hättest mich nie haben wollen. Deine Musik wäre dir immer wichtiger gewesen als ich. Du hättest gedacht, ein Kind würde deine Karriere zerstören.»

Ein Bleigewicht krachte donnernd nieder. Cass griff nach Annas Hand, doch ihre Tochter riss sie weg.

«Und?», fragte sie ihre Mutter wütend. «Stimmt das?»

«Natürlich nicht, Anna. Du weißt, wie dein Dad ist, wenn er trinkt. Dann sagt er Sachen, die er eigentlich gar nicht meint, nur um jemandem weh zu tun.»

Anna schüttelte den Kopf. «Nein. Ich habe auf dem Rückflug die ganze Zeit darüber nachgedacht. Ich hab euch alles kaputt gemacht, oder? Euch beiden. Ihr habt euch prima verstanden, bis ich kam. Und *du* warst – na ja, unheimlich erfolgreich. Berühmt. *Alle* haben dich gekannt. Und was bist du jetzt?»

«Eine Mutter», antwortete Cass. «*Deine* Mutter. Und eine Musikerin. Beides. Und wir haben uns *nicht* prima verstanden, bis du kamst. Ivor und ich haben nie zusammengepasst. Deine Großtante Lily hat es gewusst, und ich weiß es nun auch. Aber ich bedaure keinen einzigen Augenblick dieser Beziehung, weil ich dadurch dich bekommen habe.»

Aber Anna hörte nicht zu. Sie starrte durch die Windschutzscheibe, und in ihrem Gesicht stand die Angst eines kleinen Kindes.

«Du hast ihn geschlagen. Daran erinnere ich mich gut. Ich habe gesehen, wie du ihn geschlagen hast, und ich hatte Angst, dass du mich irgendwann auch schlagen würdest.»

Ein erschütterter Laut stieg tief aus Cass' Kehle auf. Mit einer leisen, jämmerlichen Stimme – das war doch gewiss nicht ihre eigene? – sagte sie: «Ich war nicht die Einzige, Anna, oder? Dein Dad hat mich auch geschlagen.»

«Glaubst du, das macht es irgendwie besser?» Annas Gesicht war vor Wut wild verzerrt, fremd und eigenartig. «Glaubst du, dadurch wird es gut? Scheiße noch mal, Mum. Ich hasse ihn. Und dich hasse ich auch. Hättest du mich doch nie geboren. Ich wette, du wolltest mich sowieso abtreiben.»

Anna riss die Wagentür auf und marschierte über den Kies zur Vorderveranda. Das Sicherheitslicht ging an, und Cass blieb sitzen und sah zu, wie die schwere schwarze Tür hinter ihrer Tochter zuschlug, als sie hineinging. Cass schloss die Augen. Ihr war schwindelig, und ihr Atem ging hechelnd.

Das Mädchen war erschöpft und überreizt. Sie sollte sich erst einmal ausschlafen, und morgen wäre ein neuer Tag. Damit beruhigte Cass sich, bis ihr Atem wieder gleichmäßiger ging. Doch noch während sie sich gut zuredete, wusste sie, dass das für Anna nicht reichen würde. Irgendetwas in ihr war zerbrochen, und Cass würde vielleicht niemals eine Möglichkeit finden, es wieder zusammenzusetzen.

18:15 UHR

Es gibt Songs, denkt Cass, die nicht so sehr verfasst als vielmehr übersetzt werden. Sie gehorchen keinem anderen Willen als ihrem eigenen und weigern sich, sich irgendeiner anderen Form zu fügen als der, in der sie eintreffen.

Immer wieder hat sie sich im Laufe der Jahre bemüht, es den Leuten so zu erklären, wenn sie gefragt wurde, warum sie sich derart darauf festgelegt habe, ihr eigenes Leben in Songs zu katalogisieren und ihre Musik aus dem Rohmaterial ihrer eigenen Erfahrungen zu weben. Sie hat in dieser Frage oft eine unausgesprochene Kritik gespürt, als machte sie das zu einer Künstlerin von geringerer Qualität: eine Tintenpfuscherin, die im Dreck des Lebens wühlt, statt die leuchtende Landschaft der Phantasie zu durchstreifen.

Don Collins zum Beispiel hatte sich immer bestens darauf verstanden, ihr dieses Gefühl zu vermitteln.

«Ist das nicht alles ein bisschen ... na ja, oberflächlich?», fragte er sie einmal in den frühen Jahren. «Ich meine, Bowie schafft die Figur Ziggy Stardust – bringt etwas Performatives in die Musik und verwandelt Pop in etwas wirklich Substanzielles. Sie dagegen schreiben über Babys und Trennungen. Ist das nicht etwas selbstreferenziell?»

Sie lächelte ihn an, schon damals hatte sie sich das angewöhnt: ihre Wut unter einem Lächeln zu verbergen. «Da haben Sie vielleicht recht, Don. Wahrscheinlich. Aber das liegt nicht in meiner Hand, verstehen Sie. Ich entscheide nicht, wovon meine Songs handeln werden. Die Entscheidung ist schon längst gefallen, wenn sie in mir auftauchen.»

Er sah sie mit schiefgelegtem Kopf an, den Mund durch ein Lächeln zu einem schmallippigen Bogen verzogen. Es war klar, dass er keine Ahnung hatte, wovon sie sprach. «Verschwurbelter Hippie-Nonsens» nannte er es dann in seinem Artikel. Und im Verlauf der Jahre hat sie sich gefragt, ob wohl auch Ivor es so empfand. Seine eigenen Texte hatten immer etwas Distanziertes, Emotionsloses, als betrachtete er das Leben aus sicherer Entfernung.

Aber Larry verstand es sofort. Larry weiß, wie es ist, sich für Stunden – oder sogar Tage – in einem schöpferischen Akt zu verlieren. Und erst dann zu begreifen, was man eigentlich geschaffen hat, wenn Geist und Körper endlich wieder zur Ruhe gekommen sind. Larry weiß, auf was der Künstler sich im Akt des Schaffens einen Reim zu machen versucht, selbst wenn sich in Wirklichkeit keiner einen Reim auf dieses schwindelerregend und empörend unmögliche, wunderschöne Leben machen kann. Und natürlich auch nicht auf den Punkt, wo alles in einem Crescendo zueinanderfindet und doch unvermeidlich verlorengeht.

Cass steht auf und geht zur Tür. Otis ist wieder da. Er sitzt auf der Terrasse, den Schwanz um die Vorderpfoten gelegt, und sieht sie an.

Sie schiebt die Tür auf, und der Kater erhebt sich und kommt ohne Eile herein. Die Schwanzspitze wie zu einem Fragezeichen gekrümmt, streicht er geschmeidig um ihre Beine. Das leise Vibrato eines Schnurrens steigt aus seiner

Kehle auf. Er will kein Futter, sondern Gesellschaft. Sie hebt ihn hoch und vergräbt das Gesicht einen Moment lang in seinem Fell. Er riecht nach Gras und Erde, und außerdem ganz leicht nach Moschus: Er muss den Fuchsbau irgendwo in den hinteren Winkeln des Gartens gefunden haben.

Das Haus liegt jetzt still da. Ganz leise hört sie Kims Lachen durch den Garten heranwehen, und gleich darauf zur Antwort Alans tiefen Bass.

Sie werden wohl zusammen in der Küche stehen: Assistentin und Manager, Freunde und seit Ewigkeiten Kollegen. Alan wird Kim dafür bewundern, wie geschickt sie mit den Speisen zu Werke geht – wie sie die Caterer dirigiert und Getränke, Gläser und Eiskübel fachmännisch anordnet. Kim wird Alan fragen, wie das Mastertape klingt.

Und gleich wird Kim sich entschuldigen und nach oben ins Gästezimmer gehen, wo ihr Kleid (ein Etuikleid aus Seide mit einem farbenfrohen Blumenmuster) auf dem Bett liegt. Sie wird in dem zum Zimmer gehörenden Bad unter die Dusche gehen, Make-up auflegen, sich mit ihrem Mimosen-Kardamom-Duft betupfen und dann noch einen Moment lang still und in sich versunken dasitzen, bevor die ersten Gäste eintreffen.

Alan wird sich unterdessen einen Drink einschenken – einen Gin Tonic mit einem dünnen Zitronenscheibchen und drei Eiswürfeln – und Callum dasselbe anbieten. Und dann werden die beiden Männer zusammen im Wohnzimmer sitzen und darauf warten, dass der Abend beginnt.

Auch Cass muss sich fertig machen. Sie hat schon Verspätung, ist schon zu lange den Schatten der Vergangenheit nachgejagt. Ihr eigenes Outfit erwartet sie im Schlafzimmer: eine schwarz-weiß bedruckte Bluse und eine schwarze Hose mit weitem Bein. Sie muss sich umziehen, ihr Haar in Ordnung bringen und etwas Schminke auflegen.

Aber noch bleibt ein Song, den sie sich anhören muss, ein weiterer Strang der Vergangenheit, den sie zu einem Sinn verweben muss. Sie muss es zumindest versuchen. Denn er ist der wichtigste: der Schlussstein und gleichzeitig der Strudel, der schon so lange alles im Wirbel mit sich herumreißt. Ein Song, den sie nicht schreiben wollte, der einfach in einer schwarzen, endlosen Nacht zu ihr kam, wie das bei manchen Songs – meist den besten – der Fall ist.

Ja, denkt sie, dieser Song ist wahrscheinlich ihr bester. Und doch ist er ein Song, den bisher erst zwei Menschen gehört haben. Sie selbst natürlich. Und dann, erst vor wenigen Monaten, Larry: zehn Jahre nachdem sie mitten in der Nacht allein in ihrem Studio gesessen und eine Art Trost im Gewicht ihrer alten Martin-Gitarre gefunden hatte.

Sie hatte ihn in den Regieraum eingeladen. Hatte sich mit ihm aufs Sofa gesetzt und die Kassette eingelegt: eben jene Kassette, die jetzt, verborgen unter dem Stapel leerer Plattenhüllen der Alben, die sie im Verlauf dieses langen, kathartischen Tages angehört hat, auf dem Couchtisch liegt und sie erwartet.

Larry hatte aufmerksam zugehört, sich auf jede einzelne Kadenz und auf das harmonische Voranschreiten der Töne eingelassen. Dann hatte er sich ihr zugewandt, ihre Hand ergriffen und gesagt: «Danke, Cass. Danke, dass du das mit mir teilst. Ich glaube, ich verstehe es jetzt. Ich glaube, ich erahne jetzt besser, wie es gewesen sein muss.»

Sie nickte und hielt seine Hand. Erst als er die andere Hand nach ihrem Gesicht ausstreckte und mit seinen langen, schwieligen Fingern federleicht und zärtlich über ihre Haut strich, merkte sie, dass ihre Wangen nass von Tränen waren.

Jetzt fällt ihr auf – und sie wünscht sich, es wäre ihr schon in jenem Moment aufgefallen –, dass sie sich nun gestatten kann, dieses Leid zu spüren, dieses Leid, vor dem sie so lange zurückgescheut ist, weil sie Angst hatte, es könne die Macht besitzen, sie komplett zu verschlingen. Denn jetzt hat sie nicht mehr das Gefühl, dass es droht sie zu zerbrechen.

Vielleicht kann sie Anna vermissen und um sie trauern und trotzdem bei Larry sitzen, seine Hand halten und der Zukunft entgegensehen, wie auch immer sie aussehen mag.

TRACK FOURTEEN

Edge of the World

By Cass Wheeler
Previously unreleased

On the beach
Threw your arms out wide
Closed your eyes against the sun
Turned your face up to the sky
If I could find a way to stay there
One moment in time
Stay behind each other's closed eyes

‹This feels like the edge of the world,›
You said,
‹The land bleeds into the sea
And the wind blows free.
This feels like the edge of the world,›
You said,
‹I am the body of the sea
And my mind is free.›

On the beach
No one but us
Nothing but the wind in its rush
If I could find a way for us back there
One moment in time
Behind each other's closed eyes

‹This feels like the edge of the world,›
You said,
‹The land bleeds into the sea
And the wind blows free.
This feels like the edge of the world,›
You said.
‹My body is the sea
And my mind is free
And my mind is free.›
Oh the sea, the sea, the sea, the sea, the sea, the sea

WRITTEN January 2005

RECORDED January 2005 at Home Farm, Kent

Im Haus war es vollkommen still. Die Leuchtziffern des Weckers zeigten 4:00 Uhr früh an.

Die schlimmste Stunde, weder Nacht noch Morgen. Ein trüber, gesichtsloser Zwischenraum, in dem noch nicht einmal die Vögel sangen.

In ihrem Kopf jedoch erklang Musik. Eine lockere Folge von Akkordpatterns auf einer Gitarre. Schlicht und schmucklos, so wie die Musik, die Ivor und sie damals in den Anfangszeiten in den Folk-Clubs, Kellern und Flussbooten gemacht hatten. Bierdeckel, klebriger Boden und bärtige Männer, die weise in ihre Ale-Krüge nickten. Joes Bar und Angus Mackinnon, der von dem runden Tisch ganz vorn unverwandt zu ihnen hinaufschaute. Bob, Serena, Kate und der arme, bedauernswerte Paul, der nach Cass' Wissen niemals den Mut gefunden hatte, sich selbst einen Schriftsteller zu nennen. Und hinter ihnen die geisterhaften Umrisse von Ursula und allen Frauen, die Ivor nach ihr gehabt hatte: schattenhaft, namenlos und verschwommen.

Aber Ivor sang jetzt nicht mit Cass zusammen. Sie hörte ihre eigene Stimme, so hoch und rein, wie sie einmal gewesen war. Inzwischen, mit fünfundvierzig, bewegte sich ihre Tonlage allmählich in ein dunkleres Timbre.

Der Text war vollständig und kristallklar. Während sie schlaflos dalag, bekam Cass Zweifel und fragte sich, ob er vielleicht zu einem Song gehörte, den sie früher schon einmal gehört hatte. Er hatte die zeitlose Schlichtheit alter Volksweisen wie «Scarborough Fair», «Mary Hamilton» oder «The Trees They Do Grow High». Und doch wusste sie, dass dieser Text zu ihr und Anna gehörte. Es konnte unmöglich der Song eines anderen Menschen sein, unmöglich jemandes anderen Leid widerspiegeln. Er war neu. Er gehörte ihnen. Und er verlangte danach, gehört zu werden.

4:15 Uhr. Cass stand auf, zog ihren wollenen Morgenmantel über den Schlafanzug und schlüpfte in ihre Hausschuhe. Die Luft war beißend kalt: Es war ein langer, harter Winter gewesen. Unten im dunklen Flur hüllte sie sich in ihren wärmsten Mantel. In der Küche schaltete sie das Licht an, gab den Alarmcode in die Tastatur neben der Hintertür ein und trat in die Nacht hinaus.

Graue Schatten ragten unerkennbar in der Dunkelheit auf und nahmen ihre vertrauten Formen erst an, als sie näher kam: der schmiedeeiserne Tisch und die Stühle, die Mahonie und die beiden Olivenbäumchen, die in ihren Terrakottatöpfen links und rechts Wache standen. Das froststarre Gras knirschte unter ihren Füßen, während die Kälte durch die Sohlen ihrer Hausschuhe drang. Sie eilte zum Studio, gab an der Tür den Code ein und schob den Schlüssel ins Schloss.

Bei alldem hörte sie noch immer den Song. Sie ging durch den Regieraum, stellte die Lampen an und schaltete das Mischpult, die Computer und die Monitorlautsprecher ein. Den Aufnahmeraum ließ sie unbeleuchtet und nahm ihre Martin vom Haken an der Wand.

Sie zog sich den schwarzen Lederhocker dicht vor das Mikro. Das Gewicht der Gitarre auf ihrem Oberschenkel – so vertraut und so sehr Teil ihrer selbst – und das Griffbrett fest und zuverlässig unter ihren Fingern. Der Windschutz des Mikrophons neigte sich verschwörerisch ihrem Mund zu wie das Ohr eines Geliebten.

Sie spielte den Song von vorn bis hinten an einem Stück durch: kein Zögern, kein Stolpern, kein Stocken.

Als die letzte Note verklungen war, saß Cass mit geschlossenen Augen still da und wartete. Es dauerte nicht lang – vielleicht eine Viertelstunde oder zwanzig Minuten –, da läutete das Telefon. Als sie in den Regieraum ging, um abzuheben, waren ihre Füße so sicher und ruhig, wie sie es für lange Zeit nicht mehr sein würden, und sie begriff in diesem Moment, worauf sie gewartet hatte.

«Hallo?»

Eine kurze, bedeutungsvolle, endlose Pause.

«Ms. Wheeler?»

Shani. Die liebe kenianische Krankenschwester, die in den letzten, schrecklichen Monaten immer ganz offen mit ihr geredet hatte. Weder eingeschüchtert von ihrer Berühmtheit noch überheblich oder abwehrend, wie Pflegepersonal sich oft verhält. Sie entschuldigte sich nicht für ihren Anruf zu so früher Stunde, was ohnehin überflüssig war. Es gab nur einen Grund, warum sie um diese Uhrzeit anrufen sollte.

Cass sagte nichts. Sie wagte nicht zu sprechen.

«Es tut mir schrecklich leid, Ms. Wheeler», sagte Shani.

Und dann fuhr sie mit einer Einfachheit und Direktheit fort, für die Cass immer ein wenig Dankbarkeit empfinden würde: «Ich habe leider sehr schlechte Nachrichten. Es tut mir leid. Die schlimmsten.»

Wie sollte sie die Spur bis zum Anfang zurückverfolgen und ihren Ursprung finden?

Das zappelnde, vollkommen wirkende Baby, das die winzigen Fäuste öffnete und schloss. Das Kleinkind mit dem Schopf sandblonder Locken, das ständig ein Lied ohne Worte und Melodie in die Welt hinaussang. Wie Anna auf dem Deckel des Steinway saß, während Cass' Hände über die Tasten glitten. Wie die Augen des Kindes den Händen folgten und die baumelnden Beine einen unbeholfenen, vibrierenden Rhythmus auf dem glänzenden Klangkörper des Pianos schlugen. Dieses Kind, wie es ihr mit aufgerissenen Augen von der Seitenbühne aus zuschaute, den Gehörschutz-Kopfhörer fest auf den Ohren.

Dann die Achtjährige, die nachts vom Lärm aus dem Bett gerissen wurde und ihre Mutter blutend vorfand, den Vater blass vor Zorn. Wie sie todmüde ins Auto gepackt und dann in einem düsteren, von Schatten durchzogenen Haus in Spitalfields zu Bett gebracht wurde. Einem Haus voll von Schätzen und Geheimnissen. Und wie sie dann in einem neuen Haus hundert Meilen entfernt die Tür eines Dachgeschosszimmers hinter sich geschlossen und noch nicht begriffen hatte, dass ihr Vater nicht bei ihnen wohnen würde.

Die Zwölfjährige, die von einem Wochenende bei ihrem Vater zurückkam. *Es wohnt jetzt eine Frau bei Dad zu Hause. Sie heißt Jenna. Sie ist ganz okay, denke ich.* Und wie sie bei diesem Bericht Cass' Blick gemieden und an einem losen Faden am Ärmel ihrer Strickjacke gekaut hatte. So verzweifelt hatte Anna sich gewünscht, dass ihr Vater sie liebte. Natürlich. Und Ivor hatte sie auch geliebt, auf seine eigene abgelenkte, gebrochene Art. Diese rasch wechselnde Folge von Frauen – Jenna, Natalie, Kristin, Amy, Leah und Gott weiß wie viele andere. Jede von ihnen jung, aufreizend, gierig nach Ivors Aufmerksamkeit und ohne jedes Interesse an der Tochter, die aus seiner gescheiterten Ehe zurückgeblieben war. Wie waren diese Wochenenden in London in dem Haus an der Hampstead Grove tatsächlich für Anna gewesen? Wie sehr hatte Ivor sich darum bemüht, sie spüren zu lassen, dass es in seinem Leben noch Platz für sie gab? Nicht genug. Sicher bei weitem nicht genug.

Die Vierzehnjährige, die ihren Zorn nach außen richtete. Spitzenbesetzte Unterwäsche und kurze Röcke. Verwischtes Make-up und flaschenweise Fusel. Kurt Cobain und Courtney Love. Clubnächte in Soho. Anna und Tasha waren mit der Ausrede, bei der jeweils anderen zu übernachten, heimlich nach London gefahren. Fotos in der Regenbogen-Presse hatten sie auffliegen lassen. Beschimpfungen durch Annas Schulkameradinnen: *Angeberin. Säuferin. Du hältst dich wohl für toll, oder? Tja, das bist du aber nicht. Du bist total daneben. Du spinnst.* Das Wissen darum hatte Cass stückchenweise erreicht, vermittelt durch eine besorgte Lehrerin. (Diesmal Gott sei Dank nicht Mrs. Baker, sondern Annas Klassenstufentutorin, die es gut mit ihr meinte.)

Ist mit dir alles in Ordnung, Anna?

Natürlich ist alles in Ordnung, Mum. Das brauchst du wirklich nicht zu fragen.

Die Fünfzehnjährige nach der Rückkehr von der Amerikatournee ihres Vaters, belastet mit dem unerträglichen Wissen um seine Krankheit – denn inzwischen war Cass bereit, sich einen Ruck zu geben und einzusehen, dass sie seine Sucht als eine solche begreifen mussten. Die schrecklichen Dinge, die Ivor zu Anna gesagt hatte, hallten weiter durch den Kopf der Tochter und übertönten jeden anderen Klang. Aus der

Ferne hatte Anna zugesehen, wie Ivor jeden Halt verlor. Ein Zornausbruch und betrunkenes Wüten im Holly Bush Pub, von Kameras festgehalten. Die mitten in der Nacht nach Hampstead Grove gerufene Polizei. Fotos von Leah mit Prellungen und Schnittwunden. Eine Anklage. Die Trennung der beiden. Der öffentliche Abscheu.

Schließlich Ivors Einweisung in den Entzug, wieder mit dicken Schlagzeilen in den Boulevardblättern. Das unübersehbare, bewusste Wegschauen der Nachbarn, wenn Anna oder Cass an ihnen vorbeigingen. Sheila und Roy, die Guten, nahmen sie im Royal Oak gegen die sich wetzenden Mäuler in Schutz. *Wenn Sie hier drinnen so reden, schlage ich vor, dass Sie anderswo ein Glas trinken gehen.*

Ja, es wäre leicht zu sagen, dass es damals angefangen hatte. Annas Lügen, ihre bewussten Täuschungen, ihr fanatisches Training. Zweimal pro Woche Spiele mit dem Hockey-Team, drei Mal wöchentlich Training und jeden Morgen vor der Schule Joggen und Sprinten auf dem Gelände von Home Farm. Sie verlor immer mehr Gewicht, bis die Haut über Rippen und Knochen spannte.

Anna hatte niemals Übergewicht gehabt, doch sie verhielt sich so, als wäre sie fest entschlossen, sich für ein subjektiv empfundenes Versagen zu bestrafen. Wenn Cass sie fragte, was sie tagsüber in der Schule gegessen habe, wurde sie wütend.

Warum meckerst du immer rum, Mum? Warum vertraust du mir nicht einfach? Ich passe einfach nur auf, okay? Tasha hält es genauso, und schau doch, wie dünn sie ist – warum knöpfst du dir die nie vor?

Tasha kam eines Nachmittags mit Kim nach Home Farm, während Anna Hockey-Training hatte, und bat darum, unter vier Augen mit Cass zu sprechen.

Cass unterhielt sich in ihrem Büro mit Tasha – mit dem schlanken, schönen, gefeierten Jungmodel, dessen Fotos nun auf den Titelseiten der Zeitschriften prangten. Als sie jetzt vor Cass saß, erkannte diese zum ersten Mal, wie ganz anders als ihre Freundin Anna inzwischen aussah: wie kränklich, ausgemergelt und hohlwangig.

«Es geht ihr wirklich schlecht, Cass», sagte Tasha. «Sie wird mich dafür hassen, dass ich dir das sage – vielleicht spricht sie nie wieder mit mir. Aber sie ist meine beste Freundin. Ich kann nicht zulassen, dass Anna sich das antut.»

Ein hart erkämpfter Besuch in der Harley Street Clinic. Anna empört über die Zumutung. Aber dort in dem holzgetäfelten Zimmer mit den geschmackvollen modernen Skulpturen auf dem Bücherregal und einem Hockney-Original, das an der Wand hinter dem Schreibtisch der Therapeutin hing und von dort auf Frau Dr. Eleanor Lichtenstein hinunterschaute, brach Anna zusammen und gab ihre Abwehr auf. Die plötzliche Kapitulation kam nicht nur für Cass überraschend, sondern anscheinend auch für die Ärztin.

«Alles entgleitet mir, Mum», sagte Anna zwischen heftigen Schluchzern. «Es fühlt sich so an, als würde mir alles zwischen den Fingern zerrinnen.»

Cass nahm sie in den Arm, weinte mit ihr und flüsterte ihr ins Haar: «Es tut mir leid, mein Liebling. Es tut mir schrecklich leid.»

Danach Tee bei Johnny – Onkel Johnny, den Anna liebte und der sie nun in die Arme nahm und sagte: «Ach, meine Kleine – was machst du bloß für Sachen?»

Ein langer, verregneter Sommer. Cass und Anna waren zusammen in Home Farm und schoben die Welt weg, suchten hinter den hohen Steinmauern Schutz. Sie redeten so miteinander, wie sie es nie zuvor getan hatten. Sie redeten über Ivor und seinen Vater Owain, und Cass erzählte, wie tief Ivor und sie selbst einander einmal geliebt hatten. Sie redeten über Margaret, Francis, Lily und John und davon, wie sehr sie ihr fehlten. Sie redeten über Musik und Kunst, und Cass gestand Anna zum ersten Mal ihre alte Angst – dass sie vielleicht nicht Mutter und Künstlerin gleichzeitig sein könnte.

«Aber ich bin beides, mein Liebling», sagte Cass. «Und ich hätte um nichts in der Welt darauf verzichten wollen, dich als Kind zu haben.»

Sie streichelte ihrer Tochter das Haar und hielt die magere Gestalt im Arm. So lagen sie auf dem Sofa, Annas Kopf im Schoß ihrer Mutter.

«Ich weiß, Mum», sagte Anna und schloss die Augen.

Eine Fahrt auf die Isle of Mull, in das Cottage am Meer. Frische Luft und kleine, proteinreiche Mahlzeiten wie von Frau Dr. Lichtenstein angeordnet. Anna, die sich langsam erholte, die Pfund um Pfund zulegte und ganz allmählich wieder etwas Fleisch auf die Rippen bekam.

«Sie macht ihre Sache ausgezeichnet», sagte die Ärztin, als Cass im September wieder mit Anna in die Klinik kam. «Sie können stolz auf sie sein.»

Cass schaute auf ihre Tochter – ihre reine, unverfälschte Schönheit und das nun wieder aufblühende Gesicht.

«Ich bin furchtbar stolz auf sie», sagte sie.

Anna hatte kurz den Halt verloren, da waren sich alle einig. Das geschah derzeit so vielen jungen Frauen (und auch einigen jungen Männern), und es hätte viel schlimmer kommen können. Anna hatte nicht allzu viel Unterricht versäumt. Sie würde die Abschlussprüfungen wie geplant ablegen (und hätte dann, anders als ihre Mutter, tatsächlich einen höheren Schulabschluss).

«Wie kommt sie zurecht, was meinst du, Cassie?», fragte Ivor am Telefon. «Glaubst du, dass jetzt alles mit ihr okay ist?»

Cass, die in ihrem Büro in Home Farm saß, legte die Hand an die Stirn und seufzte. Es gab so viel zu sagen und so viel, das nicht gesagt werden konnte.

«Ich glaube schon. Aber wir müssen jetzt für sie da sein, Ivor. Wir beide. Wir müssen auf sie aufpassen. Achtsam sein.»

«Achtsam», wiederholte er, als prüfte er das Wort.

Sie stellte sich vor, wie er allein in seinem großen, leeren Haus saß, und sagte: «Ja, Ivor. Achtsam. Wir haben beide Fehler gemacht. Lass uns von jetzt an besser auf sie achtgeben, bitte.»

Sie war jetzt achtzehn. Noch immer schlanker als zu der Zeit, bevor alles begann. Noch immer zerschnitt sie ihr Essen zu winzigen Bissen, und noch immer joggte sie sechs Mal pro Woche – aber nun war sie gesund, und die schlimmste Gefahr war vorüber.

Sie hatte einen Freund: Ollie Patterson, der an die Jungenschule in Tunbridge Wells ging und sich ebenfalls für die Kunsthochschule bewerben wollte.

Dann ein kritischer Moment – Ollie wurde von der Central Saint Martin's abgelehnt, an der man Anna einen Platz angeboten hatte. Anna überlegte nun, ihrerseits abzulehnen und

Ollie nach Sheffield zu folgen. Doch schließlich erkannte sie, dass sie unbedingt nach London wollte, und entschied, dass Ollie und sie eine Fernbeziehung führen würden. Johnny bot Anna ein Dachgeschosszimmer an, und allen war unausgesprochen klar, dass er ein Auge auf sie haben würde.

Wie deutlich Cass Anna am Tag ihres Aufbruchs nach London vor sich sieht: Sie trägt Cass' alten Schaffellmantel und packt ihre CDs, ihre Bücher und ihre Mal- und Zeichensachen in Kisten. Kim hatte einen Kleintransporter gemietet: Der polnische Fahrer, der etwa in Cass' und Kims Alter war, trank mit ihnen Tee in der Küche.

«Meine Frau liebt deine Musik, wenn wir jung sind», erzählte er Cass strahlend und fügte hinzu, als wäre er davon überrascht: «Für berühmte Frau wirkst du total normal.»

Tasha und Anna kamen zusammen die Treppe herunter. Sie umarmten sich im Flur. Kim und Cass standen ein paar Schritte entfernt, sahen ihnen zu und konnten kaum glauben, dass diese jungen Frauen vor ihnen einmal ihre Babys, ihre krabbelnden Kleinen und ihre lachenden, kreischenden Kinder gewesen waren.

Cass trat vor, um ihre Tochter ebenfalls zu umarmen. «Viel Glück, mein Liebling. Genieße jeden Augenblick.»

Anna lachte. Wie jugendlich und lebhaft das klang. Als sie es hörte, spürte Cass eine Woge der Erleichterung.

«Mum, ich gehe doch nur nach London. Und ich wohne bei Onkel Johnny. Wahrscheinlich siehst du mich jedes zweite Wochenende.»

«Das wäre schön», sagte Cass.

Dann kam der Fahrer von der Küche in den Flur und fragte, ob er anfangen solle, den Transporter zu beladen. Und kurz darauf, viel zu früh, kletterte Anna auf den Beifahrersitz und winkte, während er den Motor anließ. Dann drehten die Räder ganz kurz im Kies durch, und der Wagen rollte über die Zufahrt davon.

Ivor war inzwischen wieder seit etwas mehr als einem Jahr abstinent.

«Diesmal gibt es keine Jahresfeier», sagte er mit einem gequälten Lächeln zu Cass. «Das war wahrscheinlich zu viel. Das verstehe ich jetzt. Ich hab damit praktisch meinen Absturz vorprogrammiert.»

Die Absolventenausstellung von Annas Abschlussjahrgang. Hohe, nackte Betonwände. Kühle Elektro-Musik aus unsichtbaren Lautsprechern. Dazu die beunruhigende Erkenntnis, dass Cass weder die Musik noch ihren Schöpfer kannte. Gelangweilt dreinblickende junge Männer und Frauen mit kantigen Gesichtern, uniformähnlich ausschließlich in Schattierungen von Schwarz, Weiß und Grau gekleidet.

Heutzutage malte man anscheinend nicht mehr, auch Anna nicht: Ihr eigenes Ausstellungsstück war ein großer, aus Holzplatten gefügter, mit schwarzem Stoff umhüllter Würfel, in dem ein Video und eine Klanginstallation in Endlosschleife liefen. Es war nur für zwei Menschen gleichzeitig Platz darin, und so standen Cass und Ivor dicht vorm Eingang und warteten darauf, dass sie an die Reihe kamen.

«Na ja», erwiderte Cass auf Ivors Erklärung. «Das ist vermutlich vernünftig.»

Ivor Tait mit siebenundfünfzig. Ein großer, schmächtiger Mann mit einem dichten Schopf grau melierten Haars. Das Gesicht war noch immer beneidenswert faltenfrei und das Alter nur an einer gewissen Schwammigkeit von Kieferpartie und Hals zu erkennen. Ein leichter Pullover aus grauer

Merinowolle. Eine schlichte, schwarze Jeans und ein gut geschnittenes Jackett, das man früher, zu einer förmlicheren Zeit, nur zu einer Anzughose getragen hätte. Er passte hier gut rein und hätte ohne weiteres als Dozent oder als Kritiker einer angesagten Zeitschrift durchgehen können. Aber man würde Ivor natürlich niemals mit jemandem verwechseln.

«Und?», fragte er. «Wie läuft es mit deinem nächsten Album?»

Es lief, ehrlich gesagt, überhaupt nicht. Es war nicht so, dass Cass keine Songs hätte machen können, aber wenn sie tatsächlich einmal etwas verfasste, interessierte es sie nicht besonders. Ihre neuen Songs kamen ihr so banal vor: unfertige Skizzen, denen die machtvolle Dringlichkeit fehlte, die, so glaubte sie, in ihren besten Werken stets enthalten war.

Immer wieder, wenn sie sich ans Klavier setzte oder nach der Gitarre griff, merkte sie, wie ihre Gedanken zu Anna schweiften. Es war jetzt beinahe ein Jahr her, seit sie zusammen in dem indischen Restaurant an der Brick Lane gegessen hatten. Da hatte Anna wohlauf gewirkt – hatte beharrlich betont, dass es ihr gutgehe, und alles in ihrer Macht Stehende getan, um es zu beweisen. Aber es war klar, dass Johnnys Einmischung, so wohlmeinend sie auch gewesen sein mochte, sie gekränkt hatte. Anna hatte den Sommer bei Freunden in London verbracht und Cass kein einziges Mal besucht. Und Ende August hatte sie Johnny informiert, dass sie ein Zimmer in einer WG mit Freunden in der Turnpike Lane gefunden habe und ausziehen werde.

«Ich kann mich nicht entspannen, Onkel Johnny, wenn du mir immer über die Schulter schaust», hatte sie zu ihm gesagt. «Du und Mum, ihr braucht euch keine Sorgen um mich zu machen, weißt du. Es geht mir gut. Ich brauche nur meine Ruhe.»

Jetzt holte Cass tief Luft und sagte: «Oh, es läuft ganz okay, denke ich. Und deines?»

Ivor zuckte mit den Schultern. «Ganz ähnlich. Ich habe darüber nachgedacht, eine Weile in die USA zu gehen – Charlie möchte, dass ich ein paar von diesen jungen Produzentenstars kennenlerne. Und wenn ich *jung* sage …»

Sie nickte lächelnd. «Die sind alle jünger, als die Polizei erlaubt.»

Sie waren als Nächste dran. Aus dem Spalt unter der geschlossenen Tür drangen undeutlich verzerrte, körperlose Klänge hervor. Eine halberstickte, verfremdete Musik, aber trotz dieser Eigenartigkeit kam sie Cass irgendwie bekannt vor. Sie begegnete Ivors Blick, und er hob fragend die Augenbrauen.

«Merkwürdig», sagte er. «Das klingt wie die ersten Takte von *Just Us Two*.»

«Ja», antwortete sie. «Genau.»

Das Paar, das vor ihnen im Würfel gewesen war, kam nun blinzelnd heraus, da die Augen sich erst ans Licht gewöhnen mussten. Die junge Frau wirkte sonderbar bestürzt, als sie erkannte, dass es Cass war, die draußen wartete.

«Unheimlich mutig von Anna», sagte sie und legte Cass die Hand auf den Arm. «Und so wahrhaftig.»

Cass und Ivor traten ein und mussten jetzt ebenfalls erst ihre Augen einstellen, nun auf die Dunkelheit. Der Soundtrack war kurz verstummt, doch dann begann der Loop von vorn. Ein mehrfach überlagertes, lärmendes Getöse: Stimmfetzen, klanglos und nicht recht hörbar, weswegen sie fast nicht menschlich wirkten. Abschnitte der Musik waren rückwärts gespielt oder verzerrt, von einem Dickicht aus statischem Rauschen überwuchert. Cass hörte ihre eigene Stimme oder das, was daraus geworden war. Dann auch Ivors. Und richtig, da war das Intro von «Just Us Two», aber rückwärts gespielt und durch etwas gedämpft, das wie das Donnern einer Brandung klang. Dann hörte Cass, wie sie selbst in den darauffolgenden Momenten der Stille kaum vernehmbar sagte: «Anna, mein Liebling, ich bin's. Wie geht es dir?»

Wo hatte Anna die Stimmen her? Aus ihrem Handy? Von ihrem Anrufbeantworter? Cass kam die Befürchtung, dass Anna vielleicht seit Jahren die Stimmen ihrer Eltern aufnahm und ihre banalsten Gespräche – und Streitereien – abspeicherte. Aber das war doch grotesk. Nein, es war Kunst. So vielschichtig und mit so viel künstlerischer Absicht wie nur je ein Song, den Cass oder Ivor geschaffen hatten. Und aus Annas eigener Erfahrung heraus genauso wahrhaftig. Es war diese Erkenntnis, bei der es Cass den Atem verschlug.

Nach einer scheinbaren Ewigkeit erwachte zu ihrer Bestürzung an der einen Wand des Würfels ein Bildschirm mit einem Ruck zum Leben. Ein leerer Raum mit weißen Wänden. Anna stand in einem weißen T-Shirt und einer blauen Jeans-Latzhose mit ausdrucksloser Miene vor der Kamera. Sie sah wirklich mager aus, dachte Cass fast reflexhaft. Annas Schlüsselbein zeichnete sich durch den dünnen Baumwollstoff ihres hochgeschlossenen T-Shirts ab. Auch ihre Oberarme waren nur mit einer hauchdünnen Schutzschicht aus Fleisch bedeckt, aber sie waren auch muskulös und wirkten nicht mehr so brüchig und zerbrechlich wie in den schlimmsten Monaten von Annas Krankheit.

Ihre Tochter stand in dem Video vor ihnen und schaute unverwandt aus dem Bild heraus, ein Blick direkt in die Kamera.

Sie lächelte nicht, ihr Gesicht war undeutbar. Dann nahm sie einen dicken schwarzen Filzstift aus der Hosentasche und zog ihn vor ihrem Gesicht langsam hin und her, die Spitze genau in die Kamera gerichtet. Strich für Strich versperrte ein immer breiter werdender, schwarzer Balken die Sicht auf das Bild. Mit jedem Strich wurde ein weiterer Teil von Annas Gesicht dem Blick entzogen, dann kamen ihr Hals, ihre Schultern, ihre Arme und ihre Brust an die Reihe. Cass musste an die schmalen schwarzen Balken denken, mit denen die Identität von Personen, die nicht gefilmt werden wollen, notdürftig unkenntlich gemacht wird. Dies aber war ein Unkenntlichmachen bis zur äußersten Grenze des Möglichen: ein Körper, der langsam und sorgfältig ausradiert wurde.

Als der Bildschirm schließlich vollständig schwarz und Anna nicht länger sichtbar war, erreichte der Soundtrack das Ende des Loops, und es lief ein kurzer Abspann. *Geburt umgekehrt,* verkündete eine weiße Helvetica-Schrift. *Ein Abschlussfilm von Anna Tait. Kamera: Chris Polarski. Soundtrack und Postproduktion: Anna Tait und Chris Polarski.*

Cass und Ivor traten aus dem Würfel. Sie schaute nach unten und stellte zu ihrer Überraschung fest, dass sie Ivors Hand hielt. Sanft ließ sie sie los.

«Mein Gott», sagte er und fuhr sich mit der Hand durchs Haar. Er war bleich geworden, und in seinem Gesicht stand etwas Gehetztes. «Was zum Teufel war das?»

«Ich weiß es nicht, Ivor. Wirklich nicht.»

Auf der anderen Seite des Saals stand Anna in einem schwarzen, weiten Sack von Kleid bei einer kleinen Gruppe: eine Frau und zwei Männer, von denen Cass den einen erkannte. Chris Polarski: einer von Annas vier WG-Mitbewohnern in der Turnpike Lane. Cass nahm an, dass er Annas

Freund war (Ollie und Anna hatten die Entfernung zwischen London und Sheffield als Paar nicht heil überstanden). Anna hatte ihr das allerdings nicht gesagt. Sie hatte ihn nur als «Chris» vorgestellt. «Ein Freund von mir. Er ist ein brillanter Künstler, weißt du. Der beste in unserem Jahrgang. Ein Visionär. Er hat keine Angst, vor nichts und niemandem.»

Chris war ein kleiner, humorloser Mann, der Cass an Kates Ex erinnerte, den Bankier Lucian: Sie hatten beide etwas von einem fanatischen Eiferer, strahlten dasselbe rohe, kompromisslose Selbstvertrauen aus. Cass war Chris bisher erst zweimal begegnet und mochte ihn nicht, war aber klug genug gewesen, sich das gegenüber Anna nicht anmerken zu lassen. Dabei hatte sie auch an Lily gedacht, an den warmen Sommerabend auf der Terrasse von Atterley, als ihre Tante sie zur Vorsicht gemahnt und Cass sich geweigert hatte, darauf zu hören.

Anna wandte sich ihren Eltern zu, ihr Blick fiel auf das Gesicht ihrer Mutter. Sie lächelte nicht: Ihr Gesichtsausdruck war genauso hart und kalt wie vorhin auf dem Bildschirm im Würfel.

Jetzt weißt du also Bescheid, schien ihre Miene zu sagen. *Jetzt verstehst du vielleicht.*

Cass, die ihr entgegensah, spürte, dass ihre innere Kraft dahinschwand. Sie sah dem Wissen ins Auge, dass sie ihrer Tochter nur eine einzige stumme, unausgesprochene Antwort geben konnte.

Es tut mir leid, Anna. Verzeih mir. Verzeih uns beiden.

War das also der Moment gewesen?

Der zweite Anfang; ein rückwärts gespielter Song, eine Aufnahme als Schleife, die immer wieder zum Startpunkt zurückspulte. Statisches Rauschen und Bruchstücke von Lärm.

Missklang, Verzerrung, Dissonanz. Das Kreischen und Heulen von Rückkopplungen. Ein Zischen, Speien und Pulsieren. Die Verlangsamung eines Herzschlags. Der starre Blick von Maschinen, das zänkische Sich-Überlagern elektromagnetischer Wellen. Ein schepperndes Becken, ein Paukenschlag und dann, endlich, Stille.

Wieder ein Termin bei Eleanor Lichtenstein.

Das Gemälde hinter dem Schreibtisch zeigte einen Mann im schwarzen Anzug, leicht zur Seite gewandt. Das Haar ordentlich gescheitelt, die Krawatte straff sitzend, die Finger auf den Oberschenkeln ruhend.

«Es ist ein Porträt von Hockneys Vater», sagte die Therapeutin und folgte Cass' Blick. «Zufällig hat mein eigener Vater es mir geschenkt. Hat es bei der Auktion in Whitechapel für einen Appel und ein Ei ergattert. Ich werde mich nie davon trennen, wie viel es auch wert sein mag.»

Sie war etwa in Cass' Alter, vielleicht auch etwas älter: eine attraktive, gutgekleidete, gepflegte Dame. Sie liebte Kunst, Literatur und Musik und hatte diskret durchblicken lassen, dass sie einige von Cass' Alben besaß und sogar auf einem ihrer Konzerte gewesen war. Beim Hammersmith Apollo 1976.

«Damals habe ich zum ersten Mal das Gefühl gehabt, dass eine Sängerin direkt zu mir spricht», hatte Eleanor Cass erzählt. «Dass sie meine persönlichen Erfahrungen aufgreift. Eigentlich unheimlich. Aber das haben Sie wahrscheinlich schon tausend Mal gehört.»

Cass hatte das Kompliment lächelnd angenommen.

Jetzt sagte sie nach einem Augenblick höflichen Schweigens: «Ich mache mir wirklich große Sorgen um Anna. Ich glaube, sie hat einen Rückfall – und es ist noch schlimmer als beim ersten Mal.»

In die glatte Stirn der Ärztin gruben sich mehrere Falten. Sie schob eine verirrte Haarlocke hinters Ohr und sagte: «Es tut mir schrecklich leid, Cass. Aber ich kann wenig tun, erst recht jetzt, wo Anna im Ausland lebt. Um eingreifen zu können, müsste ich überzeugt sein, dass sie sich selbst ernsthaft gefährdet. Und um mir darüber ein Bild zu verschaffen, müsste ich sie natürlich sehen. Und selbst dann» – ihre Augen hefteten sich in Cass' Gesicht – «könnte ich die Entscheidung, gegen Annas Willen einzugreifen, nicht allein treffen. Und Sie, Cass, auch nicht.»

Schweigen. Der taktvoll abgewendete Blick von Hockneys Vater. Cass, die das Gemälde auch diesmal betrachtete, bildete sich ein, Verlegenheit in der Haltung des Mannes zu entdecken: die Schultern ein wenig zu starr und die Gesichtszüge steif. Was er sich wohl gedacht hatte, als der Sohn sein Porträt mit regen Pinselstrichen auf die Leinwand bannte? Hatte der ältere Mann da den jüngeren verstanden? Hatte er auf sein Leben und seine Entscheidung, ein Kind zu zeugen, zurückgeblickt und sich gesagt, dass sie gut gewesen war?

«Wenn ich Ihnen überhaupt einen Rat geben kann», sagte die Ärztin, «dann den, Annas Wunsch nach Distanz zu respektieren. Nötigen Sie sie nicht. Geben Sie ihr die Zeit und den Freiraum, den sie braucht, und versuchen Sie dann, in aller Ruhe mit ihr zu reden. Falls sie darauf reagiert, versuchen Sie ihr zu zeigen, dass Sie für sie da sind, wann immer sie Sie braucht. Und ermutigen Sie sie natürlich, sich so bald wie möglich die Hilfe eines Therapeuten zu suchen. Entweder in Deutschland – ich kann mich nach Empfehlungen umhören – oder hier. Wie Sie wissen, bin ich immer noch der

Ansicht, dass die Anorexie ein Symptom des umfassenderen Spektrums von Annas psychischen Problemen ist und nicht eine Diagnose in sich selbst.» Frau Dr. Lichtenstein hielt inne und schenkte sich ein Glas Wasser ein. Dann begegnete sie Cass' Blick und sagte: «Wenn Sie sie dazu bringen können, mich aufzusuchen, werde ich alles für sie tun, was in meiner Macht steht. Darauf gebe ich Ihnen mein Wort, Cass.»

Die Zeit und den Freiraum, den sie braucht. Wie konnte Cass Anna dies gewähren, wo doch jeder Instinkt, jeder Muskel und jede Sehne in ihr danach schrie, zu ihrer Tochter zu eilen und sie nach Hause zu holen?

Sechshundert Meilen lagen zwischen ihnen. Sechshundert Meilen Meer, Ackerland, Wald und Autobahn. Anna war einige Monate nach ihrem Abschluss nach Berlin gezogen, zusammen mit Chris Polarski und ein paar anderen Freunden von der Kunsthochschule, deren Namen und Gesichter Cass nie ganz auf die Reihe bekam. Die Mieten seien dort billiger, sagte Anna, und die Szene lockerer und authentischer, weniger auf die unsauberen Kompromisse der Verkäuflichkeit fixiert.

Cass mochte Berlin und war schon oft dort gewesen. Als sie nun hinflog, um Anna zu besuchen, musste sie sich allerdings eingestehen, dass sie dort inzwischen nur noch Erfahrungen machte, wie sie zu einer an allerlei Annehmlichkeiten gewöhnten Touristin passten. Cass' Berlin war jetzt ein diskretes, elegantes Hotel in Charlottenburg. Cocktails vor dem Dinner, das von den Spuren der Geschichte sauber geschrubbte Brandenburger Tor und das sich in die Höhe schwingende, gläserne Shopping-Zentrum des Potsdamer Platzes, das wie Phönix der Asche entstiegen war. Anna dagegen war auf den Spuren des Berlins von Lou Reed und David Bowie. Von Hausbesetzern übernommene Gebäude, mit Graffiti bemalt. Gassen, in denen der Asphalt nie trocken wurde. Eiskalte Zimmer ohne Vorhänge, in denen die Gespenster der Vergangenheit spukten.

Anna hatte nicht gewollt, dass ihre Mutter die Wohnung sah. Es sei eine schmuddelige, verwohnte Bude in einem Plattenbau an der Karl-Marx-Allee: Sie hätten das Haus nicht besetzt, aber es sei lange unbewohnt gewesen. Der Vermieter habe sich nicht entscheiden können, was er damit anfangen wolle, und lasse sie billig dort wohnen. Vier von ihnen lebten dauerhaft dort, und andere kämen und gingen. Das Wohnzimmer diene als Gemeinschaftsatelier. Chris habe allerdings von einem leerstehenden Lagerhaus in Kreuzberg erfahren, das sie vielleicht umsonst würden nutzen können.

Sie trafen sich auf einen Drink an Cass' Hotelbar. Ein Fehler, wie Cass auf der Stelle klarwurde. Sie war doch ebenfalls eine Künstlerin – oder war es jedenfalls gewesen –, jetzt aber saß sie hier in dem grünen Designer-Hosenanzug, den Kim für sie ausgewählt hatte, das Haar noch morgens in einem Salon am Savignyplatz frisch geföhnt, und bestellte Cocktails.

Chris begleitete Anna. Er trug eine olivgrüne Armeejacke über einem schwarzen T-Shirt, das alles andere als sauber war. Dazu schwarze Jeans und Militärstiefel. Anna war ähnlich gekleidet, und die viel zu großen Sachen hingen so sackartig und lose an ihr herunter, dass bei Cass alle Alarmglocken schrillten.

Als sie sich zur Begrüßung umarmten, war Annas Körper steif wie früher in ihrer Kindheit, wenn Cass gerade von einer Tournee zurückgekehrt war.

Anna wirkte nicht gerade finster, aber in sich gekehrt.

Cass, die sie genau beobachtete, bemerkte, dass sie einige von Chris' Attitüden übernommen hatte: Sie gab sich zynisch, weltüberdrüssig und arrogant. Beim Dinner aß Anna nur wenig (wieder schnitt sie alles in kleine Bissen, ließ aber das meiste auf ihrem Teller liegen) und überließ das Reden überwiegend Chris.

«Nehmen wir einmal deine Musik, Cass», sagte er. «Ich meine, nimm es mir nicht übel, aber wärst du nicht freier gewesen, deine eigene Art Musik zu machen, wenn du nicht einen Plattenvertrag bei einem großen Label unterschrieben hättest? Hast du dich nicht einfach nur an den Höchstbietenden verkauft?»

Cass trank einen Schluck Wein und setzte sich energisch zurecht. Sie hätte Anna gerne bei den Schultern gepackt, sie geschüttelt und angeschrien: *Kind, du bist viel zu dünn! Ich mache mir schreckliche Sorgen! Bitte komm sofort nach Hause.* Aber das ging natürlich nicht. Stattdessen schloss sie die Augen, schlug sie wieder auf und sagte so freundlich und gelassen, wie sie konnte: «Nein, Chris, ehrlich gesagt, nicht. Ich war einfach nur dankbar, dass ich nicht für den Rest meines Lebens als Verkäuferin würde arbeiten müssen.»

Nach dem Nachtisch (den Anna ausließ, während Chris ihn begeistert herunterschaufelte) ging Anna zur Toilette. Cass sah ihr nach und wandte sich dann an Chris. «Du weißt von ihrer Krankheit, oder?»

Er lehnte sich zurück. Seine braunen Augen, die sich in ihre hefteten, wirkten nicht so sehr gekränkt als belustigt. Wie sehr er Cass in diesem Augenblick an Ivor erinnerte. Ivor als junger Mann. Ivor als Mann, dem die Welt zu Füßen lag. «Ja, ich weiß Bescheid.»

Er würde es ihr also nicht einfach machen. Cass leerte

ihr Glas und stellte es wieder auf das gestärkte weiße Tischtuch.

«Bitte versprich mir einfach nur, dass du auf sie achtgibst», sagte sie.

«Oh ja.» Chris griff nach der Weinflasche, schenkte sich selbst nach und dann auch ihr. «Ich gebe auf sie acht. Aber das ist ja nun etwas, wovon du nicht viel verstehst, Cass, oder?»

Jetzt ging er wirklich zu weit. Sie schlug mit der Faust auf den Tisch. Ein paar Gäste drehten sich bestürzt um und starrten sie an. «Wofür hältst du dich eigentlich? Du hast nicht die geringste Ahnung von mir oder davon, was Anna und ich durchgemacht haben.»

Chris blieb cool und ungerührt. Er trank seinen Wein und antwortete ruhig: «Mir scheint, jetzt weiß ich schon eine ganze Menge mehr.»

Als Anna zum Tisch zurückkehrte, wandte Chris sich ihr zu und sagte: «Ich glaube, wir sind hier fertig.»

Anna blickte von ihrer Mutter zu Chris. «Was ist passiert? Mum, was hast du gemacht?»

«Mein Liebling, bitte.» Cass legte Anna die Hand auf den Arm. «Ich mache mir Sorgen um dich, und dasselbe gilt für deinen Dad. Wir glauben, dass du nicht gesund bist. Und wir wünschen uns, dass du nach Hause kommst.»

«Mum.» Anna legte die Hand auf die ihrer Mutter und sagte ganz freundlich und sanft: «Bitte. Du musst damit aufhören. Es geht mir wirklich gut. Und der einzige Ort, an dem ich sein möchte, ist hier.»

Cass wollte nicht ohne ihre Tochter heimkehren, aber sie begriff, dass ihr nichts anderes übrigblieb.

Sie ging an Bord ihres Flugzeugs und starrte auf Wolkenfetzen, ohne sie zu sehen. Kim holte sie von Gatwick ab, und Cass erzählte ihr alles noch auf dem Heimweg.

«In gewisser Weise hat Anna recht», sagte Kim. «Du kannst nicht ihr Leben für sie leben, oder? So schwer es auch fällt, scheint mir, dass du einen Schritt zurücktreten musst. Lass sie einfach nur wissen, dass du für sie da bist, wenn sie dich braucht.»

Die E-Mail traf ein paar Tage später ein. Ein Samstag Anfang Herbst: Die Blätter färbten sich allmählich gelb, und Cass' Bürofenster stand offen und ließ den Geruch von feuchter Erde und einen Hauch Jauchegestank von der Dearlove Farm ein.

Mum, Chris und ich halten es für besser, wenn du und ich eine Weile nicht miteinander reden. Ich muss mir über ein paar Sachen klarwerden. Ich möchte dir nicht weh tun. Hoffentlich verstehst du das. Ich werde übrigens auch mit Dad nicht reden – vielleicht macht es das für dich leichter.

Oh Gott, der Schmerz. Cass hatte den Kopf in die Hände gelegt und hörte, wie ein leiser, durchdringender Laut aus ihrer Kehle aufstieg. Ihr Vater. Die geschlossene Tür. Die urtraurige Melodie des Verlusts.

Was blieb ihr anderes übrig, als sich widerstrebend zurückzuziehen? Was konnte sie anderes tun, als ihre Aufmerksamkeit wieder der Musik zuzuwenden und sich darin zu verlieren, wie sie es immer getan hatte? Ein neues Album: *The Eagle and the Hawk.* Eine kleine Tournee, die Alan und ihr neuer Konzertagent Mike ihr vorgeschlagen hatten, zusammen mit einem Orchester.

Sie hielt Ausschau – wo sie auch war, hinter der geschlossenen Tür ihres Büros oder am Klavier und über den Saiten ihrer Gitarre, auch wenn der Blick, gerahmt von Samtvorhängen, auf Reihen voll erwartungsvoller Gesichter fiel – sie hielt nach Antworten Ausschau, wie sie es seit jeher getan hatte. Aber zum ersten Mal fand sie keine, fand überhaupt nichts und niemanden mehr.

Tasha war dann diejenige, die Anna nach Hause brachte.

Sie war für ein Modeshooting in Berlin gewesen und hatte ihrer alten Freundin in einer E-Mail ein Treffen vorgeschlagen, aber keine Antwort erhalten.

Sie hatte Annas Telefonnummer nicht, aber Kim hatte ihr die Adresse der Wohnung in der Karl-Marx-Allee gegeben. Und nachdem Tasha also drei Tage auf dem Rasen vor dem Reichstag in ihren dünnen Fummeln vor Kälte gezittert hatte, ging sie an einem eiskalten Morgen im November zu der Adresse, um nach Anna zu schauen.

Auf der Straße, umtost von Verkehrslärm, drückte sie auf die Klingel und wartete ab. Sie klingelte erneut, und dann hörte sie endlich eine ausländische Stimme. Eine Frau, Deutsch war es nicht. Vielleicht Türkisch.

«Anna Tait?», fragte Tasha wieder und wieder in die Gegensprechanlage, doch die Frau reagierte nur mit einem Strom unverständlicher Worte, verstummte dann, und die Tür blieb geschlossen.

Ein Mann in einer schwarzen Bomberjacke hatte ein paar Meter entfernt eine Zigarette geraucht und sie beobachtet. Als Tasha sich zum Gehen wandte, sagte er in einem korrekten Englisch fast ohne Akzent: «Sie sind nach Kreuzberg gezogen. In ein Lagerhaus, glaube ich. Irgendwo am Kanal.»

Eine Stecknadel im Heuhaufen. Es war eigentlich unmöglich, aber Tasha wollte es trotzdem versuchen. Sie kehrte in ihr Hotel zurück, schickte Anna erneut eine E-Mail und teilte ihr ihre Handynummer mit. Dann fuhr sie mit der U-Bahn zum Halleschen Tor und marschierte am Ufer des Landwehrkanals entlang, ohne recht zu wissen, wo sie anfangen sollte. Sie saß gerade in einem Café und trank einen Milchkaffee, als ihr Handy klingelte.

Anna klang atemlos. «Ich bin's, Tasha. Ich hab deine E-Mails gerade erst gesehen. Wo bist du?»

Cass wusste nicht, was Tasha gesagt oder getan hatte, um Anna zur Heimkehr zu bewegen. Vielleicht war auch gar keine Überredungskunst nötig gewesen, und Anna hatte einfach kapituliert, genau wie damals vor all diesen Jahren so plötzlich und unerwartet in Eleanor Lichtensteins Büro. Vielleicht war es letztlich auch nur einfacher für sie gewesen, nachzugeben, als sich weiter zu wehren.

Auch ließen sich die beiden Frauen nicht viel darüber entlocken, in welcher Lage Anna sich befunden hatte. Anna erzählte nur, dass sie und Chris sich vor Monaten getrennt hätten und dass Anna dann aus dem Lagerhaus aus- und zu Hausbesetzern in Friedrichshain gezogen sei.

Sie war schon eine ganze Weile nicht wirklich gesund gewesen – sie hatte gespürt, wie die Krankheit von Woche zu Woche immer bedrohlicher zurückkehrte, und durch die Trennung hatte sich das nur noch verstärkt. Zu dem Zeitpunkt, als Tasha mit ihr Kontakt aufgenommen hatte, hatte sie gewusst, dass sie in einer schlimmen Verfassung war, sich aber nicht dazu durchringen können, Hilfe zu suchen. Tatsächlich hatte sie keine Hilfe suchen wollen. Sie hatte das Gefühl gehabt, dies alles – ihre Isolation und ihre Krankheit – sei ihr Schicksal und genau das, was sie verdient habe. Es war purer Zufall, dass sie Tashas E-Mails rechtzeitig gelesen hatte: Sie besaß weder ein Handy noch einen Computer und hatte nur kurz in einem Internet-Café vorbeigeschaut, um sich aufzuwärmen.

«Ich erwarte nicht, dass du das verstehst, Mum», sagte Anna. «Ich verstehe es ja selbst nicht. Aber ich weiß, dass es diesmal richtig schlimm ist. Die Stimme – diese Stimme, über die wir damals bei Frau Dr. Lichtenstein gesprochen haben. Die ist wieder da. Sie dröhnt so laut in meinem Kopf, und ich kann sie nicht übertönen.»

Sie saßen im Wohnzimmer des Häuschens auf der Isle of Mull vor dem Holzofen. Draußen peitschte ein eisiger Atlantikwind den Stechginster und das froststarre Heidekraut und wühlte die gereizt hochschlagenden Wellen auf, aber hier drinnen war die Heizung voll aufgedreht, während gleichzeitig das Feuer im Ofen brannte. Es war so warm, dass Cass die Schweißperlen auf der Stirn standen, aber Anna war trotzdem noch kalt. Sie saß in Pullover und Decken gehüllt da, die Beine an den Leib gezogen, und hielt die Hände um einen Becher gelegt. Sie war so mager, dass Cass in der Nacht, als sie mit Tasha in Home Farm eintraf, nur mit Mühe einen Schreckenslaut hatte unterdrücken können. Sie hatte sich gezwungen, sich ihr Entsetzen nicht anmerken zu lassen, doch es hatte sich mit Sicherheit in ihrem Gesicht abgezeichnet, und Anna musste es gesehen haben, als sie sich in die Arme ihrer Mutter sinken ließ.

Anna würde zu Frau Dr. Lichtenstein gehen, ja, aber davor hätte sie gerne noch eine Woche Auszeit auf der Insel. Sie habe in den letzten Wochen in Berlin so oft daran gedacht: an diesen Felsenstreifen Land am Ende der Welt. Und an den Meeresarm, wo sie, Tasha, Jerome und Katie als Kinder gespielt, sich an Meeresvögel angeschlichen und die schwarzköpfigen Schafe über Grasbüschel und Steinhaufen gejagt hätten.

«Nur du und ich, Mum», sagte Anna. «Du, ich und die Insel. Können wir hin?»

Und sie waren hingefahren. Cass hatte am nächsten Tag Frau Dr. Lichtenstein unauffällig von ihrem Büro aus angerufen und für Anna einen Termin in der folgenden Woche vereinbart.

«Bieten Sie ihr immer nur wenig Essen auf einmal an», hatte Eleanor ihr geraten. «Aber häufig. Suppe, falls sie die mag. Heißes Wasser mit einem Spritzer Zitrone und einem Teelöffel Cayennepfeffer. Nichts, was den Magen belastet. Damit würde ihr Körper nicht mehr fertig. Und, Cass, versprechen Sie mir bitte etwas, ja? Erwarten Sie nicht zu viel.»

Später kam es Cass so vor, als wäre dies der Ort gewesen, an dem Anna sich von ihr verabschieden wollte: hier auf der Insel zwischen den dicken, weiß getünchten Mauern des Cottages, wo Ebbe und Flut nur wenige Meter vor der Haustür ihren endlosen, rhythmischen Zyklus vollzogen.

Anna hatte natürlich nicht viel gesagt – tatsächlich hatte sie sehr, sehr wenig gesprochen. Sie war zu schwach gewesen, um mehr zu tun, als zu schlafen und unter ihren Decken vor dem Feuer zu ruhen.

Aber einmal waren sie zu einem Strand an der Südwestspitze der Insel gefahren, den sie beide liebten: ein breiter Bogen feuchter Sand vor dem hiesigen Machair mit seinen feinen, krümeligen Schichten aus Sand, Torfboden und zähem Gras. Das Meer war an diesem Tag weit, silbrig und ruhig. Der Wind war abgeflaut, und plötzlich brach eine blendend helle Sonne durch die Wolkenschichten. Der Horizont hatte aufgeklart, und dort, wo Himmel und Meer ineinander verschwammen, erkannten sie den schimmernden Umriss der

Isle of Jura, deren Gipfel sich grau und stumpf aus der Weite der Wasserfläche erhoben.

Cass versuchte in den kommenden Jahren mit aller Macht, so an Anna zu denken, wie sie in diesem Augenblick gewesen war: wie sie das Gesicht mit geschlossenen Augen der Sonne entgegenhielt. Das Haar strömte über ihre Schultern herab, und sie hatte die Arme ausgebreitet, als begrüßte sie etwas oder jemanden, den nur sie sehen konnte, mit einem herzlichen Willkommen.

Besser nicht die Zeit ein paar Monate später im Krankenhaus heraufbeschwören. Da hing sie am Tropf und war an tausend Maschinen angeschlossen. Ihr blasses, ausgemergeltes Gesicht war schmerzlich in die weiße, gestärkte Wäsche eines Stapels Kopfkissen gedrückt.

Ein Zischen, Speien und Pulsieren. Die Verlangsamung eines Herzschlags. Ein schepperndes Becken, ein Paukenschlag.

Der Anruf in jener Nacht und der Song – dieser wunderschöne Song, der letzte, den Cass in einem Jahrzehnt schrieb. Da lief er schon in einer Endlosschleife immer wieder durch ihren Kopf. Er verlangte, gehört und der Erinnerung übergeben zu werden, und erst dann durfte Cass aufhören und die Gitarre aus der Hand legen. Erst dann durfte sie reglos auf dem Lederhocker im Studio sitzen, dem vielschichtigen Gewebe der Stille lauschen, als wäre es das erste Mal, und ihrem Ruf folgen.

19:00 UHR

Gleich geht die Party los.

Kim hat die Musik aufgelegt. Gespielt wird Cass' komplettes Werk chronologisch geordnet von der ersten Platte bis zur letzten, Album für Album. Das war Alans Idee, um die Leute auf die neuen Songs einzustimmen. «Common Ground» weht durchs Treppenhaus und den Flur bis zu Cass' Zimmer hinauf, wo sie vor der Frisierkommode steht und ihr Spiegelbild betrachtet.

Gerader, grau melierter Pony. Blasser gewordene braune Augen, von einem dicken Kajalstrich umrandet. Die schlimmsten Falten unter den Augen hat sie mit Concealer kaschiert. Eine Frau von fünfundsechzig Jahren – und hoffentlich keine, die so tut, als wäre sie jemand anders, als sie ist.

Wie lange liegt die letzte Party in Home Farm zurück? Die letzte Feier, wenn auch kaum vergleichbar, war natürlich Annas Beerdigung, deren Echo in Cass nachhallt und immer nachhallen wird. Die Blumensträuße, die den Rasen vor dem Haus und beide Seiten der Zufahrt säumten. Die Rückfahrt vom Krematorium im Wagen des Bestatters – Kim saß neben Cass und hielt ihre Hand. Auf der anderen Seite Ivor. Vor dem Haus wurden sie von einem Blitzlichtgewitter und den körperlosen Rufen der Reporter überfallen. Eine Menschenmenge hatte sich versammelt und starrte sie an, die Gesichter gegen die Autoscheibe gepresst, während der Chauffeur sich langsam und behutsam auf das Haus zuarbeitete.

All die Blumen, dachte Cass in jenem Moment. *Was machen wir nur mit denen.* Sie stellte sich vor, wie sie in ihrer Zellophanfolie auf dem Gras verwelkten und verfaulten – wie sie zu Staub und schmutzigen Folienfetzen zerfielen. Sie schloss die Augen, um den Schwindel zu mildern, der sie überfiel. Er wusch in Wellen über sie hinweg, seit sie zum ersten Mal die Worte *Anna ist tot* gesagt und das desorientierende Gefühl erlebt hatte, dass die Welt unter ihr wegkippte. Als hätte ihre Achse sich verschoben und Cass könnte nie wieder auf sicherem Boden stehen.

Belegte Brote, Wein und gedämpfte Stimmen. Cass' Unfähigkeit, Ivor direkt anzusehen, so wie man es vermeidet, direkt in die Sonne zu schauen. In ihren Gedanken war Anna noch immer quicklebendig, ihr Körper warme, atmende Wirklichkeit. Es war unmöglich, sich vorzustellen, dass sie nicht mehr da war. Alles war abgelöst, formlos und unbeständig. Das Winterlicht war nüchtern, kühl und grau. Kim hatte den Arm mit ihrem verflochten. Vor dem Tor die Meute der Reporter mit ihren Kameras, den Mikrophonen und den gnadenlosen Fragen.

Alan hatte vorgeschlagen, einige Trauergäste sollten Musik spielen oder etwas vorlesen, um den Lärm draußen zu übertönen. Tasha, blass und mit roten Flecken auf den Wangen, als hätte jemand hineingekniffen, trug ein Gedicht von E. E. Cummings vor. Alans Kinder trugen «Jesus Don't Want Me for a Sunbeam» vor, Katie sang, und Jerome begleitete sie auf der Gitarre.

Es wimmelte von jungen Menschen, die Cass nicht kannte.

Chris Polarski hatte nicht gewagt, sich sehen zu lassen. Aber Ollie Patterson war gekommen, und an seiner tief erschütterten Miene hatte Cass erkannt, wie sehr er Anna geliebt hatte.

Die Beerdigung liegt nun zehn Jahre zurück. Zehn Jahre, in denen sich keine Autos mehr auf der Zufahrt von Home Farm gedrängt haben, in denen die Stereoanlage im Wohnzimmer stumm geblieben ist und in denen keine Freunde und Verwandten sich zum Essen und Trinken im Haus versammelt haben.

Zehn Jahre, seit Cass in ihrem schwarzen Wollkleid in diesem Zimmer vor ebendiesem Spiegel stand und sich schreien hörte – einen aus tiefer Kehle aufsteigenden Schrei, den sie nicht als den eigenen erkannte. Kim war angerannt gekommen und hatte sie fest in die Arme genommen.

Sie hatte sich an Kim geklammert wie eine Ertrinkende, bis der undämmbare Schrei endlich verklungen war. Dann hatte sie ihre Schuhe angezogen und war, von Kim gefolgt, nach unten gegangen. Sie hatte die Haustür geöffnet, war nach draußen getreten und auf den Rücksitz des Wagens gestiegen, der sie zum Krematorium bringen würde und dann zurück zur Trauerfeier und zur obszönen Buntheit dieser gebündelten Blumensträuße in ihren Zellophanverpackungen.

Zehn lange, stille, leere Jahre, aus denen sie nach den beiden Klinikaufenthalten das Beste gemacht hat, was sie konnte. Ihre Bücher und das Malen. Am Nachmittag Schwarz-Weiß-Filme, beruhigende Stimmen im Radio und lange, ziellose Autofahrten: nur die unter den Reifen dahinkriechende Straße und der weite, blasse englische Himmel.

Sie hatte in diesen Ausflügen und in den kleinen, stillen Freuden ihres Zuhauses eine Art Trost gefunden. Blumen. Speisen. Gegenstände, die sie in Secondhandläden und Antiquariaten kaufte, nicht wegen ihres Wertes, sondern weil es ihnen gelang, ein Gefühl und bruchstückhafte Erinnerungen in ihr wachzurufen.

Eine alte Nikon-Kamera mit kaputtem Verschluss: Lily auf dem Kai von Brighton, mit roten Lippen und in der Sonne schimmerndem, dunklem Haar. Ein Mehlkrug aus Terrakotta: John, wie er sich in der Küche zu schaffen macht, während der Kater Louis sich die Pfoten leckt.

Ein sepiabraunes Foto in einem schmuddeligen Rahmen: Ivor und sie selbst, wie sie in dem Pub in Lewes auf die Bühne treten, damals, als alles so einfach und selbstverständlich schien, als läge ihnen das Glück zu Füßen.

Eine Ausgabe von *The L-Shaped Room* mit vergilbten Seiten und gebrochenem Buchrücken: Anna mit auf dem Kopfkissen ausgebreitetem Haar, die braunen Augen auf die Lippen ihrer Mutter gerichtet, deren Bewegungen sie beim Vorlesen folgt. Ach, Cass hatte so lange in dem dunklen, kleinen Laden in Canterbury gestanden, das Buch in der Hand, und erst beim Hinaustreten ins grelle Nachmittagslicht gemerkt, dass sie weinte.

TRACK FIFTEEN

Gethsemane

By Cass Wheeler
New and exclusive

I pawned a golden evening
The sign said
‹Please wait for me›
I called it a resting place
You are the shadow of the trees

Because we always follow
Up the hill, Gethsemane
Up the hill in fear
And dropping to my knees

Oh save me father
Save me
Call me Gethsemane
I am lonely
Call me Gethsemane

I stood with them and watched him
Garden of Gethsemane
He held me so tightly
Evening of Gethsemane

You are the shadow of the trees
Eyes burn so brightly
Told me you'd set me free
Oh please believe me

Oh save me father
Save me
Save me Gethsemane
I am lonely
Call me Gethsemane

He told me he would set me free
Set me free Gethsemane
Love would set me free
Love would set me free
Love would set me free
Love would set me free
Love would set me free
Ahhhhhhhhhhhh

RELEASED May 2015
RECORDED February 2015 at Home Farm, Kent
GENRE Folk rock / blues / pop
LABEL Lieberman Records
WRITER(S) Cass Wheeler
PRODUCER(S) Callum Sutherland
ENGINEER(S) Gavin Bryant

Zur Klinik gehörte eine Parkanlage.

Da gab es ein Labyrinth aus in konzentrischen Kreisen angelegten Eibenhecken: Die Patienten sollten es nicht betreten, doch wenn abends die Tür zum Park geschlossen wurde, konnte man dennoch meistens einige dort finden. Da war ein von einer Mauer umschlossener Rosengarten, in dem fünfundzwanzig verschiedene Sorten wuchsen, wie der Hauptgärtner – ein fröhlicher Mann mit roten Wangen – gerne jedem erzählte, der ihm zuhörte. Und da war Cass' Lieblingsflecken: eine terrassierte Fläche, die im Mittelmeerstil mit Rosmarin, Schopflavendel und duftendem Oregano bepflanzt und von einer Reihe hoher Zypressen gesäumt war, die viele Betrachter unangemessen düster fanden, die Cass aber mit einem beruhigenden Empfinden erfüllte. Sie wusste nicht so recht, warum; eigentlich wusste sie gar nichts mehr richtig. Aber sie saß dort gerne auf einer Bank, ließ den Blick auf den Bäumen ruhen und atmete den Duft des Gartens ein.

Es war ein schöner Ort, soweit Kliniken eben schön sein können. Ein privates Haus, teuer und für die meisten Menschen unerschwinglich: Cass wusste, dass sie dafür dankbar sein musste.

Ein weitläufiges Gutshaus, der zentrale Teil stammte noch

aus dem sechzehnten Jahrhundert. Die anderen Flügel waren im Verlauf der Jahrhunderte recht zufällig angebaut worden, und innen war es vor wenigen Jahren in einem verbindlich neutralen und beruhigenden Stil eingerichtet worden. Nur die Eingangshalle hatte die ursprüngliche Pracht behalten: eine großzügige Treppe aus schimmerndem Holz, und von den getäfelten Wänden schauten die Porträts längst vergessener Aristokraten mit bedrückten Mienen herunter.

Nicht lange nach Cass' erster Aufnahme in der Klinik hatte es einen Tumult gegeben – eine junge Schizophrene war außer sich geraten, als sie an dem riesigen, in Öl gemalten Porträt vorbeiging, das einen im Korridor des ersten Stocks empfing. Anscheinend war sie, so hörte Cass später, überzeugt gewesen, dass der schnurrbärtige Viscount sich nachts in seinem schimmernden Panzer aus dem verschnörkelten Goldrahmen des Bildes in ihr Zimmer geschlichen und sie dort belästigt hatte.

Aber diesen Vorfall bekam Cass damals kaum mit, und auch alles andere nahm sie in den ersten Wochen nach dem Beginn ihrer Gefangenschaft nur wie durch einen Schleier wahr – ihr Zimmer, groß, mit einer zartrosa Tapete und mit Blick auf die Einfahrt, die Kühle des Kopfkissens an ihrer Wange, die Ärzte, die kamen und gingen, und das langsame Wandern der Sonnenstrahlen über den sandfarbenen Linoleumboden.

«Gefangenschaft» war vielleicht ein zu starkes Wort. Sie hätte jederzeit gehen können, und sie war auch freiwillig gekommen. Cass selbst entschied sich dafür, in ihrem Zimmer zu bleiben und so wenig und so selten wie möglich zu sprechen. Wie kostbar ihr diese Stille vorkam: wie neu und außergewöhnlich. Die Stille war wie ein Ozean über sie geschwappt. Cass schwamm in seiner Tiefe, dort unten in der Dunkelheit, wo das Licht nicht hinkam. Die Ärzte wollten natürlich, dass sie redete – sie sprachen von Gruppentherapie oder Einzeltherapie, Therapie, Therapie, Therapie –, aber sie war nicht zum Reden bereit, noch nicht.

Und dann, eines schönen, sonnigen Nachmittags stand sie aus dem Bett auf, zog sich an, ging in den Korridor und von dort die hintere Treppe hinunter und in den Garten.

Keiner hinderte sie daran, auch wenn sie vermutlich gut beobachtet wurde. Vorbei an anderen Patienten, die sie nicht sah und von denen sie nicht gesehen werden wollte, und über einen Kiesweg. Vorbei an der Mauer des Rosengartens und über eine schreiend grüne Rasenfläche. Wie leuchtend bunt ihr die Farben nach den Weiß- und Pastelltönen ihres Zimmers vorkamen und wie glänzend die Schäfte der Sonnenstrahlen. Und dann erhob sich dort vor dem blassblauen Himmel das Gefieder der Bäume: *Zypressen*, dachte sie. Mit ihrem hohen, schlanken, säulenförmigen Wuchs warfen sie schmal zulaufende Schatten über den kurzgeschorenen Rasen.

Sie folgte diesen Schatten und stieß dahinter auf einen Garten. Hochbeete mit üppig grünenden Pflanzen und Blumen, eine Sonnenuhr und eine Bank. Sie setzte sich auf die Bank und blickte zu den Zypressen hinüber. Dann schloss sie die Augen und schmeckte den pikanten Duft der Kräuter auf der Zunge.

Im Geist sah sie den Garten von Rothermere vor sich. Sie sah Jonah in Atterley, ins Licht der flackernden Kerzen getaucht. Es kam ihr so vor, als dächte sie seit Jahren zum ersten Mal an Jonah. Sie dachte tatsächlich zum ersten Mal seit Jahren an ihn. Wohin war Jonah verschwunden? Wohin waren sie alle verschwunden?

Ihre Mutter Margaret, wie sie allein in ihrem Bett im Pfarrhaus lag und in die tiefsten Tiefen der Betrübtheit eintauchte.

Ihr Vater, wie er Cass im Arm hielt und ihr mit der leisen, sanften Stimme vorlas, die ihr in ihrer kindlichen Phantasie wie die Stimme Gottes selbst erschien.

Ihre geliebte Freundin Irene und deren Mutter Alice, die Cass vielleicht sogar noch mehr geliebt hatte.

Stephen Lomax, der Naturwissenschaftsfreak mit den traurigen Augen, der sie einmal geliebt hatte.

Der liebe, intelligente, gut aussehende Onkel John mit seinen Entwurfszeichnungen und seiner widerspenstigen blonden Stirnlocke. Und Lily, wie sie mit ihren rot bemalten Lippen ein feines Gespinst aus Rauch einsog, den Arm leicht auf das offene Fenster des Wagens gelegt. *Wenn du schon mit Rauchen anfängst, kannst du es auch richtig machen.*

Ivor mit zweiundzwanzig – der Ivor, mit dem sie stundenlang in Johns Büro im Dachgeschoss gesessen hatte, beide ganz in die Entdeckung ihrer Musik versunken. Und damit auch in die Entdeckung voneinander.

Anna. Ihr Baby, von dem Cass gar nicht gewusst hatte, dass sie es sich wünschte und es liebte, bis sie es im Arm hielt. Genauso, wie sie bis zu dem Tag, an dem sie gemeinsam auf dem schottischen Strand standen, nicht gewusst hatte, dass sie einen Weg finden musste, sich von ihrer Tochter zu verabschieden. Dass ihre eigene Liebe und ihre eigene Sehnsucht nicht ausreichen würden, um sie in dieser Welt zu halten.

Sie alle – verschwunden. Und doch war Cass selbst noch immer da, atmete noch immer, allein unter der Sonne vor dieser Reihe schlanker Bäume.

Ein Zusammenbruch.

Keiner – weder die Ärzte noch Alan oder Kim – verwendete dieses Wort jemals, aber es war dasjenige, das Cass selbst vorzog. Denn es kam ihr wirklich so vor, als wäre etwas zerbrochen. Ihr Selbstbild war in tausend Scherben geborsten. Sie versuchte, sie aufzuheben, und schnitt sich an ihnen. Sie wurde durch nichts mehr gehalten und stürzte ab. Sie befand sich unter einem wolkenlosen Himmel im freien Fall.

Etwa einen Monat nach der Beerdigung war sie eines Abends zu Ivors Haus an der Hampstead Grove gefahren.

Sie konnte sich später nicht mehr an die Fahrt selbst erinnern, sie hatte sich wie in Trance auf den Weg gemacht.

Ivors hohes, schwarzes Sicherheitstor war entschieden verschlossen geblieben. Sie hatte so laut in die Gegensprechanlage gebrüllt, dass in den großen, ehrwürdigen Häusern zu beiden Seiten die Lichter angegangen waren, und ein Mann, der mit einem Hund vorbeikam, war zu ihr getreten und hatte sie nicht allzu höflich gebeten, sich leiser zu verhalten. Sie war über den Mann hergefallen – Gott weiß, was sie ihm sagte oder wie Alan ihn später daran hindern konnte, sie anzuzeigen oder, schlimmer noch, damit an die Presse zu gehen. Aber schließlich war das Tor aufgegangen, und dahinter hatte Ivor gestanden, barfuß und in einer grauen Jeans.

Sie erinnerte sich später auch nicht mehr, welche Worte da gefallen waren: nur daran, dass ihre eigene Stimme ihr wie ein statisches Rauschen vorkam, ein endloses, schrilles Schreien, und dass sie ihn ins Gesicht, auf die Arme und auf die Brust geschlagen hatte. Sie konnte sich ihre Worte aber gut vorstellen: Die Verzweiflung und Wut, die in ihnen gelegen hatte, und ihre absolute Nutzlosigkeit. *Du hättest es sein sollen, Ivor. Oder ich. Nicht sie. Nicht unsere Tochter. Nicht Anna. Warum konnten wir sie nicht retten? Warum konnten wir sie nicht bewahren? Wie sollen wir jetzt weiterleben?*

Ivor hatte nicht zurückgeschlagen. Er hatte geweint und sie festgehalten, bis ihre Kräfte nachließen und sie schluchzend wie ein Kind auf dem Küchenboden lag. Dann hatte er Alan angerufen, Alan hatte Kim angerufen, und die beiden waren gemeinsam gekommen und hatten Cass abgeholt.

Stimmen, die in der Dunkelheit flüsterten, jenseits ihrer geschlossenen Augen und des kühlen Trosts der gegen ihr Gesicht drückenden Bodenfliesen. *Eine Klinik. Ja, eine Klinik. Bringt mich einfach irgendwo hin, wo es ruhig ist, bitte. Bringt mich irgendwo hin, wo ich diese schreckliche Musik nicht mehr hören muss. Diese Musik, diese furchtbare Musik. Nur diese Musik nicht mehr, bitte.*

In diesem Moment war es ihr vollkommen gleichgültig gewesen, wer davon erfuhr – ihr war alles gleichgültig gewesen außer dem Wunsch, zu diesem stillen, einsamen Ort am Meeresgrund hinabzutauchen. Aber Alan und Kim – und, ja, auch Ivor –, denen war es nicht gleichgültig gewesen. Sie hatten, wie Cass später verstand, gemeinsam einen Plan geschmiedet.

Die Klinik, die sie auswählten, war für ihre Diskretion und Abgelegenheit berühmt. Einige sehr bekannte Persönlichkeiten hatten als Patienten hier verweilt, man war also an berühmte Gäste gewöhnt. Ivor war sehr dafür. Er verkaufte gerade das Haus in Hampstead, um nach Kalifornien zu ziehen. Ein neues Land, ein neuer Start.

Öffentlich verkündete man, Cass Wheeler werde sich eine Auszeit nehmen, um in Ruhe um ihre verstorbene Tochter zu trauern. Ihr Bedürfnis, in dieser schwierigen Zeit ihre Privatsphäre zu wahren, sei zu respektieren. Gegen eine Missachtung dieses Wunsches werde man sich mit der ganzen Schärfe des Gesetzes zu wehren wissen.

Cass begriff irgendwann, dass alle geglaubt hatten, ihr Rückzug – ihr Zusammenbruch – sei nicht von Dauer. Mit der Zeit und mit der besten psychiatrischen Hilfe, die für Geld zu haben war, werde sie ihre Gesundheit vollständig zurückerlangen und wieder das tun, was sie immer getan hatte. Songs schreiben. Singen. Und ihr Leben im Rampenlicht weiterführen.

Und Cass hatte ihrerseits vielleicht dasselbe geglaubt. Denn tatsächlich, als sie die Klinik nach dem ersten Mal verließ und sich an einem sonnigen Nachmittag im Mai auf den Beifahrersitz von Kims Wagen sinken ließ, hatte sie sich auch *wirklich* wiederhergestellt gefühlt, beinahe, als wäre sie wieder heil. Beinahe wie sie selbst.

Doch als sie ihr Leben in Home Farm wieder aufnahm, wurde ihr nach und nach klar, dass das, was sie jetzt am meisten liebte, die Stille war und nicht der Klang. Sie schrieb keinen einzigen Song mehr und hörte sich die, die sie geschrieben hatte, nie mehr an. Es war ihr unerträglich, sich mit diesen endlosen Versuchen zu beschäftigen, Sinn in ein Leben hineinzuinterpretieren, das letztlich vollkommen sinnlos war.

Und so hatte sie Alan zu sich gebeten und ihm mitgeteilt, sie wolle die Pläne für das nächste Album streichen, er solle Hunter und die Musiker entschädigen und das Studio schließen. Das Gesicht, mit dem er sie so liebevoll und einfühlsam angeschaut hatte. *Ich sorge dafür, Cass. Ich verschaffe dir deine Freiheit.*

Zu Kim hatte sie gesagt: «Du bleibst doch da, oder? Du kümmerst dich doch weiter um alles?» Verlegen und Kims Blick ausweichend, hatte sie hinzugefügt: «Alan wird die Einzelheiten regeln. Es ist genug Geld da. Das glaube ich zumindest.»

Kim hatte Cass' Hand ergriffen und erwidert: «Bitte. Darüber brauchen wir nicht zu reden. Natürlich werde ich nicht kündigen. Wie könnte ich das tun?» Und nach einer Pause hatte sie hinzugefügt: «Du musst das nicht tun, Cass. Ich könnte mir vorstellen, dass es sich auf irgendeiner Ebene wie eine Art Buße anfühlt. Aber das bringt Anna nicht zurück. Nichts wird sie zurückbringen.»

Cass hatte den Blick gesenkt und auf ihren Teller geschaut, auf die letzten, schon angetrockneten Reste der Lasagne, die Kim mitgebracht hatte. Ihr fiel die gläserne Auflaufform ein, die sie an dem Tag, an dem sie später nach London gefahren war, um ihre Wut und ihre Trauer bei Ivor auszukippen, auf den Bodenfliesen zerschmettert hatte. Das lag jetzt einige Monate zurück. Eine Woge des Schams schwappte in ihr empor.

Es war eine Scham, mit der zu leben sie würde lernen müssen, das war ihr klar. Zusammen mit der anderen, viel größeren, unerträglichen Scham: dass sie ihre Tochter nicht hatte retten können. Oder, schlimmer noch, dass sie ihre Tochter erst in die Welt hereingezogen und dann gezwungen hatte, das Unglück ihrer Eltern zu ertragen. Das Kunstwerk, das Anna geschaffen hatte: ihr Gesicht auf dem Video, die Augen ausdruckslos und unnachgiebig. *Geburt umgekehrt.* Die langsame Auslöschung ihres Körpers von Kopf bis Fuß.

Nein. Cass' Schweigen und ihr Rückzug von dem unerträglichen Schlamassel, das sie angerichtet hatte, würde Anna nicht zurückbringen. Aber der Rückzug war, so erklärte sie Kim – und auch sich selbst – die einzige Weise, wie sie sich vorstellen konnte, ohne ihre Tochter weiterzumachen.

Und so machte sie weiter.

Tag folgte auf Tag, Woche auf Woche, und Jahr ging in Jahr über. Sie wurde sechsundfünfzig. Siebenundfünfzig. Die

Meilensteine zogen beinahe unbemerkt vorüber, auf einer Straße, die zwar nicht gänzlich leer, aber doch ruhig war und wenig Bemerkenswertes bot. Ein Freeway, der über eine endlose Prärie führt. Sie erinnerte sich an eine solche Straße in Amerika. Vielleicht in Iowa oder Kansas. Felder mit im Wind schwankendem, goldenem Getreide und ein weiter, leerer, weißer Himmel. Ein viele Meilen langes Asphaltband von einer Farm zur nächsten.

Natürlich war sie nicht gänzlich allein. *No man is an island – Kein Mann ist eine Insel.* Und auch keine Frau. Von wem stammte die Zeile? Von Keats oder von Donne? Später hatte jedenfalls Paul Simon das Gegenteil beteuert.

Da war Kim, die an drei Vormittagen in der Woche für ein paar Stunden ins Büro kam, E-Mails beantwortete und sich um die wenigen Briefe kümmerte, die Cass noch empfing. An vielen Abenden kam sie dann mit einem Essen und einer Flasche Wein ein zweites Mal ins Haus. Allein oder mit Bill, mit Tasha oder mit Alan und Rachel.

Da war Simone, die neue Putzfrau, die Kim über Sally Jarvis, die Besitzerin des Dorfladens, gefunden hatte und die in der neuen Siedlung am Rand des Dorfes wohnte. Eine kleine, adrette, attraktive Frau Mitte dreißig mit einem hübschen, schwarzen Kurzhaarschnitt und langen, lackierten Fingernägeln, die sie mit gelben Haushaltshandschuhen schützte. Drei Kinder und kein Mann – na ja, es hatte einmal einen gegeben, aber sie war froh, dass dieses Kapitel abgeschlossen war.

Simone erzählte gerne. Nach dem Putzen saßen sie manchmal zusammen am Küchentisch, tranken Kaffee, und Simone redete sich das gerade aktuellste Problem von der Seele – ihr Sohn war elf und machte Ärger; ihre Töchter, Zwillinge, waren acht und hatten nichts als Pferde im Kopf. Cass hörte ihr zu und steuerte nur etwas bei, wenn sie gefragt wurde.

«Du bist eine so gute Zuhörerin, Cass», sagte Simone. «Die meisten Leute sind anders, weißt du. Bei denen hat man das Gefühl, sie warten nur darauf, dass man den Mund hält, damit sie selber loslegen können.»

Cass nickte. «Ich habe sehr lange gebraucht, um das Zuhören zu lernen», sagte sie.

Da war Johnny, der sie oft anrief und sie so häufig wie möglich besuchte – er war aber viel weg, machte weite Reisen für seine Shootings. Und in dem Jahr, in dem Cass siebenundfünfzig wurde und Johnny neunundfünfzig, verliebte er sich.

«Diesmal ist es ernst, Cass», sagte er. Und sie sah, dass das stimmte. Der Mann, Alastair, war in Johnnys Alter – ein Hedgefonds-Manager und kurz zuvor in Rente gegangen. Ein empfindsamer Mann mit einem freundlichen Umgangston. Er liebte die Oper, das Theater, Strawinsky und die Kunst. Über Letztere hatten sie sich auch kennengelernt: Alastair hatte eine große Serie von Johnnys Fotos kaufen wollen, und in Anbetracht des Umfangs des Geschäfts hatte Johnnys Galerist ihm gestattet, den Künstler in seinem Studio aufzusuchen.

«Ich war ganz schön sauer deswegen», erzählte Johnny. «Ich hatte eine Deadline einzuhalten – ein Cover für die *Vogue* –, und plötzlich musste ich meine Arbeit mittendrin unterbrechen, um mich mit so einem verdammten Banker zu treffen.»

«Und dann stand ich vor der Tür», berichtete Alastair, «und eroberte sein Herz im Sturm.»

Johnny strahlte. «Absolut, Liebster. Aber absolut.»

Es war ein warmer, milder Nachmittag. Alastair und Johnny hatten einen Delikatessenkorb von Fortnum's mitgebracht, und sie hatten sich den Räucherlachs, die Wildsalami und die getrockneten Feigen auf der Terrasse schmecken lassen. Johnny schenkte jedem ein Glas Chablis ein, und Cass stieß mit den Männern auf deren neues Glück an. Sie fühlte sich beinahe ... Wie sollte sie es beschreiben? Nicht glücklich, nein. Das konnte sie sich nicht mehr vorstellen. Aber erleichtert. Weniger beladen. Weniger von Angst gequält.

Keiner von ihnen sprach von dem, was geschehen war – von der Klinik und allem, was Cass verloren und weggegeben hatte. Ihre Ehe, ihre Musik und ihre Tochter, alles, was ihrem Leben einmal Sinn und Struktur verliehen hatte. Da war einfach nur der Moment, dieses flüchtige bisschen Zeit: sie drei zusammen auf der Terrasse, das Gesicht von der Sonne gestreichelt, während die Bienen in den Blumenbeeten leise summten. Und das, so empfand sie es damals, war genug. Es war gewiss mehr, als sie verdient hatte.

Und dann, ein paar Monate später, fand sie die Zeitschrift, die Simone achtlos in der Toilette im Erdgeschoss hatte liegenlassen.

Simone hatte den Artikel vielleicht gar nicht gelesen; oder falls doch, hatte sie einfach vergessen, die Zeitschrift wieder einzupacken. Cass benutzte die untere Toilette nicht oft, an diesem Tag aber eben doch. Und dort fand sie ihn also, auf den Klatschseiten. Ivor. Braun gebrannt und mit einem strahlenden Lächeln, bei dem alle Zähne blitzten. Hand in Hand mit dem ehemaligen Model Cindy Russo. *Cindy hat mir einen Grund gegeben, auf die richtige Bahn zurückzufinden. Sie hat mir etwas gegeben, wofür es sich zu leben lohnt.* Cass schleuderte die Zeitschrift durch die offene Tür aufs glänzende Parkett im Flur.

Vielleicht war es das – das Wissen, dass Ivor glücklich war und sich das Privileg eines Neubeginns gestattet hatte –, was sie wieder an den Rand der Dunkelheit zurückzog. Oder vielleicht wäre sie ohnehin wieder dort gelandet und hätte in die spiegelnden Tiefen gestarrt. Das Wasser wirkte so kühl und einladend; seine Stille so absolut. Sie stand da, betrachtete ihr eigenes Spiegelbild und begann schon fast, die Zehen einzutauchen. Dann riss sie sich im letzten Augenblick los und rief Kim an.

«Ich muss wieder in die Klinik zurück, glaube ich. Kannst du mich abholen?»

Diesmal ein anderes Zimmer; dieses hier ging nach hinten hinaus und hatte Blick auf die Terrasse, wo vormittags gerne die Patienten saßen. Der Kiesweg und der Rosengarten mit seiner Mauer. Und dahinter die mit mediterranen Kräutern bepflanzten Terrassenbeete, die Sonnenuhr und die hohen Zypressen, deren schlanke Äste im Wind schwankten.

Beim zweiten Mal war es anders. Cass war nicht wie betäubt, sondern wütend: Eine Woge des Zorns schien aus einer bisher unangezapften Quelle in ihr aufzusteigen. Und sie war rastlos: Diesmal gab es keine langen Stunden im Bett, während deren sie die Wanderung der Sonne über den Boden verfolgte.

Sie schlief schlecht: Die Wut gestattete ihr nicht, ins Vergessen des Schlafs zu sinken. Sie stand früh auf, ging in den Garten und marschierte auf den Kieswegen hin und her. Sie stapfte die Stockwerke hinauf und hinunter und schnauzte jeden an, der in ihre Nähe kam. Am meisten ärgerte sie sich über die Pflegerinnen mit ihrer jugendlich reinen Haut, ihren adretten Uniformen und der übertriebenen Geduld. *Bitte, Ms. Wheeler, Sie stören die anderen Patienten. Bitte beruhi-*

gen Sie sich, Ms. Wheeler, oder wir müssen Sie auf Ihr Zimmer bringen.

Reden war das, wonach sie sich diesmal sehnte: Sie konnte nicht aufhören zu reden und ließ einen endlosen Schwall Wut heraus. Die Therapeutin war in Cass' Alter – eine traurige, gescheitert wirkende Frau mit hängenden Schultern, die immer zu weite, schlabberige Strickjacken trug. Cass verabscheute sie. Sie glühte vor Zorn auf sie. Sie glühte vor Zorn auf jeden. Auf ihre Mutter (wie hatte Cass sie davonkommen lassen können, ohne ihr jemals richtig die Meinung zu sagen, ohne ihr jemals klarzumachen, welche Folgen ihr Verhalten gehabt hatte?). Auf ihren Vater. Auf Ivor. Anna. Und, mehr als alles, auf sich selbst.

Die Therapeutin schloss die Augen, wenn Cass redete – oft sogar brüllte –, und sagte: «Gut. *Gut.* Es ist gut, dass Sie endlich alles herauslassen.»

Und vielleicht war es ja gut, denn nach ein paar Wochen spürte Cass, dass die Wut nachließ und in eine beständige, aber weniger explosive Gereiztheit überging.

Gelangweilt vom Blödsinn des Fernsehens im Aufenthaltsraum, schlenderte Cass eines Tages zur Bibliothek und lieh einen Stapel Bücher aus. *David Copperfield, Unser Mann in Havanna* und *Der Alchimist.* Letzteren hatte ihr die Bibliothekarin aufgenötigt, eine junge Frau mit einer sanften Stimme und einem wilden Schopf hennarot gefärbten Haars.

«Viele unserer Patienten lesen Paulo Coelho sehr gerne, Ms. Wheeler», sagte sie. «Im weitesten Sinne ist er ein spiritueller Autor.»

Ohne sich von Cass' unfreundlichem Blick einschüchtern zu lassen, fügte sie hinzu: «Ich weiß, dass ich das nicht sagen sollte, aber ich bin wirklich ein totaler Fan von Ihnen.

Huntress ist garantiert mein Lieblingsalbum aller Zeiten. Ich habe es als Jugendliche in der Plattensammlung meiner Mum entdeckt. Es hat mich wirklich umgehauen.»

Cass versuchte, die Bücher zu lesen, stellte aber fest, dass ihr das nicht gelang. Am Ende eines Abschnitts merkte sie regelmäßig, dass sie den Faden verloren hatte und noch einmal von vorn anfangen musste. Nach mehreren Versuchen gab sie es auf. Sie legte die Bücher auf das Bänkchen, das sie als Frisierkommode nutzte, und dort ruhten sie neben dem gerahmten Foto von Anna, das sie aus Home Farm mitgenommen hatte, und den Lotionen und Cremes, die Kim in ihren Koffer gepackt hatte. Das alles kam ihr wie das zusammengewürfelte Zeug einer anderen Person vor, die ein von dem ihren vollkommen unterschiedliches Leben führte.

Und dann sah sie ein paar Tage darauf den Zettel am Anschlagbrett: ausgerechnet ein Blumensteckkurs. Cass erinnert sich, wie sie die Pflegerin mit ihrem tiefhängenden Pferdeschwanz anschnauzte und wie sie dann zu ihrer eigenen Überraschung dennoch das Kurszimmer aufsuchte, eintrat und sich an einem Arbeitstisch mit Rosen, Schleierkraut und Blumensteckschaum zu schaffen machte. Die Vase mit gelben Blumen, die dann auf der Frisierkommode stand, die Farben fast schreiend vor der faden Neutralität der Wände.

In der Woche darauf waren es weiße Nelken – die hatte Cass nie besonders gemocht. Noch eine Woche später fragte sie die Kursleiterin, ob sie sich die benötigten Pflanzen vielleicht selbst im Mediterranen Garten pflücken dürfe. Die Erlaubnis dazu wurde eingeholt, und Cass kehrte mit einem Glaskrug voller Lavendel und Kräuter zurück. Das Zimmer war tagelang von diesem Aroma erfüllt, und das munterte sie bei jedem Eintreten auf.

Allmählich merkte sie, dass ihr Zorn verrauchte. Sie beugte sich tief über die Vase und sog einen Duft ein, der von Wärme, Gelassenheit und grenzenloser Freiheit sprach.

Bei ihrem zweiten Aufenthalt bat sie um Besuch.

Alan und Rachel kamen mit Katie und Jerome. Sie brachten einen riesigen Obstkorb und einen Strauß Kallas mit, die Cass neben ihr eigenes, kleineres Gesteck auf die Frisierkommode stellte.

Kim und Bill mit Tasha – die junge Frau in ihrem kurzen, gestreiften Kleid ging so munter, so lebendig mit Cass durch den Klinikgarten. Cass hielt ihre Hand und sagte: «Ich bin so froh, dass Anna dich hatte, Tasha. Ich bin so froh, dass du für sie da warst.»

Kate mit teuren Strähnchen im Haar und schimmernder Haut blickte sich mit einem Entsetzen um, das sie gar nicht erst zu kaschieren versuchte. «Himmel, Cass. Wir müssen dich hier rausholen.»

«Nein, es ist okay», entgegnete Cass. «Ich glaube, dass ich hier richtig bin.»

Serena und Bob genau so, wie sie immer gewesen waren. Serena in einem langen Batikkleid und Birkenstocksandalen, Bob mit über der Hose getragenem Hemd, weit offen stehendem Kragen und heiterer Miene.

«Ich rauche immer noch das gute Zeug», gestand er Cass beim Tee in ihrem Zimmer. «Jedenfalls an den Sonntagen und in den Ferien. Reines Sativa. Die Pflanzen ziehe ich hinten im Garten. Den Nachbarn ist es nie aufgefallen – dafür sind sie viel zu spießig.»

Serena verdrehte die Augen. «Hör nicht auf ihn, Cass. Sarah hat letzten Monat Zwillinge bekommen. Lucy und Nancy.

Jetzt hat sie natürlich zu tun, aber meine Güte, was sind diese Babys niedlich.» Sie griff in die Tasche ihrer Strickjacke und holte eine Plastikmappe mit Fotos heraus. «Ich hab ein paar Fotos mitgebracht. Es sei denn ...» Sie brach plötzlich ab und biss sich auf die Lippen. «Ach, Cass, ich hab nicht nachgedacht. Du weißt ja, wie ich bin. Wie ein Elefant im Porzellanladen. Vielleicht möchtest du sie dir lieber nicht angucken.»

Cass stellte ihren Teebecher hin. «Doch, zeig sie mir bitte. Gern.»

Sie nahm diese Besuche als Spiegelbilder jener Zeit nach Annas Geburt wahr, als die ersten Gäste mit Glückwünschen gekommen waren. Und doch war Anna jetzt wie aus dem Bild herausgeschnitten. Sie war nicht nur körperlich abwesend, sondern wurde auch emotional ausgespart. Bezüge auf sie waren indirekt, nur aus Anspielungen, Schweigemomenten und Blicken, die einen Moment zu lange verweilten, erschließbar. Alle machten sich offenbar große Sorgen, Cass' gefährdetes Gleichgewicht zu stören, wenn sie Annas Namen laut aussprachen.

Cass machte ihnen daraus keinen Vorwurf. Aber sie war Irene unglaublich dankbar, die an einem trüben, bewölkten Samstag im September mit einer Geschenkpackung Naturkosmetik mit Mangoduft kam, und außerdem mit *Harry Potter und die Heiligtümer des Todes* auf CD – «Eskapismus pur, Cass, vielleicht hilft das ein wenig».

Sie machten an diesem Tag einen Ausflug: Cass gierte danach, einmal etwas anderes zu sehen. Irene fuhr mit ihr nach Ascot, und nach der Stille und Abgeschiedenheit der Klinik kamen Cass die Felder, Straßen und Häuser mit ihrer Flut von Farben und Klängen geradezu surreal vor.

Sie stellten den Wagen ab, fanden ein Café und bestellten Kaffee und zwei unanständig große Stücke Torte.

«Lass uns über sie reden», sagte Irene, als sie gut saßen. «Lass uns über Anna reden. Erzähl mir all das Schöne, was du von ihr in Erinnerung hast. Die Frau, die sie war, bevor sie krank wurde. Die Frau, die sie geworden wäre.»

Cass sah Irene über den Tisch hinweg an. Irene trug einen langen blauen Jeansrock und eine weiße Bluse mit kurzen Ärmeln, die den Blick auf das schlaffe Fleisch ihrer Oberarme frei gab. Ihre dunklen, schulterlangen Locken waren von grauen Strähnen durchzogen. Irene war die, die sie war und die sie seit ihrer Kindheit immer gewesen war. Sie hatte niemals versucht, sich zu verkleiden.

Cass machte den Mund auf, um zu sprechen, aber es kam nichts heraus. Nach einem Moment versuchte sie es erneut. «Danke, Irene», sagte sie. «Vielen, vielen Dank.»

Auf dem Rückweg zum Auto sagte Irene: «So schlecht ist es doch gar nicht, Cass. Das normale Leben. Du wirst sie natürlich vermissen – du wirst sie immer vermissen –, aber ich glaube, dass du im Alltag Frieden finden könntest. Weg von all dieser verrückten öffentlichen Aufmerksamkeit. Die Leute erkennen dich auf der Straße und bilden sich eine Meinung zu deinem Leben. Wie du das nur aushältst!»

«Nein.» Cass ließ den Blick schweifen – registrierte die Apotheke, den Zeitungsladen, die Bank, das Pub mit seinem frisch gestrichenen Fachwerk und das Damenmodegeschäft mit den Schaufensterpuppen, die die Hände in die Hüften stemmten. Die Passanten wirkten gelassen und schienen keine Eile zu haben. Cass beobachtete, wie zwei Frauen vor dem Modegeschäft stehen blieben, sich gegenseitig anstupsten, und dann lächelnd hineingingen.

«Ich weiß auch nicht, wie ich damit fertiggeworden bin. Und ich will das nicht mehr, Irene. Ich will einfach nur etwas Ruhe.»

Nicht lange nach Irenes Besuch leitete Cass ihre Rückkehr aus der Klinik in die Wege.

Sie würde Tabletten nehmen und von Home Farm aus einmal wöchentlich eine Therapeutin aufsuchen. Dann das demütigende Entlassungsgespräch. Die hübsche, junge Ärztin – allerhöchstens Kleidergröße 34 –, die sie mit ernster Miene darauf aufmerksam machte, dass sie gut zehn Kilo zugenommen hatte. *Gesunde Ernährung und viel Bewegung.*

Und dann durfte sie gehen.

Diesmal fuhr sie selbst nach Hause – Alan hatte am Vortag Jerome geschickt, der ihr den MG brachte. Es war ein kühler, windiger Tag, es gab kaum Verkehr, und Cass ließ sich Zeit, um sich wieder an das Lenken des unvertraut gewordenen Wagens zu gewöhnen. Bei der Abbiegespur auf die M25 überraschte sie sich selbst mit einer unerwarteten Entscheidung und fädelte sich nicht auf die ostwärts führende Strecke nach Kent ein, sondern auf die M3, wo sie den Schildern nach London folgte. Twickenham, Richmond, Putney und Battersea. Diese einst vertrauten Vororte und Stadtteile von London glitten vorbei, und dann rollte Cass plötzlich am kleinen Park vorbei, und vor ihr ragte die weiße Kuppel der Kirche auf, genau da, wo sie immer gestanden hatte.

Sie parkte ein paar Seitenstraßen weiter in der Gasse, in der sie damals Klavierunterricht genommen hatte, bei Mrs. Dewson mit dem ein wenig säuerlich riechenden Wohnzimmer. Das dort war doch ihr Haus, oder – die grüne Haustür und der mit schwarzen und weißen Steinplatten gepflasterte Zugang? Sie blieb kurz davor stehen und überlegte, ob sie klingeln sollte, entschied sich dann aber dagegen. Mrs. Dewson war natürlich schon lange tot, genau wie alle anderen.

Vor dem Pfarrhaus blieb sie erneut stehen. Es war genau so, wie sie es in Erinnerung hatte: die hohen Giebel und die vom Londoner Ruß geschwärzten Backsteinmauern. Der Apfelbaum, der in voller Blüte stand. Bei näherem Hinsehen erkannte sie dann aber doch kleinere Veränderungen: Die Haustür war schlüsselblumengelb gestrichen – vielleicht wollte der neue Pfarrer es moderner –, und die alten Schiebefenster waren unauffällig ersetzt worden. Auf der Veranda standen die schlammbespritzten Gummistiefel eines Kindes, und daneben lag ein kleiner, roter Kunststoffball, der sichtlich von einem Hund zerkaut war. Diese Familie, wer immer diese Menschen waren, schien hier glücklich zu sein.

Sie überquerte die Straße und betrat den Kiesweg, der zur Kirche führte. Sie erwartete eigentlich, die Tür abgeschlossen zu finden – heutzutage standen Kirchen nicht mehr einfach offen –, aber als sie dagegendrückte, schwang sie auf.

Am anderen Ende des Kirchenschiffs vor dem mit einem Stofftuch bedeckten Altar (dort, wo Cass einmal unbegreiflicherweise Kevin Dowd geküsst hatte) unterhielt sich eine mit einer schwarzen Bluse und Hose bekleidete Frau mit einem Mann im grauen Anorak. Die Frau drehte sich um, als sie Cass eintreten hörte, und Cass sah das weiße Aufblitzen ihres Priesterkragens. Cass blickte verlegen weg und wollte schon wieder zur Tür zurück, doch die Pfarrerin rief ihr durch das kühle, hallende Kirchenschiff zu: «Kommen Sie nur herein, wenn Sie mögen. Wir sind noch ein paar Minuten hier.»

Cass nickte und setzte sich auf eine Kirchenbank. Deren altes Holz war genauso fest und hart wie eh und je, doch die

Kniekissen waren neu und in leuchtenden Primärfarben bezogen. Von der Kanzel hing eine weiß-goldene Fahne, und zu beiden Seiten des Altars stand je ein Blumengesteck (Lilien, Hortensien und weiße Orchideen). Der Geruch der Kirche war ihr so vertraut wie der ihrer eigenen Haut: Staub, Pollen, Weihrauch und Bienenwachs. Sie schloss die Augen, atmete ihn ein und ließ die Stirn auf die kühle Lehne der Kirchenbank vor ihr sinken.

Vor ihrem inneren Auge sah sie einen Garten: Zypressen, Rosmarin und Lavendel. *Gethsemane*, dachte sie, und irgendwo aus einem verborgenen Winkel ihres Gedächtnisses stieg ein Abschnitt aus der Bibel auf – sie mussten ihn vor all diesen Jahren in Mrs. Harrisons Sonntagsschule besprochen haben. Das Evangelium nach Matthäus. Jesus, wie er mit Petrus und den beiden Söhnen des Zebedäus in den Garten kommt. Er sagte zu ihnen: «Meine Seele ist zu Tode betrübt», und dann warf er sich zu Boden und betete zum Vater, er möge diesen Kelch an ihm vorübergehen lassen.

Cass saß eine Weile schweigend da. Dann bemerkte sie, dass die Stimmen vorne im Kirchenschiff verstummt waren, stand auf, bedankte sich bei der Pfarrerin, verließ die Kirche und fuhr nach Hause.

19:45 UHR

Während der Abend über Home Farm seine Schatten sammelt und sich langsam der vollständigen Dunkelheit entgegenschiebt, erwacht Larry Alderson in einem engen Flugzeugsessel aus unruhigem Schlaf. Er schiebt das Kunststoffrouleau vor dem Bullauge hoch und schaut auf die weite Wolkenlandschaft unter sich hinaus: dicke, weiße Wattebäusche wie auf einem Kinderbild. Am Horizont ein schmales Band diffuses, gelbliches Licht und darüber das dunkle, tintenblaue Gewölbe.

Sie fliegen so hoch, dass er den Atlantik nicht sehen kann, aber er weiß, dass er da ist: die unergründliche Tiefe und die ungehindert wogenden Wellen.

Er zieht das Rouleau wieder herunter und versucht, die Beine unter dem Sessel vor ihm auszustrecken. Ein paar Reihen hinter ihm wird ein Kind unruhig, und er hört die Mutter mit einem englischen Akzent leise sagen: «Alles in Ordnung, Alfie. Schlaf nur wieder ein.»

Larry lächelt in sich hinein, schließt die Lider und hat jetzt Cass' Gesicht vor dem inneren Auge. Die feinen Falten und Fältchen. Die energisch vorgereckte Nase und die Zurückhaltung in ihrem Blick.

Bei ihrer ersten Begegnung in Washington in der Library

of Congress war diese Schüchternheit etwas gewesen, was ihn überraschte. Und doch hatte er sie instinktiv verstanden: Er wusste schließlich, was es bedeutete, so lange allein gewesen zu sein – oder sich allein gefühlt zu haben, selbst im Rahmen einer langjährigen Ehe.

Er hatte sie wohl von diesem Augenblick an geliebt – als er sie durch die Halle auf sich zukommen sah wie die Antwort auf eine Frage, die er nicht ausgesprochen hatte. In dem Moment, als er sich ihr zugewandt und etwas unglaublich Banales gesagt hatte – «Ganz schön bombastisch, nicht wahr?» – und diese Schüchternheit bemerkte, die über ihr Gesicht huschte.

Wahrscheinlich waren solche Gefühle in seinem Alter absurd, aber das war ihm egal. Cass strahlte in seinen Augen in einem ganz besonderen Licht; die Luft um sie herum wirkte dichter. Elektrisiert. Das hatte ihn ganz schwindelig gemacht, und er hatte sie angelächelt, einen albernen Scherz gemacht und alles darangesetzt, damit sie nicht wegging.

Natürlich war es eine Überraschung, dass er so spät im Leben eine Frau so plötzlich und heftig liebte. Eine Überraschung für sie beide. Und doch war es unbestreitbar: Er liebte sie schon da, bei ihrer ersten Begegnung, und er liebte sie am nächsten Tag, als sie in der Art Gallery von Saal zu Saal gingen und die Gemälde von Andrew Wyeth betrachteten, während er in Wirklichkeit nur ihre dunkelbraunen Augen und den aufmerksam schiefgelegten Kopf sah. Er liebte sie in dieser Nacht im Hotelzimmer: ihre plötzliche Kühnheit, ihre Stimme am Telefon; ihren Körper, wie er sich ihm öffnete und all die Jahre der Einsamkeit, der Trauer und der Angst abschüttelte – so empfand er es oder so hoffte er es zumindest.

Er liebte sie bei seinem ersten Besuch in ihrem abgelegenen Winkel Englands, in diesem ehemaligen, alten Farmhaus, in dem sie sich so lange eingesperrt hatte wie die Figur eines Märchens aus alter Zeit. Und er liebte sie auch bei seinem zweiten, dritten und vierten Besuch dort.

Er liebte sie in den Morgenstunden, in denen er normalerweise vor ihr aufwachte, sich leise aus dem Schlafzimmer schlich und sich unten in der Küche einen Kaffee kochte. Dann ging er ins Dachgeschosszimmer, um sich an ein paar planlosen Skizzen zu versuchen (seine Arbeit litt und es war ihm egal), bis sie ebenfalls aufstand und zu ihm kam, das feine, graublonde Haar noch unfrisiert, was sie nur umso reizender machte.

Er liebte sie in der Nacht, in der er ihr die Frage stellte, die er seit Monaten mit sich herumgetragen hatte. Und er liebte sie umso heftiger, als sie ihn abwies und ihm keine andere Wahl ließ, als ein Taxi zu rufen und abzufahren.

Und jetzt. Er liebt sie noch immer. Er würde sie weiterlieben, wenn sie in ein paar Stunden die Haustür von Home Farm öffnete und sie ihm ins Gesicht schlüge, sobald sie ihn erblickte. Wenn er zum Flughafen zurückfahren, wieder an Bord eines Flugzeugs gehen und den einsamen Rückweg über den Atlantik einschlagen müsste. Und er würde sie weiterlieben, wenn sie ihm ohne jede Rücksicht auf den Schmerz, den ihm das bereiten müsste, versichern würde, dass sie ihn nicht liebe, nie geliebt habe und niemals lieben werde.

Denn dann, sagte sich Larry zum zwanzigsten Mal und lehnte den Kopf ans Fenster, wüsste er wenigstens, dass er alles in seiner Macht Stehende getan hatte, um Cass begreiflich zu machen, wie wenig all ihre Verluste und all ihre in der Vergangenheit begangenen Fehler daran änderten, dass sie noch immer eine Zukunft hatte. Und er hätte dann alles getan, um ihr zu zeigen, dass er, Larry Alderson, sich nichts sehnlicher wünschte, als diese Zukunft mit ihr zu teilen und gemeinsam mit ihr das Beste daraus zu machen.

Was für ein Lärm. Musik – *ihre* Musik – überlagert vom xylophonartigen Klingen der Gläser und von einem Chor von Stimmen.

Cass steht einen Augenblick in der Tür des Wohnzimmers, ohne dass jemand sie sieht. Dann dreht Kim sich um, begegnet ihrem Blick und kommt durch die Menschenmenge auf sie zu (denn ja, die Gäste drängen sich bereits im Wohnzimmer). Sie singt ihre Begrüßung fast: «Da bist du ja!»

Die Menge verstummt. Gesichter wenden sich Cass lächelnd zu; Gläser werden gegen's Licht gehoben. Jemand – Alan? – beginnt zu klatschen, und dann applaudieren alle.

Cass spürt, wie sie rot wird und das Blut in ihren Ohren pocht.

Kim fasst ihren Arm. «Gut, gut, schon gut – das reicht, Leute. Holen wir der Frau des Tages mal einen Drink.»

Jemand drückt ihr ein Glas Sekt in die Hand. Es ist Bill: ein kräftiger Mann mit breitem Gesicht, dessen Wangen ein wenig hängen, seit er älter ist. Seine freundlichen, unschuldigen Züge hat sie seit jeher gemocht. Wie hoffnungslos tief er sich damals bei den Sessions in Los Angeles in Kim verliebt hatte. Cass erinnert sich, wie Bill sie einmal zwischen zwei Aufnahmen im Pausenraum des Studios beiseitenahm und fragte: «Glaubst du, ich hab wenigstens eine minimale Chance, Cass? Glaubst du, ich könnte irgendwie ihr Interesse gewinnen?»

Cass hatte ihn angeschaut – einen guten, zuverlässigen Mann, der Kims würdig war – und gesagt: «Ja, Bill, das glaube ich durchaus.»

Jetzt beugt er sich vor, um sie auf beide Wangen zu küssen. «Du siehst großartig aus, Cass.»

«Danke, Bill, du alter Charmeur.»

Seine Tochter Tasha, die neben ihm steht, streicht sich mit der Hand über das lange, geglättete Haar und nimmt Cass dann ihrerseits in die Arme. Sie riecht köstlich – nach Haarspray, Vanille und einem leichten, blumigen Duft, den Cass nicht einordnen kann. Orangenblüte, denkt sie später, denn da fällt ihr die Terrasse auf Ibiza ein, auf der Ivor und sie während der Flitterwochen bis spät abends saßen, Rioja tranken und an ihre tiefe, unauflösliche Liebe glaubten.

«Ich freue mich riesig, hier zu sein», sagt Tasha, und Cass nickt.

«Ich freue mich auch, dass du hier bist, Tasha.» Sie legt ihr die Hand auf den Arm und fügt hinzu: «Du schöne, ganz besondere Frau.»

«Danke», antwortet Tasha, und dann stehen sie einen Augenblick beisammen, Stirn an Stirn.

Cass trinkt ihren Sekt und betrachtet die Leute im Zimmer, die Grüppchen, die sich bilden und umbilden, als webten sie die Schrittfolgen eines spontanen, improvisierten Tanzes.

Alan steht bei Rachel und Callum. Jerome und Katie unterhalten sich mit dem Tonmeister Gav, der sich gerade mit flinken Fingern eine Zigarette dreht. Kate, elegant in türkisgrüner Seide, Hand in Hand mit einem gut aussehenden Mann mit wilder Haarmähne, der einen Dreiteiler aus grünem Samt trägt: Omar. Irene und ihr Mann Mike stehen zusammen in einer Ecke. Cass begegnet Irenes Blick, und ihre alte Freundin hebt das Glas und lächelt.

Bob und Serena kommen gerade aus dem Flur herein und

reden mit einer jungen Frau vom Cateringservice, die ihnen die Jacken abnehmen will. Serena lächelt das Mädchen an und schlüpft aus ihrem leuchtend pinken Sommermantel. Dann fällt ihr Blick auf Cass, und sie kommt zu ihr, dicht gefolgt von Bob (der es vorgezogen hat, seine Lederjacke anzubehalten).

«Du siehst großartig aus, Cass. Meine Güte, ich sollte wohl auch mit dem Joggen anfangen, was?»

Cass lacht. «Sehr charmant, danke, aber ich weiß, dass ich trotzdem eine dicke, alte Schachtel bin.»

Serena schüttelt den Kopf, schaut Cass noch einmal an und fragt, diesmal ernsthafter: «Und? Wie ist es heute gelaufen?»

Die anderen verstummen und hören zu. Kim, Bill, Tasha, Bob und Serena: Fünf Augenpaare mustern sie mit dem wortlosen Verständnis, das nur die ältesten und besten Freunde einem bieten können.

Cass trinkt einen Schluck und lässt sich mit der Antwort einen Augenblick Zeit. «Eigentlich ganz gut. Es war nicht so schwierig, wie ich erwartet hatte. Ich meine, es war ... natürlich eigenartig. Schmerzhaft. Aber in vielerlei Hinsicht auch eine Erleichterung.» Sie lächelt. Fröhlich fügt sie hinzu: «Wisst ihr, ein paar von diesen alten Songs sind gar nicht so schlecht.»

«Das will ich verdammt noch mal meinen.» Alan ist mit einem Glas in der Hand zu ihnen getreten. Er begrüßt Bob und Serena und küsst Tasha onkelhaft auf die Wangen: «Schau doch mal, wo Jerome und Katie stecken. Die wollen dich unbedingt sehen.» Dann zieht er Cass beiseite. «Ich denke, die meisten sind jetzt da», sagt er leise. «Sollen wir anfangen? Ich will ein paar Worte loswerden, und Callum möchte über die Produktion sprechen. Würdest du vielleicht auch gern ein paar Sätze sagen?»

Cass betrachtet Alans Gesicht: die freundlichen dunklen Augen und der ordentlich gestutzte Bart. Es legt sich über all die Erinnerungsbilder, die sie von ihm hat. Der jungenhafte Fünfundzwanzigjährige mit Lederflicken auf den Ellbogen des Tweedjacketts. Der schlanke, weltgewandte Vierunddreißigjährige mit Zwirbelbart, der gerade einem gerissenen amerikanischen Veranstalter klarmacht, dass ein Auftritt von Cass Wheeler zu den vorgeschlagenen Bedingungen völlig ausgeschlossen sei. Dann der etwas beleibte, sicher im Sattel sitzende Fünfzigjährige, seit Jahren verheiratet, Vater zweier Kinder und Herr seines eigenen Reichs.

Sie erinnert sich an Alans Gesicht an jenem Abend vor zehn Jahren, als sie ihm sagte, sie werde sich zurückziehen – sie ertrüge es nicht mehr, Musik zu hören, überhaupt irgendwelche Musik.

Er hatte sich um Fassung bemüht, seine Enttäuschung hintangestellt und sich ihr mit einem Gesichtsausdruck zugewandt, der mehr von seiner eigenen Liebe zu Anna zeugte, zu Anna wie auch zu Cass – und von seiner Trauer –, denn von irgendeiner beruflichen Bedrängnis. Der amerikanische Produzent Hunter Forbes und die Musiker, die schon fest gebucht waren – mit ihnen allen würde er sich befassen und Schäden begrenzen müssen. Und doch hatte es in diesem Moment den Anschein gehabt, als spielte das alles keine Rolle.

«Meine wichtigste Aufgabe ist es, dich zu unterstützen, Cass, und das, was du willst und brauchst, hat immer Vorrang», hatte er gesagt. «Wenn es nun das ist, was du willst und brauchst, werde ich das natürlich achten und umsetzen. Ich verschaffe dir deine Freiheit.»

Diese noch immer jugendlich wirkenden Augen, die sie nun erneut mustern, ohne vorgefasste Meinung und ohne

Vorbehalt, sondern mit der behutsamen Sorge eines Mannes, der sie inzwischen mit Sicherheit besser kennt als sie sich selbst, obwohl – oder vielleicht weil – sie nie mehr füreinander waren als sehr vertraute Freunde.

Cass hat nichts vorbereitet und über diesen Augenblick gar nicht nachgedacht, doch hier an Ort und Stelle, in ihrem Wohnzimmer und vor all diesen Leuten, gelangt sie zu einer Entscheidung, die sie selbst überrascht.

«Ja, Alan», antwortet sie. «Ich glaube, ich werde wohl auch ein paar Worte sagen.»

Und nun tritt also eine andere Art von Stille ein. Beflissen und erwartungsvoll. Ein Rascheln, ein Hüsteln. Das Klirren von feuerfestem Geschirr aus der Küche und gedämpftes Gelächter aus dem Garten. Reihen von Gesichtern, ihr zugewandt, nicht um sie singen, sondern um sie sprechen zu hören.

Sie hat nie gerne auf der Bühne geredet: Zwischen dem einen Song und dem nächsten lächelte sie das Publikum vielleicht an, nahm die Gitarre entgegen, die ein Techniker ihr zurückreichte, oder machte eine belanglose Bemerkung über die Stadt, in der sie gerade war. *Hallo, Birmingham! Das ist ja heute ein Super-Wetter, oder?*

Cassandra in ihren Vintage-Kleidern, gerüstet mit Federn und Perlen, war eine Frau gewesen, die es vorzog, eine gewisse geheimnisvolle Aura zu wahren. In ihren Texten hatte sie ohnehin genug von sich preisgegeben, da konnte sie sich das Entertainer-Geplauder zwischen den Songs sparen. So hatte Cass es sich eingeredet, aber in Wirklichkeit wusste sie, dass es an ihrer Schüchternheit lag, an ihrer ängstlichen Zurückhaltung, die sie davon abhielt, zum Publikum zu sprechen und jene Beziehung zu ihm herzustellen, die anderen Künstlern so leichtzufallen schien. Tom Arnold zum Beispiel – der gab sich auf der Bühne so locker, erzählte so munter Anekdoten und Witze, als unterhielte er sich mit ein paar Freunden in einer Kleinstadtkneipe. Auch bei Ivor konnte man sich darauf verlassen, dass er nie ein unnatürliches Schweigen entstehen ließ. Doch Cass war es immer so vorgekommen, als müsste sie nur ein einziges falsches Wort sagen oder hören, als müsste nur jemand im Publikum höhnisch lachen, und alles stürzte in sich zusammen – das ganze Haus, das sie sich selbst errichtet hatte. Die Rolle, in die sie geschlüpft war, um überhaupt fähig zu sein, auf die Bühne zu treten und ihren Part zu spielen.

Dieses Gefühl sei bei Performance-Künstlern gar nichts Ungewöhnliches, hatte die Therapeutin in der Klinik ihr gesagt. Die Wahrnehmung einer Kluft zwischen dem eigenen Ich und dem, das man auf der Bühne annehmen müsse.

«Es wird erst dann problematisch», sagte sie, «wenn der Künstler die Person aus den Augen verliert, die er tatsächlich ist.»

Cass hatte sie angestarrt und es nur mit Mühe geschafft, das Gesicht dieser Frau wirklich ins Auge zu fassen. «Ja. Das ist es. Ich habe tatsächlich keine Ahnung, wer ich bin. Und auch nicht, ob ich es überhaupt jemals wusste.»

Hier aber steht sie nun: nicht auf der Bühne, sondern in ihrem eigenen Wohnzimmer unter Freunden, Musikern und Menschen, die Anna ebenfalls geliebt haben und vermissen. Alan und Callum sind direkt neben ihr, Kim nur ein paar Schritte entfernt. Irene und Mike betrachten die gerahmten Fotos auf dem geschlossenen Deckel des Steinways. Kit und Graham halten Cognac-Gläser in der Hand.

Martha, die junge Musikerin, die Cass immer noch an Kate in der Savernake-Road-Zeit erinnert. Der dunkeläugige Javier aus Granada, den Callum als Schlagzeuger engagiert hatte. Will, der vierundzwanzigjährige Pianist aus Cornwall, der so wunderschön gespielt hat.

Pauline, ihre ehemalige Fanclub-Sekretärin, die jetzt als Großmutter mit ihrem weißhaarigen Ehemann Jeff in Tunbridge Wells lebt. Simon natürlich, der PR-Manager des Labels, und sein Lebenspartner Nick. Und um sie herum eine kleine Clique sorgfältig ausgewählter Journalisten. Don Collins, mittlerweile ein schmerbäuchiger, sechsundsechzigjähriger Glatzkopf, der im Alter milde geworden ist und nun – gegen alle denkbaren Erwartungen – Cass' Musik gern in langen Artikeln würdigt. Vor fünf Jahren hat er sich sogar an die Spitze einer Kampagne gesetzt, mit der man sie dazu überreden wollte, wieder ins Studio zurückzukehren. Natürlich hat Don nicht den Ausschlag für Cass' Entscheidung gegeben, es noch einmal zu versuchen, aber dennoch hat ihr das Wissen gutgetan, dass es Leute gibt, denen nicht gleichgültig ist, was sie macht. Selbst wenn es sich dabei um jemanden wie Don Collins handelt.

Jetzt fängt sie quer durchs Zimmer den Blick ihres ehemals schärfsten Kritikers auf, und er lächelte ihr ganz kurz zu. Was hatte er noch damals vor all diesen Jahren in jenem Pub gesagt? *Sollen wir wirklich deine netten, kleinen Mittelschichtsongs hören, während dort draußen so viel wichtigere Probleme nach unserer Aufmerksamkeit schreien?*

Nun, vielleicht hatte die Welt Cass' Songs nicht wirklich gebraucht; aber sie selbst hatte sie gebraucht. Und wichtiger noch war es für sie gewesen, sie heute zu hören.

Gleich wird sie den Mund öffnen und sprechen; nicht als Cassandra, die Sängerin, deren Augen mit Kajal betont und die in Samt und Seide gekleidet ist, sondern als sie selbst.

Cass Wheeler. Ex-Musikerin. Ex-Ehefrau. Ex-Tochter. Und Ex-Mutter.

Was ist in all jenen Jahren, in denen sie sich nur durch die Menschen definiert hat, die sie verloren hat – durch die von ihnen hinterlassenen Lücken –, was ist in jener Zeit von Cass geblieben? Eine trockene Hülse; ein leerer, stiller Raum. Wie kann sie jetzt erklären, wie die Musik zu ihr zurückgekehrt ist, Note um Note, Akkord um Akkord? Wie kann sie erklären, dass es sie ganz langsam wieder zu den Gitarren zurückgezogen hat, zu den Mikrophonen und ihrer früher so bewährten Methode, diese unmögliche, unverständliche Welt in einem Ausschnitt ihrer selbst zu erfassen? Und wie kann sie erklären, dass die Musik sich dann gesetzt, sich in Schichten abgelagert hat und zu den neuen Songs geworden ist, die sie ihren Gästen heute Abend vorspielen wird?

«Edge of the World»: Anna, wie sie mit ausgebreiteten Armen am Strand der Insel steht und einen Ort betritt, an den ihre Mutter ihr nicht folgen kann. «Gethsemane»: Cass' Schuldgefühle, ihre Angst und ihr Verlust von Glauben und Vertrauen. «When Morning Comes»: Cass' Hoffnung, und sei sie auch noch so klein und zögernd, dass hinter der Sichtsperre des Horizonts ein Lichtbogen aufsteigt.

Es ist nicht möglich, das zu erklären, aber sie wird es versuchen.

Im Zentrum aber von allem, als ein Halt für jede einzelne Silbe, wird sie ein Gesicht vor sich sehen – das Gesicht, um das dies alles kreist. Und zu diesem Gesicht – dem Gesicht von Larry Alderson, dem Mann, von dem sie nun weiß, dass sie ihn liebt – wird sie sprechen: in dem unsinnigen Glauben, dass er sie durch eine Art Spalt in Zeit und Raum hören und verstehen wird.

TRACK SIXTEEN

When Morning Comes

By Cass Wheeler
New and exclusive

I have spent so many nights, love
Restless and alone
Sleepless in my own bed
Weary for the dawn
Well tonight I am awake, love
Like all those nights before
But nothing is the same
I've found a cure

When morning comes I will reach for you
When morning comes I call you
When morning comes
I can throw off the darkness
I have lived in for too long
And I will listen listen listen
To the song
To your song

I knew that nothing
Could turn me around
Nothing of my own doing
Could help me be found

When you came around to me
You opened something closed
And when you let the light in
Love grows

When morning comes I will reach for you
When morning comes I call you
When morning comes
I can throw off the darkness
I have lived with for too long
And I will listen listen listen
To your song
To your song

RELEASED May 2015
RECORDED January 2015 at Home Farm, Kent
GENRE Folk rock / blues / pop
LABEL Lieberman Records
WRITER(S) Cass Wheeler
PRODUCER(S) Callum Sutherland
ENGINEER(S) Gavin Bryant

Sonnenaufgang über Washington, D. C.

Unten die hellen Steinkolonnaden, säulengeschmückten Portiken und rot gedeckten Kuppeln der Pennsylvania Avenue; oben das rosa- und orangerote Farbenspiel der Morgendämmerung. Wolkenfetzen als Silhouetten vor dem feurigen Glanz, und zur Rechten, von den breiten, noch dunklen Kronen der Bäume abgeschirmt, das Weiße Haus.

Cass hatte nicht geschlafen: Sie hatte sich mit geschlossenen Augen in Larrys Arm gekuschelt und jeden Augenblick, der verstrich, wach und lebendig wahrgenommen. Sie war zu aufgedreht, um einzuschlafen, und nahm das Gewicht seines Arms auf ihrer Schulter und die ungewohnten Geräusche zu eindringlich wahr (er schnarchte – ein stetes, nasales Rasseln, das tief aus seiner Kehle aufstieg).

Jetzt öffnete sie die Augen und sah ihn an: sein Körper neben ihr im Kingsize-Bett des Hotels. Sein grau-weißer Haarschopf. Und die Kerben und Krater seines zerklüfteten, vom Schlaf verschlossenen Gesichts: der Mund halb geöffnet, das außergewöhnlich strahlende Blau seiner Augen hinter den geschlossenen Lidern verborgen.

Wie sein Mund den ihren bedeckt hatte. Wie seine Hände, die jetzt reglos unter der weißen Bettdecke ruhten, sie gestreichelt hatten, bis etwas in ihrem von Schauern überlaufenen Körper ansprang und zu einem neuen, pulsierenden Leben erwachte. Wie lange hatte er geschlafen, ihr Körper, vor dieser glückseligen Wiedererweckung? Eine unvorstellbar lange Zeit. Jetzt aber wollte er nicht mehr schlafen. Jeder Zentimeter ihrer Haut schien von der Erinnerung an Larrys Berührung zu prickeln.

Gegen fünf schob sie die Bettdecke zurück und stand auf. Larry wachte nicht auf, sondern bewegte sich nur ganz leicht, drehte das Gesicht zu ihrem nun leeren Kopfkissen und schlief weiter. Sie schlüpfte in den Bademantel und ließ sich wieder auf dem Stuhl vor dem Fenster nieder, wo sie nur wenige Stunden zuvor gesessen und auf ihn gewartet hatte, vor sich ihr eigenes Spiegelbild auf dem dunklen Hintergrund der Scheibe.

Auf dem Tisch stand noch ihr Glas mit einem Halbmond von Rotwein am Boden. Larrys Glas stand halb gefüllt daneben. Sie hatte ihm Wein eingeschenkt, doch er hatte ihn kaum angerührt. Er hatte ihr gegenübergesessen und sie unablässig angesehen. Sie hatten sich unterhalten, ein müheloser Austausch. Cass hatte ihre Schüchternheit abgeworfen, hatte aufgeschaut und war seinem Blick begegnet. Da hatte Larry sein Glas abgestellt, war aufgestanden und zu ihr gekommen und hatte sich über sie gebeugt, bis sein Gesicht bei ihrem war. Und ihre Lippen waren sich in einem Kuss begegnet.

Der erste Kuss: die fixe Idee eines vor Glück schwindligen, naiven Backfischs. Und doch nicht dieser beiden gesetzten Herrschaften, einander nahezu unbekannt, deren Spiegelbilder sich nun im vorhanglosen Fenster vereinigen. Aber es war genau das gewesen: ein erster Kuss. Dann hatte Larry Cass auf die Beine gezogen und in die Arme geschlossen.

Vor dem Fenster dämmerte nun der Washingtoner Morgen herauf. Larry schlief noch immer, aber Cass spürte die Müdigkeit noch nicht, die später einsetzen würde.

So herum würde es später nur noch sehr selten sein, auch wenn Cass das damals natürlich noch nicht wissen konnte: Schnell, sehr schnell, schneller, als sie sich hätte vorstellen können, lernte sie, neben ihm zu schlafen, und gewöhnte sich an sein nächtliches Murmeln und das rasselnde Schnarchen. (Lernte es sogar lieben, falls sie diesen Gedanken nicht als maßlos sentimental verwerfen müsste.)

An diesen ersten Morgen dachte Cass ein halbes Jahr später in ihrem Studio in Home Farm. Es war wieder in Betrieb genommen, geputzt und gestrichen worden, und Alan hatte es unter seiner sorgfältigen Aufsicht mit einem Ruck ins digitale Zeitalter katapultieren lassen. Damals, ein halbes Jahr nach jenem ersten Morgen mit Larry, setzte Cass mit der Gitarre die erste, skizzenhafte Vorstellung eines Songs um.

Diese rosa- und orangerote Morgendämmerung war darin enthalten; die hellen Steinbauten der Regierungsgebäude. Larry, der noch fest schlief, und Cass selbst wach, rastlos und von einer Freude durchflutet, die so unbestreitbar echt wie unerwartet war. Wie sie da am großen Fenster saß und auf den Morgen wartete, auf all das noch Unbekannte, das der Tag bringen würde.

Er wolle sie wiedersehen, sagte er: Er werde kein Spielchen spielen und nichts anderes vorgeben. Er plane eine Reise nach England. Nach London und Yorkshire.

«Und natürlich nach Kent, wenn ich dich besuchen darf.»

«Oh ja, das wäre schön», antwortete sie.

In den Monaten bis dahin rief Larry sie oft aus Chicago

an, aus seiner riesigen Loft-Wohnung mit dem Parkettboden und dem nackten Mauerstein der Wände, an denen die kleine Sammlung von Kunstwerken hing, die er im Laufe vieler Jahre erworben hatte. (Keines davon stammte von ihm selbst, abgesehen von einer unauffälligen Serie von Studien für einige seiner berühmtesten Werke.)

Er mailte ihr Fotos seiner Wohnung und seines Studios: ein ähnlich riesiger, hallender Raum, der mit Werkbänken, Drehbänken und geheimnisvollen Materialhaufen gefüllt war – Holz, Glas, Maschendraht und unförmige Tonklumpen.

Im Winter friert man sich hier drinnen fast tot, schrieb er. *Aber für Kunst muss man leiden, oder? Selbst wir, die wir eigentlich alt genug sind, um es besser zu wissen.*

Er schickte auch Fotos seiner Kinder. Todd, ebenso groß wie sein Vater, trug auf dem Bild einen tiefschwarzen Anzug und hatte den Arm locker um die Schulter seiner eleganten Frau Lisette gelegt. Die langhaarige Maddy, lächelnd, umringt von drei lachenden Jungs mit klebrigen Gesichtern. Dann Harper, die Jüngste, verschlossen und unsicher: eine schmale, platinblonde Frau mit Larrys kornblumenblauen Augen vor der Skyline Vancouvers. Cass hatte das Gefühl, in Harper Anna zu erkennen, sagte aber nichts dergleichen. Sie hatte Larry auch noch kein Foto ihrer eigenen Tochter geschickt.

Die Fakten der Vergangenheit, Annas Tod, Cass' Trauer und ihr Zusammenbruch, hielten sich am Rande ihrer Gespräche mit Larry; nicht wie Sturmwolken, die drohen den von Sonne beschienenen Weg zu verdunkeln, sondern als Elemente von Cass' persönlicher Geschichte, die Larry instinktiv zu begreifen schien, ohne dass sie etwas erklären musste.

Dies – die Telefongespräche, seine E-Mails und das Wiederaufrufen der exakten Züge seines Gesichts vor ihrem inneren Auge – war es vielleicht, was Cass ein Gefühl des Wohlbefindens und der Sicherheit verschaffte, das sie seit vielen Jahren nicht mehr empfunden hatte.

Es war, als würde Larry nur eines von ihr erbitten: nicht mehr oder weniger zu sein, als sie war, und dafür war Cass ihm dankbarer, als sie ausdrücken konnte.

Sein Besuch war für Juli geplant. Er würde eine Woche bei seiner Galeristin Diana in Wakefild verbringen (eine Ausstellung im Yorkshire Sculpture Park war angedacht), die Londoner Ausstellungen und Studios besuchen und alte Freunde treffen.

Er bat Cass, nach London zu kommen – in Dianas Galerie in Shoreditch zu Abend essen, dann eine Party bei Freunden in Dalston –, aber Cass hatte Bedenken.

«Komm doch lieber zu mir», sagte sie. «Wenn dir das recht ist.»

Über die Tausende von Meilen Meer und Land hinweg, die sie trennten, spürte sie sein Lächeln.

«Gern», sagte er.

Johnny dagegen reagierte ungehalten, als sie ihm erzählte, dass sie Larrys Einladung abgelehnt hatte.

«Mach es doch, Mensch noch mal», sagte er wie in einem unfreiwilligen Echo von Kims Worten vor all diesen Jahren, als sie Cass gedrängt hatte, Tom Arnold in seiner Suite im Dorchester zu besuchen. «Du lebst hier schon viel zu lange wie so eine verdammte Nonne. Männer wie Larry Alderson kommen nicht alle Tage vorbei – das wissen wir beide. Was soll das also verdammt noch mal für ein Spielchen sein, Cassandra?»

Cass suchte verstohlen Alastairs Blick. Johnny war nicht er selbst, das war offensichtlich: Er war gereizt, wirkte wie geschlagen und sah nicht mehr untersetzt, sondern schlaff und dick aus.

«Prostatakrebs», erklärte Alastair leise, als Johnny aus dem Zimmer war. «Montag fängt die Chemotherapie an. Er möchte nicht, dass es jemand erfährt.»

Das Wohnzimmer verschwamm für einen Augenblick vor Cass' Augen. «Nicht einmal ich?»

«Na ja.» Alastair schaute auf seine Hände hinunter. «Ich habe es dir ja gerade erzählt. Das wird er jetzt eben akzeptieren müssen, oder?»

Das war zwei Wochen vor Larrys geplantem Besuch. Da Cass Johnny Vertraulichkeit schuldig war, erzählte sie Larry nur, ein enger Freund von ihr sei erkrankt. Sie überlegten gemeinsam, ob sie ihre Pläne verschieben sollten. Doch als Johnny davon erfuhr, verwahrte er sich energisch dagegen.

«Wenn es überhaupt irgendwas gibt, was mir jetzt nur allzu klargeworden ist, Cass, dann dass uns nicht mehr viel Zeit bleibt», sagte er. «Keinem von uns. Verschwende also die deine nicht, okay? Bitte, tu mir diesen Gefallen.»

Larry traf an einem Freitagnachmittag in einem Leihwagen ein, einem Cabrio. Er hatte eine verspiegelte Sonnenbrille aufgesetzt und trug ein kurzärmliges Hemd, unter dem seine gebräunten, sehnigen Arme mit der leichten, noch immer dunklen Behaarung zum Vorschein kamen.

«Ich habe eine Schwäche für schöne Autos», sagte er beim Aussteigen. «Und zwar ganz besonders für die europäischen. Das törnt dich jetzt aber nicht ab, oder?»

Sie schüttelte den Kopf. «In meiner Garage steht ein knallgrüner MG.»

Er näherte sich ihr, legte ihr eine Hand auf jede Schulter

und sah ihr direkt ins Gesicht. Seine Augen waren von noch strahlenderem Blau, als sie es in Erinnerung hatte, aber sein klar geschnittenes, lebendiges Gesicht war genau so, wie sie es sich immer wieder vor Augen gerufen hatte.

«Ich wusste, wir zwei verstehen uns», sagte er. Und dann beugte er sich vor und küsste sie.

Es waren warme, goldene Tage: der Himmel wolkenfrei, der Garten vom Duft der Blumen erfüllt und der Weald in Dunst getaucht. Nachmittage im Bett, an denen ein Körper den Rhythmus des anderen kennenlernte. Abende auf der Terrasse mit Cass' bestem Wein, mit Kochen, Essen und Reden, Reden und noch einmal Reden.

Sie liebte die Modulation von Larrys Stimme, den ausdrucksvollen Tanz seiner Hände, mit denen er Worte begleitete, die ihm besonders am Herzen lagen. Es gab anscheinend nichts in seinem Leben, worüber er nicht zu sprechen bereit war. Seine beiden Scheidungen (die eine freundschaftlich, die andere weniger, und bei beiden lag der Fehler nach seiner Einschätzung allein bei ihm). Die Jahre, die er mit Drogen verschwendet und nur nach der Pfeife seines alles verzehrenden Egos getanzt hatte. Seine Angst um Harper, die so rastlos und unfähig war, sich im Leben einzurichten; und seine Sorge, dass Todd, der sich an die schwierigen Jahre in der Ehe seiner Eltern erinnerte, die Fehler seines Vaters nie ganz verziehen hatte.

Von Cass aber erwartete Larry nichts weiter als ihre Gesellschaft, ihre Meinung, die Wärme ihres Körpers und die kühle Präzision ihres Verstandes. Und vielleicht gerade deshalb fand sie die Fähigkeit in sich, Gleiches mit Gleichem zu vergelten und ihm gegenüber so ehrlich und offen zu sein, wie sie es vorher nur bei ihrer Therapeutin gekonnt hatte, und dann vielleicht noch in den frühesten Tagen mit Ivor.

Nach einem dieser Gespräche – eigentlich ein Monolog, in dem Cass erzählte und Larry, den Blick unverwandt auf sie gerichtet, zuhörte – war es dann so weit. Cass führte ihn ins Dachgeschoss hinauf und öffnete die Tür des Ateliers, in dem Anna und sie so viele glückliche Stunden verbracht hatten.

Es war Jahre her – zwei oder vielleicht auch drei –, seit Cass zum letzten Mal hier gewesen war. Sie hatte vor ihrem zweiten Klinikaufenthalt beschlossen, die Tür zu diesem Raum zu schließen, wie zuvor schon die Tür zu so vielen anderen Dingen, und ihn nicht mehr zu betreten. Wenn sie überhaupt noch malte, tat sie es nun in ihrem Büro im Erdgeschoss. Sie ging davon aus, dass Simone ein Verwahrlosen des Ateliers verhindern würde, und so war es auch: Die Staffeleien waren ordentlich zusammengelegt, die Regalfächer aufgeräumt, das Oberlicht staubfrei.

Cass stand mit Larry mitten im Raum, dort wo sie früher mit Anna gemalt hatte, jede an ihrer Staffelei, während aus der alten Stereoanlage Musik ertönt war. Sie holte tief Luft und atmete aus.

«Es ist einfach nur ein Zimmer», sagte Larry leise. «Nichts, wovor du Angst haben müsstest.»

Nur wenige Zentimeter trennten sie von ihm, und sie griff nach seiner Hand.

«Ja», antwortete sie. «Du hast recht.»

«Fehlt es dir nicht?», fragte er.

Es war der Tag vor seinem Rückflug nach Chicago, und er hatte sie zum Lunch in Canterbury eingeladen. Ein wunderschöner Tag, sonnig und wolkenlos blau. Nach dem Frühstück hatte Larry gesagt: «Lass uns heute einen Ausflug machen.

Ich war noch nie in Canterbury.» Sie hatte den Kaffeebecher weggestellt und zustimmend genickt.

Ein paar Stunden später saß sie also mit ihm im Restaurant und antwortete auf seine Frage: «Ach, ich weiß nicht, Larry. Ich hatte immer geglaubt, die Musik wäre ein Teil von mir. Mir bliebe gar nichts anderes übrig, als Songs zu machen. Aber tatsächlich hatte ich die Wahl. Und jetzt habe ich mich eben dafür entschieden, sie hinter mir zurückzulassen.» Einen Augenblick später fügte sie hinzu: «Also, nein. Es fehlt mir nicht. Nicht mehr.»

Zitterte ihre Stimme bei dieser Behauptung ein wenig? Schon beim Aussprechen der Worte fragte sie sich, wie weit sie eigentlich stimmten, und Larry, der gerade seinen letzten Bissen Steak kaute, zog die Augen ein wenig zusammen und erwiderte nichts. Doch später, nach dem Bezahlen, als sie den Tisch schon verlassen hatten, fuhr er fort, als wäre das Gespräch eben gar nicht abgerissen: «Es ist immer noch ein Teil von dir, Cass. Und das wird es auch immer bleiben.»

Die gepflasterten Gassen Canterburys waren kühl und schattig. Touristen in Shorts und T-Shirts schlenderten mit ihren Kameras herum, und am Flussufer standen Cliquen von spärlich bekleideten Jugendlichen, die zeigten, wie toll und schön sie waren. Larry und Cass schlenderten Arm in Arm dahin wie ein altes Ehepaar, das einen Nachmittagsspaziergang macht. Keiner schaute sich nach ihnen um oder beobachtete sie. Keiner schien Cass zu erkennen.

Vor dem Eingang der Kathedrale blieb Larry stehen. «Ich würde gern reingehen, wenn es dir recht ist.»

«Natürlich», antwortete sie.

Die erstaunliche Pracht der gotischen Streben, die kannelierten Säulen, die unendlich weit aufzuragen schienen, und die Nachmittagssonne, die durch die Buntglasfenster kaleidoskopartige Muster ins Kircheninnere warf. Im Chor hatte sich eine Gruppe von Leuten versammelt und nahm auf dem hohen Holzgestühl Platz. Eine weißhaarige Dame, die einen Stapel Liedzettel in der Hand hielt, fragte, ob sie zur Abendandacht gekommen seien.

«Ja», antwortete Larry, ließ sich von der Frau einen Zettel reichen und folgte mit Cass dem Beispiel der anderen Besucher.

«Larry», flüsterte Cass. «Sollten wir nicht allmählich heimfahren?»

Er aber drückte ihre Hand und antwortete: «Jetzt noch nicht, Cass. Lass uns noch solange bleiben.»

Später kam Cass der Gedanke, dass Larry das alles geplant hatte: den Ausflug, die so unschuldig formulierte Frage beim Mittagessen und den scheinbar nebensächlichen Zufall, dass sie die Kathedrale gerade in dem Moment betraten, in dem der Chor hereinkam.

Die Chorsänger in ihren langen Gewändern, die sich auf ein Zeichen des Dirigenten von dem dunkel glänzenden Gestühl mit den leuchtend roten Sitzkissen erhoben. Und der Dirigent, wie er dann den Arm mit dem weiten weißen Ärmel erhob. Die Stimmen der Sänger, die anschwollen und aufwärtsstiegen, als wären sie für das Dachgestühl und all das bestimmt, was darüber lag: die klaren Sopranstimmen der Jungen und die Erwiderung im Bass oder Bariton der Männer. Die Gemeinschaft der offenen Münder, von denen diese erhabenen Choräle aufstiegen und auf einer Welle tonaler Harmonien dahinglitten.

Cass verlor sich völlig in den Klängen, ihre Ohren strömten

über von Musik. Wie eine Schwimmerin, die in Rückenlage im kühlen, ruhigen Meer dahintreibt. Die Wellen nehmen sie mit und lassen sie nicht mehr los.

Geschah es dort, dass die Musik zu ihr zurückkehrte, unter diesem uralten Baldachin aus Stein? Bei diesem an- und abschwellenden Wechselgesang, den kraftvoll vorgetragenen Psalmen und Hymnen? Da war die Musik, die sie in ihrer Kindheit als Erstes gehört hatte, in jener anderen Kirche und unter dem gebieterischen Blick ihres Vaters: nur der ganz normale Gesang der Gemeinde, aber ein Gesang, der ihre ersten Hörerfahrungen geprägt hatte. Und Melodien, die sie schon als Kleinkind aus ihrer eigenen, zarten Kehle hervorholen wollte. Später waren diese durch eine andere Art von Musik ersetzt worden: das Gewicht der Gitarre auf ihrem Oberschenkel, der Druck ihrer Finger auf den straffen Saiten. Die leidenschaftlichen, drängenden Rhythmen von Bass und Schlagzeug, und wie das die Zuhörer auf eine ganz urtümliche Weise mitriss. Wie Cass diese Musik geliebt hatte. Wie sehr sie sie noch immer liebte.

Als sie in dieser Nacht schlaflos neben Larry lag und schon seine Abreise am Morgen fürchtete, hörte sie ihn: den Gesang des Chors, diese vielschichtige Musik, das sakrale Opfer. Und irgendwann gegen Morgen ihre eigene Antwort: das leise, noch bruchstückhafte Herannahen eines Songs.

Alan war es, der vorschlug, sie solle das Studio wieder in Betrieb nehmen.

Sie standen zusammen im Garten hinter dem Reihenhaus von Johnnys Mutter in Walthamstow und rauchten gemeinsam eine Zigarette. (Cass hatte den Tabak eigentlich aufgegeben, denn Larry hasste Zigarettenqualm, und Cass, wie ihr aufgefallen war, im Grunde auch. Doch der Anlass rechtfertigte wohl eine kleine Nachgiebigkeit.)

Um sie herum eine Schar Trauergäste, die sich, wie von Johnny gewünscht, in allen Regenbogenfarben gekleidet hatten. Im Krematorium hatte Johnnys Mutter – eine zweiundachtzigjährige Dame in Fuchsiarot, untröstlich – tapfer unter ihren in knalligem Ultramarinblau geschminkten Augenlidern hervor auf den Weidensarg geschaut. Jetzt saß sie umgeben von einem Dutzend Enkel unter der Obhut ihrer Töchter im Wohnzimmer – Johnnys vier Schwestern, die allesamt so flink und schlank waren, wie er kräftig und untersetzt gewesen war.

«Lass mich doch mal einen Blick ins Studio werfen», sagte Alan. «Mal die Spinnweben wegwischen. Das Tonband ersetzen. Die Technik ist ja nicht stehengeblieben.»

Cass sog den Zigarettenrauch tief ein und sah dann zu, wie er kurz in der Luft hängen blieb und sich anschließend auflöste. «Ich weiß nicht recht, Alan. Ich weiß nicht, ob ich schon so weit bin.»

Er schaute nicht sie an, sondern sah durchs Fenster in die Küche, wo eine von Johnnys Schwestern gerade eine neue Flasche Champagner entkorkte. *Trinkt den ganzen Tag Champagner*, hatte Johnny in den Anweisungen festgehalten, die er Alastair hinterlassen hatte. *Und dann trinkt auch noch die ganze Nacht Champagner. Du weißt ja, Liebster, dass wir einen riesigen Vorrat im Keller haben. Bitte keine schwarzen Klamotten. Putzt euch heraus. Bretzelt euch auf wie für eine Party. Knallbunt. Lacht und freut euch des Lebens. Seid glücklich, wie ich es war. Denn ich war mit dir glücklich, mein innig Geliebter – so tief und so wahrhaftig, wie ich es nur sein konnte.*

«Aber du schreibst wieder Songs?», fragte Alan leichthin,

bemüht beiläufig. Sie sah ihn von der Seite an – das Gesicht mit der gebogenen Nase und dem Quast des silbergrauen Spitzbarts. Wie großzügig er ihr gegenüber immer gewesen war, wie gut, auch als nichts mehr Bestand hatte.

«Ja», antwortete sie. «Oder bisher jedenfalls einen. Ich nenne ihn ‹Gethsemane›. Er ist gut, glaube ich. Jedenfalls fühlt er sich gut an.»

Er lächelte. «Und Larry?»

Sie reichte ihm die Zigarette und erwiderte sein Lächeln; sie konnte gar nicht anders. «Oh, Larry, der ist wirklich gut. Er kommt nächste Woche wieder rüber.»

Alan nickte, und sein Lächeln wurde breiter. Er zog an der Zigarette und sagte: «Also, das ist großartig, Cass. Das ist wirklich großartig.»

Und es war großartig. Es war mehr als großartig: Es war ein Geschenk.

Die Tage, an denen er nicht da war, kamen ihr langweilig vor, einsamer als je ein Tag in all den Jahren, in denen sie freiwillig so viel allein gewesen war.

Sie verbrachte Zeit mit Musikhören – nicht ihre eigene, noch nicht (das Konzert in Washington reichte fürs Erste), sondern eine Sammlung der neuen CDs, die man ihr geschickt hatte. Jahrelang hatte Kim auf Sendungen dieser Art mit einer höflichen Zurückweisung geantwortet: *Leider hat sich Cass derzeit gänzlich von der Musik zurückgezogen.* Doch nun hatte Cass Kim gebeten, ihr die besten dieser Alben weiterzureichen.

Zwei Schwestern aus Portland, das Foto zeigte sie langbeinig und mit zerzaustem Haar – deren vielschichtige, fließende Harmonien ihre Liebe zu Fleetwood Mac und den Beach Boys verrieten, und, durchaus, auch zu Cass selbst in der Phase, aus der *Huntress* stammte.

Eine junge Singer-Songwriterin aus London, deren intelligente, kompromisslose Songs zu volltönenden Wall-of-Sound-Refrains anschwollen, die (so der Begleitbrief der Frau) von den Wechselgesängen inspiriert waren, die in ihrer Kindheit in der Kirche ihrer Eltern gesungen wurden.

Lang auf dem Sofa im Wohnzimmer ausgestreckt, lauschte Cass diesen Alben und anderen, sog die Musik ein und dachte an Larry, an Anna und an all die Jahre, die so unbegreiflich schnell vorbeigezogen und verschwunden waren.

Und sie dachte auch an die Musik, die sie jetzt verfasst hatte, und an die Zukunft, die ihr das bieten mochte. Ihre eigenen Songs, nur von ihr und für sie selbst verfasst – genau auf dieselbe Weise, wie ihre allerersten Melodien einmal in die Welt getreten waren – wie sie ihre stockende Reise aus dem Kopf zu den Händen und der Gitarre begonnen hatten, die Cass damals noch gar nicht hatte spielen können.

Larry war im Oktober wieder nach Home Farm gekommen und sechs Wochen geblieben.

Ein gemeinsamer Alltag entstand. Morgens ging er zum Zeichnen in das Atelier im Dachgeschoss hinauf, und jeden zweiten Abend kochte er das Essen. Er war ein ausgezeichneter Koch – ein weit besserer als Cass – und widmete sich den Rezepten mit einem Geschick und einer Begeisterung, die Cass an ihren Onkel John erinnerte.

Er schlug Ausflüge nach London vor und stellte sie nach und nach Diana und einer handverlesenen Auswahl seiner Freunde vor. Sie fuhren nach Brighton oder Oxford. Morgens begleitete er Cass auf ihrer Joggingrunde, die sie nun zunehmend genoss. Er spazierte mit ihr durchs Dorf und über die

High Street in Sally Jarvis' Laden. Und selbst Sally wickelte er um den Finger, denn sie bestellte nun eigens für ihn eine Auswahl seiner liebsten amerikanischen Leckereien (Oreos, Big-Red-Kaugummi, Buffalo Trace Bourbon). Sie kamen an einem großen, strohgedeckten Haus am Dorfanger vorbei, vor dem ein «Zu verkaufen»-Schild am weißen Lattenzaun stand.

«Genau so etwas», sagte Larry im Vorbeigehen, «haben Amerikaner vor Augen, wenn sie an England denken.» Von dort lotste er sie ins Royal Oak, in das sie seit Jahren keinen Fuß mehr gesetzt hatte.

Sie hatte nie einen echten Versuch unternommen, sich ins Dorfleben zu integrieren, begriff sie da, nicht einmal als Anna hier zur Schule gegangen war. Sie hatte nicht nur deshalb die Distanz zu den Nachbarn gewahrt, weil sie als Star einmal dazu gezwungen gewesen war, sondern auch, weil sie diesen Abstand Anna zuliebe für notwendig hielt. Als könnte sie nur in der Abgeschiedenheit am Ende der langen Zufahrt und hinter den hohen Steinmauern Home Farms die Sicherheit ihrer Tochter garantieren. Und doch war ihr eben genau das nicht gelungen, und so fragte sie sich jetzt – auch laut gegenüber Larry –, ob sie diesen Versuch, sich mit Anna zusammen vor der Welt zu verstecken, niemals hätte unternehmen dürfen. Ob sie nicht hätte zulassen dürfen, dass ihre Musik stellvertretend für sie den Platz in der Welt einnahm, während sie selbst sich immer tiefer in die Isolation zurückzog.

Larry trank sein Bier und sagte dann: «Du weißt doch, dass es nicht deine Schuld ist, oder? Das, was Anna zugstoßen ist? Das weißt du doch, oder?»

«Larry», erwiderte sie leise. «Bitte nicht. Noch nicht. Ich bin noch nicht so weit.»

Er machte den Mund auf, um noch etwas hinzuzufügen,

schloss ihn aber wieder, und das Gespräch wandte sich anderen Themen zu.

Während dieses Besuchs reifte die Idee allmählich in ihr heran. Zunächst nur ganz vorsichtig, dann aber mit zunehmender Überzeugung, bis ihr klar war, dass sie sie würde aussprechen müssen. Und so hatte sie Larry an jenem Abend im Oktober nach dem Essen, als die Nacht schon in den Raum sickerte, davon erzählt.

Sie würde die neuen Songs hier in Home Farm aufnehmen und sie zusammen mit einer sehr persönlichen Retrospektive veröffentlichen. Ihr Leben, gespiegelt in den Songs, die ihr am meisten bedeuteten. In den Songs, die sie und nur sie selbst auswählen konnte.

Larry lud sie über Weihnachten nach Chicago ein, doch Cass fühlte sich der Begegnung mit seinen Kindern und Enkeln noch nicht recht gewachsen.

Also kehrte er zu Beginn des Jahres erneut zurück und blieb einen weiteren Monat bei ihr in Home Farm. Im Februar flog er für vierzehn Tage nach Vancouver und Connecticut, um Harper und Maddy zu besuchen, verbrachte dann eine Woche in Yorkshire mit Vorbereitungen für seine Ausstellung und reiste anschließend mit dem Eurostar nach Paris, um Todd und Lisette zu sehen. Dann kam er erneut nach Kent, wo Cass beinahe mit den Sessions für die neuen Songs fertig war.

Er setzte seine Vormittage im Dachgeschossatelier fort und fragte, ob sie etwas dagegen einzuwenden hätte, wenn er eine Werkbank und Materialien darin unterbrächte, damit er anfangen könnte, eine Serie neuer Maquetten zu entwerfen. Cass hatte überhaupt nichts dagegen. Selbst wenn sie stundenlang mit Callum, Gav und den Musikern im Studio arbeitete, vertieft in die Musik, gefiel ihr das Wissen, dass Larry auf der anderen Seite der Rasenfläche im Haus war, direkt hinter der mit Blauregen berankten Fassade.

Larry arbeitete an einem neuen Werk und fertigte dazu winzige Schachteln aus steifem, weißem Karton. Er machte ein, zwei und drei dieser Schachteln, dann mehr und immer mehr, bis seine Werkbank allmählich einer fast würfelförmigen Miniaturstadt Raum bot, die in einer riesigen, offenen Kiste heranwuchs.

«Welten in anderen Welten», sagte er. «Erinnerungen in der Erinnerung.»

«Ja», erwiderte Cass und legte den Arm um ihn. «Ich verstehe.»

Bald, allzu bald wurde es März, und noch immer redeten sie nicht davon, dass Larry nach Chicago zurückfliegen würde.

Dann kam der April: Die neuen Songs waren beinahe bereit für das Mastering. Kim plante das Catering für die Party.

Cass' PR-Manager Simon kam zu Besuch (Larry war an diesem Tag bei Diana in London) und schilderte – durchaus zu Cass' Überraschung – das Interesse, das ihr Wiedereinstieg in die Musik allenthalben weckte. Außerdem wollte das Label wissen, ob Cass irgendeine Idee für das Cover habe.

An diesem Abend schlug Larry beim Essen vor, sie sollten seine Schachteln fotografieren. In Schwarz-Weiß: eine Studie über die Tiefe und die Linien des Raums, über Zeit und Erinnerung. Über die vielen Ichs, die vielen verschlossenen Kammern, die wir alle in unserem Inneren beherbergen.

Cass schaute auf die kleine Stadt weißflächiger Würfel und erinnerte sich an eine Bibelstelle, an die sie seit vielen Jahren nicht mehr gedacht hatte. Reverend Francis Wheeler, wie er in seinen ordentlich gebügelten Gewändern auf der Kanzel stand. Cass zusammen mit den anderen Kindern aus der Sonntagsschule hinten in der Kirche, wie sie zu ihrem Vater aufblickte, von dem sie damals immer geglaubt hatte, er wende sich nur an sie.

Euer Herz lasse sich nicht verwirren. Glaubt an Gott und glaubt an mich! Im Haus meines Vaters gibt es viele Wohnungen. Wenn es nicht so wäre, hätte ich euch dann gesagt: Ich gehe, um einen Platz für euch vorzubereiten?

«Das ist eine großartige Idee, Larry», sagte sie.

Ihr Geburtstag. Der fünfundsechzigste. Betagt war sie jetzt: Sogar noch älter als das Paar in dem Beatles-Song. Und Larry würde an seinem nächsten Geburtstag siebzig werden – eine Tatsache, die trotz all seiner jugendlichen Energie unbestreitbar war.

War es das, was Cass veranlasste, sich so zu verhalten, wie sie es tat? Die ganz normale Nervosität, die diesem Tag anhaftete, der sie so unsanft an ihre Sterblichkeit und das unaufhaltsame Dahinrasen der Zeit erinnerte? Das und die Ängste, die über ihr kreisten, seit sie die Entscheidung getroffen hatte, sich wieder dem Sog ihrer Musik zu überlassen?

Larry hatte sie wachgerüttelt – so viel war ihr klar. Er hatte sie so tief erschüttert, dass sie aus ihrer inneren Starre erwacht war. Und vielleicht nahm ein Teil ihrer selbst ihm das ein wenig übel, auch wenn der weit größere Teil ihn mit allem liebte, was sie noch zu bieten hatte. Denn die Stille hatte auch Trost enthalten. Es war beruhigend gewesen, keine Werke schaffen zu müssen – sie nicht in einen Rahmen setzen, der Öffentlichkeit präsentieren und deren Urteil preisgeben zu müssen. Ein ganz normales Leben zu führen; das Leben, um das sie Irene einmal beneidet hatte und an dessen langsamem, stetem Rhythmus sie im letzten Jahrzehnt den Takt ihres Alltags ausgerichtet hatte.

Oder vielleicht rührte ihre Reaktion auch nur daher, dass sie (wie Kim es später deutete) noch immer glaubte, in einer Welt, in der Anna nicht mehr existierte, kein Recht auf Glück zu haben. In dieser Welt, in der Ivor und sie selbst es nicht geschafft hatten, ihre Tochter zu behüten.

Denn Cass fragte sich immer noch, was für eine Mutter sie eigentlich gewesen war, was für eine Ehefrau und was für eine Frau. Selbstsüchtig, von Problemen gequält, wütend und voller Fehler. Eine Frau, die der Liebe unwürdig war. Eine Frau, die allein garantiert besser dran war. Eine Frau, die nicht zulassen sollte, dass dieser Mann – dieser gute Mann, der so großzügig und ehrlich war – den Fehler beging, ihr sein Herz und seine Zukunft zu Füßen zu legen.

Nun also. Sie konnte nicht länger darüber hinweggehen. Über diesen Tag. Ihren Geburtstag. Es war ein schöner, sonniger Tag, trotz des etwas frischen Windes.

Sie verbrachten ihn getrennt – Callum wollte, dass Cass noch einmal die neueste Abmischung von «When Morning Comes» durchging, und Larry musste massenhaft E-Mails beantworten. Abends aßen sie dann das Dinner, das Larry zubereitet hatte.

Eine Flasche Dom Pérignon. Jakobsmuscheln, ein Erbsenrisotto, fein gewürzt mit Minze und Zitrone. Rucolasalat mit Parmesan und dann – mit der gespielt ausladenden Geste eines Fernsehkochs – zwei Schokoladensoufflés, die zwar noch nicht ganz perfekt aufgegangen, aber ansonsten vollkommen waren.

Nach dem Kaffee füllte Larry ihre Gläser auf und führte Cass ins Wohnzimmer.

Sie spürte in seinem Gesichtsausdruck und in seinen langsamen, gemessenen Bewegungen, was kommen würde, und ihr wurde schwindelig davon, beinahe übel. Sie wollte es hören – sehnte sich danach – und fürchtete gleichzeitig ihre eigene Reaktion.

Als Larry dann neben ihr auf dem Sofa saß, räusperte er sich. Er liebe sie, sagte er, und er glaube, dass sie ihn ebenfalls liebe. Es sei eine große Überraschung für ihn gewesen, genau wie ihre eigenen Empfindungen auch für sie, das wisse er. Er habe ihre Musik seit vielen Jahren gekannt – sie geliebt, wie so viele andere Bewunderer. Doch als er Cass in ihrem langen, marineblauen Kleid dabei beobachtet habe, wie sie sich durch den gülden glänzenden Saal in Washington bewegte, sei er von den Gefühlen überrumpelt worden, die in ihm aufgestiegen seien. Während der gemeinsamen Stunden in der Gallery habe er ihr Zögern und ihre Reserviertheit gespürt und deren Ursache erraten: Kurz, er habe damals nicht erwartet, dass sie ihn wirklich zurückrufen werde. Er sei so glücklich gewesen, als sie es dann doch getan habe, so kindlich glücklich. So habe er sich zum letzten Mal in den frühesten Tagen mit seiner ersten Frau gefühlt. Und dieses Gefühl sei seit damals stärker geworden und habe Farbe und Kontur erhalten.

Er halte nicht um ihre Hand an – für das alles seien sie wohl beide zu alt. Und er bitte sie auch nicht, nach Amerika umzuziehen – er wisse ja, dass sie das nicht wolle. Aber sein eigenes Leben dort wolle er auch nicht aufgeben. Maddy und seine Enkelkinder lebten in Connecticut und Harper in Vancouver. Und dann sein Studio in Chicago. Er wolle nicht Tausende von Meilen zwischen sich selbst und das Leben schieben, das er sich aufgebaut habe.

Worum er sie aber bitte, worum er anhalten wolle – und bei diesen Worten wirkte Larry so schüchtern, so ungeschützt und verletzlich, dass Cass wegblicken musste –, sei ihre Bereitschaft, ihr Leben mit ihm zu teilen. Sie sollten dieser kostbaren, so spät erblühten Liebe, die sie gefunden hätten, eine verbindliche Form geben – und sei es auch einfach als eine nur ihnen selbst bekannte Abmachung zwischen ihnen beiden. Sie sollten übereinkommen, so viel Zeit wie möglich gemeinsam zu verbringen (vielleicht könne er das Atelier oben im Dachgeschoss seinen Bedürfnissen besser anpassen und einen Teil des Jahres hier verbringen; oder sie könne ab und zu für ein paar Monate nach Chicago kommen). Sie sollten versuchen, jeden Moment zu genießen, den die Zukunft ihnen noch zu bieten habe. Cass sollte seine Kinder und Enkel kennenlernen. Und ihm hier und jetzt versprechen, dass er der Partner sein solle, mit dem sie den Rest ihres Lebens verbringen werde. Und er werde ihr dasselbe versprechen.

Cass hielt die Augen bei seinen Worten geschlossen. Dieser Schwindel, dieses Wirbeln und Drehen, dieses hässliche Zischen der sich windenden Angst. Ivor, brüllend mit kreidebleichem Gesicht; das Blut, das ihr selbst übers Gesicht lief, als sie Anna ins Auto setzte. Das furchtbare Aufflammen ihrer eigenen Wut und der Kreislauf ihrer nie endenden Auseinandersetzungen. Anna, die sich Schritt für Schritt an einen Ort zurückzog, an den ihre Eltern ihr nicht folgen konnten.

Mit alldem hatte Cass zu leben gelernt, doch jetzt kehrte es mit aller Wucht zurück, sodass es ihr fast den Atem verschlug.

Larry kannte sie nicht. Gewiss nicht. Nicht wirklich. Er wusste nicht, auf wie vielfältige Weise sie gescheitert und wie schwer sie zu lieben war. Was hatte sie ihm anderes zu bieten als die Gesamtheit ihrer Fehler? Er hatte etwas Besseres verdient, hatte mehr als das verdient. Sie würde es nicht ertragen mitzuerleben, wie seine Meinung von ihr sich im Laufe der Zeit zunehmend verschlechterte, denn genau das würde geschehen. Sie wollte nicht mit ansehen, wie dieses Kleinod, das sie gefunden hatten, vor ihren Augen verdarb. Sie würde es nicht ertragen, wenn Larry sie einmal so sähe, wie Ivor sie gesehen hatte.

«Nein», antwortete sie laut. Das Wort fiel donnernd in den Raum zwischen ihnen. «Nein, Larry. Das kann ich dir nicht versprechen.»

Sie sah, wie verletzt und enttäuscht er war. Larry war ein sanftmütiger, zärtlicher, großherziger Mann, aber auch ein Mensch von empfindlichem Stolz, dem es, wie sie wusste, nicht immer leichtfiel zu verzeihen. Das respektierte sie. Und sie verstand es.

«Was willst du damit sagen, Cass?» Selbst in seiner Verwirrung griff er noch nach ihrer Hand, doch sie zog sie weg, sodass er ins Leere fasste.

«Ich kann dir nichts versprechen, Larry. Du kennst mich nicht. Du weißt nicht, wie ich bin, wozu ich fähig bin. Ich werde dich enttäuschen. Alles wird verderben, und zum Schluss hassen wir einander. Das ertrage ich nicht, Larry. Nicht noch einmal. Nein, ich kann das einfach nicht.»

Er stand auf. Sein Gesicht wurde immer röter, und sein Mund war nur noch ein Strich. Er tigerte zum Kamin, den Rücken ihr zugewandt, und wischte sich mit der Hand über die Stirn. Dann kehrte er zu ihr zurück, als wäre er zu einer Entscheidung gelangt, und sagte: «Herrgott noch mal, Cass. Wovon redest du überhaupt? Natürlich kenne ich dich. Natürlich weiß ich, was du durchgemacht hast. Aber glaubst du etwa, du bist der einzige Mensch auf der Welt, der je gelitten hat? Der je einen Fehler gemacht hat? Herr im Himmel, jetzt mach aber mal halblang. Du bist verdammt noch mal eine Legende. Eine echte Künstlerin. Du hast alles aufgegeben, was du gut kannst und was dich glücklich macht – und viele andere Menschen noch dazu –, um einfach rumzuhocken und Däumchen zu drehen. Und das alles wegen der lächerlichen Idee, dass du für deine beschissene Ehe Buße tun musst und dafür, wie deine Tochter entschieden hat, damit umzugehen. Oder was immer sonst sie dazu geführt hat, sich selbst zu zerstören. Also, lass dir eines gesagt sein, Cass: Menschen begehen Fehler. Ehen zerbrechen. Kinder werden krank und sterben. Das ist ein Unglück, verdammt noch mal, aber es kommt vor. Hör also mit diesem Scheiß auf, diesem Gejammer, du würdest mich enttäuschen. Jetzt trau dich und steh zu deiner Liebe.»

Er hatte beinahe geschrien, und sein Atem ging flach und stoßweise.

«Ich kann nicht», wiederholte sie. «Nein, Larry. Ich kann nicht. Tut mir leid.»

Er packte seinen Koffer und rief sich ein Taxi. Er würde bei Diana in London übernachten und am nächsten Morgen von Chicago aus nach Hause fliegen.

Cass lag auf dem Sofa, den Kopf in den Händen vergraben, und hörte, wie er ging. Sie wünschte sich voll Inbrunst, sie könnte ihn darum bitten zu bleiben – und verharrte doch reglos, als wäre sie unter Ballast begraben.

Als Larry ins Wohnzimmer kam, um sich zu verabschieden, war er wieder ruhig.

«Ich hatte wohl eine andere Vorstellung davon, wie sich

das alles entwickeln würde, Cass», sagte er. «Ich bin schon ein alter Kerl, aber ich kann nicht behaupten, dass es nicht weh tut.»

«Es tut mir leid», erwiderte sie.

Er drehte sich um und ging in den Flur hinaus. Und dann, nach einem winzigen Moment der Stille, schloss er die Haustür hinter sich und war weg.

21:00 UHR

Cass steigt wieder die Treppe in ihr Zimmer hinauf, von ihrem Handy wie magnetisch angezogen. Da liegt es auf der Frisierkommode, wo sie es zurückgelassen hat. Sie gibt die PIN ein, und das Display leuchtet auf. Keine verpassten Anrufe. Keine Textnachrichten. Sie schaut nur für alle Fälle in ihre E-Mails. Nichts.

Es scheint zu sein, wie sie vermutet hat: Larry ist niemand, der leicht verzeiht. Und doch – da ist die Postkarte, die er ihr geschickt hat. Mit der Skulptur von Henry Moore. *Finde heute einen Weg, ihr zu verzeihen. Vielleicht findest du dann einen Weg, dir selbst zu verzeihen.*

Sie hat ihm eine Woche nach seiner Abreise eine E-Mail geschrieben. Hat sich sorgfältig bemüht, ihre Gründe zu erläutern und sich zu entschuldigen. Sie habe zugelassen, dass ihre Angst sie im letzten Augenblick überwältigte. Er fehle ihr. Sie wolle in ihrem Leben Platz für ihn schaffen – und an die Kraft dessen glauben, was sie beieinander gefunden hätten. Und sie wolle an seine Fähigkeit glauben, sie als die zu akzeptieren, die sie sei.

Er hat weder auf ihre E-Mail noch auf die Nachrichten reagiert, die sie auf seinem Anrufbeantworter hinterlassen hat. Bis zu dieser Karte heute Morgen hatte er überhaupt nichts von sich hören lassen. Aber die Karte reicht definitiv, um sie hoffen zu lassen. *Morgen rufe ich ihn wieder an*, nimmt sie sich vor. *Ich versuche es immer wieder und gebe nicht auf.*

Sie legt das Handy auf die Kommode zurück. Dann frischt sie ihr Make-up vor dem Spiegel auf: Sie zieht Eyeliner und Lippenstift nach und verreibt ein wenig Gesichtspuder zwischen Augen und Nasenrücken.

Ihre Wangen sind gerötet: der Sekt. Die Gesichter, die ihr bei ihrer Rede zugewandt waren, als sie versucht hat, zu erklären, wie es kommt, dass nun wieder Musik in ihr erklingt und diese Songs in ihr aufgetaucht sind. Hinterher hat sie beobachtet, wie ihre Gäste auf die Songs, die aus den Lautsprechern kamen, reagierten. Einige – Kate, Serena, Tasha und Kim – hatten die Augen geschlossen. Andere wippten mit dem Kopf im Takt zu Javiers Schlagzeug oder musterten Cass forschend, während ihre Stimme aus der Musikanlage strömte. Wie sehr sie das vermisst hatte: das gemeinschaftliche Erlebnis des Zuhörens. Wie glücklich sie über den Applaus war, der spontan ertönte, als die letzten Töne verklangen.

Als sie jetzt ihr Spiegelbild betrachtet, denkt sie plötzlich an ihre Mutter. Cass hat nie den Eindruck gehabt, dass sie sich besonders ähnlich sehen. Aber in diesem Moment im Dämmerlicht des Zimmers erkennt sie Spuren von Margaret in ihren eigenen Gesichtszügen: den Schwung der Nase, die leicht nach unten gezogenen Mundwinkel. Auch die Rastlosigkeit und Kompliziertheit hat sie von ihrer Mutter. Und ebenso die Neigung zur Selbstzerstörung, bei der sie allerdings im Fall ihrer Mutter erkennt, dass sie zu einer Art Befreiung wurde. Margaret hat die Fesseln einer unglücklichen Ehe und eines Lebens abgeworfen, das nichts als eine endlose Folge immer gleicher Tage zu versprechen schien.

Es hatte Mut in Margarets Entscheidung gelegen, sich selbst von ihren Verpflichtungen zu entbinden. In ihrem Entschluss, dorthin loszumarschieren, wo sie hinwollte, um welchen Preis auch immer. Margaret hatte ihren Frieden damit geschlossen. Sie hatte die Hand nach dem ausgestreckt, was sie sich wünschte, es fest gepackt und sich nicht von ihrer Angst einschüchtern lassen. Und darin, denkt Cass jetzt, hatte eine Kraft gelegen, die sie selbst nun ebenfalls finden muss.

«Cass? Bist du dadrin? Ist alles in Ordnung?»

Kim kommt in ihrem leuchtend grünen Kleid aus dem Flur herein.

«Ja», antwortet Cass und wendet sich vom Spiegel ab. «Alles bestens.»

Aber Kim, der nichts entgeht, blickt von Cass zur Frisierkommode mit dem Handy darauf.

«Immer noch nichts», sagt Cass.

«Hör mal.» Kim kommt durchs Zimmer, und ihre Stilettos hinterlassen kleine, runde Abdrücke im dicken Flor des Teppichs. «Ich finde, du solltest ...» Sie zögert, und ihr Tonfall verändert sich. «Na komm schon, Cass. Lass uns wieder runtergehen.»

«Nein, warte. Was wolltest du sagen?»

Die dunkelbraunen Augen heften sich in Cass' Gesicht, einen Herzschlag lang, zwei, drei. Doch als Kim dann wieder etwas sagt, klingt ihre Stimme fest und unnachgiebig. «Nichts. Ehrlich. Komm wieder mit runter, okay? Alle fragen sich schon, wo du bleibst.»

Die schlanke Gestalt ihrer Freundin, die wieder in den Flur hinaustritt. Kims schmaler Rücken unter dem Seidenstoff des Kleids ist energisch gestreckt, und Cass begreift, dass ihr keine andere Wahl bleibt, als ihr zu folgen.

Die Party hat ihren Höhepunkt erreicht. Die Lautstärke ist angeschwollen, und der Soundtrack ist nun ein anderer. Nicht mehr Cass' Stimme dringt aus den Lautsprechern, sondern die ihrer Vorläufer, Zeitgenossen und Nachfolger.

Die Beatles und die Stones, die Cass beide gleichermaßen geliebt hat, und Joan Baez, die zu lieben Lily sie gelehrt hat. Sandy Denny mit ihrem dunklen, ansteckenden Lachen. Tom Arnold, mit dem sie nahe den raschelnden Bäumen im Laurel Canyon auf der Veranda gestanden hat. Und in dessen Armen sie so viele Jahre später Trost gesucht hat.

Die Schwestern aus Portland mit ihrem Sound, der sowohl zeitlos als auch vollkommen neu ist. Und die mitreißenden Refrains der jungen Singer-Songwriterin aus Südlondon. All diese Musik – die Songs, die den Abend untermalen, legen noch einmal eine ganz eigene Bedeutungsspur, während Cass' Gäste sich unterhalten, trinken und tanzen.

Im Wohnzimmer stößt Cass auf Simon mit seinem Glas San Pellegrino und seinem spitzbübischen Lächeln.

«Also.» Er ergreift ihre Hand und flüstert ihr ins Ohr: «Das könnte wohl kaum besser laufen, Cass. Du bist inzwischen auf Twitter bei den Trends, und Don hat bereits eine Fünf-Sterne-Rezension versprochen.»

Sie lacht und schaut noch einmal zu Don Collins hinüber, der inzwischen auf dem besten Weg zur Volltrunkenheit ist und eindringlich auf Tasha einredet, die sich offensichtlich gerade eine Ausrede überlegt, um ihm zu entkommen.

«Das muss wohl die Altersmilde sein. Seine Tage als arrogantes Stinktier sind anscheinend vorbei.»

«Ich glaube eigentlich, dass er dich immer gemocht hat. Er ist einfach nur gegen den Strom geschwommen, um sich einen Namen zu machen. Aber jetzt muss er vielleicht nichts mehr beweisen in der Hinsicht.»

Sie wendet sich wieder Simon zu und erwidert sein Lächeln.

«Nein», antwortet sie. «Wohl nicht.»

Die Musik spielt und spielt, und die Party wiegt sich in ihrem eigenen, unvorhersehbaren, vibrierenden Rhythmus. Die ersten Gäste gehen: Pauline und Jeff, die morgens früh rausmüssen, Mike und Irene wegen der langen Heimfahrt, und alle Journalisten außer Don, da sie in Tunbridge Wells den letzten Zug nach London erwischen müssen. Die, die zurückbleiben, lassen sich noch einmal nachschenken und verspeisen die letzten exzellenten Häppchen des Caterers.

Serena, die ziemlich beschwipst ist, fängt an zu tanzen, und Kate macht mit. Zwei Frauen, die die Blüte der Jugend längst hinter sich haben, lassen so sexy und geschmeidig die Hüften kreisen wie die Einundzwanzigjährigen, die sie einmal waren.

Cass lächelt, unterhält sich mit ihren Gästen und geht von einer Gruppe zur anderen. Und zwischen allem, hinter jedem Gesicht und im Schatten eines jeden Lächelns, sieht sie ihre Tochter und weiß, dass sie sie immer sehen wird, dass sie immer am Rand ihres Sichtfeldes stehen wird.

Sie sieht Anna, wie sie an dem schottischen Strand steht und in der Wintersonne weit die Arme ausbreitet. Die Augen geschlossen und das Gesicht dem Licht zugewandt, in ihre ganz eigene Musik verloren. Und dann, noch während ihre Mutter sie betrachtet, schlägt Anna die Augen auf, wendet sich ihr zu und sagt – Cass sieht es, und sie hört es so deutlich wie die in ihr aufsteigende Stimme eines neuen Songs –, dass es ihr jetzt gutgeht. Dass es hier friedvoll und ruhig ist und dass Cass sich keine Sorgen mehr um sie zu machen braucht.

23:00 UHR

Tief in den Eingeweiden von London Heathrow steht Larry am Gepäckkarussell und beobachtet, wie Koffer um Koffer und Reisetasche um Reisetasche vorbeigleiten wie Trostpreise bei einer Quiz-Show.

Und hier kommt jetzt endlich sein eigener Koffer: aus braunem Leder, zerkratzt und zernarbt und mit dem neongrünen Anhänger behängt, der dazu zwar wie die Faust aufs Auge passt, mit dem er das Gepäckstück aber immer auf Anhieb als das seine erkennen kann (so hat es ihm seine zweifellos äußerst praktisch veranlagte Tochter Maddy erläutert, als sie ihm das Schildchen schenkte).

Der Koffer ist nicht schwer – um das Schicksal nicht herauszufordern, hat er nur für eine kurze Reise gepackt –, und so braucht er keinen Gepäckwagen. Er trägt ihn vorbei an der Zollkontrolle und hinaus in die Ankunftshalle mit ihrem grellen Kunstlicht, den schon geschlossenen Shops und den Gesichtern all der Unbekannten, die dem Ausgang, durch den er kommt, erwartungsvoll entgegensehen. Einer von ihnen – ein lächelnder, dunkelhäutiger Mann mit einem ordentlichen schwarzen Anzug und Krawatte – hält ein Schild hoch, auf dem Larrys Name mit dickem rotem Marker notiert ist.

«Sie sind zu früh gelandet», bemerkt der Fahrer munter in

einem leicht singenden Akzent und nimmt Larry den Koffer ab. «Zum Glück bin ich selbst auch ein bisschen zu früh.»

«Stimmt», gibt Larry ihm recht. «Danke. Das ist nicht die Regel, das kann ich Ihnen sagen.»

Der Fahrer lächelt und entblößt dabei seine strahlend weißen Zähne. «Hatten Sie einen guten Flug, Sir?»

«Prima, danke. Vollkommen okay.»

Larry lässt sich auf der Rückbank des Mercedes nieder und zieht sein Handy aus der Tasche. Aufmerksam von Kim, dass sie ihm das Taxi bestellt hat. Und noch viel aufmerksamer, dass sie das alles hier in die Wege geleitet hat. Sie hatte Larry letzte Woche angerufen: Sie wisse, dass Cass sie lebendig häuten würde, wenn sie erführe, was sie da anstelle. Sie könne aber nicht einfach nur zuschauen, wie Cass das Beste kaputt mache, was ihr seit einer Ewigkeit passiert sei. Und wahrscheinlich überhaupt jemals. Nein, nicht wahrscheinlich. Mit *Sicherheit.*

Larry hatte zunächst ein wenig pikiert reagiert – das gehe Kim nichts an, hatte er ziemlich knapp geantwortet. Doch seine Verstimmtheit hatte sich rasch gelegt, da sein Zorn auf Cass – oder genauer gesagt, seine Enttäuschung und das Gefühl des verletzten Stolzes – inzwischen verraucht war. Es tat ihm bereits leid, dass er einfach unvermittelt abgereist war – das kam ihm inzwischen wie das Verhalten eines verwöhnten, unbeherrschten Kindes vor. Er hätte Cass mehr Zeit gewähren sollen. Er hätte wissen müssen, dass ein solches Versprechen ihr nicht leichtfallen würde.

Er hatte das Bedürfnis gehabt, sie zurückzurufen. Sie hatte ihm so viele Nachrichten auf Band gesprochen und ihm eine so offene Mail geschickt. *Ich lebe schon viel zu lange in den Schatten der Vergangenheit und will dort nicht länger bleiben.*

In ihrer Einfachheit und tapferen Offenherzigkeit hatten diese Worte ihm den Wunsch eingeflößt, Cass' Stimme zu hören und ihr zu sagen, dass er sie verstehe und dass es nicht zu spät sei. Und so teilte er Kim mit, er werde nach England kommen.

«Großartig», hatte Kim geantwortet, «komm doch zur Party. Du kannst dir nicht vorstellen, wie viel ihr das bedeuten würde.»

Aber ihm war ein Termin in die Quere gekommen. Daher hatte Larry beschlossen, am Ende der Party dazuzustoßen. Und zwar unangekündigt und in der Hoffnung, dass diese Überraschung für Cass eine schöne sein würde.

Der Versuchung, ihr die Postkarte zu schicken, hatte er jedoch nicht widerstehen können. Er hatte sie in einem Brief versandt, den er an Kim adressierte und in dem er sie bat, die Karte Cass am Morgen dieses Tages in den Regieraum zu legen. Eine seiner liebsten Henry-Moore-Arbeiten. Ein Mann, eine Frau und ein Kind. Eine Mutter, ein Vater und eine Tochter, diese wesentliche Dreieinigkeit, in der jeder gibt, was er irgend kann, jeder mit seinen eigenen, unauslotbaren Ängsten im Gepäck.

Jetzt tippt er eine SMS an Kim. *Bin früher gelandet. Sitze schon im Taxi. In einer Stunde sind wir da, sagt der Fahrer.*

Kurz darauf empfängt er Kims Antwort. *Wunderbar. Hier wird gerade abgeräumt. Alles ist gut gelaufen. Es war total schwer, ihr nichts zu verraten, aber ich hab es geschafft – knapp! Ich geh gleich, damit sie allein ist, wenn du kommst. Viel Glück – wobei ich sicher bin, dass du das nicht brauchst, Larry.*

Er lehnt sich im Sitz zurück und steckt das Handy wieder in die Jackentasche.

Draußen gleitet die M25 vorbei, ein verschwommenes Vorbeizischen von Rückleuchten, Asphalt und geisterhaften Hinweisschildern auf Orte, die er nicht kennt und nicht kennenlernen möchte. Welchen Reiz könnte irgendeiner dieser Orte für ihn bereithalten, wenn es nicht der Ort ist, an dem Cass sich jetzt befindet? So also empfindet er, und es gibt nichts Einfacheres und nichts Komplizierteres.

Er ist jetzt zu müde, um Erregung oder Angst zu spüren. Er schließt die Augen, aber nicht um einzuschlafen. Er sitzt einfach still da und wartet darauf, dass die Zeit vergeht und die Meilen langsam und methodisch ausgelöscht werden, die ihn von dem Haus trennen, in dem er sie antreffen wird.

In der Küche von Home Farm steht Cass bei Kim und sieht zu, wie die Caterer die Geschirrspülmaschine mit den letzten Gläsern beladen. Wie von Zauberhand ist die Arbeitstheke nun leer geräumt, befreit von Servierplatten, schmutzigen Tellern und benutzten Gläsern. Kates Blumen auf der Kochinsel heben sich wie ein impressionistisches Gemälde aus hingetupften Weiß-, Blau- und Grüntönen lebhaft von der weißen Marmorplatte ab.

«Bist du dir sicher, dass ich nichts tun kann?», fragt Cass zum dritten Mal, und Kim, die neben ihr steht, schüttelt den Kopf. «Die Leute sind sowieso gleich fertig. Und ich muss auch gleich los.»

«Wirklich?» Der bittende Tonfall, den Cass in ihrer eigenen Stimme hört, gefällt ihr gar nicht, aber sie hatte nicht erwartet, so bald allein zu sein. «Bleib doch noch ein bisschen. Es ist noch so viel Wein da ...»

Die Verantwortliche des Cateringservice – eine tüchtige blonde Frau Anfang vierzig – kommt aus dem Flur herein. «Der Lieferwagen ist fertig beladen, Kim. Wir fahren dann jetzt los.»

Kim, von der Verabschiedung abgelenkt, antwortet Cass nicht. Cass tastet nach der Tabaksdose, die sie in die Hosentasche gesteckt hat, nimmt ihr halbgeleertes Weinglas und schlüpft auf die Terrasse hinaus.

Nach der stickigen Wärme im Haus ist die Nacht bestürzend kühl. Sie zieht die Tabakdose aus der Tasche, legt sie auf den schmiedeeisernen Tisch und lässt sich auf den Stuhl sinken. Dann macht sie sich an das Akribie erfordernde Geschäft, eine Zigarette zu drehen: eine Folge von Bewegungen, die jetzt nicht mehr so automatisch abläuft wie früher einmal. Sie raucht inzwischen nur noch so selten, dass der Akt etwas von einem Ritual angenommen hat. Wie eine Geste, die für Cass das Ende von etwas oder den Beginn von etwas Neuem markiert.

Im Garten drängen sich dichte, geheimnisvolle Schatten. Die beiden Füchse hat sie seit dem Morgen nicht mehr gesehen, und Otis, dem das Partygetöse zu viel war, hat sich längst oben auf ihrem Bett zum Schlafen zusammengerollt. Am Ende des Gartens ragt das Studio mit seinen nüchternen Kanten vor dem indigoblauen Himmel auf. Der Ort, den sie so lange gefürchtet hat, ist nun wieder zu einem Zuhause geworden – eine Stätte, um die eigenartigen Klangsymphonien festzuhalten, die aus ihrem Inneren kommen, und ihnen ihr Recht als das einzuräumen, was sie seit jeher waren: ein Teil ihrer selbst. Und auch ein Teil Annas. Eine Möglichkeit, Ordnung aus dem Chaos zu destillieren, das den Rohstoff der Welt bildet. Das ist etwas, was Larry versteht. Und auch Ivor hat es verstanden und unter den Schichten ihrer unglücklichen Ehe mit ihr geteilt. Er hat gewusst, was es bedeutet, wenn etwas nur sinnhaft erscheint, solange die Musik spielt.

Sie hat aus dem Papier, dem Tabak und dem Filter eine

schlanke Zigarette gedreht. Nun steckt sie sie an und zieht den ersten, köstlichen Zug Rauch ein.

«Erwischt», sagt Kim, und Cass dreht sich um und sieht ihre Assistentin, ihre Freundin und Weggefährtin mit über dem Kleid gegürtetem Mantel als Silhouette vor der Hintertür.

«Verpetz mich nicht», sagt Cass, und Kim lächelt.

«Oh, ich denke, eine darfst du dir genehmigen, Cass. Gerade heute.»

Sie umarmen sich. Cass schließt in Kims Armen die Augen und atmet das Durcheinander angenehmer Gerüche ein, das sie umgibt.

«Danke», sagt sie leise. «Danke für alles.»

Und Kim, die weiß, dass Cass viel mehr meint als nur die Party, hält sie fest und antwortet: «Gern geschehen, Cass. Das weißt du doch.»

Dann tritt Kim zurück und fügt hinzu: «Ruf mich morgen an, okay? Lass mich wissen, wie es dir geht.»

«Mach ich», antwortet Cass.

Dann dreht Kim sich um und geht. Und Cass ist mit ihrer Zigarette und den leisen, raschelnden Nachtgeräuschen allein. Mit diesen Geräuschen, die nicht irgendeine Art von Stille sind, sondern ein eigener, immer wieder neu beginnender, endloser Song.

23:30 Uhr. Larry rutscht auf der Rückbank herum. Der Fahrer bemerkt die Bewegung und fängt seinen Blick im Rückspiegel ein.

«Wir sind gleich da, Mr. Alderson. Vielleicht noch zehn Minuten.»

Larry nickt. Jetzt spürt er sie in sich aufsteigen: die erste

Anwandlung von Nervosität. Sein Verlangen, Cass zu sehen, vermischt mit der bangen Hoffnung, dass das auf Gegenseitigkeit beruht. Dass dieser Tag und dieser Abend sie zu ihm zurückgeführt haben und nicht von ihm fort.

«Das ist schön», erwidert er. «Danke.»

23:45 Uhr. Cass ist im Schlafzimmer und schlüpft aus ihren Kleidern. Auf dem Bett schläft Otis eng zusammengerollt, den Kopf auf die Vorderpfoten gelegt und den Schwanz ordentlich um den kleinen Körper geschmiegt.

Plötzlich lässt ein unerwartetes Geräusch Cass aufschrecken: das Knirschen von Kies unter Autoreifen. Ihr Puls beschleunigt sich. Ist es Kim, die etwas vergessen hat und noch einmal umgekehrt ist? Alles andere kann im Grunde nur etwas Schlechtes bedeuten. Hat Kim eigentlich vor dem Aufbruch die Alarmanlage wieder eingeschaltet?

Den Morgenmantel übergeworfen und vor der Brust eng zusammengezogen, geht Cass zum Fenster und öffnet den Vorhang ein Stück. Sie starrt auf den dunklen Schlund der Einfahrt, aus dem sich jetzt ein schwarzer Mercedes nähert. Seine Scheinwerfer legen lange Lichtstrahlen über das Durcheinander der Steinchen.

Der Wagen fährt langsamer, hält schließlich, und jetzt knirscht nichts mehr.

Und dann steigt er hinten aus: ein hochgewachsener, weißhaariger Mann, der seine langen Beine reckt und einen braunen Lederkoffer aus dem Kofferraum hebt.

Er blickt auf und entdeckt ihr Gesicht im Rahmen des Schlafzimmerfensters. Er breitet die Arme aus, als wollte er sagen: *Alles ist gut. Ich bin da. Ich bin gekommen.*

Drei Minuten vor Mitternacht. Hinter dem Schuppen kommt der mutigere der beiden Füchse hervor und schleicht auf flinken schwarzen Pfoten über den Rasen. In der Mitte verharrt er einen Augenblick reglos witternd, als wüsste er nicht recht, wohin er sich wenden soll.

Ein Rascheln im Gebüsch, ein Lüftchen, das durch die Blätter der Bäume fährt. Das leise, körperlose Brummen eines Autos, das über die Tunbridge Road davonrollt. Der Ruf eines schlaflosen Vogels, und der Fuchs, der zum Blumenbeet huscht und mit der Dunkelheit verschmilzt, aus der er kam. Der Klang einer Frauenstimme, der leise aus dem Haus dringt, und die Erwiderung eines Mannes, ein Bass und ein Alt, kontrapunktisch. Dann, im Stakkato, das wohlklingende Glockenspiel gemeinsamen Gelächters.

Mit diesen Geräuschen, dieser sonderbaren Musik, die der Klang der sich drehenden Welt ist, verstreichen die Minuten und sind vergangen.

Und hier ist nun der Moment gekommen, an dem die Nacht in den Morgen übergeht und ein neuer Tag beginnt: so rein und makellos wie der stille, mit Spannung erwartete, schwebende Augenblick, in dem eine Frau den Mund öffnet, um zu singen.

CASS WHEELER: DISKOGRAPHIE

Mit Vertical Heights

Demo, aufgezeichnet 1970; illegal veröffentlicht 1978 von Angus Mackinnon und Hugh McMaster unter dem Titel: *Cass Wheeler and Vertical Heights: The Demo Sessions.*

Als Solo-Künstlerin

The State She's In, 1971
Songs from the Music Hall, 1973
My Loving Heart, 1976
Huntress, 1977
Fairy Tale, 1983
Snapshots, 1988
The Best of Cass Wheeler, 1990
Silver and Gold, 1997
The Eagle and the Hawk, 2003
Greatest Hits, 2015

Begleitsängerin auf Dinah McCombs Single: «Don't Make Me Scream Out Loud», August 1988.

Text, Musik und Leadsängerin der für wohltätige Zwecke gestifteten Single «Home», Dezember 1993.

Demos mehrerer aufgegebener Albenprojekte, darunter *On This Island,* 2005, unter dem US-Produzenten Hunter Forbes. Geplante Wiederaufnahme in 2017.

Betreut vom schottischen Produzenten Callum Sutherland soll Cass Wheeler derzeit an einem neuen Album mit mindestens vierzehn Songs arbeiten. Geplanter Erscheinungstermin: 2018. Arbeitstitel: *Feel No Fear.*

Ausstellung eigener Gemälde, zusammen mit Skulpturen des amerikanischen Künstlers Larry Alderson, in der Cargo Gallery, London E1, Frühjahr 2017.

DANK

Niemand schreibt, zumindest nach meiner Erfahrung, einen Roman in vollkommener Abgeschiedenheit. Ja, wir schließen uns für Stunden am Stück ein, um Wörter auf Seiten zu bannen. Aber die Ideen, Protagonisten und Themen, die sich – im Lauf der Zeit und durch harte Arbeit und viel Überarbeiten und neu Überdenken – zu einem Roman entwickeln, sind aus der Welt geschöpft, die uns umgibt. Da sind unsere Freunde, unsere Partner, unsere Familie und unsere Verwandten. Da sind die Bilder und Gemälde, die wir uns anschauen, die Stücke, die wir im Theater sehen, die Bücher, die wir lesen, und – natürlich gerade bei diesem Roman – die Musik, die wir hören.

Daher werde ich mit meinem Dank für jene Frauen – und Männer – beginnen, die mich inspiriert und innerlich berührt haben, seit ich denken kann. Es sind zu viele, um sie hier vollständig aufzuzählen, aber Joni Mitchell, Sandy Denny, Carole King, Paul Simon, Nick Drake, Peter Gabriel, Kate Bush und alle Bandmitglieder von Fleetwood Mac gehören dazu. Zur Einarbeitung in das Thema von *Ein Leben aus leuchtenden Tagen* habe ich viele Bücher von diesen Künstlern oder über diese Künstler gelesen, und ich bin all den Autoren dankbar, die mir ein – für mich unschätzbar wertvolles – Gefühl dafür vermittelt haben, wie die Architektur einer Musikerkarriere aussieht.

Kathryn Williams – einer Songwriterin, die aus fast nichts Magie erschaffen kann – danke ich dafür, dass sie mit mir den Sprung ins kalte Wasser gewagt hat. Romeo Stodart danke ich dafür, dass er zu uns gestoßen ist. Und Derek, Sue, PJ, Tones und allen bei One Little Indian sei dafür gedankt, dass sie uns ein Sicherheitsnetz gespannt haben.

Indigo, aka Tallulah, aka Mumra, aka Bus Pass (!) – Liv, May, Morgann, Alis, Suzannah und Pob – danke ich für Jahre «roher musikalischer Energie» und dafür, dass sie vermutlich die Saat gelegt haben.

Dem Bassisten und vollkommenen Gentleman Dave Markee danke ich für seine Zeit, seine Großzügigkeit und seine faszinierenden Erinnerungen.

Auch Andy Prevezer, mit Sicherheit der netteste Musikredakteur überhaupt, gilt mein Dank für seine Zeit und die Einblicke, die er mir in seine Branche gewährt hat.

James Radice, Senior Vice-President of Business Affairs bei Warner Music UK, und Sandra Davis, leitende Familienrechtsanwältin bei Mishcon de Reya LLP, gilt mein herzlicher Dank für ihren Rat zu juristischen Themen. Alle eventuell verbliebenen Verständnisprobleme gehen allein auf mein Konto.

Simon Armson danke ich für seine fachkundigen Erläuterungen zum Gebiet der Psychotherapie, der Essstörungen und ihrer psychiatrischen Behandlung. Und meinen anderen Erstlesern – Colin MacIntyre, Ian Barnett sowie Jan und Peter Bild – danke ich für ihr ehrliches und unschätzbar wertvolles Feedback.

Judith Murray – Literaturagentin, Freundin und Besitzerin einer beneidenswert schicken Sammlung neonbunter Accessoires –, was kann ich dir sagen, außer: Danke! Du bist unvergleichlich. Mein Dank geht ebenfalls an Kate Rizzo und alle bei Greene & Heaton.

Meiner Lektorin Kirsty Dunseath möchte ich sagen: Was für ein Glück, dass ich dich habe. Und Rebecca Gray, Jo Carpenter, Jess Htay, Jennifer Kerslake, Craig Lye, Katie Espiner, David Shelley und allen bei Weidenfeld & Nicolson und bei Orion sei gesagt: Ihr seid ein großartiges Team. Danke für alles – nicht zuletzt für eure Bereitschaft, mich in unkartierte Gewässer davonsegeln zu lassen.

Mein wichtigster Dank aber gilt Andy. «Danke» fühlt sich eigentlich wie viel zu wenig an, aber mehr habe ich nicht. Und so sage ich es noch einmal. Danke. Ohne dich hätte ich diesen Roman nicht schreiben können.

LB

NOCH EINE ANMERKUNG ZU KATHRYN WILLIAMS UND DEN SONGS VON GREATEST HITS

Dieser Roman ist Ausdruck meiner Überzeugung, dass keine Kunstform die Erinnerung stärker anregt als die Musik. Ein Song besitzt die Kraft, einen von jetzt auf gleich in die Situation zurückzuversetzen, in der man ihn zum ersten Mal gehört hat: jenen Menschen heraufzubeschwören, der man damals war, und die Klänge, Farben und Empfindungen zurückzubringen, die die eigene Welt umrissen.

Wenn ich Kathryn Williams' im Jahr 2000 für den Mercury-Preis nominiertes Album *Little Black Number* höre, bin ich wieder achtzehn und erlebe meinen ersten Tag als Studentin. Das Herbstlicht scheint durch Holzrahmenfenster herein. Mein Zimmer ist spartanisch leer bis auf die Stereoanlage, die ich gerade ausgepackt habe. Und ich stehe zwischen Umzugskartons, umarme zum Abschied meine Mum und frage mich, ob ich mir das Weinen verkneifen kann (konnte ich nicht) und ob das Mädel im Nachbarzimmer wohl zu einer Freundin wird (das wurde sie).

Seitdem liebe ich Kathryns Musik. Und als ich sie daher im Musiksender Radio 6 Music der BBC von ihrem jüngsten Album *Hypoxia* erzählen hörte, zu dem sie sich von Sylvia Plaths Roman *Die Glasglocke* inspirieren ließ, horchte ich auf.

Ich war mitten in meinem Erstentwurf von *Ein Leben aus*

leuchtenden Tagen und wusste bereits – und zwar schon seit mir der Gedanke zu dem Roman gekommen war –, dass ich mir für die Songs meiner Heldin Cass Wheeler auch ein Leben außerhalb gedruckter Buchseiten wünschte. Sie sollten im Rahmen eines Albums von einer echten Singer-Songwriterin interpretiert werden, die ihre eigene Kreativität in dieses einzigartige Gemeinschaftsprojekt einbrachte, bei dem die Grenze zwischen Musik und Literatur, zwischen den Erfahrungen des Lesens und des Hörens verschwamm.

Hier war also eine Musikerin, die ähnlich zu denken schien. Am nächsten Tag schickte ich eine vorsichtig formulierte E-Mail an Kathryns Label One Little Indian. Gleich am Folgetag rief Kathryn selbst mich an und erklärte sich zu meinem entzückten Erstaunen bereit, bei dem Projekt mitzumachen. Unseres Wissens hatte bisher noch niemand etwas Vergleichbares versucht. «Springen wir einfach ins kalte Wasser», sagte Kathryn, und ich stellte mir vor, wie wir das Hand in Hand täten, und hoffte, dass es gutgehen würde.

Und so haben wir gemeinsam ein Album von Songs geschaffen, die sowohl die Begleitmusik zu meinem Roman bilden als auch selbständig als Teil von Kathryns ungemein vielseitigem Gesamtwerk existieren – es ist ihr vierzehntes Album, und sie hat mit bedeutenden Musikergrößen wie John Martyn, Ed Harcourt oder Chris Difford von Squeeze zusammengearbeitet.

Kathryn hat die ersten Entwürfe meiner Songtexte, die ich bei der Auseinandersetzung mit Cass' Gefühlen und Erfahrungen verfasst hatte, in Songs verwandelt. Wir haben miteinander geweint, zusammen Wein getrunken und viel, sehr viel gelacht. Und nach und nach haben wir ein Album entwickelt, das irgendwo zwischen den Songs liegt, die Cass

Wheeler in meiner Vorstellung geschaffen hat, und Kathryns eigener Interpretation dieser Songs: Denn natürlich sind auch Kathryns Erfahrungen als Musikerin und Künstlerin sowie als Mutter, Ehefrau und Tochter eingeflossen.

Im Oktober 2016 verbrachten Kathryn und ich zusammen mit einer Gruppe von Romanautoren, Lyrikern und Musikern mehrere Tage bei einem vom Durham Book Festival organisierten Workshop. In dem Seminarhaus in Durham arbeiteten wir alle daran, Gemeinschaftsprojekte zwischen verschiedenen Künstlern unterschiedlicher Kunstformen zu kreieren, wie Kathryn und ich schon eines begonnen hatten. Für mich als Schriftstellerin, die normalerweise allein in ihrem Arbeitszimmer sitzt und nicht daran gewöhnt ist, kreativ mit anderen zusammenzuarbeiten, war das ohne Übertreibung eine Erfahrung, die mein Leben verändert hat. Ich fühlte mich verletzlich, ungeschützt und ausgesetzt – und kaum je in meinem Leben habe ich mich lebendiger gefühlt. Diese Beschreibung kann auch für die gesamte Erfahrung meiner Zusammenarbeit mit Kathryn gelten.

Kathryns Album *Songs from the Novel Greatest Hits* ist daher etwas für jeden, der diesen Roman hier gelesen hat oder ihn gerne lesen würde. Und auch für alle, die Kathryns Musik kennen oder sie gerne kennenlernen würden. Und letztlich für jeden, der sich für Musik oder Literatur oder das wenig erforschte Grenzland zwischen beiden interessiert.

Das Album wurde von Romeo Stodart von der Band The Magic Numbers produziert – ein Mann von großer Ausstrahlung und erstaunlicher musikalischer Meisterschaft. Außerdem hat Romeo zusammen mit den Singer-Songwriterinnen Michele Stodart und Polly Paulusma Textzeilen zu mehreren Songs beigetragen. Ich bin allen für ihren Glauben an dieses

Projekt dankbar, besonders aber Kathryn, die mir vor all diesen Jahren einen Soundtrack für mein Leben gegeben hat – und die dies nun sowohl für mich als auch für meine Heldin Cass Wheeler wiederholt hat.

LB

Laura Barnett
Drei mal wir

Eva und Jim sind neunzehn und Studenten in Cambridge, als sie sich zum ersten Mal begegnen. Eine Fahrradpanne führt die beiden zusammen. Was dann passiert, wird den Rest ihres Lebens bestimmen. Wir folgen drei unterschiedlichen Versionen ihrer Zukunft, zusammen und getrennt. Sehen Eva dabei zu, wie sie eine berühmte Schriftstellerin wird. Und Jim, wie er für die Kunst seinen Beruf als Anwalt hinter sich lässt. Wir sehen Partner kommen und gehen, reisen mit den beiden nach London, New York und Los Angeles. In all den Jahren nimmt ihre Liebe immer wieder ungeahnte Wege, von den ersten drei Treffen bis hin zum Finale: drei Liebesgeschichten, ein Paar.

496 Seiten

MIX
Papier aus verantwortungsvollen Quellen
FSC® C083411

Das für dieses Buch verwendete Papier ist FSC®-zertifiziert.